IRVING WALLACE

Geheimakte R

Irving Wallace

GEHEIMAKTE R

Roman

BASTEI LÜBBE

Titel der Originalausgabe: The R Document

Originalverlag: Bantam Books, Inc., New York

Zweite Auflage
Aus dem Amerikanischen übertragen von Rolf E. Hellex
Printed in Western Germany 1979
Einbandgestaltung: Ralf Rudolph
Gesamtherstellung: Ebner Ulm
ISBN 3-404-00971-1

Der Preis dieses Bandes versteht sich einschließlich
der gesetzlichen Mehrwertsteuer

In Liebe für Sylvia

Als die Delegierten 1787 in Philadelphia die neue Verfassung der Vereinigten Staaten unterzeichnet hatten, trat eine Frau an Benjamin Franklin heran. »Nun, lieber Doktor«, fragte sie ihn, »was haben wir jetzt bekommen, eine Republik oder eine Monarchie?« »Eine Republik«, antwortete Franklin, »wenn ihr sie behalten könnt!«

»Wer bereit ist, wesentliche Freiheitsrechte aufzugeben, um sich damit auf Zeit ein bißchen Sicherheit zu erkaufen, verdient weder Freiheit noch Sicherheit!«

Benjamin Franklin

1

Der Besuch war unerwartet gekommen – er hatte den vereinbarten Termin ganz vergessen und daher auch versäumt, ihn nach der Einladung zum Abendessen beim Präsidenten abzusagen. Nun suchte er die Sache möglichst rasch und mit der gebührenden Höflichkeit hinter sich zu bringen.

Freilich wollte Christopher Collins den Mann, der ihm da gegenübersaß, nicht verletzen, denn der machte einen netten Eindruck und schien vernünftig, aufgeschlossen und freundlich. Ein andermal hätte es Collins Spaß gemacht, sich mit ihm zu unterhalten – aber nicht jetzt mit dem Stoß Akten auf seinem Schreibtisch, den er noch durchzusehen hatte, und schon gar nicht vor dem langen und sicherlich auch anstrengenden Essen, das ihm heute abend noch im Weißen Haus bevorstand. Collins wollte das Gespräch mit der gebotenen Vorsicht führen, um jeden Ärger mit dem FBI-Direktor Tynan zu vermeiden. Es war anzunehmen, daß der Direktor dem Mann angeraten oder ihn sogar angewiesen hatte, Collins wegen seiner Biografie aufzusuchen, an der die beiden arbeiteten. Niemand konnte es riskieren, Ärger mit Tynan zu bekommen, und Collins in seiner neuen Position am allerwenigsten.

Collins' Blick wanderte zu dem kleinen Kassettenrecorder, den sein Besucher zehn Minuten zuvor auf die Schreibtischecke gestellt hatte. Das Band lief mit, aber bis jetzt war nichts von Bedeutung aufzunehmen gewesen. Collins hob die Augen, um sein Gegenüber voll zu erfassen. Der Mitfünfziger schien nun auch den Zeitdruck zu spüren und ging noch einmal die Liste seiner Fragen durch, um die wichtigsten und aussichtsreichsten herauszusuchen.

Collins studierte seinen Besucher genau. Plötzlich fiel ihm der Widerspruch zwischen dem Namen des Mannes und seinem

Äußeren auf. Unwillkürlich mußte er lächeln: Name und Person paßten überhaupt nicht zueinander! Er hieß Ishmael Young, und Collins hätte ihn gerne – bei genügend Zeit – gefragt, wie er zu diesen Namen gekommen war. Ishmael Young war klein, dick und plump, wahrscheinlich aus Neuengland, möglicherweise Presbyterianer und schottischer Abstammung (mit jüdischem Einschlag bei einem seiner Vorfahren). Er quoll förmlich aus seinem zerknitterten grauen Anzug. An den Seiten seines Kopfes stand das Haar in komischen Büscheln ab, darüber wölbte sich eine Glatze, nur kümmerlich bedeckt von dünnen Strähnen, die er wie Koteletten von der Seite über seine Platte gekämmt hatte. Zu seinem Doppelkinn kam schon ein drittes hinzu. Sein überhängender Speckbauch füllte fast den ganzen Stuhl, so daß er beinahe über den Rand herunterhing. Er sah aus wie ein kleiner Wal, den es auf den Strand verschlagen hatte. Trotzdem kam Collins zu dem Schluß, daß »Ishmael« nicht so ganz unpassend war.

Wie ein Bücherschreiber wirkt er überhaupt nicht, dachte Collins. Außer der verschmierten Hornbrille und der angekohlten Bruyère-Pfeife hatte er nichts von einem Schriftsteller an sich. Er hatte sich gleich zu Anfang als Ghostwriter vorgestellt, von der Zunft also, von der Collins bisher noch keinen zu Gesicht bekommen hatte. Und er mußte ein recht erfolgreicher Ghostwriter sein mit seinen Büchern, die er für eine heruntergekommene Schauspielerin, einen berühmten schwarzen Olympiasieger und einen genialen Heerführer geschrieben hatte.

Jetzt merkte er, daß Ishmael Young aufschaute und ihn bei seiner nächsten Frage prüfend ansah. Noch während Collins zuhörte, fiel ihm plötzlich ein Ausweg ein, wie er dieses Interview rasch und elegant zu Ende bringen könnte: Er brauchte einfach nur die Wahrheit zu sagen.

»Was ich von Vernon T. Tynan halte?«, wiederholte er die Frage.

»Ja, ich meine, was haben Sie für einen Eindruck von ihm?«

Collins sah sogleich Tynan in voller Lebensgröße vor sich, strotzend vor lauter Selbstbewußtsein, mit seiner Prahlerei im Brustton voller Überzeugung, eine Hüne von Gestalt und mit seinen leicht schielenden, bohrenden Äuglein in dem kleinen Rundkopf auf dem kurzen, dicken Hals, der auf einer breiten und muskulösen Brust saß, am ehesten einem Riesen aus alten Sagen vergleichbar. Ein Mann, fast so groß wie er selbst, mit einer Stimme wie ein Reibeisen. Dieses Bild war klar und deutlich. Doch wie es *in* Tynan aussah, davon hatte er keine Ahnung. Das brauchte er nur in aller Offenheit zu sagen und Schluß damit! Mochte sich Ishmael sonstwo umsehen!

»Offen gesagt, ich kenne Direktor Tynan nicht sehr gut. Ich habe auch kaum Zeit gehabt, ihn näher kennenzulernen. Ich bin ja erst eine Woche im Amt.«

»Sie sind zwar erst seit einer Woche Justizminister«, präzisierte Young freundlich, »aber im Justizministerium sind Sie – nach meinen Notizen – bereits achtzehn Monate tätig. Und dreizehn Monate waren Sie stellvertretender Minister unter dem letzten Justizminister, Colonel Noah Baxter.«

»Stimmt«, gab Collins zu, »doch als stellvertretender Minister hatte ich kaum mit Tynan zu tun. Das kann er Ihnen bestätigen. Colonel Baxter dagegen war oft mit ihm zusammen. Sie waren miteinander befreundet, wie man so sagt.«

Ishmael Youngs Augenbrauen zogen sich zu einem großen V zusammen. »Ich wußte gar nicht, daß Direktor Tynan Freunde hat. Das ist zumindest mein Eindruck aus unseren Gesprächen. Ich hielt nur seinen Assistenten Harry Adcock für einen engen Freund von ihm. Und selbst das schien mir mehr eine Art kollegiale Beziehung zu sein.«

»Nein«, beharrte Collins, »er war zumindest mit Colonel Baxter eng befreundet. Aber in anderer Hinsicht haben Sie recht. Direktor Tynan ist tatsächlich ein Einzelgänger, wie auch andere FBI-Direktoren vor ihm. Das liegt wohl in der Natur der Sache. Jedenfalls habe ich ihn nicht oft getroffen, geschweige denn näher kennengelernt.«

Der Schriftsteller ließ sich nicht abspeisen. Er nahm die alte Pfeife aus dem Mund und strich sich mit der Zunge über die Lippen.

»Aber, Mr. Collins . . .« Er machte eine kleine Pause. »Ich darf Sie doch mit Mister anreden, oder?«

Collins lächelte. »Selbstverständlich.«

»Schön. Ich wollte sagen: Nach dem Schlaganfall von Colonel Baxter vor fünf Monaten war Ihnen dieses Amt vorläufig übertragen worden. Sie waren also Chef der Justiz, bis das dann vor einer Woche amtlich wurde. Wie wir alle wissen, untersteht Ihnen das FBI. Der Direktor des FBI, Tynan, ist Ihr Untergebener. So müßten Sie doch Verbindung mit . . .«

Collins mußte lachen. »Direktor Tynan – mein Untergebener?

Mr. Young, Sie haben noch eine Menge zu lernen!«

»Deswegen bin ich ja hier, Mr. Collins«, sagte Young mit vollem Ernst. »Als Ghostwriter kann ich doch nicht eine Autobiografie für den Direktor des FBI schreiben, ohne sein wirkliches Verhältnis zum Justizminister, zum Präsidenten, zur CIA, kurz zu allen Regierungsstellen zu kennen. Vielleicht meinen Sie, ich sollte den Direktor selbst fragen. Das habe ich getan, glauben Sie mir das. Er äußert sich jedoch nur sehr vage über die Regierungsarbeit und welche Rolle er dabei spielt. Manches kann ich einfach nicht klar aus ihm herausbekommen. Nicht, daß er mir nichts sagen wollte. Er ist überhaupt nicht daran interessiert – und dann ist er auch sehr ungeduldig. Von seinen Heldentaten im FBI unter J. Edgar Hoover, von seinem Rücktritt und von seinem Comeback spricht er gern. Daran bin auch ich interessiert. Das alles gibt ja das Fleisch zu diesem Buch. Aber ich muß auch wissen, welche Stellung er – vor allem im Verhältnis zu seinen Kollegen – in der ganzen Hierarchie der Macht einnimmt.«

Jetzt wollte Collins zur Klärung beitragen, auch wenn dies Gespräch ein paar Minuten länger dauern sollte. »All right, Mr. Young, von Mann zu Mann: Im Regierungshandbuch heißt es, daß der FBI-Direktor dem Justizminister unterstellt ist, so steht es dort, schwarz auf weiß. Aber in Wirklichkeit ist es ganz und gar nicht so. Nach dem Bundesgesetz Nr. 90–351, Abteilung IV, Abschnitt 1101 ernennt nicht der Justizminister den FBI-Direktor, sondern, auf Anraten und mit Zustimmung des Senates, der Präsident. Der FBI-Direktor holt meine Meinung ein, er arbeitet mit mir, aber ich habe keine Entscheidungsgewalt über ihn. Die liegt wiederum beim Präsidenten. Nur der Präsident kann ihn ohne Zustimmung des Senates von seinem Amt entbinden. Sie sehen also: Außer auf dem Papier ist Direktor Tynan nicht mein Untergebener. Und ein Mann wie Tynan, das werden Sie schon selbst gemerkt haben, will auch niemandem unterstellt sein. Wie alle FBI-Direktoren weiß er ganz genau, daß er – wenn er es will – eine Lebensstellung hat, und so sieht er alle Justizminister gewissermaßen nur als auf Zeit Berufene an. Um also auf Ihre Frage zurückzukommen: Er hat nicht für mich gearbeitet, und ich habe auch nicht viel Kontakt mit ihm gehabt, nicht einmal als stellvertretender Minister, als ich hier das Ministerium leitete, nachdem Colonel Baxter in die Zentralklinik der Marine in Bethesda eingeliefert worden war. Es tut mir leid, daß ich Ihnen nicht besser behilflich sein kann. Ich kann mir auch beim besten Willen nicht vorstellen, weshalb Direktor Tynan Sie zu mir geschickt hat.«

Young hob erstaunt den Kopf: »Aber das hat er nicht getan! Ich bin aus eigenem Entschluß zu Ihnen gekommen.«

Erleichtert richtete sich Collins in seinem ledergepolsterten Chefsessel mit der hohen Rückenlehne auf. »Das erklärt alles.« Er atmete auf. Auf Direktor Tynan brauchte er also keine Rücksicht mehr zu nehmen. Das hieß, er konnte das Interview abbrechen, ohne mit Tynan Ärger zu bekommen. Er wollte auch jetzt noch Form und Anstand wahren und Young einen, wenn auch nur kleinen Knochen hinwerfen, um ihn dann wohlgestimmt davonziehen zu lassen.

»Sie wollten doch für Ihr Buch wissen, was ich von Direktor Tynan halte . . .«

»Nicht für mein Buch!« fiel Young ein. »Für Tynans Buch. Es wird von Tynan sein. Ich habe nur versucht, das Rahmengerüst zu seiner Person zusammenzustellen, mit Informationen von allen, die mit ihm arbeiten. Auch wenn Sie ihn nicht gut kennen, so hatte ich doch gehofft . . .«

»All right, lassen Sie mich in den paar Minuten, die uns noch bleiben, Ihnen meinen Eindruck von ihm geben.« Und Collins sagte, was ihm schmeichelhaft und unverfänglich genug erschien: »Er ist einfach ein Mann der Tat, ein Macher, der nicht mit sich spaßen läßt. Wahrscheinlich gerade der richtige Mann für diesen Job.«

»In welcher Hinsicht?«

»Nun, er hat Verbrechen und Vergehen gegen Bundesgesetze zu untersuchen, Tatsachenmaterial auszugraben und an die zuständigen Stellen abzugeben. Ich habe das andere zu erledigen, nämlich auf Grund seiner Ermittlungen die Anklage zu betreiben.«

»Dann sind doch Sie der Mann der Tat!« sagte Young.

Collins' Respekt vor seinem Gesprächspartner wuchs. »Nein, wirklich nicht«, sagte er, »es sieht vielleicht so aus, aber so ist es nicht. Genaugenommen bin ich nur der erste Anwalt unter den Anwälten der Justiz. Wir gehen langsam und mit Bedacht vor. Tynan und seine Agenten müssen dagegen direkt eingreifen und die gefährlichen Dinge erledigen. Und noch etwas: Wenn Tynan sich einmal einer Sache annimmt, an die er glaubt, dann treibt er sie mit Energie voran. Er ist zäh und hartnäckig im wahrsten Sinne des Wortes. Nehmen Sie nur den Zusatzartikel 35 zur Verfassung, der jetzt zur Ratifizierung ansteht. Kaum kam der vom Präsidenten, stellte sich Tynan voll und ganz dahinter . . .«

»Aber, Mr. Collins«, unterbrach ihn Ishmael Young. »Der Präsident hat nicht den Anstoß zum Artikel 35 gegeben. Das hat Direktor Tynan getan.«

Überrascht starrte Collins den Schriftsteller an. »Woher wollen Sie das wissen?«

»Vom Direktor persönlich. Er spricht davon wie von seinem Kind.«

»Was immer er davon denken mag, seins ist es nicht. Aber was Sie eben sagten, bestätigt nur meine Auffassung. Wenn er mit aller Leidenschaft an etwas glaubt, dann macht er es voll und ganz zu seiner eigenen Sache. Und jetzt ist er in der Tat die Hauptkraft, die hinter diesem Artikel 35 steht, ebenso dafür verantwortlich wie jeder andere, vielleicht sogar mehr als jeder andere, daß dieser Artikel durchkommt.«

»Er ist noch nicht durch«, widersprach Young sanft und friedlich. »Entschuldigen Sie bitte, aber er ist noch nicht von der Dreiviertelmehrheit der Bundesstaaten ratifiziert worden.«

»Wird es aber werden«, versetzte Collins, nun ein wenig verstimmt über diesen Einwand. »Nur noch zwei Bundesstaaten haben ihre Zustimmung zu geben.«

»Aber drei stehen noch aus.«

»Zwei von diesen drei entscheiden heute abend darüber. Ich glaube, der Artikel 35 wird noch heute Teil unserer Verfassung werden. Aber das gehört gar nicht hierher, außer vielleicht, was Tynan angeht und seine Rolle, die er dabei spielt.« Er schaute auf seine Uhr. »Nun, ich denke, das ist wohl alles . . .«

»Mr. Collins, nur noch eine Frage, wenn Sie erlauben . . .«

Collins fiel sofort der gespannte Ausdruck im Gesicht seines Besuchers auf. Er wartete.

»Ich – ich weiß, das hat nichts mit dem Interview zu tun«, fuhr Young fort, »aber es würde mich interessieren . . .« Er schluckte. »Wie finden Sie eigentlich den Artikel 35, Mr. Collins?«

Collins kniff die Augen zusammen und blieb einen Moment still. Die Frage kam unerwartet. Bisher hatte er noch keinem eine klare Antwort darauf gegeben, nicht einmal seiner Frau Karen oder sich selbst. »Wie ich ihn finde?«, wiederholte er langsam die Frage. »Nicht besonders, wirklich nicht. Um ehrlich zu sein, ich habe nicht viel darüber nachgedacht. Ich habe jetzt so viel mit der Umorganisation zu tun. Ich verlasse mich da auf den Präsidenten und – und den Direktor . . .«

»Aber Sie müssen sich mit diesem Artikel befassen. Er gehört doch in Ihr Ressort, Sir.«

Collins runzelte die Stirn. »Darüber bin ich mir im klaren. Ich meine allerdings, daß der Präsident damit gut zurechtkommt. Vielleicht habe ich ein paar Vorbehalte dazu. Aber ich kann nichts Besseres vorschlagen.« Auf einmal kam ihm der freundliche Mr. Young gar nicht mehr so freundlich vor. Er hatte seine Gegenfrage schon auf der Zunge, und dann fragte er ihn wirklich: »Finden Sie den Artikel 35 denn gut, Mr. Young?«

»Ganz unter uns?«

»Ganz vertraulich.«

»Ich hasse ihn«, sagte Young grob. »Ich hasse alles, was die Bürgerrechte ausschaltet.«

»Das ist wohl etwas übertrieben, würde ich sagen. Der 35er soll die Bürgerrechte abändern und an ihre Stelle treten, jedoch nur unter ganz bestimmten Voraussetzungen, also nur im äußersten Fall eines Notstandes im Innern, der das Land zu lähmen oder gar zu vernichten droht. Und so, wie es aussieht, steuern wir rasch und geradewegs darauf zu. Da wird uns der 35er etwas an die Hand geben, damit wir aus dem Chaos wieder Ordnung schaffen können . . .«

»Er wird uns die Unterdrückung bescheren. Er opfert unsere Rechte als Preis für den Frieden.« Collins wurde langsam unruhig und auch ein wenig ärgerlich. Nun war es Zeit, das Interview zu Ende zu bringen.

»Okay, Mr. Young. Sie wissen, was sich draußen auf unseren Straßen abspielt. Verbrechen und Gewalt – die schlimmste Krise in unserer Geschichte. Nehmen Sie den Anschlag auf das Weiße Haus von dieser Bande organisierter Rowdys vor zwei Monaten. Bomben und MG-Feuer. Dreizehn Wachmänner und Beamte des Secret Service tot, sieben hilflose, unschuldige Touristen ermordet, der Ost-Salon durch Brand zerstört – niemand hat bisher einen derartigen Anschlag auf das Weiße Haus verübt seit den Verwüstungen durch die britischen Soldaten im Jahr 1814. Doch die Briten waren damals unsere Feinde, und wir waren im Krieg. Der Anschlag vor zwei Monaten wurde aber von Amerikanern begangen, von *Amerikanern!* Nichts ist mehr sicher. Niemand. Haben Sie heute morgen die Fernsehnachrichten gesehen? Haben Sie schon die Zeitung gelesen?«

Young schüttelte den Kopf.

»Dann will ich es Ihnen sagen«, fuhr Collins fort. »Peoria, Illinois, Polizeipräsidium. Die Einweisung der Morgenschicht ist gerade abgeschlossen. Die Beamten haben ihre Einsatzbefehle und gehen zu ihren Motorrädern und Streifenwagen. Da überfällt sie eine Bande aus dem Hinterhalt. Sie werden vollkommen zerfetzt – ein Blutbad. Ein Drittel der Beamten ist tot oder schwer verletzt. Wie wollen Sie das in den Griff kriegen? Oder die Feststellung – heute kam ein Mathematiker damit zu uns –, daß jeder neunte, der dieses Jahr in Atlanta geboren wird und in dieser Stadt wohnen bleibt, schließlich einem Mord zum Opfer fallen wird? Ich sage es noch einmal: Wir haben in unserer ganzen Geschichte niemals eine solche Flut von Verbrechen erlebt. Wie wollen Sie das anpacken? Was schlagen Sie vor? Was würden Sie tun?«

Das Thema war offensichtlich nicht neu für Ishmael Young. Er mußte sich darüber schon seine Gedanken gemacht und diese auch mit anderen diskutiert haben, denn er hatte sofort eine Antwort parat: »Zunächst würde ich erst einmal unser Haus wieder in Ordnung bringen, es von Grund auf neu aufbauen. Wie hat schon George Bernard Shaw gesagt: ›Das Übel, das wir zu bekämpfen haben, heißt nicht Sünde, Leid, Gier, Pfaffen- und Königslist, Volksverhetzung, Alleinherrschaft, Unwissenheit, Trunksucht, Krieg, Pestilenz oder irgendeine andere Auswirkung der Armut, sondern nur die Armut selbst.‹ Ich würde drastische Maßnahmen ergreifen, um endlich die Armut, das wirtschaftliche Elend zu beseitigen, um Schluß zu machen mit Ungleichheit und Ungerechtigkeit, und so das Verbrechen abschaffen.«

»Aber jetzt bleibt uns keine Zeit mehr, alles neu zu bauen. Sehen Sie, im Prinzip bin ich derselben Meinung. Was auf jeden Fall getan werden muß, wird auch zu gegebener Zeit geschehen.«

»Dazu wird es niemals kommen, wenn erst einmal der Artikel 35 Gesetz geworden ist.«

Collins wollte jetzt nicht mehr weiter diskutieren. »Eins möchte ich gern wissen, Mr. Young: Reden Sie auch so, wenn Sie mit Direktor Tynan arbeiten?« Young zuckte mit den Schultern. »Ich wäre nicht hier, wenn ich es täte. Ich spreche so mit Ihnen, weil – weil ich glaube, daß Sie ein anständiger Mensch sind.«

»Ich bin ein anständiger Mensch.«

»Und – ich hoffe, Sie nehmen mir das nicht übel – ich verstehe einfach nicht, was Sie hier unter diesen Leuten zu suchen haben.« Das saß. Dasselbe hatte Karen vor mehr als einem Monat auch gesagt, als er sich entschloß, das Amt des Justizministers anzunehmen. Für sie hatte er damals einige Antworten gehabt, jetzt aber würde er sich nicht die Mühe machen, sie hier vor einem völlig Fremden zu wiederholen. Statt dessen sagte er nur: »Würden Sie lieber jemand anders in diesem Amt sehen? Vielleicht jemand, den Direktor Tynan vorgeschlagen hätte? Warum, meinen Sie, habe ich diese Aufgabe übernommen? Weil ich glaube, daß anständige Menschen immer noch am ehesten etwas zustande bringen können.« Wieder schaute er auf seine Armbanduhr und stand auf. »Es tut mir leid, Mr. Young, aber die Zeit ist um. Bald werde ich eine ganze Menge mehr wissen, und vielleicht kann ich Ihnen in ein paar Monaten weiterhelfen. Wollen Sie mich dann anrufen?«

Auch Ishmael war aufgestanden. Er steckte seinen Notizblock weg und schaltete das Bandgerät ab. »Ich werde Sie anrufen – wenn Sie dann noch hier sind.«

»Ich werde da sein.«

Chris Collins gab dem Schriftsteller die Hand. Er sah ihm nach, wie er zum Konferenzraum hinauswatschelte, von dem es weiter zum Empfangszimmer und schließlich auf den Flur zum Fahrstuhl ging.

Da kam ihm plötzlich der Gedanke, ihn noch etwas zu fragen, wonach er sich schon längst hätte erkundigen sollen. »Übrigens, Mr. Young, wie lange arbeiten Sie schon mit Direktor Tynan?«

Und noch in der Tür drehte sich Ishmael um: »Fast sechs Monate. Einmal jede Woche seit sechs Monaten.«

»Well, und das haben Sie mir noch nicht gesagt: Was halten Sie denn von ihm?«

Nur halbwegs vermochte Young ein leichtes Lächeln anzudeuten.

»Mr. Collins«, sagte er, »ich nehme Artikel 5 der Menschenrechte in Anspruch.« Und jetzt grinste er: »Den gibt es doch noch?« Und er setzte hinzu: »Mit dieser Arbeit verdiene ich mir meinen Lebensunterhalt. Und den setze ich nicht aufs Spiel. Außerdem bin ich mehr oder minder dazu gedrängt worden, diese Aufgabe zu übernehmen. Vielen Dank!«

Und damit war er verschwunden.

Collins blieb noch eine Weile stehen und dachte über das Gespräch nach, was sie einander über die Krise des Landes gesagt hatten, über den neuen Verfassungszusatz, der ihr Einhalt gebieten sollte, und über Direktor Tynan selbst. Und jeweils versuchte er, sich darüber klarzuwerden, wie er selbst dazu stand. Aber er merkte gleich, daß das alles viel zu lange dauern würde, zumal er noch eine Menge zu erledigen hatte. Er ließ sich wieder in seinen Sessel sinken, rollte ihn an seinen Schreibtisch und machte sich daran, die dort liegenden Papiere durchzugehen.

Seinen Besucher hatte er bald vollkommen vergessen. Er hatte sich ganz in das Studium seiner Akten vertieft, die sofort zu bearbeiten waren: eine Geiselnahme, die mehrere Bundesstaaten betraf, ein Verstoß gegen das Atomenergiegesetz, ein Schadensersatzanspruch aus dem Indianerreservat, eine Kartellklage, ein geradezu ungeheuerlicher Rauschgiftfall, die Ernennung eines Bundesrichters, ein Umsturzversuch gegen den Kongreß, eine Ausweisung, mehrere Fälle von Aufruhr und eine ganze Reihe von Anhaltspunkten für fünf Verschwörungen mit dem Ziel, die Regierung zu zerrütten oder zu stürzen.

Auch wenn er noch so sehr in seine Arbeit versunken war, vermochte er selbst die leisesten Geräusche wahrzunehmen. So hörte er jetzt in der tiefen Stille seines riesigen Büros leichte Schritte über den dicken Orientteppich auf sich zukommen. Er sah von seinen Aktenstößen auf und erblickte Marion Rice, seine Sekretärin, wie sie aus ihrem Büro nebenan mit einem großen braunen Umschlag auf ihn zueilte. »Kam gerade herein – durch Boten – von gegenüber«, sagte sie. ›Gegenüber‹, das bedeutete das J. Edgar Hoover-Building auf der anderen Seite der Pennsylvania Avenue, das FBI und dessen Direktor. »›Vertraulich!‹ und ›Wichtig!‹ steht darauf«, fügte sie hinzu, »muß wohl vom Direktor sein.«

»Merkwürdig«, sagte Collins, »für gewöhnlich hat er doch bis Mittag alles hereingegeben.«

Sie reichte ihm den Umschlag über den Schreibtisch und zögerte noch ein wenig: »Wenn sonst nichts mehr zu tun ist, dann möchte ich jetzt gehen.«

Er war überrascht. »Wie spät ist es denn?«

»Zwanzig nach sechs.«

»Mein Gott – und ich habe nicht einmal die Hälfte geschafft! Hätte ich mich nur nicht so lange mit dem Bücherschreiber abgegeben! Vielleicht hat es aber doch etwas genutzt. War ja auch ein ganz interessanter Mann.«

Schuldbewußt schätzte er den noch unerledigten Stoß auf seinem Schreibtisch ab. »Das meiste davon werde ich wohl mit nach Hause nehmen müssen. Okay, Marion, Sie können abschließen und gehen.«

»Zur Arbeit werden Sie keine Zeit haben. Vergessen Sie nicht Ihre Verabredung zum Essen heute abend im Weißen Haus.«

Er verzog sein Gesicht: »Auch das kann Arbeit sein!«

Sie blieb noch stehen. Auf ihrem einfachen, leicht überlangen Gesicht zeigte sich ein zurückhaltendes Lächeln. »Ich – ich möchte noch sagen, Mr. Collins, herzlichen Glückwunsch zu Ihrer ersten Woche als Justizminister. Wir freuen uns alle, daß Sie hier sind. Gute Nacht!«

»Gute Nacht! Marion, ich danke Ihnen sehr.«

Nachdem sie gegangen war, betrachtete er den großen braunen Umschlag, den ihm Marion hereingebracht hatte. Derzeit kamen selten gute Nachrichten vom FBI. Widerwillig öffnete er das Päckchen. Zum Vorschein kam etwa ein halbes Dutzend maschinengeschriebener Seiten mit Statistiken. Dazu ein Anschreiben, nur eine handgeschriebene Notiz. An der krakeligen Schrift, die er schon gesehen hatte, aber auch an der unregelmäßigen Zeichensetzung (meist nur Gedankenstriche) und an den mit Ungeduld hingekritzelten Abkürzungen merkte er gleich, daß diese Notiz nur von Direktor Vernon T. Tynan geschrieben sein konnte, noch bevor ihm das die Unterschrift bestätigte. Nun war seine Neugier geweckt, und er fing an zu lesen:

Lieber Chris –

hier letzte Zahlen über die Bundeskriminalstatistik vom vergangenen Monat – die weitaus schlechtesten bis jetzt – die schlimmsten in unserer Geschichte – ich schicke eine Kopie an den Präs. und eine an Sie, damit Sie informiert sind, wenn wir uns beim Präs. treffen. Auffällig der sprunghafte Anstieg bei Mord, Aufruhr, bewaffnetem Überfall, bundesweiter Geiselnahme. Vergl. auch meinen Zusatz über Anhaltspunkte für mutmaßliche Verschwörungen und revolutionäre Organisationen – Wir sitzen ganz schön in der Patsche, und die wollen uns jetzt fertigmachen, und das einzige, was uns noch rausreißen kann, ist die endgültige Zustimmung zum Zusatz 35 – beten Sie dafür heute abend. Ich habe die letzte Statistik bereits an die Abgeordneten in Albany NY und Columbus O durchtelefonieren lassen, die sollen über die wirkliche Lage Bescheid wissen, wenn sie heute abend abstimmen. Tut mir leid, Ihnen diesen schrecklichen Bericht zu schicken, aber ich meine, Sie müssen unbedingt auf dem laufenden sein, bevor Sie den Präs. treffen. Das ist noch ein Roh-Entwurf – werde ihn noch gründlich überarbeiten, ehe er morgen veröffentlicht wird – bis in ein paar Stunden beim Präs.

Beste Grüße
Vernon

Collins legte Tynans Notiz beiseite und blätterte langsam Seite für Seite die Berichte vom Bundeskriminalamt durch. Im vergangenen Monat waren, verglichen mit dem Vormonat, die Gewaltverbrechen einschließlich Mord um 18%, die Vergewaltigungen um 15%, Raubüberfälle und andere schwere Überfälle um 30% und Aufruhr um 20% gestiegen. Er legte Tynans Blätter auf den Schreibtisch und dachte an andere Statistiken. Infolge der wachsenden Gewalttätigkeit waren die Gefängnisse zum Bersten gefüllt. Noch vor etwa fünf Jahren hatten in den 250 größeren Gefängnissen und Besserungsanstalten in jedem Jahr zwei Millionen Straffällige mehr oder minder lange eingesessen. Trotz schlagartig verstärkter Anstrengungen, die Verbrechensflut zu stoppen, trotz der 45 000 Staatsanwälte und FBI-Agenten, die für das Justizministerium tätig waren, trotz der drei Divisionen, die das Pentagon zur Stärkung der inneren Sicherheit abgestellt hatte, trotz der 22 Milliarden Dollar, die in diesem Jahr für die Überwachung der öffentlichen Sicherheit vorgesehen waren (1960 waren es dreieinhalb Milliarden gewesen), drehte sich die Schraube weiter und weiter nach oben. Selbst mit aller Kraft war das Krebsgeschwür anscheinend nicht zum Stillstand und Rückgang zu bringen. Ein Jahr noch so weiter wäre vielleicht schon die Endstation, würde den Todesstoß für die geordnete Gesellschaft bedeuten können. Er lehnte sich zurück und legte seine Hände auf der Brust mit den Fingerspitzen wie zum Gebet aneinander. Das war die dunkelste Epoche in der amerikanischen Geschichte seit dem Bürgerkrieg, das war sicher. Anarchie und Terror überschatteten jeden Tag. Ging man abends zu Bett, war man nicht sicher, am nächsten Morgen wieder aufzuwachen. Tag für Tag, wenn er ins Ministerium fuhr, küßte er Karen zum Abschied, und jedesmal überfiel ihn die gleiche entsetzliche Furcht, daß er sie und das Kind, das sie trug, nicht mehr am Leben finden würde, wenn er nach Hause kam.

Er fühlte, wie ihm die Angst mit unheimlicher Kraft den Magen zusammenpreßte. Das war nicht das erste Mal. Augenblicklich schweiften seine Gedanken von dem Chaos auf den Straßen ab. Selbstmitleid überkam ihn. Er, Christopher Collins – er und Tynan – sie hatten beide wohl die schlimmsten und hoffnungslosesten Jobs der Welt.

Sein Selbstmitleid begann ihn zu faszinieren. Warum hatte eigentlich er, Christopher Collins, so bescheiden und bedächtig, so zurückhaltend, manchmal freilich auch ein wenig selbstsüchtig (er konnte ja auch objektiv sein), diesen geradezu unmöglichen Job als Beamter Nummer eins der öffentlichen Sicherheit und als Chef des größten Anwaltsbüros der Nation übernommen?

War er denn ganz ohne leidenschaftliche Überzeugungen (außer der, wie Ishmael Young, daß die demokratische Gesellschaft neu aufzubauen war) und ohne Lösungsvorschläge hierher gekommen, nur so aus reiner Lust an der Macht? Oder gar nur um sein Ego zu streicheln? Hatte er wirklich eine patriotische Pflicht zu erfüllen? Vielleicht aus dem Gefühl heraus, er könne etwas Gutes tun? Er wußte darauf keine Antwort – jedenfalls nicht an diesem Abend. Das Telefon läutete. Er drehte sich nach links und sah auf dem Verteilerkästchen den Knopf für seine Privatgespräche aufleuchten.

Er nahm den Hörer ab. »Collins.«

»Liebling, ich hoffe, ich störe dich nicht . . .«

Es war Karens Stimme.

»Nein, nein. Ich gehe gerade noch ein paar dringende Sachen durch, die eben hereingekommen sind. Wie geht es dir, mein Liebling?«

Sie antwortete nicht sofort. »Wir gehen doch heute abend zu dem Essen. Wann holt mich der Fahrer? Um sieben?«

»Viertel vor. Wir treffen uns um sieben. Der Präsident erwartet uns pünktlich. Wir werden uns alle zusammen die Fernsehübertragungen aus New York und Ohio ansehen. Bist du schon fertig angezogen?«

»Drunter ja. Auch schon geschminkt. Muß nur noch das Kleid überziehen. Kann ich das rote gestrickte anziehen?«

»Nimm was Legeres, nichts Elegantes. Seine Sekretärin sprach von einem zwanglosen Beisammensein.«

»Dann wird das rote reichen. Ist wohl das letzte Mal, daß ich es noch tragen kann, bevor sich mein Bauch bemerkbar macht.«

»Hat sich heute was getan?«

»Wo? – Oh, du meinst da! Ja, ein paar kleine zarte Kickerchen.«

»Gut, die Red Skins brauchen bald einen erstklassigen Libero für ihre Football-Mannschaft. Du hast mir aber noch nicht gesagt, wie es dir sonst geht.«

»Den Umständen entsprechend.«

»Welchen Umständen entsprechend?« Er ahnte es bereits, mußte aber dennoch danach fragen.

»Ach, du weißt doch, was ich von all dem großen Protokoll halte. Im Weißen Haus bin ich bisher nur einmal gewesen, mit dir damals zusammen mit den Baxters. War schon schlimm genug. Ich werde wieder nicht wissen, was ich reden soll.«

»Du brauchst überhaupt nichts zu sagen. Wir werden uns gemeinsam die Übertragung anschauen.«

»Weshalb mußt du dabeisein? Ist das so wichtig für dich?«

»Weißt du es nicht mehr?«

»Tut mir leid . . .«

»Macht nichts. Erstens will der Präsident, daß ich dabei bin. Das ist an sich schon Grund genug. Zweitens bin ich Justizminister, und der Artikel 35, der heute zur entscheidenden Abstimmung ansteht, gehört in mein Ressort. Man erwartet einfach, daß ich interessiert bin. In den gesetzgebenden Versammlungen von New York und Ohio finden heute abend Sondersitzungen statt; sie werden live übertragen. Und da nur noch in drei Bundesstaaten abgestimmt wird und wir lediglich noch die Zustimmung von zwei Staaten brauchen, damit der Verfassungszusatz durchkommt und somit Bestandteil unserer Verfassung wird, ist das für uns natürlich eine ganz große Sache!«

»Sei mir nicht böse, Chris, ich habe nicht gewußt, daß heute abend so viel passiert.« Sie machte eine Pause. »Wollen wir denn, daß er durchkommt? Ich habe einiges Schlimme darüber gelesen.«

»Ich auch, Liebling. Ich weiß nicht, ich weiß wirklich nicht, was richtig ist. Der Verfassungszusatz kann gut sein, wenn gute Leute das Land regieren. Und er kann schlecht sein, wenn schlechte Leute an der Macht sind. Was mich angeht, so kann ich nur sagen, daß ich es leichter haben werde, wenn er durchkommt.«

»Nun, dann wollen wir hoffen, daß er durchgeht.«

Aber überzeugt klang ihre Stimme nicht.

Er sah nach der Uhr. »Mach, daß du in dein Strickkleid kommst. Der Fahrer wird gleich bei dir sein. Ich liebe dich!«

Er legte den Hörer auf, steckte einen Stoß Papier in den Postkasten und stopfte den Rest in seinen kleinen Aktenkoffer. Dann saß er da und dachte an Karen. Er wußte, dieser Abend würde sie wieder ganz schön mitnehmen. Sie war von Anfang an gegen den Wechsel gewesen, gegen seine Arbeit als stellvertretender Minister, gegen den Umzug ins Ministerium in Washington und vor allem gegen seinen Kabinettsposten als Justizminister. Wenn sie im allgemeinen auch nicht so gern ihre Meinung frei heraus sagte und vorgab, von Politik nicht viel zu verstehen, so wußte er doch ganz genau, wo Karen stand. Sie mochte die Leute nicht, mit denen er da zusammenkam, sie traute ihnen auch nicht so recht, angefangen von Präsident Wadsworth bis zu Direktor Tynan. Auch hatte sie sich alle Mühe gegeben, ihm klarzumachen, daß dies für ihn ein Verlierer-Job werden würde. Trotz aller Bedeutung, die seinem Ministeramt zukam, würde er als Sündenbock enden. Mit dem Land, so sagte sie, gehe es ohnehin rasch bergab, und er würde dann mit am Steuer sitzen. Nicht, daß sie etwa seine Arbeit im Amt nicht mochte. Karen wollte vor allem nicht wie ein Goldfisch in der Glaskugel leben müssen. Sie war gegen das gesellschaftliche Getue und verabscheute vor allem die Nacktheit vor den Nachrichten-Medien, der er durch seine Stellung ausgesetzt war. Sie waren damals frisch verheiratet – jeder zum zweiten Mal –, und nun lagen schon zwei Jahre Ehe hinter ihnen, und sie war im vierten Monat. Sie wollte nur die Nähe ihres Mannes, ihr gemeinsames privates Leben und Glück – und vor allem wollte sie ihren Mann nicht mit anderen teilen müssen.

Er erhob sich aus seinem Sessel, reckte sich bis zur vollen Größe seiner Einmeterachtundachtzig, bis er seine Knochen knacken hörte, und betrachtete sein bleiches, aber nicht unschönes Gesicht und sein zersaustes Haar im Spiegel. Danach ging er durch das Büro seiner Sekretärin hinüber in seinen Privatraum, erfrischte sich und zog sich um. Unterdes fragte er sich, ob ihm heute wirklich ein wichtiger Abend bevorstehe.

Als die Cadillac-Limousine durch das geöffnete schmiedeeiserne Tor an der Pennsylvania Avenue zu der leicht geschwungenen Auffahrt vor dem Weißen Haus einfuhr, sah Collins auf dem Rasen vor der Nordseite zahlreiche Reporter. Mike Hogan, FBI-Agent und Collins' Leibwächter, drehte sich vorne im Sitz herum und fragte: »Wollen Sie ein paar Worte zu ihnen sagen, Mr. Collins?«

»Nein«, sagte Collins und drückte Karens Hand, »nicht, wenn sich das irgend machen läßt. Wir wollen gleich reingehen.«

Als sie den Wagen an der nördlichen Säulenhalle verließen, rief ihm ein Fernsehreporter zu: »Wie wir hören, sehen Sie sich heute abend die Übertragung an. Wie wird es ausgehen? Was meinen Sie?«

Collins rief zurück: »Wir sehen uns eine Wiederaufführung von *Vom Winde verweht* an. Ich glaube, der Norden wird's schaffen.«

Drinnen gab es für ihn zwei Überraschungen. Er hatte gedacht, man würde im Roten Salon oder in einem der kleineren Säle oben zusammenkommen. Statt dessen wurden er und Karen zum Kabinettssaal im Westflügel geleitet.

Außerdem hatte er mindestens mit dreißig bis vierzig Gästen gerechnet. Aber außer ihm und Karen war nur etwa ein Dutzend da.

An der Wand, gegenüber den grünen Vorhängen, mit denen man die zum Rosengarten führenden Terrassentüren verdeckt hatte, war ein großes Fernsehgerät aufgestellt. Mehrere Personen standen davor und schauten zu, obwohl der Ton leise eingestellt war. Die Hälfte der mit schwarzem Leder bezogenen Stühle an dem langen glänzenden und dunklen Kabinettstisch (der Collins immer an den Deckel eines Riesensargs denken ließ) hatte man so umgedreht, daß sie jetzt dem Fernsehschirm zugewandt waren. Auf der gegenüberliegenden Seite des Tisches unter dem großen Amtssiegel an der Ostwand zwischen den Flaggen der USA und des Präsidenten stand Präsident Wadsworth und unterhielt sich mit den Fraktionsführern im Senat und im Repräsentantenhaus und deren Frauen.

Collins war zwar schon ein paarmal in diesem Kabinettssaal gewesen, doch plötzlich schien ihm dieser Saal nicht mehr so vertraut wie früher. Das lag wohl daran, daß man die Bestuhlung anders arrangiert hatte. Vor dem großen Washington-Gemälde von Gilbert Stuart, das über dem Kamin hing, funkelte am anderen Ende des Tisches dampfendes Kupfergeschirr, das sich prächtig gegen das grüne Tuch auf dem Tisch abhob. Hier hielt ein Koch mit schmucker weißer Mütze Horsd'œuvres für die Gäste bereit.

Collins schaute sich mit Karen am Arm im Saal um. Eilig kam McKnight, der Chefadjutant des Präsidenten, heran, um sie zu begrüßen. Dann machten sie ihre Runde durch den Kabinettssaal, begrüßten den Vizepräsidenten Loomis und seine Frau, Miß Ledger, die persönliche Sekretärin des Präsidenten, und Ronald Steedman, der für den Präsidenten als Meinungsforscher arbeitete, Innenminister Martin, ferner die Fraktionsführer des Kongresses und schließlich Präsident Wadsworth selbst.

Der Präsident, ein wenig hager, aber flott und adrett, war eine Erscheinung von gewinnender Höflichkeit und wirkte mit seinem dunklen, an der Schläfe schon leicht grau werdenden Haar, der spitzen Nase und seinem zurückweichenden Kinn fast vornehm und recht elegant. Er nahm Karens Hand, schüttelte die von Collins und sagte sogleich entschuldigend: »Martha« – er sprach von der First Lady – »tut es sehr, sehr leid, daß sie heute abend nicht hier sein kann, um Sie näher kennenzulernen. Sie liegt mit einer leichten Grippe zu Bett. Nichts Schlimmes, nein, nein, wird wohl bald wieder auf den Beinen sein. Naja, dann klappt es eben beim nächsten Mal! . . . Nun, Chris, scheint ein erfreulicher Abend zu werden?«

»Das ist zu hoffen, Mr. President«, sagte Collins. »Was gibt es Neues?«

»Sie wissen ja, die Senate der Bundesstaaten New York und Ohio haben den 35er schon gestern früh ratifiziert. Nun sind wir ganz und gar in der Hand der gesetzgebenden Versammlungen von New York und von Ohio. Gleich nach den Abstimmungen gestern ließ Steedman seine Interviewer ausschwärmen, um die Abgeordneten auszuhorchen. Ohio scheint uns ziemlich sicher. Steedman hat die Zahlen – sehr eindrucksvoll! New York ist noch vollkommen offen, könnte wirklich so oder so ausgehen. Die meisten der Befragten waren unentschieden oder gaben keine Antwort. Aber bei denen, die überhaupt geantwortet haben, zeigte sich ein deutlicher Anstieg gegenüber der letzten Befragung. Sieht also gut aus. Ich glaube, daß Vernons letzte FBI-Statistiken . . . – Hallo, Vernon.«

Direktor Tynan, der gerade hinzugetreten war, wirkte durch seine massive Erscheinung so breit, als ob er den ganzen freien Raum ausfüllen wollte. Er gab dem Präsidenten und Collins die Hand und begrüßte Karen mit einem Kompliment zu ihrem guten Aussehen.

»Ich sagte eben, Vernon«, nahm Präsident Wadsworth mit leicht vibrierendem Unterton das Gespräch wieder auf, »daß diese Zahlen, die Sie da vor einer Stunde rüberschickten, sicher großen Eindruck machen werden. Gut, daß Sie sie noch rechtzeitig bekommen haben.«

»War gar nicht so einfach«, sagte Tynan. »Hat ganz schön Arbeit gemacht. Sie haben recht. Sie müßten schon ihre Wirkung tun. Ronald Steedman ist sich nicht so sicher. Habe gerade mit ihm gesprochen. Nach seiner Hochrechnung ist Ohio auf unserer Seite, aber New York hängt seiner Meinung nach noch in der Luft. Irgendwie traut er der Lage dort nicht so recht.«

»Aber ich«, sagte der Präsident. »In zwei Stunden werden wir achtunddreißig von insgesamt fünfzig erreicht haben – und damit einen neuen Zusatzartikel in unserer Verfassung. Dann haben wir alles, was wir brauchen, um dieses Land zu erhalten.«

Collins deutete mit einem Kopfnicken über den Tisch auf das Fernsehgerät. »Wann geht's los, Mr. President?«

»In zehn oder fünfzehn Minuten. Sie bringen gerade ein paar Hintergrundinformationen zur Einführung.«

»Dann schauen wir uns das doch einmal an«, sagte Collins, »und nehmen einen Drink«, und er ging mit Karen am Arm hinüber. Zu seiner Überraschung kam Tynan fast im gleichen Schritt mit ihnen mit. »Kann jetzt auch einen Drink vertragen«, meinte er.

Mehr sprachen sie nicht miteinander, bis sie zum anderen Ende des Kabinettstisches kamen, wo Charles, der Kammerdiener des Präsidenten, bei Gläsern und Flaschen, Eiswürfeln und Sektkühlern an der improvisierten Bar stand.

Tynan schaute an Collins vorbei zu Karen hinüber. »Wie fühlen Sie sich, Mrs. Collins? Alles in Ordnung in diesen Tagen?«

Karen war überrascht. Leicht verlegen fuhr sie sich mit der Hand über ihr kurzes blondes Haar, um sie dann wieder an ihren locker sitzenden Kettengürtel herunterzunehmen, als ob sie dort einen Halt finden könnte. »Oh, danke. Es ging mir noch nie so gut.«

»Schön, schön, das zu hören«, meinte Tynan.

Collins hatte ein Glas Sekt und etwas Kaviar auf Toast für seine Frau und einen Scotch mit etwas Wasser für sich mitgebracht. Sie steuerten jetzt auf zwei Plätze direkt vor dem Fernsehgerät zu. Sie zupfte ihn am Ärmel, und er beugte sich zu ihr.

»Hast du das gehört?« flüsterte sie.

»Was denn?«

»Tynan. Wie besorgt er ist. Ob es mir gut geht! Praktisch hat er uns doch nur auf seine Art sagen wollen, daß er weiß, daß ich ein Kind erwarte.«

Collins war verlegen.

»Aber das kann er doch gar nicht wissen. Das weiß doch niemand.«

»Aber er weiß es eben«, flüsterte Karen.

»Und selbst wenn er es herausbekommen hat, was soll's?«

»Nur so, um uns daran zu erinnern, daß er alles weiß. Um dich und jedermann sonst bei der Stange zu halten.«

»Ich glaube, du siehst Gespenster! So gerissen ist er nun wieder nicht! Er spielt bloß den Salonlöwen, glaub' mir, das ist ganz harmlos.«

»Bestimmt. Wie der Wolf im Rotkäppchen.«

»Pst! Nicht so laut!«

Sie nahmen vor dem Fernsehgerät Platz. Collins nippte an seinem Drink und konzentrierte sich auf den Bildschirm. Der prominente Fernsehkommentator wies gerade darauf hin, daß man mehrere Minuten zugeben würde, um noch einmal zu rekapitulieren, wie ein neuer Zusatz in die Verfassung aufgenommen wird und wie es sich ganz speziell mit dem Zusatzartikel 35 verhielt, der nach seinem langen und schweren Weg durch die verschiedenen Instanzen kurz vor der Ratifizierung stand.

»Es gibt nur zwei Wege, um einen neuen Zusatz zur Verfassung der Vereinigten Staaten einzubringen«, begann der Kommentator seine Erklärungen.

»Man kann den Antrag auf einen Verfassungszusatz im Kongreß einbringen. Er kann auch von einem Nationalkonvent vorgeschlagen werden, der auf Beschluß der gesetzgebenden Versammlungen von zwei Dritteln aller Bundesstaaten durch den Kongreß einberufen wird. Dieser Weg wurde noch niemals beschritten. Alle Anträge wurden bisher im Kongreß in Washington D. C. eingebracht. Wenn der Beschluß, entweder im Senat oder im Repräsentantenhaus, zur Einführung eines neuen Verfassungszusatzes gefaßt ist, folgen Anhörungen im Verfahrens- und Rechtsausschuß dazu. Empfehlen die Ausschüsse die Vorlage, wird sie dem Senat und Repräsentantenhaus zugeleitet. Um hier die Zustimmung zu erhalten, bedarf es der Zweidrittelmehrheit beider gesetzgebenden Körperschaften. Damit ist die Vorlage angenommen und braucht nicht mehr vom Präsidenten unterschrieben zu werden. Sie geht über die zentrale Verwaltungsstelle in der notwendigen Anzahl Kopien an die Gouverneure der Bundesstaaten, die ihn an die gesetzgebenden

Versammlungen zur Beratung und Abstimmung weiterleiten. Und erst wenn drei Viertel dieser gesetzgebenden Versammlungen – also 38 von insgesamt fünfzig – den Zusatzartikel ratifiziert haben, wird dieser Zusatz rechtsverbindlicher Teil unserer Verfassung. Wir können heute miterleben, ob er zu Fall gebracht oder ob er Gesetz unseres Landes wird.«

Stühle wurden zurechtgerückt. In die Gäste kam Bewegung. Man versammelte sich rechts und links vor dem Fernseher. Collins wandte sich wieder dem Bildschirm zu.

»Der umstrittene Zusatzartikel Nr. 35, der die ersten zehn Verfassungszusätze, also die Menschenrechte, unter gewissen Notstandsbedingungen außer Kraft setzen soll, geht auf die Wünsche der Führer der Fraktionen im Kongreß zurück und entspricht auch der Absicht von Präsident Wadsworth, eine Waffe zu schmieden, mit der er im Notfall Ruhe, Ordnung und Recht durchsetzen kann.«

»Waffe?« entfuhr es dem Präsidenten, der sich gerade neben Collins niedergelassen hatte. »Was meint der denn mit ›Waffe‹? Wenn ich jemals solch voreingenommenes Geschwätz gehört habe, dann heute abend. Ich wünschte, wir könnten auch einen Verfassungszusatz durchbringen, der solch komischen Kommentatoren das Maul stopft!«

»Genau das machen wir ja!« dröhnte Tynan von seinem Platz gegenüber. »Der 35er wird sich auch mit solchen Störenfrieden und Unruhestiftern befassen.«

Beunruhigt sah Collins zu Karen hinüber. Unter ihrem schneidend harten Blick zuckte er unwillkürlich zusammen. Er wandte sich wieder dem Fernsehschirm zu.

». . . der Vorschlag kam aus dem Ausschuß«, fuhr der Kommentator fort, »und wurde als gemeinsamer Beschluß in den Senat und das Repräsentantenhaus zur endgültigen Abstimmung eingebracht. Trotz einiger lautstarker Opposition von den liberalen Blöcken erhielt der Vorschlag mit überwältigender Mehrheit die Zustimmung beider Häuser. Dann ging der vorgeschlagene Verfassungszusatz heute vor vier Monaten und zwei Tagen an die fünfzig Bundesstaaten. Nach einem zunächst ziemlich leichten Durchgang bei den ersten Abstimmungen wurde es für den Artikel 35 schon viel stürmischer, und die Wellen schlugen hoch und höher, nachdem sich erst einmal die Opposition formiert hatte. Bis heute haben siebenundvierzig von fünfzig Bundesstaaten über den Artikel abgestimmt. Elf waren dagegen, sechsunddreißig dafür. Für den Artikel ist die Zustimmung von achtunddreißig Staaten erforderlich, es fehlen also nur noch zwei Staaten. Bis heute abend stehen noch drei, nämlich New York, Ohio und Kalifornien, aus. New York und Ohio kommen heute abend nach ihren Beratungen zur Abstimmung. Ein Ereignis von historischer Bedeutung, das Sie gleich auf Ihrem Bildschirm miterleben können. In Kalifornien wird erst in einem Monat abgestimmt. Wird das noch notwendig sein? Lehnen heute abend New York und Ohio den Verfassungszusatz ab, dann ist er zu Fall gebracht. Stimmen dagegen beide zu, dann wird er sofort Teil unserer Verfassung, und Präsident Wadsworth bekommt damit sein ganzes Arsenal von Waffen, um die zunehmende Gesetzlosigkeit und den Aufruhr zu bekämpfen, unter deren Würgegriff die Nation langsam, aber sicher zu ersticken droht. Die heutigen Abstimmungen in New York und Ohio können von schicksalhafter Bedeutung sein, sie können den Lauf der amerikanischen Geschichte in den nächsten hundert Jahren entscheidend ändern. Und nun, nach einem kurzen Werbespot, schalten wir um ins Parlament des Staates New York in Albany, wo eben die Debatte zu Ende geht und es gleich zur namentlichen Abstimmung kommen wird.« Collins stand auf, um sich einen neuen Drink zu holen, und drängte sich zwischen den anderen Gästen zur Bar durch. Er sah den Präsidenten mit seinem Meinungsforscher Steedman, Tynan und McKnight zusammenstehen. Wahrscheinlich gingen sie noch einmal die allerletzten Ergebnisse der Befragungen durch, um Aufschluß über die Stimmung der Abgeordneten zu bekommen.

Die Fernsehreportage brachte gerade eine Totalaufnahme vom New Yorker Abgeordnetenhaus, als Collins mit einem Scotch zu seinem Platz zurückkam.

»Was gibt's denn jetzt?« fragte er Karen.

»Fängt gerade an«, sagte sie. »Der letzte Sprecher der großen Debatte setzt soeben zum Schluß seiner Rede an. Er ist dafür.« Collins nahm einen großen Schluck aus seinem Glas. In Nahaufnahme zeigte das Fernsehen einen würdigen alten Herrn, den Abgeordneten Lyman Smith, wie der Schrifteinblendung zu entnehmen war. Collins hörte gespannt zu.

». . . und wenn auch die Verfassung der Vereinigten Staaten, so wie sie von unseren Vorvätern geschrieben worden ist, als ein großartiges Instrument unseres Rechts zu gelten hat, so muß ich doch noch einmal darauf hinweisen, daß sie deswegen nicht unantastbar ist. Sie wurde nicht geschrieben, um mit der Zeit zu erstarren, sondern um flexibel, anpassungsfähig zu bleiben – weswegen man schon damals die Möglichkeit zu Ergänzungen vorsah –, auf jeden Fall anpassungsfähig genug, um den Notwendigkeiten jeder neuen Generation und den Herausforderungen des Fortschritts der Menschheit gerecht zu werden. Wir müssen uns daran erinnern, meine lieben Freunde, daß diese unsere Verfassung zum größten Teil von eifrigen Neuerern mit jugendlichem Elan geschrieben worden ist, von Männern, die zur Unterzeichnung mit der Pferdekutsche vorfuhren, die Perücken trugen und mit Federkielen schrieben. Diese Männer hatten niemals von Kugelschreibern, Schreibmaschinen und Elektronenrechnern gehört, kannten keine Fernsehgeräte, Düsenflugzeuge, Atombomben oder Weltraumsatelliten. Aber sie bauten in ihre Verfassung eine Sicherung ein, damit unsere Bundesgesetze immer in dem Maße verbessert werden können, wie es die Zukunft erfordert. Jetzt ist es an der Zeit, unser höchstes Gesetz so umzugestalten, daß es den Erfordernissen unserer Bürgerschaft von heute gerecht wird. Die alten Menschen- und Bürgerrechte sind, so wie sie die Gründer der Vereinigten Staaten niederschrieben, zu verschwommen, zu allgemein und auch zu weich, um dem Ansturm der Ereignisse zu widerstehen, die sich wie eine Verschwörung ausnehmen mit dem Ziel, das System unserer Gesellschaft und den Bau unserer Demokratie zu zerstören. Nur Ihre Zustimmung zum Artikel 35 kann unseren Führern die Möglichkeit geben, mit festerer Hand als bisher zu regieren. Nur der 35er kann uns retten. Daher bitte ich Sie, werte Freunde und Kollegen, stimmen Sie für die Ratifizierung!«

Der Sprecher ging zu seinem Platz zurück. Die Kamera schwenkte über die ganze Versammlung, um den donnernden Applaus zu dieser Rede einzufangen. Auch im Kabinettssaal rund um Collins klang lauter Beifall auf.

»Bravo!« rief der Präsident, legte seine Upmann-Zigarre ab und klatschte. »McKnight«, fragte er seinen Chefadjutanten über die Schulter, »wer war dieser Abgeordnete, der da eben sprach?«

»So-und-so Smith?«

»Schauen Sie doch einmal nach. Jemand, der so logisch denkt und so großartig reden kann, könnten wir im Weißen Haus gut gebrauchen.«

Sein Blick ging wieder zurück zum Bildschirm.

»Achtung! Ruhe, bitte! Die namentliche Abstimmung geht gleich los!«

Sie hatte schon angefangen. Die Abgeordneten wurden mit ihrem Namen aufgerufen und antworteten laut mit »Ja!« oder »Nein!«. Im Kabinettssaal ließ sich Direktor Tynan vernehmen. Er sagte ein Kopf-an-Kopf-Rennen voraus. Hinter Collins meinte Steedman in seiner knappen, harten Art, daß es noch eine Weile dauern werde, bis man etwas sagen könne; immerhin habe das New Yorker Abgeordnetenhaus 150 Mitglieder.

Müde und abgespannt ließ Collins seine Gedanken von der Übertragung abschweifen. Eine Weile schaute er zu dem Bulldoggengesicht von Tynan hinüber, der, von Sorge und Zweifel geplagt, aufgestanden war und nun voller Spannung mit gesenktem Blick die Übertragung verfolgte. Dann sah er sich nach dem Präsidenten um. Der saß da und blickte gebannt auf den Bildschirm. Sein Gesicht war ohne Gefühl und Bewegung, als ob er für einen Bildhauer Modell säße, um sich für den Mount Rushmore in Stein meißeln zu lassen.

Lauter aufrechte Männer, die sich ihrer Aufgabe mit voller Hingabe widmen, dachte sich Collins. Ganz gleich, was andere, harte Kritiker wie Ishmael Young oder sogar Zweifler wie Karen draußen sagen mochten, das waren Menschen mit Verantwortung. Er fühlte sich wohl in diesem Kreis der Macht. Da gehörte er dazu. Er hätte gern dem Mann gedankt, der ihn dazu gebracht hatte und der nun selbst fehlen mußte, Colonel Baxter, der in der Klinik in Bethesda im Koma lag. Collins hatte immer fest geglaubt, daß er alles Colonel Baxter zu verdanken habe. Aber jetzt, als er sich alles noch einmal durch den Kopf gehen ließ, wurde ihm klar, daß es eher einer Reihe von Zufällen und Mißverständnissen zuzuschreiben war, wenn er heute als Justizminister hier saß. Sein verstorbener Vater und Colonel Baxter hatten nicht nur das gleiche College besucht, sondern in Standford auch im selben Zimmer gewohnt. Baxter blieb seines Vaters bester Freund in den ersten und schweren Jahren nach dem Examen. Collins' Vater wäre wie er gerne Rechtsanwalt geworden, ging aber dann in die Wirtschaft und stieg schließlich zu einem wohlhabenden Fabrikanten von Elektronikzubehör auf. Collins erinnerte sich, wie stolz sein Vater auf ihn war, seinen Sohn, den Rechtsanwalt. Und Colonel Baxter und seinen anderen Freunden hatte er regelmäßig über die Fortschritte seines Sohnes und seinen wachsenden Ruhm in der juristischen Fachwelt berichtet.

Zwei Ereignisse, nur ein paar Jahre auseinander, waren es vor allem, die ihm die besondere Anerkennung von Colonel Baxter eingebracht hatten: Das eine war seine nur kurz, aber doch weithin beachtete Bestallung als Anwalt der Amerikanischen Bürgerrechtsunion in San Francisco. Mit großem Erfolg hatte er damals die Bürgerrechte einer extrem rechtsorientierten amerikanischen Organisation verteidigt, weil er an das Recht der freien Meinungsäußerung für alle glaubte. Das hatte mehr mit der Durchsetzung des höchsten Grundsatzes der Verfassung zu tun gehabt als mit der eigentlichen Verteidigung seiner Klienten. Auf Colonel Baxter als Konservativen mochte dies wahrscheinlich aus ganz anderen Gründen besonderen Eindruck gemacht haben. Wenig später, als Staatsanwalt in Oakland, hatte Collins bundesweit Aufsehen erregt, als er mit großem Erfolg die Anklage gegen drei schwarze Killer vertrat, die abscheuliche Verbrechen verübt hatten. Das hatte nur noch größeren Eindruck auf Colonel Baxter gemacht, offenbar weil sich damit für ihn gezeigt hatte, daß Collins selbst dann nicht weich wurde, wenn er im Dienste der Justiz härter gegen Schwarze als gegen Weiße vorging. Was allerdings damals niemals richtig in die Presse gekommen war, das war Collins' wahre Überzeugung, daß diese verarmten, in schlechten Verhältnissen aufgewachsenen und mißbrauchten Schwarzen in Wirklichkeit die wahren Opfer der Gesellschaft waren. Aber unglücklicherweise hatte das Gesetz keine mildernden Umstände für die vorgesehen, die das Pech hatten, die falschen Gene mitbekommen zu haben.

Daß Collins in seiner privaten Praxis in Los Angeles auch die Rechte und die Existenz verschiedener Organisationen von Schwarzen und Chicanos erfolgreich verteidigt und Dutzende von weißen Nonkonformisten vor einer Verurteilung bewahrt hatte, schien Colonel Baxter nur eine typische, jugendliche Verirrung, eine Beschwichtigung, die ein junger, aufstrebender Rechtsanwalt für sein Gewissen benötigt. Gestützt auf solche Referenzen und auf die alte Freundschaft seines Vaters, war Collins nach Washington gekommen, um schließlich Bundesstaatsanwalt und damit Colonel Baxters Stellvertreter zu werden. Und nur einem reinen Zufall, nämlich einem Riß in den Arterien des Colonels, verdankte er seinen Aufstieg zum Bundesgeneralanwalt und somit zum Justizminister, als der er Mitglied dieser elitären Gesellschaft wurde.

Auf einmal kam es ihm so vor, als ob er laut denke. Dann aber merkte er, daß im Kabinettssaal eine geradezu unnatürliche Stille eingetreten war. Er schaute sich um, sah plötzlich den Präsidenten von seinem Sitz aufspringen und hörte ungeheuren Beifall.

Verwirrt schaute er auf den Bildschirm, dann auf Karen, die still geblieben war. Sie flüsterte: »Nun ist er doch durchgekommen. Das New Yorker Abgeordnetenhaus hat den Verfassungszusatz 35 ratifiziert. Hörst du den Ansager? Er sagt gerade, daß nur noch das Ja eines Bundesstaates fehlt, damit der 35er Gesetz wird. Sie schalten jetzt zurück in die Sendezentrale, wo die politische Redaktion eine erste Zusammenfassung gibt, und dann weiter nach Columbus.«

Im Saal war alles aufgestanden und jubelte. Collins' Sicht auf den Bildschirm war für einen Augenblick durch Steedman versperrt, der sich dem Präsidenten zuwandte. »Herzlichen Glückwunsch!« rief er ihm zu. »Ich gebe zu, das ist eine tolle Überraschung, geradezu umwerfend! Unsere Prozentrechnungen hatten zwar die Möglichkeit einkalkuliert, aber es gab eigentlich keinen Anlaß zu der Annahme, daß dieser Fall eintreten würde!« Direktor Tynan packte Collins so fest an der Schulter, daß dieser fast zusammenzuckte. »Tolle Sache, was? Großartig!«

»Vernon –«, jetzt wandte sich der Präsident an Tynan.

»Ja, Mr. President?«

» – wissen Sie, was den Ausschlag gab? Was diese New Yorker Versammlung auf unsere Seite brachte? Das war die Rede von diesem Abgeordneten, diesem Smith. Das war eine Rede! Perfekt! Gerade so, als ob Sie sie selbst geschrieben hätten!«

Direktor Tynan grinste über das ganze Gesicht: »Vielleicht habe ich das auch!« Und alle lachten, als ob sie es wüßten. Collins lachte mit, denn er war nun einmal dabei und wollte auch weiter dabei bleiben – obwohl er das alles nicht so recht verstand.

Eine laute Stimme unterbrach das Gelächter: »Das Büfett ist angerichtet!« Es war Miß Ledger, die persönliche Sekretärin des Präsidenten, die nun die Gäste zum anderen Ende des Tisches dirigierte. »Bitte bedienen Sie sich, bevor die Abstimmung in Ohio anfängt.« Collins reichte Karen die Hand und half ihr auf. Sie waren fast die letzten in der wartenden Schlange vor dem warmen Büfett, und bevor sie an der Reihe waren, eilten die anderen schon wieder zu ihren Plätzen zurück. Anscheinend dauerte es nur noch wenige Minuten bis zur Direktübertragung.

Auf seinem Platz hatte sich der Präsident niedergelassen, so brachte Collins Karen zu zwei freien Plätzen weiter hinten. Von dort konnte er gerade noch das Fernsehgerät sehen.

Von der Rednertribüne des Abgeordnetenhauses wurde die zur Abstimmung anstehende Resolution verlesen. Collins hatte es aufgegeben, noch einen Blick auf den Bildschirm zu werfen.

Aus dem Fernseher war eine Stimme zu hören, die monoton den Text der Resolution herunterleierte:

»Vorlage zu einem Zusatzartikel zur Verfassung der Vereinigten Staaten zwecks Erhöhung der inneren Sicherheit. Nach den Beschlüssen des Senats und des Repräsentantenhauses im Kongreß, gefaßt jeweils mit zwei Dritteln der Stimmen jedes Hauses, wird hiermit ein Zusatz für die Verfassung der Vereinigten Staaten vorgeschlagen, der in jeder Hinsicht Teil der Verfassung werden soll, wenn er von drei Vierteln der gesetzgebenden Körperschaften der einzelnen Staaten ratifiziert wird. Der vorgeschlagene Zusatz lautet wie folgt:

Im Fall eines inneren nationalen Notstandes sollen die Verfassungszusätze 1 bis 10 durch den nachstehenden Verfassungszusatz ersetzt werden:

§ 1, Absatz 1: Kein von der Verfassung garantiertes Recht darf als Freibrief für die Gefährdung der nationalen Sicherheit ausgelegt werden.

Absatz 2: Im Falle drohender Gefahr wird ein Ausschuß für Nationale Sicherheit, der vom Präsidenten berufen wird, mit dem Nationalen Sicherheitsrat zu einer gemeinsamen Konferenz zusammentreten.

Absatz 3: Wird festgestellt, daß die nationale Sicherheit in Gefahr ist, erklärt der Ausschuß für Nationale Sicherheit den Ausnahmezustand und übernimmt an Stelle der verfassungsmäßigen Regierung mit unbeschränkter Vollmacht die Regierungsgewalt, bis die Gefahr unter Kontrolle gebracht oder ausgeschaltet ist.

Absatz 4: Vorsitzender des Ausschusses ist der Direktor des FBI.

Absatz 5: Diese Regelung bleibt so lange in Kraft, solange der Notstand besteht und als solcher erklärt ist. Sie wird automatisch durch amtliche Erklärung aufgehoben, sobald der Notstand beseitigt ist.

§ 2, Absatz 1: Für die Dauer der Aussetzung der obengenannten Rechte bleiben die übrigen verfassungsmäßigen Rechte unverletzlich bestehen.

Absatz 2: Alle Beschlüsse müssen vom Ausschuß einstimmig gefaßt werden.

Das alles war Collins hinlänglich bekannt, aber laut vorgelesen klang es viel härter und strenger. Verunsichert und mißmutig stocherte er in seinem Essen herum.

»Das Haus ist aufgerufen«, hörte er den Präsidenten sagen. »Die namentliche Abstimmung beginnt. Jetzt sind wir dran. Na, ja – ist so gut wie gelaufen – eine sichere Sache! Den 35er haben wir in der Tasche!« Collins setzte seinen Teller ab und schaute gespannt zu, wie im Saal die jeweils in Großaufnahme gezeigten Abgeordneten den Abstimmungsknopf an ihrem Pult drückten. Die abgegebenen Stimmen wurden auf einer der beiden riesigen Anzeigetafeln auf der Stirnseite des Hauses registriert. Ja-Stimmen und Nein-Stimmen, fast auf gleicher Höhe, dicht beieinanderliegend.

Im Kabinettssaal herrschte absolute Stille. Nur die Stimme des Fernsehreporters war zu hören, der die Zahlen der abgegebenen Stimmen wiederholte. Minuten verrannen. Unbarmherzig ging die Abstimmung weiter. An der großen Tafel konnte man die Stimmenverteilung ablesen: Ja, Nein, Nein, Nein, Ja, Nein, Ja, Nein, Nein . . .

Da platzte die Stimme des Ansagers in den Abstimmungsvorgang. »Jetzt sind die Neins nach vorne gegangen! Das ist eine Sensation! Die Chancen für die bisher so sicher scheinende Ratifizierung schwinden dahin! Allen Experten und Meinungsforschern zum Trotz bahnt sich hier ein überraschender Umschwung an!«

Noch ein paar Minuten, noch ein paar Stimmen. Und so plötzlich wie es begonnen hatte, war es vorbei. Der Artikel 35 war niedergestimmt, vom Abgeordnetenhaus des Staates Ohio abgelehnt.

Ein Murren und Stöhnen lief durch den Saal, und viele machten ihrer Enttäuschung und Empörung Luft. Collins fühlte, wie sein Herz schneller schlug. Er blickte verstohlen zu Karen hinüber. Gefaßt unterdrückte sie ein Lächeln. Mürrisch runzelte Collins die Stirn und wandte sich ab.

Alles stand auf. Niedergeschlagen und verstört umstanden die meisten Gäste den Präsidenten. Der zuckte die Achseln und sah zu seinem Meinungsforscher hinüber: »Ich dachte, Ohio hätten wir schon in der Tasche, Ronald. Was ist denn schiefgelaufen?«

»Wir rechneten uns für Ohio einen bequemen Sieg aus«, erwiderte Steedman. »Aber unsere letzte Auswertung der Antworten der Abgeordneten wurde von uns schon vor sechsunddreißig Stunden abgeschlossen. Wer weiß, welche Faktoren da vielleicht nicht einkalkuliert waren und was sich in dieser Zeit bei den Abgeordneten abgespielt hat?«

McKnight, der Adjutant, winkte mit dem Arm: »Mr. President, der Kommentator scheint eine Antwort auf Ihre Frage zu haben . . .«

Der Präsident und seine Gäste, mit ihnen Collins, wandten sich wieder dem Fernsehgerät zu. Der Kommentator schien in der Tat eine Erklärung für die Sensation zu haben.

». . . erreicht uns gerade hier in unserer Reporter-Koje eine Nachricht, die wir Ihnen allerdings noch nicht bestätigen können. Verschiedene Abgeordnete haben unserem Berichterstatter im Plenum erklärt, daß es gestern abend und heute den ganzen Morgen über eine intensive Kampagne gegen den Verfassungszusatz in der Landeshauptstadt gegeben hat – eine Blitzaktion von Anthony Pierce, dem Vorsitzenden der VDM, der nationalen Vereinigung, die unter dem Namen ›Verteidiger der Menschenrechte‹ bekannt geworden ist. Seit einem Monat wandte er sich damit an die Abgeordneten der Bundesstaaten, die über den Verfassungszusatz abzustimmen hatten, und hat nun mit dieser Aktion hier in Ohio seinen spektakulärsten Erfolg erzielt. Wie wir gerade erfahren, ist Tony Pierce in allerletzter Stunde mit vielen noch unentschlossenen Abgeordneten zusammengetroffen, ja auch mit solchen, die für den Verfassungszusatz waren. Er hat sie mit einer Dokumentation bearbeitet, um ihnen klarzumachen, welchen nicht wiedergutzumachenden Schaden der Artikel 35 in unserem Land anrichten würde. Offenbar hat er es fertiggebracht, genügend Abgeordnete zu überzeugen, den Zusatz niederzustimmen, dessen Ratifizierung hier in Ohio noch vor einer Stunde so sicher wie das Amen in der Kirche zu sein schien. Tony Pierce ist, wie sich wohl die meisten Zuschauer erinnern werden, ein früherer FBI-Agent, aus dem nun ein erfolgreicher Schriftsteller und Anwalt, vor allem aber ein unbedingter Verfechter der Bürgerrechte geworden ist. Seine Vergangenheit . . .«

Eine wütend belfernde Stimme übertönte den Kommentator. »Wir kennen seine Vergangenheit!« brüllte Direktor Tynan, der vor lauter Aufregung vor dem Fernsehapparat hin und her sprang und seine geballte Faust gegen den Bildschirm schwang. »Wir wissen alles über den verdammten Hurensohn!« keuchte er voller Haß.

Er wirbelte herum und starrte die anderen mit krebsrotem Gesicht an. Dann wandte er sich zum Präsidenten. »Verzeihen Sie meine Erregung, aber wir kennen diesen Schuft Pierce nur zu gut. Als Student war er Führer einer radikalen Aktivistengruppe an der Universität von Wisconsin. Wir wissen auch, wie er seinen Orden in Vietnam bekam, den er sich überhaupt nicht verdient hat. Wie ein Fuchs hat er sich in das FBI eingeschlichen, den tollen Kriegsheld gespielt und sogar unseren großen Direktor Edgar Hoover belogen, der ihn wohlwollend unterstützte. Wir wissen, daß er seine Pflichten vernachlässigte – er ließ Verbrecher laufen, die in Haft sollten, fälschte Berichte, wollte immer nur neue Aufgabenbereiche an sich reißen und war ein Querulant. Deswegen habe ich ihn gefeuert! Uns sind vier radikale Gruppen bekannt, denen seine Frau angehört. Einer seiner Söhne hat uneheliche Kinder. Wir kennen mindestens neun subversive Organisationen, die sein Anwaltsbüro verteidigt. Wir kennen Tony Pierce in- und auswendig. Er kam sich schon wie ein Zauberdoktor vor, noch ehe dies hier alles angefangen hat. Wir hätten ihn fertigmachen sollen, als er die VDM übernahm, aber wir haben es nicht getan, weil wir keine negativen Schlagzeilen über das FBI und einen früheren Agenten in der Presse haben wollten. Wäre auch nicht gut für das Ansehen des FBI gewesen – und außerdem dachten wir nicht im entferntesten, daß jemand diesen kauzigen Kerl überhaupt erst nehmen würde.«

»Machen Sie sich nichts daraus, Vernon, es lohnt sich nicht, sich darüber aufzuregen«, versuchte der Präsident ihn zu beruhigen. »Der Schaden ist nun einmal angerichtet. Wichtig ist jetzt nicht, wer das getan hat, sondern daß uns das nicht noch einmal passiert!«

Bestürzt und vollkommen überrascht von Tynans Wutausbruch hatte Collins die abstoßende Szene verfolgt. Wie sich hier nicht nur Haß und Bosheit, sondern auch geradezu inquisitorische Natur des Direktors offenbarten, hätte Collins nie für möglich gehalten. Collins nahm Karens Hand, so als ob er seine Bestürzung mit ihr teilen wollte. Da merkte er, daß der Präsident ihn zu sich winkte. Er ließ Karens Hand los und drängte sich zwischen McKnight und den Fraktionsführern im Senat zum

Präsidenten durch, der mit Tynan sprach. Nachdenklich rieb sich der Präsident einen Augenblick lang sein Kinn. »In New York haben wir durch einen Meinungsumschwung gewonnen, also aus dem gleichen Grund, aus dem wir in Ohio verloren haben. Das zeigt doch nur, wie wankelmütig das Volk ist. Jetzt bleibt uns nur noch ein Staat: Kalifornien. In einem Monat. Alles hängt von diesem Staat ab.« Er machte eine Pause. »Ich habe bisher die Meinungsforschungsergebnisse drüben an der Westküste nicht so genau verfolgt. Aber Ronald sagt mir, daß wir nach seinen Erhebungen im Goldenen Land eindeutig vorne liegen. Mir ist das nicht mehr genug. Wir alle wissen, wie unberechenbar die da drüben am Pazifik sind. Kalifornien ist unsere letzte Chance, und ich setze alles darauf. Ich möchte, daß Sie, Vernon, und Sie, Chris, alle Register ziehen. Wir müssen einfach gewinnen.«

Collins und Tynan nickten.

Der Präsident schnitt eine neue Zigarre an und wartete, bis Tynan ihm Feuer gab. Er blies den Rauch aus und wandte sich an Chris. »Ich habe da eine Idee, wie wir vorgehen können. Sie kommen doch aus Kalifornien, oder?«

»Ja, aus dem Kalifornischen Becken, habe aber auch in Los Angeles praktiziert.«

»Großartig. Es wäre nicht schlecht, wenn Sie in der nächsten oder übernächsten Woche mal wieder hinfahren würden. Sie könnten doch, mit gebührender Vorsicht natürlich, aber nicht ohne entsprechende Wirkung, die Abgeordneten ein wenig in unserem Sinne bearbeiten.«

Collins war beunruhigt. »Ich weiß nicht, ob ich überhaupt so viel Ansehen habe, um da unten meinen Einfluß geltend zu machen. Richtig populär ist dort eigentlich nur Bundesrichter Maynard – in Kalifornien ist er praktisch ein Idol.«

Der Präsident schüttelte den Kopf. »Nein, Maynard, das geht nicht. Ich weiß aus zuverlässiger Quelle, daß er nicht auf unserer Seite ist. Und schwierig ist er überdies. Selbst wenn dem nicht so wäre, ist kaum anzunehmen, daß sich ein Richter zu einer derartig hochpolitischen Frage äußert.«

»Gott behüte!« warf Tynan ein. »Bei dem 35er würde ich dem nicht über den Weg trauen!« »Wir brauchen Maynard nicht«, fuhr der Präsident fort und wandte sich wieder an Collins, »aber Sie. Man soll sein Licht nicht unter den Scheffel stellen, lieber Chris. Sie sind Bundesgeneralanwalt. Ist das nichts? Da werden die richtigen Leute zuhören! Ja, ich halte es für gut und richtig, daß Sie nach Kalifornien gehen. Ein Grund wird sich schon finden. Lassen Sie mich überlegen.«

Collins paßte dieser Plan nicht recht, aber er wußte, daß es keinen Zweck hatte, sich zu sperren. »Was immer Sie für wichtig halten und vorschlagen, ich werde es tun.«

»Verdammt wichtig!« unterbrach Tynan. »Gibt gar nichts Wichtigeres. Hab' das hundertmal gesagt und sage es noch einmal. Das ist der wichtigste Teil unserer Gesetzgebung, über den bisher von den Bundesstaaten abzustimmen war. Ohne diesen Zusatz zur Verfassung werden wir bald überhaupt kein Land mehr haben.«

»Vernon hat ganz recht«, sagte der Präsident. »Wir sollten auf alle Fälle jemand in Kalifornien einsetzen. Entweder Sie – oder vielleicht einen Mann von Ihrem Format, der schon etwas länger in der Verwaltung gearbeitet hat.« Er hielt ein und fügte mit Nachdruck hinzu: »Diesmal werden wir nicht verlieren. Dafür werde ich sorgen. Das werde ich nicht zulassen! So kann es nicht weitergehen! Heute morgen habe ich mir den Ost-Saal angesehen. Was ist dort angerichtet worden! Welch eine Verwüstung, welche Schande! Wenn das Haus des Präsidenten nicht mehr sicher ist, ist es fünf vor zwölf. Und doch kann es täglich wieder passieren! Erinnern Sie sich an die abgerichteten deutschen Schäferhunde und Dobermänner, die den Park bewachen sollten? Zur größeren Sicherheit, hat man mir gesagt! Gestern nacht ist der sechste erschossen worden – durch Scharfschützen! Nun hat man mir zu einem Elektrozaun rund um das Weiße Haus geraten, damit ich genauso isoliert bin wie ein Gefangener. Und das im eigenen Haus! Sind nicht jetzt schon die meisten anständigen Bürger dieses Landes gezwungen, sich hinter Selbstschuß- und Alarmanlagen einzusperren? Das, meine Herren, werde ich nicht dulden! Wir werden diesem Land die Zivilisation wiedergeben, und zwar mit dem Artikel 35. Und das können wir nur erreichen, wenn wir in Kalifornien gewinnen!«

»Amen!« setzte Tynan hinzu.

In diesem Augenblick kam Miß Ledger heran. »Entschuldigen Sie bitte, Mr. President . . . – Mr. Collins, Ihre Leibwache ist an der Tür und möchte Sie sprechen. Es ist dringend, sagt er.«

»Danke, Miß Ledger.« Collins wandte sich noch kurz an den Präsidenten. »Ich bin bereit, alles zu tun, was ich kann.«

»Ich gebe Ihnen nächste Woche Bescheid, Chris. Ich glaube,

Sie schauen jetzt besser, was Ihr Gorilla von Ihnen will.«

Collins holte Karen zu sich, beide bedankten sich beim Präsidenten für den Abend und verabschiedeten sich kurz von den Umstehenden. Collins eilte Karen durch den Kabinettssaal zum Eingang voraus, wo er schon die kräftige Gestalt von FBI-Agent Mike Hogan erkannte.

»Was gibt's?«, fragte er.

»Colonel Noah Baxter, Sir«, sagte Hogan in gedämpftem Ton. »Er ist aus dem Koma aufgewacht und bei Bewußtsein. Aber er liegt im Sterben.«

»Verdammt. Das ist schlecht. Ist das sicher?«

»Ganz sicher. Keine Frage. Die Nachricht kam von Mrs. Baxter. Sie hat selbst mit der Vermittlung im Justizministerium gesprochen. Als Colonel Baxter zu Bewußtsein kam, verlangte er sofort nach Ihnen. Er will Sie dringend sprechen, Ihnen etwas Wichtiges sagen. Mrs. Baxter bat mich, Sie so schnell wie möglich zu holen, ehe es zu spät ist.« Collins packte Karen am Arm und stürzte in den Korridor. »Okay, fahren wir direkt nach Bethesda. Es ist keine Minute zu verlieren.« Er sah Karen an. »Ich möchte nur wissen, was, zum Teufel, das alles zu bedeuten hat.«

In halsbrecherischer Fahrt raste die Limousine die Wisconsin Avenue nach Norden, kreuzte die Maryland-Linie, fuhr am Golfplatz des Chevy Chase Country Clubs entlang, dann schon wesentlich langsamer durch das Geschäftszentrum von Bethesda, um schließlich in die Auffahrt zu dem riesigen Krankenhauskomplex einzubiegen und vor dem Haupteingang des weißen Turmgebäudes mit scharfem Bremsen zum Halten zu kommen, dem Kernstück der Nationalen Medizinischen Zentralklinik der Marine in Bethesda.

Chris Collins bat Karen, mit Hogan und Pagano, dem Fahrer, im Wagen zu bleiben. Er selbst eilte in das Gebäude. Am Eingang fing ihn ein Marineoffizier, den Kragen geöffnet, aber die Rangabzeichen am Ärmel, ab: »Bundesgeneralanwalt Collins?«

»Ja.«

»Folgen Sie mir bitte zum fünften Stockwerk, Sir.«

Als sie im Aufzug nach oben fuhren, erkundigte sich Collins: »Wie geht es Colonel Baxter?«

»Als ich vor zwanzig Minuten herunterkam, hing sein Leben an einem seidenen Faden. Es tut mir leid, das so sagen zu müssen.«

»Hoffentlich komme ich nicht zu spät. Wer ist bei ihm?«

»Mrs. Baxter natürlich. Und ihr kleiner Enkel, Rick Baxter. Er lebt jetzt bei seinen Großeltern, solange seine Eltern noch im Regierungsauftrag in Kenia sind. Wir haben heute nacht versucht, sie zu erreichen. Hat leider nicht geklappt. Dann sind noch zwei Ärzte und die Nachtschwester bei ihm. Und – das hätte ich beinahe vergessen – Pater Dubinski hält sich bereit, er kommt von der Heiligen-Dreifaltigkeits-Kirche in Georgetown, in die auch immer die Kennedys gegangen sind . . . Hier sind wir, Sir.«

Sie gingen rasch den Korridor entlang, vorbei an diskutierenden Ärzten in Uniform. Collins schien Bethesda eher eine militärische Anlage als ein Krankenhaus zu sein. Sein Begleiter wies auf ein Privatkrankenzimmer hin, dessen Tür angelehnt war. »Hier herein, Sir. Dies ist der Aufenthaltsraum, er selbst liegt im nächsten Zimmer.« Der Aufenthaltsraum war leer. Von nebenan hörte Collins verhaltenes Schluchzen. Er drehte sich um und sah, daß die Tür zum anderen Raum halb offenstand. Er konnte nur einen Teil des Bettes sehen, aber dann erkannte er eine Gruppe in der halbdunklen Ecke. Da saß die grauhaarige, beleibte Hannah Baxter, ein Taschentuch vor den Augen, in Tränen aufgelöst. An ihrem Arm hing ein kleiner Junge, der Enkel Rick – er war zwölf, erinnerte sich Collins –, bleich, verwirrt, mit Tränen in den Augen. Und hinter ihnen stand im schwarzen Rock der Priester. »Warten Sie bitte, Sir«, bat der Offizier, der Collins heraufbegleitet hatte. »Ich sage Bescheid, daß Sie da sind.«

Er verschwand im nächsten Raum und schloß die Tür hinter sich. Collins sah auf dem Tisch Zigaretten liegen, nahm sich eine, zündete sie an und ging nervös in dem kleinen, leeren und unfreundlichen Zimmer auf und ab. Immer wieder, wohl zum zehnten Male, fragte er sich, was es denn in aller Welt so Wichtiges geben könnte, das Colonel Baxter ihm dringend mitzuteilen hatte, in einer Nacht, die wohl seine letzte auf Erden sein würde. Collins kannte zwar den Colonel und seine Frau ziemlich gut von gelegentlichen Partys, aber so richtig verbunden hatte er sich ihnen eigentlich nie gefühlt, und seine Beziehungen zum Colonel waren eindeutig dienstlicher Art. Was also mochte der Colonel in den letzten Augenblicken seines Lebens zu sagen haben?

Jetzt ging die Tür zum Nebenzimmer auf. Automatisch drückte Collins seine Zigarette aus und verhielt sich ruhig. Der Offizier tauchte auf, gefolgt von einer Schwester und dem kleinen Rick. Alle gingen wortlos an ihm vorbei und hinaus auf den Korridor. Sekunden später erschien in der Tür zum Nebenzimmer eine schwarzgekleidete Gestalt, augenscheinlich Pater Dubinski von der Heiligen-Dreifaltigkeits-Kirche.

Bedächtig schloß der Priester die Tür hinter sich und machte auch die zum Korridor fest zu, bevor er, noch immer schweigend, Collins mit leichtem Kopfnicken begrüßte. Er war klein, untersetzt, ruhig, etwa vierzig, mit tiefschwarzem Haar und hellen blauen Augen, eingefallenen Wangen und einem Mund, der Gelassenheit und Ruhe erkennen ließ.

»Mr. Collins? Ich bin Pater Dubinski.« Er stand jetzt bei Collins und hielt den Blick gesenkt.

»Ja, ich weiß«, sagte Collins. »Ich war gerade im Weißen Haus, als ich die Nachricht von Hannah – von Mrs. Baxter – erhielt, daß der Colonel im Sterben liege und er mich dringend zu sprechen wünsche, weil er mir etwas Wichtiges zu sagen habe. Ich kam so schnell wie möglich. Ist er bei Bewußtsein? Kann ich zu ihm?«

Der Priester räusperte sich. »Es tut mir leid, aber es ist zu spät. Colonel Baxter starb vor zehn Minuten.« Er machte eine Pause. »Möge seine Seele ruhen in Frieden, in alle Ewigkeit.«

Collins wußte nicht, was er sagen sollte.

»Das ist tragisch«, brachte er schließlich heraus. »Vor zehn Minuten? Ich – ich kann es noch nicht glauben!«

»Es ist leider wahr. Noah Baxter war ein großartiger Mensch. Ich weiß, was Sie fühlen, und ich fühle mit Ihnen. Aber Gottes Wille geschieht.«

»Ja«, sagte Collins.

Er war sich nicht sicher, ob es jetzt, in dieser Stunde der Trauer, angebracht war, herauszufinden, weshalb ihn der Colonel noch hatte sprechen wollen. Aber er mußte sich vergewissern.

»Pater, war der Colonel vor seinem Tode bei klarem Bewußtsein? Konnte er überhaupt noch sprechen?«

»Er sprach nur wenig.«

»Sagte er jemand – vielleicht Ihnen oder Mrs. Baxter –, weshalb er mich zu sprechen wünschte?«

»Nein, ich glaube nicht. Er erklärte seiner Frau, daß er Sie dringend sehen und sprechen müsse.« »Sonst nichts?«

Der Priester spielte nervös mit seinem Rosenkranz. »Er sprach noch kurz mit mir. Ich erklärte ihm, daß ich gekommen sei, ihm die Beichte abzunehmen und die Letzte Ölung und die heilige Kommunion zu spenden, wenn er dies wünsche. Er bat mich darum, und ich konnte dies noch so rechtzeitig tun, um ihn mit Gott dem Allmächtigen zu versöhnen. Gleich darauf schloß er seine Augen für immer.« Collins hatte wenig Sinn für schöne Worte. Ihm ging es um die Sache. »Sie sagten, Pater, daß er auf seinem Sterbebett gebeichtet hat?«

»Ja, ich hörte seine letzte Beichte.«

»Und war da etwas, was er mir vielleicht hatte sagen wollen?«

Pater Dubinski verzog den Mund. »Mr. Collins«, erwiderte er sanftmütig, »die Beichte ist geheim.«

»Und wenn er Ihnen etwas gesagt hat, was für mich . . .?«

»Ich kann mir nicht erlauben zu entscheiden, was für Sie oder den Herrn bestimmt war. Colonel Baxters Beichte muß geheim bleiben. Ich darf nicht einmal einen Teil davon weitergeben. Ich gehe besser wieder zu Mrs. Baxter.« Er machte eine Pause: »Nochmals, Mr. Collins, es tut mir leid.«

Damit verschwand der Priester im Nebenzimmer, und Collins ging langsam hinaus auf den Korridor.

Wenig später saß er neben Karen im Fond der Limousine. Er befahl dem Fahrer, sie rasch nach Hause nach McLean zu bringen. Als der Wagen anfuhr, wandte er sich Karen zu und merkte sofort, wie besorgt sie war.

»Ich kam zu spät. Er war schon tot, als ich ankam.«

»Schrecklich. Hast du – konntest du herausbekommen, worüber er mit dir noch sprechen wollte?«

»Nein, keine Ahnung.« Er ließ sich tiefer in den Sitz sinken. Noah Baxters dringende Bitte war für ihn voller Rätsel. »Aber irgendwie werde ich es schon herausfinden, weshalb er gerade an mich seine letzten Worte verschwenden wollte. Ich war doch nicht sein bester Freund!«

»Du bist Bundesgeneralanwalt, sein Nachfolger.«

»Daran dachte ich auch«, meinte Collins fast zu sich selbst. »Damit muß es zu tun haben; oder mit den Verhältnissen in unserem Lande. Das eine oder das andere. Etwas, was für uns alle von großer Bedeutung sein kann. Er sagte ja, daß es wichtig sei, als er mich holen ließ. Ich kann das nicht unaufgeklärt lassen. Ich weiß noch nicht wie, aber ich muß dahinterkommen.«

Er fühlte Karens Hand auf seinem Arm. »Nein, Chris, laß dich da nicht weiter hineinziehen. Ich kann es mir nicht erklären; ich fürchte mich und mag nicht dauernd in Angst leben.«

Er sah in die Nacht hinaus. »Und ich lebe nicht gern mit Rätseln und Geheimnissen.«

2

An einem regennassen Maimorgen wurde Colonel Noah Baxter, der frühere Bundesgeneralanwalt der Vereinigten Staaten, auf einer der noch wenigen freien Grabstellen auf dem Nationalfriedhof von Arlington am Ufer des Potomac gegenüber von Washington D. C. beigesetzt. Verwandte und Freunde, die Mitglieder des Kabinetts und Präsident Wadsworth selbst standen an seinem Grabe, als Pater Dubinski zum letzten Gebet anhob. Dann war es vorbei, und traurig und gleichzeitig erleichtert kehrten die Lebenden wieder an ihre Arbeit, ihren Platz zurück.

Direktor Tynan, sein Assistent, der kleine, sehnige Harry Adcock, und Bundesgeneralanwalt Christopher Collins waren gemeinsam zum Begräbnis gekommen und fuhren auch gemeinsam wieder zurück. Schweigend und fast im gleichen Schritt gingen sie die Sheridan Avenue hinunter, vorbei an den Denkmälern von Pierre Charles l'Enfant und General Philip H. Sheridan, vorbei an der kleinen ewigen Flamme, die auf dem Grab von John F. Kennedy brannte, bis zu Tynans gepanzertem Dienstwagen.

Nur einmal wurde das Schweigen unterbrochen. Als sie an einer Reihe dicht beieinanderstehender Grabmäler aus dem Bürgerkrieg vorbeikamen, wies Tynan mit dem Finger darauf. »Sie wissen doch, woran man die toten Unionisten von den Konföderierten unterscheiden kann? Bei den Unionisten sind die Grabsteine oben rund und bei den Konföderierten sind sie spitz, damit sich keiner von den verdammten Yankees draufsetzen kann! Wissen Sie, wer mir das erzählt hat? Noah Baxter! Der gute alte Noah sagte mir das, als wir eines Tages, so wie wir heute, vom Begräbnis eines Drei-Sterne-Generals zurückkamen.« Er schnaufte laut. »Hat sich wohl nicht träumen lassen, wie bald er selbst hier liegen würde!« Er schaute zum Himmel. »Hat sich jetzt ausgeregnet. Gehen wir besser wieder an unsere Arbeit.« An Tynans Wagen hielt ein FBI-Agent die hintere Tür auf. Harry Adcock stieg zuerst ein, Tynan folgte, zuletzt Collins. Wenige Augenblicke später fuhren sie durch das *Arlington Memorial Gate* und über die *Memorial Bridge* in die City zurück.

»Werde den guten alten Noah sehr vermissen«, sagte Tynan. »Sie wissen wahrscheinlich nicht, wie nahe wir einander standen. Machte mir richtig Spaß, der alte Griesgram.«

»War ein guter Kerl«, stimmte Adcock zu, der – wenn andere dabei waren – immer wie das Echo seines Vorgesetzten klang.

»Ich werde ihn auch vermissen«, sagte Collins, um sich nicht auszuschließen. »Schließlich bin ich durch ihn nach Washington und in dieses Amt gekommen.«

»Ja«, meinte Tynan, »tut mir nur leid, daß er nicht lange genug bei uns war, um die Früchte seiner Arbeit zu erleben, z. B. wie jetzt der Zusatz 35 Teil der Verfassung wird. Alle sind fest überzeugt, daß Präsident Wadsworth den entscheidenden Anstoß zum 35er gegeben hat. In Wahrheit war es Noah, der alles in Gang brachte. Und er glaubte daran wie an eine Religion, die uns erlösen würde. Wir sind es ihm schuldig, den Verfassungszusatz in Kalifornien durchzusetzen.«

»Werden es versuchen«, sagte Collins.

»Versuchen? Nein, Chris, wir müssen mehr tun! Es muß unbedingt gelingen.« Er musterte Collins mit abschätzendem Blick. »Noah hätte bestimmt auf Sie gerechnet, Chris, den Zusatz noch über die letzte Hürde zu bringen. Wäre er noch unter uns, er hätte es getan! Ich sage Ihnen Chris, für Colonel Noah Baxter war die Durchsetzung des Verfassungszusatzes dringend, absolut vorrangig.«

Collins fühlte, wie sich Tynans massiger Körper breit machte und ihn mehr und mehr an den Rand seines Platzes und damit an die gepanzerte Seitenwand des Wagens drückte.

Das Wort »dringend« ließ ihn aufhorchen. Sogleich sah er wieder die abendliche Szene vor sich, als der Priester ihm bestätigte, daß Colonel Baxter ihn *dringend* hatte sprechen wollen. Vielleicht wegen des Zusatzes 35? Damals hatte er seiner Frau versichert, daß er dem Rätsel auf die Spur kommen werde. Doch wo anfangen? Jetzt schien sich ihm ein Weg zu zeigen. Vielleicht konnte Tynan, der mit dem Colonel so eng befreundet war, ihm einen Hinweis geben?

»Vernon«, wandte er sich an Tynan. »Apropos absolut vorrangig. Vielleicht hängt folgendes damit zusammen. Erinnern Sie sich noch, wie schnell ich mich verabschieden mußte, als wir neulich abends im Weißen Haus waren? Der Grund dafür war reichlich seltsam: Ich bekam nämlich eine Nachricht aus Bethesda, daß Colonel Baxter im Sterben liege und mir in einer dringenden Angelegenheit etwas höchst Wichtiges mitzuteilen habe. Ich raste zum Krankenhaus und hinauf in sein Zimmer. Aber es war zu spät. Er war Minuten vorher gestorben.«

»Oh?« sagte Tynan, »das ist merkwürdig. Haben Sie herausgefunden, was er für so wichtig hielt, daß er es Ihnen unbedingt noch mitteilen wollte?«

»Das ist es ja gerade, leider nicht. Er sprach noch einige Worte kurz vor seinem Tod, aber nicht zu mir, sondern zu einem Priester. Er beichtete bei diesem Pfarrer, dem von Arlington heute morgen, Pater Dubinski. Als ich das von dem Priester erfuhr, dachte ich, vielleicht wollte der Colonel in seinen letzten Minuten seine Seele von einer schweren Last befreien und mit mir darüber sprechen. Aber Pater Dubinski war nicht bereit, mir etwas zu sagen. Er wies nur auf das Beichtgeheimnis hin.«

»Das ist nun mal so«, stimmte Adcock zu.

»Ich frage mich«, fuhr Collins fort, »ob vielleicht Sie einen Anhaltspunkt wüßten, was mir der Colonel mitteilen wollte, vielleicht irgend etwas aus dem Ministerium, was nicht abgeschlossen worden ist und was er mit Ihnen besprochen hat, ein Programm, eine Aufgabe oder eine Erklärung, über die er mich noch unterrichten wollte? Ist mir wirklich rätselhaft.«

Tynan sah einen Moment lang starr auf den Rücken des Fahrers. »Mir auch. Kann mir gar nicht vorstellen, was Noah da im Sinn hatte. Mir fällt auch nichts von Bedeutung ein, was wir seinerzeit besprochen haben könnten, als er vor fünf Monaten den Schlaganfall erlitt. Ich kann nur wiederholen, was für ihn das Wichtigste war. Von all den tausend Dingen, mit denen er zu tun hatte, stand bei ihm die Ratifizierung des Artikels 35 obenan; er sollte Gesetz werden. Vielleicht hatte es damit zu tun.«

»Durchaus möglich. Aber was im einzelnen vom 35er? Es muß doch etwas ganz besonders Wichtiges gewesen sein, weshalb er mich an sein Sterbebett rufen ließ.«

»Wußte er denn, daß es sein Sterbebett war? Es braucht also nicht unbedingt etwas Besonderes gewesen zu sein.«

»Aber er sagte, es sei dringend«, beharrte Collins. »Ich dachte schon daran, es nochmals bei dem Priester zu versuchen.«

Adcock neigte sich an Tynan vorbei zu Collins hinüber. Sein pickliges Gesicht nahm einen fast feierlichen Ausdruck an. »Wenn Sie mit Priestern solche Erfahrungen wie ich gemacht hätten, wüßten Sie, daß Sie Ihre Zeit verschwenden. Nur Gott kann aus Ihnen etwas herausbekommen.«

»Harry hat recht«, stimmte Tynan zu. Er beugte sich vor und sah aus dem Fenster. »Das Justizministerium. Wir sind da.« Collins schaute ebenfalls hinaus. »Ja, und jetzt zurück an die Arbeit.

Danke fürs Mitnehmen.« Er öffnete die Tür und stieg vor dem Ministerium in der Pennsylvania-Avenue aus.
sylvania-Avenue aus.

»Chris«, rief Tynan ihm nach. »Packen Sie nur bald Ihre Sachen. Der Präsident denkt noch immer daran, Sie nächste Woche nach Kalifornien zu schicken. Wird wohl bald eine entsprechende Entscheidung treffen.«

»Wenn er es wünscht, ich bin bereit.«

Tynan und Adcock schauten Collins nach, als er in das Gebäude ging. Dann fuhren sie weiter zur Rückseite des J. Edgar Hoover-Building, wo der Direktor im zweiten der drei Untergeschosse seinen Dienstparkplatz hatte. Als der Wagen um den Block fuhr und in die E-Straße einbog, trafen sich die Blicke von Tynan und Adcock. »Haben Sie alles gehört, Adcock?«

»Aber ja, Chef.«

»Und was glauben Sie, wollte der alte Noah ihm noch sagen, was, so kurz vor seinem Tod, so verdammt dringend war?«

»Kann ich mir nicht vorstellen, Chef. Vielleicht kann ich es auch, will aber nicht.«

»Vielleicht kann ich es mir auch vorstellen. Glauben Sie, der alte Noah bekam religiöse Anwandlungen und wollte alles ausspucken?«

»Könnte schon sein. Schwer zu sagen. Wie soll man das wissen. Wahrscheinlich werden wir es niemals erfahren. Auf jeden Fall hatte er Gott sei Dank keine Zeit mehr, sich zu verplappern.«

»Aber er hat geredet, Harry. Haben Sie nicht gehört, er sagte etwas zu dem Priester.«

»Ach das, Chef. Das war eine Beichte. Auf dem Sterbebett legt man seine Beichte ab. Da spricht man nicht vom Dienst.«

Tynan zog sein Gesicht in Falten. »Wie sollen wir das wissen? Beichte oder nicht, das ist egal. Noah hat zu jemand gesprochen, bevor er abkratzte, *gesprochen,* verstehen Sie? Er wollte mit jemand über etwas Dringendes reden und hat schließlich geredet. Das gefällt mir nicht. Ich muß wissen, was und wieviel er gesagt hat. Sehr wichtig für mich.«

Der Wagen fuhr in die Tiefgarage des J. Edgar Hoover-Building. Adcock nahm sein Taschentuch heraus und hustete hinein. »Ziemlich schwerer Bursche, Chef«, meinte er schließlich.

»Sind alle schwierig, Harry. Aber nicht lange. Seien wir ehrlich, Harry. Die schweren Jungs gehören doch in unser Ressort. Unser großer Chef, J. Edgar Hoover, pflegte immer zu sagen:

›Die schwierigen Fälle sind für uns da.‹ Wir leben von ihnen, wir brauchen sie. Es ist Sache des FBI, die Leute zum Reden zu bringen, besonders wenn sie über Informationen verfügen, die die Sicherheit der Regierung gefährden können. Und es gibt gar keinen Grund, weshalb dieser Priester – wie war doch noch sein Name . . .«

»Pater Dubinski. Von der Hl.-Dreifaltigkeits-Kirche in Georgetown, wo alle Katholiken aus dem Regierungsviertel hingehen.«

»Okay, da werden Sie auch hingehen, Harry. Das Büro bringt jeden zum Reden, und ich sehe nicht ein, weshalb dieser Dubinski eine Ausnahme machen sollte. Ist Zeit, daß Sie mal wieder in die Kirche gehen, Harry. Machen Sie dem guten Pater einen freundlichen Besuch und finden Sie heraus, was ihm der alte Noah mit seinen letzten Worten gesagt hat und was dieser Dubinski weiß. Weiß er etwas, dann werden wir ihm schon das Maul stopfen. Nehmen Sie das sofort in Angriff, Harry.«

»Chef, Sie wissen, daß ich alles mache. Aber in diesem Falle haben wir, glaube ich, keine Chance.«

»Keine Chance? Wir haben jede Chance in der Welt. Es kann gar nichts schiefgehen, wenn Sie es nur richtig anpacken. Du lieber Himmel, Harry, Sie sollen ja nicht unvorbereitet hingehen. Lassen Sie ihn von der zuständigen Abteilung erst einmal genau unter die Lupe nehmen. Diese sonderbaren Heiligen sind nicht anders als alle anderen. Sie kennen doch unseren Grundsatz: Jeder hat etwas zu verbergen. Auch Priester. Ist nur zu menschlich. Vielleicht säuft er heimlich oder hat es mit einem Chorjungen getrieben. Vielleicht bumst er seine achtzehnjährige Haushälterin im Wandschrank. Oder seine Mutter war eine Kommunistin. Es gibt immer etwas. Gehen Sie nur zu diesem Betbruder und nehmen Sie etwas mit, was er nicht gebeichtet hat. Lassen Sie ihn das wissen, und er wird schon reden. Sie werden ihn kaum halten können, und er wird alles dafür geben, daß wir schweigen.«

Der Wagen hielt im zweiten Untergeschoß auf dem Parkplatz des Direktors.

Einen Augenblick starrte der Direktor bewegungslos nach vorne. »Mir ist es verdammt ernst damit, Harry. Wir sind zu nahe am Ziel, als daß noch etwas schiefgehen darf. Lassen Sie alles andere liegen. Das ist dringend. Stufe eins, okay, Harry?«

»Okay, Chef, gemacht.«

Vernon T. Tynan arbeitete nach der Beerdigung noch zwei Stunden. Genau um zwölf Uhr fünfundvierzig stand er von seinem Schreibtisch auf, machte sich in seinem privaten Baderaum frisch, zog einen Aktenhefter mit dem Aufdruck »DIENSTLICH!« und »VERTRAULICH!« aus dem Safe und ging frohgemut zum Aufzug. Unten im zweiten Untergeschoß zwischen dem Hallenschießstand und dem Sportraum wartete der Fahrer mit der Limousine.

»Nach Alexandria.«

»Ja, Sir«, kam es automatisch vom Fahrer zurück. Und Sekunden später waren sie schon auf dem Weg dorthin.

Es war Samstag. Und jeden Samstag um diese Zeit, wie immer, seit er Direktor des Federal Bureau of Investigation war, befolgte Tynan das geheiligte Ritual, zur Altensiedlung »Goldene Jahre« hinauszufahren, um bei seiner Mutter zu Mittag zu essen.

Einige Jahre nach dem Tod von J. Edgar Hoover hatte er erfahren, daß der »Alte«, wie man ihn nannte, mit seiner Mutter Annemarie bis zu deren Tod im Jahre 1938 zusammengelebt hatte. Hoover war seiner Mutter immer freundlich und mit großem Respekt entgegengekommen. Er hatte damit ein Beispiel gegeben, das Tynan sehr ernst nahm. Große Männer, das wußte er, hatten für ihre Mütter viel übrig. Nicht nur Hoover, auch Napoleon. Das war ja gerade das Schlimme mit diesem Land, daß nicht genug junge Leute, und ältere natürlich auch, Achtung vor ihren Müttern empfanden. Bestimmt gäbe es im Land weniger Verbrechen, wenn die Jungen mehr daran dächten, ihre Mütter zu besuchen, als ihr Samstagabendprogramm mit Pistolen zu bestreiten. Als sie in der Altensiedlung ankamen und vor dem Gebäude hielten, in dem er seiner Mutter eine komfortable Vierzimmerwohnung gekauft hatte, entließ Tynan seinen Fahrer. »In einer Stunde wieder hier«, erinnerte er ihn.

»Eine Stunde, Sir.«

Tynan betrat das Haus und wandte sich nach links zur Wohnungstür. Er besaß sowohl einen Türschlüssel als auch einen Schlüssel für die Alarmanlage. Zunächst prüfte er, ob die Anlage eingeschaltet war. Alles blieb ruhig. Also hatte sie seine Mutter wieder abgestellt, und er mußte sie erneut daran erinnern, die Alarmanlage unbedingt eingeschaltet zu lassen, auch wenn sie zu Hause war. Keine Vorsichtsmaßnahme durfte übersehen werden, besonders in diesen Tagen, wo Straßenlümmel und Raubmörder und linke Terroristen die Straßen unsicher machten. Bei solch verschworenen Revolutionären war nicht auszuschließen, daß sie bei der Mutter des FBI-Direktors einbrachen, sie als Geisel nahmen und ein unglaubliches Lösegeld forderten, wie etwa die Freilassung von Hunderten von Linken, die in den Bundeszuchthäusern eingesperrt waren (wohin sie ja auch gehörten). Er mußte also seine Mutter zu größerer Wachsamkeit anhalten. Er steckte den Schlüssel ins Schloß, schloß auf und ging hinein. Sie saß auf ihrem Lieblingsplatz, dem bequemen Polstersessel vor dem Fernsehgerät.

»Wie geht's, Muttchen?« sagte er.

Sie sah nicht auf, sondern winkte ihm nur mit ihrer stark geäderten Hand zu und konzentrierte sich wieder voll und ganz auf die Asterix-Serie, die gerade lief. Als er ihr einen flüchtigen Kuß auf die gepuderte Stirne hauchte, dankte sie ihm mit einem leichten Lächeln und gab ihn mit der Hand zurück. »Das Mittagessen ist schon fertig. Das ist gleich zu Ende. Zieh dir die Jacke aus.« Erneut wandte sie sich dem Bildschirm zu und hielt sich, in lautes Kichern ausbrechend, den Bauch.

Tynan legte seinen Aktenordner ab, zog die Jacke aus und hing sie säuberlich über die Stuhllehne. Er holte eine Zigarre aus seiner Brusttasche, riß die Hülle auf, biß die Spitze ab und hielt sein Feuerzeug im Abstand von einem Zentimeter daran (wie der Präsident), zog den Rauch ein und genoß das Aroma. Rauchend stand er neben seiner Mutter und sah sich zusammen mit ihr das geistlose Spiel im Fernsehen an. Er blickte mit Stolz auf seine Mutter. Ihr gegenüber hatte er sich immer anständig verhalten. Hätte J. Edgar Hoover ihn jetzt sehen können, er wäre sicher belobigt worden.

Mit vierundachtzig war Rose Tynan noch recht gesund und rüstig. Sie war durch und durch Irin, breitschultrig, kräftig, mit weißem Haar und für ihr Alter gut in Form, abgesehen von ihrem leicht gekrümmten Rücken, dem arthritisch bedingten Hinken und den gelegentlichen Gedächtnislücken. Endlich war die Sendung zu Ende. Mit Mühe und Stöhnen kam Rose Tynan auf die Beine und schaltete den Fernseher ab. Sie nahm ihren Sohn am Arm und führte ihn in das kleine Eßzimmer zu seinem Platz am Kopfende des Tisches.

»Gleich gibt's was zu essen.«

»Muttchen, der Alarm war wieder ausgeschaltet, als ich hereinkam. Du solltest ihn immer eingeschaltet lassen. Mir zuliebe.«

»Ach, das vergeß ich manchmal. Werd' mich bemühen, daran zu denken.«

»Auf jeden Fall! Bitte!«

»Wie steht es im Büro?«

»Wie immer. Viel zu tun.«

»Ich werde dich nicht lange aufhalten.«

»Aber Muttchen, ich komm' doch hierher, weil ich will, weil es mir Freude macht, bei dir zu sein.«

»Dann könnten wir ja zweimal in der Woche zu Mittag essen.«

Sie verschwand in die Küche und kam mit einer Schüssel Corned beef und Kohl zurück. Sonst bestand sein Mittagessen, wie auch das des »Alten«, aus Hühnercremesuppe und Hüttenkäse. Doch heute war Samstag.

»Schmeckt großartig, Muttchen.«

»Brot steht auf dem Tisch, Pumpernickel. Nimm dir. Willst du nicht eine dickere Scheibe? Oh, ich habe Bier vergessen.«

Sie ging in die Küche und kam mit einem schäumenden Bierkrug zurück, stellte ihn vor ihn und ließ sich ächzend auf ihrem Platz nieder.

»Na, Vernon, wie war's heute morgen?«

»Ach, nicht besonders. Wir haben heute Noah Baxter zu Grabe getragen.«

»Er wurde heute beigesetzt? Oh, stimmt ja. Arme Hannah Baxter! Gut, daß sie noch ihren Sohn und einen Enkel hat. Ich werde sie mal anrufen.«

»Solltest du.«

»Mach ich morgen. Wie ist das Corned beef? Nicht zu fett?«

»Prima, Muttchen.«

»Gut. Jetzt erzähl', was gibt es Neues?«

»Erst mal bist du dran.«

Sie weihte ihn in den Klatsch der Nachbarschaft in der Altensiedlung ein und sprach von den kleinen Problemen in ihrem Alltag.

Dann war Vernon T. Tynan dran. Er erzählte ihr von Harry Adcock und Christopher Collins, dem neuen Bundesgeneralanwalt.

»Ist er nett, Vernon?«

»Weiß ich noch nicht, Muttchen, wird sich zeigen.«

Kurz erwähnte er auch Präsident Wadsworth. Darauf berichtete er, wie zwei Mörder in Minneapolis und Kansas City festgenommen wurden, die beide auf der FBI-Liste der zehn meistgesuchten flüchtigen Verbrecher standen. Schließlich kam er, als er den letzten Bissen des recht faserigen Corned beefs in den Mund schob, auf den Verfassungszusatz 35 zu sprechen.

»Mach dir keine Sorgen, Vern. Du schaffst es.«

»Wir brauchen noch einen Bundesstaat, und uns bleibt nur der letzte.«

»Du wirst nicht verlieren.«

Pünktlich nach Plan ging das Mittagessen zu Ende. Noch zehn Minuten, dann war der Fahrer wieder da.

»Können wir jetzt mit der FBI-Akte anfangen, Muttchen? Bist du soweit?«

»Immer!« antwortete sie mit breitem Grinsen.

Er stand auf, ging ins Nebenzimmer und kam mit der streng geheimen Akte zurück.

Die nächsten zehn Minuten lang war diese Akte Tynans großes Samstagsgeschenk für seine Mutter. Sie enthielt alles an Informationen, was dem FBI in der letzten Woche berichtet worden war, meist Intimes über Sex und sich anbahnende Skandale der Stars von Bühne, Film und Sport, mit pikanten Einzelheiten über eine ganze Reihe bekannter Politiker, Industrielle und den Jet-set. Rose Tynan verschlang gierig alle Fan-Magazine und Illustrierten und schwelgte förmlich in solchen Klatschgeschichten.

J. Edgar Hoover, wäre er dabei gewesen, hätte ihm recht gegeben, davon war Tynan überzeugt. Schließlich hatte ja Hoover schon Material über Sexorgien und Trinkgelage prominenter amerikanischer Persönlichkeiten gesammelt und als Geheimsache an Präsident Lyndon B. Johnson zur vergnüglichen Bettlektüre weitergegeben . . .

Tynan öffnete den Ordner und nahm nach und nach die verschiedenen Fälle und Unterlagen heraus.

»Als erstes, Muttchen, ein besonderer Leckerbissen, dein Lieblingsstar!« Er las genüßlich den Namen des hübschen und stattlichen Filmschauspielers vor, den seine Mutter anhimmelte. Und sie gackerte voller Erwartung.

»Er ging letzte Woche in einen Massagesalon, zog sich aus und ließ sich von zwei nackten Mädchen aufs Bett fesseln, die ihn dann auspeitschen mußten.«

Und so ging es zehn Minuten lang weiter. Rose Tynan lauschte entzückt.

Als er fertig war und den Aktenordner schloß, sagte seine

Mutter: »Ich danke dir, Vern. Du bist ein guter Junge. Immer so besorgt um deine Mutter.«

»Danke, Muttchen.«

An der Tür schaute sie ihm prüfend ins Gesicht: »Du hast aber auch deine Sorgen. Das sehe ich dir an.«

»Sind nun mal schlechte Zeiten in unserem Land, Muttchen. Wir haben viel zu tun. Wenn wir den Artikel 35 nicht durchbringen, weiß ich nicht, was noch alles passieren wird.«

»Du weißt sicher, was für alle das Beste ist«, entgegnete sie. »Erst gestern habe ich Mrs. Grossman, sie wohnt im Apartment über mir, gesagt, du wüßtest schon, was zu tun wäre, wenn du Präsident wärst. Da bin ich ganz sicher. Du solltest Präsident werden.«

»Vielleicht«, zwinkerte er ihr zu, »werde ich eines Tages mehr als nur das sein.« Er öffnete die Tür. »Wir werden sehen!«

Für Chris Collins war es ein langer Tag gewesen. Um die Zeit wieder einzuholen, die ihm durch die Beisetzung Colonel Baxters am Morgen verlorengegangen war, hatte er ohne Mittagspause durchgearbeitet. Nun saß er zusammen mit seiner Frau und zwei seiner engsten Freunde an dem parischen Marmorkamin im oberen Speiseraum des Restaurants »1789« an der 36. Straße in Georgetown und konnte sich endlich richtig sattessen. Eine Terrine französischer Zwiebelsuppe und ein Cäsarensalat für ihn und Karen, dazu zwei Scotch, und Collins spürte deutlich, wie sich nach der anstrengenden Arbeit des Tages langsam seine Verkrampftheit zu lösen begann. Er zerlegte und aß andächtig seine gebratene Ente in Orangensauce und schaute nur kurz auf, um zu sehen, ob Ruth und Paul Hilliard die Entremets schmeckten, die sie sich bestellt hatten. Offensichtlich war dem so. Collins betrachtete Hilliard mit einer gewissen Zuneigung. Kaum jemand hätte geglaubt, daß er Kaliforniens jüngster Senator sei. Sie waren bereits seit Hilliards Zeit als Stadtverordneter von San Francisco befreundet. Er selbst hatte damals als Anwalt der Amerikanischen Bürgerrechtsunion gearbeitet. Damals hatten sie zusammen im Christlichen Verein Junger Männer Handball gespielt, und Collins war der Brautführer bei Hilliards Hochzeit gewesen. Und jetzt waren sie beide in Washington, er Bundesgeneralanwalt und sein Freund Senator. Sie hatten es beide zu etwas gebracht, das konnte man wohl sagen. Mit seiner Brille und der leisen Stimme, seiner angenehmen, maßvollen

Art wirkte Hilliard fast wie ein Universitätsprofessor. Er war der ideale Gesprächspartner für einen Abend wie heute. Die Unterhaltung war bis jetzt wie immer leicht dahingeflossen – etwas Klatsch über die Kennedys, die Chancen der Washingtoner Red Skins Football-Mannschaft im kommenden Herbst, den nächsten Film über das Leben von Lizzie Borden, den natürlich jeder sehen wollte.

Hilliard wies auf das leere Glas vor ihm. »Nimm das als Beweis für die Güte unserer Weinberge!«

»Wie schmeckt dir der Wein, Paul?« fragte Collins. »Er stammt nämlich aus Kalifornien.«

»Hilliard wies auf das leere Glas vor ihm. »Nimm das als Beweis für die Güte unserer Weinberge!«

»Noch ein wenig?«

»Danke. Vom kalifornischen Wein habe ich heute genug«, wehrte Hilliard freundlich ab und steckte sich seine Pfeife an, »von Kalifornien noch nicht. Genau darüber wollte ich mit dir sprechen. Bei uns wird sich demnächst eine ganze Menge abspielen.«

»Abspielen? Oh, du meinst den Artikel 35?«

»Seit der Abstimmung in Ohio vor einigen Tagen – was habe ich für Anrufe bekommen! Ganz Kalifornien spricht davon!«

»Und was sagt man?«

Hilliard blies einen Rauchring an die Decke. »Sieht so aus, als ob der Zusatz ratifiziert wird. Der Gouverneur wird noch in dieser Woche bekanntgeben, daß er die Vorlage unterstützt.«

»Das wird den Präsidenten freuen!« meinte Collins.

»Unter uns gesagt«, erklärte Hilliard, »der Gouverneur will sich nach dieser Amtszeit um einen Sitz im Senat bewerben und braucht dazu die Unterstützung des Präsidenten. Der wollte sich bisher nicht so recht für ihn entscheiden. Die beiden haben nun ein Abkommen getroffen. Der Gouverneur bekennt sich zum Zusatz 35, und der Präsident wird sich für den Senatskandidaten stark machen.« Und erst nach einer Pause fuhr er fort: »Schlimm genug!«

Collins war noch mit dem letzten Bissen seiner gebratenen Ente beschäftigt. »Was soll das heißen?« Er schluckte. »Was – was ist daran so schlimm?«

»Daß die großen Politiker in Kalifornien so nachhaltig für den 35er eintreten.«

»Ich dachte, du wärst dafür!«

»Ich war weder dafür noch dagegen. Ich habe bisher den Unbeteiligten gespielt und zugesehen und abgewartet, was passiert. Vielleicht hast du als Privatmann genauso gedacht. Aber jetzt, da die Entscheidung auf uns zukommt, bin ich dafür, mich zu engagieren und zu handeln.«

»Auf welcher Seite? Dagegen?

»Dagegen.«

»Nicht so schnell, Paul«, reagierte Ruth Hilliard nervös. »Weshalb wartest du nicht ab, um zu sehen, was die anderen davon halten?«

»Was die anderen denken, werden wir niemals erfahren, wenn die anderen nicht wissen, wie wir denken. Sie verlassen sich alle darauf, daß ihnen ihre Führer sagen, was richtig ist. Schließlich –«

»Weißt du denn, was richtig ist, Paul?« unterbrach ihn Collins.

»So langsam komme ich dahinter«, antwortete Hilliard ruhig. »Nach all dem, was ich nach und nach über die Lage zu Hause erfahre, ist der Zusatz 35 zu weit gespannt. Er zielt mit Kanonen auf Spatzen. Tony Pierce denkt genauso. Er kommt übrigens nach Kalifornien, um die Vorlage abzuschießen.«

»Aber Pierce kann man kein Vertrauen schenken«, sagte Collins. Er erinnerte sich der heftigen Tirade Direktor Tynans gegen den Bürgerrechts-Advokaten an dem Fernsehabend im Weißen Haus.

»Pierces Motive sind verdächtig. Er macht den Kampf um den 35er zu seinem persönlichen Rachefeldzug gegen Tynan, weil der ihn aus dem FBI entlassen hat.«

»Ist das erwiesen?« fragte Hilliard.

»Das hat man mir gesagt. Aber ich habe es noch nicht nachgeprüft.« »Dann tu das schleunigst, denn ich habe ganz was anderes gehört! Pierce lernte beim FBI die nüchterne Wirklichkeit kennen. Man hat ihm dort alle Illusionen ausgetrieben! Als er einigen Spezialagenten, die Tynan tyrannisierte, helfen wollte, versuchte Tynan ihn in die Provinz zu schicken, nach Montana, Ohio oder so. Darauf hat Pierce seine Stellung im FBI aufgegeben und den Kampf um Reformen von außen aufgenommen. Tynan verbreitet freilich das Gerücht, daß man ihn entlassen habe.«

»Das ist jetzt nicht so wichtig«, entgegnete Collins mit einiger Ungeduld. »Wichtig ist vielmehr, daß du dich entschlossen hast, mit den Gegnern des 35ers gemeinsame Sache zu machen.«

»Weil mir die Vorlage wirklich Kopfschmerzen bereitet, Chris. Ich weiß, weshalb man sie eingebracht hat, ich kenne den Hintergrund und eigentlichen Anlaß. Mir geht die Vorlage entschieden zu weit, und ich gewinne immer mehr den Eindruck, daß die vorgesehenen Bestimmungen schlecht angewandt oder sogar mißbraucht werden könnten. Offen gestanden, das einzige, was mir noch einige Sicherheit zu garantieren scheint, ist, daß John Maynard den Vorsitz im Obersten Gericht führt. Er wird für korrekte Anwendung sorgen. Dennoch beunruhigt mich der Gedanke, daß der Verfassungszusatz durchkommt, mehr und mehr.«

»Aber es gibt doch auch positive Seiten, Paul. Damit können wir die Verbrechensflut eindämmen. Allein in Kalifornien wird es langsam zu viel . . .«

»Wirklich?« unterbrach ihn Hilliard.

»Was meinst du mit ›wirklich‹? Du liest doch die FBI-Statistiken genau wie ich.«

»Statistiken, Zahlen! Wer sagte da neulich, daß Zahlen nicht lügen, aber Lügner zählen?« Hilliard rutschte in seinem Stuhl hin und her. Er legte seine Pfeife ab und schaute Collins direkt in die Augen. »Genau das wollte ich mit dir besprechen: Statistiken. Ich habe bisher noch gezögert, denn es ist ja dein Ministerium, und vielleicht könntest du da empfindlich sein . . .«

»Warum sollte ich empfindlich sein? Zum Teufel, wir sind doch Freunde, Paul. Sag mir endlich, was du denkst.«

»All right.« Aber erst nach einer kleinen Pause sprach Hilliard weiter.

»Gestern bekam ich einen Anruf, der mich sehr beunruhigt. Von Olin Keefe.«

Der Name machte auf Collins keinen Eindruck.

»Das ist der neugewählte Abgeordnete aus San Francisco«, erklärte Hilliard. »Guter Mann, würde dir gefallen. Er ist Mitglied eines Ausschusses und hatte in dieser Eigenschaft mit einigen Polizeichefs im Gebiet des Kalifornischen Beckens ein Gespräch. Dabei haben zwei von ihnen laut darüber nachgedacht, weshalb der FBI soviel daransetzt, sie in ein schlechtes Licht zu rücken. Sie behaupteten nämlich, daß die Verbrechenszahlen, die sie Tynan meldeten – von ihnen sorgfältig ermittelt –, keineswegs so hoch wie die Zahlen waren, die du herausgegeben hast.«

»Ich gebe keine Zahlen heraus, höchstens im technischen Sinne«, wandte Collins ein wenig gereizt ein. »Tynan bekommt sie von den örtlichen Diensten und stellt sie zusammen. Formell werden sie von meinem Amt freigegeben und auch veröffentlicht. Das ist aber nicht so wichtig. Was willst du mir wirklich sagen, Paul?«

»Ich will dir klarmachen, daß dieser junge Abgeordnete Olin Keefe Tynan im Verdacht hat, die Bundesverbrechensstatistik zu manipulieren, daran herumzudoktern; zumindest was die Zahlen von Kalifornien angeht. Damit beschert er uns eine größere Verbrechenswelle, als wir sie tatsächlich haben.«

»Und weshalb sollte er das tun? Das hat doch gar keinen Sinn!«

»Mehr als du denkst. Tynan – wenn er wirklich hinter diesen Machenschaften steckt – versucht auf diese Weise unsere Abgeordneten so einzuschüchtern, daß sie schließlich den Verfassungszusatz ratifizieren.«

»Gut, ich weiß, daß Tynan wie der Teufel hinter der Seele her ist, um den Artikel 35 durchzukriegen. Und das FBI ist ja geradezu in einem Statistikrausch. Aber warum sollte er sich auf so etwas Gefährliches, wie Statistiken fälschen, einlassen? Was kann er damit erreichen?«

»Macht.«

»Die hat er doch schon!«

»Aber nicht die Macht, über die er als Vorsitzender des Ausschusses für Nationale Sicherheit verfügen könnte. Vernon Tynan *über alles!*«

Collins schüttelte den Kopf. »Das kann ich nicht glauben! Paul, ich bin seit achtzehn Monaten im Justizministerium, erst in jener, jetzt in dieser Position. Ich weiß, was im Ministerium vorgeht. Du bist nicht mittendrin. Und dein junger Abgeordneter, dieser Keefe, auch nicht. Er hat nicht die geringste Ahnung.«

Aber Hilliard ließ sich nicht mehr bremsen. Er rückte seine Brille zurecht und erklärte voller Ernst: »Er scheint eine Menge zu wissen, wie ich aus unserem Telefongespräch erfahren habe. Und er weiß noch mehr Unerfreuliches. Du brauchst dich ja nicht auf mich zu verlassen, Chris. Überzeug dich selbst! Du fährst vielleicht bald nach Kalifornien, wie du vorhin erwähntest. Das trifft sich günstig. Wie wäre es, wann du dich mit Keefe treffen könntest? Dann kannst du ihn selbst ausfragen.« Und erst nach einer Pause fuhr er fort: »Es sei denn, du willst aus irgendeinem Grund nicht.«

»Läß das, Paul. Dazu kennst du mich zu gut. Es gibt keinen Grund, der mich davon abhalten könnte, Tatsachen anzuhören – vorausgesetzt es sind welche. Ich bin kein Mitläufer, und an der Wahrheit genauso interessiert wie du.«

»Du wirst also mit Keefe sprechen?«

»Arrangiere das Treffen, und ich werde kommen.«

»Zu einem offenen Gespräch, hoffe ich. Das Schicksal unserer ganzen Republik kann davon abhängen, was jetzt in Kalifornien passiert. Und manches, was sich in diesen Tagen bei uns abspielt, gefällt mir ganz und gar nicht. Bitte höre dir genau an, was Keefe sagt, und dann entscheide dich.«

»Ich werde gut zuhören«, versicherte Collins mit Nachdruck. Er nahm die Speisekarte zur Hand. »Diese Orangensauce zur Ente war ziemlich sauer. Laß uns zur Abwechslung mal etwas Süßes probieren.«

Tags darauf, um zwölf Uhr, wie jede Woche in den letzten sechs Monaten, fuhr Ishmael Young in die Tiefgarage des J. Edgar Hoover-Boulding. Es war zwar Sonntag, aber immer wenn es – wie jetzt – brenzlig zu werden begann, gab es für jeden im Justizministerium und im FBI nur noch die Siebentagewoche. Tynan würde schon auf ihn warten. Young stellte seinen Wagen in der Tiefgarage ab und arbeitete sich aus dem gebraucht gekauften roten Sportwagen heraus. Manchmal wurde er von Adcock abgeholt. Heute erwartete ihn jedoch am Privatfahrstuhl des Direktors Spezialagent O'Dea, der frühere Star der Aschenbahn mit dem Bürstenhaarschnitt.

Sie fuhren zusammen ins siebte Stockwerk. Dort trennten sie sich, und Young ging mit seinem Bandgerät und der Aktentasche allein den Korridor hinunter, vorbei an den Büros zu beiden Seiten, und stand gleich darauf in Tynans geräumiger Bürosuite hoch über der Pennsylvania Avenue.

Er rollte sich sofort einen der schweren Sessel an den runden Couchtisch gegenüber dem Sofa, auf dem der Direktor Platz zu nehmen pflegte, breitete seine Papiere aus und machte sich für das Gespräch bereit. Um zwölf Uhr fünfzehn brachte Beth, Tynans Sekretärin, ein Bier für den Direktor und eine Diät-Cola für seinen Buchschreiber herein. Als nächstes servierte sie den in Alufolie verpackten Lunch aus dem Feinkostgeschäft um die Ecke in der 9. Straße. Jetzt erst stand Tynan von seinem ehrfurchtgebietenden Schreibtisch auf und gab per Telefon kurz

Anweisung, keine Gespräche mehr durchzustellen – außer natürlich vom Präsidenten. Dann verschloß er beide Türen von innen und ging an Young vorbei durch sein Privatzimmer ins Badezimmer. Erfrischt tauchte er ein paar Minuten später wieder auf, rieb sich die Hände, ließ sich ins Sofa fallen und stürzte sein Bier hinunter. Vernon T. Tynan genoß offensichtlich die autobiografischen Sitzungen, weil er dabei über sich selbst reden konnte. Young freilich waren sie ein Greuel. Er mochte das FBI, doch er haßte Tynan. Ihn faszinierte das FBI, aber nicht so sehr wegen seiner Raison d'Etre, sondern weil es so fehlerfrei, reibungslos und erfolgreich arbeitete, was Young nun einmal nicht beschieden war. Er hatte eben eine Schwäche für alle großen Organisationen, die wirklich funktionierten, wie z. B. die IBM, die Kommunistische Partei Rußlands, den Vatikan, die Mafia, das FBI – ganz gleich, welche Ziele sie verfolgten. Wie diese Mammutmaschinerien die Leute manipulierten und ausbeuteten, das ekelte ihn an. Aber es gefiel ihm, wie mühelos diese Riesenmaschinerien – offenbar stärker als das Leben – ihre Aufgaben erledigten und wirklich etwas zustande brachten. Er selbst arbeitete mit Bleistift, Schreibmaschine und einem Haufen Papier, stoßweise und in nervöser Spannung; sicherlich keine besonders glückliche Art zu leben und zu arbeiten.

Er liebte und bewunderte das FBI als Organisation, seit ihn Adcock noch vor seiner ersten Besprechung mit Tynan vor sechs Monaten durch das Gebäude geführt hatte, um ihm zu zeigen, wie das FBI arbeitet. Dabei machten sie die gleiche Tour wie die halbe Million Touristen, die jährlich die Gelegenheit zu einer Besichtigung nutzen.

Er konnte es ihnen nicht verdenken. Es war für ihn selbst erregend, sich das Museum berüchtigter historischer Verbrechen anzusehen: die Mordwaffen Dillingers, seine Revolver und Gewehre, die schußsichere Weste und seine Totenmaske; dann die Schau »Das Verbrechen des Jahrhunderts – Die Atombombenspione«, in der der Fall Julius und Ethel Rosenberg gezeigt wurde; ferner die Ausstellungen über den Brink-Raubüberfall und die »Gefährlichen Methoden des sowjetischen Geheimdienstes KGB« und dessen Staragent, Oberst Rudolf Abel; den Hallenschießstand, wo alle neun Minuten ein Spezialagent die tödliche Treffsicherheit der FBI-Scharfschützen erst mit dem Dienstrevolver Kaliber 9.65 und dann mit der Maschinenpistole Kaliber 11 demonstrierte, indem er eine lebensgroße Zielfigur aus Pappe mit Schüssen durchsiebte. Am meisten von allem hatten es Young – nach einem Blick hinter die Kulissen – die FBI-Archive angetan. In dieser Abrechnungszentrale für gefaßte Verbrecher gab es allein 250 Millionen Fingerabdrücke. Hätte Gott Hände, sagte sich Young, wären seine Fingerabdrücke auch schon beim FBI registriert. Unter den übrigen 8700 Geheimunterlagen des Archivs gab es eine Kartei aller jemals hergestellten Schreibmaschinen, in der Typenbild und Marke jeder Maschine aufgeführt waren, angefangen von Spielzeug- bis zu großen Büroschreibmaschinen. Nachdem er das gesehen hatte, würde es ihm nicht einmal im Traum einfallen, jemals einen anonymen Brief zu schreiben. Ferner gab es dort Register von Wasserzeichen, geraubten Banknoten, betrügerischen Wechseln, zahlreiche Fachabteilungen wie das serologische Labor, wo Körperflüssigkeiten und Blut untersucht wurden, die chemische Abteilung, wo man menschliche Organe analysierte, und schließlich einen Raum, wo auch die kleinsten Partikelchen von Farbe mit Hilfe eines Spectroskops analysiert werden konnten. Nur schwer konnte sich Young von der Unterabteilung Haare und Fasern losreißen. »Wenn Menschen miteinander kämpfen«, hatte ihm Adcock erklärt, »geraten die Fasern aneinander. Wir rasieren alle Fasern von der Kleidung ab, trennen sie voneinander und stellen fest, welche zum Angreifer und welche zum Opfer gehören.« Und stolz hatte Adcock hinzugefügt: »Unser Labor ist unsere Geheimwaffe und praktisch unschlagbar. J. Edgar Hoover hat es 1932 eingerichtet. Er bemerkte seinerzeit dazu: Der kleinste Blutfleck, eine abgeänderte Urkunde, eine Streichholzschachtel, die am Tatort gefunden wird, ein Fußabdruck oder ein Staubteilchen können oft das letzte Glied in einer Beweiskette bilden, um den Verbrecher als Täter zu entlarven oder den Unschuldigen vom Verdacht zu befreien.«

Hundert Ideen waren nach diesem Besuch im FBI auf Young eingestürmt. Das war ein wahres Eldorado für einen Schriftsteller! Er hatte noch überlegt, wie ein Verbrecher überhaupt hoffen könnte, dem FBI zu entkommen. Aber Adcock hatte er danach nicht mehr gefragt, weil die derzeitige Verbrechenswelle bewies, daß es im Lande nur so von Rechtsbrechern wimmelte und die meisten doch nicht gefaßt wurden.

Und dann war er zu der ersten offiziellen Arbeitsbesprechung über sein Buch mit Tynan zusammengekommen. Zuerst hatte er gedacht, daß etwas von seiner Bewunderung für das Bureau auch auf den Direktor abfärben würde. Doch dazu war es gar nicht erst gekommen. Und darüber war er auch nicht besonders überrascht. Er hatte Tynan von Anfang an gehaßt, noch bevor er ihn überhaupt gesehen hatte. Tynan wollte seine Biografie schreiben lassen, und Young war ihm empfohlen worden. Dann hatte Tynan zwei Bücher von ihm gelesen, für gut befunden und sich an ihn gewandt.

Aber Young wollte nicht. Vom Hörensagen kannte er Tynans krankhafte Selbstgefälligkeit und hatte Tynans Angebot abgelehnt. Schließlich hatte ihn Tynan im wahrsten Sinne des Wortes erpreßt und ihn dazu gezwungen, das Buch zu schreiben.

Noch jetzt stand Young das erste Treffen mit Tynan vor Augen. Der Direktor saß da – Katzenaugen in einem Bulldoggenschädel – und sagte: »Endlich, Mr. Young. Freut mich, Mr. Young.« Und als er scherzhaft antwortete: »Nennen Sie mich Ishmael«, hatte ihn der Direktor bloß ausdruckslos angestarrt. Young war sich danach darüber im klaren, was für ein Mensch Tynan war und wie nun alles weitergehen würde. Und Ishmael hatte ihn der Direktor niemals genannt. Vielleicht hielt er ihn für den Namen eines Ausländers. Immerhin ließ er sich wenigstens herbei, ihn mit »Young« anzusprechen oder einfach »Sie« zu ihm zu sagen.

Mittlerweile waren über ihre wöchentlichen Arbeitssitzungen sechs Monate vergangen. Und wieder saßen sie einander gegenüber, Ishmael Young mit seiner Diät-Cola vor sich und Vernon T. Tynan, der den Rest seines Bieres in sich hineinschüttete. Nun stellte der Direktor den Bierkrug beiseite und begann seine Suppe zu löffeln. Das war für Young das Zeichen anzufangen. Er beugte sich vor, drückte die AUFNAHME- und gleichzeitig die WIEDERGABE-Taste an seinem tragbaren Tonbandgerät, knabberte an seinem Sandwich und warf noch einen letzten Blick auf seine Notizen, die er auf dem Schoß hielt. Das Thema dieser Sitzung hatte der Direktor eine Woche vorab angekündigt. Young war vorbereitet. Es würde diesmal nicht leicht sein, sagte er sich, und nahm sich vor, Zurückhaltung zu üben.

»Wir wollen heute über J. Edgar Hoover sprechen«, begann Tynan. »Wie er mich in diesen Beruf eingeführt und was er aus mir gemacht hat. Ich habe ihm viel zu danken. Er starb 1972. Ich wollte nicht für Gray, Ruckelshaus, Kelley oder irgendeinen anderen tätig sein, die nach ihm kamen. Waren alles gute Leute, aber wenn man einmal für den ›Alten‹ – so nannten wir Hoover –

gearbeitet hatte, war man für einen anderen nicht mehr zu gebrauchen. So bin ich nach seinem Tod ausgeschieden und habe mein eigenes Detektivbüro aufgemacht. Nur der Präsident konnte mich dazu bewegen, meine private Agentur aufzugeben und hier die Leitung zu übernehmen.«

»Ja, Sir, das habe ich alles vom Band abgeschrieben und auch schon redigiert.«

»Als es dann immer schlimmer wurde, brauchte der Präsident wieder so einen wie den ›Alten‹. Da sie – ich meine der Präsident – ihn nicht mehr haben konnten, wollten sie wenigstens einen richtigen, hundertprozentigen Hoover-Mann. Deshalb hat er mich zurückgeholt. Er hat es nie bereut. Im Gegenteil. Ich habe Ihnen doch erzählt, wie er mich vor einem Monat beiseite nahm und zu mir sagte: ›Vernon, nicht einmal J. Edgar Hoover hat das fertiggebracht, was Sie geschafft haben.‹ Ja, das waren seine eigenen Worte.«

»Ich erinnere mich. Eine schöne Würdigung.«

»Young, ich will nicht, daß dieser Teil des Buches eine Würdigung von mir wird. Er soll eine Würdigung des ›Alten‹ werden, damit die Leser wissen, weshalb ich ihn so geachtet und was ich von ihm gelernt habe.«

»Deswegen habe ich auch letzte Woche eine Menge über Hoover nachgelesen.«

»Vergessen Sie es. Diese voreingenommenen Presseleute haben den ›Alten‹ niemals fair behandelt, besonders nicht vor seinem Ende. Hören Sie ganau zu, was ich zu sagen habe, dann bekommen Sie die richtige Fassung.«

»Mach ich, Direktor.«

»Schreiben Sie genau auf, was ich Ihnen sage, damit es keine Mißverständnisse gibt.«

»In Ordnung. Das Tonband läuft mit, also brauche ich nicht noch alles aufzuschreiben . . .«

»Oh, hatte ich ganz vergessen. Okay, hören Sie gut zu. J. Edgar Hoover hat Systematik und wissenschaftliche Methoden bei der Bundespolizei eingeführt. Er machte Schluß mit den Bilderbuchpolizisten – ei, das ist nicht schlecht, verwenden Sie das! – und brachte endlich die Öffentlichkeit dazu, uns zu respektieren. Eingerichtet wurde das FBI unter Teddy Roosevelt von Bundesgeneralanwalt Charles Bonaparte. Er war in den Vereinigten Staaten geboren, ein Enkel von Napoleons jüngstem Bruder. Nach ihm kam eine ganze Reihe mittelmäßiger oder ganz schlechter Direktoren. Der letzte vor dem ›Alten‹ war William J. Burns. Das war der Schlimmste von allen. Wie wir von Harlan Fiske Stone wissen, war unter Burns aus dem Bureau eine Art privater Geheimdienst für korrupte Leute der Regierung geworden. Daher berief sich Stone, noch ein Jahr bevor er zum Obersten Bundesgericht ging, einen jungen 29jährigen Mann als neuen Leiter des Bureaus: J. Edgar Hoover. Hoover hatte bis dahin als Bibliothekssekretär für die Regierung gearbeitet. Er übernahm das Bureau mit 657 Mitarbeitern. Als er starb, hatte es 20 000. Er führte das Kriminallabor ein und das Fingerabdruckarchiv, gründete das Nationale Informationszentrum für Verbrechensbekämpfung mit seinen Computern und den fast drei Millionen Akten sowie die Ausbildungsakademie in Quantico. Das alles hat der ›Alte‹ von sich aus getan. Und unter ihm – wie auch unter mir – wurde niemals ein Agent kriminell oder korrupt.«

»Das steht fest«, pflichtete ihm Young bei.

»Denken Sie nur, was J. Edgar Hoover alles fertigbrachte«, fuhr Tynan fort, indem er den letzten Rest Hüttenkäse vertilgte. »Er brachte John Dillinger zur Strecke, erwischte Pretty Boy Floyd, Alvin Karpis, Maschinengewehr-Kelley, Baby Face Nelson, Ma Barker, Bruno Hauptmann, die acht Nazisaboteure, die mit einem U-Boot über den Atlantik kamen, Julius und Ethel Rosenberg, Klaus Fuchs, die Brink-Räuber, James Earl Ray – die Liste seiner Erfolge ließe sich mühelos fortsetzen.«

Mühelos fortsetzen? dachte Ishmael Young. Er erinnerte sich anderer Glanzleistungen, über die Tynan geschickt hinweggegangen war. Viele Jahre lang hatte Hoover in seiner Amtszeit nichts von einer Mafia gewußt, ja, andere sogar glauben machen wollen, daß es sie überhaupt nicht gebe. Erst 1963, als Valachi auspackte, mußte Hoover kleinlaut zugeben, daß es in Amerika große Verbrecherorganisationen gab. Als gebranntes Kind nahm er niemals mehr den Namen Mafia in den Mund, sondern zog es statt dessen vor, lieber beschönigend von »La Cosa Nostra« zu sprechen. Seine Bewunderer hatten behauptet, der »Alte« ignoriere die Mafia, weil er befürchtete, die Unterwelt könnte seine Agenten ebenso bestechen und korrumpieren wie die örtliche Polizei und dadurch seinen von Skandalen unbefleckten Ruhm ruinieren. Zynische Kritiker dagegen beharrten darauf, er gehe dem Verbrechersyndikat aus dem Wege, weil die Ermittlungen zu lange dauern und somit die Erfolgsquote seiner Verbrechensstatistik herunterdrücken könnten.

Ishmael Young dachte noch an andere Heldentaten Hoovers, über die Tynan so glatt hinweggegangen war. Dr. Martin Luther-King jr. hatte Hoover einen notorischen Lügner genannt und sogar sein Telefon anzapfen lassen, um Einzelheiten aus seinem Sexleben zu erfahren. Dem früheren Bundesgeneralanwalt Ramsey Clark hatte er vorgeworfen, ein Weichling zu sein. Pater Berrygan und andere katholische Kriegsgegner hatte er als Kidnapper und Verschwörer angeprangert, noch bevor die Akten dem Schwurgericht vorlagen. Puertoricaner und Mexikaner hatte er schlechtgemacht, weil Menschen dieser beiden Nationalitäten angeblich total unfähig seien, etwas Positives zustande zu bringen. Kongreßabgeordnete, die sich mit demokratischen Mitteln für die Bürgerrechte einsetzten oder Kriegsgegner waren, ließ er mit Abhörgeräten überwachen.

Ishmael Young erinnerte sich an einen Kommentar von Pete Hamill, den er irgendwo gelesen hatte: »Es gab in den letzten dreißig Jahren in unserem Land keinen einzigen Menschen, der mit seinen verderblichen Ideen größeres Unheil angerichtet hat als J. Edgar Hoover. Dieser Mann hat uns unser Selbstvertrauen genommen, unseren Glauben an eine für alle offene Gesellschaft zerstört und uns kaum die Hoffnung gelassen, daß wir alle, Männer und Frauen, in einem Land ohne Geheimpolizei, ohne heimliche Überwachung leben können, vor allem aber, ohne wegen unserer politischen Auffassungen verfolgt zu werden.« Das alles wäre sicherlich auch ein Thema gewesen, aber Young hielt lieber seinen Mund.

»Und nun noch etwas Persönliches über J. Edgar Hoover, was nur wenige wissen«, fuhr Tynan fort. »Man kann eine Menge über den Charakter eines Menschen erfahren, wenn man weiß, wie er zu seinen Eltern steht, sage ich immer. Hoover lebte bis zu seinem 43. Lebensjahr mit seiner Mutter zusammen. Wer so etwas tut, muß einfach ein anständiger Junge sein.«

Oder ein Fall für Sigmund Freud, dachte Young.

»Und hier noch eine kleine Anekdote, die Ihnen zeigt, weshalb man dem ›Alten‹ mit so hoher Achtung begegnete und weshalb ich ihn so hochgeschätzt habe. Als J. Edgar Hoover siebzig geworden war, bedrängte man Präsident Lyndon B. Johnson, ihn zum Rücktritt zu bewegen. Aber Präsident Johnson, das muß man anerkennen, lehnte das ab und sagte, er werde ihn niemals gehen lassen. Nach dem Grund gefragt, antwortete der Präsident: ›Mir ist es lieber, er ist in meinem Zelt und pinkelt nach draußen, als er steht draußen und pinkelt herein.‹ Wie gefällt Ihnen das?« Tynan schlug sich auf die Schenkel und brach in dröhnendes Lachen aus.

»Ist das nicht gut?«

»Bestimmt«, sagte Young, nicht ohne seine Zweifel.

»Ich bin mir nur nicht sicher, ob ich das in meinem Buch bringen soll.«

»Unbedingt!« sagte Young schnell. »Das ist doch eine lustige Geschichte. Wir können schließlich alle Anekdoten gebrauchen, die nur aufzutreiben sind.«

»Vielleicht können Sie schreiben«, meinte Tynan mit einem Augenzwinkern, »daß Präsident Johnson das zu mir gesagt hat. Er ist ja tot, und Hoover liegt auch im Grab. Wer sollte uns da widersprechen?«

»LBJ könnte Ihnen das schon gesagt haben«, meinte Young. »Ich glaube, so sollten wir es abfassen. Das macht die Anekdote um so wirkungsvoller.«

»Na, dann machen Sie das mal so, Young. Sie wissen schon wie. Und dazu können Sie noch etwas anderes bringen. Einen Traum, den ich vor etwa einer Woche hatte. Ja, J. Edgar Hoover erschien mir im Traum. Er war wütend und eifersüchtig auf mich, weil ich nun mit dem Zusatz 35 endlich ein Instrument in die Hand bekommen werde, um das Verbrechen in Amerika auszurotten. Hoover hatte sich so etwas immer gewünscht. Und deshalb war er in meinem Traum auch so eifersüchtig, weil mir jetzt dafür das Verdienst zukommen könnte. Ich erklärte ihm, daß er doch gewissermaßen für den Zusatz 35 mitverantwortlich sei, denn ohne Hoover wäre ich niemals Direktor des Bureaus geworden.« Er grinste Young ins Gesicht. »Ehrlich, das war mein Traum! Ist er nicht großartig?«

Noch bevor Ishmael auch nur ein Zeichen seiner Zustimmung geben konnte, summte das Telefon auf dem Schreibtisch des Direktors. Tynan schien überrascht, stand rasch auf und stampfte zum Apparat.

»Nanu? Wer kann das sein? Beth wird wohl gleich den Präsidenten durchstellen.«

Er nahm den Hörer ab. »Ja, Beth?« Er lauschte aufmerksam. »Harry Adcock? Fragen Sie ihn, ob er nicht warten kann. Was gibt es so Wichtiges?« Er wartete und hörte dann aufmerksam zu. »Wie, was, Baxter? Die Dreifaltigkeitssache? Ach, ja, richtig, die Sache mit Collins. Okay, sagen Sie Harry, ich bin gleich soweit.«

Er legte den Hörer auf die Gabel zurück und blieb in Gedanken versunken stehen. Langsam wandte er sich vom Schreibtisch ab und schaute erschrocken auf Ishmael.

»Ach – Sie! Sie habe ich ganz vergessen. Haben Sie die Unterhaltung gehört?«

»Wie bitte, was?« fragte Young, als sei er aus dem Studium seiner Notizen aufgeschreckt worden.

»Ach, nichts«, sagte Tynan befriedigt. »Entschuldigen Sie, es war dringend. Wir haben ja noch immer ein Land zu regieren, nicht wahr? Schade, daß wir diesmal früher abbrechen müssen, Young. Nächste Woche legen wir dafür eine halbe Stunde zu, okay?« Sogleich schaltete Young das Bandgerät ab und stopfte hastig seine Papiere in die Aktenmappe. Er nahm sich fest vor, den letzten Teil des Bandes sofort abzuspielen, sobald er wieder in seinem Bungalow war. Was sollte er denn nicht zu hören bekommen? Irgend etwas über Harry Adcock, der Tynan sofort wegen Baxter sprechen wollte – wegen dem Bundesgeneralanwalt, den man gestern zu Grabe getragen hatte? Und die Heilige-Dreifaltigkeits-Angelegenheit – war das ein Codewort oder etwa gar die Heilige-Dreifaltigkeits-Kirche in Georgetown? Und die Collins-Sache? Das war wahrscheinlich Christopher Collins. Aber was sollte daran so furchtbar wichtig sein? Diese Einzelteile könnten ein interessantes Puzzlespiel abgeben. Man sollte sie im Auge behalten. Ein paar Teile mehr, und vielleicht ließ sich daraus ein besserer Eindruck von den Aktivitäten des Direktors gewinnen.

Wie gern würde er dem Direktor etwas anhängen! dachte er bei sich, als er das Schloß seiner Aktenmappe zudrückte, etwas, womit er das wettmachen und möglicherweise auslöschen konnte, was Tynan gegen ihn in der Hand hatte. Am Ende sogar etwas, was ihm die Gelegenheit bot, aus dem widerlichen Buchprojekt auszusteigen. Schnaufend erhob er sich aus seinem Sessel und ging quer durch das Büro auf die Tür zu, die Tynan gerade wieder aufgeschlossen hatte. Der Direktor hielt sie für ihn auf und wartete.

»Das war keine schlechte Sitzung«, verabschiedete er sich fröhlich.

»Nächste Woche wird es noch besser. Dann werden wir uns mit dem befassen, was ich vom ›Alten‹ gelernt habe und was

Vernon T. Tynan selbst für das Bureau getan hat. Das ist doch was?«

»Großartig!« sagte Young, »ich kann es kaum noch erwarten!«

Was aber, dachte er sich, hatten ein toter Bundesgeneralanwalt, eine katholische Kirche in Georgetown und eine Collins-Sache mit dem Regieren des Landes zu tun?

Collins könnte ihm weiterhelfen, wenn er ihm darüber berichtete. Oder sollte er lieber, seiner eigenen Gesundheit wegen, vergessen, daß er überhaupt etwas gehört hatte?

»Stoppen Sie alle Anrufe«, wies Tynan die Vermittlung an, »außer wenn sie vom Weißen Haus kommen.« Er drehte sich mit dem Sessel Harry Adcock zu, der ihm nun gegenübersaß. »Okay, Harry, was gibt's?«

»Wir sind die Akten über diesen Priester durchgegangen, den Pater Dubinski von der Heiligen-Dreifaltigkeits-Kirche. Da gab es nicht viel. Lediglich eine Sache, die schon länger zurückliegt. Er war in einen Rauschgiftfall verwickelt, aber die Polizei hat das eingestellt. Jedoch, wir . . .«

Tynan richtete sich in seinem Drehsessel auf. »Das ist doch mehr als genug! Gehen Sie hin und halten Sie ihm das unter die Nase! Dann werden wir schon sehen . . .«

»Hab ich schon getan, Chef«, antwortete Adcock schnell. »Ich habe ihn heute am späten Vormittag aufgesucht und bin gerade zurückgekommen.«

»Und – verdammt noch mal – was hat er gesagt? Hat er Noahs Beichte ausgespuckt?«

Harry Adcock berichtete stets alles korrekt und der Reihe nach. Niemals gab er Teilstücke so sprunghaft preis, wie das etwa Zeitungsredakteure mit Schlagzeilen machten, denn er war überzeugt, daß dies nur zu Entstellungen, Verdrehungen und Mißverständnissen führte. Tynan hatte schließlich gelernt, diese Gewohnheit zu respektieren, und das tat er auch jetzt. Er trommelte mit den Fingern der rechten Hand auf seinen Schreibtisch und wartete.

»Schon früh heute morgen rief ich Pater Dubinski an, sagte ihm, wer ich bin, und erklärte ihm, daß ich aus Gründen der Staatssicherheit einige Fragen an ihn zu stellen hätte«, begann Adcock seinen Bericht.

»Ich traf ihn in seinem Pfarrhaus genau um fünf nach elf. Ich zeigte ihm meinen Ausweis und meine Marke, das genügte ihm.

Auf meinen Wunsch sprachen wir unter vier Augen.«

»Was ist das für ein Mann?« fragte Tynan.

»Schwarzes, gewelltes Haar, hageres Gesicht, dunkler Teint, Sie kennen ihn ja. Ein Meter siebzig groß, vierundvierzig Jahre alt. Seit zwölf Jahren in der Heiligen-Dreifaltigkeits-Kirche. Ein außerordentlich ruhiger und beherrschter Mann.«

»Los, weiter, Harry.«

»Ich kam gleich zur Sache und wies darauf hin, daß uns zu Ohren gekommen sei, er habe Colonel Baxter auf dem Sterbebett die Beichte abgenommen. Ich sagte auch, wir gingen davon aus, daß Baxter mit niemand außer ihm – also Pater Dubinski – kurz vor seinem Tod gesprochen habe. Dann fragte ich ihn, ob das zutreffe, und er bejahte das.« Adcock fischte aus seiner Jackentasche einen gefalteten Umschlag heraus. »Ich habe mir da ein paar Notizen gemacht, als ich zurückfuhr.« Adcock sah sie rasch durch. »Ach, ja, Pater Dubinski fragte mich, ob ich das alles von Bundesgeneralanwalt Collins wüßte. Ich verneinte das.«

»Gut.«

»Ich erklärte ihm dann, daß er sich darüber im klaren sein müsse, daß Colonel Baxter in einige der wichtigsten Geheimsachen der Regierung eingeweiht war. Alles, was er zu einem Außenstehenden gesagt haben könnte, als er krank oder nicht im vollen Besitz seiner geistigen Kräfte gewesen sei, sei von größtem Interesse für das Bureau. Wir seien dabei, eine undichte Stelle in einer streng geheimen Angelegenheit ausfindig zu machen. Daher sei es für uns sehr wichtig zu wissen, ob Colonel Baxter darüber zu ihm gesprochen habe. Und dann sagte ich ›Wir würden gerne seine letzten Worte erfahren, die Worte, die er zu Ihnen gesprochen hat!‹« Adcock schaute auf. »Pater Dubinski sagte darauf nur: ›Es tut mir leid. Seine letzten Worte waren seine Beichte, und die steht unter besonderem Schutz. Als Colonel Baxters Beichtvater kann ich seine letzten Worte an niemand weitergeben.‹«

»So ein Schuft!« murmelte Tynan. »Was haben Sie geantwortet?«

»Ich sagte ihm, daß wir gar nicht erwarten, daß er den Inhalt der Beichte an einen einzelnen Menschen weitergebe. Es handele sich vielmehr um eine Information für die Regierung. Er antwortete sofort, die Kirche schulde der Regierung nichts, und erinnerte an die Trennung von Kirche und Staat. Ich vertrete den Staat und er die Kirche, erklärte er mir, und einer könne nicht in die Rechte des anderen eingreifen. Ich sah ein, daß ich so nicht weiterkam, und schlug eine schärfere Tonart an.«

»Bravo, Harry. Das hört sich schon besser an.«

»Ich wies darauf hin – dem Sinne nach, ich erinnere mich der gebrauchten Worte nicht genau –, trotz seines geistlichen Gewandes stehe er nicht über dem Gesetz. Uns sei bekannt, daß er einmal ganz schön mit dem Gesetz in Konflikt gekommen sei.«

»Also haben Sie es ihm gegeben? Gut, gut! Und was meinte er dazu!«

»Zuerst gar nichts. Aber lassen Sie mich lieber der Reihe nach weiterberichten. Ich spulte nun das gegen ihn vorliegende Material ab, daß er möglicherweise vor fünfzehn Jahren in Trenton Rauschgift in seinem Besitz gehabt habe. Er bestritt das nicht. Er antwortete nicht einmal. Ich machte darauf aufmerksam, daß ihn das, auch wenn er nicht in Haft gewesen sei, in ziemlich schlechtes Licht bringen könnte, wenn es bekannt würde. Nun geriet er langsam in Rage; so etwas wie kalte Wut überkam ihn. Aber er sagte nur: ›Mr. Adcock, wollen Sie mir drohen?‹ Ich beeilte mich, ihm zu versichern, daß das FBI niemandem drohe, sondern nur Tatsachen ermittle. Die Staatsanwaltschaft würde dann danach handeln. Ich war natürlich vorsichtig, weil ich wußte, daß wir ihm kein wirkliches Vergehen anhängen, sondern ihm lediglich Ärger mit seinen Gemeindemitgliedern bereiten konnten.«

Tynan gab sich wie ein Lehrmeister: »Jeder Priester ist in seinen Beziehungen zur Öffentlichkeit verwundbar.«

»Damit hatte ich auch gerechnet«, fuhr Adcock fort. »Wenn das alles war, worauf ich mich stützen konnte, dann mußte ich eben mehr daraus machen. Ich sagte ihm, daß er möglicherweise auf Grund seiner Stellung ganz aus Versehen auf streng geheime und höchst wichtige Informationen gestoßen sein könnte. Und wenn er die zurückhalte, bestehe die Gefahr, daß sein Name und auch seine Vergangenheit wieder auftauchten, wenn man der undichten Stelle nachgehe. ›Aber wenn Sie jetzt mit der Regierung zusammenarbeiten‹, erklärte ich ihm, ›spielt dies alles keine Rolle.‹ Ich riet ihm dringend, mit uns zu arbeiten. Doch er lehnte glatt ab.«

Tynan hieb mit der Faust auf den Tisch. »So ein Hurensohn!«

»Nun, Chef, wenn wir es mit Geistlichen zu tun haben, können wir mit ihnen nicht wie mit normalen Menschen umgehen. Sie reagieren anders als gewöhnliche Sterbliche und meinen eben, daß überall gleich Gott hinter ihnen steht.« Harry Adcock holte tief Luft.

»Pater Dubinski stand auf und wollte mich verabschieden. ›Sie wissen jetzt Bescheid. Nun können Sie tun, was Sie wollen. Ich muß mein Gelübde einhalten, das ich einer höheren Obrigkeit als der Ihren abgelegt habe, einer Macht, die die Beichte für heilig und unverletzlich hält.‹ Wirklich, das waren seine Worte. Bevor ich ging, wollte ich ihm jedoch eine letzte Warnung verpassen. Ich gab ihm den Rat, sich das alles genau zu überlegen. Arbeite er nicht mit der Regierung zusammen, dann müßten wir über ihn und sein Verhalten sowie seine Vergangenheit mit seinen kirchlichen Oberen sprechen.«

»Und er gab immer noch nicht klein bei?«

»Keine Spur.«

»Glauben Sie, da ist noch etwas zu machen?«

»Ich fürchte, nein, Chef. Nach meiner Überzeugung kann ihn niemand zum Reden bringen. Selbst wenn wir seine schmutzige Wäsche waschen, wird er wohl lieber ein bißchen Märtyrer spielen als auspacken und sein Gelübde brechen.«

Adcock schob den gefalteten Umschlag in seine Tasche zurück.

»Was machen wir jetzt, Chef?«

Tynan stand auf, steckte seine Hände in die Hosentaschen und ging einige Schritte hinter seinem Schreibtisch auf und ab. Dann blieb er stehen. »Nichts. Wir machen nichts. Wenn Pater Dubinski, nach allem, was Sie ihm vorgehalten haben, nicht zu Ihnen sprechen will, wird er auch nicht zu irgend jemand anderem darüber reden.« Er schnaubte. »Was immer er wissen mag, es ist nicht mehr so wichtig. Wir sind jetzt sicher.«

»Ich könnte natürlich noch zu einem seiner Vorgesetzten gehen, um ihn unter Druck zu setzen, vielleicht wird das . . .«

Das Telefon summte. Tynan griff nach dem Hörer. »Nein, nein. Vergessen Sie das jetzt. War gute Arbeit von Ihnen. Lassen Sie ihn ab und zu beobachten, damit er nicht auf dumme Gedanken kommt. Das reicht. Danke, Harry.«

Als Adcock aus dem Zimmer war, nahm Tynan den Hörer ab. »Ja, Beth? . . . Okay, ich nehme es an.« Er wartete und sagte dann: »Hallo, Miß Ledger.« Er hörte zu. »Gut, natürlich. Sagen Sie dem Präsidenten, daß ich gleich bei ihm drüben bin.«

Vernon T. Tynan konnte keine fremden Sprachen und kannte

auch nur einige ausländische Brocken, die er hier oder da aufgeschnappt hatte. Einer davon war französisch und hieß »Déjà vu«. Er hatte ihn in einem Bericht eines Spezialagenten entdeckt und war damals furchtbar wütend darüber. Dem Agenten hatte er mitteilen lassen, daß im FBI immer noch Englisch gesprochen und geschrieben werde und daß er besser dabei bleiben solle, wenn er nicht in Butte, Montana, landen wolle. Mittlerweile aber wußte er, was diese Worte bedeuteten.

Jedesmal, wenn er das Ovale Zimmer des Weißen Hauses betrat, was in letzter Zeit immer öfter der Fall war, hatte er gleich das Gefühl des »Déjà vu«, den Eindruck nämlich, daß einem ein früheres Erlebnis noch einmal widerfährt. Das lag wohl daran, daß Präsident Wadsworth ein großer Bewunderer von Präsident John F. Kennedy war – und möglicherweise auch seiner Politik – und den ovalen Arbeitsraum wieder so hatte einrichten lassen, wie er zu Kennedys Zeiten ausgesehen hatte. Tynan hatte damals mehrere Male als blutjunger FBI-Agent J. Edgar Hoover dorthin begleitet, z. B. wenn der Direktor von Kennedy gerufen worden war, bei der Unterzeichnung einer Gesetzesvorlage zur Verbrechensbekämpfung dabeizusein. Schon damals stand der kunstvoll gearbeitete Schreibtisch vor den mit grünen, drapierten Vorhängen halb verdeckten Fenstern. Und hinter und neben dem Schreibtisch standen die Flaggen der USA und des Präsidenten, des Heeres, der Marine und der Luftwaffe sowie der Marine-Infanterie. Damals befanden sich noch zwei alte Kutschenlampen an der Wand und zwei Schiffsmodelle auf dem Kaminsims. Die runden Wände waren in Antikweiß gehalten, und das Präsidentenwappen an der Decke schwebte über dem amerikanischen Adler, der in den graugrünen Teppich eingewebt war. Auf der anderen Seite des Raums war der Kamin mit den Sofas davor, und zwischen ihnen stand der Schaukelstuhl. Und im großen schwarzen Drehsessel hatte Präsident John F. Kennedy gesessen.

Als ihn nun der persönliche Referent des Präsidenten in das Ovale Zimmer führte, überkam Tynan erneut das Gefühl dieses »Déjà vu«. Einen Augenblick lang glaubte er wirklich, Präsident Kennedy am Schreibtisch im Gespräch mit einem Besucher zu sehen. Und neben ihm selbst meinte Tynan Direktor Hoover stehen zu sehen. Und er selbst war wieder der junge Mann von damals . . . Als er jedoch dem Präsidenten angekündigt wurde, war die Vergangenheit mit einem Schlag verschwunden. Der

Mann neben ihm, der sich jetzt zurückzog, war Nichols und nicht Hoover. Hinter dem Schreibtisch saß Präsident Wadsworth und nicht Präsident Kennedy. Und neben ihm stand nicht der Adjutant von Kennedy, sondern Ronald Steedman, der persönliche Berater des Präsidenten in Fragen der Meinungsforschung.

»Schön, daß Sie kommen konnten, Vernon«, sagte Präsident Wadsworth. »Nehmen Sie sich einen Stuhl. Die Zeitungen können sie weglegen oder wegwerfen, sie gehören ohnehin auf den Müll. Haben Sie sie schon gelesen?«

Tynan nahm die Zeitungen in die Hand und warf einen Blick darauf – die *New York Times*, die *Chicago Tribune*, die *Denver Post*, der *San Francisco Chronicle* – faltete sie zusammen und warf sie in den Papierkorb.

Der Präsident fuhr fort, ohne eine Antwort abzuwarten. »Von Küste zu Küste schließen sie sich jetzt gegen uns zusammen. Wie ein Rudel von Wölfen, das nach unserem Blut giert. Wir versuchen das Land zu knebeln, haben Sie das gewußt, Vernon? Sehen Sie sich nur den Leitartikel in der New York Times an. Danach ist das New Yorker Abgeordnetenhaus eine Schande für das ganze Land, weil es den Zusatz 35 ratifiziert hat. Sie richten einen offenen Brief an die Abgeordneten von Kalifornien und behaupten, das Schicksal der Freiheit liege nun in ihren Händen. Sie werden bestürmt, den 35er niederzustimmen. Und wir haben schon einen Tip bekommen, daß auch *Time* und *Newsweek* in ihren nächsten Ausgaben solchen defätistischen Gefühlen freien Lauf lassen werden.«

»Reiner Eigennutz«, meinte Steedman. »Die Presse macht sich eben Sorgen um die eigene Zukunft.«

»Soll sie auch«, knurrte Tynan. »All dieser hetzerische Quatsch, den sie da Tag für Tag zusammen mit den Unterweltgeschichten bringen, das reizt doch mehr als alles andere zu Gewalt und Verbrechen.« Er rückte näher zu Präsident Wadsworth. »Aber nicht alle sind so einseitig nach dem, was ich gesehen habe, Mr. President. Wir haben zumindest ebenso viele Verbündete wie Feinde.«

»Ich bin mir nicht so sicher«, meinte der Präsident zweifelnd.

»Die *New York Daily News* und die *Chicago Tribune*«, zitierte Tynan, »sind auch für den 35er und damit auf unserer Seite. Zwei Fernsehsender sind bis jetzt noch neutral, werden sich aber, wie ich gehört habe, noch vor der Abstimmung in Kalifornien in ihren Sendungen für den 35er einsetzen.«

»Ich kann es nur hoffen«, sagte der Präsident.

»Letzten Endes liegt es an den Menschen, an dem Druck, den sie auf ihre Volksvertreter ausüben. Ronald und ich, wir haben eben darüber gesprochen. Deswegen habe ich Sie rufen lassen. Ich brauche Ihren Rat.«

»Sie wissen, daß wir Ihnen jederzeit zur Verfügung stehen, Mr. President«, sagte Tynan und zog seinen Stuhl noch näher an den Präsidentenschreibtisch heran, der dem von Präsident Kennedy bis in alle Einzelheiten nachgebildet war.

Der Präsident wandte sich an Steedman.

»Die letzten Zahlen aus Kalifornien, Ronald, wie groß war doch die Stichprobe?«

»Genau 2455 Leute wurden befragt. Ihnen wurde eine dreiteilige Frage vorgelegt. Waren die Befragten dafür, daß das kalifornische Abgeordnetenhaus den Verfassungszusatz 35 ratifiziert? Oder waren sie gegen die Ratifizierung? Oder waren sie unentschieden?«

»Fassen Sie noch einmal die Ergebnisse zusammen, Ronald, damit sich Vernon ein Bild machen kann.«

»Gewiß.« Steedman hielt einen Computer-Ausdruck hoch und begann vorzulesen. »Die Ergebnisse der Untersuchung über die öffentliche Meinung bei 2455 eingetragenen kalifornischen Wählern zwei Tage nach der Annahme des Verfassungszusatzes in New York und seiner Ablehnung in Ohio lauten wie folgt.« Mit seinen Fingern folgte Steedman den Zahlenkolonnen auf seinem Blatt. »41 Prozent waren für die Annahme des 35er; 27 Prozent dagegen und 32 Prozent unentschieden.«

»Das sind mir zu viele Unentschiedene«, meinte der Präsident.

»Und nun die Ergebnisse Ihrer Befragung im kalifornischen Landessenat und im Abgeordnetenhaus bitte.«

Steedman nickte, sah seine Papiere durch und nahm ein neues Blatt zur Hand. »Das war weniger zufriedenstellend. Die Mitglieder der beiden Häuser sind offensichtlich sehr vorsichtig und warten noch auf Stimmen aus ihren Wahlkreisen. Hier waren allein 40 Prozent unentschieden oder ohne Meinung. Von den 60 Prozent der Mitglieder beider Häuser, die eine Meinung äußerten, waren 52 für und 48 gegen die Verabschiedung des Verfassungszusatzes.«

Der Präsident schüttelte mürrisch den Kopf. »Da sitzen mir

noch zu viele auf dem Zaun und schauen zu. Das gefällt mir nicht.«

»Dann ist es unsere Aufgabe«, meldete sich Tynan, »sie vom Zaun herunter und auf die rechte Seite zu bringen.«

»Deswegen habe ich Sie rufen lassen, Vernon. Ich wollte mit Ihnen unsere Strategie besprechen . . . Vielen Dank, Ronald, Wann sehe ich Sie wieder?«

Steedman stand auf. »Nach Ihren Anweisungen, Mr. President, werden wir von jetzt an jede Woche eine neue Befragung durchführen. Die Ergebnisse dieser Woche bekomme ich am Montag.«

»Gut. Rufen Sie Miß Ledger an, sobald es etwas Neues gibt.«

Steedman packte seine Papiere zusammen und verließ das Zimmer. Der Präsident und Tynan waren nun unter sich.

»Da haben wir die Bescherung, Vernon«, begann der Präsident. »Unser Schicksal liegt ganz und gar in den Händen von Leuten, die sich noch keine klare Meinung gebildet haben. Wir wissen also, was wir zu tun haben. Wir müssen jedes mögliche strategische Mittel einsetzen, auf sie jeden nur erdenklichen Druck ausüben, wir müssen sie dazu bringen, zu ihrem eigenen Heil die Lage des Landes so wie wir zu beurteilen. Das ist unsere letzte Chance, Vernon.«

»Wird schon zu unseren Gunsten ausgehen, Mr. President. Ich vertraue darauf.«

Der Präsident zeigte weniger Zuversicht. »Wir können es nicht dem Zufall überlassen. Die Zukunft wird von unseren Aktionen abhängen.«

»Sie haben recht, natürlich«, stimmte Tynan zu. »Ich habe auch schon einiges unternommen. Einmal habe ich dafür gesorgt, daß die FBI-Verbrechensstatistik in dichterer Folge herauskommt. Ich habe alle örtlichen Polizeichefs in Kalifornien angewiesen, ihre letzten Meldungen zur Verbrechensstatistik jede Woche statt wie bisher jeden Monat und per Fernschreiber hereinzugeben. Wir bringen jetzt die Berichte jeden Samstag heraus, damit sie am Sonntag schon in den Zeitungen stehen können. Ganz Kalifornien werden wir mit steigenden Verbrechensraten vollpumpen.«

»Hervorragend«, bestätigte der Präsident. »Bleibt noch das Problem, wie man dafür sorgt, daß die Bevölkerung durch die bloße Wiederholung der Zahlen nicht abgestumpft wird. Statistiken allein reichen nicht aus, um jedem den Ernst der Lage klarzumachen.« Er nahm das grüne Terminbuch und seinen Block zur Hand, auf dem er sich einige Notizen gemacht hatte. »Oft kann eine gut abgefaßte Rede weit besser dazu beitragen, die Lage zu dramatisieren. Es wird darüber auch mehr berichtet. Ich dachte daran, verschiedene Leute aus der Verwaltung, Mitglieder des Kabinetts, Minister und Leiter der Ämter dazu zu bringen, auf Kongressen oder Tagungen zu sprechen, die in großen Städten Kaliforniens abgehalten werden und deren Termine schon feststehen. Ein paar Namen habe ich mir hier aufgeschrieben. Es ist freilich schwer zu entscheiden, wer die größte Wirkung haben wird.«

Tynan schob seinen Stuhl nun noch weiter heran. »Da gibt es bloß einen, der die notwendige Durchschlagskraft hätte, und« – er deutete mit dem Finger auf sein Gegenüber – »das sind Sie, Mr. President. Sie können die Leute dazu bringen, sich wie ein Mann hinter den Zusatz 35 zu stellen, damit sie im ureigenen Interesse und zu ihrer eigenen zukünftigen Sicherheit den notwendigen Druck auf die Abgeordneten in Sacramento ausüben.«

Präsident Wadsworth überlegte nur kurz und schüttelte den Kopf. »Nein, Vernon, das geht nicht. Im Gegenteil, gerade das könnte die entgegengesetzte Wirkung haben. Sie sind kein Politiker, Vernon. Sie haben ja keine Ahnung, wie eifersüchtig die einzelnen Staaten über ihre Rechte wachen. Gesetzgeber und Bürger könnten gleichermaßen in einer Rede von mir, einer Rede, die sich für den 35er einsetzt, für eine Entscheidung also, die ihnen selbst zusteht, eine Einmischung der Bundesregierung sehen. Sie werden sich gewiß nicht gerne vom Präsidenten sagen lassen, was sie zu tun haben. Nein, ich glaube, wir müssen mit viel größerem Einfühlungsvermögen vorgehen.«

»Und wie wär's mit mir?« fragte Tynan. »Ich könnte doch nach Kalifornien fahren und denen dort einen solchen Schrecken einjagen, daß sie sich ganz schnell entschließen würden, den 35er zu unterstützen.«

Der Präsident antwortete nach kurzem Überlegen:

»Nein. Sie sind zu offensichtlich ein Mann der Exekutive. Man würde Sie nicht für objektiv und unvoreingenommen genug halten. Jeder würde meinen, daß Sie Ihre Messer wetzen wollen. Jeder vom FBI wäre verdächtig. Wie schon erwähnt, dachte ich in erster Linie an Collins. Eher würde ich schon einen wie Christopher Collins dahin schicken. Der hat keine Uniform – sozusagen. Ein Bundesgeneralanwalt wird eben eher als Zivilist angesehen.«

»Hmm, Collins . . . Habe auch schon an ihn gedacht. War mir aber nicht so sicher. Ich weiß nicht, ob er das Zeug dazu hat.«

»Genau. Aber seine Schwäche könnte sich gerade in diesem Falle für uns auszahlen, gäbe ihm mehr Glaubwürdigkeit. Wirklich, Vernon, ich habe bei Collins keine Zweifel. Er ist eindeutig auf unserer Seite. Er weiß auch, wo die Butter für sein Brot herkommt. Er neigt zum Understatement, zur Untertreibung, und das ist in unserer Lage günstig; aber er besitzt die Autorität seines Amtes. Letzte Woche sprachen wir noch davon, ihn nach Kalifornien zu schicken. Jetzt freilich sollte er eine größere Rolle spielen.«

»Was haben Sie vor? Wollen Sie ihn auf eine Vortragstournee durch das ganze Land schicken?«

»Nein, das würde zu sehr nach einer geplanten Propaganda-Aktion aussehen.« Der Präsident dachte nach. »Etwas weniger Auffälliges.« Er schnippte mit den Fingern. »Ich hatte da eine Idee, gestern – ja, wenn sich das machen ließe – ich habe Miß Ledger schon gebeten, sich darum zu kümmern. Sehen Sie, Vernon, wäre Collins sowieso – aus anderem Anlaß – in Kalifornien, würde doch alles ganz natürlich aussehen.«

Er läutete nach Miß Ledger. »Moment mal.« Augenblicklich öffnete sich die Tür am anderen Ende des Zimmers und seine Sekretärin erschien.

»Miß Ledger, Sie erinnern sich doch: Als ich gestern wegging, bat ich Sie noch, sich mal den Veranstaltungskalender für Kalifornien anzusehen und eine Tagung auszusuchen, so in den nächsten zwei Wochen, auf der Collins als Gastredner auftreten könnte.«

»Ja,« antwortete sie. »Ich habe auf meine Anfragen bereits vor einer Stunde Bescheid erhalten, wollte Sie aber nicht stören.«

»Und? Gibt es etwas?«

»Sie haben Glück, Mr. President. Die Amerikanische Anwaltsvereinigung hält ihre jährliche Bundesversammlung von Montag bis Freitag in Los Angeles ab.«

Der Präsident strahlte. »Großartig, hervorragend.« Er stand auf. »Rufen Sie gleich den Präsidenten von der AAV an. Ist ein alter Freund von mir. Sagen Sie ihm, ich würde es sehr begrüßen, wenn er den Bundesgeneralanwalt als prominenten Gastredner noch am letzten Tag auf das Programm setzen könnte.«

Miß Ledger zögerte. »Das wird nicht leicht sein, Mr. President. Wie ich erfuhr, ist das Programm der Gastredner bereits ausgebucht. Hauptredner für das Präsidium der AAV am Freitag um drei Uhr ist Bundesrichter John G. Maynard.«

»Das macht doch nichts!« entschied der Präsident. »Wenn die jetzt zwei Gastredner haben, dann kann Bundesgeneralanwalt Collins entweder vor oder nach Maynard sprechen. Sagen Sie dem AAV-Präsidenten, daß er mir damit einen persönlichen Gefallen erweist.«

»Ich rufe gleich an, Mr. President.«

Der Präsident blieb noch stehen, als Miß Ledger schon in ihr Büro zurückgegangen war. »So, das ist erledigt. Ich werde Collins Bescheid geben. Er wird dort einen allgemein gehaltenen Vortrag über die Richtung in der Kriminaljustiz halten. Dabei kann er auf den Verfassungszusatz 35 als eine Hoffnung auf die Zukunft anspielen und die historische Rolle unterstreichen, die Kalifornien zukommt, wenn es den Zusatz ratifiziert. Ich nehme an, eine ansehnliche Zahl von Abgeordneten wird unter den Zuhörern sein. Collins kann für sie danach eine Cocktailparty geben und behutsam einige Abgeordnete bearbeiten. Gut. Das wäre eingefädelt.«

Er überflog noch einmal die Notizen auf seinem Schreibtisch und griff nach einem Blatt. »Hätte ich beinahe vergessen, Vernon. Da ist noch etwas. Die Fernsehdiskussion. Habe ich schon mit Ihnen darüber gesprochen?«

»Nein, Mr. President.«

»Da gibt es so eine Fernsehsendung, die jede Woche bundesweit ausgestrahlt wird – meist von einem Ort, der in den Tagesnachrichten gerade besonders aktuell ist. Eine Miß . . ., Miß . . .« Er hielt die Aktennotiz leicht schräg, um den Namen besser lesen zu können, »Miß Monica Evans, die diese Sendung macht, hat McKnight angerufen. Anscheinend ist sie eine Bekannte von ihm. Ende nächster Woche wollen sie eine Debatte in Los Angeles aufzeichnen, ob Kalifornien den Artikel 35 ratifizieren soll oder nicht. Das Programm dauert eine halbe Stunde und heißt ›Auf der Suche nach der Wahrheit‹. Zwei Gäste sind vorgesehen, und jeder nimmt zu dem leider so umstrittenen Thema Stellung, der eine dafür, der andere dagegen. Haben Sie die Sendung schon einmal gesehen?«

»Ich fürchte, ja«, grinste Tynan.

»Sie wollen, daß Sie, Vernon, da auftreten. Sie sollen die Argumente für den Zusatz 35 darlegen. Das wäre am gleichen Tag, an dem Collins vor der AAV spricht. Sie könnten dann zusammen hinüberfliegen. Das kann für uns sehr wichtig sein.«

»Wer spricht für die andere Seite?« fragte Tynan. »Ich meine, wer ist der andere Gast?«

Der Präsident nahm die Aktennotiz noch einmal kurz zur Hand. »Tony Pierce.«

Wie von der Tarantel gestochen fuhr Tynan auf. »Mr. President, verzeihen Sie bitte, aber ich glaube, es wäre ein grober Mißgriff, den Direktor des FBI im gleichen Programm zusammen mit einem früheren Agenten des FBI auftreten zu lassen, der das Bureau verraten hat. Ich halte es nicht für richtig, lausige Auffassungen eines Kommunisten wie Pierce dadurch aufzuwerten, daß ich in der gleichen Sendung wie er erscheine.«

Der Präsident zuckte mit den Achseln. »Wenn Sie wirklich so denken, Vernon, werde ich Sie nicht drängen. Ich bin aber überzeugt, daß für uns die Darstellung unserer eigenen Ansichten in einer bundesweit ausgestrahlten Fernsehsendung von allergrößter Bedeutung ist. Auf jeden Fall sollte jemand von uns dabeisein.«

»Weshalb nicht Collins?« schlug der Direktor vor. »Er ist zu dieser Zeit sowieso in Los Angeles. Er könnte das doch noch zusätzlich zu seiner Rede vor der AAV übernehmen; als Bundesgeneralanwalt ist er in diesem Programm sicherlich willkommen.«

Der Präsident nickte zustimmend. »Guter Gedanke, Vernon«, sagte er. »Sehr guter Gedanke, McKnight wird diese Miß Evans anrufen und ihr bestätigen, daß Collins an Ihrer Stelle teilnimmt.« Er wiegte ein wenig nachdenklich den Kopf. »Das wird ziemlich viel Arbeit für Collins geben, aber für uns alle eine große Hilfe sein.«

Er hielt Tynan die Hand hin. Der sprang auf und ergriff sie. »Ganz bestimmt, Mr. President.«

»Vielen Dank, Vernon!« Der Präsident war jetzt bester Laune. »Es geht los, Kalifornien, wir kommen!« Er griff nach dem Telefonhörer. »Und jetzt sind sie an der Reihe, Bundesgeneralanwalt Collins!«

Den Hörer zwischen Ohr und Schulter geklemmt, saß Collins in seinem Büro im Justizministerium und notierte sich die wichtigsten Einzelheiten des Plans von Präsident Wadsworth auf einem

Blatt Papier. Zwischendurch gab er dem Präsidenten durch zustimmende Laute zu verstehen, daß er alles gut mitbekommen habe. Was man ihm da antrug, gefiel ihm jedoch ganz und gar nicht. Nach Kalifornien zu fahren, da hatte er nichts dagegen. Das bedeutete eine Woche daheim. Er würde seinen erwachsenen Sohn wiedersehen, alte Freunde wiedertreffen und könnte auch ein bißchen Sonnenschein genießen. Was ihn an der ganzen Geschichte störte, war, daß er den 35er öffentlich verteidigen und darüber mit jemand wie Tony Pierce vor einem bundesweiten Fernsehpublikum diskutieren sollte. Er hatte »Auf der Suche nach der Wahrheit« schon oft gesehen und seine Freude daran gehabt. Aber ein Gast dieser Sendung konnte sich nicht durchmogeln und unbestimmt äußern. Solche Streitgespräche arten oft in zermürbendes Gerangel bei meist zu stark aufgeblasenen Standpunkten aus. Und für ihn konnte der sonst so attraktive Sessel im Fernsehstudio regelrecht zum Schleudersitz werden.

Collins widerstrebte es auch, vor dem gleichen Auditorium wie Bundesrichter Maynard zu sprechen, dessen liberale Auffassungen er respektierte und dessen Entscheidungen in Bürgerrechtssachen er bewunderte. Noch weniger paßte es ihm, in aller Öffentlichkeit und im Beisein Maynards so eindeutig für den 35er einzutreten. Bisher hatte es Collins im Rahmen der Verpflichtungen der Regierung, ihre eigene Politik laufend zu rechtfertigen, noch immer vermeiden können, allzu stark in Erscheinung zu treten und sich selbst dazu zu bekennen. Diesmal freilich blieb ihm keine Wahl. Er würde wohl dem Präsidenten die Bälle zuspielen müssen. Das aber vor Bundesrichter Maynard zu tun, war ihm äußerst unangenehm.

»Das ist alles, Chris«, hörte er den Präsidenten sagen. »Alles klar?«

»Ich glaube schon, Mr. President. Nächsten Freitag Los Angeles. Ein Uhr dreißig ›Auf der Suche nach der Wahrheit‹ im Fernsehstudio. Drei Uhr Amerikanische Anwaltsvereinigung im Century Plaza Hotel.«

»Und setzen Sie alles für die beiden Veranstaltungen ein. Lassen Sie sich von Pierce nicht unterkriegen. Geben Sie ihm Saures, wo Sie nur können.«

Collins schluckte. »Werde wie immer mein Bestes tun, Mr. President.«

»Was die AAV angeht, bereiten Sie Ihre Rede gut vor, Chris.

Das ist ein ganz anderes Publikum als bei der Fernsehsendung, lauter Professionelle. Denen darf man nicht zu früh mit dem 35er kommen. Heben Sie sich das auf, nehmen Sie das als Höhepunkt, wenn Sie die Verantwortung für das Schicksal der Nation der kalifornischen Intelligenz anvertrauen.«

»Ich werde es versuchen.«

»Wir verlassen uns ganz auf Sie, Chris. Wir sehen uns noch vor Ihrer Abreise.«

Collins hing ein. Verdrossen schaute er eine Weile zum Fenster hinaus. Dann schob er seine Notiz mit dem Reiseplan zur Seite und vertiefte sich in seine Akten.

Bald war er ganz in seine Arbeit versunken und mit juristischen Schriftsätzen beschäftigt. Immer wieder summte das Telefon, doch für ihn gab es keine Unterbrechung. Offenbar konnte Marion alle Anrufer geschickt abwimmeln. Beim nächsten Summen hob er den Kopf, streckte sich und blickte nach draußen. Es war schon dunkel. Er sah auf die Uhr: Feierabend. Wenn er jetzt ginge, wäre er seit Monaten zum ersten Male wieder rechtzeitig zum Abendessen zu Hause. Er wollte Karen überraschen und diesmal wenigstens nicht allzu spät zum Essen kommen.

Er stand auf, nahm seine Aktentasche und stopfte sie mit den noch unerledigten Sachen voll.

Erneut summte das Telefon. Er überhörte es. Doch dann merkte er, wie das Gespräch durchgestellt wurde, und vernahm Marions Stimme: »Mr. Collins, da ist ein Pater Dubinski in der Leitung. Ich kenne ihn nicht, er meint aber, Sie würden sich an ihn erinnern. Er wollte mir keine Nachricht für Sie hinterlassen, und er sagt, es sei so wichtig, daß er Sie unbedingt persönlich sprechen müsse.« Collins dachte sofort an den Pater von der Dreifaltigkeitskirche. »Ich übernehme das Gespräch. Vielen Dank. Und auf Wiedersehen morgen früh.«

Gespannt und voller Neugier setzte er sich wieder hin, nahm den Hörer ab und drückte den aufblinkenden Knopf. »Pater Dubinski? Hier ist Christopher Collins.«

»Ich war mir nicht sicher, ob Sie noch mit mir sprechen wollen.« Die Stimme des Priesters klang gedämpft wie aus weiter Ferne. »Ob Sie mich überhaupt noch kennen. Wir trafen uns in der Nacht, als Colonel Baxter starb, in Bethesda.«

»Aber ja, ich erinnere mich an Sie, Pater. Ich habe sogar daran gedacht, mich von mir aus wieder mit Ihnen in Verbindung zu setzen. Ich wollte einmal mit Ihnen . . .«

»Genau deswegen rufe ich an«, fiel ihm der Priester ins Wort. »Ich möchte Sie gerne sprechen. Je früher, desto besser, möglichst noch heute abend; über etwas, was auch Sie angeht. Nichts, worüber man am Telefon reden könnte. Wenn es Ihnen heute abend nicht paßt, geht es morgen früh . . .?«

Jetzt war Collins hellwach und so gespannt, daß er es kaum noch erwarten konnte. »Es geht sogar noch heute abend, in einer halben Stunde.«

»Das ist gut.« Die Stimme des Priesters klang erleichtert. »Macht es Ihnen etwas aus, wenn ich Sie bitte, zu mir in die Kirche zu kommen? Für mich wäre es etwas heikel, Sie aufzusuchen.«

»Natürlich. Ich komme. Heilige-Dreifaltigkeits-Kirche, nicht wahr?«

»An der 36. Straße, zwischen der O- und N-Straße in Georgetown. Dort ist der Haupteingang. Aber den benutzen Sie besser nicht. Kommen Sie lieber direkt ins Pfarrhaus, dort sind wir ungestört. Biegen Sie von der 35. nach links oder von der O-Straße nach Westen ein. Es ist die erste Kirche auf der linken Seite.« Er zögerte etwas und fuhr dann fort: »Ich glaube, ich schulde Ihnen eine Erklärung. Der Vordereingang wird nämlich überwacht. Es ist besser für uns beide, wenn Ihr Besuch nicht beobachtet wird. Das werden Sie verstehen, sobald wir miteinander gesprochen haben. Also, bis in einer halben Stunde?«

»Wenn es geht, sogar noch etwas früher«, sagte Collins und legte auf. Vergebens zerbrach sich Christopher Collins auf der Fahrt nach Georgetown im Rücksitz seiner Dienstlimousine die ganze Zeit über den Kopf, weshalb Pater Dubinski ihn wohl so schnell zu sprechen wünschte. Als sie sich kurz in Bethesda begegnet waren, hatte sich der Priester standhaft geweigert, etwas von Colonel Baxters letzter Beichte preiszugeben. Es war nicht anzunehmen, daß er jetzt sein Gelübde geistlicher Schweigepflicht aufgeben würde. Oder war er auf irgend etwas Neues gestoßen und glaubte vielleicht, daß Collins dies erfahren müßte? Aber was? Noch mehr hatte Collins die Bemerkung des Priesters beunruhigt, daß der Haupteingang der Heiligen-Dreifaltigkeits-Kirche überwacht werde. Wenn das keine Einbildung, sondern Tatsache war? Von wem wurde er dann bewacht und warum? Fragen über Fragen und keine Antwort . . .

Collins war versucht, das Rätsel den beiden Männern auf den

Vordersitzen aufzugeben. Da saß Pagano, der Exboxer aus Kalifornien, dessen Gesicht wohl für immer von den Spuren harter Schläge gezeichnet war. Ihn hatte er damals in Oakland in einer Strafsache erfolgreich verteidigt und damit seine Freundschaft gewonnen. Aus Dankbarkeit war Pagano dann auf Collins' Wunsch nach Washington gekommen, um sein Chauffeur zu werden. Der war durch und durch zuverlässig, da gab es keinen Zweifel. Neben ihm saß Spezialagent Hogan, Collins' sorgfältig ausgewählter Sicherheitsbeamter vom FBI, der ebenso vertrauenswürdig war.

Nach einer kleinen Weile sah Collins aber ein, daß es gar keinen Zweck hatte, andere um ihre Meinung zu fragen. Ein Priester hatte sich in einer wichtigen Angelegenheit an ihn gewandt, und es gab keinerlei Anhaltspunkte, worum es sich dabei handeln könnte. Also gab es nichts zu besprechen, außer bestenfalls Collins' übernatürliche Empfänglichkeit für schlimme Vorahnungen.

Sie fuhren die 35. Straße entlang und kamen an die O-Straße heran. Collins neigte sich vor: »Halten Sie an der O-Straße, Pagano. Lassen Sie mich an der Kreuzung aussteigen. Ich möchte nicht, daß jemand den Wagen sieht.«

An der Straßenecke öffnete Collins rasch die Tür und stieg aus. Er wandte sich noch einmal kurz um: »Fahren Sie den Wagen ein oder zwei Blocks weiter und parken Sie, wo Platz ist. Ich finde Sie schon wieder. Ich weiß nicht, wie lange es dauern wird. Vielleicht fünfzehn oder zwanzig Minuten.«

Er schloß die Tür und trat zurück. Erst dann merkte er, daß Hogan neben ihm stand. Beide schauten dem Wagen nach. »Okay«, wandte sich Collins an seinen Sicherheitsbeamten. »Kommen Sie bis zum Pfarrhaus mit. Ich gehe aber allein hinein. Sie warten draußen auf mich, aber bitte nicht zu auffällig.«

Sie überquerten die Hauptstraße und gingen ein Stück die O-Straße hinauf. Collins deutete nach links. »Da ist es.« Das Pfarrhaus war ein Backsteinbau, rot mit weiß schmuck abgesetzt. »Ich verlasse Sie jetzt hier.«

Als Collins auf die Tür zuging, öffnete sich diese wie von unsichtbarer Hand. Die Stimme, die sich dazu meldete, erkannte er sofort. »Kommen Sie herein, Mr. Collins.« Er betrat das winzige Vestibül und sah sich dem Priester in der schwarzen Robe gegenüber, dessen gelbliches Gesicht sich bei dem gedämpften Licht nur schwach von seinem dunklen Haar abhob. Sie reichten sich kurz die Hand. Pater Dubinski winkte Collins, ihm zu folgen. Durch einen Gang gelangten sie in einen Vorraum. Der Priester öffnete eine Tür und bat einzutreten. »Das ist das große Sprechzimmer unseres Pfarrhauses«, sagte er. »Es ist übrigens schalldicht.«

Collins fand sich rasch zurecht. Rechts neben ihm stand ein Schreibtisch mit zwei Stühlen. An der Wand gegenüber sah er eine Kredenz, darüber hing ein modernes Bild von der Kreuzabnahme.

Pater Dubinski nahm Collins am Arm und führte ihn nach links zum Sofa.

»Niemand hat mich hereinkommen sehen«, sagte Collins. »Wer überwacht denn den Vordereingang?«

»Das FBI.«

»Das FBI?« wiederholte Collins ungläubig. »Aber warum denn?«

»Ich werde das sofort erklären. Bitte setzen Sie sich. Möchten Sie Kaffee oder Tee?«

Collins lehnte beides ab und ließ sich in der einen Ecke des Sofas nieder. Pater Dubinski setzte sich neben ihn.

Der Priester kam sofort zur Sache. »Heute morgen hatte ich Besuch von einem Mr. Harry Adcock, seinem Ausweis nach Referent – oder Assistent – beim Direktor des FBI.«

»Direktor Tynans Abteilungsleiter. Das ist richtig. Was wollte der denn bei Ihnen?«

»Er wollte in Erfahrung bringen, was mir Colonel Baxter in seiner Sterbenacht gebeichtet hat. Das könnte in einer wichtigen Angelegenheit der inneren nationalen Sicherheit von großer Bedeutung sein, meinte er. Ich hätte diese Nachforschungen als durchaus wohlgemeint, wenn auch nicht als besonders geschickt angesehen, wäre nicht etwas ganz Unerwartetes geschehen: Als ich mich nämlich weigerte, Colonel Baxters Beichte preiszugeben, hat mir Mr. Adcock gedroht.«

»Ihnen gedroht?« Collins konnte das nicht glauben.

»Allerdings. Doch bevor ich darauf zu sprechen komme, muß ich Ihnen erst erzählen, was mich immer noch sehr seltsam berührt. Wie konnte er wissen, daß Colonel Baxter vor seinem Tod noch Zeit gefunden hat, die Beichte abzulegen? Hat er das von Ihnen?«

Collins schwieg eine Weile. Er versuchte sich zu erinnern. Und dann fiel ihm alles wieder ein. »Ja, stimmt. Ich habe davon gesprochen. Nach Baxters Beerdigung fuhren wir, Tynan, Adcock und ich, gemeinsam nach Hause. Wir sprachen über den Colonel und seinen Tod. Ohne mir etwas dabei zu denken, erzählte ich, wie ich in jener Nacht eilig ins Krankenhaus gerufen wurde. Mir hat das eben alles keine Ruhe gelassen. Ich sagte dann noch, daß er mich dringend sprechen wollte, ich aber zu spät ins Krankenhaus gekommen sei; er sei schon tot gewesen. Dabei muß ich wohl – ja, ich bin sicher – auch von Ihnen gesprochen haben; daß ich Sie dort antraf und Sie als seine letzten Worte ihm die Beichte abgenommen hätten und mir nichts sagen könnten, weil die Beichte geheim sei.«

Collins runzelte die Stirn. »Ich brachte das bei Tynan – und Adcock – zur Sprache, weil ich glaubte, sie wüßten vielleicht, was mir Baxter sagen wollte. Schließlich war Tynan eng mit ihm befreundet. Leider wußten sie nichts, was mir hätte weiterhelfen können.«

Er machte eine kleine Pause. »Also hat Tynan Adcock hierhergeschickt. – Adcock muß immer die Schmutzarbeit bei Tynan erledigen! Und nur, um von Ihnen etwas über Baxters letzte Beichte zu erfahren? Und als Sie sich weigerten, hat Adcock Ihnen gedroht? Das ist unglaublich!«

»Vielleicht nicht einmal so unglaublich. Nur *Sie* können das richtig beurteilen.«

»Wie hat er Ihnen denn gedroht?«

Pater Dubinski blickte starr auf den Couchtisch. »Nicht etwa nur andeutungsweise oder indirekt. Nein, ganz offen und direkt. Es war eine regelrechte Erpressung. Anscheinend hat das FBI meine Vergangenheit gründlich durchleuchtet – ich nehme an, heutzutage ist das lediglich Routinesache?«

»Das ist das normale Verfahren nach der Dienstanweisung, wenn das Bureau Nachforschungen über jemanden anstellt.«

»Oder wenn das Bureau jemand etwas anhängen will, um ihn zum Reden zu bringen? Auch wenn dieser jemand vollkommen frei von Schuld an irgendeinem Verbrechen ist?«

Collins suchte nach einer Antwort – vergebens. Dann räumte er ein: »Das ist nicht der Zweck dieses Verfahrens. Aber wir wissen beide, daß es vorkommt. Es hat Fälle von Mißbrauch gegeben.«

»Ich nehme an, daß diese Überprüfung meiner Vergangenheit von Direktor Tynan veranlaßt worden ist. Sie ließen doch vorhin erkennen, daß Adcock lediglich sein Laufbursche und Lakai ist?«

»Stimmt.«

»Nun gut. Das FBI hat also etwas ausgegraben, worüber schon lange Gras gewachsen war – ein unglücklicher Vorfall in meiner Vergangenheit. Als junger Priester bekam ich meine erste Seelsorgestelle in einer Kirchengemeinde in Trenton, New Jersey, mitten im düsteren Getto-Viertel der Stadt. Ich rief dort ein Anti-Rauschgift-Programm ins Leben. Um nun meinen Kreuzzug zum Scheitern zu bringen, richtete – natürlich hinter meinem Rücken –eine Gruppe dieser hartgesottenen jugendlichen Verbrecher ein raffiniert ausgetüfteltes Drogenversteck in meinem Pfarrhaus ein und informierte die zuständigen Behörden. Sie wollten mich damit erledigen. Die Polizei kam und fand natürlich das Versteck. Man hatte ihr mitgeteilt, daß ich mit Rauschgift hausieren ginge. Das alles hätte das Ende meines Kirchenamtes bedeuten können. Gott sei Dank konnte ein Skandal abgewendet werden. Mein Bischof setzte nämlich beim Polizeichef durch, daß ich bei einer inoffiziellen Vernehmung als Zeuge aussagen durfte. Daraufhin wurde das Verfahren eingestellt. Die Schuldigen wurden freilich nie ermittelt, und so hing der Ausgang des ganzen Falles allein davon ab, daß man meinen Worten Glauben schenkte. Wenn ich diesen Vorfall jetzt noch einmal an mir vorüberziehen lasse, sehe ich ein, daß es möglicherweise jemanden geben könnte, dem die Frage nach meiner Schuld oder Unschuld unbeantwortet erscheint. Irgendwie muß nun diese mißliche Angelegenheit in die Akten des FBI gekommen sein, und heute morgen hat mir Mr. Adcock das alles als unbezahlte Rechnung präsentiert.«

Collins saß wie erstarrt.

»Ich – ich kann das nicht glauben!«

»Es wäre besser, Sie würden es tun. Mr. Adcock drohte nämlich damit, diesen Vorfall aus meiner Vergangenheit bekannt werden zu lassen, wenn ich mich weiter weigern sollte, Einzelheiten aus Colonel Baxters Beichte preiszugeben. Das war ganz eindeutig. Mir sind jedoch meine heiligen Gelübde wichtiger als der angedrohte Rufmord. Selbst wenn die Geschichte wirklich bekannt würde, könnte sie mir keinen ernsten Schaden zufügen. Ich habe Adcock gesagt, er solle tun, was er für richtig halte. Ich würde auf keinen Fall mit ihm zusammenarbeiten. Dann habe ich ihn gebeten zu gehen. Hinterher – den ganzen Nachmittag über – war ich außer mir. Was mich am meisten getroffen hat, jetzt, da mir das selbst widerfahren ist, waren die Gewaltmethoden eines Amtes der Regierung gerade gegen die Bürger, die eigentlich von ihm geschützt werden sollen.«

»Mir ist das alles immer noch unverständlich. Was kann denn so wichtig an Baxters Beichte gewesen sein, daß Tynan sich zu so etwas hinreißen läßt?«

»Das weiß ich nicht«, sagte Pater Dubinski. »Ich ging davon aus, Sie wüßten Bescheid. Deshalb habe ich Sie angerufen.«

»Da mir nicht bekannt ist, was Colonel Baxter zu Ihnen gesagt hat, sehe ich auch keine Möglichkeit . . .«

»Sie sollen einiges erfahren, was Colonel Baxter mir anvertraut hat, denn ich will es Ihnen jetzt sagen.«

Collins bebte fast vor lauter Aufregung, beherrschte sich aber.

Pater Dubinskis Worte kamen jetzt nur zögernd. »Mr. Adcocks Besuch heute hat mich so aufgeregt, daß es mich mehrere Stunden kostete, meine Lage zu überdenken. Mit Mr. Adcock oder Direktor Tynan zusammenzuarbeiten, kommt für mich nicht in Frage. Das kann ich nicht. Allmählich begann ich aber die Bitte, die Sie in Bethesda äußerten, in einem anderen Licht zu sehen. Offensichtlich hatte Colonel Baxter volles Vertrauen zu Ihnen. Als er sein Ende herannahen fühlte, waren Sie der einzige, nach dem er verlangte. Sicher wollte er Ihnen etwas von dem sagen, was er dann mir anvertraut hat. Nach und nach sah ich ein, daß vieles, was er mir gesagt hat, wahrscheinlich für Sie bestimmt war. Und mir wurde klar, daß es für mich nicht nur geistliche, sondern auch irdische Pflichten gibt, ja, daß ich möglicherweise zu einer Art Treuhänder einer Information geworden war, die ich seinem Willen gemäß an Sie weitergeben sollte. Das ist der Grund, warum ich mich entschlossen habe, Ihnen gegenüber seine letzten Worte zu wiederholen.«

Collins fühlte sein Herz schneller schlagen: »Ich bin Ihnen zutiefst dankbar, Pater.«

»Als er starb, war Colonel Baxter – um mit den Worten des hl. Paulus zu sprechen – vorbereitet, ›in den Himmel aufgenommen zu werden und bei Christus zu sein‹«, begann Pater Dubinski. »Er war mit Gott versöhnt. Nachdem er die Beichte abgelegt und ich ihm die Letzte Ölung gespendet hatte, machte er einen letzten Versuch, sich einer noch verbliebenen, noch nicht abgeschlossenen irdischen Angelegenheit zuzuwenden. Seine letzten Worte, fast schon mit verlöschendem Atem gesprochen . . .« Der Priester suchte nach etwas in den Falten seines Rockes. »Nach dem Besuch von Mr. Adcock habe ich mir alles genau aufgeschrieben, um nicht irgend etwas falsch wiederzugeben.« Er glättete den zerknitterten Zettel und las: ›Ja, ich habe gesündigt, Vater – und meine größte Sünde – ich muß darüber sprechen – jetzt kann man mich nicht mehr überwachen – nun bin ich frei – ich brauche mich nicht mehr zu fürchten – es handelt sich um den 35er . . .«

»Den 35er also«, murmelte Collins.

Pater Dubinski warf ihm einen Seitenblick zu und fuhr fort: »›Handelt sich um den 35er–.‹ Dann kamen einige unverständliche und unzusammenhängende Worte. Es ging weiter: ›Die Geheimakte R – Gefahr – gefährlich – muß unter allen Umständen – sofort aufgedeckt werden. Die Geheimakte R ist–.‹ Wieder glitt seine Stimme ab. Er versuchte es noch einmal. Es war sehr schwer zu verstehen, was er sagen wollte, aber ich bin mir fast sicher, er sagte: ›Ich sah – Trick – nachsehen.‹ Er stöhnte auf, dann lag er still da, und ein paar Augenblicke später war er tot.«

Collins überfiel es eiskalt. Er hatte eine Stimme aus dem Grab gehört. Verwirrt und verstört fragte er: »Die Geheimakte R? Sind Sie sicher, daß er davon sprach?«

»Zweimal. Es war ganz klar, er wollte mehr darüber sagen, aber er konnte es nicht mehr.«

»Das war alles?«

»Das waren seine einzigen verständlichen Worte. Er sprach noch weiter, aber das war nicht mehr zu verstehen.«

»Haben Sie auch nur die geringste Ahnung, Pater, was diese Geheimakte enthält?«

»Ich hatte gehofft, Sie wüßten es.«

»Ich höre zum ersten Male davon«, sagte Collins. Nochmal gingen ihm die letzten Worte Colonel Baxters durch den Kopf, die Worte, die wahrscheinlich seine letzte dringende Botschaft an den neuen Bundesgeneralanwalt sein sollten . . . »Er hatte Ihnen doch gesagt, daß er gesündigt hatte, weil er in diese Geschichte, was das auch immer gewesen sein mag, verwickelt war? Und daß er dazu gezwungen worden sei? Eines ist jedenfalls klar! Was er die Geheimakte nannte, hängt mit dem Artikel 35 zusammen und ist ein Trick, der so gefährlich ist, daß er unbedingt aufgedeckt werden muß. Deshalb hat er noch nach mir verlangt!«

»Sein Vermächtnis für die Lebenden, sein Wunsch, ein Unrecht wiedergutzumachen«, setzte der Pater hinzu.

»Sein Vermächtnis für mich, seinen Nachfolger«, sagte Collins, fast zu sich selbst. »Weshalb nicht für den Präsidenten? Oder Tynan? Oder auch nur für seine Frau? Ganz allein nur für mich. Aber wieso?«

»Wahrscheinlich, weil er Ihnen mehr als dem Präsidenten oder dem Direktor vertraute. Möglicherweise dachte er, Sie würden ihn verstehen, was er von seiner Frau nicht erwarten durfte.«

»Ich verstehe immer noch nichts«, sagte Collins ein wenig verzweifelt. »Die Geheimakte R.« Er fühlte sich verloren. Wie im Nebel suchte er nach allen Seiten, ohne Halt zu finden. »Was kann das sein?«

Pater Dubinski erhob sich. »Das sollten Sie so schnell wie möglich herausfinden.«

Er übergab Collins den Zettel mit Baxters letzten Worten. »Jetzt wissen Sie alles, was ich weiß, und alles, was Noah Baxter Ihnen in seiner letzten Stunde sagen wollte. Das Weitere liegt in Ihrer Hand.« Er holte tief Luft. »Gefahr ist in Verzug. Ich werde für Sie beten, daß Ihnen nichts zustößt und daß Sie Erfolg haben. Gott sei mit Ihnen!«

3

Am nächsten Morgen war er früh aufgewacht, hatte sich geduscht und angezogen und war dann von ihrer Villa in McLean, Virginia, die sieben Meilen zu seinem Amt gefahren, ohne seiner Frau etwas von der Begegnung in der Heiligen-Dreifaltigkeits-Kirche am Abend zuvor zu erzählen.

Noch beim Abendessen und auch die Nacht über hatte er eigentlich die Absicht gehabt, Karen die ganze Episode mit Pater Dubinski zu berichten. Aber instinktiv hielt ihn die Fürsorge für seine geliebte Frau davon ab. Er wußte nur zu genau, daß sie so etwas genauso beschäftigen und aufregen würde wie ihn.

Statt dessen erzählte er ihr von dem Anruf des Präsidenten und daß die Reise nach Kalifornien nunmehr beschlossene Sache sei. Er hätte dort lediglich den Vortrag vor der Amerikanischen Anwaltsvereinigung zu halten, dann in der Fernsehdiskussion aufzutreten und möglichst noch ein paar Gespräche mit einigen Abgeordneten zu führen. Sonst sei er frei, und so könnten sie die restlichen Tage den kalifornischen Sonnenschein genießen. Er hatte Karen gebeten, mitzukommen. Aber sie wollte nicht recht, zum einen wegen ihres Zustandes und weil sie sich leicht erschöpft fühlte, zum andern hatte sie sogar darauf bestanden, weil er dann besser von seiner freien Zeit Gebrauch machen, seinen Sohn Josh wiedersehen und sich auch mit ein paar alten Freunden treffen könnte. Danach hatte er es aufgegeben, sie zu drängen. Und was seine freie Zeit in Kalifornien anging, so war da noch der Mann, mit dem ihn Paul Hilliard zusammenbringen wollte, dieser Abgeordnete Olin Keefe, der behauptet hatte, daß das FBI die kalifornischen Verbrechensstatistiken manipuliere. Seit seinem Treffen mit dem Priester begannen Collins langsam die ersten Zweifel am FBI zu kommen.

Karen war noch wach gewesen, als er gestern abend zu Bett ging. Er hatte sie geküßt, um ihr gute Nacht zu wünschen, und dabei gefühlt, daß sie mit ihm schlafen wollte. Er war jedoch so sehr mit der Geheimakte R beschäftigt, daß dies das allerletzte war, woran er im Augenblick denken konnte. Aber dann hatte er nachgegeben, weil er rücksichtsvoll sein wollte und weil er sie bald einige Tage allein lassen mußte. Nach einigen Minuten des Vorspiels hatte er seine Sorgen ganz vergessen und war nun genauso wie sie bereit. Trotz seiner Vorsicht, ihren Bauch nicht zu sehr zu belasten – er fürchtete immer, daß sie eine Fehlgeburt haben könnte –, war ihre Vereinigung lang und voll wilder Leidenschaft, so ganz natürlich und voll gegenseitigen Gebens, wie er sie niemals mit Joshs Mutter empfunden hatte. (Es war merkwürdig, aber von seiner ersten Frau, Helen, konnte er immer nur als Joshs Mutter denken.) Nachher waren Karen und er fast augenblicklich eingeschlafen.

Am nächsten Morgen war es nicht mehr Karen, sondern nur noch die Geheimakte R, die ihn beschäftigte. Auf der Fahrt zum Justizministerium erwog er noch einmal die Dringlichkeit von Colonel Baxters Wunsch. Er sollte alles herausfinden und aufdecken. Aber was? Wo sollte er anfangen? Er versuchte, das Problem logisch, der Reihenfolge nach, anzugehen.

Um mehr zu erfahren, mußte er bei jedem und allem anfangen, was in irgendeiner Verbindung mit Colonel Noah Baxter gestanden hatte.

Zuallererst dachte er an Baxters private Akten. Diese hatte der Colonel getrennt von den Unterlagen des Bundesgeneralanwalts aufgehoben, die wie die meisten Akten in Marions Büro standen. Also mußte Collins diese allgemeinen Akten wie auch die persönlichen Unterlagen Colonel Baxters durchsehen.

Er überlegte, wie lange das wohl dauern würde. Es klang alles so einfach, aber wo sollte man nachsehen? Unter welchem Betreff? Unter R nach Geheimakte R? Oder unter 3 wegen des Artikels 35?

Oder unter A wegen Artikel, unter S wegen »Streng geheim« oder unter G wegen Gefahr? Er setzte nicht viel Hoffnung in die Akten. Art und Ton von Baxters Botschaft ließen darauf schließen, daß genauere Informationen oder gar Erklärungen nicht ohne weiteres und wohl kaum aus naheliegenden Quellen beschafft werden könnten. Soweit zu Baxters Hinterlassenschaft. Blieben noch die Personen, die dem Colonel nahestanden: seine Familie, seine Kollegen und Freunde, irgend jemand, der mal gehört haben könnte, daß der Colonel zu dieser oder jener Zeit die Geheimakte einmal erwähnt hatte. Wen aber sollte er zuerst fragen? Besonders aussichtsreich erschien Direktor Vernon T. Tynan. In Baxters letzten Worten war nichts zu entdecken, was irgendwie vor ihm gewarnt hätte. Nicht einmal Tynans Name war gefallen. Gewiß hatte Colonel Baxter in seinen letzten Worten sagen wollen, daß Collins bei jemand anfangen sollte, der ganz in der Nähe war. Hatte Baxter nun wirklich gewollt, daß er bei Tynan beginne, oder sollte er Tynan am Ende gar nicht ansprechen?

Nachdenklich wog Collins die Aussichten ab, die Tynan bot. Zwei Punkte schienen ihm zur Vorsicht zu raten: Weshalb hatte der Colonel an seiner Stelle nicht Tynan holen lassen und ihm seine Warnung mitgeteilt? Weil er kein Vertrauen zu Tynan hatte? Dazu gab es eigentlich keinen Anlaß. Doch konnte man Tynan wirklich Vertrauen schenken? Und das zweite, was beim Namen Tynan wie ein Warnsignal hochkam, war die Erinnerung: Auf dem Rückweg vom Friedhof hatte Collins einige harmlose Bemerkungen über Baxters letzte Beichte gemacht. Daraufhin hatte Tynan sofort einen Agenten zu Pater Dubinski geschickt, um – falls notwendig – mit allen Mitteln, ja sogar auch durch versuchte Erpressung, herauszufinden, was in dieser letzten Beichte gesagt worden war. Hatte Tynan nach irgendeiner Information geforscht, die er selbst noch nicht kannte? Oder wollte er feststellen, ob von Baxter eine geheime Information preisgegeben worden war, die er mit ihm zusammen erarbeitet hatte? In beiden Fällen konnte man annehmen, daß Tynan die Bedeutung der Geheimakte R kannte. Warum sollte er sie nicht seinem Kollegen oder auch Vorgesetzten offenbaren. Sollte er ihn aufsuchen? Trotzdem fühlte er sich durch die Ereignisse gewarnt: Achtung! Vorsicht!

Sofort zog er der Reihenfolge nach jemand anders in Betracht, jemand, der weniger fragwürdig und mehr verläßlich, aber ebenso kenntnisreich war, was die Geheimnisse des Colonels anging. Und das konnte nur Colonel Baxters Witwe, Hannah, sein. Der Weg zu Hannah war einfacher, und sie würde ihn auch freundlich aufnehmen. Collins' Verbindung zu Hannah war herzlich. Sie hatte ihn immer etwas bemuttert. Wie hatte er sie einzuschätzen? Sie war fast vierzig Jahre mit dem Colonel verheiratet gewesen. Da konnte es kaum etwas Ernstliches geben, in das der Colonel eingeweiht war und von dem sie nichts ahnte. Andererseits, wenn es so um ihre Beziehung zueinander stand, weshalb hatte der Colonel seine Botschaft nicht ihr anvertraut, sondern ausdrücklich Collins holen lassen, um seine Warnung an den Mann zu bringen? Baxter hatte sie also nur eingeschaltet, um ihn, Collins, zu erreichen. Vielleicht konnte sie es trotzdem klären. Wahrscheinlich war der Colonel – wie so viele Beamte – der Überzeugung gewesen, Männergeschäfte seien lediglich etwas für Männer, besonders wenn es sich um das Verhältnis zwischen einem früheren Bundesgeneralanwalt und seinem Nachfolger handelte.

Als er sein Büro betrat, war sich Collins immer noch nicht über den ersten Schritt schlüssig und grübelte an seinem Schreibtisch weiter, ohne auf die vielen Notizen zu achten, die man für ihn bereitgelegt hatte.

Marion kam mit einer Tasse starken Tee herein – und sofort wußte er, womit er zu beginnen hatte. Zunächst einmal wollte er mit der Quelle anfangen, die weniger kompliziert als ein menschliches Wesen war. »Marion«, fragte er, »Colonel Baxters Akten – wo sind die eigentlich?«

»Er hatte zweierlei Akten . . .«

»Ich weiß.«

»Die meisten, und wohl auch die wichtigsten, sind in meinem Büro. Außerdem gab es noch einige mehr persönliche Unterlagen, seine private Korrespondenz, Aktennotizen und anderes mehr in dem feuersicheren Schrank in seinem Privatraum neben meinem Büro.«

»Ist der Schrank noch da?«

»Oh, nein. Etwa einen Monat nachdem er ins Krankenhaus gegangen war, wurde der Schrank in seine Wohnung in Georgetown gebracht.«

»Dann ist er also jetzt dort?«

»Ja. Wenn Sie irgendwas daraus haben wollen, kann ich gerne dort nachsehen.«

»Nein, das ist nicht nötig. Ich kann das selbst machen.«

»Soll ich Mrs. Baxter anrufen?«

In diesem Augenblick wußte Collins endlich genau, wen er als ersten über die Geheimakte R befragen würde. »Ja, rufen Sie bitte an und fragen Sie Mrs. Baxter, ob ich sie heute nachmittag kurz sprechen kann.«

Und als Marion sich anschickte hinauszugehen, fragte er ganz beiläufig: »Übrigens, Marion, ich bin auf der Suche nach einer Notiz mit dem Titel ›Die Geheimakte R‹. Fällt Ihnen dazu etwas ein?«

Sie versuchte sich zu erinnern. »Nein. Ich glaube nicht, daß ich so etwas abgelegt habe.«

»Es war eine Notiz, die sich auch auf den Artikel 35 bezog. Würden Sie vielleicht mal in der allgemeinen Ablage nachsehen?«

»Sofort.«

Collins trank seinen Tee und erledigte schnell hintereinander alle Sachen, die er am Morgen auf seinem Schreibtisch vorgefunden hatte. Am Telefon erörterte er einen Schriftsatz der Regierung mit dem Bundesstaatsanwalt und rief seinen Verwaltungsdirektor in einer Personalangelegenheit zurück. Er hatte ein kurzes Gespräch mit dem Leiter der Informationsabteilung, der die Ausarbeitung seiner Rede in Los Angeles vor der Amerikanischen Anwaltsvereinigung überwachte. Etwas länger sprach er mit Ed Schrader, dem stellvertretenden Bundesgeneralanwalt, über ein Verfahren wegen Steuerhinterziehung gegen einen Konzern, über Verhaftungen bei Tumulten in Kansas City und in Denver sowie über die Ergebnisse der Ermittlungen über die KIF, die »Kämpfer für innere Freiheit«.

Bis Mittag lagen ihm zwei wichtige Bescheide vor. Seine Sekretärin hatte die allgemeinen Akten durchgesehen. Da gab es keinen Bezug auf irgend etwas mit der Bezeichnung »Geheimakte R«. Collins war keineswegs überrascht. Als zweites berichtete sie, daß sie inzwischen Mrs. Baxter erreicht habe, und diese sich freuen würde, ihn um zwei Uhr zu empfangen.

Er speiste zusammen mit drei vom Außendienst zurückgekehrten Staatsanwälten in seinem privaten Eßraum zu Mittag. Dann kamen noch ein paar Telefonanrufe, und endlich war es soweit: Collins konnte mit seinen privaten Nachforschungen in Sachen »Geheimakte R« beginnen.

Pagano fuhr ihn zusammen mit Hogan nach Georgetown hinaus. Fünf Minuten nach zwei kamen sie in der schattigen Allee vor dem weißen, dreigeschossigen Ziegelhaus aus dem frühen neunzehnten Jahrhundert an, das Collins so vertraut war. Collins ließ Fahrer und Sicherheitsbeamten im Wagen zurück und stieg die stilvolle Eisentreppe hinauf. Er läutete und wurde von einem fröhlich lächelnden schwarzen Mädchen eingelassen.

»Ich hole gleich Mrs. Baxter«, sagte sie. »Wollen Sie bitte im Patio warten? Es ist heute so ein schöner Tag.«

Collins folgte ihr zu der gläsernen Schiebetür und ging allein weiter in den mit Fliesen ausgelegten Innenhof. Er warf einen Blick in den Swimming-pool, in dem sich sein Gesicht widerspiegelte.

Dann wandte er sich um und nahm auf einem gepolsterten schmiedeeisernen Stuhl in der Nähe eines Kacheltisches Platz und zündete sich eine Zigarette an.

»Hallo, Mr. Collins«, hörte er eine helle Stimme hinter sich. Er drehte sich um und sah Rick Baxter, Hannah Baxters Enkel, der mit seinen Knien auf den Fliesen herumrutschte und mit einem Tonbandgerät spielte.

»Oh, hallo Rick. Warum bist du nicht in der Schule?«

»Der Fahrer war krank. Deshalb ließ mich Oma heute zu Hause.«

»Sind deine Eltern noch in Afrika?«

»Ja. Sie konnten nicht rechtzeitig zu Opas Beerdigung kommen. So bleiben sie noch einen weiteren Monat drüben.«

»Geht dein Bandgerät nicht mehr?«

»Es funktioniert nicht«, sagte Rick. »Ich repariere es gerade, damit ich die Sendung aufnehmen kann, weißt du, die über die ›Geschichte der Comics in Amerika‹ – aber das Ding will einfach nicht!«

»Laß mich mal nachsehen, Rick. Ich bin zwar kein Mechaniker, aber vielleicht kann ich dir helfen.«

Rick kam mit dem Apparat zu Collins herüber. Er war ein Junge mit braunem Haar, wachen, weit auseinanderstehenden Augen und mit der für sein Lebensalter fast obligatorischen Zahnklammer. Zwölf Jahre mußte Rick jetzt alt sein, erinnerte sich Collins; für sein Alter war er recht aufgeweckt und gut entwickelt. Collins nahm das Bandgerät, sah nach, ob alle Knöpfe richtig eingestellt waren, und öffnete das Gehäuse. Er sah sofort, wo der Fehler lag, bog eine Feder zurecht und probierte den Apparat gleich aus. Er funktionierte wieder.

»Oh, danke«, rief Rick. »Nun kann ich heute abend die Fernsehsendung aufnehmen. Du solltest mal meine Sammlung sehen! Ich nehme immer die besten Sendungen im Fernsehen und im Radio auf. Ich habe schon die größte Sammlung von allen in der Schule. Das ist mein liebstes Hobby!«

»Eines Tages wird das recht wertvoll sein«, meinte Collins. Wir leben eben im Zeitalter des Tonbandes, dachte er sich. Ob wohl die Jungens von heute in ein paar Jahren – auch wenn sie so aufgeweckt und klug waren wie Rick – überhaupt noch schreiben könnten? Und nach dem Artikel 35 würde alles noch schlimmer. Angezapfte Telefone, Abhörwanzen und elektronische Horchgeräte wären dann allgemeiner Anerkennung sicher.

»He, Oma!« hörte er Rick rufen.

Er konnte gerade noch aufstehen und sich herumdrehen, um Hannah Baxter zu begrüßen. Sie kam auf ihn zu, und er nahm sie in seinen Arm und küßte sie zärtlich auf die Wange. Hannah war klein und rundlich und hatte sich ihr warmherziges Wesen bewahrt. Ihr Gesicht strahlte Offenheit und Großherzigkeit aus.

»Mein Beileid«, sagte Collins. »Mein aufrichtiges Beileid!«

»Danke, Christopher. Ich bin froh, daß es jetzt vorbei ist. Ich konnte es in den letzten Tagen einfach nicht mehr ertragen, einen Mann mit seiner Lebenskraft so leiden und dahinwelken zu sehen. Er fehlt mir sehr. Du weißt gar nicht, wie sehr. Aber so ist das Leben. Wir müssen es alle einmal durchmachen.«

Sie wandte sich nach ihrem Enkel um. »Rick, nun geh mal schön brav rein und laß uns allein. Und stell nicht vor heute abend das Fernsehen oder das Radio an! Schau lieber in deine Schulbücher! Ich möchte nicht, daß du in der Schule zurückbleibst und mir dein Vater Vorwürfe macht!«

Als der Junge weg war, setzte sich Hannah Baxter an den Kacheltisch, und auch Collins nahm wieder Platz. Hannah sprach noch eine Weile wehmütig von Noah Baxter und von der schönen Zeit, die sie miteinander gehabt hatten, als es ihm noch gutging. Dann brach ihre Stimme ab. Sie seufzte: »Laß mich nicht weiterreden«, sagte sie. »Was macht deine Arbeit?«

»Man hat es nicht leicht. Ich weiß jetzt, was Noah durchgemacht hat.«

»Ja. Noah schien es immer, als wäre sein Büro auf Treibsand gebaut. ›Ganz gleich, was man tut‹, pflegte er zu sagen, ›man sinkt immer tiefer ein‹. Aber wenn einer damit fertig werden kann, dann du, Christopher. Ich weiß, Noah hatte immer großes Vertrauen zu dir.«

»Hat er deshalb in seiner letzten Stunde nach mir verlangt, Hannah?«

»Ja, Christopher. So ist es.«

»Was hat er dir gesagt?«

»Ich stand an seinem Bett, als er aus dem Koma aufwachte. Er war unheimlich schwach und konnte kaum sprechen. Er erkannte mich und flüsterte mir etwas Liebes zu. Er bat mich, ihm einen Gefallen zu tun. ›Bitte Chris Collins zu mir‹, sagte er. ›Muß ihn sehen. Sehr dringend! Wichtig! Muß mit ihm sprechen.‹ So klar kam das freilich alles nicht heraus. Aber das war ganz bestimmt das, was er mir sagen wollte. Und so habe ich gleich nach dir geschickt. Es tut mir leid, daß du nicht mehr rechtzeitig kommen konntest.«

»Hannah, weshalb hat er es nicht *dir* gesagt, was er mir mitteilen wollte?«

Dieser Gedanke war ihr nie gekommen. »Das hätte er nie getan! Das war dienstlich, da bin ich sicher. Und über Dienstliches hat er nur ganz selten mit mir gesprochen. Er sprach nur immer mit dem, den es anging. In diesem Falle hatte er dir etwas zu sagen, und es ist so schade, daß er dazu keine Gelegenheit mehr hatte.«

Beinahe hätte Collins ihr gesagt, daß Noah doch noch diese Gelegenheit gehabt hatte – durch Pater Dubinski. Aber sein Instinkt sagte ihm, daß es besser sei, sie damit nicht zu belasten.

»Ich wünschte, ich hätte ihn noch sprechen können«, sagte er statt dessen. »Er hätte mir noch vieles mitgeben können. Für meine Arbeit, meine ich. So hätte ich zum Beispiel gerne etwas über einige Akten gewußt, die ich nicht finden kann. Die im Büro sind, haben wir durchgesehen. Meine Sekretärin berichtete mir aber, daß ein kleiner Aktenschrank mit Noahs persönlichen Unterlagen hier ins Haus gebracht worden ist, kurz nachdem er krank geworden war.«

»Ja, das stimmt. Ich ließ ihn in seinem Arbeitszimmer aufstellen.«

»Könnte ich ihn mir vielleicht einmal ansehen, Hannah? Nur für ein paar Minuten?«

»Aber ich habe ihn nicht mehr. Er ist nicht mehr da. Am Tag nach Noahs Tod wurde er abgeholt. Vernon Tynan rief mich an und fragte, ob er ihn für ein oder zwei Monate ausleihen könnte. Er wollte die Akten kurz durchgehen, ob nicht vielleicht streng geheimes Material darunter sei. Ich habe ihm den Schrank gern überlassen. All das Geheimmaterial, mit dem Noah zu tun hatte, hatte mich schon immer nervös gemacht. Wenn du also etwas brauchst, wende dich nur an Vernon. Er wird dir sicher gerne helfen.«

Seltsam, dachte sich Collins. Was wollte denn Tynan mit Colonel Baxters privaten Unterlagen? Aber jetzt war keine Zeit, darüber nachzudenken. »Alles, wonach ich suche, ist eine Unterlage aus dem Justizministerium, die mit dem Artikel 35 zusammenhängt. Sie hat auch einen Namen: ›Geheimakte R‹. Bist du vielleicht mal in den Akten darauf gestoßen?«

»Ich habe niemals in die Akten reingeschaut. Es gab ja auch keinen Grund dafür.«

»Kannst du dich erinnern, daß Noah jemals über etwas mit dir sprach, was die Geheimakte R gewesen sein könnte?«

Sie schüttelte den Kopf. »Nein, nicht daß ich wüßte. Wie ich dir schon erklärte, hat er mich selten in seine dienstlichen Angelegenheiten eingeweiht.«

Collins war enttäuscht, aber er bohrte weiter. »Gibt es möglicherweise jemand, einen Freund, mit dem er darüber gesprochen haben könnte?«

Sie deutete auf die angebrochene Zigarettenpackung auf dem Tisch. »Kann ich eine davon haben, Christopher?« Hastig zog er eine Zigarette heraus, reichte sie Hannah und zündete sie ihr an. »Ich habe am Tag nach der Beerdigung zu rauchen angefangen.« Sie machte ein paar hastige Züge. »Noah hatte nicht viele gute Freunde. Er lebte zurückgezogen, wie du wahrscheinlich weißt . . . Ja, es gab ein paar Leute, mit denen er seine Zeit im Büro verbrachte, wie Vernon und Adcock, aber das war mehr eine Art dienstlicher Verbindung. Persönlich gesehen? Also, ein persönlicher Freund?« Sie brach ab und verlor sich in Gedanken. »Der einzige, der in Frage käme, wäre Donald, Donald Radenbaugh. Er und Noah waren die besten Freunde – bis zu der Zeit, da Donald in große Schwierigkeiten kam.«

Im Augenblick sagte der Name Christopher Collins gar nichts. Dann aber fiel der Groschen, und er erinnerte sich an die Schlagzeilen, die es seinerzeit gegeben hatte.

»Nachdem Donald verurteilt worden war und im Bundeszuchthaus Lewisburg seine Strafe antreten mußte«, fuhr Hannah Baxter fort, »konnte ihn Noah natürlich nicht mehr besuchen. Bei seiner Stellung wäre das für Noah recht peinlich gewesen. Genauso wie für Robert Kennedy, als der Justizminister war und man seinen Freund Landis in einer Steuersache verfolgte. Kennedy mußte sich da heraushalten. Er konnte nicht eingreifen. Und das konnte Noah auch nicht im Falle von Donald Radenbaugh. Noah glaubte immer an Donalds Unschuld. Er war überzeugt, daß hier ein Justizirrtum vorlag. – Donald war jedenfalls einer der besten Freunde von Noah.«

»Donald Radenbaugh«, sagte Collins. »Ich erinnere mich an diesen Namen. Vor zwei oder drei Jahren stand ziemlich viel darüber in den Zeitungen. Irgend so ein Finanzskandal, aber die Einzelheiten fallen mir nicht mehr ein.«

»Ja, die sind auch niemals richtig klargeworden. Ich kenne sie auch nicht alle genau. Donald hatte hier in Washington eine Praxis als Rechtsanwalt und wurde in der letzten Regierung Berater des Präsidenten. Er soll an einem Komplott beteiligt gewesen sein, das durch Betrug oder Erpressung – ich weiß nicht mehr genau, welches von beiden – bei Regierungsaufträgen eine Million Dollar von großen Konzernen erschwindeln wollte. In Wirklichkeit stammte das Geld aus illegalen Spenden für den Wahlkampf. Das FBI begann dann langsam einen Mann namens Hyland einzukreisen. Der bekam es mit der Angst zu tun und stellte sich als Kronzeuge zur Verfügung, um selbst mit einem weniger harten Urteil davonzukommen. Deshalb schob er alle Schuld auf Donald Radenbaugh. Er behauptete, Donald sei mit dem Geld nach Miami unterwegs, um es einem dritten Partner des Komplotts zu übergeben. Das FBI griff Donald in Miami auf, aber das Geld war nicht in seinem Besitz. Immer wieder beteuerte er, das Geld nicht zu haben. Dennoch wurde er auf Grund von Hylands Aussage angeklagt und auch für schuldig befunden.«

»Ja. Jetzt erinnere ich mich wieder«, sagte Collins. »Er bekam, glaube ich, eine hohe Gefängnisstrafe, nicht wahr?«

»Fünfzehn Jahre«, antwortete Hannah. »Noah war außer sich darüber. Er sagte immer, Donald sei von den Helfern des letzten Präsidenten als eine Art Buhmann hingestellt worden, um die Regierung selbst reinzuwaschen. Natürlich konnte Noah in das Verfahren nicht eingreifen. Aber er versuchte wenigstens, ein milderes Urteil zu erreichen. Er hoffte immer, Donald auf Bewährung freizubekommen, wenn erst einmal fünf Jahre um seien. Aber jetzt ist Noah tot und kann ihm nicht mehr helfen. Jedenfalls ist Donald Radenbaugh der einzige, von dem ich annehme, daß er dir einen Hinweis geben kann – außer Tynan.«

»Willst du damit sagen, daß Radenbaugh etwas von dieser Geheimakte R wissen könnte?«

»Das weiß ich nicht, Christopher. Woher sollte ich auch? Aber wenn dieses Papier oder Projekt mit Noah zu tun hatte, dann ist es durchaus möglich, daß er es mit Donald Radenbaugh besprochen hat. In schwierigen Fragen hat er oft Radenbaughs Rat eingeholt.« Sie drückte ihre Zigarette aus. »Du könntest doch einmal in deiner offiziellen Eigenschaft Lewisburg besichtigen. Dabei wäre es für dich nicht schwer, mit Radenbaugh zusammenzutreffen. Wenn du ihm sagst, was du vorhast und daß du ihm helfen möchtest, wird er auch dir einen Gefallen tun und dir die Information geben, hinter der du her bist. Ich könnte ihm schreiben, daß er dir vertrauen darf, weil du ein Freund von Noah warst und immer seine volle Unterstützung hattest.«

»Das würdest du tun?« fragte Collins erwartungsvoll. »Natürlich werde ich mich um ihn kümmern.«

»Gut. Ich hatte sowieso die Absicht, ihm einige Zeilen zu schreiben und zu berichten, was sich ereignet hat. Er bekommt wohl kaum noch Post, glaube ich, außer von seiner Tochter. Er hat eine reizende Tochter, Susie heißt sie; sie lebt jetzt in Philadelphia. Ich werde ihm also schreiben, daß du ihn besuchen kommst. Weißt du schon, wann?«

Collins ging in Gedanken seinen Kalender durch. »Ende der Woche bin ich zu einem Vortrag in Kalifornien, und ein paar Tage später muß ich wieder in Washington sein. Okay, schreibe Mr. Radenbaugh, daß ich ihn in einer Woche aufsuchen werde. In einer Woche – auf jeden Fall und ganz bestimmt nicht später. Du hast mir einen guten Hinweis gegeben, Hannah, und ich bin dir sehr dankbar.« Er erhob sich, trat auf sie zu und küßte sie auf die Wange. »Herzlichen Dank für alles. Bleib gesund und halte dich wacker. Wenn du meinst, Karen kann etwas für dich tun, dann rufe bitte an.«

Als er ging und sich nach seinem Dienstwagen umschaute, fühlte er sich nicht mehr so ratlos und verlassen wie noch vor einer halben Stunde auf der Fahrt zu Hannahs Haus. Mit Radenbaugh, Noahs bestem Freund, schien sich ihm in der Tat ein aussichtsreicher Weg zu öffnen, um der Geheimakte R auf die Spur zu kommen. Dann fiel ihm ein, daß er erst noch Tynan über die Geheimakte befragen mußte, und das dämpfte seine Zuversicht wieder, denn er war sich noch gar nicht so sicher, wie er das am besten anpacken sollte. Früher oder später müßte es getan werden, und als er zu seinem Wagen kam, nahm er sich fest vor: je früher, desto besser.

Am folgenden Morgen um zehn Uhr dreißig traf Collins mit Vernon T. Tynan im Konferenzzimmer direkt neben dem Büro des FBI-Direktors im siebten Stock des J. Edgar Hoover-Building zusammen. Collins hatte gehofft, daß die Besprechung in Tynans Büro stattfinden würde, denn dann hätte er sich bei dieser Gelegenheit davon überzeugen können, ob Noah Baxters Aktenschrank mit den privaten Unterlagen seines Vorgängers dort abgestellt war. Aber Tynan hatte ihn schon vorn in der Halle erwartet, als er mit dem Aufzug im siebten Stock ankam, und ihn direkt in den Konferenzraum geführt. Dort hatte Tynan darauf bestanden, daß Collins den Platz am Kopfende des Tisches einnahm, während er sich rechts vom Bundesgeneralanwalt niederließ.

Collins entnahm seinem Aktenkoffer aus Büffelleder einen braunen Aktenhefter mit der letzten Verbrechensstatistik von Kalifornien. Dabei entging ihm nicht, wie der Direktor mit seiner Sekretärin schäkerte, die gerade Tee und Kaffee hereinbrachte. Seit seinem Treffen mit Pater Dubinski im Pfarrhaus der Hl.-Dreifaltigkeits-Kirche war sein Argwohn gegen den FBI-Direktor gewachsen. Aber jetzt, als Tynan so sorglos und fröhlich mit seiner Sekretärin scherzte, kamen ihm doch Zweifel, ob sein Mißtrauen berechtigt sei; sein Verdacht erschien ihm geradezu unwirklich, bis er schließlich ganz von selbst zu schwinden begann. Den Direktor umgab eine Atmosphäre von Offenheit und Direktheit, die entwaffnend war. Wie konnte man auch einen Argwohn gegen den ersten Polizisten im Lande hegen? Vielleicht hatte der Priester doch alles mißverstanden und die Drohung von Tynans Agenten übertrieben. »Und vergessen Sie nicht, Beth«, rief Tynan seiner Sekretärin nach, die gerade das Zimmer verließ, »keine Unterbrechungen bitte!« Als sich die Tür geschlossen hatte, widmete sich Tynan ganz seinem Besucher. »Okay, Chris, was kann ich für Sie tun?«

»Ich brauche nicht lange, nur ein paar Minuten«, sagte Collins und legte sich seine Unterlagen zurecht. »Ich überarbeite gerade meinen Vortrag für Los Angeles und will noch die letzten FBI-Berichte über die Kriminalität in Kalifornien einbauen . . .«

»Ja, wir haben sie jetzt für Kalifornien besonders aufgegliedert, seit unsere Aktion läuft. Sie haben sie schon bekommen? Ich habe sie gestern rübergeschickt.«

»Ja, hier sind sie«, sagte Collins. »Ich wollte nur sicher sein, daß ich auch die neuesten Zahlen habe. Sollte sich also noch etwas Neues ergeben haben . . .«

»Nein, da sind wir up to date, dies ist das neueste Material. Die schlimmsten Zahlen, die es bisher gab. Die werden in Ihrem Vortrag ihre Wirkung nicht verfehlen. Sie müssen denen in Kalifornien nur klarmachen, daß sie mehr als die Bürger jedes anderen Bundesstaates jetzt die Hilfe der Verfassung brauchen.«

Collins studierte das oberste Blatt der Zusammenstellung. »Diese kalifornische Kriminalstatistik ist, verglichen mit der anderer großer Staaten, außergewöhnlich hoch.« Er sah auf. »Die Zahlen sind doch absolut korrekt?«

»So genau, wie sie die Polizeichefs von Kalifornien haben wollen«, sagte Tynan. »Sie werden Ihnen dieselben vorhalten.«

»Ich wollte nur ganz sicher sein, daß alles richtig und geprüft ist, damit ich auf festen Grund bauen kann.«

»Auf jeden Fall! Mit diesen Zahlen haben Sie die ideale Grundlage und den richtigen Ausgangspunkt für Ihre Gedanken zur Einführung des Artikels 35.«

Collins nahm einen Schluck von dem lauwarmen Tee.

»Ich befasse mich natürlich mit dem Artikel 35. Aber ich werde mich bemühen, nicht zu übertreiben. Und ich möchte nicht mit jemand in eine Auseinandersetzung geraten, der sich auf den Artikel 35 eingeschossen hat. Ich denke dabei nicht so sehr an diese Fernsehdiskussion. Ehrlich gesagt, seit ich Justizminister bin, habe ich bis jetzt kaum Zeit gefunden, mich mit der Vorlage und all ihren Einzelheiten eingehend zu befassen.«

»Sie werden das schon richtig machen. Da habe ich keine Sorge«, sagte Tynan leichthin. »In den Hearings des Kongresses haben Sie Ihre Sache doch gut genug gemacht. Und Sie wissen doch alles, was man dazu wissen muß.«

»Aber vielleicht . . .«, Collins zögerte noch ein wenig, »vielleicht weiß ich nicht alles . . .«

Nur einen kurzen Augenblick war Tynan anzumerken, wie gereizt er war. »Was soll es denn sonst noch zu wissen geben?«

Jetzt war der entscheidende Augenblick da. Im Geiste schloß Collins seine Augen und wagte den Kopfsprung. »Es gibt da etwas – so eine Art Nachtrag – mit dem Titel ›Die Geheimakte R‹. Was ist das eigentlich? Und was und wieviel hat das mit dem Artikel 35 zu tun?«

Schlichte Biederkeit stand in Tynans Gesichtszügen. Er war ganz und gar unschuldige Neugier. Collins richtete seine ganze Aufmerksamkeit auf den Direktor, damit ihm auch nicht das kleinste Zeichen seiner Reaktion entginge.

Tynans herunterhängende Augenlider waren hochgezogen. Seine kleinen dunklen Augen hatten sich vergrößert, aber sie erschienen inhaltslos, vollkommen leer. Entweder war er ein Vollblutschauspieler, oder er hatte nicht die geringste Ahnung.

In die unversehens eingetretene Stille hinein stieß er noch mal nach, um vielleicht doch eine Reaktion auszulösen: »Was sollte ich also über die Geheimakte R wissen?«

»Die . . ., was . . .?«, fragte Tynan.

»Die Geheimakte R. Ich dachte, Sie könnten mich kurz darüber unterrichten, damit ich für jeden Fall gerüstet bin.«

»Aber Chris, ich weiß gar nicht, wovon Sie sprechen! Wo haben Sie denn das aufgeschnappt? Was soll das sein?«

»Das weiß ich eben auch nicht. Ich habe Noah Baxters alte Unterlagen im Büro ausgemistet. Dabei sah ich zufällig auf einer von Noahs Aktennotizen, die sich mit dem Artikel 35 befaßten, diesen Titel. Es war bloß ein Vermerk, dieses Dokument mit Bezug auf den Artikel 35 auszuzeichnen, damit es richtig abgelegt werden könnte. Das war alles, was darin stand.«

»Und wo haben Sie die Notiz? Ich möchte sie mir gerne einmal ansehen. Könnte damit mein Gedächtnis auffrischen.«

»Nein, zum Teufel, ich hab sie nicht mehr. Sie landete mit allen anderen überholten und erledigten Sachen von Noah im Aktenwolf. Aber irgendwie blieb sie mir im Gedächtnis, und so dachte ich daran, mal darauf zu sprechen zu kommen. Sollten Sie davon gehört haben, würde mir das helfen.« Er zuckte die Achseln. »Aber wenn Sie nichts davon . . .«

»Ich wiederhole noch einmal«, sagte Tynan mit allem Nachdruck, »ich habe nicht die geringste Ahnung, wovon Sie da sprechen. Wahrscheinlich war das Noahs Deckname – oder wie man das immer nennen mag – für den Artikel 35. Etwas anderes kann ich mir gar nicht vorstellen. Ich jedenfalls weiß nichts davon. Sie können darauf vertrauen, daß Sie alle Informationen haben, die Sie für Ihre aufrüttelnde Aktion in Kalifornien brauchen. Machen Sie nur Ihre Arbeit, wir werden die unsere schon erledigen, und Sie können sicher sein, daß Kalifornien ratifizieren wird. Wir setzen alles, was wir haben, im nächsten Monat auf diese eine Karte – und Chris, wir werden nicht zuschauen, wenn wir diesen Einsatz verlieren sollten.«

»Ich auch nicht«, gab Collins zurück und packte seine Papiere zusammen. »Nun, ich glaube, jetzt bin ich gut vorbereitet.« Allein und in Gedanken versunken ging Collins durch die Halle in den sechsten Stock hinunter und ließ sich das Gespräch mit Tynan noch einmal durch den Kopf gehen. Tynan hatte sich keine Blöße gegeben. Nichts in seinem Verhalten, in seiner Reaktion ließ darauf schließen, daß er etwas von diesem Papier wußte, das nach Colonel Baxters Worten so gefährlich sein mußte.

Und doch . . .

Als er zum Aufzug ging, fiel sein Blick auf den riesigen Schacht, der sich in der Mitte des Gebäudes auftrat. Er machte ein paar Schritte darauf zu und schaute nach oben. Darüber gab es kein Dach. Und nach unten konnte er vom sechsten Stock aus bis zum Erdgeschoß hinuntersehen, wo auf der Plaza die Fußgänger noch klar zu erkennen waren. Als er zum ersten Male das FBI besichtigte, hatte er seinen Führer, einen Spezialagenten, noch gefragt, weshalb es in der Mitte des Gebäudes eine solch große Öffnung gebe und weshalb diese nicht einmal überdacht sei. »Um unsere FBI-Zentrale nicht so geheim, so von der Außenwelt abgeschlossen und noch weniger unheilvoll oder gar abschreckend erscheinen zu lassen«, hatte sein Begleiter ihm geantwortet. »Wir haben es so angelegt, daß das Building nach außen weit offen erscheint, damit wir auch in der Öffentlichkeit als offen angesehen werden.«

Als offen angesehen werden, dachte sich Collins. Hatte es der Direktor schon so weit gebracht, die Öffentlichkeit – ebenso wie das FBI-Gebäude – durch vorgetäuschte Offenheit in die Irre zu führen und damit die Wahrheit zu verbergen?

Collins ging weiter auf den Aufzug zu, wo ihn Oakes, sein Sicherheitsbeamter vom Tagesdienst, erwartete. Aber noch immer gab es Kalifornien und die Hoffnung, dort mehr über Tynan und seine Machenschaften zu erfahren. Danach stand Lewisburg an, wo er vielleicht noch mehr über Tynan und die Geheimakte R Aufschluß erhalten konnte. Und die Zeit drängte! Hatte Noah Baxter es ihm auf seinem Sterbebett nicht dringend ans Herz gelegt, einen üblen Trick unter allen Umständen und um jeden Preis aufzudecken und die Öffentlichkeit sofort darüber zu unterrichten? War sich Noah damals im klaren gewesen, in welch ein Labyrinth er ihn damit schickte, ein Labyrinth, in dem es bis jetzt nichts als Wände gab? Trotzdem, Noah hätte ihn niemals auf diese Odyssee geschickt, wenn es da nicht einen Weg gäbe, der zum Ziel führte. Er war fest entschlossen, alles zu tun, um diesen Weg so schnell wie möglich zu finden.

In seinem Büro stand Direktor Tynan mit grimmigem Gesicht und wartete ungeduldig auf Harry Adcock. Als der hereinkam und leise die Tür hinter sich schloß, starrte Tynan wie abwesend auf den Teppich. Ohne auch nur den Kopf zu heben, sagte er: »Er ist gerade eben weg.« Adcock trat näher zu Tynan.

»Was wollte er?«

»Wollte mit mir ein Spielchen machen, mich an der Nase herumführen. Tat so, als wäre er bloß gekommen, um noch einiges neues Material für seinen Vortrag zu erhalten, den er da in Los Angeles zu halten hat.« Tynan schnaubte. »Natürlich alles Quatsch.«

»Und was wollte er wirklich, Chef?«

»Er wollte wissen, ob ich jemals etwas über ›Die Geheimakte R‹ gehört hätte.«

»Und, haben Sie?«

»Ich wußte überhaupt nicht, wovon er sprach.«

»Aber wo hat er das her?«

»Keine Ahnung. Er hätte den Titel auf irgendeiner von Noahs Aktennotizen gesehen, sagte er.« Tynan schnaubte wieder. »Er hat gelogen.« Ihre Blicke trafen sich. »Steckt seine Nase in alles mögliche, was ihn gar nichts angeht, unser guter Mr. Collins. Ist ziemlich neugierig. Sieht ganz so aus, als wäre er auf dem besten Wege, uns Ärger zu machen. Setzen Sie sich, Harry.«

Tynan trat hinter seinen Schreibtisch und ließ sich in seinen Drehsessel fallen. Im Stuhl gegenüber nahm Adcock Platz. Tynan lehnte sich zurück, kreuzte seine Arme über der mächtigen Brust und blickte nachdenklich an die Decke.

Erst nach einer ganzen Weile sprach er wieder. »Und ich dachte, er sei einer von den netten Jungens, einer von den Leichtgewicht-Intellektuellen, die noch nicht ganz trocken hinter den Ohren sind. Ich nahm an, er würde mitspielen, weil ihn doch Noah hier hereingebracht hat. Nun bin ich mir nicht mehr so sicher. Er ist einer von den überschlauen Bürschchen, glaube ich, die uns noch Ärger machen werden.«

»Wie denn, Chef?«

»Denkt vielleicht, er sei schlauer als Vernon T. Tynan.« Der Drehsessel knarrte, als er sich nun gerade aufsetzte. »Das Building hier, wissen Sie, Adcock, ist J. Edgar Hoovers Denkmal. Und ich weiß genau, was einmal mein Denkmal sein soll, nämlich der Artikel 35, ratifiziert und in die Verfassung aufgenommen. Es kümmert mich überhaupt nicht, ob man sich aus anderem Grunde meiner erinnern wird, solange ich als Vater dieses Verfassungsartikels in die Geschichte eingehe.«

»Das werden Sie, Chef!« versicherte Adcock eifrig.

»Aber ich möchte gern, daß das auch unser Mr. Collins begreift. Wir sollten langsam anfangen, ihn im Auge zu behalten. Nicht nur hier, auch in Kalifornien.« Er schwieg einen Augenblick, und diese Pause wirkte fast wie eine Drohung. »Besonders in Kalifornien, ja? Lassen Sie uns jetzt mal darüber sprechen, Harry, über Collins und Kalifornien. Ich habe da ein paar Ideen, die wir ausprobieren sollten. Mal sehen, ob das für ihn die richtige Größe ist . . .«

4

Trotz der Ansprache, die er in Los Angeles zu halten hatte, und trotz der verflixten Fernsehdiskussion, bei der er als Gast auftreten mußte, freute sich Collins auf Kalifornien. Mit voller Absicht hatte er nicht zu viele Pläne gemacht. Donnerstag nachmittag würde er in San Francisco ankommen, wie gewohnt im St. Francis Hotel absteigen und sich dort mit zwei US-Staatsanwälten von den vier Gerichtsbezirken Kaliforniens zu einem Drink treffen. Danach erwartete er seinen jetzt neunzehnjährigen Sohn, der von Berkeley dorthin kommen wollte. Zur Feier des Tages – über acht Monate hatte er seinen Sohn nicht mehr gesehen – wollten sie zusammen in Ernie's Restaurant gut und ausgiebig speisen . . .

Aber dann war alles ganz anders gekommen.

Zwei Tage vor seinem Abflug von Washington hatte er Josh angerufen, um sich mit ihm zu verabreden. Wie immer hatten sie sich kurz nacheinander erkundigt, mit dem üblichen Frage-und-Antwort-Spiel.

»Wie geht's dir, Josh?«

»Furchtbar viel zu tun. Auch sonst viel Arbeit, außerhalb der Uni, meine ich.«

»Und in der Uni?«

»Wie immer.«

»Noch immer stark in den politischen Wissenschaften engagiert?«

»O ja, wenn man uns das alles nur nicht so langweilig vorkauen würde.«

»Hast du deine Mutter in letzter Zeit gesehen?«

»Seit ihrem letzten Geburtstag nicht mehr. Ich war zwei Tage in Santa Barbara. Oh, Helen ist okay. Wenn sie mich nur nicht immer so bemuttern wollte.«

»Und wie geht es ihrem Mann?«

»Sie kommen ganz gut miteinander aus, glaube ich. Ich kann ihn ja nicht ausstehen. Worüber soll man sich mit einem alten Tennisprofi unterhalten, der vor akuter Arthritis kaum noch laufen kann? Das Allerschlimmste ist, daß er darauf besteht, mich ›Sohn‹ zu nennen.«

Collins konnte ein Lachen nicht mehr unterdrücken, und schließlich mußte auch Josh lachen. Sein Sohn hatte Humor.

Wenn er dazu aufgelegt war, konnte er sehr ironisch werden; auch sonst war er aufgeschlossen für alles, was um ihn herum vorging. Im Aussehen glich er seinem Vater; er war über einsachtzig, drahtig und hatte ein schmal geschnittenes Gesicht. Collins hatte sich nach seinem Bart erkundigt, worauf er prompt den Bescheid bekam, davon sei nur noch die Hälfte übrig; Mary habe nämlich darauf bestanden, daß er ihn stärker zurechtstutzte. Mit Mary lebte er immer noch glücklich ohne Trauschein zusammen. Erst vor kurzem hatten sie ihre Wohnung in der Stuart Street selbst neu hergerichtet. Josh war taktvoll genug, sich nach Karen zu erkundigen, obwohl er sie nur zweimal gesehen hatte. Einen Augenblick überlegte Collins, ob er ihm von ihrer Schwangerschaft erzählen sollte. Schließlich überraschte er ihn damit, daß er in fünf Monaten ein Brüderchen oder Schwesterchen bekommen werde. Collins war erleichtert, als er merkte, wie Josh sich darüber freute und ihm gratulierte. »Wann sehen wir also euch beide?« wollte er von Collins wissen.

»Deswegen rufe ich ja an«, hatte Collins erwidert. »Mich kannst du diese Woche treffen, wenn du Zeit hast. Ich fliege Donnerstag nach San Francisco.« Und dann erklärte er ihm, weshalb er überhaupt nach Kalifornien komme.

Erst nach einer kleinen Pause hatte ihn Josh gefragt: »Wirst du in deinem Vortrag für den Artikel 35 Propaganda machen?«

Collins zögerte. Er spürte förmlich die Warnung vor dem Sturm.

»Ja, das mache ich.«

»Warum?«

»Warum? Weil das meine Aufgabe ist. Ich gehöre nun einmal zur Regierung.«

»Ich glaube nicht, daß dies ein guter Grund ist.«

»Es gibt noch andere Gründe. Überhaupt ist auch einiges Gutes zum Artikel 35 zu sagen.«

»Kann ich mir nicht vorstellen«, hatte Josh geantwortet. »Dad, ich will ehrlich zu dir sein. Ich habe dir doch erzählt, daß ich auch außerhalb der Uni viel zu tun habe. Jeden freien Augenblick bin ich damit beschäftigt, gegen den neuen Verfassungsartikel zu kämpfen. Nun kann ich es dir ja ruhig sagen: Ich habe mich Tony Pierce angeschlossen und stelle für seine Organisation Nachforschungen an. Wir werden Kalifornien zum Schlachtfeld um diesen Artikel machen.«

»Viel Glück. Ich fürchte nur, ihr werdet verlieren. Der Präsident setzt nämlich alles daran, damit diese Vorlage durchkommt.«

»Der Präsident«, hatte Josh voller Verachtung geantwortet, »ist ein Hohlkopf, so hohl wie eine Nußschale. Wenn es nach ihm ginge, würde er alles am liebsten unter den Teppich kehren. Tynan ist der Mann, der uns am meisten Sorge macht. Ein Abklatsch von Hitler . . .«

»So hart würde ich nicht urteilen über ihn. Er ist eben ein Polizist, der eine schwere Aufgabe zu lösen hat. Alles andere als ein Hitler.«

»Ich kann dir beweisen, daß du unrecht hast«, war Josh dann herausgeplatzt.

»Was meinst du damit?«

»Die Befürworter des Artikels 35 behaupten immer, daß man sich nur dann auf ihn berufen wird, wenn der äußerste Notfall eintritt, z. B. wenn jemand versucht, die Regierung zu stürzen.«

»Richtig.«

»Dad, ich glaube, die Leute, die hinter dieser Vorlage stehen – ich meine nicht dich, sondern Tynan und seine Bande –, haben damit viel mehr vor, wenn dieser Artikel erst einmal Teil unserer Verfassung ist.«

»Viel mehr? Was meist du damit?«

»Darüber möchte ich nicht am Telefon sprechen, Dad, aber ich kann es beweisen.«

»Beweisen? Was denn?« hatte Collins gefragt, immer noch bemüht, seine Fassung zu wahren.

»Ich werde es dir zeigen. Ich bringe dich hin. Wir haben alles genau untersucht. Dir werden die Augen übergehen! Du mußt es selbst sehen, um es glauben zu können. Wir – daß heißt einige von uns in Pierces VDB – haben uns das als eine der schwersten Bomben aufgehoben, die wir ein paar Tage vor den Abstimmungen über den Artikel platzen lassen werden. Aber meine Freunde werden nichts dagegen haben, daß ich es dir zeige; sie wissen ja, wer du bist. Vielleicht wird dich das alles umstimmen.«

»Ich bin für alles aufgeschlossen, was vernünftig ist. Und wenn du mir schon am Telefon nicht sagen willst, was es ist, dann kannst du mir vielleicht sagen, wo es ist. Du wirst verstehen, meine Zeit ist beschränkt.«

»Es wird sich lohnen, Dad. Du wirst deine Zeit nicht vergeuden. Ich bringe dich hin. Tu mir den Gefallen, Dad, bitte.«

Collins hatte einen Augenblick geschwankt. Aber dann war ihm klar, daß sein Sohn ihn selten um einen Gefallen gebeten hatte.

»Vielleicht läßt sich das machen. Was schlägst du vor?«

»Wir treffen uns Donnerstag nachmittag in Sacramento.«

»In Sacramento?«

»Von da aus fahren wir nach einem Ort mit dem Namen Newell . . .«

Und so war es gekommen, daß Collins seinem Sohn zuliebe nach Sacramento anstatt direkt nach Los Angeles geflogen war, nachdem er seine Verabredung mit den beiden US-Staatsanwälten vorsorglich nach Los Angeles verlegt hatte.

In Sacramento war er kurz vor Mittag angekommen; Josh, frisch und braungebrannt, mit sauber getrimmtem Bart, hatte ihn dort sichtlich voller innerer Erregung erwartet. Nach ihrer Begrüßung waren sie gleich in einen geliehenen Mercury gestiegen. Spezialagent Hogan, der Collins auf dem Flug begleitet hatte, fuhr mit ihnen, während der andere Sicherheitsbeamte am Flughafen auf Collins' Rückkehr warten sollte, um mit ihm noch am Abend direkt nach Los Angeles weiterzufliegen.

Stunden schienen für Collins zu vergehen, bis ihm sein Sohn endlich sagte, daß sie nun bald am Ziel seien. Das wahre Ziel hatte er seinem Vater nicht preisgeben wollen. »Du mußt das alles mit eigenen Augen sehen«, hatte er immer wieder versichert. Der Fahrer war auf dem Highway 5 zunächst nach Norden gefahren und dann bei Weed nach Nordost auf die Bundesstraße 97 nach Klamath Falls, Oregon, eingebogen und schließlich wieder eine Strecke nach Kalifornien zurückgefahren.

Mehr und mehr kam es Collins vor, als ob Josh einem Traumgespenst nachjage. Und er bedauerte, daß er sich leichtfertig auf etwas eingelassen hatte, was sich am Ende als Hirngespinst eines Teenagers herausstellen würde. Dennoch machte er gute Miene zum bösen Spiel. Er rauchte, plauderte leichthin über dies und das und versuchte damit seinen Sohn, in dessen Gesellschaft er sich mittlerweile wohl zu fühlen begann, etwas abzulenken. Josh dagegen sprach kein einziges Wort darüber, was er seinem Vater zeigen wollte. Im Gegenteil, er redete fast ununterbrochen darüber, was er und seine Gruppe von dem Artikel 35 hielten.

Unaufhörlich flossen seine Argumente gegen diesen Verfassungszusatz. »Eine der großartigsten Errungenschaften unseres

Landes sind die Bürgerrechte«, sagte er jetzt. »Vom ersten bis zum zehnten Artikel garantieren sie die Freiheit von Religion und Presse, von Rede und Versammlung und das Recht, Eingaben beim Parlament zu machen, sie schützen uns vor unerlaubten Durchsuchungen unserer Wohnungen, garantieren ein faires Gerichtsverfahren, verbieten übermäßige Geldbußen oder grausame Bestrafung . . .« Voller Unruhe rutschte Collins auf seinem Sitz hin und her. Weshalb nahmen Söhne immer nur an, daß ihre Väter nichts wüßten oder alles vergessen hätten?

». . . und nun kommt der Verfassungszusatz 35, um alle diese Rechte und Freiheiten aufzuheben.«

»Alle Verfassungen messen den Grundrechten nur relative, niemals aber absolute Bedeutung zu«, meldete sich Collins in ruhigem Ton zu Wort. »Wie schon Emerson sagte, sind Verfassungen nur die verlängerten Schatten der Menschen, von Menschen zum Schutz vor sich selbst erdacht. Und wenn die Verfassungen darin versagen, wenn das Schicksal der menschlichen Gesellschaft auf dem Spiel steht, dann müssen um ihrer selbst willen eben drastischere Maßnahmen ergriffen werden.« Das wollte Josh nicht akzeptieren.

»Niemals!« sagte er. »Und es ist leicht zu beweisen! Schau dich doch um in der Welt! Jede wahrhaft freie Verfassung beinhaltet Menschenrechte, mit denen die Regierung nicht herumspielen kann. Nur Diktaturen, Tyrannen und jede andere Form der Unterdrückung kennen solche Menschenrechte nicht. Oder sie haben sie zwar in der Verfassung stehen, können sie aber jederzeit einschränken oder abschaffen. Die ›Magna Charta‹ aus dem Jahre 1215 und die ›Bill of Rights‹ von 1689 – wie auch andere Gesetze – bescherten den Engländern Schutz vor willkürlicher Verhaftung, sie garantieren ein Gerichtsverfahren vor Geschworenen, die Freiheit der Rede, das Petitionsrecht, die ›Habeas-Corpus-Akte‹ sowie den Schutz von Leben, Freiheit und Eigentum. Frankreich hat seine Grundrechte. Sie beruhen auf den Menschen- und Bürgerrechten, die 1789, sechs Wochen nach dem Fall der Bastille, Gesetz wurden. Auch hier werden die Menschenrechte – Gleichheit für alle Bürger, Fürsorge für Frauen und Kinder, für Alte und Schwache, Recht auf Arbeit ohne Ansehen der Person, auf soziale Sicherheit und auf Bildung nicht durch irgendeinen Trick wie den Artikel 35 abgeändert oder eingeschränkt. Das gleiche gilt ebenso für die BRD und für Italien. In Deutschland können die Menschenrechte nicht einmal durch einen Zusatz ergänzt werden, wie das jetzt bei uns versucht wird. Aber schau dir nur andere Länder an, die die Menschenrechte in ihrer Verfassung stehen haben, vor allem kommunistische Länder oder Diktaturen. Überall ist ein Trick im Spiel, der alle Fälle zur Ausnahme machen kann. Kuba zum Beispiel. Freiheit wird dort garantiert, gewiß, außer das dir dein Eigentum weggenommen werden kann, wenn das die Regierung für erforderlich hält, um ›Anschlägen von Saboteuren und Terroristen sowie konterrevolutionären Umtrieben entgegenzutreten‹. Oder nimm Rußland: gleiches Recht für alle ohne Ansehung der Nationalität oder des Geschlechts, ausgenommen natürlich ›Feinde des Sozialismus‹. Oder Jugoslawien. Die Verfassung dort sorgt selbstverständlich für Rede- und Pressefreiheit und so weiter. Und dann kommt der Trick: ›Diese Freiheiten und Rechte sollen von niemand dazu benutzt werden können, die Grundlagen der sozialistischen demokratischen Ordnung zu beseitigen . . ., den Frieden zu gefährden . . . aus nationalistischen, rassischen oder religiösen Beweggründen Haß oder Intoleranz zu verbreiten, Verbrechen anzustiften oder in irgendeiner Weise öffentliches Ärgernis zu erregen.‹ Und wer entscheidet darüber? Jetzt versuchen dein Präsident und der FBI-Direktor auch so einen Trick in unsere Verfassung einzuschmuggeln. Glaube mir, Dad, wenn Kalifornien zum Artikel 35 ja sagt, dann ist dies das Ende von Freiheit und Gerechtigkeit für alle von uns. Zum Teufel, vielleicht werde ich eines Tages noch dafür eingelocht, weil ich heute so zu dir gesprochen habe.«

Fast erschöpft vom Zuhören, sagte Collins nur: »Josh, all die Schrecken, die du da voraussagst, werden niemals eintreffen. Der Artikel 35 ist dazu da, um uns zu schützen. Und möglicherweise braucht er überhaupt nicht angewandt zu werden.«

»Überhaupt nicht angewandt zu werden? Warte nur und sieh dir erst einmal an, was ich dir in fünf Minuten zeigen werde!«

»Sind wir schon da?«

Josh lugte zwischen den Schultern des Fahrers und Hogans durch die Windschutzscheibe. »Ja.« Collins schaute zur Seite hinaus in die gleißende Sonne. Amerika war gewiß ein Land mit vielen Gesichtern, mitunter ganz und gar verschieden voneinander – aber was sich hier darbot, war sicherlich das Trostloseste von Amerika. Kaum mehr als ausgetrocknete Seen, Salzflecken, verlassene und von Unkraut überwucherte Höfe hatte er in der letzten Stunde ihrer Fahrt zu sehen bekommen. Ab und zu höchstens mal eine Tankstelle, die so tat, als sei sie eine kleine Stadt. Und jetzt fuhren sie durch steiniges und abschreckendes Gelände, nur Lavaflüsse und vulkanische Bimssteine ohne irgendein Zeichen von Leben. Doch, da, plötzlich gab es ein wenig Leben! Ein paar Leute hielten vor einem Laden ein Schwätzchen, einige andere standen an einer Tankstelle herum, dazu etliche Schuppen und ein verwittertes Schild: NEWELL.

Josh dirigierte den Wagen noch ein Stückchen weiter und bat schließlich anzuhalten.

Collins war verwirrt. »Wo sind wir hier?«

»Tule Lake«, sagte Josh. Er triumphierte. Collins' Stirn legte sich in Falten. Tule Lake? Das klang fast so wie ein alter vertrauter Ort.

»1942 erbaut, acht Wochen nach Pearl Harbor, auf Grund einer Verordnung – Nr. 9066 – vom Präsident Roosevelt«, erklärte Josh.

»Damals betrachtete man Amerikaner japanischer Abstammung als Sicherheitsrisiko. Daher wurden 110 000 zusammengetrieben – obwohl gleich zwei Drittel Bürger dieses Landes waren – und in zehn Internierungslagern gefangengesetzt. Tule Lake war eines davon, eines der schlimmsten amerikanischen Konzentrationslager. Allein 18 000 japanische Amerikaner waren hier interniert.«

»Ich mag diesen Schandfleck in unserer amerikanischen Geschichte genausowenig wie du«, sagte Collins. »Aber was hat das mit heute, was hat das mit dem Artikel 35 zu tun?«

»Das wirst du gleich selbst sehen.« Josh öffnete die hintere Tür des Mercury, stieg aus und trat zur Seite. Collins folgte ihm und stand in dem trockenen heißen Wind. Er versuchte sich zu orientieren. Etwas in der Nähe sah aus wie eine riesige moderne Farm oder Fabrik. In der Ferne waren einige Ziegelgebäude und Wellblechbaracken hinter einem neuen Drahtzaun zu erkennen. Collins deutete hinüber. »Ist das Tule Lake?«

»Das *war* Tule Lake«, sagte Josh mit Nachdruck, »unser schlimmstes Konzentrationslager, gebaut auf dem Grund eines 26 000 Morgen großen ausgetrockneten Sees. Jetzt ist es etwas anderes und deswegen sind wir heute hier.«

»Zur Sache, Josh.«

»All right, Dad, aber laß mich dir noch etwas zeigen, was alles klarer werden läßt.« Er öffnete einen braunen Umschlag, den er die ganze Zeit in der Hand gehalten hatte, zog ein halbes Dutzend Fotos heraus und übergab sie seinem Vater. »Schau dir mal diese Bilder an. Wir bekamen sie von der Japanisch-Amerikanischen Bürgerliga. Sie wurden vor einem Jahr gemacht – von der gleichen Stelle aus, wo wir jetzt stehen. Was siehst du da?«

Collins studierte die Bilder. Er sah darauf niedergerissene Drahtzäune, zerbrochene Betonpfeiler mit verrostetem Stacheldraht; hinter dem verfallenen Zaun sah man zerstörte Baracken und einen eingestürzten Wachturm.

»Was soll das?« fragte Collins und gab die Fotos seinem Sohn zurück. »Auf diesen Fotos ist ja nichts zu sehen!«

»Ganz richtig!« versetzte Josh. »Das ist es gerade: Diese Bilder wurden vor einem Jahr hier aufgenommen, und da gab es nichts zu sehen.« Und er zeigte auf das, was sich ihnen jetzt darbot. »Sieh dir Tule Lake heute an!«

Immer noch verwirrt schaute sich Collins langsam und verstohlen um, während sein Sohn weitersprach: »Ein brandneuer Sicherheitszaum mit Elektrodraht obendrauf, fest eingesetzt in verstärkte Betonpfeiler. Und da draußen, schau dir die Gebäude an! Ein ganz neuer Wachturm aus Ziegelstein mit Suchscheinwerfern. Drei absolut neue Zementbaracken und vier weitere im Bau. Nun, was sagt dir das alles?«

»Bauarbeiten. Das ist alles!«

»Aber was für Bauarbeiten? Ich werde es dir sagen. Es handelt sich hier um ein geheimes Regierungsprojekt in dieser weltverlorenen Gegend. Ein neues Tule Lake, wieder instand gesetzt und neu eingerichtet. Das ist ein Konzentrationslager der Zukunft, schon vorbereitet für die Opfer der Massenverhaftungen, wenn der Artikel 35 Gesetzeskraft erlangt.«

Das hatte Collins nicht erwartet. Er war verstimmt und enttäuscht. Da hatte er einen ganzen Tag verschwendet, unnötigerweise die lange und unbequeme Fahrt auf sich genommen, nur um sich anzusehen, was der unreifen und paranoiden Phantasie seines Sohnes entsprungen war. »Aber Josh, du erwartest doch nicht, daß ich dir das abnehme? Meinst du nicht auch, daß dir da deine Phantasie einen schlimmen Streich gespielt hat?«

Josh verzog seinen Mund. »Wir haben unsere Quellen. Es *ist* ein Regierungsprojekt, ganz offensichtlich eine Art Internierungslager oder Gefängnis. Wozu wäre denn sonst der Wachturm da?«

»Sicherheitsgründe«, sagte Collins. »Hunderte von Regierungsprojekten könnten so etwas haben.«

»Aber nicht so massiv und nicht so einen wie diesen hier.«

»Nun mach aber Schluß! Das ist kein Konzentrationslager oder wie du es auch immer nennen magst. Es gibt so etwas nicht in unserem Lande, und es wird es auch nie wieder geben. Mein Gott, Josh, das ist genau der gleiche Unsinn, die üble Gerüchtemacherei wie damals im Jahr 1971, als ein paar Untergrundzeitungen Präsident Nixon und Justizminister Mitchell beschuldigten, die Japaner-Lager als Haftlager für Dissidenten und Demonstranten wieder einzurichten. Niemals hat jemand dafür den Beweis angetreten.«

»Aber auch niemand konnte das Gegenteil beweisen.«

Collins fielen hinter dem Zaun zwei Männer auf, die langsam auf das Eingangstor zugingen. »Dann werde ich jetzt den Gegenbeweis antreten und deine Wahnidee von diesem Projekt widerlegen«, sagte er entschlossen. »Warte hier.«

Als Collins an das Tor herankam, sah er, wie sich die zwei Männer, der eine in Uniform, der andere in T-shirt und Jeans, die Hand schüttelten und sich dann trennten. Der Uniformierte blieb am Tor stehen, während der andere zum Bauplatz im Hintergrund zurückging.

Collins beschleunigte seine Schritte, als er sich dem Uniformierten am Tor näherte, der ihn aufmerksam beobachtete.

»Sind Sie von der Wache?«

»Genau.«

»Ist dies Privat- oder Bundeseigentum?«

»Bundeseigentum. Was kann ich für Sie tun, Sir?«

»Ich komme von der Regierung und würde mir gerne die Anlage ansehen.«

Der Wachmann schätzte Collins kurz ab. »Weiß nicht recht. Natürlich, wenn Sie von der Regierung sind . . .« Er drehte sich um, legte seine Hände wie einen Trichter an den Mund und brüllte: »He, Tim!«

Der andere Mann, der zurückgegangen war, blieb stehen und drehte sich um.

»Der sagt hier, er kommt von der Regierung. Sprich du doch mit ihm.«

Der andere, ein kräftiger Mann mit rotem Haar, kam jetzt zum Tor zurück. Der Wachmann trat zur Seite.

»Ich bin Nordquist, der Polier hier am Bau«, stellte sich der Rothaarige vor. »Was kann ich für Sie tun?«

»Ich hatte . . ., hatte . . . gedacht, ich könnte diese Anlage besichtigen.« Collins war nahe daran, seinen Ausweis zu zeigen, sich als Bundesgeneralanwalt auszuweisen. Dann aber besann er sich eines Besseren. Es könnte sich ja herumsprechen, daß er diesen Unsinn mitgemacht hätte, und am Ende würde er dumm dastehen. »Ich komme von – von der Regierung, dem Justizministerium in Washington.«

»Sie brauchen einen Sonderausweis, wenn Sie herein wollen. Und wenn Sie keine Genehmigung vom Pentagon oder von der Marine haben . . .«

Collins war verlegen. »Die habe ich nicht«, gestand er beschämt. »Tut mir leid«, sagte Nordquist, »aber ohne Sonderausweis kann ich Sie nicht hereinlassen. Die Anlage ist zum Sperrgebiet erklärt.«

»Von der Marine, sagten Sie?«

»Ja, das ist doch kein Geheimnis«, sagte der Polier. »Das hier ist eine Zweigstelle des Projektes SANGUINE oder ENF, wie das System abgekürzt heißt. Kennen Sie das?«

»Ich . . ., ich bin mir nicht sicher.«

»ENF – Extrem Niedrigfrequenz. Eine Anlage der Marine, ein Funksystem für die Verbindung mit getauchten U-Booten. Stand doch alles in der Zeitung. Lesen Sie es nach, dann wissen Sie Bescheid.«

»Offenbar habe ich ein paar von den letzten Berichten auf meiner Inspektionsreise versäumt. Jedenfalls sieht es so aus, als wäre ich heute am falschen Ort.«

»Scheint so, Sir. Kommen Sie nur mit dem richtigen Ausweis, und wir werden Ihnen unsere Anlage gerne zeigen.«

»Gut. Danke schön.«

Er kam sich ziemlich dumm und abgekanzelt vor, als er dem Mann nachsah. Nur mit Mühe unterdrückte er seinen Ärger, als er zum Wagen zurückging, wo Josh auf ihn wartete. Ohne sich etwas anmerken zu lassen, erklärte er Josh die Lage und berichtete ihm genau, was Nordquist zu ihm gesagt hatte. »So weit, so gut«, schloß er dann. »Und jetzt kannst du deinem Tony Pierce und allen deinen Freunden sagen, daß sie mit ihren Vermutungen meilenweit danebenliegen. Das hier ist eine Anlage der amerikanischen Marine und nichts anderes.«

Josh war fassungslos. »Zum Himmel, Dad, du wirst doch nicht von ihnen erwarten, daß sie es noch ausdrücklich als Internierungslager bezeichnen?« Und stur beharrte er: »Weshalb dann all diese Baracken und Zementblocks für Gefangene?«

»Niemand außer dir behauptet, daß es Gefängnisse sein sollen.«

»Die von der Marine brauchen doch so etwas nicht! Wozu also der Wachturm? Wozu der Elektrozaun? Warum die ganze Heimlichtuerei?«

»Er hat doch gesagt, daß das alles kein Geheimnis ist. Jeder konnte darüber in der Zeitung lesen.«

»Na, so was! Hör zu, Dad. Du willst einfach nicht zur Kenntnis nehmen, du willst nicht einmal sehen, was der Präsident und das FBI vorhaben. Sie halten dich schon die ganze Zeit zum Narren.«

Collins ging auf den Wagen zu. »Paß auf, mein Lieber, daß am Ende nicht du derjenige bist, den man zum Narren hält«, rief er zurück. »Los, komm! Steig ein! Laß uns wieder in eine zivilisierte Gegend zurückkehren.«

Auf der Rückfahrt zum Metropolitain-Flughafen in Sacramento sprachen sie kaum ein Wort miteinander. Erst als sie sich dort verabschiedeten, bevor Collins nach Los Angeles weiterflog und sein Sohn über Oakland nach Berkeley zurückfuhr, lächelte er Josh wieder an. Er legte seinen Arm auf seine Schulter: »Ich habe ja gar nichts dagegen, daß du so aktiv bist. Ja, ich bin sogar stolz auf dich, weil du dich engagierst. Aber man muß nun einmal vorsichtig sein, wenn man jemand anklagt. Bevor man damit an die Öffentlichkeit geht, muß man die Tatsachen ganz genau kennen.«

»Dieser Tatsache bin ich mir nach wie vor absolut sicher«, fing Josh wieder an. Über die Hartnäckigkeit des Jungen hätte sich Collins schon ärgern können. Er wollte sich aber seine gute Laune nicht verderben lassen. »Okay, okay. Und wenn ich dir beweisen kann, daß wir heute eine Marineanlage gesehen haben, die voll und ganz mit unseren Gesetzen vereinbar ist? Wenn ich dir das beweise, würde dich das überzeugen?«

Jetzt lächelte auch Josh wieder. »Klar doch! Beweis das nur, Dad, und ich gebe zu, daß ich unrecht hatte. Aber beweisen mußt du mir das schon!«

»Mein Wort darauf. Jetzt muß ich mich aber beeilen, sonst verpasse ich noch meine Maschine. Ich habe nämlich noch eine Verabredung mit einem Abgeordneten, der auf deiner Seite steht. Der wird mir auch einiges beweisen müssen!«

In Los Angeles angekommen, fuhr Collins direkt vom Flughafen zum Beverly Hills Hotel. Er meldete sich und ließ sein Gepäck in den vorbestellten Bungalow bringen. Er hatte gerade noch Zeit, sich schnell frisch zu machen und ein neues Hemd anzuziehen, bevor er zur Auffahrt zurückeilte. Mit Olin Keefe, dem kalifornischen Abgeordneten, hatte er sich für zehn Uhr im Beverly Wilshire Hotel verabredet, und jetzt war es schon fünf nach zehn. Sein Sicherheitsbeamter, der inzwischen Hogan abgelöst hatte, holte ihn am Bungalow ab. Schnell brachten sie den gewundenen Weg zum Hotel hinter sich, gingen eilig durch die Halle und stiegen in den wartenden Lincoln Continental. Bald hatten sie den Sunset Boulevard überquert und fuhren den Wilshire Boulevard entlang. Fünf Minuten später hielten sie schon vor dem Beverly Wilshire Hotel.

Er ließ sich vom Portier die Nummer des Appartements im vierten Stock geben und rief an. Keefe meldete sich. »Haben Sie bereits gegessen?« erkundigte er sich.

»Kaum einen Bissen den ganzen Tag über. Auch auf dem Flug hierher war nur ein Happen zu bekommen. Können Sie mir zu etwas verhelfen?«

»Aber ja! Ich werde es gleich bestellen.«

»Am liebsten so etwas wie Schinken und Käse auf Vollkornbrot, heißen Tee, aber keine Zitrone bitte! Ich bin gleich bei Ihnen oben!«

»Wir erwarten Sie.«

Collins war die Mehrzahl nicht entgangen. Er hatte eigentlich angenommen, mit Keefe allein zu sprechen. Und jetzt war noch jemand bei ihm, aber vielleicht nur seine Frau.

Als Collins das Appartement betrat, sah er nicht nur einen, sondern zwei Unbekannte, die sich von ihren Plätzen zu seiner Begrüßung erhoben.

Keefe empfing ihn mit einem freundlichen Lächeln auf seinem cherubinischen Engelsgesicht. Zu seiner grauen Gabardinehose trug er ein Jackett mit großen Karos. Voller Begeisterung drückte er Collins mehrmals die Hand und machte ihn mit seinen Gästen bekannt.

»Ich hoffe, es macht Ihnen nichts aus. Ich nahm mir die Freiheit, zwei meiner Kollegen vom Parlament mitzubringen. Da wir nun einmal das Glück haben, Sie bei uns zu sehen, glaubte ich, es sei nicht schlecht, noch jemand dabei zu haben. Vielleicht ist das besser für Sie und für uns alle.«

»Mit Vergnügen!« sagte Collins, noch immer bemüht, seine Überraschung zu verbergen.

»Dies ist der Abgeordnete Yurkovich.« Yurkovich war ein ernsthafter junger Mann mit tiefliegenden Augenbrauen, einem nervösen Augenzucken und einem wallenden rostfarbenen Schnurrbart. Collins gab ihm die Hand.

»Und das ist Abgeordneter Tobias, ein altgedienter Parlamentarier.«

Tobias war untersetzt und hatte hervortretende Augen.

»Nehmen Sie doch bitte in diesem Sessel Platz«, bot ihm Keefe an.

Collins kam alles reichlich ominös vor. Er ließ sich im Sessel nieder, nahm dankend einen Scotch »on the rocks« und zündete sich eine Zigarette an. »Ihr Sandwich muß gleich da sein«, sagte Keefe. »Sie müssen ziemlich müde sein nach dieser langen Fliegerei heute! Und dazu kommt noch die Zeitgrenze, die auch nicht so leicht zu verkraften ist. Deshalb wollen wir Sie nicht lange aufhalten und gleich zur Sache kommen.«

»Bitte«, sagte Collins und nahm einen Schluck. Die anderen hatten sich aufs Sofa gesetzt, und Keefe zog einen Stuhl von gegenüber für sich an den Kaffeetisch heran.

»Was ich zu sagen habe, wird für uns alle hier in diesem Zimmer von besonderer Bedeutung sein, Sie, Mr. Collins, eingeschlossen«, begann Keefe seine Ausführungen. »Es soll Ihnen die Augen öffnen, obwohl ich annehme, daß Ihnen schon in der letzten Woche unser gemeinsamer Freund, Senator Paul Hilliard, reinen Wein eingeschenkt hat.«

»Ja, das hat er getan«, bestätigte Collins und versuchte sich sein Gespräch mit Hilliard ins Gedächtnis zu rufen. Aber seit dem Abendessen mit Hilliard war inzwischen so viel geschehen. Auch war er recht müde. In seinem Kopf war es immer noch ein Uhr morgens Washingtoner Zeit. Er nahm einen großen Schluck von seinem Scotch und hoffte, das würde ihn wieder munter machen.

»Ja, er sprach mich auf einige Widersprüche in der Statistik über die kalifornische Verbrechensrate an. Das war es doch?«

»Ganz recht«, sagte Keefe. »Ich hoffe, Sie haben nichts gegen eine freie und offene Diskussion dieser und anderer Fragen, für die Sie zuständig sind.«

»Nein. Sprechen Sie offen und frei heraus, wie Sie das für richtig halten.«

Plötzlich war Keefe nicht mehr so freundlich wie vorhin, ja ihn schienen schwere Sorgen zu drücken. »Ich habe das alles vorausgeschickt, weil . . . – wenn Sie wirklich eine freimütige Diskussion wünschen – nun ja, dann wird dies für Sie, Mr. Collins, kein sehr angenehmer Abend werden.«

Das kam unerwartet.

»Worauf wollen Sie hinaus?« fragte Collins, nunmehr schon besser auf der Hut. »Sagen Sie ruhig, was Sie auf dem Herzen haben.«

»Okay. Was ich sagen will, ist, daß wir drei, wie auch viele andere kalifornische Abgeordnete, die sich offensichtlich fürchten, darüber zu reden, tief betroffen von der Taktik sind, die Sie und Ihr Justizministerium betreiben, um hier bei uns die Abstimmung über den Artikel 35 zu gewinnen.«

Collins leerte sein Glas und drückte die Zigarette im Aschenbecher aus. »Was für eine Taktik?« fragte er erstaunt. »Ich habe überhaupt keine Taktik verfolgt, um hier die Abstimmung zu beeinflussen. Darauf gebe ich Ihnen mein Wort. Ich habe nichts Derartiges getan.«

Collins war ungehalten. »Wenn so etwas geschieht, dann nur ohne meine Kenntnis. Sie erheben vage und unbewiesene Beschuldigungen. Wollen Sie sich nicht genauer darüber auslassen?«

»Das will ich tun«, sagte Keefe zu seinen Kollegen und wandte sich Collins zu. »Nun zu den Einzelheiten: Zunächst ein Wort über die Berichte zu den Kriminalstatistiken, die hier ein großes Echo finden. Diese statistischen Zusammenstellungen über Verbrechen und Bandenunwesen wurden und werden vom FBI mit voller Absicht aufgebauscht, um den Menschen und vor allem den Mitgliedern des Parlaments unseres Landes einen solchen Schrecken einzujagen, der sie dazu bringt, dem Artikel 35 zuzustimmen. Seit Senator Hilliard mit Ihnen darüber gesprochen hat, bin ich persönlich mit einem Dutzend, genauer gesagt mit vierzehn Polizeichefs der einzelnen Distrikte, zu einem Gespräch zusammengekommen, um mehr von ihnen zu erfahren. Mehr als die Hälfte war sich darin einig, daß die Ergebnisse, die sie dem FBI übermittelt haben, nicht mit den Zahlen übereinstimmen, die vom Justizministerium herausgegeben werden. Irgendwo auf dem Weg zu Ihrem Ministerium müssen diese objektiven Statistiken manipuliert, aufgebauscht, ja sogar gefälscht worden sein.«

Collins war über den temperamentvollen Ausbruch Keefes bestürzt.

»Das ist eine schwere Beschuldigung. Haben Sie von den Polizeichefs schriftliche Erklärungen, die das bestätigen?«

»Nein, leider nicht«, mußte Keefe zugeben. »So weit wollte niemand gehen. Dazu sind sie zu sehr auf das Wohlwollen des FBI und die Zusammenarbeit mit ihm angewiesen, als daß sie sich gegen das Bureau stellen könnten. Im Grunde genommen haben sie viel Sympathie für das FBI. Schließlich ist es die gleiche Arbeit, und damit ist es heute, wie wir alle wissen, nicht zum besten bestellt. Ich glaube, die Polizeichefs sind eher deswegen verärgert, weil es jetzt so aussieht, als würden sie mit ihrer Aufgabe nicht fertig. Nein, Mr. Collins, wir haben auch nicht den kleinsten schriftlichen Beleg. Aber Sie haben uns Ihr Wort gegeben, daß Sie in diese Angelegenheit nicht verwickelt sind. Jetzt müssen Sie auch uns glauben, was wir Ihnen über die Taktik des FBI zu berichten haben.«

»Ich wäre dazu schon bereit«, gestand Collins zu. »Aber ich fürchte, Direktor Tynan wird diese Behauptungen nach reinem Hörensagen in einem ganz anderen Lichte sehen, ja ihnen nicht einmal Glauben schenken. Sie werden sicherlich für meine Haltung Verständnis haben. Ich kann doch nicht zu Direktor Tynan gehen und seine Loyalität, ja die seines ganzes Bureaus in Zweifel ziehen, ohne irgendeinen schriftlichen Beweis für Ihre Beschuldigungen vorzulegen. Wenn Sie also diese Polizeichefs dazu bringen könnten, sich schriftlich zu erklären . . .«

»Unmöglich«, unterbrach Keefe. Es klang hilflos und beschämt. »Ich habe alles probiert, aber es hat keinen Sinn.«

»Vielleicht könnte ich einen Versuch machen. Die Polizeichefs könnten doch bei mir Beschwerde einlegen, also beim Generalbundesanwalt, wenn sie es bei Ihnen nicht wagen. Haben Sie ihre Namen?«

»Ja, hier sind sie«, Keefe griff gerade nach seinem Aktenkoffer, der offen auf dem Tisch lag, als die Türglocke ertönte. Er ging zur Tür und öffnete. Es war der Etagenkellner mit dem Sandwichteller für Collins. Keefe zeichnete die Rechnung ab und wartete, bis der Kellner gegangen war. Erst dann suchte er in seinem Aktenkoffer weiter.

Collins war der Appetit vergangen. Aber wenn er jetzt nicht etwas aß, das wußte er genau, würde er hinterher nur um so hungriger sein. Er klappte sein Schinken- und Käsesandwich auf, strich ein wenig Senf auf beide Hälften und begann den ersten Bissen hinunterzuwürgen. Er konnte gerade noch einen Schluck Tee dazu trinken, als Keefe ihm sein Notizbuch präsentierte. Er riß drei Seiten heraus und übergab sie Collins. »Die Polizeichefs, die nicht reden wollten, sind durchgestrichen. Mit den anderen acht habe ich gesprochen. Ihre Anschriften und Telefonnummern stehen hinter den Namen. Ich hoffe, Sie haben mehr Erfolg als ich, was ich allerdings bezweifle.«

»Ich will es versuchen«, versprach Collins, faltete die Seiten zusammen und steckte sie in die Jackentasche.

»Das Problem ist doch«, nahm Keefe seine Ausführungen wieder auf, als er sich gesetzt hatte, »daß es irgendeine nicht zu fassende Person oder sogar mehrere Personen in Ihrem Ministerium gibt, die systematisch versuchen, in Kalifornien eine Angstpsychose zu erzeugen. Man will uns um jeden Preis den Artikel 35 aufzwingen, auch um den Preis von Ehre und Anstand.«

»Wenn sie damit meinen, daß Statistiken manipuliert . . .«

»Ich meine noch viel mehr«, sagte Keefe.

»Sagen Sie ihm alles«, forderte ihn Yurkovich vom Sofa aus auf, »sagen Sie ihm die ganze Wahrheit.«

»Das werde ich«, versicherte ihm Keefe. Er wartete nur noch ab, bis Collins einen weiteren Bissen hinuntergeschluckt und den Rest seines Sandwiches auf den Teller zurückgelegt hatte. Dann fuhr er fort:

»Es gibt noch Schlimmeres, Mr. Collins. An Statistiken herumpfuschen ist dagegen harmlos. Jemand in Washington will uns in unser Privatleben pfuschen!«

Collins fuhr im Sessel hoch. »Was soll das heißen?«

»Ich bin der Überzeugung, daß es seit einiger Zeit eine großangelegte Kampagne des FBI gibt, um gewisse Mitglieder unserer gesetzgebenden Versammlung einzuschüchtern und uns mit Erpressungen Angst einzujagen . . .«

Das Wort *Erpressungen* rief bei Collins sofort die Erinnerung an sein Gespräch mit Pater Dubinsky in der Hl.-Dreifaltigkeits-Kirche wach. Auch der Priester hatte von Erpressung gesprochen. Gespannt wartete er ab, was noch kommen würde.

». . . raffiniert dosierte Erpressungen übelster Machart«, fuhr Keefe fort. »Sie richteten sich meistens gegen Abgeordnete oder Senatoren, die noch schwankten, also sich noch nicht öffentlich für oder gegen den Artikel 35 entschieden hatten. Sie wurden bevorzugt bei denen angewendet, die . . ., die leicht verwundbar waren.«

»Verwundbar?«

»Ja, in deren Privatleben man besser nicht wie in einem offenen Buch blättert, Abgeordnete eben, deren Vergangenheit besser nicht bekannt wird. Die meisten von ihnen fürchten sich natürlich, etwas dagegen zu unternehmen oder auch nur zu protestieren. Doch die Abgeordneten Yurkovich und Tobias, die es ebenfalls für falsch hielten, das FBI öffentlich zu brandmarken . . .«

»Weil die Erpressung eben so raffiniert angelegt war«, unterbracht Yurkovich erneut. »Sie war ja kaum nachweisbar. Man hätte unsere Beschwerden abgewiesen, ja sogar widerlegt.«

Keefe nickte zustimmend. »Jedenfalls konnten meine Kollegen nicht mit Aussicht auf Erfolg dagegen angehen. Sie waren aber bereit, hierherzukommen und bei Ihnen persönlich zu protestieren. Erst waren sie der Meinung, Sie selbst könnten bei diesem Komplott mit von der Partie sein, doch Senator Hilliard überzeugte mich – noch ehe Sie das selbst taten –, und ich überzeugte wiederum meine Kollegen davon, daß Sie aufrichtig und vertrauenswürdig sind. Vielleicht sind Sie in Ihrem Arbeitsbereich noch zu neu, um zu wissen, was hinter Ihrem Rücken gespielt wird.« Keefe legte eine kleine Pause ein. »Ich nehme doch an, wir täuschen uns nicht in Ihnen?«

Collins zündete sich eine Zigarette an. Er war keineswegs überrascht, als er spürte, wie stark seine Hand dabei zitterte. »Aufrichtig, vertrauenswürdig? Ja, schon, selbstverständlich. Aber was soll da hinter meinem Rücken vorgehen? Fahren Sie fort! Erzählen Sie mir Einzelheiten!«

Jetzt meldete sich Yurkovich zu Wort. «Lassen Sie mich weiter berichten, Mr. Collins. Ich war früher Alkoholiker. Vor etwa acht Jahren ging ich in ein Rehabilitationszentrum zu einer Entziehungskur. Und ich habe es geschafft! Seitdem bin ich immer nüchtern geblieben. Das alles war nur im engsten Kreis meiner Familie bekannt. Vor einer Woche besuchten mich zwei FBI-Agenten – mit Namen Parkhill und Naughton – in meinem Büro in Sacramento. Sie erbaten meine Mithilfe bei einer Untersuchung, die sie zu führen hatten. Es sei ein ziemlich schwieriger Fall, sagten sie. Wenn erst mal der Artikel 35 durch wäre, könnten solche Nachforschungen bei Verstößen gegen Bundesgesetze viel leichter verfolgt werden, aber bis dahin müßten sie noch äußerst vorsichtig vorgehen. Sie wollten Auskunft über ein gewisses Sanatorium haben, eine Trinkerheilanstalt, wo – wie sie erfahren hätten – einmal ein kalifornischer Abgeordneter in der geschlossenen Abteilung gewesen sei. Vielleicht könnte ich ihnen Näheres über die Eigentümer des Sanatoriums sagen.«

Yurkovich unterbrach seinen Bericht immer wieder mit gewichtigem Kopfnicken. Offenbar konnte er es auch jetzt noch nicht fassen, mit welcher Raffinesse das FBI vorging. »Geradezu teuflisch war das, wie sie mir damit zu verstehen gaben, daß sie alles wußten. Mit dem Wissen um mein streng gehütetes Geheimnis hatten sie mich in der Hand. Mir war richtig übel.«

Auch Collins war einen Moment lang schlecht. »Und was haben Sie gesagt?«

»Was sollte ich denn machen? Ich gab zu, einmal Patient des Sanatoriums gewesen zu sein. Ich tat so, als glaubte ich, daß es um die Eigentümer einer nationalen Kette von Sanatorien ging, die in Rauschgiftdelikte verwickelt seien. Ich erzählte ihnen, was ich dort gehört und gesehen hatte. Nachher bedankten sie sich bei mir. Ich fragte sie, ob die gegebenen Auskünfte vertraulich blieben. Darauf erwiderte einer von ihnen: ›Es kann natürlich sein, daß Sie darüber als Zeuge im Gerichtssaal aussagen müssen.‹ Und als ich erklärte, daß ich das nicht tun könne, bekam ich lediglich die Antwort: ›Nun, das liegt nicht bei uns. Wenn Sie wollen, können Sie darüber mit dem Direktor sprechen. Vielleicht läßt sich mit ihm so eine Art Abmachung treffen.‹ Danach gingen sie. Die Botschaft war richtig angekommen, ich wußte jetzt Bescheid: ›Stimmen Sie nur für den Artikel 35, und der Direktor wird es nicht zulassen, daß Ihr Sanatoriumsaufenthalt bekannt wird. Arbeiten Sie aber nicht mit uns zusammen . . .«

»Was wollen Sie nun tun?« fragte Collins.

»Ich habe lang und hart darum gekämpft, das zu werden, was ich bin«, war Yurkovichs einfache Antwort. »Ich bin das gern. Ich komme aus einem konservativen Bezirk, gewählt von Bürgern, die nur anständigen Abgeordneten vertrauen. Ich habe keine Wahl. Ich werde für den 35er stimmen müssen.«

»Sind Sie sicher, daß die Untersuchung nicht rechtmäßig war?« wollte Collins wissen. »Ist es nicht möglich, daß Sie die Bemerkungen der FBI-Agenten falsch aufgefaßt haben?«

»Das ist unwahrscheinlich, aber nicht auszuschließen. Beurteilen Sie das, wie Sie wollen. Ich kann es mir nicht leisten, ein Risiko einzugehen.«

Der rundliche kleine Mann neben Yurkovich auf dem Sofa hob seinen Arm. »Ich auch nicht!« schloß sich Abgeordneter Tobias an.

»Wollen Sie damit sagen, daß Ihnen das gleiche passiert ist?« fragte Collins.

»Fast dasselbe«, erklärte Tobias. »Einen Tag später – nur kam das FBI nicht zu mir. Sie gingen zu – na ja, ich habe eine Freundin, und die suchten sie auf.« Er seufzte und atmete tief ein. »Ich bin ein glücklich verheirateter Mann und habe Kinder, Sie wissen schon. In Wirklichkeit sind wir, meine Frau und ich, seit einem Jahr auseinander. Den Kindern zuliebe blieben wir verheiratet. Als die Kinder aus dem Hause waren, hielten meine Frau und ich den Schein nach außen hin weiter aufrecht. Damit behielt sie ihre Stellung im gesellschaftlichen Leben, und ich konnte weiter Abgeordneter bleiben. Seitdem habe ich die meiste Zeit eine Frau nebenher gehabt, ein zweites Heim sozusagen. Niemand auf der Welt wußte das, außer uns drei. Dann kam das FBI zu meiner Freundin. Der Name des einen Agenten, ich erinnere mich, war Lindenmeyer. Sie waren ausgesucht höflich zu ihr, zumal sie merkten, welche Angst sie ausstand. Sie redeten ihr gut zu, sie möge sich beruhigen, und sprachen eine ganze Weile über alles mögliche, nur nicht über Persönliches. Nebenbei erwähnten sie auch den Artikel 35. Schließlich kamen sie zur Sache. Ich wäre doch Mitglied in einem Ausschuß, der sich mit Regierungsaufträgen befasse. Sie hätten eine Untersuchung durchzuführen, weil sich ein Verdacht gegen ein Mitglied dieses Ausschusses ergeben habe. Dazu würden sie routinemäßig alle Mitglieder dieses Ausschusses überprüfen. Sie wollten wissen, ob ich jemals mit ihr über Regierungsaufträge gesprochen hätte. Sie wandte ein, ich sei ihr nur flüchtig bekannt, was von ihnen aber ignoriert wurde. Sie kannten ja die Tatsachen und wußten genau, wie viele Tage in der Woche ich in der letzten Zeit mit ihr verbracht hatte. Als sie wieder gingen, meinten sie, ›wenn es zu einer Verhandlung käme‹ – und das sagten sie mit Nachdruck – ›wenn es also dazu käme‹, dann würde sie unter Umständen als Zeugin vorgeladen.«

Collins hielt den Atem an. »Ich kann das einfach nicht glauben!«

»Ich schon«, versicherte Tobias. »Ich kann zwar nicht beweisen, daß das mit der Absicht geschah, mich zu veranlassen, für den Artikel 35 zu stimmen, aber ich muß meine Ehefrau, natürlich auch meine Geliebte und mich selbst schützen, oder? Deshalb werde ich eben meine Einstellung ändern. Ich verabscheue den Artikel 35. Trotzdem werde ich klar und deutlich ja sagen, wenn namentlich abgestimmt wird. So ist es, Mr. Collins, jetzt wissen Sie alles!«

Es dauerte eine ganze Weile, bis Collins die Tragweite von dem erfaßte, was man ihm hier berichtet hatte. »Ist das auch anderen Abgeordneten passiert?«

»Das weiß ich nicht«, sagte Tobias. »Darüber würden wir kaum miteinander sprechen, denn jeder von uns hat sein Privatleben und will, daß das so bleibt.«

Collins schaute seinen Gastgeber an. »Und wie steht es bei Ihnen, Mr. Keefe?«

»Mich hat niemand aufgesucht, wahrscheinlich, weil denen nur zu gut bekannt ist, wie ich dazu stehe. Und sie wissen auch, daß ich sie rauswerfen würde, wenn sie kämen. Ich habe ebenfalls mein Privatleben. Nicht, daß sie da vielleicht nicht auch etwas herausfischen könnten. Aber ich würde mich einen Dreck darum scheren. Bei mir steht eben nicht so viel auf dem Spiel wie bei meinen Freunden. Von mir aus können sie mir nachsagen, was sie wollen – diesen gemeinen Schuften, wer sie auch immer sein mögen, werde ich nicht nachgeben.«

»Und wer, glauben Sie, ist es?« fragte Collins.

»Ich weiß es nicht.«

»Ich auch nicht«, gab Collins zurück. »Auf jeden Fall ist es nicht mein Amt, da können Sie sicher sein. Wenn dies aber wirklich eine wohlüberlegte und geplante Kampagne ist, dann kann sie dem FBI-Direktor eigentlich nur vom Präsidenten angewiesen worden sein, und dieser hat irgendeine untergeordnete Stelle damit beauftragt.«

»Können Sie etwas dagegen unternehmen?« wollte Keefe wissen.

Collins stand auf. »Ich weiß noch nicht recht. Es gibt auch hier keinen stichhaltigen Beweis, daß es sich bei diesen Besuchen um Einschüchterungsversuche handelt. Es können auch Nachforschungen gewesen sein, die durchaus im üblichen Rahmen liegen. Trotzdem, es könnte auch eine Art von Erpressung sein.«

»Wie wollen Sie herausfinden, was es wirklich war?« fragte Keefe.

»Indem ich die Untersuchungsbeamten selbst überprüfen lasse«, gab Collins zur Antwort.

Wieder zurück im Beverly Hills Hotel, fand Collins eine Telefonnotiz vor, die man ihm zusammen mit seinem Bungalowschlüssen aushändigte. Er las sie noch am Empfang. Der Anruf war erst vor einer Stunde eingegangen und hatte folgendes zum Inhalt:

»Die Aufsicht in Tule Lake hatte gesagt, die Anlage sei nicht geheim und man hätte darüber schon in der Zeitung lesen können. Wir haben heute abend mehrere Stunden damit verbracht, dies nachzuprüfen. Das Projekt SANGUINE ist in der Presse wohl erwähnt worden. Aber über die angeblichen Marineanlagen in Tule Lake wurde niemals etwas veröffentlicht. Nicht ein einziges Wort davon stand in den Zeitungen. Ich dachte, das würde dich interessieren, Josh Collins.«

Beinahe hätte er es vergessen. Er hatte doch seinem Sohn in Sacramento versprochen, ihm zu beweisen, daß die Anlage von Tule Lake kein zukünftiges Internierungslager sei. Das war also noch zu erledigen. Auch der Manipulation der kalifornischen Verbrechensstatistik mußte er nachgehen. Und da war dieses seltsame Zusammentreffen der Aktionen von FBI-Agenten, die bei kalifornischen Abgeordneten Nachforschungen anstellten. Und schließlich und noch viel wichtiger als alles andere war die Geheimakte R. Also schön der Reihe nach, eins nach dem anderen!

Die Telefonzellen befanden sich, wie er wußte, am Eingang zur Polo Lounge. Sie waren alle unbesetzt. Er ging in die erste Zelle und wählte direkt die Privatnummer seines Stellvertreters, Bundesstaatsanwalt Ed Schrader. Er würde ihn mit diesem Ferngespräch aufwecken – in Virginia war es jetzt fast drei Uhr morgens –, aber er wollte die Sache so rasch wie möglich abklären. Überdies würde er morgen viel zu beschäftigt sein . . .

Am Apparat meldete sich eine schläfrige Stimme. »Hallo? Sagen Sie ja nicht, Sie hätten falsch gewählt . . .«

»Keineswegs, Ed. Hier spricht Collins. Hören Sie bitte. Ich möchte gern, daß Sie morgen früh, daß heißt heute morgen, für mich so rasch wie möglich einige Dinge abklären. Haben Sie einen Bleistift?«

Er erklärte ihm, daß die US-Marine auf dem Festland ein System von Anlagen für die Nachrichtenverbindung mit U-Booten unterhalte, ENF oder SANGUINE genannt. Eine der größten Anlagen dieser Art sei gegenwärtig im Bau und gehe in Nordkalifornien ihrer Vollendung entgegen.

»Finden Sie bitte alles heraus, was es darüber gibt. Ich verlasse das Hotel nicht vor zwölf Uhr fünfzehn; dann muß ich ins Studio zur Aufnahme dieser Fernsehdiskussion. Bis dahin habe ich ein paar Besprechungen in meinem Appartement. Rufen Sie mich bitte an, sobald Sie Informationen haben. Und nun drehen Sie sich wieder um und schlafen Sie gut!«

Als er aus der Telefonzelle kam, wartete sein Sicherheitsbeamter in der Eingangshalle des Hotels auf ihn. Er ging in seiner Begleitung bis zu seinem Bungalow, entließ ihn und trat ein.

Er war todmüde. Er lief ein paarmal nervös im Wohnzimmer auf und ab, zog dabei sein Jackett aus und band sich die Krawatte ab. Er versuchte, sich eine Meinung über die Ereignisse des Tages zu bilden, besonders über sein Gespräch mit Keefe, Yurkovich und Tobias. Ihre Beschuldigungen gegen eine bestimmte, aber unbekannte Person oder Gruppe im FBI oder sogar noch weiter oben, wogen schwer. Hierzu war es wichtig, die Glaubwürdigkeit der drei Abgeordneten richtig einzuschätzen. Immerhin war kein Motiv auszumachen, weshalb einer von den dreien gelogen haben sollte. Wozu sollten sie die Geschichten erfunden haben? Er fand keine Antwort darauf. Es mußte die Wahrheit sein. Doch daraufhin, darüber war er sich im klaren, konnte er nichts unternehmen. Ohne eigene Nachprüfung war es zwecklos, darüber mit dem Präsidenten oder Tynan oder Adcock zu sprechen.

Nur, wo sollte er anfangen?

Er zog sein Hemd aus, ging durch das dunkle Schlafzimmer ins Bad und knipste dort das Licht an. Er zog sich aus, wusch sich, putzte sich die Zähne und betrachtete sich verdrießlich die Ringe unter seinen Augen. Dann griff er nach seinem Pyjama, aber der hing nicht wie sonst an dem Haken an der Innenseite der Tür. Wahrscheinlich hatte das Zimmermädchen ihn auf das Kopfkissen des Doppelbettes gelegt. Er löschte das Licht im Bad und tastete sich, nackt wie er war, zum Bett, wo ein matter Lichtschimmer durch einen Spalt vom Wohnzimmer auf seinen Schlafanzug fiel. Ihn anzuziehen, ins Bett und schlafen, war alles, was er in diesem Augenblick wollte. Er beugte sich nach dem Pyjama hinunter, als plötzlich etwas Warmes, Fleischiges seinen rechten Oberschenkel berührte. Erschrocken hielt er den Atem an. Er griff nach unten und fühlte, wie noch eine andere Hand seinen Oberschenkel emporfuhr. Sein Herz pochte wie wild.

»Was, zum Teufel . . .«, entfuhr es ihm.

»Komm ins Bett, Liebling«, hörte er eine weibliche Stimme schnurren.

Im Dunkeln suchte er nach dem Schalter der Nachttischlampe. Er war viel zu überrascht, um gleich ihre Hand, die seinen Penis umschloß, wegzuziehen. Einen Augenblick später fiel gedämpftes Licht sichelförmig aufs Bett. Da lag sie und rutschte langsam auf seine Bettseite zu. Sie lachte ihn an, und ihre Hand zwischen seinen Beinen begann seinen Penis zu liebkosen. Zuerst war er wie versteinert. Es war zu unglaublich, als daß er sprechen oder etwas tun konnte. Sie war jung, vielleicht Anfang Zwanzig, mit vollem, kastanienbraunem Haar, großen, glänzenden Brüsten, flachem Bauch, und das lange Dreieck ihrer Schamhaare zeichnete sich deutlich ab.

»Hallo«, hauchte sie mit leiser Stimme. »Ich bin Kitty. Ich dachte schon, du kämst überhaupt nicht mehr zurück.«

»Wer, zum Teufel, sind Sie?« fuhr er sie an. Seine Hand griff nach unten, packte ihre Hand und zwang sie, seinen Penis loszulassen. »Sie haben sich geirrt! Sie sind im falschen . . .«

»Dies ist die Bungalownummer, die man mir gegeben hat. Ich sollte auf Mr. Collins warten.«

Also war es kein Versehen. Was für ein alter Jugendfreund könnte ihm einen solch schmutzigen Streich spielen wollen?

»Wer hat Sie hierhergeschickt?«

»Ich bin ein Geschenk von einem Ihrer Freunde.«

»Was für ein Freund?«

»Seinen Namen hat er nicht genannt. Das machen sie nie. Aber er bezahlte im voraus. Zweihundert Dollar. Ich bin sehr teuer.« Zum ersten Mal lächelte sie. »Er sagte nur, es sollte eine Überraschung sein, und Ihnen würde es Spaß machen. Und das wird es auch. Ich verspreche es Ihnen, Mr. Collins. Nun, komm schon her, sei nicht so störrisch . . .«

»Wie sind Sie hereingekommen?«

»Einige Angestellte kennen mich. Ich gebe gute Trinkgelder.« Sie schaute ihn prüfend an. »Ach, bist du süß! Ich liebe große Männer, aber du redest zuviel. Nun komm ins Bett zur lieben Kitty. Ich verspreche es dir, es wird großartig. Ich bleibe die ganze Nacht.«

»Den Teufel werden Sie tun!« schrie er sie fast an. Er packte sie am Handgelenk, als sie ihm wieder zwischen die Beine greifen wollte, und zerrte ihren Arm weg. »Machen Sie jetzt, daß Sie rauskommen, und zwar sofort! Raus hier! Ich will weder Sie noch jemand anders hier haben! Jemand hat mir einen Streich, einen ganz albernen Streich spielen wollen!«

»Aber ich bin bezahlt worden . . .«

»Raus hier!« Jetzt hielt er sie an beiden Armen und riß sie hoch, so daß sie im Bett aufsaß. »Ziehen Sie sich an und verlassen Sie sofort diesen Bungalow!«

»Niemand hat mich bisher so behandelt!«

»Dann tu ich es eben!« Er nahm sich seinen Schlafanzug. »Wenn ich aus dem Badezimmer zurück bin, sind Sie angezogen und hier verschwunden!«

Er ging ins Bad, zog seine Pyjamahose an und knöpfte sich die Jacke zu. Als er zurückkam, hatte sie eine Bluse an und stieg gerade in ihren marineblauen Rock.

»Beeilen Sie sich«, sagte er.

Sie zog den Reißverschluß zu. »Ihr Freund sagte mir, Sie würden zuerst so reagieren, aber ich sollte das nicht ernst nehmen.« Sie schaute ihn kokett an, lachte wieder und kam auf ihn zu. »Sie machen doch Spaß, nicht wahr?«

Grob griff er nach ihrem Arm und zerrte sie zur Tür. »Los jetzt!«

»Lassen Sie los! Sie tun mir weh!«

Er ließ etwas nach, stieß sie in den Wohnraum und schob sie sofort weiter zur Vordertür. Er atmete heftig, aber an der Tür war er ein wenig milder gestimmt. »Es tut mir leid«, sagte er, »daß Sie jemand so benutzt hat. Das war falsch, und es tut mir leid. Gute Nacht!«

Sie nahm sich zusammen und versuchte wenigstens mit einiger Würde zu gehen. »Ist nicht schade«, brachte sie heraus. »Sie hätten ihn sowieso nicht hochbekommen.«

Er riß die Tür auf. Als sie an ihm vorüberging und den Bungalow verließ, sah er, wie eine schattenhafte Figur hinter einer Hecke unterhalb des Bungalows hochschoß, ein Mann mit einem Fotoapparat. Instinktiv sprang Collins hinter die Tür zurück, noch bevor der Elektronenblitz aufleuchtete. Keuchend lehnte er an der Tür, die er ins Schloß gedrückt hatte. Er war sicher, daß der Fotograf Kitty erwischt, ihn aber verfehlt hatte. Erst nach einer Weile war er in der Lage, die Tür abzuschließen. Verstört taumelte er zu dem kleinen Tischchen mit den Getränken, um sich einen Drink zu mixen.

Hatte er noch Zweifel gehabt, was er von all dem halten sollte, was sich im Laufe des Tages ereignet hatte, so war das, was sich eben abgespielt hatte, ganz klar. Das war alles andere als ein Dummejungenstreich, den sich ein alter Jugendfreund vom College oder sonst ein Bekannter erlaubt hatte. Das war weitaus teuflischer: Jemand hatte versucht, ihn reinzulegen, ihn zu kompromittieren. Aber wer? Und weshalb? Die Vorkämpfer des Artikels 35 etwa? Das war kaum anzunehmen, denn bis jetzt stand er ja offiziell auf ihrer Seite, es sei denn, sie wollten sicherstellen, daß er auch weiterhin auf ihrer Seite blieb. Oder die Gegner des 35ers? Ebenso unwahrscheinlich. Leute wie Keefe würden nicht so weit gehen, um ihn dazu zu bringen, die Seiten zu wechseln. Alles verrückt, vollkommen verrückt, dachte er sich. Und immer noch benommen, mixte er sich einen neuen Drink; bald würde wieder Tag sein, und bei Licht betrachtet würde sich wohl alles besser zusammenreimen.

Der folgende Tag brachte wirklich Licht in manche der Zweifel und Ungereimtheiten, die ihn noch lange bis in seinen unruhigen Schlaf verfolgt hatten. Schon der Vormittag bescherte ihm einige Klarheit. Am späten Morgen hatte er mit den beiden US-Staatsanwälten lange und ausgiebig gefrühstückt und dabei eine ganze Reihe von Routinefragen erledigen können. Rein gesellschaftlichen Charakter hatte sein anschließendes Treffen mit einer Delegation von drei Anwälten der Amerikanischen Anwaltsvereinigung. Ein Interview mit einer jungen Reporterin von der *Los Angeles Times* erwies sich für ihn als eine gute Vorübung, sich in Zukunft zwar über den Artikel 35 zu äußern, aber ohne sich dabei allzu verpflichtend festzulegen, viel mehr sich über langfristige Reformen auszulassen, deren das amerikanische Gerichtssystem bedurfte. Gleichzeitig bot sich die Gelegenheit, die Meinung einer Journalistin zu der stark ansteigenden Verbrechensrate in Süd-Kalifornien in Erfahrung zu bringen.

Endlich war Collin allein in seinem Zimmer – allein mit seinem Telefon. Eigentlich hatte er die acht Polizeichefs anrufen wollen, die sich bei dem Abgeordneten Keefe beklagt hatten, daß das FBI Verbrechensstatistiken von Kalifornien aufgebauscht habe. Mit dreien von ihnen hatte er auch gesprochen, es aber dann aufgegeben, denn sobald sie wußten, daß sie es mit dem Bundesgeneralanwalt zu tun hatten, war ihnen sofort die große Vorsicht anzumerken, von der sie sich bei ihren Antworten leiten ließen. Einer hatte zwar »eine kleine Abweichung« zwischen seinen gemeldeten Zahlen und den vom FBI veröffentlichten Zahlen zugestanden. Aber er schrieb diese Unstimmigkeiten »wahrscheinlichen Computer-Fehlern« zu. Alle drei hatten sich jedoch entschieden geweigert zuzugeben, daß sie sich bei Keefe über die Übertreibungen in den FBI-Statistiken beklagt hätten. Jeder hatte, wenn auch mit anderen Worten, zum Ausdruck gebracht, daß er wohl von Keefe mißverstanden worden sein müsse. Entweder hatten also die Polizeichefs wirklich bei Keefe protestiert, es sich aber anders überlegt, als sie sich gegenüber dem Bundesgeneralanwalt über das FBI äußern sollten, oder Keefe *hatte* sie wirklich mißverstanden. In jedem Fall aber waren seine telefonischen Nachforschungen dazu verurteilt, ohne schlüssiges Ergebnis zu bleiben.

Schließlich war Collins auf einen anderen Gedanken gekommen. Als er am Abend vorher mit den Abgeordneten sprach, hatte er sich die Namen der FBI-Spezialagenten notiert, die Yurkovich und Tobias befragt hatten. Er suchte und fand rasch den Zettel mit den Namen: Parkhill, Naughton, Lindenmeyer.

Zunächst überlegte Collins, ob er sich über diese Namen bei den Außenbüros des FBI in Kalifornien vergewissern, oder ob er nicht besser direkt bei Adcock oder Tynan anfragen sollte. Auf jeden Fall wollte er von nun an umsichtiger zu Werke gehen. Und nach einer Weile rief er direkt seine Sekretärin Marion an.

»Marion, ich habe da eine Anfrage an das FBI, die allerdings nicht von mir kommen sollte. Es ist eigentlich mehr so eine der alltäglichen Routinefragen von jemand im Amt für Rechtsberatung. Am besten erkundigen Sie sich bei einer untergeordneten Dienststelle des FBI. Haben Sie was zu schreiben? Okay. Lassen Sie bitte nachprüfen, ob zwei FBI-Spezialagenten in Kalifornien, der eine heißt Parkhill, der andere Naughton, den Landesabgeordneten Yurkovich letzte Woche befragt haben.« Zur Sicherheit buchstabierte er den letzten Namen.

»Und dann fragen Sie bitte nach, ob ein Spezialagent Lindenmeyer Nachforschungen bei –.« Erst jetzt fiel ihm ein, daß er ja gar nicht den Namen der Freundin des Abgeordneten Tobias kannte. ». . . jemand in Sacramento angestellt hat – im Zusammenhang mit einer Untersuchung über einen Ausschuß, dem auch der Abgeordnete Tobias angehört. Ich bin noch im Hotel. Rufen Sie mich gleich zurück.«

Danach hatte er sich ein wenig im Wohnzimmer entspannt und schließlich – um die Wartezeit zu überbrücken – den Text seiner Ansprache hervorgeholt und ein paar Sätze überarbeitet.

Nach fünfzehn Minuten läutete das Telefon. Es war Marion.

»Das ist seltsam, Mr. Collins«, sagte sie, »aber das FBI teilt mit, daß es keine Spezialagenten mit den Namen Parkhill, Naughton oder Lindenmeyer in Kalifornien hat. Agenten mit solchen Namen gibt es im FBI in den ganzen USA nicht.«

Wie sonst so vieles, hatte sich auch das als falsch herausgestellt! Keine Agenten, die Parkhill, Naughton oder Lindenmeyer hießen! Und doch war der Abgeordnete Yurkovich von Parkhill und Naughton befragt worden. Und Lindenmeyer hatte die Freundin von Tobias aufgesucht. Hatten sowohl Yurkovich als auch Tobias die Namen falsch verstanden? Unmöglich. Oder hatten die beiden Collins belogen? Auch das ergab keinen Sinn. Alles das konnte aber etwas anderes bedeuten, was zwar ebenso unwahrscheinlich war, aber noch viel größeres Unheil verhieß: Unterhielt am Ende gar das FBI ein Spezialcorps von Agenten, eine Art ›Fünfte Kolonne‹ ohne Namensliste, und war diese nun ausgeschwärmt, um die Abgeordneten und Senatoren von Kalifornien einzuschüchtern?

Collins erwog auch diese Möglichkeit. Im allgemeinen war er durch und durch Realist, ließ seiner Phantasie nur selten freien Lauf oder gab sich melodramatischen Betrachtungen hin. Normalerweise hätte er die Möglichkeit einer Geheimtruppe als viel zu teuflisch gar nicht in Betracht gezogen, wenn ihn nicht sein Amtsvorgänger in den letzten Minuten seines Lebens vor einer schrecklichen Gefahr gewarnt hätte, einer Gefahr, die er die Geheimakte R nannte. Wenn man die Existenz dieses Papiers voraussetzen durfte, das für – ja für was? – für die Sicherheit des Landes so gefährlich war, dann konnte man auch durchaus die Möglichkeit einkalkulieren, daß unbekannte FBI-Agenten kalifornische Abgeordnete bedrohten, wie das bei Pater Dubinski schon der Fall gewesen war.

Collins gefiel das alles nicht. Noch als er in sein Schlafzimmer ging, um einen anderen Anzug anzuziehen, bevor er zur Aufnahme der Fernsehdiskussion mit Pierce fuhr und die Rede vor der AAV hielt, quälte ihn der Gedanke, daß er zwar in eine Stellung aufgestiegen war, in der er alles über Verbrechen im Lande wissen mußte, um ihn herum aber neuerdings merkwürdige Dinge geschahen, die ganz nach kriminellen Akten aussahen, über deren Hintergründe er jedoch so gut wie gar nichts wußte. Und all das ergab sich aus der gespannten Atmosphäre im Kampf um den Artikel 35. Du lieber Gott, dachte er, was würde erst werden, wenn der Artikel 35 wirklich Teil der Verfassung der Vereinigten Staaten wäre?

Er war gerade fertig mit dem Ankleiden, als das Telefon im Wohnzimmer läutete. Schnell lief er hinüber und hob ab. Es war Ed Schrader aus Washington:

»Chris, ich habe Ihren Auftrag von gestern abend inzwischen erledigt.«

Collins hatte schon wieder vergessen, daß er noch am Abend zuvor bei Schrader angerufen hatte. Es war dabei um die Anlage von Tule Lake gegangen, die ihm sein Sohn gezeigt hatte, um dieses Marineprojekt SANGUINE. Er hatte von Schrader nur eine Bestätigung der Existenz dieser Einrichtung haben wollen, nur um seinem Sohn zu beweisen, wie falsch er mit seiner Idee von Internierungslagern lag.

»Richtig, Ed. Was haben Sie herausgefunden?«

»Ich bekam von amtlichen Stellen im Pentagon folgende Auskunft: Das Marineprojekt SANGUINE oder ENF, wie Sie es nennen, wurde vor drei Jahren abgeschlossen. Neue Anlagen sind nicht im Bau, und es wird auch keine wieder instand gesetzt. Keine der Anlagen des Projektes liegt in der Nähe von Tule Lake.«

Collins traute seinen Ohren nicht. »Wollen Sie mir wirklich erklären, daß die Marine überhaupt kein Projekt bei Tule Lake hat?«

»Dort gibt es überhaupt keine Anlagen.«

»Aber der Polier sagte mir doch – nein, das ist jetzt nicht mehr so wichtig. Aber, zum Teufel noch mal! Irgend etwas wird da doch gebaut! Ein Regierungsprojekt. Auf jeden Fall, gebaut wird dort!«

»Offenbar nicht das, was man Ihnen erzählt hat!«

»Nein, Ed. Das glaube ich auch nicht mehr«, sagte er enttäuscht. »Danke schön, Ed.«

Zum ersten Mal gestand er sich ein, daß Josh möglicherweise recht haben könnte – und Keefe, Yurkovich und Tobias auch. Die ganze Fahrt über zu den Fernsehstudios, ganze dreiundzwanzig Minuten lang, ließ er die sich mehrenden Zeichen schändlicher Machenschaften noch einmal an sich vorüberziehen. Die Geheimakte R, deren Gefahr aufgedeckt werden mußte, die manipulierten Verbrechensstatistiken in Kalifornien, das geheimnisvolle Internierungslager in Tule Lake.

Doch letzten Endes war es etwas an sich wohl Nebensächliches gewesen, das ihn am stärksten erschüttert hatte. Er dachte an den Fotografen, der vor seinem Bungalow postiert gewesen war und versucht hatte, ihn mit dem Callgirl zusammen zu knipsen, das man ihm ins Bett gelegt hatte. Das jedenfalls war kein Hörensagen! Das hatte er selbst erlebt.

Argwohn und Mißtrauen kamen in ihm auf gegen alle um ihn herum, gegen die Befürworter des Artikels 35 und den Artikel selbst. Jetzt war er ganz und gar nicht in der richtigen Stimmung, den Artikel in der Fernsehdiskussion zu verteidigen. Die Rolle, die er da zu spielen hatte, ekelte ihn an. Am liebsten wäre er auf und davon gegangen. Nun war es zu spät. Sie fuhren bereits den Beverly Boulevard entlang, und vor sich konnte er schon die Studios der Fernsehgesellschaft erkennen.

Collins saß vor dem Spiegel im Schminkraum und betrachtete sein Gesicht über dem Schminklatz, den man ihm zum Schutz seines Hemdes vorgebunden hatte. Der Maskenbildner war gerade dabei, ein leicht braunes Puder aufzutragen, um seine Gesichtszüge nicht so hager erscheinen zu lassen, als Collins hinter sich im Spiegel eine junge Frau im eleganten Kostüm erblickte. Monika Evans, die Produzentin der Sendung »Auf der Suche nach der Wahrheit«, stand im Gang hinter ihm.

»Nun, wie steht's, Herr Justizminister?« fragte sie.

»Ich bin fast fertig, glaube ich«, antwortete Collins.

»Nur noch ein paar Minuten, Monika, dann können sie ihn haben«, versprach der Maskenbildner.

»Ich hoffe, wir werden planmäßig fertig«, meinte Collins. »Anschließend muß ich nämlich noch zum Century Plaza, um dort eine Ansprache vor der Anwaltsvereinigung zu halten. Meine Zeit ist also ziemlich knapp.«

»Sie werden nachher noch Zeit genug haben«, versicherte ihm Monika Evans. »Tony Pierce ist schon auf der Bühne fertig zur Aufnahme, zusammen mit unserem Moderator Brant Vanbrugh. Wir fangen sofort an, wenn Sie hier fertig sind.«

Das war für Collins eine Erleichterung. Er hatte nämlich befürchtet, vor der Diskussion mit Tony Pierce hier in diesem Schminkraum zusammengepfercht zu sein und gar mit ihm ein paar Worte wechseln zu müssen. Ein offizielles Gespräch mit Pierce vor der Kamera war schon schlimm genug. Aber eine private Unterhaltung mit ihm wäre für Collins geradezu unerträglich gewesen.

»Ich erwarte Sie also in der Halle, um Sie dann ins Studio zu bringen«, sagte Monika Evans und verschwand.

Collins betrachtete sich noch einmal im Spiegel, und er war gar nicht zufrieden. Trotz aller Kosmetik, trotz der Cremes, trotz des Puders, die jede Falte seines Gesichtes überdeckten, kam er sich wie eine Leiche vor, die die Leute vom Bestattungsinstitut ein bißchen ansehnlicher herrichten wollten. Weshalb, fragte er sich, war er hier; um eine Bombe zu verteidigen, die die Menschenrechte aus der Verfassung heraussprengen würde? Was in aller Welt hatte ihn dazu gebracht, mit den Gegnern der Willensfreiheit des Menschen wie Präsident Wadsworth und Vernon T. Tynan gemeinsame Sache zu machen? Wie war gerade er zu einem der Hauptverfechter dieses schrecklichen Artikels 35 geworden?

Im grellen Schein der Glühbirnen, die wie im Theater rund um den Spiegel herum angebracht waren, fand er plötzlich die gesuchte Klarheit. Bis jetzt hatte er seine Stellung beharrlich mit vernunftgemäßen Argumenten zu erklären versucht, die ihm glatt über die Zunge gingen. Als ein Guter unter Schlechten wäre er in der Lage, den ganzen Kurs zu ändern. Das jedoch war ihm nicht gelungen. Oder hatte er es gar nicht ernstlich versucht? Als Kabinettsmitglied hatte er sich entschlossen, weiter auszuhalten, weil er noch unerledigte Aufgaben vor sich sah, so vor allem seinen Beitrag zur Lösung der Kriminalität, der weit humaner und anständiger sein sollte als die bisherigen Maßnahmen. Aber dazu hatte er bisher nichts tun können. Und er dachte immer, als Bundesgeneralanwalt könnte er Wertvolleres zustande bringen als den Artikel 35. Aber jetzt war ihm klar, daß angesichts des ausschlaggebenden, ja alles beherrschenden Einflusses des Artikels 35 seine andere Arbeit ohne Sinn war. Alle seine Argumente erwiesen sich als vorgeschoben.

Denn jetzt wußte er, weshalb er hier war, was ihn hierhergetrieben hatte und wie es dazu gekommen war. Unverhüllt lag es im grellen Licht des Spiegels vor ihm, es war eindeutig: Ehrgeiz. Jawohl, Ehrgeiz war der Antrieb gewesen, der ihn auf die falsche Bahn geraten ließ. Sein Ehrgeiz, etwas zu erreichen, um »es« seinem Vater zu beweisen. Etwas durch sich selbst, ganz allein erreichen – ein klassischer Fall nach Freud! Das war's, ganz einfach das! Das zu sein, was er nicht war, um es zu erreichen. Es seinem Vater zeigen. Jemand zu sein – um jeden Preis. Aber in diesem Augenblick war es lächerlich. Es gab ja nichts mehr, was er seinem Vater zeigen könnte. Der war tot. Es gab nur ihn selbst – und jetzt war von ihm selbst nur noch wenig übrig. »All right, Mr. Collins«, sagte der Maskenbildner und band ihm den Schminklatz ab. »Sie sind fertig.«

Fertig mit was? Er erhob sich aus dem Stuhl. »Danke.«

In der Halle traf er Monika Evans und folgte ihr in das riesige Fernsehstudio. Durch eine Reihe verschieden ausgestatteter Aufnahmeräume gelangten sie zur Bühne und traten in das gleißende Licht, das den Aufnahmeplatz überstrahlte. Drei Kameras waren zu sehen, zwei davon wurden gerade hin und her geschoben. Überall waren Techniker am Werk. Alle Aufmerksamkeit war auf die kleine Bühne gerichtet, die als privates Bücherzimmer mit einem massiven Tisch und drei Drehsesseln hergerichtet war. Auf dieser kleinen Plattform unterhielten sich zwei Herren. »Ich mache Sie gleich mit Brant Vanbrugh, dem Moderator dieser Sendung, und Tony Pierce bekannt«, sagte die Produzentin.

Collins hatte Tony Pierce noch nie persönlich getroffen, erkannte ihn nach Zeitungsfotos und früheren Fernsehauftritten jedoch sofort. Doch ihn jetzt persönlich kennenzulernen, war für Collins eine Enttäuschung. Er hätte viel lieber einen Schurken oder Bösewicht vor sich gehabt, statt dessen war Pierce von geradezu entwaffnender und einnehmender Art. Sein offenes, sommersprossiges Gesicht unter dem semmelblonden Haar wirkte noch sehr jugendlich. Er schien geradezu vor Begeisterung zu sprühen. Er war einsachtzig groß und wirkte in seinem normal geschnittenen Einreiher drahtig und sehr elastisch. Collins schwand der Mut. Er hatte sich nicht nur einen Bösewicht erhofft, sondern eher noch einen Feind. Und der einzige Feind, den er hier traf, war niemand anders als er selbst . . .

Monika Evans brachte ihn nach vorne und machte ihn mit den anderen bekannt.

»Ich freue mich, Sie endlich persönlich kennenzulernen, Mr. Collins«, sagte Pierce. »Leider weiß ich nur wenig von Ihnen. Was ich weiß, habe ich entweder gelesen oder von Ihrem Sohn erfahren. Ein tüchtiger Junge.«

»Er spricht sehr gut von Ihnen«, erwiderte Collins. Er hatte das bedrückende Gefühl, daß Pierce ihn gründlich musterte, um herauszufinden, wie denn wohl so ein Vater einen solchen Sohn hervorgebracht haben könnte.

»Bitte, meine Herren«, schaltete sich der Moderator ein, »ich glaube, es geht gleich los.« Vanbrugh war ein junger, intelligenter Mann und hätte sehr gut einen jugendlichen Liebhaber auf der Bühne abgeben können, hätte man nicht hinter der lockeren Erscheinung seinen stahlharten Willen gespürt. Das war Collins schon bei der letzten Sendung aufgefallen, die er sich zur Vorbereitung auf seinen Auftritt angesehen hatte. Ehrgeizig, vermutete Collins, und geltungsbedürftig. Das mußte er im Auge behalten!

Vanbrugh wies ihnen ihre Plätze zu, jeweils rechts und links von ihm selbst. Jemand befestigte ein kleines Mikrofon an Collins' Brust. Vanbrugh gab noch ein paar letzte Erklärungen.

»In zwei Minuten beginnen wir mit der Aufnahme. Diese Sendung unserer Diskussionsreihe ›Auf der Suche nach der Wahrheit‹ wird heute abend zur besten Sendezeit in ganz Amerika von Küste zu Küste ausgestrahlt. Wir nehmen live auf. Es gibt also keine redaktionelle Bearbeitung. Wir werden so vorgehen: Ich beginne mit dem heutigen Thema: ›Soll Kalifornien den Zusatzartikel 35 ratifizieren?‹, gebe einen einführenden Überblick über den 35er, was das ist und wie es heute darum steht. Die Kamera wird groß auf mich gerichtet sein. Dann geht die Kamera zurück, um Sie, Mr. Collins, ins Bild zu bringen. Ich stelle Sie den Zuschauern als den Bundesgeneralanwalt und Justizminister der Vereinigten Staaten vor und sage einiges zu Ihrer Stellung und Person. Darauf schwenkt die Kamera hinüber zu Mr. Pierce und mir. Ich stelle Sie vor, Mr. Pierce, als früheren FBI-Spezialagenten und jetzt praktizierenden Rechtsanwalt sowie als Führer der Bewegung, die den Zusatzartikel 35 ablehnt und die Menschenrechte unterstützt. Danach werde ich Sie, Mr. Collins, ansprechen. Sie haben zwei Minuten Zeit, um einleitend Ihre Meinung zu sagen. Ich schlage vor, daß Sie sich darauf beschränken, zu erklären, weshalb Sie den Artikel 35 für wichtig halten. Ich nehme an, daß Sie das Bild des Verbrechens in unserem Land in kräftigen Farben malen und dazu darlegen werden, daß drastische Maßnahmen erforderlich sind, um unsere Gesellschaft vor schwerem Schaden zu bewahren. Dann sind Sie an der Reihe, Mr. Pierce. Sie haben ebenfalls Ihre zweiminütige Einleitung. Aber führen Sie noch kein Streitgespräch mit Mr. Collins. Tragen Sie nur Ihre Auffassung vor, weshalb Sie gegen den Zusatzartikel sind. Von da an machen wir einfach weiter, wie es sich aus dem Gespräch ergibt. Sie fangen mit der Debatte an. Unterbrechungen sind zugelassen, aber lassen Sie den anderen auch ausreden.« Er schaute sich um. »Wir fangen gleich an. Sobald das rote Licht über der mittleren Kamera angeht, nehmen wir auf. Also, viel Glück, meine Herren. Lassen Sie uns die Sendung recht lebhaft und interessant gestalten.«

Die rote Lampe über der mittleren Kamera leuchtete auf. Collins fühlte sich nicht wohl und war ziemlich durcheinander. Nur mit halbem Ohr folgte er den einleitenden Ausführungen Vanbrughs. Dann fiel sein Name. Er wußte, daß er nun vorgestellt wurde. Für die Kamera brachte er nur ein recht gezwungenes Lächeln zustande. Darauf wurde Pierces Name genannt. Am Moderator vorbei schaute Collins zu Pierce hin, der mit seinem offenen, sommersprossigen Gesicht ernst in die Kamera blickte.

Erneut hörte er seinen Namen und gleich darauf die Frage. Dann hörte er sich reden wie aus weiter Entfernung.

»Niemals seit dem Bürgerkrieg sind unsere demokratischen Institutionen so ernstlich in Gefahr gewesen wie heute. Gewalttätigkeit ist überall an der Tagesordnung. Im Jahr 1975 starben zehn von 100 000 Amerikanern durch Mord. Heute sind es bereits zweiundzwanzig von 100 000. Vor einigen Jahren kamen drei Mathematiker am mathematischen Institut von Massachusetts nach einer Untersuchung über die steigende Verbrechensrate zu dem Schluß: ›Ein in dieser Stadt 1974 geborenes Kind wird mit größerer Wahrscheinlichkeit eher durch einen Mord ums Leben kommen als ein amerikanischer Soldat im letzten Weltkrieg durch den Feind.‹ Heute hat sich diese grauenerregende Möglichkeit noch verdoppelt. Aus dieser schrecklichen Notwendigkeit heraus, nämlich der sich immer weiter nach oben drehenden Schraube der Gewalttätigkeit, einschließlich Mord, Einhalt zu gebieten, entstand das Konzept zu dem Artikel 35.«

Mit einiger Mühe und auch manchem Stocken fuhr er in seiner Erklärung fort, bis er die Fünfzehn-Sekunden-Karte auftauchen sah und somit seine einleitende Stellungnahme abschließen konnte. Dann hörte er Pierce sprechen. Jeder Satz kam wie ein Schlag. Innerlich zuckte Collins jedesmal zusammen. Schließlich versuchte er, überhaupt nicht mehr zuzuhören. Noch zwei Minuten und die Diskussion beginnt, tröstete er sich.

Noch immer hörte er Pierce reden. »Die Menschen haben um Freiheit, Freiheit von der Tyrannei mindestens 2500 Jahre lang gekämpft. Und jetzt, über Nacht, wenn der Artikel 35 durchkommen sollte, wird dieser Kampf in Amerika verloren sein. Über Nacht, ganz nach der Laune des Direktors des FBI und seines Ausschusses für Nationale Sicherheit könnten die Menschenrechte auf unabsehbare Zeit . . .«

»Nicht auf unabsehbare Zeit«, unterbrach Collins. »Nur in einem Notfall, nur für kurze Zeit, vielleicht nur einige Monate.«

»Genau das hat man 1962 in Indien auch gesagt«, entgegnete Pierce. »Da gab es einen solchen Notfall, und die Menschenrechte wurden aufgehoben – und blieben es sechs volle Jahre lang! 1975 wurden sie erneut außer Kraft gesetzt. Wer garantiert uns denn, daß dies nicht auch hier geschieht? Und wenn es passiert, dann bedeutet dies das Ende unserer freien Lebensart. Dafür gibt es Beweise genug. So etwas hat es schon früher in den Vereinigten Staaten gegeben, und immer waren damit großes Unglück und Leid verbunden.«

»Was sagen Sie da, Mr. Pierce?« warf Vanbrugh ein. »Wollen Sie wirklich behaupten, die Menschenrechte seien schon einmal in unserer Geschichte aufgehoben worden?«

»Inoffiziell ja. Unsere Menschenrechte sind inoffiziell aufgehoben oder suspendiert oder einfach übergangen worden, und das viele Male in unserer Vergangenheit. Und immer, wenn das geschah, haben wir schwer darunter zu leiden gehabt.«

»Können Sie uns dafür einige Beispiele nennen?« fragte der Moderator.

»Gewiß«, antwortete Pierce. »Im Jahr 1789, nach der Französischen Revolution, befürchtete man in den Vereinigten Staaten, daß vielleicht radikale französische Verschwörer herüberkommen könnten, um unsere Regierung zu stürzen. In einer geradezu hysterischen Stimmung ignorierte der Kongreß die Menschenrechte und beschloß die Ausländer- und Aufruhrgesetze. Hunderte von Menschen wurden festgenommen, Redakteure, die die Gesetze kritisierten, wurden eingesperrt. Normale Bürger, die nur ein Wort gegen Präsident John Adams sagten, wurden festgenommen. Erst als Thomas Jefferson zum Feldzug gegen diesen Wahnsinn aufrief, gegen diese Ausschaltung der Menschenrechte, kam man wieder zur Besinnung, und Jefferson wurde schließlich zum Präsidenten gewählt.

Andere Beispiele gibt es in Hülle und Fülle. Während des Bürgerkrieges wurde die Habeas-Corpus-Akte nicht angewandt, so daß jeder willkürlich verhaftet werden konnte. Bürgerliches Recht wurde durch Kriegsrecht ersetzt. Nach dem ersten Weltkrieg prangerte Justizminister A. Mitchell Palmer die Kommunisten an und ging auf Hexenjagd, die dann – ohne die Ausstellung von Haftbefehlen – zur Festsetzung von 3500 Menschen und zur Ausweisung von 700 Ausländern führte. Bundesrichter Charles Evans Hughes bezeichnete diese Verhaftungen als eine ›der schlimmsten Praktiken der Tyrannei.‹ Mit dem Beginn des zweiten Weltkrieges wurden amerikanische Bürger japanischer Abstammung ihres Eigentums beraubt und in Internierungslager gesperrt. Nicht viel später, um genau zu sein, im Jahre 1954, beschuldigte Senator Joseph R. McCarthy 205 Personen im US-Staatsdienst, Mitglied der Kommunistischen Partei zu sein, und ließ damit sein eigenes rotes Gespenst los. McCarthy, dieser rücksichtslose, beifallssüchtige Volksverhetzer und hoffnungslose Trunkenbold, beschmutzte und zerstörte das Leben zahlloser unschuldiger Amerikaner, indem er abweichende Meinungen und individuelle Einstellung zum Verrat erhob. Durch seine Exzesse während des sechsunddreißig Tage dauernden Hearings über die Armee richtete er sich letzten Endes selbst zugrunde.

Es ist noch nicht lange her, daß das Wunschkind von Präsident Richard M. Nixon und Justizminister John N. Mitchell, das Gesetz gegen das Bandenunwesen, praktisch die Menschenrechte aufhob, indem es dafür sorgte, daß beschuldigte Verbrecher vorsorglich in Haft genommen und private Wohnungen ohne vorherige Ankündigung betreten werden konnten, indem es die Rechte der Angeklagten einschränkte, ungesetzlich gegen sie beschafftes Beweismaterial einzusehen, und indem es ohne vorherige Ankündigung achtundvierzig Stunden lang elektronische Abhörmaßnahmen erlaubte und nach vorheriger Ankündigung sogar für einen noch längeren Zeitraum. In seinem Kommentar zu diesem Gesetz gegen das Bandenunwesen nannte es Senator Sam J. Ervin von Nord-Carolina das schlimmste aller Gesetze der Unterdrückung, Ungerechtigkeit und Verfolgung, die dem Senat jemals vorgelegt wurden. Diese Vorlage wäre besser unter dem Titel ›Gesetz zur Abschaffung der Artikel 4, 5, 6 und 8 der Verfassung‹ eingebracht worden!«

»Und doch hat unsere Demokratie überlebt!« warf Collins ein.

»Kaum oder gerade noch, Mr. Collins. Eines Tages kann sie solche Attacken gegen unsere Freiheit vielleicht nicht mehr aushalten. Wie einst Charles Péguy bemerkte, ist die Diktatur immer besser organisiert als die Freiheit. Wenn all diese Schreckenstaten begangen wurden, obgleich die Menschenrechte in Kraft waren, dann können Sie sich vorstellen, was ohne sie geschehen wird, wenn der Artikel 35 Gesetz ist. Unsere Verfassung mit den darin garantierten Menschenrechten, Mr. Collins, hat länger als jede andere geschriebene Verfassung bestanden. Wir sollten sie nicht mit unseren eigenen Händen zerstören.«

»Mr. Pierce«, antwortete Collins, »Sie sprechen von unserer Verfassung, als ob sie in Stein gemeißelt oder uns vom Himmel beschert worden sei, gewissermaßen als etwas Unveränderliches, das nicht dem Wechsel unterworfen wäre. In Wirklichkeit ist unsere Verfassung nur das Ergebnis eines Kompromisses. Schon bevor sie unterzeichnet wurde, gab es mehrere Fassungen, und es wird immer dies oder das geben . . .«

»Darum geht es doch nicht«, unterbrach ihn Pierce. »Sondern darum . . .«

Jetzt schaltete sich Vanbrugh ein. »Moment mal, meine Herren! Ich möchte gern, daß Bundesgeneralanwalt Collins ausführen kann, was er weiter sagen wollte. Sie sprachen gerade davon, Mr. Collins, daß es verschiedene Versionen unserer Verfassung . . .«

». . . und auch unserer Menschenrechte gegeben hat«, schob Collins ein.

». . . bevor eine endgültige Fassung unterzeichnet wurde. Ich finde das interessant. Vielen unserer Zuschauer wird das noch nicht bekannt gewesen sein. Können Sie uns das näher erklären?«

»Gerne. Ich wollte eigentlich nur darauf hinweisen, daß wir nicht an unserer Verfassung herumpfuschen, wenn wir sie ändern wollen. Ich will hier nur anführen, daß es damals vielerlei zu bedenken gab und auch in Zukunft zu bedenken sein wird. Deshalb haben wir ja die Zusatzartikel, die Amendments. Amendment kommt von dem lateinischen Wort emendare, was nichts anderes bedeutet, als einen Fehler berichtigen oder etwas zum Besseren zu ändern.«

»Und diese verschiedenen Versionen der Verfassung und der Menschenrechte?« erinnerte Vanbrugh Collins an sein Stichwort. »Ja. Sehen Sie, eine Gruppe von fünfundfünfzig Männern aus zwölf Staaten traf sich von Mai bis September 1787 im Pennsylvania State House – heute die ›Independence Hall‹, um eine Verfassung zu entwerfen, die die dreizehn einzelnen Staaten zu einer Nation zusammenfassen würde. Das Durchschnittsalter dieser Männer war dreiundvierzig Jahre. Vielleicht waren Patriotismus und bessere Überlebenschancen nicht die einzigen Motive dieser Männer für ihr Handeln. Die Hälfte von ihnen besaß Schatzanweisungen. Wenn es ihnen gelang, eine Verfassung zu schaffen, nach der eine Regierung gebildet werden könnte, würden ihre Papiere im Wert steigen. Und wenn man nach der Verfassung, so wie wir sie heute haben, der Auffassung ist, daß das Amt des Präsidenten eine heilige Kuh ist, sollte man auch die Tatsache in Betracht ziehen, daß Alexander Hamilton den Präsidenten auf Lebenszeit ernannt wissen wollte. Edmund Randolph und George Mason wollten gar drei Männer gleichzeitig als Präsident wirken lassen, während Benjamin Franklin dafür eintrat, daß ein Rat von mehreren Männern die Vereinigten Staaten regieren sollte. Die verfassunggebende Versammlung stimmte fünfmal dafür, daß der Präsident vom Kongreß ernannt werden sollte. Es war schließlich die Vertretung von Virginia, die als erste einen einzelnen Mann als ›nationalen Exekutivbeamten‹ vorschlug, und sie nannten ihn nicht einmal ›Präsident‹. Und es war Randolph, der sich gegen dieses Ein-Mann-Amt wandte und es als den ›Fötus der Monarchie‹ bezeichnete.« Collins schaute zum Moderator hinüber. »Habe ich noch Zeit für mehr?«

»Fahren Sie bitte fort«, bat ihn Vanbrugh.

»Vielleicht glauben viele Leute, daß die Zusammensetzung des Senates, wie sie in der Verfassung vorgesehen ist, ebenfalls unveränderlich festgelegt ist. Einige Mitglieder des Verfassungskonvents wollten, daß die verschiedenen einzelstaatlichen Gesetzgeber die Senatoren ernennen sollten. Hamilton wiederum war für die Ernennung der Senatoren auf Lebenszeit, und James Madison hatte vorgeschlagen, die Senatoren sollten ihr Amt neun Jahre behalten. Als man dann übereinkam, daß die Senatoren vom Volk gewählt werden sollten, verstanden darunter einige Delegierte nur die Leute, die im Lande Grundeigentum besaßen und daher in ihren Ansichten als besonders konservativ galten. John Jay erklärte: ›Wem das Land gehört, der soll es auch regieren.‹ Schließlich kam es zu einem Kompromiß. Die Senatoren sollten von den gesetzgebenden Versammlungen der einzelnen Staaten für eine Amtszeit von 6 Jahren gewählt werden. Erst 1913 wurde das durch den Zusatzartikel 17 abgeändert. Damit erhielten alle Bürger das Recht, die Senatoren zu wählen. Was die Menschenrechte angeht, so waren sie bei der Unterzeichnung der Verfassung in keiner Weise schriftlich fixiert. Fast alle Gründerväter unserer Nation waren der Auffassung, daß unsere Verfassung schon eine Sammlung von solchen Menschenrechten sei und daß es nicht ihrer zusätzlichen Erwähnung bedürfe. Um es noch einmal zu wiederholen, die weisesten Männer Amerikas waren der Meinung, daß eine Festlegung der Menschenrechte zu dieser Zeit nicht notwendig war. Im Licht unserer Vergangenheit betrachtet, ist eigentlich nicht zu erkennen, weshalb unsere Verfassung in diesem Jahrhundert dadurch Schaden nehmen sollte, daß sie durch einen Nachtrag ergänzt wird, nämlich eben diesen Artikel 35, der lediglich zeitweise die Menschenrechte aussetzt, um unser Land, wenn es notwendig wird, vor Schaden zu bewahren.«

»Mr. Vanbrugh?« Es war Pierce, der sich jetzt zu Wort meldete. »Ich möchte einiges zu der Darstellung der amerikanischen Geschichte sagen, die der Bundesgeneralanwalt hier vorgetragen hat!«

»Sie haben das Wort, Mr. Pierce«, sagte der Moderator.

»Mr. Collins«, begann Pierce, »trotz allem, was Sie gesagt haben, gibt es bei uns heute die Menschenrechte. Wie sind wir dazu gekommen? Das zu erwähnen, haben Sie leider vergessen. Sie wurden in die Verfassung aufgenommen, weil es das Volk so wollte, weil die Bürger dieses Landes der Überzeugung waren, daß man bei der Verabschiedung der Verfassung den Fehler begangen hatte, die Menschenrechte wegzulassen. Die verschiedenen Staaten wollten, daß die Rechte des Volkes und der Einzelstaaten niedergelegt werden sollten, und sie wünschten dies, bevor sie die Verfassung ratifizierten. Patrick Henry aus Virginia schlug zwanzig Amendments, also Zusatzartikel vor, und unter ihnen waren die zehn, die die Grundrechte zum Inhalt hatten und später angenommen wurden. Massachusetts stimmte dafür. Andere Staaten zogen nach. Als 1791 der erste Kongreß zusammentrat, schlug Madison zwölf Zusatzartikel vor. Der Kongreß einigte sich auf zehn und übersandte diese zehn den dreizehn Einzelstaaten zur Ratifizierung. Sie wurden ratifiziert und traten im Dezember 1791 in Kraft.«

»Sie tun so, als ob alle Staaten die Menschenrechte haben wollten«, entgegnete Collins, »und das ist einfach nicht wahr. Drei von den damaligen dreizehn Staaten lehnten es sogar ab, die Menschenrechte zu ratifizieren. In Wahrheit taten sie das erst 1939, also anderthalb Jahrhunderte später.«

»Ich fürchte, Sie betreiben da ein wenig Haarspalterei«, schoß

Pierce zurück. »Was doch zählt, ist, daß wir von Anfang an die Menschenrechte hatten, die unserem Volk drei Grundrechte garantierten: die Freiheit der Religion, die Freiheit der Rede und das Recht auf Verhandlung vor einem ordentlichen Gericht. Es war Thomas Jefferson, der darauf bestand, daß die Menschenrechte in Paragraphen niedergelegt werden sollten, damit die Staatsbürger ein Recht im allgemeinen oder im besonderen gegen den Staat haben. Ein Recht, das keine Regierung verweigern oder von eigenen Entscheidungen oder Auslegungen abhängig machen können sollte. Ganz gewiß hätte sich Jefferson genauso heftig dem Artikel 35 widersetzt wie ich heute. Wofür Sie eintreten, ist praktisch die Abschaffung der Menschenrechte, und ich bin der Überzeugung, daß das gleichbedeutend ist mit der Abschaffung der Demokratie selbst.«

Collins fühlte sich hilflos und in die Ecke getrieben. Er versuchte das durch Schärfe wettzumachen. »Mr. Pierce, ich trete für den Artikel 35 ein, weil ich die Demokratie erhalten will«, entgegnete er erregt. »Was die Demokratie auszuhöhlen droht, ist unsere derzeitige Plage, die Gesetzlosigkeit und Anarchie. Alles gerät mehr und mehr außer Kontrolle, und das führt letztlich zu Mord, Entführungen, Bombenanschlägen, Attentaten, Verschwörungen, Revolutionen. In wenigen Jahren ist die Demokratie an sich selbst gestorben. Wem wollen Sie denn noch Rechte geben, wenn es keinen Staat mehr gibt?«

»Eher keinen Staat, als einen Staat ohne Freiheit!« gab Pierce zurück. »Aber es wird diesen Staat so lange geben, solange es freie Menschen gibt, freie Menschen und keine Sklaven. Es gibt bessere Mittel und Wege, Verbrechen zu bekämpfen, als den Menschen lediglich die Diktatur vorzuschlagen. Wir sollten endlich damit anfangen, den Leuten Brot, Arbeit und Wohnstätten zu geben und sie zu Gerechtigkeit, Nächstenliebe und Gleichheit anzuhalten.«

»Ich bin Ihrer Meinung, Mr. Pierce. Aber zuerst müssen wir dem Morden Einhalt gebieten. Mit dem Zusatzartikel 35 sind wir dazu in der Lage. Erst wenn die Ordnung wiederhergestellt ist, können wir darangehen, die anderen wichtigen Aufgaben anzupacken.«

Pierce schüttelte den Kopf: »Wir werden nichts mehr vernünftig anpacken können, wenn erst einmal die Menschenrechte verloren sind. Und um kein Mißverständnis aufkommen zu lassen: Unter Ihrem Artikel 35 *werden* unsere Rechte verlorengehen. Gestern abend las ich ein interessantes Buch . . .« Er nahm ein Taschenbuch vom Tisch und schlug es auf. ». . . ein Buch mit dem Titel ›*Ihre Freiheit: Die Menschenrechte*‹ von Frank K. Kelley, dem Vizepräsidenten der ›Stiftung für die Republik‹. Hören sie zu, was er schreibt:

›*Wenn wir unsere Menschenrechte verlieren, was wird dann mit unserer Art zu leben geschehen? Folgendes kann uns widerfahren: Die Regierung kann junge Männer für unbestimmte Zeit im militärischen Dienst halten, ohne dafür eine Erklärung oder Rechtfertigung zu geben. Junge Männer und Frauen können zur Arbeit in Industriebetrieben angewiesen werden, wo nach Ansicht der Regierung Arbeitskräfte benötigt werden. Junge Leute können dazu gezwungen werden, diese Arbeit anzunehmen. Studenten, die gegen die Politik der Regierung protestieren, können auf Anordnung des Präsidenten ins Gefängnis geworfen werden. Jeder Amerikaner, ob jung oder alt, kann ohne Entschädigung enteignet werden. Die Namen von Personen, die an ihre Abgeordneten kritische Briefe schreiben, können der Polizei übergeben und die Personen selbst verhaftet und eingesperrt werden . . . Redakteure und Verleger, die in ihren Zeitungen Artikel veröffentlichen, in denen die Regierung kritisiert wird, müßten Tag und Nacht mit ihrer Festnahme rechnen . . .*‹«

Pierce las weiter und weiter. Collins sank immer tiefer in seinen Sessel. Die kämpferische Haltung, die er zu Anfang an den Tag gelegt hatte, war völlig geschwunden. Er gehörte nicht hierher, nicht auf die Seite, die er hier vertrat. Ekel kam in ihm auf gegen den anderen in ihm, gegen dieses ehrgeizige Monster, das ihn hierhergebracht hatte.

Er wartete, hörte zu, versuchte ein paar weitere, schwache und halbherzige Verteidigungen. Er tat einfach seine Pflicht. Die Minuten dehnten sich, diese scheinbar endlosen dreißig Minuten – und schließlich war die Tortur vorüber.

Er fummelte an seinem Mikrofon herum, um es abzulegen. Vanbrugh und Pierce waren aufgestanden. Beide lächelten freundlich und schienen noch zu einem netten, formlosen Gespräch aufgelegt.

Collins kümmerte sich nicht um sie. »Entschuldigen Sie bitte, wo ist hier die Toilette?«

»Gegenüber in der Halle, gleich links.«

Collins drehte sich um und eilte über die Bühne, durch die Tür und nach links.

Er fand die Toilette und stürzte hinein. Glücklicherweise war niemand sonst da. Er kam gerade noch rechtzeitig zum Becken. Bleich im Gesicht beugte er sich vor und übergab sich. Erschöpft verharrte er einen Moment, dann wusch er sich Gesicht und Hände. Er starrte sich im Spiegel an und versuchte sich wieder zu fassen. Wenn er sich noch gefragt hatte, auf welcher Seite er nun endlich stand, was die Menschenrechte anging, jetzt wußte er es. Seltsamerweise war es nicht sein Gewissen, das ihm gesagt hatte, wo sein Platz war. Sein Magen hatte es getan.

Eine Stunde später hatte er seinen Entschluß gefaßt. Er wußte nun genau, was er zu tun hatte. Sicherlich war es nicht voll und ganz das, was er eigentlich tun müßte, aber es war immerhin ein Anfang, ein guter Anfang.

Als er den Aufzug verließ, der ihn zur Eingangshalle des Century Plaza Hotels gebracht hatte, wußte er, daß er endgültig zum nächsten Schritt entschlossen war. Mit Hilfe seiner Sicherheitsbeamten und der örtlichen Polizei konnte er sich durch die Menge der Pressefotografen und Zuschauer drängen. Bald darauf hatte er den Los Angeles Saal des Hotels erreicht und trat ein.

Auf den Andrang so vieler Menschen in dieser großen, kuppelförmig gebauten Halle, die nur von einem mammutgroßen Kronleuchter in der Mitte und vier riesigen Armleuchtern auf den Seiten erleuchtet wurde, war er nicht gefaßt gewesen. Er umklammerte mit seiner Linken die Ledermappe, die seine Rede enthielt, als man ihn zum Podium geleitete. Mit etwas unsicheren Schritten gelangte er auf die hell erleuchtete Bühne, wo sich die Vorsitzenden der Amerikanischen Anwaltsvereinigung zu seiner Begrüßung erhoben. Groß war sein Bekanntheitsgrad nach seiner kurzen Amtszeit noch nicht, doch folgte ihm freundlicher Beifall von unten bis zu seinem Platz auf dem Podium.

Guten Tag hier, guten Tag dort, man tauschte Höflichkeiten aus, bis er an seinen Platz neben Bundesrichter John G. Maynard kam. Als sie sich die Hand schüttelten, war Collins wie einst von dem Idol seiner Jugend stark beeindruckt. Maynard war eine der wenigen öffentlichen Figuren in Amerika, die für ihre Rolle wie geschaffen erschienen. Sein dichtes und buschiges weißes Haar, die tiefsitzenden Augen unter den dicken Augenbrauen, sein prüfender Blick, die Hakennase und der breite Kiefer verliehen ihm das Aussehen und die Würde eines Cäsaren. Sein Auftreten und seine kerzengerade Haltung ließen ihn jünger und kraftvoller aussehen, als man es bei einem Mittsiebziger erwartet hätte.

Der nächste Schritt war für Collins nicht leicht. Er kannte den Bundesrichter kaum näher, hatte ihn lediglich dreimal und auch nur ganz kurz auf Regierungsempfängen getroffen und selten einmal länger mit ihm gesprochen. Beim vierten Mal, vor wenigen Wochen, hatte er vor Bundesrichter Maynard seinen Eid als Bundesgeneralanwalt und Justizminister abgelegt.

Als Collins sah, daß der Präsident der Amerikanischen Anwaltsvereinigung zum Podium ging, wußte er, daß er jetzt handeln mußte. Er versuchte Maynards Aufmerksamkeit auf sich zu lenken, aber der widmete sich im Augenblick der Dame zu seiner Linken. Ein paar Minuten später hatte sich Maynard wieder dem Auditorium zugewandt, um den einleitenden Worten des Sprechers zu folgen. Collins zupfte ihn am Ärmel und beugte sich zu ihm hinüber:

»Herr Bundesrichter . . .«

Maynard neigte sich vor. »Ja?«

»Könnte ich Sie nachher fünf Minuten privat sprechen?«

»Natürlich, Mr. Collins. Wir haben unser Apartment im dritten Stock und fahren erst heute abend zurück nach Washington. Meine Frau ist einkaufen gegangen. Wir sind also ungestört.«

Befriedigt lehnte sich Collins wieder zurück. Nun fühlte er sich wohler. Erst als er vernahm, wie der Sprecher zu einer langatmigen Einführung ansetzte, konzentrierte er sich erneut auf den Artikel 35, worauf seine Unsicherheit wieder zurückkehrte. Auf seinem Schoß lag seine Rede, in der er über die stark wachsende Zunahme der Verbrechen in den Vereinigten Staaten berichtete und darlegte, wie sich Gesetz und Rechtsprechung entwickelt und verändert hatten, um damit fertig zu werden. Am Anfang und am Ende seiner Rede unterstrich er die Notwendigkeit zu Änderungen der Verfassung, gegebenenfalls mit besonderer Hervorhebung der grundsätzlichen Bedeutung und des besonderen Wertes des Zusatzartikels 35. Er überflog noch einmal kurz die Erklärungen, die er gleich abgeben sollte, und fühlte sich unbehaglich dabei.

Unwillkürlich griff er zu seinem Füllfederhalter und ging noch einmal die drei Zitate auf der ersten Seite durch.

Er las das erste durch:

»Wie Präsident George Washington in seiner Abschiedsansprache an die Nation im September 1796 feststellte:

›Die Grundlage unseres politischen Systems ist das Recht des Volkes, sich die Verfassung zu schaffen, nach der es regiert werden will, und sie auch abzuändern.‹ «

Collins strich diesen Absatz.

Er überprüfte den zweiten Absatz:

»Alexander Hamilton erklärte zwölf Jahre später in einer Ansprache vor dem Senat der Vereinigten Staaten, daß die Verfassungen nur aus allgemein gefaßten Bestimmungen bestehen sollten. Als Grund dafür nannte er, daß sie notwendigerweise von Dauer sein müßten und nicht dem Wechsel der Dinge unterliegen sollten. Es sei die allgemein gehaltene Fassung dieser Artikel, die Zusätze zulasse, um den Ernstfällen der Geschichte zu begegnen. Es sei die allgemeine Art unserer Menschenrechte, die es ihnen erlaube, den Artikel 35 aufzunehmen, um die Probleme der Generation von heute zu lösen, ohne die Integrität dieser Rechte als Ganzes zu verändern.«

Wieder nahm Collins seinen Füllfederhalter und strich den Absatz durch.

Er kam zum dritten Zitat.

»Im Jahr 1816 schrieb Thomas Jefferson an einen Freund wie folgt: ›Einige Leute betrachten Verfassungen mit scheinheiliger Verehrung wie eine Bundeslade, zu heilig und unverletzbar, um überhaupt angerührt zu werden. Sie schreiben auch den Männern des vorangegangenen Zeitalters eine mehr als nur menschliche Weisheit zu und setzen voraus, daß das, was diese vollbrachten, über jegliche Verbesserung erhaben ist.‹ Jefferson jedenfalls glaubte nicht, daß unsere eigene Verfassung ohne irgendeine Veränderung bestehen könnte.«

Mit kräftigen Strichen nahm er auch diesen Absatz aus seiner Rede. Was nach diesen Streichungen noch übrigblieb, enthielt immer noch genügend Argumente für eine Abänderung der Verfassung, für die Schaffung neuer Gesetze, um neue Probleme zu lösen, aber jetzt erschienen diese Argumente reichlich verdünnt und viel milder, es war mehr ein Vorschlag, der zur Diskussion gestellt wurde. Bundesrichter Maynard flüsterte ihm zu: »Noch bis zur letzten Minute an der Rede herumfeilen! Sie wollen wohl bis zuletzt ›up to date‹ sein?«

Collins schaute Maynard mit einiger Erleichterung an. »Es fällt mir halt immer noch etwas zu dem Thema ein.«

Dann hörte er den Präsidenten der Amerikanischen Anwaltsvereinigung vom Podium: »Und jetzt, meine Damen und Herren, habe ich das Vergnügen, Ihnen den Bundesgeneralanwalt und Justizminister der Vereinigten Staaten, Christopher Collins, vorzustellen!« Beifall klang auf. Collins erhob sich und hielt seine Ansprache.

Zwei Stunden später, seine eigene, etwas schwülstige Ansprache hinter sich und die glänzende Rede des Bundesrichters noch im Ohr, saß Collins auf einem Stuhl mit hoher und gerader Rükkenlehne in der abgeschiedenen Stille von Maynards Apartment und versuchte, das in Worte zu fassen, was ihn den ganzen Nachmittag über beschäftigt hatte.

»Mr. Maynard«, begann er, »zunächst möchte ich Ihnen mitteilen, weshalb ich Sie allein sprechen wollte. Damit bin ich auch direkt beim Thema. Ich möchte gerne Ihre Ansicht zum Artikel 35 kennenlernen. Wie stehen Sie dazu?«

Der Bundesrichter saß entspannt auf der Couch und stopfte sich seine Pfeife. Er schaute auf, die Stirn in Falten.

»Ist diese Frage persönlich oder dienstlich gemeint?«

»Sie ist persönlich gemeint; ausgelöst durch meine eigene Besorgnis.«

»Ich verstehe.«

»Ich schätze Ihre Meinung sehr«, fuhr Collins fort, »deshalb möchte ich gerne wissen, was Sie von der wohl umstrittensten Gesetzesvorlage halten, die für das amerikanische Volk von solch entscheidender Bedeutung sein kann.«

»Also der Artikel 35«, murmelte Maynard, während er sich seine Pfeife anzündete. Er zog einige Male, paffte den Rauch in die Luft und sah Collins prüfend an. »Wie Sie sich wohl denken können, bin ich dagegen. Ich bin voll und ganz gegen solch drastische Gesetze. Unangemessen angewandt können sie die Menschenrechte auslöschen und unsere Demokratie in eine Diktatur verwandeln. Gewiß haben wir in unserem Land schwerwiegende Probleme. Wie nie zuvor in unserer Geschichte greifen Verbrechen und Gesetzlosigkeit um sich und nehmen langsam überhand. Aber die Einschränkung der Menschenrechte bringt keine dauernde Lösung. Sie beschert vielleicht Frieden, einen Frieden aber, wie er sonst nur auf dem Friedhof zu finden ist. Armut, das wissen wir, ist die Mutter des Verbrechens. Machen Sie Schluß mit der Armut – dann werden Sie auch bald mit dem Verbrechen Schluß machen können. Es gibt keinen anderen Weg. Ich halte es mit Benjamin Franklin: ›Gib die Freiheit auf, um dir Sicherheit damit zu erkaufen, und du verdienst weder Freiheit noch Sicherheit.‹ Mit dem Artikel 35 wird man sich gewiß Sicherheit erkaufen können, aber das nur auf Kosten der menschlichen Freiheit. Das ist ein schlechter Tausch. Ich bin voll und ganz dagegen.«

»Und warum treten Sie nicht an die Öffentlichkeit und sprechen das aus?« fragte Collins.

Bundesrichter Maynard lehnte sich zurück und zog an seiner Pfeife. Seine scharfen Augen unter den buschigen Brauen musterten Collins gründlich. »Warum machen Sie das nicht?« fragte er zurück. »Sie sind doch Justizminister. Weshalb erheben Sie nicht Ihre Stimme dagegen?«

»Weil ich dann nicht länger Justizminister wäre.«

»Ist das so wichtig?«

»Ja. Ich glaube, daß ich dort, wo ich jetzt bin, Gutes leisten kann. Außerdem würde man auf mich nicht so hören wie auf Sie. Abgesehen von meiner offiziellen Stellung bin ich verhältnismäßig wenig bekannt. Sie haben gewiß die größere Glaubwürdigkeit. Sicher kennen Sie die Meinungsumfragen hier in Kalifornien über die am meisten geschätzten Männer Amerikas. Sie haben 87 Prozent aller abgegebenen Stimmen bekommen. Hier werden die Leute auf Sie hören und die Abgeordneten natürlich ebenso.«

»Moment mal, Mr. Collins«, warf Maynard ein. »Ich fürchte, Sie haben mich gründlich durcheinandergebracht. Als Sie mich fragten, weshalb ich nicht öffentlich gegen den Artikel 35 auftrete, habe ich Ihnen keine Antwort gegeben, sondern statt dessen die gleiche Frage an Sie gestellt. Und ich hatte eigentlich erwartet, daß Sie erklären würden, daß Sie nicht gegen den Artikel auftreten, weil Sie ganz und gar dafür sind. Jetzt geben Sie mir zu verstehen, daß Sie auf meiner Seite sind. Trotzdem wollen Sie, daß ich den Artikel 35 öffentlich verurteilen soll. Das verstehe ich nicht. Ich dachte immer, Sie wie auch der Präsident, die Führer der Parteien im Kongreß, der FBI-Direktor, sie alle seien für den Artikel 35. Sogar in Ihrer Rede von heute ließen Sie doch deutlich erkennen, daß man den Artikel 35 ernstlich in Erwägung ziehen sollte. Das ist alles recht widersprüchlich, oder?«

Collins nickte. »Vielleicht weil ich selbst so betroffen bin. Die

Rede ist bereits vor einigen Tagen abgefaßt worden und wurde überhaupt nur auf den dringenden Wunsch von Präsident Wadsworth gehalten. Seit gestern ist jedoch mein Argwohn gegen den Zusatzartikel gewachsen. Ich fürchte mehr und mehr, wie sehr er mißbraucht werden kann. Darin stimme ich mit Ihnen jetzt voll überein. Eher würde ich zurücktreten, als den Artikel noch einmal zu verteidigen. Fürs erste aber ziehe ich es vor, einstweilen noch im Amt zu bleiben. Immerhin habe ich noch einige unerledigte Aufgaben vor mir, die ich zu Ende bringen will, bevor ich öffentlich Stellung beziehe. In der Zwischenzeit aber läuft in Kalifornien die Zeit ab. Jemand, auf den das Volk und die Abgeordneten hören, sollte sich zu Worte melden. Aus diesem Grunde wende ich mich an Sie mit der dringenden Bitte, öffentlich Stellung zu beziehen. Sie sind der einzige, der den Artikel zu Fall bringen kann.«

»Vielleicht kommt er ohne meine Hilfe zu Fall.«

»Das bezweifle ich. Jedenfalls nicht nach den privaten Meinungsumfragen des Präsidenten.«

»All right, nun sage ich Ihnen, weshalb ich nicht öffentlich gegen den Artikel auftreten kann«, sagte Maynard. »Ich weiß nicht, ob Sie darüber unterrichtet sind, daß vor anderthalb Jahren die Richter des Obersten Gerichtshofes eine standesrechtliche Entscheidung getroffen haben. Danach wird keiner von uns eine Gesetzesvorlage in Rede oder Schrift im Sinne einer Partei kommentieren, die irgendwann einmal vor den Gerichtshof gebracht werden kann. Es ist mir deshalb unmöglich, öffentlich einen Zusatzartikel zur Verfassung zu diskutieren, den ich später in amtlicher Stellung auszulegen oder gar zu verurteilen hätte.«

»Das sehe ich ein«, meinte Collins. Er war verzweifelt. »So muß ich daraus schließen, daß es für Sie keine Möglichkeit gibt, der Öffentlichkeit darzulegen, was Sie wirklich von dem Artikel 35 halten.«

»Kein Weg, der sich bieten würde«, bestätigte Maynard. »Wenigstens kein Weg, solange ich im Amt bin.« Er dachte einen Moment nach. »Natürlich gäbe es einen Weg! Ich kann ja jederzeit meinen Richterstuhl verlassen und zurücktreten. Dann könnte ich meine Meinung frei sagen.« Er schüttelte den Kopf. »Doch unter den gegenwärtigen Umständen ist ein solch drastischer Schritt nicht zu rechtfertigen.«

»Unter den gegenwärtigen Umständen«, wiederholte Collins, mehr für sich selbst. »Könnten Sie sich vorstellen, daß eine Änderung der Situation Sie veranlassen könnte, zurückzutreten und Ihre Stimme öffentlich gegen den Artikel 35 zu erheben?«

Maynard überlegte. »Ich glaube schon. Wenn ich zum Beispiel überzeugt wäre, daß die Leute und die Motive, die hinter dem Artikel 35 stehen, bösartig sind. Oder wenn ich sicher wäre, daß der 35er in ihrer Hand wirklich und unmittelbar eine drohende Gefahr für unser Land ist, dann würde ich die Richterbank verlassen und zum Volk sprechen. Gegenwärtig bin ich nicht so überzeugt. Sollte ich jedoch überzeugt werden, würde ich mein Amt aufgeben und unverzüglich meine Stimme erheben. Kurz gesagt, wenn da mehr dahintersteckt, als man jetzt weiß, wäre ich dazu bereit.«

Collins mußte an die Geheimakte R denken, an die Gefahr, von der man nichts Genaues wußte und die dennoch so wahr und wirklich in der Warnung lag, die Noah Baxter noch auf seinem Totenbett ausgesprochen hatte. »Bundesrichter Maynard«, unterbrach ihn Collins, »haben Sie jemals etwas von einer Geheimakte R gehört?«

»Geheimakte R? Nein, ich glaube nicht. Was soll das sein?«

»Ich bin mir nicht sicher. Ich will versuchen, es zu erklären.«

Ausführlich berichtete er Maynard über die Umstände von Colonel Baxters Tod und seine so schwerwiegenden letzten Worte. »Soweit ich danach zu einem Schluß kommen kann, scheint es sich um ein Papier oder einen Plan zu handeln, der wirklich existiert und der den Artikel 35 in gewisser Weise ergänzen soll. Wie Sie gehört haben, ist es jedenfalls etwas, was Baxter als gefährlich ansah. Vielleicht ist es eben das, was zwar im Zusammenhang mit dem Artikel 35 steht, was aber nicht so genau zu erkennen ist.«

»Mag sein«, sagte Maynard. »Klingt recht ominös.«

»Wenn ich es herausbekäme und es sich wirklich als Gefahr herausstellte, würde Sie das veranlassen zu handeln?«

»Könnte sein«, antwortete Maynard vorsichtig. »Das hängt davon ab, was es wirklich enthält. Lassen Sie es mich sehen oder etwas darüber hören – dann werde ich Ihnen antworten.«

»Ich danke Ihnen«, sagte Collins und stand auf. »Ich werde meine Nachforschungen also wieder aufnehmen. Sobald ich die Geheimakte R finde, werde ich Sie als ersten unterrichten.«

Bundesrichter Maynard erhob sich ebenfalls. »Ich warte auf Ihre Nachricht. Sobald ich von Ihnen Bescheid habe, bin ich bereit, meine Entscheidung zu treffen.«

Als Collins Maynards Apartment verließ, war sein Kopf klar. Nun wußte er, wie er zum Artikel 35 stand. Auch hatte er einen Verbündeten, der bereit war, ihm zu helfen, den Artikel zu Fall zu bringen, sobald er ihm das noch fehlende Beweismaterial vorlegen konnte. Und er kannte eine Quelle, die ihm einen Hinweis auf das gesuchte Bindeglied geben könnte. Jetzt mußte er nach Washington zurück. Aber irgendwann in der nächsten Woche würde er jemand im Bundesgefängnis in Lewisburg aufsuchen.

Am folgenden Morgen saßen im Büro des Direktors des FBI im J. Edgar Hoover-Building in Washington, D. C., hinter verschlossenen Türen zwei Gestalten vollkommen bewegungslos und lauschten gespannt einem Tonband, das sich langsam in einem chromblitzenden Aufnahmegerät auf dem Kaffeetisch drehte. Naturgetreu wie von Lebenden kamen die Stimmen aus dem Lautsprecher.

»Wie Sie gehört haben, ist es jedenfalls etwas, was Baxter als gefährlich ansah. Vielleicht ist es eben das, was zwar im Zusammenhang mit dem Artikel 35 steht, was aber nicht genau zu erkennen ist.«

»Mag sein. Klingt recht ominös.«

»Wenn ich es herausbekäme und es sich wirklich als Gefahr herausstellte, würde Sie das veranlassen zu handeln?«

»Könnte sein. Das hängt davon ab, was es wirklich enthält. Lassen Sie es mich sehen oder etwas darüber hören – dann antworte ich Ihnen.«

»Ich danke Ihnen. Ich werde meine Nachforschungen also wieder aufnehmen. Sobald ich die Geheimakte R finde, werde ich Sie als ersten unterrichten.«

»Ich warte auf Ihre Nachricht. Sobald ich von Ihnen Bescheid habe, bin ich bereit, meine Entscheidung zu treffen.«

Dann herrschte nur noch Schweigen und Stille. Nur das leise Rauschen des letzten unbespielten Stücks des Bandes war zu vernehmen.

»So ein Hurensohn!«, brüllte Tynan, weiß vor Wut. Er sprang auf.

»Dieser scheinheilige Schuft! Sich so gegen uns zu stellen! Stell das verdammte Tonband ab, Harry!«

Schnell schaltete Adcock das Gerät aus und wandte sich gleich wieder seinem Vorgesetzten zu, der in seinem Büro wütend auf und ab stampfte. Mit der Faust schlug sich Tynan in die Fläche der anderen Hand. »Dieser dreckige, elendige Schuft von Collins! Dafür werde ich ihm das Genick brechen! Damit kommt er nicht weit, wenn er versucht, uns so zu unterlaufen. Wir werden ihn ganz schnell aus dem Weg räumen. Maynard macht mir dagegen mehr Sorge. Mich kotzt er an, dieser Liberale mit seiner Vorliebe für die Roten. Er kann uns wirklich Ärger machen, wenn er nach Kalifornien zurückkommt, um uns und den Artikel 35 dort schlechtzumachen.«

»Aber das kann er doch nicht – ohne Beweismaterial! Er sagte doch, ohne Beweise würde er nichts tun.«

»Ich traue ihm nicht, dem alten Fuchs. Er könnte uns genausogut an der Nase herumführen. Da gehe ich kein Risiko mehr ein, bei keinem von beiden. Wir werden jetzt Maynard und Collins fertigmachen.«

»Collins können wir leicht hochgehen lassen«, meinte Adcock.

»Dazu brauchen Sie nur dieses Tonband dem Präsidenten vorzuspielen. Dann schmeißt er den Justizminister sofort raus!«

Tynan hob abwehrend die Hand. »Nein, Harry. Sie und Ihre Jungs haben in Los Angeles hervorragende Arbeit geleistet. Die Tonbandaufnahmen sind großartig, jede einzelne von ihnen. Aber es wäre nicht klug, den Präsidenten in unsere Methoden einzuweihen. Er kann recht ungemütlich werden. Außerdem überläßt er alles uns. Er will da nicht hineingezogen werden. Nein, Harry, ich glaube, es ist schon besser, wenn wir den Herrn Bundesgeneralanwalt Collins und den Herrn Bundesrichter nach unserer eigenen Methode behandeln.«

Adcock verfolgte mit seinem Blick aufmerksam Tynan, der fast wie gedankenverloren hinter seinem Schreibtisch auf und ab ging. Erst nach einer Weile traute er sich zu fragen: »Irgendwelche Ideen, Chef?« Der Direktor nickte. »Ein paar. Weiß nicht, ob die beiden es weiter treiben werden. Collins hat schon darauf hingewiesen, daß er das tun wird, aber ich glaube kaum, daß er noch viele hat, an die er sich wenden könnte. Jedenfalls sind die beiden potentielle Gefahren für das Land und auch für uns. Wir sind vorgewarnt. Also müssen wir für jeden Fall gewappnet sein. Wenn wir erst einmal Munition haben, können wir in Ruhe abwarten und erst dann losschießen, wenn wir dazu gezwungen sind.«

»Wüßte nichts Besseres, Chef.«

»Ich meine, wir sollten mit unserem Bundesgeneralanwalt Collins anfangen. Lassen Sie mal das Bureau ganz ohne Aufsehen, seine Person und seine Vergangenheit durchleuchten.«

»Aber wir haben ihn doch schon gründlich überprüft, bevor der Kongreß ihn als Bundesgeneralanwalt und Justizminister bestätigt hat«, protestierte Adcock.

Tynan winkte ab, als wollte er diese erste Prüfung vom Tisch wischen. »Das war Routine. So eine Prüfung wie damals ist immer reine Routine. Jetzt wünsche ich, daß eine Sondergruppe unserer besten Kräfte für diese Überprüfung abgestellt wird, Eliteleute, sorgfältig ausgewählt, Harry. Genau die, die es verstehen, solch eine Aufgabe von höchster Dringlichkeit mit der erforderlichen Diskretion anzupacken, die volles Vertrauen verdienen und ihrem Direktor absolut ergeben sind. Ich wünsche, daß dieser Collins zehnmal gründlicher als seinerzeit durchleuchtet wird.«

»Wie weit sollen wir dabei gehen?«

»Bis zum Ende. Gehen Sie jedem nach, der jemals in seinem Leben mit ihm in Verbindung stand. Nehmen Sie seine Frau Helen Collins, oder wie sie jetzt heißen mag, unter die Lupe, desgleichen seinen Sohn, dann natürlich seine zweite Frau, Karen Collins, und ihr Hausmädchen. Machen Sie Verwandte ausfindig, denen er nahesteht. Übersehen Sie auch nicht seinen Freund, Senator Hilliard. Lassen Sie keinen aus.«

Adcock stand beinahe stumm. »Machen wir, Chef. So gut wie schon geschehen.«

»Eine Woche muß reichen. Ich wünsche, daß diese Überprüfung in einer Woche abgeschlossen ist.«

»Eine Woche«, kam es von Adcock wie ein Echo zurück.

»Okay. Als nächstes John G. Maynard. Ich glaube, unser berühmter Bundesrichter kann ebenfalls mal eine gründliche Untersuchung vertragen. Ich weiß natürlich, daß er schon einmal überprüft worden ist, als er im Amt bestätigt wurde, aber das war . . . war . . .«

»Vor fünfzehn Jahren.«

»Lassen Sie ihn von der Einsatzgruppe durchleuchten, als wäre er niemals überprüft worden. Sie sollen sich eingehend mit seinen Freunden und seinen Feinden, seinen Kollegen und mit seiner Familie befassen und den Verbindungen nachgehen, die er mit ihnen in den letzten sieben Jahren gepflegt hat. Ich wünsche, daß jeder Schritt, jede Äußerung, jeder Brief, jede

Vermögensanlage, jede Tätigkeit und Unternehmung unter die Lupe genommen wird. Wenn Collins an die Öffentlichkeit geht und uns Vorwürfe macht, kann er uns in Kalifornien schon schaden. Aber nicht ernsthaft. Entscheidet sich Maynard gegen uns, kann er uns vernichten. Wir müssen also vorbereitet sein. Das ist es, Harry, alles nur, um gut vorbereitet zu sein.«

Adcock trat an den Schreibtisch heran. »Chef, wenn Sie meine Meinung wissen wollen: Selbst wenn wir etwas über Maynard herausbekommen sollten, würde das niemals reichen, ihn zu bremsen, wenn er es sich erst einmal in den Kopf gesetzt hat, gegen den Artikel 35 aufzutreten.«

»Aber ich könnte ihn doch wenigstens demütigen.«

»Vielleicht. Sie kennen sicher die Zahlen, die er bei der letzten Befragung auf der Popularitätskurve erreichte, und können daraus entnehmen, wie sehr er bewundert wird.«

»Das weiß ich. Trotzdem werden wir es versuchen. Veranlassen Sie nur das Richtige. Hoffen wir, daß das, was wir herausfinden, ausreicht.« Tynan ließ sich alles noch einmal durch den Kopf gehen. »Sie haben recht, Harry. Collins ist leicht zu erledigen. Maynard ist etwas anderes. Kann schwieriger werden.«

Nun schien er fast zu sich selbst zu sprechen. »Wenn er sein Amt aufgibt, um gegen uns aufzutreten, hält ihn nichts mehr auf, dann ist er zum Äußersten bereit.« Sein Gesicht verdunkelte sich. »Das heißt, auch wir müssen zum Äußersten bereit sein. Entweder er oder wir. Da fällt mir etwas ein . . .«

Er versank noch tiefer in Gedanken.

»Was, Chef?« fragte Adcock.

Tynan winkte ab: »Das muß gründlich überlegt werden«, und fügte hinzu: »und wird eine Menge Geld kosten, eine Menge.«

»Der Präsident hat einen Fonds . . .«

»Nein«, unterbrach Tynan. »Das geht nicht. Der ist viel zu öffentlich. Außerdem will ich nicht, wie schon gesagt, daß der Präsident da hineingezogen wird. Wir sollten unsere Arbeit allein machen, und er kann meinetwegen den Lorbeer ernten. Was wir brauchen, sind Mittel aus einer Quelle, der man nicht auf die Spur kommen kann.« Plötzlich, wie aus heiterem Himmel, schlug er sich mit der Faust in die Hand. »Harry, ich hab's!«

Wie elektrisiert von seiner Idee setzte sich Tynan an den Schreibtisch und rief über die Sprechanlage seine Sekretärin. »Beth? Ich brauche die Akten von Donald Radenbaugh. So schnell wie möglich! Ich warte darauf.«

Er lehnte sich zurück. Voller Stolz strahlte er seinen Assistenten an. Adcock war ratlos. »Radenbaugh ist doch in Lewisburg eingesperrt.«

»Weiß ich.«

»Und ich dachte, Sie wären auf der Suche nach viel Geld?«

Tynan grinste. »Bin ich auch. Und ich weiß auch, wer es hat und wer nicht darüber sprechen wird. Warten Sie nur, Harry. Nur ein bißchen Geduld! Auf den guten alten Vernon T. Tynan können Sie sich verlassen.«

Nach ein paar Minuten kam Beth mit den Akten herein. »Das hier ist eine kurze Zusammenfassung des Falles. Die vollständigen Akten . . .«

»Das genügt, Beth, danke!«

Als er mit Adcock allein war, öffnete Tynan den Aktenordner und begann die maschinengeschriebenen Papiere zu überfliegen. Er blätterte die Seiten durch, machte hier und da eine Pause und murmelte vor sich hin, während er las: »Radenbaugh, Radenbaugh . . . Wucherische Erpressung . . . Sollte Geld in Miami Beach abliefern . . . Nach Hyland . . . Kein Geld . . . Dann der Prozeß . . . Schuldig . . . Fünfzehn Jahre . . . Hm, zwei Jahre und acht Monate abgesessen . . . Ja.«

Er schloß den Ordner und schnalzte vor lauter Selbstzufriedenheit. »Perfekt«, sagte er. »Ich muß schon sagen, wenn das funktioniert, bin ich ein Genie. Und wenn unser Bundesrichter eingreifen sollte, sind wir bestens auf ihn vorbereitet.«

»Ich versteh' nicht, Chef.«

»Werden Sie schon noch früh genug. Führen Sie erst einmal meine Anweisungen aus. Danach können Sie an die Überprüfung von Collins gehen. Machen Sie aber erst folgendes . . .« Er machte eine Pause und überlegte. »Richtig. Schließen Sie sich in Ihrem Büro ein und rufen Sie Direktor Bruce Jenkins im Bundesgefängnis in Lewisburg an. Vertraulicher Anruf, natürlich. Sagen Sie Jenkins, alles bleibt unter uns, absolut vertraulich. Auf den können wir uns verlassen. Jenkins verdankt mir viel. Okay, sagen Sie ihm, ich wünsche einen von seinen Insassen zu sprechen, Donald Radenbaugh, aber außerhalb der Gefängnismauern, heute nacht, nach Mitternacht, so um zwei Uhr morgens. Machen Sie eine Stelle ausfindig, wo uns niemand stören kann, wo ich mich nett und ganz privat mit Donald Radenbaugh unterhalten kann. Es steht eine Menge auf dem Spiel, Harry, alles steht auf dem Spiel. Bereiten Sie also alles gut vor!«

5

Es war Viertel vor zwei Uhr morgens. Der Mond schimmerte schwach, so daß Harry Adcock langsam und vorsichtig durch die Finsternis fahren mußte. Schon zum dritten Male in der letzten Stunde hatte ihn Tynan, der vorne neben ihm saß, gefragt: »Sind Sie auch ganz sicher, daß niemand weiß, wo wir heute sind?«

»Ganz sicher, Chef«, beruhigte ihn Adcock. »Ich habe sogar eine Art Plan mit Besprechungsterminen in Washington für den Abend zusammengestellt und natürlich auch herumliegen lassen.«

»Gut, Harry, sehr gut.« Tynan spähte durch die Windschutzscheibe nach vorne. Er sah nur den dichten Blätterwald, der die wenig befahrene Nebenstraße einsäumte. »Verdammt noch mal, ich kann überhaupt nichts sehen! Wissen Sie wirklich genau, wo wir sind?«

»Ich folge Punkt für Punkt den Anweisungen des Gefängnisdirektors«, sagte Adcock, »Jenkins hat das alles exakt beschrieben.«

»Wie lange dauert es noch, bis wir da sind?«

»Es müßte jeden Augenblick soweit sein, Chef.«

Ein kleiner Düsen-Jet hatte sie von Washington D. C. nach Harrisburg, Pennsylvania, geflogen. Natürlich hatte Adcock dafür gesorgt, daß sie die einzigen Passagiere in der Maschine waren. In Harrisburg stand am Flughafen ein gemieteter Pontiac bereit.

Adcock übernahm das Steuer, Tynan saß daneben, und zwischen ihnen lag die Karte vom Gebiet um Lewisburg mit den rot eingezeichneten Markierungen. Von Harrisburg aus waren sie über die Brücke auf die andere Seite des Susquehanna und weiter nach Norden auf der US-Bundesstraße 15 gefahren, die am Westufer entlangführt.

Für die etwa fünfzig Meilen brauchten sie anderthalb Stunden, bis sie an der ersten auf der Karte eingezeichneten Markierung, der Bucknell University, auf der rechten Seite vorbeikamen. Als sie durch Lewisburg fuhren, lag der Ort still und ausgestorben wie eine Geisterstadt da. An der Städtischen Oberschule verlangsamte Adcock das Tempo und orientierte sich noch einmal auf der Karte. Dann legte er sie weg. Nach einigem Suchen fand er die Durchfahrtsstraße, über die sie zum anderen

Ende der Stadt gelangten. Adcock deutete nach links. »Hier geht es zum Haupteingang des Zuchthauses. Den sollen wir links liegen lassen, hat mir Jenkins gesagt. Wir bleiben also weiter auf der Bundesstraße 15, Richtung Nordosten, biegen am Evangelischen Krankenhaus links ein und fahren Richtung Norden am Zuchthaus entlang . . .«

Tynan war besorgt: »Ob man uns von dort aus beobachten kann?«

»Nein, Chef. Wir sind außer Sichtweite. Und bei dieser Finsternis um diese Zeit! Wir machen jetzt noch einen Bogen, bis wir an die Seitenstraße kommen, die durch den Wald führt. Dann geht es nach Süden, und am Waldrand werden wir schon die Mauern und den Wachturm des Gefängnisses sehen können. Dort beziehen wir unsere Wartestellung.« Im Schrittempo fuhren sie durch den Wald.

Adcock beugte sich über das Steuer, und auch Tynan lehnte sich vor, um durch die Windschutzscheibe das Ende der Straße und den Waldrand zu erkennen. »Ich glaube, wir sind da«, murmelte Adcock. »Er sagte etwas von einer kleinen Lichtung zwischen den Bäumen auf der rechten Seite. Aha, dort, gerade vor uns. Da ist es!«

Er bog von der Straße nach rechts, kurvte scharf links und hielt. Nicht weit vor ihnen zeichnete sich die Silhouette der Betonmauer ab, die das Gefängnis einschloß. Darüber hinaus konnten sie die Dächer mehrerer großer Gebäude im Gefängnishof sowie zwei Wachtürme erkennen, einen rechts und den anderen hinter dem Bundesgefängnis. Adcock griff zum Armaturenbrett und schaltete die Scheinwerfer aus. Er deutete auf die Silhouette vor ihnen: »Da sind einige ganz schwere Jungs in dieser ausbruchssicheren Anstalt«, sagte er. »Einige, ja«, meinte Tynan. »Aber Donald Radenbaugh gehört nicht zu ihnen. Er ist einer von den leichteren, einer von den politischen Gefangenen.«

»Das habe ich nicht gewußt, Radenbaugh ein Politischer?«

»Normalerweise wäre er es auch nicht. Und doch gehört er dazu. Er hat eben zuviel gewußt von dem, was da oben vorgeht. Das kann auch ein Vergehen sein.«

Tynan rutschte aufgeregt im Dunkeln auf dem Vordersitz herum. Immer wieder sah er durch die Windschutzscheibe und wartete. Mehrere Minuten vergingen. Dann legte Adcock Tynan die Hand auf den Arm. »Chef, ich glaube, da kommen sie.«

Tynan kniff die Augen zusammen und spähte angestrengt durch die Scheibe. Schließlich konnte auch er zwei kleine Lichtpunkte ausmachen, die geradewegs auf sie zukamen. »Das muß Jenkins sein«, sagte er. »Er hat nur das Standlicht eingeschaltet.« Schweigend beobachtete er den anderen Wagen, der langsam auf sie zufuhr.

»All right«, sagte Tynan plötzlich. »Wir machen es folgendermaßen. Ich setze mich nach hinten und werde dort mit ihm reden. Sie bleiben, wo Sie sind, hinter dem Lenkrad. Sie können zuhören, aber bleiben Sie still. Das Reden mache ich. Sie hören nur zu. Wir teilen uns die Arbeit.« Tynan öffnete die Vordertür des Pontiac, stieg aus, machte die hintere Tür auf und ließ sich in den Rücksitz auf der gegenüberliegenden Seite fallen.

Der andere Wagen hatte jetzt die Lichtung erreicht und hielt zehn Meter hinter ihnen. Der Motor ging aus, das Standlicht verlöschte, eine Tür ging auf und wieder zu, Schritte knirschten.

Das runzlige Gesicht von Direktor Bruce Jenkins erschien an Adcocks Fenster, der mit dem Daumen nach hinten deutete. Jenkins nickte und ging zum hinteren Wagenfenster. Tynan kurbelte die Scheibe halb herunter.

»Hallo, Jenkins! Wie geht's?«

»Danke, und Ihnen, Direktor Tynan? Ich hab ihn mitgebracht, wie gewünscht.«

»Gab's Schwierigkeiten?«

»Nein. Er war nicht gerade begierig, Sie zu sehen . . .«

»Naja, er mag mich nicht besonders«, sagte Tynan.

». . . aber er kam dann doch – aus Neugierde.«

»Na, so was!«, meinte Tynan. »Dann wollen wir uns beeilen. Es ist spät genug. Bringen Sie ihn her. Er kann neben mir sitzen.«

»Okay.«

»Wenn wir hier fertig sind und er wieder aussteigt, sichern Sie ihn und kommen Sie noch mal zurück. Kann sein, daß ich Ihnen noch etwas zu sagen habe. Vielleicht möchte ich, daß Sie noch etwas mehr für mich tun.«

»Geht in Ordnung.«

»Und noch eins, Jenkins. Dieses Treffen hat niemals stattgefunden.«

Das Gesicht des Gefängnisdirektors verzog sich zu einem Grinsen.

»Welches Treffen?« feixte er.

Tynan wartete. Eine Minute später öffnete sich die gegenüberliegende Wagentür, und Jenkins steckte seinen Kopf herein. »Hier ist er.«

Dicht hinter dem Direktor stand steif Donald Radenbaugh. Tynan konnte sein Gesicht nicht sehen, aber er merkte, daß Radenbaugh die Hände zusammenhielt. »Hat er Handschellen an?« fragte er.

»Ja, Sir.«

»Nehmen Sie ihm die verdammten Eisen ab! Das paßt nicht zu unserer Unterhaltung!«

Tynan hörte Schlüssel klirren und sah zu, wie die Handschellen aufgeschlossen und abgenommen wurden. Der Gefangene rieb sich die Handgelenke. Dann sagte Jenkins zu ihm: »Sie können hinten einsteigen.«

Radenbaugh beugte sich vor, um in den Wagen zu kommen. Tynan konnte Kopf und Gesicht erkennen. In den fast drei Jahren hinter Gittern hatte er sich nicht sehr verändert. Sein Sträflingsanzug war ihm viel zu groß, so daß er dünner als früher wirkte. Sein Kopf war kahl bis auf einen kleinen blonden Haarkranz mit langen Koteletten. Tränensäcke hingen unter den Augen und ließen diese hinter der Nickelbrille etwas kleiner erscheinen. Er war schmäler und fahl im Gesicht geworden. Unter der dünnen und spitzen Nase stand ein winziger, aber unordentlicher blonder Schnauzer. Er blickte düster drein. Tynan schätzte ihn auf einsachtzig und kaum mehr als 150 Pfund.

Er stieg in den Wagen und ließ sich, so weit es ging von Tynan weg, auf dem hinteren Sitz nieder.

Tynan machte sich nicht die Mühe, ihm die Hand zu reichen. »Hallo, Don«, sagte er nur.

»Hallo.«

»Lange her.«

»Kann man wohl sagen.«

»Zigarette? Harry, geben Sie ihm eine und Ihr Feuerzeug.«

Radenbaugh nahm Feuerzeug und Zigarette, steckte sie sich an und gab das Feuerzeug zurück. Er zog ein paarmal und blies eine Wolke Rauch aus. Seine Spannung schien sich zu lösen.

»Nun, Don«, sprach ihn Tynan wieder an, »wie geht's?«

Radenbaugh brummte. »Was für eine Frage!«

»Ist es so schlimm?« fragte Tynan besorgt. »Ich dachte, Sie wären jetzt in der Gefängnisbücherei.«

»Ich bin im Gefängnis«, entgegnete Radenbaugh bitter. »Eingesperrt wie ein Tier im Käfig – und ich bin unschuldig.«

»Ja, ja«, meinte Tynan, »da ist es niemals schön.«

»Es ist die Hölle«, brach es aus Radenbaugh hervor. »Alle draußen werden vor uns mit Stahlschiebetüren, dreifachen Schlössern und Sensoren in den Betonwänden geschützt. Aber für uns da drinnen gibt es keinen Schutz vor Schlägen, Messerstechereien, Vergewaltigungen und Rauschgifthandel. Die ›hacks‹, wie wir hier im Gefängnis die Wärter nennen – ich glaube, ich fange auch schon an, wie die anderen zu reden –, sind Menschenschinder, einer schlimmer als der andere. Das Essen ist miserabel, und man kann sich kaum bewegen in seiner Zelle von zwei mal dreifünfzig. Würden Sie gerne ihre besten Jahre auf einem Planeten verbringen, der zwei mal dreifünfzig groß ist? Zum Friseur gehen ist ein großes Ereignis. Ab und zu vielleicht ein Brief von der Tochter. – Es ist widerlich! Ganz besonders, wenn man unschuldig ist und es gibt keine Hoffnung.«

Er fiel in grimmiges Schweigen, machte einen tiefen Zug und blies den Rauch wieder aus.

Tynan beobachtete ihn im Halbdunkel. »Ja, wenn es keine Hoffnung mehr gibt, das ist, glaube ich, das Schlimmste«, sagte er voller Sympathie. »Zu dumm, daß Noah Baxter nicht mehr da ist. Ich glaube, das war Ihre vorletzte Chance, hier früher herauszukommen. Wirklich schlimm!«

Radenbaugh sah ihn scharf an. »Meine vorletzte Chance?« fragte er.

»Allerdings. Ich bin Ihre letzte, Don.«

Radenbaugh starrte ihn verwundert an. »Sie?«

»Ja, ich«, nickte Tynan. »Ganz allein ich. Ich will Ihnen ein Geschäft vorschlagen, Don. Ein Geschäft nur unter uns. Ich kann Ihnen das geben, was Sie wollen, die Freiheit. Und Sie können mir etwas geben, was ich will, Geld. Wollen Sie mehr hören?«

Radenbaugh antwortete nicht, aber Tynan spürte, wie gespannt er war. »Okay«, fuhr Tynan fort, »um es kurz zu sagen – kurz und verheißungsvoll: Sie haben eine Million in bar irgendwo in Florida versteckt. Wir wollen jetzt nicht darüber streiten, ob Sie es dort haben oder nicht. Ich habe Ihre Akten sorgfältig studiert. Ein verläßlicher Zeuge hat geschworen, daß Sie Washington mit dem Geld verlassen haben. Sie sollten es in Miami abliefern. Das haben Sie nie getan. Man hat Ihnen übel mitgespielt, das wußten Sie genau. Deshalb haben Sie das Geld einfach nicht abgeliefert. Als man Sie aufgriff, hatten Sie es nicht mehr.«

»Möglicherweise hatte ich das Geld überhaupt nie«, meinte Radenbaugh ganz ruhig. »Möglicherweise habe ich die Wahrheit gesagt.«

»Möglicherweise«, pflichtete ihm Tynan bei. »Möglicherweise auch nicht. Vielleicht haben Sie es vergraben – für spätere Tage. Nehmen wir doch mal an, Sie hätten es vergraben. Wenn ich es recht sehe, müßte dann irgendwo in Florida so eine kleine, nette Million liegen. Und sie bringt Ihnen keinen Pfennig Zinsen. Aber sie sollte Ihnen doch etwas wert sein, und nicht erst in zwölf Jahren, sondern schon jetzt, heute. Was kann man mit vergrabenem Geld kaufen? Was wollen Sie mehr als alles andere in der Welt? Freiheit? Sagten Sie nicht selbst, das Gefängnis sei die Hölle, einfach widerlich. Sie wollen doch raus! Ich kann Sie nicht zum Unschuldigen stempeln, nachdem das Gericht Sie schuldig gesprochen hat. Aber ich kann Sie zum freien Mann machen! Wollen Sie noch mehr hören?«

Radenbaugh griff zur Tür, kurbelte die Scheibe einen Spalt herunter, gerade weit genug, um den Zigarettenstummel hinauszuwerfen. Dann lehnte er sich wieder zurück und wandte sich Tynan zu. »Okay, weiter.«

»Von dieser Million Dollar brauche ich nur einen Teil«, erklärte Tynan seinen Plan. »Ich bin kein Schweinehund. Ich könnte alles verlangen und würde es vielleicht auch bekommen. Trotzdem will ich nur einen Teil davon, um – na, sagen wir, um es anzulegen. Als Gegenleistung setze ich Ihr Fünfzehn-Jahre-Urteil herab auf die Zeit, die Sie bereits abgesessen haben, zum Beispiel bis heute abend oder in ein paar Tagen. Das ist nicht einfach. Aber es läßt sich machen. Sie würden nach Miami hinunterfahren, das Geld ausgraben und einen Teil einem Vermittler übergeben. Sie würden also 750 000 Dollar diesem Mittelsmann aushändigen und die restlichen 250 000 Dollar behalten, um ein neues Leben damit anzufangen. Damit wäre unser Geschäft zur Zufriedenheit beider Seiten abgeschlossen. Wie gefällt Ihnen das?«

Er schaute Radenbaugh prüfend an. Der gab noch keine Antwort, sondern starrte mit verbissenem Gesicht und zusammengepreßten Lippen geradeaus.

»Okay, ich nehme an, Sie wollen noch ein paar Einzelheiten wissen«, sprach Tynan weiter. »Ein Haken ist natürlich bei dieser Sache. Damit müssen Sie sich abfinden, oder unser ganzes Geschäft scheitert. Ich habe Ihnen gesagt, daß das alles nicht so leicht zu machen ist. Wirklich nicht. Ich habe keine Vollmacht, Sie auf Bewährung herauszulassen oder Ihnen überhaupt die Freiheit wiederzugeben. Das kann keiner, außer den Mitgliedern des Bewährungsausschusses, und ich weiß zufällig, daß die Sie nicht herauslassen werden, auf jeden Fall nicht, bevor Sie die nächsten zwölf Jahre abgesessen haben. Nein, Donald Radenbaugh kann ich nicht aus der Lewisburger Strafanstalt herausholen, aber *Sie* bringe ich heraus.«

Jetzt schaute Radenbaugh dem Direktor voll ins Gesicht.

»Ziemlich kompliziert das Ganze, aber ich schaffe es«, fuhr Tynan fort. »Damit man uns beiden nichts anhaben kann, müßten Sie allerdings eine neue Identität bekommen, gleich an dem Tag, an dem Sie herauskommen. Nicht unproblematisch, aber machbar. Haben wir schon mit Erfolg praktiziert. Seit 1970 hat der Leiter der Abteilung für Verbrechensaufklärung im Justizministerium mindestens 500 Informanten und Zeugen der Regierung, also Personen, die sich eines Besseren besannen und für den Staat aussagten, eine neue Identität verschafft. Auch wurden sie ganz ohne Aufsehen an einem anderen Ort wieder untergebracht. Das ist immer gut ausgegangen und wird es wieder. Nur kann ich es in Ihrem Fall nicht vom Justizministerium machen lassen. Ich müßte es schon selber tun . . .«

Noch immer wartete Tynan auf eine Reaktion von Radenbaugh – vergebens. So fuhr er fort.

»Zuerst einmal müßten wir Donald Radenbaugh loswerden. Ohne das geht es nicht. Direktor Jenkins wird das Gerücht in die Welt setzen, daß Sie tot, an einer Herzattacke gestorben sind oder daß man Sie erstochen hat. Vielleicht ist es besser, wenn Sie eines natürlichen Todes sterben. Macht weniger Ärger und Aufsehen. Dann würden wir Sie freilassen, Ihre Fingerabdrücke vernichten, Ihr Aussehen verändern, Ihnen eine vollkommen neue Identität verschaffen, einen neuen Namen und neue Papiere, angefangen von der Geburtsurkunde bis zur Sozialversicherungskarte, der Kreditkarte für Mietwagen und einen Führerschein, alles nur, um den neuen Namen fest in Ihrem Leben zu verankern. Von der nächsten Woche an wären Sie Ihr eigener Herr, ganz und gar frei, lebendig wie ein Fisch im Wasser und mit einem Haufen Geld. Einen Radenbaugh gäbe es dann nicht mehr. Wie ich weiß, haben Sie eine Tochter und noch einige andere Verwandte und auch Freunde. Die würden alle um Sie trauern. Aber sie dürften niemals die Wahrheit erfahren. Das wird ziemlich schwer für Sie sein, davon bin ich überzeugt, aber das ist der Preis für das Geschäft, das und natürlich 750 000 Dollar.«

Tynan hielt ein und schaute wie abwesend durch das Wagenfenster, bevor er sich zu Radenbaugh herumdrehte. »Das ist alles, was ich Ihnen zu sagen habe«, sagte er. Er versuchte, im Dunkeln die Zeiger seiner Armbanduhr zu erkennen. »Unsere Zeit läuft ab, Don. Sie haben mein erstes und letztes Angebot gehört. Sie müssen sich jetzt entscheiden – ja oder nein. Wenn Sie nein sagen und lieber noch zwölf Jahre im Gefängnis verkommen wollen, vielleicht auch das Glück haben, nicht erstochen zu werden, und schließlich als alter Mann das Gefängnis verlassen können – nun, dann können Sie das ganze Geld und Ihren alten Namen behalten. Das liegt bei Ihnen. Wenn Sie aber ja sagen, gibt es kein Gefängnis mehr, Sie sind ein freier Mann, und Sie behalten auch einen ganz schönen Teil des Geldes und können Ihr Leben als ein neuer Mensch genießen. Es liegt nur an Ihnen!«

Tynan machte eine kleine Pause, um seine Worte besser wirken zu lassen. Nach ein paar Augenblicken wurde er deutlicher und fuhr in schärferem Tone fort. »So oder so, das muß sich heute nacht entscheiden, genauer gesagt in den nächsten fünf Minuten. Wenn Ihre Antwort nein ist, dann machen Sie die Tür hier auf und steigen aus. Jenkins erwartet Sie mit Handschellen und bringt Sie wieder in Ihre Zelle. Wenn Sie ja sagen, nur dieses eine Wort, dann werde ich Sie und den Direktor in alles einweihen, und Sie folgen exakt unseren Anweisungen. In einer Woche werden Sie eine Viertelmillion Dollar besitzen und ein freies Leben führen. Wenn Sie das Gefängnis verlassen, richten Sie sich nach unseren Instruktionen, die Sie in der Tasche Ihres neuen Anzugs zusammen mit der Flugkarte nach Miami und der Reservierung Ihres Hotelzimmers finden.«

Noch einmal schob Tynan eine Pause ein.

»Okay, Don«, sagte er so liebenswürdig, wie er sich nur geben konnte. »Es liegt bei Ihnen. Wie lautet Ihre Entscheidung?«

Chris Collins kam erst fünf Tage später nach Lewisburg in die Strafanstalt. Nach seiner Rückkehr aus Los Angeles nach Washington hatte er Präsident Wadsworth über seinen Besuch in Kalifornien berichtet. Dieser Bericht war allerdings nur kurz ausgefallen, weil Collins über die meisten seiner Gespräche und

Erlebnisse Stillschweigen bewahrte. Er hatte sich entschlossen, zumindest jetzt noch nichts von seinem Besuch in Tule Lake zu sagen, auch nichts von seinem Gespräch mit den Landesabgeordneten Keefe, Yurkovich und Tobias und erst recht nichts von seinem vertraulichen Treffen mit Bundesrichter Maynard. Solange er sich nicht darüber klar war, welche Rolle der Präsident bei den merkwürdigen Ereignissen in Kalifornien spielte, konnte er nicht mit ihm darüber sprechen. Statt dessen hatte er mit dem Präsidenten die Fernsehdiskussion mit Tony Pierce erörtert. Anschließend war er ausführlich auf seine Rede vor der Amerikanischen Anwaltsvereinigung eingegangen. Er gab sich alle Mühe, daraus eine Art Triumph zu machen, doch der Präsident war bereits gut informiert und hatte ihm unverblümt erklärt, wie enttäuscht er war. »Sie haben alles heruntergespielt und nur schwache Argumente ins Feld geführt. Ich hatte gehofft, Sie würden sich für unser Anliegen, den Artikel 35, mit mehr Nachdruck und größerer Überzeugungskraft einsetzen. Aber lassen wir das! Trotzdem sieht es jetzt wieder besser aus. Wir haben nämlich wieder gute Nachrichten erhalten.«

Die guten Nachrichten stellten sich – wie schon so oft – als das Ergebnis von Ronald Steedsmans letzter Befragung der Mitglieder der gesetzgebenden Versammlungen in Kalifornien heraus. Im Parlament waren von den Mitgliedern, die zu einer klaren Entscheidung bereit waren, 65 % für den Zusatzartikel und nur 35 % dagegen. Im kalifornischen Senat war das Ergebnis mit 55 % für und 45 % dagegen etwas knapper ausgefallen. Nur mit Mühe hatte Collins seine Bestürzung verbergen können.

Zu dieser Zeit war Collins von seinem Plan, nach Lewisburg zu fahren, wie besessen. Er wollte unbedingt an die einzige ihm noch verbliebene mögliche Quelle von Informationen über die Geheimakte R herankommen. Er hatte gehofft, die Fahrt schon am zweiten oder dritten Tag nach seiner Rückkehr nach Washington unternehmen zu können. Doch der Präsident und seine eigene Kriminalabteilung wie auch die Abteilung für Bürgerrechte hatten ihn so stark in Anspruch genommen, daß er zu dieser Fahrt noch nicht gekommen war.

Daher hatte es länger als vorgesehen gedauert, bis er durch Vermittlung seiner Untergebenen vom Aufsichtsamt für Strafanstalten schließlich die Fahrt arrangieren lassen konnte. Natürlich war es ihm nicht möglich, den wahren Zweck dieser Reise anzugeben oder sogar zu rechtfertigen. Deshalb hatte er sich auch einen Scheingrund ausgedacht. Da er gerade Empfehlungen zur Reform des Gesetzes für die Rehabilitierung von Strafgefangenen auszuarbeiten hatte, ließ sich ein Besuch in Lewisburg gut damit verbinden.

So unternahm er also zusammen mit dem Direktor Bruce Jenkins eine Inspektion des Bundesgefängnisses. Durch die Kleider- und Blechwerkstätten waren sie schon eilig durchgegangen, die Unterrichtsräume, das Hospital und die Bücherei hatte er ebenfalls besichtigt. Auch war es – allerdings nur unter strenger Aufsicht – zu einigen Gesprächen mit den Insassen verschiedener Zellen gekommen. Nachdem nun die Inspektionstour abgeschlossen war, stand Collins noch der wichtigste Teil seines Besuches in Lewisburg bevor. Zum Mittagessen hatte er sich bereits entschuldigen lassen und eine wichtige Verabredung in New York vorgeschützt.

»Kann ich sonst noch etwas für Sie tun?« erkundigte sich Direktor Jenkins liebenswürdig.

»Sie haben schon so viel getan«, sagte Collins freundlich. »Ich glaube, ich habe nun alles, was ich brauche. Also sollte ich wohl jetzt . . .« Er zögerte ein wenig, was seine Wirkung nicht verfehlte. »Ah, ja. Da wäre allerdings noch etwas. Wir haben da einen Steuerfall und darin kommt immer wieder der Name eines Ihrer Insassen vor. Meinen Sie, daß ich ihn fünf oder zehn Minuten allein sprechen könnte?«

»Aber natürlich«, sagte Direktor Jenkins. »Lassen Sie mich nur wissen, wer es ist. Ich lasse ihn sofort holen. Sie können ihn ganz privat sprechen.«

»Sein Name ist Radenbaugh, Donald Radenbaugh.«

Direktor Jenkins verbarg seine Überraschung nicht.

»Haben Sie denn die Morgenzeitungen von heute noch nicht gelesen?«

»Nein, wieso?«

»Donald Radenbaugh ist tot. Tut mir leid. Er starb vor drei Tagen. Fiel tot um. Herzanfall. Wir hielten die Nachricht zunächst zurück, bis wir seine nächsten Verwandten ausfindig gemacht hatten. Gestern abend haben wir dann die Meldung herausgegeben. Heute morgen wurde sie veröffentlicht.«

»Tot«, wiederholte Collins. Seine Stimme klang dumpf und hohl. Beinahe wäre ihm übel geworden. So war nun auch seine große Hoffnung dahin, etwas über die Geheimakte R zu erfahren.

»Sie kommen drei Tage zu spät«, sagte Jenkins. »Das ist wirklich Pech.«

In seiner Verzweiflung wäre Collins am liebsten sofort wieder nach Washington zurückgefahren. Da kam ihm plötzlich ein Gedanke. »Sagten Sie nicht, daß Sie die Nachricht drei Tage lang zurückgehalten haben, weil Sie erst Radenbaughs engste Verwandte ausfindig machen mußten?«

»Ja. Er hatte eine Tochter in Philadelphia. Aber sie war verreist. Es dauerte eine ganze Weile, bis wir sie gefunden hatten, nicht nur, um ihr den Tod mitzuteilen, sondern auch, um von ihr zu erfahren, wie mit dem Leichnam verfahren werden sollte. Mit ihrem Einverständnis haben wir dann die Leiche am Ort auf Staatskosten beigesetzt.«

»Wie nahm sie die Nachricht auf?«

»Sie war natürlich sehr niedergeschlagen.«

»Würden Sie sagen, daß Radenbaugh seiner Tochter sehr nahestand?«

»Außer dem früheren Bundesgeneralanwalt Baxter, der wohl ein Freund von ihm war, stand Susie als einzige mit ihm regelmäßig in Verbindung.«

»Haben Sie ihre Anschrift?«

»Eigentlich nicht . . .«

»Wie haben Sie sie dann benachrichtigen können?«

»Sie hat ein Postfach im Hauptpostamt in Philadelphia. Wir schickten ihr ein Telegramm, und sie rief uns an, als sie es erhalten hatte.«

»Kann ich die Postfachnummer haben?«

»Selbstverständlich.« Jenkins ging zu seinem Schreibtisch, wühlte in einigen Heftern und nahm schließlich ein Blatt heraus. »Das ist Postfach 153, William-Penn-Bau, Postamt Philadelphia 19 105.«

»Danke«, sagte Collins. »Wie Sie sagten, stand sie mit ihrem Vater ständig in Verbindung?«

»Ja.«

»Vielleicht weiß sie etwas von seinen Geschäften und kann mir weiterhelfen.«

»Schon möglich, obwohl ich das kaum glaube.«

»Ich habe auch meine Zweifel«, sagte Collins, leicht entmutigt. »Es wird sich herausstellen.«

Alles war unglaublich glattgegangen, ohne irgendwelche

Schwierigkeiten. Als das schnittige Motorboot in rasender Fahrt über den Kanal schoß, der die Südspitze von Miami Beach von Fisher's Island trennt, versuchte er sich auf seinem Platz in der schaukelnden Kabine über die Ereignisse der letzten Woche klarzuwerden.

Vor sechs Tagen, nachts im Wald hinter dem Staatsgefängnis von Lewisburg, hatte er sich von FBI-Direktor Vernon T. Tynan getrennt, nachdem er dem phantastischen Handel zugestimmt hatte, der noch mit dem Sträfling Radenbaugh gemacht worden war. Und vor zwei Tagen war er auf dem Rücksitz des Wagens des Gefängnisdirektors zusammengekauert aus dem noch in tiefem Schlaf daliegenden Gefängnis herausgebracht worden – als Herbert Miller, als ein normaler Bürger und freier Mann.

Nach seiner Zusammenkunft mit Tynan war nur noch ein Besucher zu ihm gekommen, den er mit Namen kannte, und das war Tynans Assistent Harry Adcock gewesen. Außerdem hatten ihn noch drei andere aufgesucht, aber die waren namenlos geblieben. Radenbaugh erinnerte sich, wie man ihn in Einzelhaft brachte, um ihn von den übrigen Insassen zu trennen. Dort hatte er den Besuch eines älteren Mannes mit einem Hinkebein, der mit Säure seine Fingerabdrücke änderte, was ziemlich schmerzhaft war. Ein Optiker hatte ihm an Stelle der Nickelbrille Kontaktlinsen angepaßt. Der Friseur rasierte ihm Schnurrbart und Koteletten ab und färbte ihm seinen blonden Haarkranz tiefschwarz. Dazu bekam er noch ein schwarzes Toupet. Und schließlich war noch Harry Adcock gekommen mit neuen Papieren (Geburtsurkunde, ehrenhafte Entlassung aus der Armee) und Ausweisen (Führerschein, Auto-Miet-Kreditkarte, Sozialversicherungskarte), um sie gegen seine alten in der abgegriffenen Brieftasche auszutauschen und ihn somit offiziell in den achtenswerten Herbert Miller, neunundfünfzig Jahre alt, zu verwandeln. Weiter erhielt er noch einen dunkelbraunen Anzug von modernstem Schnitt. So konnte er seinen alten, den er auf dem Weg ins Gefängnis getragen hatte, liegenlassen. Der war mittlerweile so unmodern geworden, daß er damit nur unnötiges Aufsehen erregt hätte.

Adcock hatte ihm mündlich weitere Instruktionen gegeben. Danach mußte er gleich nach seiner Freilassung mit einem Charterflugzeug für Whisky-Touristen nach Miami fliegen. Dort war im Bayamo-Hotel in der Flagler Straße ein Zimmer für Herbert Miller reserviert. Am nächsten Tag oder auch erst am Abend sollte er seine vergrabene Million wieder ans Tageslicht bringen. Dabei würde er nicht überwacht werden, war ihm versichert worden. Am späten Vormittag des nächsten Tages sollte er eine Grundstücksmaklerin mit Namen Mrs. Remos im Vorort Coconut Grove treffen und von ihr den Namen eines verschwiegenen plastischen Chirurgen erfahren, der sich um die kosmetischen Operationen kümmern würde. In der Nacht würde ihn am Stadtkai in Miami Beach ein Motorboot erwarten, um ihn nach Fisher's Island zu bringen. Dort würde man ihn am ersten Öltanklager mit »Miller« anrufen. Darauf müßte er zweimal sein Kennwort angeben und dieses Kennwort sei »Linda«. Schließlich sollte er das Paket mit der dreiviertel Million Dollar ablegen und zum Boot zurückkehren. In Miami Beach wartete dann auf ihn der kosmetische Chirurg, um die Behandlung seiner Augenpartie fortzusetzen. Danach, so hatte man ihm versichert, sei er absolut frei. »Sie bekommen Ihren neuen Anzug, kurz bevor Sie das Gefängnis verlassen«, hatte Adcock ihm gesagt. »In der rechten Seitentasche wird ein Umschlag stecken. Darin finden Sie Ihr Flugticket nach Miami, die genaue Ortsangabe für Ihre Verabredung mit dem Motorboot, eine Karte von Fisher's Island, wo Sie die Übergabe vornehmen, und genug Geld, damit Sie zunächst einmal leben können, bis Sie Ihren Anteil der Beute haben. Tun Sie nur das, was man Ihnen gesagt hat. Keine faulen Tricks! Das könnte nur Ihrer Gesundheit schaden! Alles klar?«

Für ihn war alles klar gewesen.

Er war mit der Chartermaschine geflogen und planmäßig auf dem Miami International Airport gelandet. Wie vorgesehen hatte er sich auch in dem leicht verkommenen Bayamo-Hotel angemeldet, sich einen Mietwagen genommen, und immer wieder vergewissert, daß er nicht verfolgt oder beobachtet wurde. Mit dem Wagen war er in den Küstensumpf, die Everglades westlich von Miami, hinausgefahren. Von da aus hatte er sich zu Fuß auf den Weg zum Ufer des Mangroven-Sumpfes gemacht, wo er vor über drei Jahren die Dollarmillion in einem Metallkasten versteckt hatte. Nachdem er den Inhalt des Kastens in einige mitgebrachte Tüten, die er in einem neu gekauften Koffer unterbrachte, geleert hatte, war er zum Wagen zurückgegangen. Auch der Rest war ganz leicht gewesen. In seinem Hotelzimmer hatte er eine Viertelmillion aus dem Koffer in einen zweiten umgepackt und war in der Nacht mit diesem zum Flughafen hinausgefahren, um ihn dort in einem Schließfach unterzubringen.

Als er vom Flughafen abfuhr, kaufte er noch rasch eine Ausgabe des Miami Herald vom nächsten Morgen und sah sie darauf durch, ob das Ableben von Donald Radenbaugh schon bekanntgemacht worden sei. Auf der sechsten Seite fand er schließlich ein wenig schmeichelhaftes, drei Jahre altes Foto eines kahlköpfigen Radenbaugh mit Brille und dazu eine Art Nachruf. Es war schon eigenartig, über seinen eigenen Tod in der Zeitung zu lesen und daraus zu erfahren, wie wenig er in seinem Leben erreicht hatte und wie sehr sein Leben von seiner Untreue, dem Prozeß und dem Urteil überschattet wurde. Das war unfair. Nichts war davon in dem Nachruf zu lesen, daß er unschuldig war. Mit solcher Hinterlassenschaft mußte also seine geliebte Tochter Susie fertig werden! Das bereitete ihm große Sorge. Ob er es nicht doch wagen sollte, sich mit ihr in Verbindung zu setzen und wenigstens ihr die Wahrheit zu enthüllen? Aber das war unmöglich, darüber wurde er sich sofort klar. Leute, die so einfach ein neues menschliches Wesen erfinden konnten, würden sich sicherlich nicht gerne hintergehen lassen.

Am nächsten Tag hatte er nach den ihm gegebenen Instruktionen nur eine einzige Verabredung vor dem entscheidenden abendlichen Auftrag. Spät am Nachmittag war er zum Coconut Grove hinausgefahren und hatte im Bungalow der Grundstücksmaklerin ein kurzes, aber recht befriedigendes Gespräch mit Mrs. Remos gehabt, einer älteren Mulattin, von der er schon erwartet worden war. »Sie haben Glück, Mr. Miller, wirklich großes Glück!« sagte Mrs. Remos. »Erst vor kurzem haben wir unseren so zuverlässigen Chirurgen für Gesichtsplastik verloren, der uns immer geholfen hat. Gerade vor zwei Tagen haben wir Ersatz gefunden. Er heißt Dr. Carcía, ist sehr tüchtig und muß auf Grund seiner derzeitigen Verhältnisse als sehr zuverlässig gelten. Er wurde erst kürzlich aus Kuba eingeschmuggelt, und bis wir für ihn die notwendigen Papiere haben, ist er noch Ausländer ohne Aufenthaltsgenehmigung. Wir müssen also mit einiger Vorsicht vorgehen. Haben Sie heute abend Zeit? Nach zehn Uhr! Sehr gut! Dr. García wird Sie um zehn Uhr fünfzehn in Ihrem Hotelzimmer erwarten. Wir wollen nicht, daß er erst beim Portier nach Ihnen fragt. Es wäre besser, er wartet auf Sie in Ihrem Zimmer. Haben Sie Ihren Schlüssel? Ah, das ist gut! Geben Sie ihn mir! Ihr Hotel wird noch einen Schlüssel in Ihrem Postfach haben, ganz gewiß. Dr. Carcía wird Sie untersuchen und Ihnen dann sagen, was gemacht werden kann, sowie Termin und Ort für die chirurgische Behandlung mit Ihnen vereinbaren. Um zehn Uhr fünfzehn also? Abgemacht!«

Am Nachmittag hatte Radenbaugh einige Einkäufe gemacht und sich die Stadt angesehen. Schließlich war er in sein Hotelzimmer zurückgegangen, um den Einbruch der Nacht abzuwarten. Sobald es dunkel wurde, brachte er seinen Koffer nach unten und fuhr mit dem Taxi über den McArthur-Damm nach Miami Beach zum Stadtkai. Um acht Uhr hatte er seinen Kontaktmann mit dem Boot gefunden. Er übergab dem phlegmatischen Kubaner am Steuer des Bootes seinen Koffer und stieg ein. Nun war er wie geplant auf seinem Weg. Kaum eine halbe Meile trennte ihn noch von Fisher's Island und der endgültigen Abrechnung, dem Höhepunkt des Geschäftes.

Noch einmal zog er die handgezeichnete Landkarte aus seiner Jackentasche, um sich die Gegend genau einzuprägen. Fisher's Island war eine verlassene Insel, 213 Morgen groß, vollkommen unbewohnt, stellenweise dicht mit wilden australischen Kiefern bewachsen. Sonst gab es dort nur ein gespensterhaftes, verfallenes Landhaus auf einem Privatgut, das einmal dem Gründer von Miami gehört hatte, sowie zwei Öltanks. Heute freilich würde die Insel von zwei Personen bevölkert sein, von ihm selbst und einem Unbekannten.

Das Motorboot fing an zu tuckern, verlangsamte seine Fahrt und kam allmählich zum Halten. Radenbaugh lehnte sich vor. Er sah, wie der Mann am Steuer ihm zuwinkte. Voller Unruhe packte er seinen Koffer und trat tief gebückt aus der Kabine auf den Holzsteg. Der Kubaner rief ihm etwas nach und Radenbaugh erinnerte sich. Er streckte seine Hand aus, um die starke Taschenlampe zu übernehmen, und machte sich auf den Weg. Die Markierungen, die er sich eingeprägt hatte, waren gut zu erkennen. Er stöhnte unter der Last des Koffers mit der dreiviertel Million in bar. Trotz der Taschenlampe konnte er den Weg nur schwer erkennen.

Es verging eine ganze Weile – das Gefühl für Zeit hatte er fast verloren –, bis er den ersten der beiden Öltanks ausmachen konnte und im Schein der Taschenlampe die Stelle fand, wo er seinen Koffer abstellen sollte.

Keuchend ging er darauf zu.

Nur noch ein paar Meter war er von dem Tank entfernt, als er ein Rascheln vernahm. Er hielt an. Dann hörte er eine Stimme: »Mr. Miller?«

Es war eine piepsende Stimme mit deutlich spanischem Akzent.

»Der bin ich.«

»Machen Sie die Taschenlampe aus.«

Schnell schaltete er sie aus. Die Stimme mit dem Akzent kam wieder aus der Dunkelheit, diesmal schon näher.

»Ihr Kennwort?«

Das hatte er beinahe vergessen. Doch er erinnerte sich sofort. »Linda«, rief er. Und noch einmal »Linda«. Jemand knurrte in der Finsternis. »Lassen Sie den Koffer dort stehen, wo Sie jetzt sind, und gehen Sie auf demselben Weg zum Boot zurück, wie Sie gekommen sind.« Er stellte den Koffer neben sich ab. »All right«, rief er, »und jetzt gehe ich.«

Er drehte sich rasch um und beeilte sich, zurückzufinden. Aber ohne Licht fand er sich nur schlecht zurecht, stieß mit dem Fuß gegen etwas, stolperte und fiel hin. Wieder auf den Beinen, ging er langsamer. Kurz darauf hielt er an, um Atem zu schöpfen. Da hörte er hinter einer Gruppe von Bäumen zwei Stimmen.

Kaum einen Gedanken war ihm das Geld wert gewesen, seit er es am Rande des Mangrovensumpfes geborgen hatte. Jetzt, fast schon – oder zum ersten Mal – ein wirklich freier Mann, erlaubte er sich, daran zu denken. Wozu brauchte Tynan wohl einen solch großen Betrag? Und so ganz ohne Bedingungen? War er etwa selbst in finanziellen Schwierigkeiten? Er fragte sich auch, weshalb man das Geschäft hier zwei Personen – so klang es wenigstens – anvertraut hatte, von denen zumindest einer spanischer Herkunft war. Wer mochte das sein? Möglicherweise FBI-Agenten? Es reizte ihn, sich die beiden einmal näher anzusehen. Donald Radenbaugh hätte dieser Versuchung bestimmt widerstanden, aber Herbert Miller gab ihr nur zu gerne nach.

Anstatt zur Straße zurückzugehen, durchquerte er nun eine Lichtung wilder Kiefern. Er bewegte sich vorsichtig, um nicht noch einmal zu stolpern und wie vorhin hinzufallen. Nach fünf Minuten konnte er ein Licht erkennen. Er arbeitete sich näher heran, glitt von einem Baum zum anderen weiter vor, bis er kaum mehr als zehn Meter weit weg war. Er hielt an, schaute sich um und horchte mit angehaltenem Atem.

Es waren tatsächlich zwei Männer.

Der eine, deutlich von der Laterne des anderen beleuchtet, kniete neben dem offenen Koffer und prüfte und zählte das Geld. Sein Kumpan stand über ihm und hielt die Laterne, blieb aber selbst im Dunkel. Der Große mit der Laterne fragte: »Stimmt's?«

Er sprach ohne Akzent. Der andere, noch immer auf seinen Knien und mit Zählen beschäftigt, antwortete: »Alles da!«

Der mit der Laterne meinte ironisch: »Nun wirst du ganz schön reich sein, der reiche Señor Ramon Escobar!«

»Verdammt«, bellte ihn der andere auf den Knien an, »hör endlich auf damit, Fernandez!« Er blickte auf, direkt in das Licht der Laterne, und aus ihm ergoß sich eine wahre Flut spanischer Worte. Radenbaugh konnte ihn nun genau erkennen. Er war klein, mit krausem, schwarzem Haar und langen Koteletten. In seinem häßlichen Gesicht mit tief eingesunkenen Wangen zog sich eine fahle Narbe am Backenknochen entlang. Der Escobar Genannte widmete sich nochmals dem Inhalt des Koffers. Aber von jetzt an unterhielten sich die beiden nur noch auf Spanisch. Sie länger zu beobachten war sinnlos. Radenbaugh bewegte sich vorsichtig wieder zurück und weiter zum Weg hinunter. Seine Neugier war allerdings nicht befriedigt. Er konnte nicht glauben, daß diese beiden, Escobar und Fernandez, wirklich FBI-Agenten waren. Aber was waren sie dann? Und was hatten sie mit Direktor Tynan zu tun?

Schließlich war er froh, wieder auf der Straße zu sein, die zur Anlegestelle führte, und gab es auf, darüber nachzudenken, was er gerade gesehen hatte. Dafür beschäftigte er sich um so mehr mit sich selbst und seiner eigenen Zukunft. Die Fahrt nach Miami zurück kam ihm entschieden kürzer vor als die Herfahrt, und er fühlte sich erheblich wohler und richtig entspannt.

Wieder in Miami und nicht mehr mit dem Koffer belastet, wußte er, daß er nun frei und endlich sein eigener Herr war. Und doch, so ganz frei war er auch wieder nicht. Es war noch ein letzter Teil des Handels zu erledigen. Da war noch die Verabredung mit diesem Dr. García, dem Chirurgen, um Viertel nach zehn.

Aber auf dem Weg zum nächsten Taxistand erinnerte ihn sein knurrender Magen daran, daß er seit Stunden nichts mehr gegessen hatte. Und nun spürte er nicht nur großen Hunger, es überkam ihn auch die Lust, ein wenig zu feiern. Sollte er sofort zu seinem ungemütlichen Hotelzimmer zurückkehren und dort mit leerem Magen auf Dr. García warten oder aber ein nettes Lokal aufsuchen, wo er seinen Hunger stillen könnte, auch wenn er dann zu seiner Verabredung erst etwas später käme? Den Doktor wollte er nicht verprellen. Die kosmetische Operation war für ihn lebenswichtig, und Radenbaugh wollte unbedingt erfahren, was der Chirurg mit seinen Augen und den Tränensäcken darunter machen konnte. Und es war auch wichtig, zu wissen, wie lange er noch auf den Eingriff warten müßte und wie lange es dauern würde, bis die Narben restlos verheilt wären. Dennoch, dessen war er sich sicher, würde Dr. García nichts dagegen haben, ein wenig zu warten. Er hatte ja den Schlüssel für das Zimmer und konnte es sich dort bequem machen. Also konnte man ihn ruhig etwas warten lassen. Schließlich bekam er einen solchen Auftrag nicht alle Tage. Am Taxistand angelangt, hatte sich Radenbaugh entschieden. Er nahm die erste Taxe. »Da gibt es ein nettes Restaurant auf der Collins Avenue, ungefähr eine Meile hinter dem Hotel Fontainebleau. Ich weiß den Namen nicht, aber ich kann es Ihnen zeigen«, sagte er zu dem Fahrer.

Mehr als eine halbe Stunde würde Dr. García nicht warten müssen, rechnete er sich aus, selbst wenn er ausgiebig zu Abend aß. Hauptsache, er hatte an diesem Abend seinen Teil des Geschäftes erledigt, nachdem Tynan den seinen bereits erfüllt hatte. Das Geschäft war gemacht, jetzt war Zeit zu feiern.

Nach etwas mehr als einer Stunde und einem guten Abendessen fühlte sich Radenbaugh entschieden wohler und bereit, mit Dr. García zu sprechen, um auch äußerlich aus Mr. Radenbaugh Mr. Miller zu machen. Nun war es bereits eine Dreiviertelstunde, um die er sich verspäten würde. So nahm sich Radenbaugh das nächste Taxi, das er anhalten konnte, und gab dem Chauffeur die Adresse des Bayamo-Hotels.

Als das Taxi in die Flagler Street einbog, sah er eine aufgeregte Menschenmenge, mehrere Feuerwehrwagen und zwei Polizeiautos direkt vor seinem Hotel stehen. »Sie können mich hier herauslassen«, sagte er zu dem Taxifahrer. Dann lief er das letzte Stück die Straße zum Bayamo-Hotel hinauf, vor dem großes Durcheinander und viel Aufregung herrschten. Die Menge starrte wie gebannt auf das Hotel. Als er herankam, sah er Feuerwehrleute Schläuche aus der Hotelhalle schleppen. Leichter Rauch zog noch aus den Fenstern im dritten Stock. Erst jetzt wurde er sich mit Schrecken bewußt, daß sein Zimmer im dritten Stock lag. Er wandte sich an einen jungen Mann neben sich, der ein T-shirt von der Universität Miami trug.

»Was ist denn passiert?«

»Es soll eine Explosion gewesen sein, im dritten Stock, etwa vor einer Stunde. Vier oder fünf Zimmer sind zerstört. Es gab wohl auch einen Toten, habe ich gehört, und mehrere Verletzte.«

Radenbaugh schaute sich weiter um. Vor ihm sah er drei oder vier Männer und Frauen, darunter einen mit einem Mikrofon, offensichtlich alles Reporter, die einen Feuerwehrmann, vermutlich den Brandmeister, interviewten. Hastig arbeitete sich Radenbaugh mit den Ellbogen durch die Menge, murmelte entschuldigend etwas von Presse, bis er dicht an die Guppe der Reporter herangekommen war und nun direkt hinter dem Brandmeister stand. Er gab sich größte Mühe, trotz des Lärms und der Aufregung alles mitzubekommen, was gesagt wurde.

»Einen Toten?« fragte ein Reporter.

»Ja, soweit wir das bis jetzt wissen, nur einer. Der Mann in dem Zimmer, wo sich die Explosion ereignete. Das Zimmer brannte aus, und er wurde buchstäblich eingeäschert. Sein Name war – lassen sie mich nachsehen – ja, hier, wir fanden einige Papierschnitzel – war Mr. Herbert Miller. Nein, weiter gibt es keine Identifizierungsmöglichkeit.« Radenbaugh mußte sich fest den Mund zuhalten, um nicht aufzuschreien.

Ein anderer Reporter fragte: »Haben Sie schon die Ursache der Explosion ermittelt? War es austretendes Gas? Oder etwa eine Bombe?«

»Kann man jetzt noch nicht sagen. Morgen wissen wir mehr.«

Zitternd wandte sich Radenbaugh ab und drängte sich durch die Menge zurück zum Bürgersteig. Noch ganz benommen, versuchte er sich über die Tragweite dieses Ereignisses klarzuwerden. Zweimal seinen eigenen Tod mitzuerleben ist mehr als tragikomisch.

Tynan hatte Radenbaugh ins Jenseits befördert, um ihn als Miller wiederauferstehen zu lassen. Und kaum war er zu seiner dreiviertel Million gekommen, hatte er nichts Eiligeres zu tun, als mit Miller dasselbe zu tun. Zumindest amtlich war er tot. Dieses dreckige Schwein von einem Betrüger!

Aber er konnte weder jetzt noch später etwas dagegen tun. Er war ausgelöscht, ein Niemand, nicht existent. Doch dann wurde ihm klar, daß gerade darin seine eigentliche Sicherheit lag, zumindest solange er nicht als Radenbaugh wiedererkannt wurde. Also brauchte er nach wie vor einen plastischen Chirurgen, und zwar so schnell wie möglich. Dazu benötigte er ein Versteck und jemand, dem er sich anvertrauen konnte. Wer konnte das sein? Dann fiel ihm ein, daß es wirklich jemand gab, und mit dem nächsten Taxi fuhr er zum Miami International Airport.

Am nächsten Morgen nahm Chris Collins an seinem Schreibtisch im Justizministerium in Washington D. C. höchst gespannt den lang erwarteten Anruf des Bundesstaatsanwaltes, seines Stellvertreters, entgegen.

»Nun, Ed, was haben Sie herausgefunden?«

»Das Postfach Nr. 153 in Philadelphia, William-Penn-Bau, ist von einer Miß Susan Radenbaugh gemietet.«

»Ihre Anschrift? Hatten die Leute von der Post die Anschrift?«

»Sie haben Glück. Die Adresse lautet 419 1/2 Southern Jessup Street. Aber Chris, was soll das alles?«

»Werde ich dir sagen, wenn ich es herausbekomme.«

Collins legte auf und notierte sich die Anschrift auf seinem Block. Hier lag seine Chance! Vielleicht war Lewisburg doch nicht so vergebens gewesen. Zwar hatte ihm der unerwartete Tod von Radenbaugh seine große Hoffnung geraubt, aber ein ganz dünner Faden war noch übriggeblieben, und der könnte ihn zu der Geheimakte R führen: Susan Radenbaugh, die Tochter des Verstorbenen. Sie hatte ihrem Vater sehr nahegestanden und war immer mit ihm in Verbindung gewesen. Wenn er wirklich etwas von der Geheimakte R gewußt hatte, dann wäre es möglich, daß sie davon gehört hatte. Ziemlich kühn, diese Kombination, dachte Collins, aber es war die einzige, die ihm noch geblieben war.

Er erhob sich, ging durch das große Zimmer ins Büro seiner Sekretärin und steckte seinen Kopf zur Tür herein. »Marion, was steht für den Rest des Tages noch an?«

»Ziemlich vollgepackt für einen Samstag.«

»Können wir irgendwas absagen oder verschieben?«

»Kaum, Mr. Collins.«

»Und morgen?«

»Moment, ich schau nach . . . das ginge vielleicht am Vormittag.«

»Gut. Verlegen Sie jede Verabredung, die ich für den Vormittag getroffen habe. Und reservieren Sie mir bitte einen Platz für morgen in der ersten Maschine nach Philadelphia. Es ist sehr wichtig. Hoffentlich so wichtig, wie ich glaube.«

6

Das kleine, unauffällige Haus lag im Hof einer größeren Villa an der Southern Jessup Street in Philadelphia. Wahrscheinlich war es früher das Gästehaus gewesen. Jetzt war es vermietet, geradezu ideal für eine alleinstehende Person.

Vor seinem Abflug von Washington D. C. hatte sich Chris Collins bemüht, möglichst alles über Susan Radenbaugh zu erfahren, was sich erfahren ließ. Das Ergebnis war bescheiden ausgefallen. Sie war Donald Radenbaughs einziges Kind, fünfundzwanzig Jahre alt, hatte an der Universität von Pittsburgh studiert und arbeitete jetzt beim *Philadelphia Inquirer* als Redakteurin des Unterhaltungsteils. Collins hatte sich mit ihr verabreden wollen und deshalb bei der Zeitung angerufen, dort aber nur erfahren, daß sie krank und zu Hause sei. Er konnte das verstehen, wo sie gerade erst ihren Vater verloren hatte. Sie würde gewiß einige Zeit brauchen, um darüber hinwegzukommen. Collins hatte sich nicht mehr die Mühe gemacht, sie noch einmal zu Hause anzurufen. Er war sicher, sie dort anzutreffen.

In Philadelphia nahm er sich einen Mietwagen mit Chauffeur und ließ sich zu der angegebenen Adresse bringen.

Er stieg ein paar Häuser vorher aus, wies den Fahrer und Sicherheitsbeamten an, auf ihn zu warten, und ging das letzte Stück zu Fuß.

Nach zirka hundert Metern sah er vom Gehsteig aus die Einfahrt zum Eingang des kleinen Hauses im Hof und ging darauf zu. Er überlegte noch, wie er Susan Radenbaugh auf sein Vorhaben ansprechen sollte. Aber eigentlich brauchte er sich hierzu nichts vorzunehmen, denn entweder hatte ihr Vater ihr etwas von der Geheimakte R erzählt, oder sie hatte keine Ahnung. Es war die letzte Chance. Nach Susan war Schluß. Inzwischen hatte er den kleinen Hof überquert und stand nun an der Vordertür des Hinterhauses. Er läutete und trat wartend einen Schritt zurück. Nichts tat sich. Er läutete noch einmal, wieder nichts. Vielleicht war sie einkaufen oder beim Arzt? Während er noch überlegte, öffnete sich die Tür halb und eine junge Frau schaute ihn fragend an. Sie sah hübsch aus und wirkte sehr sympathisch. Das blonde Haar fiel ihr auf die Schultern. Ihr Gesicht wirkte trotz Make-up unnatürlich bleich und verschlossen.

»Miß Susan Radenbaugh?« fragte er.

Sie schien verängstigt und deutete nur ein leichtes Kopfnicken an.

»Ich rief heute morgen bei Ihrer Zeitung an, um einen Termin mit Ihnen zu vereinbaren. Die Lokalredaktion sagte mir jedoch, Sie seien krank und deshalb zu Hause geblieben. Ich komme aus Washington und möchte mit Ihnen sprechen.«

»Was wünschen Sie?«

»Ich möchte mit Ihnen kurz über Ihren Vater sprechen. Es gut mir leid, daß . . .«

»Ich kann jetzt niemand empfangen«, lehnte sie ab. Sie war offenbar ganz durcheinander.

»Lassen Sie mich erklären . . .«

»Wer sind Sie denn?«

»Ich bin Christopher Collins, Bundesgeneralanwalt der Vereinigten Staaten. Ich . . .«

»Christopher Collins?« Der Name war ihr nicht unbekannt. »Was wollen Sie . . .«

»Ich muß Sie dringend sprechen. Colonel Baxter war ein guter Freund von mir und . . .«

»Sie kannten Noah Baxter?«

»Ja. Können wir nicht drin weitersprechen? Es dauert nur ein paar Minuten.«

Sie zögerte zunächst, öffnete dann jedoch die Tür ganz. »All right, kommen Sie, aber bitte nur für ein paar Minuten.«

Er ging an ihr vorbei in das kleine, apart eingerichtete Zimmer, in dem ihm vor allem die vielen bunten Kissen auffielen. Links war eine Tür, die wahrscheinlich zum Schlafzimmer führte, und nach rechts gab ein Bogengang den Blick auf einen kleinen Eßtisch und den Eingang zur Küche frei.

»Bitte, nehmen Sie Platz.«

Er setzte sich aufs Sofa, vor dem er gerade stand. Sie blieb ihm gegenüber stehen und strich ihr Haar nervös mit der Hand zurück.

»Mein aufrichtiges Beileid zum Tode Ihres Vaters«, sagte er freundlich. »Wenn ich irgend etwas für Sie tun kann . . .«

»Danke. Sind Sie wirklich der Bundesgeneralanwalt?«

»Ja.«

»Das FBI hat Sie also nicht geschickt?«

Er lächelte. »Gewöhnlich gebe ich dem FBI die Anweisungen und nicht umgekehrt. Aber ich bin hier ganz privat.«

»Sie sagten, Sie waren ein Freund von Colonel Baxter?«

»Stimmt. Ich glaube, Ihr Vater auch.«

»Ja. Sie waren eng befreundet.«

»Genau deswegen bin ich hier«, meinte Collins, »eben weil Ihr Vater und Colonel Baxter Freunde waren. Als Colonel Baxter starb, hinterließ er mir eine Botschaft. Es waren – wie sich später herausstellte – seine letzten Worte. Es ging dabei um eine Angelegenheit, die ich seitdem ständig verfolgt habe, über die ich aber bisher keine Klarheit gewinnen konnte, weil mir Colonel Baxter auch nichts Genaues mehr hatte sagen können. Deshalb kam ich auf die Idee, daß vielleicht Ihr Vater mit dem Colonel darüber gesprochen hat. Ich weiß, daß der Colonel Ihrem Vater immer großes Vertrauen geschenkt hat.«

»Das stimmt«, sagte Susan Radenbaugh. »Woher wissen Sie das?«

»Von Mrs. Baxter – Hannah Baxter –, die mir vorgeschlagen hatte, deshalb Ihren Vater in Lewisburg aufzusuchen. Ich war vor zwei Tagen dort – nur um erfahren zu müssen, daß Ihr Vater gestorben ist. Gleichzeitig erfuhr ich, daß Sie die einzige seien, mit der Ihr Vater in Verbindung geblieben war. In der Hoffnung, daß Ihr Vater möglicherweise Ihnen von der Sache erzählt hat, der ich nachgehe, habe ich mich bemüht, Sie ausfindig zu machen, um mit Ihnen darüber zu sprechen.«

»Und was wollen Sie wissen?«

Collins holte tief Luft und stellte die entscheidende Frage: »Ich möchte gerne wissen, ob Ihr Vater jemals zu Ihnen über die Geheimakte R gesprochen hat?«

Sie sah ihn ratlos an. »Was ist das?«

Collins sah seine letzte Hoffnung schwinden. »Ich weiß es nicht. Ich hatte gehofft, Sie könnten mir etwas darüber sagen.«

»Nein«, sagte sie mit Bestimmtheit. »Ich habe niemals ein Wort davon gehört.«

»Verdammt«, entfuhr es ihm. »Entschuldigen Sie, das ist mir nur so herausgerutscht, aus Enttäuschung. Sie und Ihr Vater waren meine letzte Hoffnung. Wenigstens habe ich es versucht.« Entmutigt und niedergeschlagen stand er auf. »Ich will Sie nicht weiter behelligen.« Er zögerte noch kurz. »Eins möchte ich Ihnen noch versichern: Colonel Baxter hat immer an Ihren Vater geglaubt. Er hat bis zu seinem Schlaganfall alles versucht, um Ihren Vater auf Bewährung freizubekommen. Danach habe ich den Fall erneut geprüft und stimme mit Colonel Baxter überein, daß Ihr Vater nur als Lockvogel und Buhmann in die Sache verwickelt war. Ich hatte mir vorgenommen, ebenfalls seine Entlassung auf Bewährung zu betreiben. Ich versprach auch Mrs. Baxter, das alles mit Ihrem Vater zu erörtern, wenn ich ihn wegen der Geheimakte R aufsuchen würde. Hannah Baxter sagte mir noch, sie würde Ihrem Vater schreiben, daß ich ihn besuchen und bitten würde, mir zu helfen.« Er zuckte mit den Schultern. »Zu spät. Wie immer.«

Da sah er, wie das Mädchen plötzlich entsetzt die Augen aufriß und sich mit beiden Händen den Mund zuhielt. Ihr Blick ging an Collins vorbei, und Collins hörte jemand direkt hinter sich sagen: »Diesmal kommen Sie nicht zu spät!«

Blitzschnell drehte er sich um und sah sich einem Fremden in dem Bogengang gegenüber, der vom Eßraum ins Wohnzimmer führte. Irgendwie schien ihm dieser ältere Mann vertraut, aber er kannte ihn nicht. Der Mann kam jetzt langsam auf ihn zu und blieb vor ihm stehen. »Ich bin Donald Radenbaugh«, sagte er gelassen. »Sie wollen etwas über die Geheimakte R wissen? Fragen Sie ruhig.«

Für die nächste halbe Stunde kam die Geheimakte allerdings nicht mehr zur Sprache. Zunächst waren erst einmal Collins' Zweifel auszuräumen. Das machte Radenbaugh kurz und bündig, indem er erklärte: »Radenbaugh ist von den Toten wieder auferstanden. Ich bin zwar tot, aber nur dem Namen nach. Ansonsten bin ich äußerst lebendig. Das werde ich Ihnen alles noch erklären, sobald ich mehr über Sie weiß und erfahren habe, wie Sie mich gefunden haben.«

Und dann mußten noch Susans Bedenken beseitigt werden, was ihrem Vater jedoch schnell gelungen war. »Du kannst nicht begreifen, weshalb ich es gewagt habe, mich zu offenbaren, Susie? Und dazu noch vor einem Mann vom Justizministerium? Das ist ganz einfach: Weil ich außer dir noch jemand brauche, dem ich vertrauen kann. Ja, ich glaube, ich kann Mr. Collins vertrauen. Er wirkte so sympathisch – noch bevor er wußte, daß ich hier bin. Ich kann Hilfe brauchen, Susie. Wenn ich etwas für ihn tun kann, wird er vielleicht auch etwas für mich tun.« Collins nickte bestätigend.

Dann erkundigte er sich bei Collins, wieso er überhaupt wissen oder auch nur annehmen konnte, daß Radenbaugh die Geheimakte R bekannt sei. »Vielleicht haben Sie das meiner Tochter schon erklärt. Aber ich konnte zu Anfang nicht alles verstehen, was Sie ihr erzählt haben. Ich hielt mich in der Küche verborgen und kam erst später nach vorne, um zuzuhören. Bevor wir jedoch in Einzelheiten gehen, erzählen Sie mir doch bitte, wie Sie hierhergekommen sind.«

Sie hatten es sich inzwischen auf dem Sofa bequem gemacht, und Collins hatte ausführlich und freimütig in allen Einzelheiten über die Vorgänge berichtet, die sich nach dem Tode Colonel Baxters ereignet hatten. Zum Schluß erzählte er noch von seinem Besuch bei Hannah Baxter, die zwar nichts über die Geheimakte R gewußt hatte, jedoch annahm, daß Noah – sollte er überhaupt mit jemand darüber gesprochen haben – den Inhalt nur an Donald Radenbaugh weitergegeben haben könnte.

»Ja, sie schrieb mir, daß Sie mich besuchen wollten«, bestätigte Radenbaugh.

»Ich kam auch«, erklärte Collins weiter, »doch der Gefängnisdirektor erzählte mir, Sie seien verstorben. Und nun sind Sie hier.«

»Nun kenne ich Ihren Teil der Geschichte«, meinte Radenbaugh. »Lassen Sie mich meinen Teil beitragen. Ich kann Ihnen gar nicht sagen, wie glücklich ich bin, hier zu sein. Eine tolle Geschichte! Halten Sie sich fest! Und wenn es noch so unglaublich klingt, es ist die Wahrheit, nichts als die reine Wahrheit.«

Radenbaughs Bericht kam Collins wie ein böser Traum vor. Vernon T. Tynans geheimnisvolles nächtliches Treffen mit Radenbaugh und sein Angebot »Freiheit gegen eine Dreiviertelmillion Dollar« war für Collins einfach unvorstellbar. Mehr als einmal blieb ihm der Mund vor Staunen offenstehen. Wozu mochte Tynan nur einen solch großen Betrag so dringend benötigen, daß er ein derartiges Risiko einging? Frage über Frage drängte sich Collins auf, doch er wollte Radenbaugh nicht noch mit Fragen unterbrechen. Gespannt hörte er weiter zu, bis Radenbaugh zur Zerstörung seines Hotelzimmers kam, wo sein Alter ego, sein anderes Ich, Herbert Miller in so hinterhältiger Weise vernichtet worden war. Jetzt zweifelte er auch nicht mehr an den Vorgängen in Kalifornien.

»Dieser Tynan!« dachte er laut.

»Er steckt hinter allem«, stimmte Radenbaugh zu. »Und das ist einfach zu erklären. Ich habe den Zusatzartikel 35 gelesen. Er würde ihn zum mächtigsten Mann Amerikas machen, noch mächtiger als der Präsident. Trotzdem, ich wette, es gibt kaum einen konkreten Beweis gegen ihn.«

Daran hatte Collins ebenfalls schon gedacht. »Soweit ich weiß, gibt es keinen, oder höchstens den, daß er wirklich etwas mit der Geheimakte R zu tun hat. Können wir jetzt darüber sprechen?«

»Können wir. Doch vorher habe ich noch drei Bitten an Sie.«

»Okay. Schießen Sie los!«

»Erstens möchte ich eine kosmetische Operation an meinem Gesicht ausführen lassen, wenigstens was die Augenpartien angeht. Das wird wahrscheinlich reichen. Ich glaube nicht, daß man mich heute erkennen würde, aber wenn, bin ich so gut wie tot. Tynan würde schon dafür sorgen.«

»Kein Problem. Wir haben einen plastischen Chirurgen in Carson City, Nevada, von dem nicht einmal das FBI eine Ahnung hat. Sowohl die Cosa Nostra wie auch der CIA arbeiten mit ihm zusammen, grotesk, nicht wahr? Wann soll es gemacht werden?«

»Sofort. Am besten gleich morgen.«

»In Ordnung.«

»Zweitens brauche ich eine neue Identität. Donald Radenbaugh starb in Lewisburg, Herbert Miller in Miami.« Er zog seine Brieftasche heraus, entnahm ihr drei Karten und gab sie Collins. »Führerschein, Mietwagen-Kreditkarte und Sozialversicherungskarte – das ist alles, was von Herbert Miller übrig ist. Ich brauche neue Papiere. Ich muß wieder jemand sein. Das hier ist jetzt vollkommen nutzlos.«

»Die können in Denver erstellt werden«, antwortete Collins. »Sie haben sie in fünf Tagen. Und das dritte?«

»Ein feierliches Versprechen von Ihnen.«

»Schießen Sie los.«

»Die volle Wahrheit über das zu sagen, was Tynan mir mit meinem angeblichen Tod angetan hat, wenn das eines Tages möglich sein wird. Und sobald ich meinen Teil des Geldes wieder zurückgegeben habe, mir dabei zu helfen, meinen eigenen Namen wiederherzustellen und auf Bewährung freigelassen oder begnadigt zu werden.«

»Ich weiß nicht, ob das jemals möglich sein wird.«

»Wenn es das aber ist?«

Collins überlegte rasch. Konnte er, der erste Anwalt der Nation, mit einem überführten Verbrecher ein derartiges Abkommen treffen? Ihm war klar, was rechtlich gesehen seine Amtspflicht war, nämlich Radenbaugh keine Versprechungen zu machen, sondern ihn wieder in Haft zu nehmen. Aber er war überzeugt, daß er – in Anbetracht der außergewöhnlichen Umstände – eine höhere Pflicht gegenüber seinem Lande zu erfüllen hatte. Das war wichtiger als Paragraphenreiterei.

So gab er zur Antwort: »Vorausgesetzt es ist möglich, werde ich es tun. Ich werde Ihnen helfen. Sie haben mein Wort.«

»Danke. Jetzt können wir über die Geheimakte R sprechen.«

Collins spürte, wie die Spannung in ihm zunahm. Die letzte halbe Stunde war nur Vorgeplänkel gewesen. Jetzt kam der entscheidende Moment, die Stunde der Wahrheit.

Radenbaugh ließ sich von seiner Tochter eine Zigarette reichen und zündete sie an. Mit einem dankbaren Lächeln wandte er sich wieder Collins zu.

»Selbstverständlich weiß ich nicht alles«, sagte er ein wenig nachdenklich, »doch es wird Ihnen sicher helfen. Der Zusatzartikel 35 – die Geheimakte R ist ein ungeschriebener Teil davon – ich meine, ein nicht zur Veröffentlichung gedachter Teil – entstand, bevor ich ins Gefängnis mußte. Noah Baxter hat er große Sorgen bereitet. Gewiß, er war ein Konservativer und in vielen Dingen auch ziemlich rückständig, aber er war ein anständiger Mensch, ein strenger und überzeugter Anhänger der Verfassung. Er verwahrte sich gegen falsche Auslegungen der Verfassung und ließ es nicht zu, daß man mit ihr leichtfertig umging. Als jedoch die Verbrechen bei uns mehr und mehr zunahmen, geriet er immer stärker unter Druck und fühlte sich schließlich in die Ecke gedrängt. Einerseits hatte er seinen Auftrag zu erfüllen, andererseits mußte er einsehen, daß dies nicht zu erreichen war, ohne die Ordnung im Lande durch eine Änderung der Gesetze wiederherzustellen. Der Artikel 35 ging ihm zu weit, er hielt ihn für zu hart und zu streng, und er hatte große Bedenken dagegen. Trotzdem arbeitete er daran mit. Ich hatte immer den Eindruck, daß er selbst tief bedauert hat, wie sich die Dinge schließlich entwickelt haben. Letzten Endes war er wohl zu sehr in die ganze Sache verstrickt, als daß er noch zurück gekonnt hätte.«

»Da haben Sie recht. Das ist auch meine Meinung«, pflichtete ihm Collins bei. »Wie schon gesagt, lauteten seine letzten Worte: ›Ich muß sprechen – Sie können mich nicht mehr überwachen – ich bin frei – ich brauche keine Angst mehr zu haben.‹ Frei von wem, Angst vor was?«

Radenbaugh schüttelte den Kopf. »Keine Ahnung. Mir ist nur klar, daß er in all das tiefer hineingeriet, als er wollte. Er war in großer Sorge und konnte sich niemand anvertrauen – außer mir.

Wir haben oft über Dinge gesprochen, die ihn bedrückten. In einem dieser Gespräche erwähnte er auch zum ersten Mal die Geheimakte R. Später sprach er öfter davon. Am liebsten wäre es ihm gewesen, Tynan hätte ihn nicht so tief in die Problematik des Artikels 35 hineingezogen.«

»Tynan?« fragte Collins überrascht. »Ich dachte, Präsident Wadsworth stünde hinter dem Artikel 35 und hinter allem, was damit zusammehängt?«

»Nein. Ganz allein Tynan. Er ist der Verfasser und Schöpfer des 35ers und der Geheimakte R. Dem Präsidenten und dem Kongreß hat er das äußerst geschickt verkauft, zumindest den 35er. Mit ist nicht bekannt, ob jemand außer Tynan oder Baxter – und mir natürlich – jemals etwas von der Geheimakte R gehört hat.«

»Mr. Radenbaugh, sagen Sie mir endlich, was darin steht.«

»Das ›R‹ bedeutet Reorganisation, Wiederaufbau.«

»Reorganisation von was? Von den Vereinigten Staaten?«

»Genau das. Die Geheimakte R ist eine geheimgehaltene Verordnung, die den Artikel 35 ergänzt und seine Durchführung regelt. Eine Art Grundriß für den Wiederaufbau der Vereinigten Staaten, um sie unter dem Artikel 35 zu einem Land ohne Verbrechen zu machen. Die Geheimakte besteht aus zwei Teilen. Baxter war nur der eine Teil bekannt. Der andere, so sagte er mir, würde noch von Tynan ausgearbeitet werden. Der erste Teil war eine Art Testprogramm.«

»Ein Testprogramm?« fragte Collins verwirrt. »Für was?«

»Das wollte ich gerade erklären. Wie ich schon sagte, geht der Artikel 35 auf eine Initiative von Tynan zurück. Ausgehend von der Notwendigkeit, neue Gesetze zu entwickeln, die dem Präsidenten und dem Kongreß vorgeschlagen werden könnten, um die rasch ansteigende Verbrechensflut in den USA einzudämmen, verfiel Tynan auf den Gedanken, Untersuchungen über verbrechenslose oder fast verbrechenslose Gemeinden in den Vereinigten Staaten anzustellen. Wenn es Gemeinden gab, die eine außerordentlich niedrige Verbrechensrate aufzuweisen hatten, dann war zu prüfen, welche Strukturelemente dies möglich machten.«

»Klingt soweit ganz vernünftig«, gestand Collins zu.

»Soweit, ja«, fuhr Radenbaugh fort. »Also fütterten seine Mitarbeiter die Computer mit entsprechenden Daten. Was dabei herauskam, war eine Handvoll Gemeinden fast ohne Kriminalität. Und es waren ausnahmslos Trabantenstädte großer Unternehmen.«

»Trabantenstädte?«

»Die Vereinigten Staaten sind voll davon. Es handelt sich hier um Städte, die ausschließlich dazu gebaut wurden, um ein einziges Unternehmen mit Arbeitskräften zu versorgen. Typisch ist z. B. Morenci in Arizona, wo ›Phelps Dodge‹ Kupfer im Tagebau gewinnt. Jedes Haus, jeder Laden, jedes Geschäftsgebäude gehört Phelps Dodge. Das ganze Leben der Gemeinde wird von Dodge beherrscht. Auch die öffentlichen Anlagen wurden von Dodge gebaut. Nun ist es keineswegs so, daß all diese Städte ohne Verbrechen wären. Ich weiß auch nicht, ob das im Fall Morenci zutrifft. Aber in gewissen anderen ausgewählten Städten gab es praktisch fast keine Kriminalität. Es handelte sich meist um kleine, abgelegene Gemeinden, wo ein einzelnes Unternehmen oder ein Unternehmer das Leben der Stadt beherrschte.«

»Also eine Art Diktatur?«

»So ungefähr. Zumindest ein Ort, der unter dem mächtigen wirtschaftlichen und sozialen Einfluß eines Konzerns steht und wo eine strenge Überwachung gewährleistet ist. Unter den Gemeinden mit extrem niedriger Verbrechensrate fand Tynan eine, die ihn besonders faszinierte. Es gab dort weder Verbrechen noch Unruhen. Sie heißt Argo City und ist im alleinigen Besitz der Argo Smelting & Refining Company von Arizona. Diese Gemeinde ließ Tynan gründlich untersuchen und fand dabei das Erfolgsrezept der Administration von Argo City. Er stellte nämlich fest, daß in dieser Gemeinde die Bürgerrechte, also die meisten Freiheiten, die nach den Menschenrechten durch die Verfassung gewährleistet sind, praktisch aufgehoben waren. Die Einwohner schienen nicht einmal etwas dagegen zu haben. Sie waren ganz zufrieden, solange sie ihre wirtschaftliche und soziale Sicherheit garantiert wußten. Nach dieser Verwaltungsstruktur entwickelte Tynan seinen Plan für den Artikel 35. Er war überzeugt, daß das, was in Argo City funktionierte, sich auch auf die Vereinigten Staaten übertragen ließe.«

»Faszinierend«, meinte Collins, »und teuflisch.«

»Noch teuflischer aber war, was Tynan in dieser Stadt angerichtet hat. Er mußte ja sichergehen, daß jeder Gesichtspunkt des Artikels 35 sich in der Praxis voll bewährt. So nutzte er die Bürger von Argo City als Versuchskaninchen. Teuflisch war auch, wie er es fertigbrachte, seine Agenten zu diesem Zweck in die Stadt hineinzuschmuggeln: Er ließ den Konzern gründlich durchleuchten und siehe da: die Argo Smelting & Refining Comp. hatte seit Jahren Steuern hinterzogen. Tynan setzte den Vorstand unter Druck, und die Direktoren fanden sich natürlich schnell bereit, mit Tynan einen Handel einzugehen. Wenn Tynan seine Feststellungen nicht an das Finanzministerium weiterleitete, würden sie ihm und seinen Gehilfen in der Verwaltung der Gemeinde freie Hand lassen. So richtete Tynan, genau wie das nach dem Artikel 35 für die Vereinigten Staaten vorgesehen ist, eine Art Prototyp des Sicherheitsausschusses ein. Argo City wurde somit sein Prüfstand, wie sich der Artikel 35 in der Praxis bewähren würde.«

»Mein Gott«, rief Collins entsetzt aus. »Das ist ja unglaublich! Wollen Sie damit sagen, daß in dieser Stadt heute schon keine Menschenrechte mehr existieren?«

»Soweit ich weiß, ist das der Fall.«

»Aber so etwas ist doch ungesetzlich. Das darf es doch in einer Demokratie nicht geben.«

»Wenn der 35er in Kalifornien durchkommt, wird das ganz legal sein«, entgegnete Radenbaugh. »Die Ergebnisse dieses Experimentes machen jedenfalls die erste Hälfte der Geheimakte R aus.« »Und die zweite Hälfte?«

Radenbaugh hob die Hände. »Davon weiß ich nichts.«

Collins ging in Gedanken noch mal alles durch.

»Ich kann es einfach nicht glauben, daß so etwas bei uns vorkommt. Wie sahen die Ergebnisse aus? Hat es in Argo City wirklich funktioniert?«

Radenbaugh starrte Collins an. »Das müßten Sie selbst einmal nachprüfen.« Er machte eine kleine Pause. »Wollen Sie?«

»Natürlich will ich, verdammt noch mal! Es steht zu viel auf dem Spiel! Ich muß Tynans Komplott in allen Einzelheiten kennenlernen. Läßt sich das machen?«

»Soweit ich weiß, kommen kaum Touristen in die Stadt. Höchstens ein paar auf der Durchreise. Aber wir zwei würden wohl kaum auffallen.«

»Wie wäre es mit drei?«

»Drei?« Radenbaugh überlegte. »Das könnte schon gefährlich werden.«

»Selbst auf die Gefahr hin, es würde sich lohnen!« sagte Collins.

In Washington D. C. zurück, hatte Collins sofort eine Untersuchung aller Trabantenstädte großer Unternehmen in den Vereinigten Staaten angeordnet, mit besonderem Augenmerk auf Argo City. Die Untersuchung war rasch und ohne großes Aufheben erfolgt, und bereits vier Tage später lagen die Ergebnisse auf seinem Schreibtisch. Zunächst verschaffte er sich einen Überblick über die ermittelten Daten. Daß Gemeinden mit einem einzigen großen Arbeitgeber eine ganz natürliche und ihrem Wesen nach harmlose Erscheinung waren, ließ sich sofort erkennen. Es hing einfach mit dem wirtschaftlichen Wachstum zusammen. Wenn beispielsweise ein Bergwerk in einer abgelegenen Gegend in Betrieb genommen werden sollte, brauchte man Leute zur Arbeit. Und um zukünftigen Arbeitern und Angestellten in derart weit abgelegenen Bezirken des Landes einen Anreiz zu bieten, mußten die Unternehmen Siedlungen bauen, in denen Familien leben konnten. Das reichte natürlich nicht. Die Unternehmen bemühten sich, eine komplette Infrastruktur aufzubauen, d. h. Geschäfte einzurichten, Freizeitanlagen zu schaffen und für ärztliche Betreuung zu sorgen. Außerdem mußten die örtliche Verwaltung und der polizeiliche Schutz der Bevölkerung gewährleistet werden. Letzten Endes tat das Unternehmen alles Notwendige für die Bevölkerung, und dafür nahmen es die Leute hin, vom Unternehmen, bei dem sie beschäftigt waren, wie am Gängelband geführt zu werden.

Dann studierte Collins den ausführlichen Bericht. Da gab es Pullman City in Illinois – zehn Meilen von Chicago –, gebaut von George M. Pullman, dem Millionär, der praktisch das Monopol für den Bau von Eisenbahnschlafwagen hatte. Seine 12 000 Angestellten hatte Pullman in seiner eigenen Stadt untergebracht. Nach einer Fotokopie aus einer Ausgabe von *Harper's New Monthly Magazine* um die Jahrhundertwende war die damalige Organisation dieser Unternehmensstadt ziemlich klar: »Alles bleibt im Besitz der Pullman-Gesellschaft. Kein Privatmann besitzt auch nur einen Quadratmeter Boden oder ein Gebäude in dieser Stadt. Keine Organisationen, nicht einmal eine Kirche, kann sich in dieser Stadt niederlassen, wenn sie nicht bereit ist, entsprechende Grundstücke oder Gebäude zu mieten. Gewisse Erscheinungen machen sich im Zusammenleben der Gemeinde unangenehm bemerkbar . . . schlechte Verwaltung . . ., Günstlings- und Vetternwirtschaft. Und überall herrscht das störende Gefühl allgemeiner Unsicherheit. Niemand sieht Pullman als seine wirkliche Heimat an. So wie Bismarck in Deutschland von seiner Macht Gebrauch gemacht hat, erscheint er als Zwerg verglichen mit der Allmacht der alles beherrschenden Behörde der Pullman Palace Car Company in Pullman. Jeder Mann, jede Frau und jedes Kind in der Stadt sind ihr auf Gnade und Ungnade ausgeliefert. Hier existiert ein Gemeinwesen, wo es sich nicht ein einziger Einwohner erlauben würde, seine Meinung über die Stadt, in der er lebt, offen auszusprechen.«

Weil George M. Pullman von seinen von ihm abhängigen Stadtbewohnern höhere Gebühren und Mieten als die benachbarten Gemeinden verlangte, revoltierten schließlich die Einwohner. Sie klagten und konnten damit seine Macht brechen.

Aber Pullman in Illinois war eine Ausnahme gewesen. Im Vergleich dazu erschienen die meisten anderen ziemlich harmlos zu sein. Da war Scotia in Kalifornien, die der Pacific Lumber Company gehörte, Anaconda in Montana, im Besitz von Anaconda Copper, ferner Louviers, Colorado, Eigentum der E. I. du Pont de Nemours & Company, die Stadt Sunnyside im Besitz der Utah Fuel Company und schließlich Trona in Kalifornien, die der American Potash & Chemical Corporation gehörte. Der letzte Hefter enthielt Unterlagen über Argo City in Arizona, der Trabantenstadt der Argo Smelting & Refining Company – und Modell Vernon T. Tynans und des Bundeskriminalamtes FBI. Das Material über Argo City war mehr als dürftig, ja es war so dürftig, daß es geradezu Verdacht erregen mußte. Die Untersuchung offenbarte sofort den Unterschied zwischen Argo City und der durchschnittlichen Unternehmensstadt anderswo. In der Durchschnittsstadt dieses Typs gehörte nicht alles dem Unternehmen. Auch waren nicht alle Leute bei ein und demselben Unternehmen beschäftigt. Mitunter konnten einige Leute sogar ein Haus kaufen, also Eigentum erwerben. Anderswo war es sogenannten Außenstehenden, also Menschen, die nicht in dem Unternehmen arbeiteten, sogar möglich, ein Geschäft zu eröffnen. Ganz allgemein war es Außenstehenden erlaubt, in der Gemeinde zu wohnen. In Argo City war das ganz anders. Allem Anschein nach befand sich dort alles, jedes Haus, jede geschäftliche Unternehmung, jede öffentliche Anlage und jede Verwaltungseinrichtung im Besitz des Unternehmens und wurde auch von diesem unterhalten oder betrieben. Es gab nicht das geringste Anzeichen dafür, daß ein Außenstehender jemals in der Stadt ein Haus erwerben oder ein Geschäft eröffnen konnte.

Unruhen oder Verbrechen gab es in Argo City seit fünf Jahren nicht mehr. Das war eigentlich zu gut oder zu schrecklich, um wirklich wahr zu sein.

Collins klappte den Hefter zu.

Es gab nur einen Weg, der Wahrheit auf die Spur zu kommen, nämlich sich selbst dort umzusehen. Wenn das, was ihn da erwartete, eine Art Vorschau auf das Amerika unter dem Artikel 35 war, dann gab es noch jemand, der – außer ihm und Radenbaugh – das mit eigenen Augen sehen sollte, und der auch – wenn es notwendig wurde – in der Lage war, den Artikel 35 zu Fall zu bringen. Entschlossen nahm er den Hörer ab und fragte seine Sekretärin: »Marion, sind die Telefone heute wieder auf etwaig installierte Abhörwanzen überprüft worden?«

»Nicht mehr nötig, Mr. Collins. Der von Ihnen angeforderte Zerhacker ist heute morgen eingebaut worden.«

Endlich eine Sorge weniger! Collins freute sich. Jetzt war sein Telefon mit einem Zerhacker ausgerüstet, der alle ausgehenden Gespräche in winzige, vollkommen unverständliche Wortfetzen zerlegte, die erst wieder bei seinem Gesprächspartner zu verständlichen Worten und Sätzen zusammengesetzt wurden.

Er fühlte sich durch diese Vorsichtsmaßnahme für den nächsten Schritt genügend abgesichert. Er nahm den Hörer in die Hand und wies seine Sekretärin an: »Verbinden Sie mich bitte sofort mit Bundesrichter Maynard. Wenn er nicht in seinem Büro ist, machen Sie ihn bitte ausfindig. Ich muß ihn unbedingt sprechen.«

An diesem heißen Freitagmorgen Anfang Juni waren sie dann alle drei, aus verschiedenen Richtungen kommend, in Phoenix, Arizona, gelandet.

Chris Collins hatte seinen Flug unter dem Namen C. Cutshaw gebucht und war vom Baltimore Friendship Airport kommend über Chicago in Phoenix auf dem Sky Harbor Airport mit einer Boing 727 um elf Uhr siebzehn als erster eingetroffen. Kurz danach kam Donald Radenbaugh, der sich jetzt Dorian Schiller nannte, aus Carson City über Reno und Las Vegas mit einer DC 9. an.

Und Bundesrichter John G. Maynard, der unter dem Namen Joseph Lengel reiste, sollte planmäßig mit einer 707 aus New York um elf Uhr sechsundvierzig in Phoenix landen.

Es war im voraus abgesprochen worden, daß Collins und Radenbaugh nicht auf Maynard warten würden. Es wäre unklug gewesen, wenn sie alle drei zusammen nach Argo City gekommen wären und sich dort im Constellation Hotel zur gleichen Zeit ihre Zimmer genommen hätten. Deshalb sollten Collins und Radenbaugh sofort nach ihrer Ankunft nach Argo City fahren, und Maynard würde ihnen später folgen. Ungeduldig wartete Collins im Flughafengebäude, bis endlich Radenbaughs verspätete Maschine gelandet war. Radenbaugh hatte er erst erkannt, als er schon vor ihm stand. Der Chirurg in Nevada hatte gute Arbeit geleistet. Zwar war Radenbaughs Nase noch leicht geschwollen, und als er seine übergroße Sonnenbrille abnahm, konnte man noch einige grüne und blaue Flecken erkennen, die aber schon fast zurückgegangen waren. Er hatte keine Tränensäcke mehr unter den Augen, und die Augen selbst erschienen etwas kleiner. Sie glichen mehr den Augen eines Orientalen. Seine ganze Erscheinung hatte sich durch die gelungenen chirurgischen Eingriffe wesentlich verändert.

»Mr. Cutshaw?« fragte er leicht amüsiert.

»Mr. Dorian Schiller«, antwortete Collins und übergab Radenbaugh einen braunen Umschlag. »Ich gratuliere Ihnen zur Taufe. In diesem Umschlag sind Ihre neuen Papiere. Die Leute in Denver sind sehr tüchtig. Alles, was Sie über Dorian Schiller wissen müssen, steht da drin.«

»Ich kann Ihnen kaum sagen, wie dankbar ich Ihnen bin.«

»Nicht halb so dankbar wie ich dafür, daß Sie uns heute dorthin bringen. Ich hoffe nur, es stellt sich als das heraus, was Sie seinerzeit von Baxter gehört haben. Alles übrige liegt bei John Maynard.«

Er sah auf die Wanduhr im Terminal. »In ungefähr zwanzig Minuten wird er hier sein. Er fährt mit dem Taxi nach Argo City.« Collins deutete auf den Ausgang. »Für uns habe ich einen Ford gemietet.«

Sie fuhren durch breite, grüne Felder mit glitzernden Bewässerungsgräben dazwischen, bis sie die sich endlos erstreckende Wüste erreichten, und dann weiter in Richtung auf die mexikanische Grenze. Endlich tauchte vor ihnen das gelbe Straßenschild auf. In schwarzen Lettern konnte man lesen:

Argo City
14 000 Einwohner
Sitz der Argo Smelting & Refining Co.

Radenbaugh, der am Steuer saß, deutete an Collins vorbei: »Da liegt die Kupfergrube. Anderthalb Meilen breit und etwa 200 Meter tief. Der größte Teil der männlichen Bevölkerung arbeitet dort.«

In wenigen Minuten hatten sie das Zentrum von Argo City erreicht – eine einzige breite gepflasterte Straße mit vier oder fünf Kreuzungen. Collins hatte eine Reihe von sauberen und gut instand gehaltenen Gebäuden erkennen können, so ein großes Kaufhaus, das Postamt, das Argo-City-Theater und etwas, was sich City-Reparaturwerkstatt nannte. Dazwischen lag ein kleiner gepflegter Park, an dessen Rand sich die Argo-City-Bibliothek, die Episkopalkirche und ein zweigeschossiges Ziegelsteingebäude anschlossen. Wie sich herausstellte, war letzteres der Sitz der Tageszeitung, des *Argo City Bugle*. Größtes Gebäude am Platz war das Constellation Hotel, ein viergeschossiger Bau und trotz seines englischen Namens im spanischen Stil. Alles sah gepflegt und ordentlich aus.

Sie stellten ihren Wagen auf dem Hotelparkplatz ab und schlenderten an einem Indianerladen vorbei, in dem Navajo-Puppen, Korb- und Lederwaren, Silberschmuck und Töpferwaren ausgestellt waren, zum Hotel.

Die mit Marmorfliesen ausgelegten Säulengänge umschlossen den Innenhof, über den man den Eingang erreichte.

»Sieht aus wie eine Miniatur des J. Edgar Hoover-Building«, flüsterte Collins. »Wahrscheinlich hat Tynan es bauen lassen.«

Radenbaugh hielt den Finger an seine Lippen. »Nichts mehr davon, Mr. Cutshaw«, murmelte er, ohne auch nur den Mund aufzumachen. Am Empfang trugen sie sich als Cutshaw und Schiller aus Bisbee, Arizona, ein. Ihre nebeneinander liegenden Einzelzimmer würden sie nur bis zum späten Nachmittag behalten, dann wollten sie wieder abreisen. Ein Page nahm Radenbaughs Aktentasche und Collins' Bord Case, brachte sie mit dem Aufzug in den dritten Stock und weiter über den kühlen Gang zu ihren Zimmern. Er schloß ihnen zuvorkommend die Tür zwischen den beiden Räumen auf, überprüfte die Klima-Anlage und wartete noch sein Trinkgeld ab, bevor er wieder ging.

Nun waren sie in Collins' Zimmer allein. Dort wollten sie wie vereinbart auf Bundesrichter Maynard warten. »Wenn er hier ankommt, wird er sein Taxi wegschicken«, sagte Collins. »Nach Phoenix fahren wir zusammen zurück. Das ist nicht mehr so riskant.« Er kratzte sich am Kopf. »Mir kommt diese Stadt wie jede andere vor. Alles scheint vollkommen normal zu sein, nach dem, was ich bisher gesehen habe.«

»Warten Sie ab«, warnte ihn Radenbaugh. Er öffnete seine Tasche und zog ein Papier heraus. »In dieser Aufstellung habe ich alles zusammengefaßt, was mir Noah Baxter im Zusammenhang mit der Geheimakte R über diesen Ort erzählt hat – so gut ich mich noch daran erinnern kann – natürlich!«

»Ich habe mir auch eine Check-Liste mitgebracht«, sagte Collins. »Mein Stab hat sie aus dem Untersuchungsmaterial zusammengestellt. Am besten stimmen wir die beiden Listen untereinander ab. Wenn Maynard kommt, können wir dann gemeinsam entscheiden, welche Punkte am wichtigsten sind und von welchen wir uns am meisten versprechen. Die teilen wir dann unter uns auf.«

Nach fünfzehn Minuten waren sie fertig, sichtlich zufrieden überflogen sie noch einmal kurz die Liste mit den wichtigsten Punkten, die sich in Argo City für ihre Nachforschungen anboten.

»Hoffentlich läßt sich das alles in vier Stunden erledigen«, meinte Collins skeptisch. »Wir müssen unser möglichstes tun«, antwortete Radenbaugh. »Alles hängt davon ab, ob und wie die Leute, die wir treffen und befragen, uns unsere Geschichte abnehmen. Haben Sie den Brief?«

Collins klopfte auf die Brusttasche seiner Jacke. »Hier. War nicht schwierig. Jemand im Ministerium hat das Papier mit dem Briefkopf der Phillips Industries über Nacht beschafft. Ich weiß nicht genau, wie man so etwas macht, aber es ist jedenfalls gelungen. Den Text des Empfehlungsschreibens habe ich selbst diktiert.«

Sie überprüften und probten noch einmal die Geschichte, die sie sich zurechtgelegt hatten, um keinen Verdacht zu erregen. Ihr angebliches Vorhaben führte sie nach Argo City als Vertreter der Phillips Industries, die von der Argo Smelting & Refining die Erlaubnis zur Besichtigung bestimmter kommunaler Einrichtungen in Argo City erhalten hatten. Die mit diesen Einrichtungen erzielten Fortschritte sollten von der Phillips Industries sowohl bei einigen Sanierungsprojekten als auch bei der Planung weiterer Städte in Bisbee, Arizona, berücksichtigt werden.

»Als was tritt Maynard hier auf?« wollte Radenbaugh noch wissen.

»Er hat sich eine ganz andere Geschichte zurechtgelegt. Wir

haben unser Zimmer nur für heute nachmittag genommen. Er will sich zur Übernachtung anmelden, obwohl er natürlich mit uns zurückfährt. Er tritt als Tourist auf, als ein älterer Anwalt aus Los Angeles, der sich von seinen Geschäften zurückgezogen hat und auf der Durchreise nach Tucson ist, um seinen Sohn und die Schwiegertochter zu besuchen und sich den neu angekommenen Enkel anzusehen. In Argo City bleibt er über Nacht, nicht nur weil er sich nach der langen Reise etwas ausruhen möchte, sondern auch um sich nach einem Haus umzusehen. Er ist hier schon einmal durchgekommen und fühlte sich von der Gemeinde irgendwie angezogen. Und nun denkt er daran, sich hier niederzulassen.«

Radenbaugh rümpfte die Nase. »Nicht gerade originell.«

»Es müßte reichen, für vier Stunden. Und wenn einer nach Argo City ziehen will, könnte das eine Menge Gesprächsstoff geben.«

»Vielleicht.«

Collins dachte noch an etwas anderes. »Glauben Sie, daß hier irgend jemand, der Verwaltungsdirektor, der Zeitungsverleger, der Polizeichef oder sonstwer jemals etwas von der Geheimakte R gehört haben könnte?«

»Keiner. Da bin ich sicher. Niemand weiß hier, daß sie Versuchskaninchen für Tynans Mustermodell für die Vereinigten Staaten der Zukunft sind. Nur Tynan und vielleicht sein Kumpan – mir fällt der Name im Moment . . .«

»Harry Adcock.«

»Ja. Dieser Adcock und natürlich Noah Baxter, aber der ist tot. Dann ich, meine Tochter, der Priester, der Ihnen zum ersten Mal davon erzählt hat und schließlich Sie. Es ist kaum anzunehmen, daß es irgend jemand selbst dem Namen nach kennt.«

»Das Modell Argo City ist nur der eine Teil der Geheimakte R, sagten Sie. Mir liegt sehr viel daran, auch den anderen zu erfahren, und ich hoffte, daß wir hier vielleicht einen neuen Hinweis bekommen würden.«

»Kann sein. Aber zuviel würde ich mir nicht versprechen.«

»Also zählt nur das, was wir heute herausbringen.«

»Um den Artikel 35 scheitern zu lassen, meinen Sie?«

»Ja. Wenn wir nämlich hier und heute nichts entdecken . . .«

»Oder wenn wir geschnappt und entlarvt werden.«

». . . dann muß ich wohl oder übel aufgeben. So steht's, Donald. Das wird ein spannender Nachmittag.«

»Ich weiß.«

Collins sah auf die Uhr. »John Maynard müßte jetzt eigentlich da sein.«

Wenig später klopfte es. Es war Maynard. Er sah ganz und gar nicht wie ein würdiger und Eindruck gebietender Bundesrichter der Vereinigten Staaten aus. Mit seinem breitkrempigen Hut und der Sonnenbrille, dem offenen Hemd, der zerknitterten Khakihose und den knöchelhohen Schuhen kam er Collins und Radenbaugh eher wie ein alter Goldsucher vor, der nach zwei Wochen Arbeit aus der glühendheißen Wüste gerade in die Stadt zurückkehrt.

»Da wären wir also in diesem gottverlassenen Nest«, meinte er. »Das war vielleicht eine Fahrerei mit dem Taxi von Phoenix hierher! Ich habe es zurückgeschickt. Richtig, oder?«

»Genau richtig«, sagte Collins. »Wir fahren gemeinsam zurück.«

Maynard warf seinen Hut aufs Bett und setzte sich. »Aber jetzt heißt es los. Wir haben nicht viel Zeit.« Sein Blick fiel auf Radenbaugh. »Ich nehme an, Sie sind Radenbaugh?«

»Oh, Pardon«, entschuldigte sich Collins und beeilte sich, die beiden miteinander bekannt zu machen. Maynard sah Radenbaugh fest in die Augen. »Ich hoffe, wir vergeuden nicht unsere Zeit. Ihr Bericht über Argo City war empörend und widerlich, um es milde auszudrücken. Ich hoffe nur, er trifft auch zu.«

»Ich habe nur berichtet, was ich von Colonel Baxter weiß«, verteidigte sich Radenbaugh. »Der Reorganisationsplan beruht auf Direktor Tynans Untersuchung über Argo City.«

»Hm. Wir werden also die Vereinigten Staaten der Zukunft als Mikrokosmos zu sehen bekommen, so wie unser Land aussehen wird, wenn der Artikel 35 angenommen und in Anwendung ist. Nun, Mr. Radenbaugh, ich sage Ihnen ganz offen, daß es mir immer noch schwerfällt zu glauben, daß die Umstände, von denen Colonel Baxter gesprochen hat, hier wirklich gegeben sind. Ich kann mir nicht vorstellen, daß irgendeine Gemeinde in den Vereinigten Staaten sich so etwas erlauben könnte.«

»Vielen aber ist das, zumindest bis zu einem gewissen Grade, gelungen«, warf Collins ein. »Ich habe selbst solche Gemeinden untersuchen lassen. Nicht alle waren so totalitär organisiert, wie es hier in dieser Gemeinde der Fall sein soll, doch es kam bereits zu schlimmen Übergriffen und Unterdrückungen.«

»Hm. Na ja, dann ist wohl alles möglich. Wenn das jedoch hier wirklich wahr wäre . . .« Er verfiel ins Grübeln. »Das würde sicherlich ein ganz neues Licht auf alles werfen. Wir müssen also selbst direkt und schnell an Ort und Stelle herausbekommen, was wirklich vorgeht. Wo fangen wir an, Mr. Collins?«

Collins nahm seine Notizen zur Hand. »Ich schlage vor, daß Sie die Argo Smelting & Refining aufsuchen. Sie wollen sich ja nach unserem Plan angeblich hier niederlassen. Dann sollten Sie in Ihrer Rolle als pensionierter Anwalt dem örtlichen Richter einen Besuch abstatten und vielleicht über ihn mit dem Sheriff zusammenkommen. Danach wäre es günstig, wenn Sie noch in das Kaufhaus oder einen Supermarkt gehen könnten, um mit den Einwohnern ins Gespräch zu kommen.«

»Nicht so schnell«, wandte Maynard ein, der sich seine Punkte auf einem Blatt Papier notierte, das er auf den Knien hielt. Collins wartete einen Moment und fuhr dann fort. »Wenn Sie noch Zeit übrig haben, dann schauen Sie doch bitte auch beim *Argo City Bugle* hinein. Blättern Sie ein bißchen in den früheren Ausgaben. Viel Zeit wird dazu nicht bleiben, aber das gibt Ihnen vielleicht Gelegenheit, mit einem Reporter oder einem Redakteur ein wenig zu plaudern.«

»Dazu werde ich mir etwas einfallen lassen müssen«, meinte Maynard.

»Wir treffen uns wieder hier und sind längst aus der Stadt, bevor sich ein Verdacht regen kann«, sagte Collins. »Was Donald und mich angeht, so werden wir uns die Stadtbibliothek und das Postamt näher ansehen und versuchen, mit dem Stadtdirektor zu sprechen. Wir gehen dabei so weit, wie es irgend möglich ist. Wir sollten überhaupt alle drei mit vielen Bürgern ins Gespräch kommen, zum Beispiel während des Mittagessens eine oder zwei Kellnerinnen befragen. Oder die Leute auf der Straße anhalten, uns nach der Richtung erkundigen und sie in ein Gespräch verwickeln.« Er sah auf seine Armbanduhr. »Es ist jetzt ein Uhr vierzehn. Wir treffen uns hier in diesem Zimmer um fünf Uhr wieder, um die Ergebnisse unserer Ermittlungen miteinander zu vergleichen. Möglicherweise kennen wir dann schon die Wahrheit. Also, gehen wir? Sie bitte als erster, Mr. Maynard.«

Maynard erhob sich, setzte seinen Hut auf und verließ das Zimmer. Fünf Minuten später machten sich Collins und Radenbaugh auf den Weg, um gemeinsam auf Informationsjagd zu gehen.

Der Stadtdirektor schob seine Goldrandbrille auf seiner Nase hoch, zupfte sich die Schleife zurecht und strahlte sie mit seinem runden rosigen Gesicht über den leeren Schreibtisch hinweg an.

»Es tut mir leid, aber mehr Zeit kann ich Ihnen leider nicht widmen.« Er deutete auf die Digitaluhr auf seinem Schreibtisch. »Es ist vier Uhr fünfzehn, und ich erwarte Besuch.« Er erhob sich von seinem Sessel und kam um den Schreibtisch herum nach vorne, um Collins und Radenbaugh zur Tür zu bringen. »Es war nett von Ihnen, mich aufzusuchen«, sagte er höflich. »Ich hoffe, ich konnte Ihnen behilflich sein. Und vergessen Sie nicht: Eine sympathische Stadt macht auch die Leute sympathisch und trägt zum friedlichen Zusammenleben bei. Wie ich schon sagte – der Sheriff wird Ihnen das bestätigen –, haben wir im Jahr nur ein paar Ordnungswidrigkeiten in Argo City, und die sind an den Fingern einer Hand abzuzählen. Schwere Verbrechen kennen wir überhaupt nicht. In den letzten fünf Jahren gab es auch keine öffentlichen Unruhen, nachdem wir das örtliche Gesetz gegen öffentliche Versammlungen in Kraft gesetzt haben. Unsere Beschäftigten im öffentlichen Dienst sind alle vollauf zufrieden und erbringen gute Leistungen. Ab und zu gibt es mal einen faulen Apfel darunter, wie z. B. die Geschichtslehrerin, die ich erwähnt habe. Aber die werden wir schnell wieder los, und so gibt es keinen Schaden.« Er öffnete die Tür, um sie hinauszulassen. »Also, viel Glück bei Ihren Sanierungsprojekten und der Stadtplanung in Bisbee. Wenn Sie nur halb so gute Ergebnise wie wir hier erzielen, können Sie bereits stolz auf sich sein. Wenn Sie Mr. Pitman bei den Phillips Industries sehen, bestellen Sie ihm meine besten Grüße.«

Er sah Collins und Radenbaugh nach, als sie das Zimmer verließen. Erst als er in sein Büro zurückkam, merkte er, daß ihm seine Sekretärin gefolgt war. Ihm fiel sofort auf, wie verwirrt sie war.

»Was haben Sie denn nur, Miß Hazeltime?« fragte er sie.

»Die beiden Herren, die da eben gegangen sind . . . habe ich richtig gehört, als Sie sagten, daß die hier Informationen haben wollten für die Sanierung und Stadtplanung von Bisbee?«

»Ja. Das stimmt.«

»Aber das kann gar nicht sein, Sir. Die Stadt Bisbee wurde erst vor wenigen Jahren von Grund auf saniert, neu geplant und aufgebaut. Ich habe einen Bericht von der Handelskammer in Bisbee darüber.«

Nun war der Stadtdirektor verwirrt.
»Das kann doch nicht wahr sein!« entfuhr es ihm.
»Ich hole die Akte.«
In ein paar Minuten war der Direktor die ganze Akte von Zeitungsausschnitten, Fotos und Karten durchgegangen, die alle nur voll höchsten Lobs für die Arbeit waren, die bei dem nunmehr abgeschlossenen Wiederaufbau von Teilen dieser Stadt geleistet worden war. Er war entsetzt. Sofort ließ er sich direkt mit Mr. Pitman von den Phillips Industries in Bisbee verbinden. Danach rief er gleich den Sheriff an. »Mac, zwei Fremde haben sich bei mir als Mitarbeiter der Phillips Industries vom Zweigwerk in Bisbee ausgegeben. Sie haben eine Menge Fragen gestellt. Ja, sie hatten ein Empfehlungsschreiben von Pitman, Phillips Industries. Der hat niemals ewas von ihnen gehört. Mir kommt das merkwürdig vor, Mac. Sollten wir sie nicht einlochen?«
»Nein. Jedenfalls nicht, bevor wir herausgefunden haben, wer sie wirklich sind. Sie kennen doch unsere Anweisungen.«
»Aber, Mac . . .«
»Überlassen Sie das nur mir. Ich setze mich gleich mit Kiley in Verbindung. Der wird schon wissen, was zu tun ist.«

Im zweiten Stock der Argo City High-School ließ Miß Watkins, eine etwas steif und streng aussehende ältere Dame, ihre Klasse allein, weil Collins und Radenbaugh in der Eingangshalle auf sie warteten.
»Der Direktor hat mich angerufen. Er sagte, Sie wollten mit mir sprechen. Was kann ich für sie tun?«
»Wir haben erfahren, daß man Sie entlassen hat, Miß Watkins«, begann Collins. »Wir wollten Ihnen hierzu ein paar Fragen stellen.«
»Wer sind Sie denn?«
»Wir kommen vom Schulamt in Bisbee. Wir arbeiten gerade an einem Prüfungsbericht über das Schulsystem in Argo City. Bei unserer Unterhaltung mit dem Stadtdirektor wurde auch Ihr Fall erwähnt. Er sagte uns, sie hätten sich im Unterricht nicht an Ihr Fach gehalten . . .«
»Nicht an mein Fach gehalten?«, wiederholte sie verwirrt. »Ich habe doch nur meine mir gestellte Aufgabe erfüllt, ich unterrichtete nämlich amerikanische Geschichte.«
»Jedenfalls hat man Ihnen gekündigt.«
»Ja. Heute ist mein letzter Tag hier.«

»Können Sie uns sagen, was vorgefallen ist?«

»Ich schäme mich fast, es zu wiederholen«, sagte sie, »es ist einfach zu lächerlich. Ich wollte mit meiner Klasse die Gründerväter der Vereinigten Staaten durchnehmen. Um nun den Unterricht etwas interessanter zu gestalten, verwandte ich einen Zeitungsausschnitt, den ich einer alten Tageszeitung in Wyoming entnommen hatte, schon bevor ich hierherkam.« Sie suchte in ihrer Handtasche, zog einen vergilbten Ausschnitt hervor und gab ihn Collins. »Ich habe ihn in der Geschichtsstunde meiner Klasse vorgelesen.«

Collins und Radenbaugh lasen die Einleitung des Artikels der Associated Press: »Nur eine von 50 von unserem Reporter in den Straßen Miamis angesprochenen Personen erklärte sich bereit, eine maschinengeschriebene Kopie der Unabhängigkeitserklärung zu unterschreiben. Zwei nannten sie ›kommunistische Propaganda‹, und einer drohte sogar, die Polizei zu rufen . . .«

Miß Watkins wies auf den letzten Teil des Artikels hin: »Andere, die sich die Mühe machten, die ersten drei Absätze der Unabhängigkeitserklärung durchzulesen, gaben ähnliche Kommentare dazu ab. Einer sagte: ›Das Werk eines Phantasten‹, und ein anderer meinte: ›Über diesen Unsinn sollte man das FBI informieren.‹ Ein dritter nannte den Verfasser der Erklärung ›einen superroten Revolutionär‹. Wie Sie weiter unten lesen können, ließ der Reporter unter 300 Mitgliedern einer jungen religiösen Gruppe einen Fragebogen herumgehen, der einen Auszug der Unabhängigkeitserklärung enthielt. Das Ergebnis war katastrophal: 28 Prozent behaupteten, sie hätten zunächst geglaubt, der Text sei von Lenin verfaßt worden.«

Sie nahm den Ausschnitt wieder an sich. »Nachdem ich das meinen Schülern vorgelesen hatte, sagte ich ihnen noch, daß keiner von ihnen den Kurs abschließen könnte, bevor er nicht die Unabhängigkeitserklärung und die Verfassung gründlich gelesen und bewiesen hätte, daß er diese Dokumente richtig verstanden habe.«

»Haben Sie dabei die Menschenrechte erwähnt?« fragte Collins.

»Aber, ja! Sie sind doch ein Teil der Verfassung, oder? Es kam auch zu einer lebhaften Diskussion in meiner Klasse über die Grundfreiheiten und die Bürgerrechte. Meine Schüler wurden dadurch sehr angespornt. Mehrere erzählten davon ihren Eltern zu Hause. Doch irgendwie wurde alles übertrieben und verdreht. Und bevor ich eigentlich richtig wußte, was los war, fiel der Leiter des Schulamtes in Argo City über mich her und nannte mich eine Unruhestifterin! Eine Unruhestifterin! Welche Unruhe hatte ich denn gestiftet? Ich erklärte, daß ich nur Geschichte unterrichtet hätte. Er aber beharrte darauf, daß ich die öffentliche Ordnung gestört hätte und daß er meinen Vertrag kündigen müsse. Ehrlich gesagt, ich habe bis jetzt noch nicht verstanden, was eigentlich vorgefallen ist.«

»Und wollen Sie gegen Ihre Entlassung keinen Einspruch einlegen?« wollte Radenbaugh wissen.

Miß Watkins war sichtlich überrascht über diesen Vorschlag.

»Einspruch? Bei wem denn?«

»Aber es muß doch jemand geben, der dafür zuständig ist.«

»Da gibt es hier niemand. Und selbst wenn es jemand gäbe, würde ich nicht im Traum daran denken.«

»Und weshalb nicht?« beharrte Radenbaugh auf seiner Frage.

»Weil ich in solche Dinge nicht verwickelt werden möchte. Man soll mich in Ruhe lassen! Ich bin nun einmal dafür: Leben und leben lassen!«

Jetzt mischte sich Collins noch einmal in das Gespräch. »Aber man will Sie doch nicht leben lassen, Miß Watkins! Jedenfalls nicht so, wie Sie leben wollen.«

Einen Augenblick schien sie leicht verwirrt. »Ich weiß nicht recht. Ich nehme an, es gibt hier – wie überall – Regeln. Ich muß wohl zufällig eine davon verletzt haben. Doch deswegen würde ich kein öffentliches Aufsehen machen. Nein, daran würde ich nicht einmal denken!« »Wie war das denn früher, wenn Sie im Unterricht die Verfassung durchnahmen?« fragte Collins.

»Vorher habe ich niemals darüber unterrichtet. Ich habe immer nur europäische Geschichte gelehrt. Die Frau des Stadtdirektors war für amerikanische Geschichte zuständig. Nach dem letzten Semester ging sie jedoch in Pension, und ich kam hierher, um ihre Aufgabe zu übernehmen.«

»Was werden Sie jetzt machen, Miß Watkins? Wollen Sie in Argo City bleiben?«

»Oh, nein. Das würde man mir nicht erlauben. Wenn Sie nicht für das Unternehmen oder für die Stadt arbeiten, können Sie hier nicht bleiben. Sie würden mir einfach keine andere Arbeit geben. Ich denke, ich gehe nach Wyoming zurück. Ich weiß noch nicht. Mich regt das alles ziemlich auf. Ich weiß ja noch nicht einmal, was ich hier falsch gemacht haben soll.«

»Wollen Sie uns noch mehr erzählen?« fragte Collins.

»Worüber?«

»Was hier so vorgeht?«

»Hier geht nichts vor, wirklich nichts«, sagte sie ein wenig zu entschieden, als daß man ihr hätte glauben können. »Ich glaube, es ist besser, ich gehe jetzt wieder in meine Klasse zurück. Wenn Sie mich bitte entschuldigen wollen . . .«

Radenbaugh schaute Collins an. »Habe ich es nicht gesagt, Chris? Wenn jemals der Faschismus in den Vereinigten Staaten seinen Einzug hält, dann nur, weil das Volk ihn wählt.«

»Amen«, war Collins' kurzer Kommentar. »Und jetzt gehen wir am besten ins Hotel zurück. Wir haben eine Menge zu besprechen.«

Fünf Minuten nach fünf Uhr saßen alle drei wieder in Chris Collins' Zimmer im Constellation Hotel. Collins sprach als erster. Er wandte sich an Bundesrichter Maynard, der sich auf das harte Bett gesetzt hatte, den Hut in der einen Hand, mit der anderen sich den Schweiß von der Stirne wischend.

»Nun, Mr. Maynard, was haben Sie herausgefunden?«

Maynard schien noch wie betäubt. »Mit einem Wort: Es – es ist schrecklich!«

»Es ist wirklich unglaublich«, stimmte Collins zu.

»Wer hätte je gedacht, daß so etwas in den Vereinigten Staaten möglich ist?«

»Aber es ist möglich und es geschieht auch, wie wir gesehen haben«, erregte sich Collins. »Die Leute hier sind so indoktriniert, daß sie gar nicht mehr wissen, was sich eigentlich abspielt.«

Maynard nickte. »Ja, das ist genau mein Eindruck.«

»Es ist schon spät«, sagte Collins, »und je früher wir nach Phoenix zurückfahren, um so besser. Wir können ja die Einzelheiten im Wagen besprechen. Für den Augenblick lassen Sie mich nur kurz zusammenfassen, was Radenbaugh und ich herausbekommen haben. Unter uns gesagt, wir haben viel erledigt und uns mit zahlreichen Leuten unterhalten.«

»Das habe ich auch getan!« meldete sich Maynard noch einmal zu Wort. »Ich habe sogar mit dem Sheriff und dem Redakteur der Zeitung gesprochen. Sie alle reden dasselbe und wissen gar nicht, was sie sagen. Es ist ihnen gewissermaßen zur Gewohnheit geworden. Niemals in meinem Leben, bei uns oder im Ausland, zumindest seit dem Zweiten Weltkrieg, habe ich eine Bevölkerung zu sehen bekommen, die solch ein roboterartiges Leben führt und so hinterhältig unterdrückt wird.«

Collins stand auf und wanderte ruhelos durch das Zimmer. »Lassen Sie mich nur ganz kurz berichten, was Donald und ich herausgebracht haben. Der Argo Smelting & Refining Company gehören die einzigen Lebensmittel- und Bekleidungsgeschäfte der Stadt. Die Beschäftigten des Bergbauunternehmens bekommen zwar Löhne und Gehälter, erhalten aber außerdem eine Art Scheckheft mit Gutscheinen, die nur in den Läden des Unternehmens eingelöst werden können. Wenn ihnen das Geld ausgeht, können sie die Gutscheine dazu benutzen, um auf Kredit zu kaufen. Auf diese Weise stehen die meisten von ihnen bei dem Unternehmen in der Kreide.«

»Das ist nur eine mildere Form von Sklaverei oder wirtschaftlicher Abhängigkeit«, setzte Radenbaugh hinzu.

«Aber es gibt noch viel Schlimmeres! Dem Unternehmen gehört hier jeder Quadratmeter. Es besitzt oder beherrscht das Rathaus, das Amt des Sheriffs, die Schulen und Krankenhäuser, das Theater und Postamt, die Kirche, die Reparaturwerkstätten, die Lokalzeitung, selbst dieses Hotel. Der Bibliothekar des Unternehmens zensiert die Bücher, die in die Stadtbibliothek aufgenommen werden, nicht etwa nur Sexbücher, sondern vor allem Bücher mit politischem oder historischem Inhalt. Das Postamt überprüft – und das ist nur ein beschönigendes Wort für Öffnen und Nachschnüffeln – die gesamte ein- und ausgehende Post. Die Schulbehörde bestimmt im einzelnen, was die Lehrer den Kindern beizubringen haben. Der Sheriff sorgt dafür, daß Verkäufer und Hausierer keinen Gewerbeschein bekommen. Im Hotel darf niemand länger als zwei Tage bleiben. Nach drei Tagen werden Fremde unter dem Vorwand der Landstreicherei aufgegriffen. Ja, das Unternehmen zensiert sogar die Predigten des Pfarrers. Die unverheirateten Männer und Frauen sind nach Geschlechtern getrennt in vier unternehmenseigenen Wohnheimen untergebracht, die von Spitzeln nur so wimmeln. Und was die Wohnungen angeht . . .«

»Das habe ich mir genauer angesehen«, schaltete sich Maynard wieder ein. »Ich habe ja so getan, als ob ich daran dächte, mir hier ein Haus zu kaufen und mich hier niederzulassen. Das war vollkommen nutzlos. Lediglich Angestellte der Argo City Smelting kommen für einen solchen Hauskauf in Frage. Das Unternehmen vergibt die Hypotheken zur Finanzierung des Kaufes. Die Rückzahlungen werden einfach vom Gehalt einbehalten. Wenn der Eigentümer die Stadt verlassen will, muß er sein Haus an das Unternehmen zurückverkaufen. Und bei den gemieteten Häusern oder Wohnungen werden die Mieten ebenfalls vom Lohn einbehalten.«

»Noch mehr Knechtschaft«, lautete Radenbaughs Kommentar.

Collins ging auf Maynard zu. »Was haben Sie sonst noch herausgefunden?«

Angewidert faßte sich Maynard an seinen grauhaarigen Kopf. »Mir wäre fast schlecht davon geworden. Niemals habe ich eine solch eklatante Mißachtung der Menschenrechte angetroffen! In einer Cafeteria des Unternehmens ließ ich mir einen Salat bringen. Und während ich so am Tisch saß, schrieb ich auf einer Papierserviette, nein, zwei Servietten natürlich, die Grundrechte nieder, so wie sie in den ersten zehn Zusatzartikeln unserer Verfassung von 1791 niedergelegt sind. Und daneben schrieb ich dann, wie das jeweilige Bürgerrecht in Argo City gewahrt wird. Hören Sie sich das bitte einmal an . . .«

Er zog zwei Servietten aus der Tasche seiner Khakijacke und vertauschte die Sonnenbrille gegen seine Lesebrille mit den quadratischen Gläsern.

». . . also hören Sie zu«, fuhr Maynard fort. »Der erste Zusatzartikel garantiert die Freiheit von Religion, Presse und Meinung sowie die Versammlungsfreiheit und das Petitionsrecht. Hier in Argo City gehört man entweder der ansässigen Kirche oder überhaupt keiner an. Man liest nur eine Zeitung, nämlich den ›*Bugle*‹. Alle auswärtigen Zeitungen und die meisten Zeitschriften werden von der Stadt ferngehalten. Haben Sie das gewußt? Das Fernsehen besteht aus einer lokalen UKW-Station, die natürlich von dem Unternehmen kontrolliert wird. Bundesweite Programme werden auf Videogeräten aufgenommen. Nur ausgewählte Teile davon werden dann über den Ortssender ausgestrahlt. Das gleiche gilt auch für das Radio. Hier wird nur vom Band gesendet; die Radioempfänger werden von dem Unternehmen vertrieben, und zwar nur Geräte mit speziellen Bandfiltern, so daß man mit ihnen nicht etwa Phoenix oder andere Sender empfangen kann. Und die freie Rede ist regelrecht verkrüppelt. Sagt einer etwas, was ihm nicht paßt, oder tanzt einer aus der Reihe, so fliegt er aus seiner Stellung und auch aus seinem Haus. Öffentliche Versammlungen oder Demonstrationen sind nicht erlaubt. Die letzte Demonstration gab es hier vor vier Jahren. Sie wurde mit Gewalt aufgelöst, und die Arbeiter, die gegen fehlende Sicherheitsvorrichtungen protestierten, wanderten hinter Gitter. Das Gefängnis war für sie alle zu klein. Es gibt aber, ohne daß irgend jemand davon weiß, ein Internierungslager außerhalb der Stadt in der Wüste . . .«

Collins zuckte zusammen. »Ein Internierungslager?« Er dachte an seinen Sohn Josh und die Fahrt nach Tule Lake.

»Ja. Vier Wochen Gefangenschaft in diesem Lager machten dem Protest ein Ende. Seitdem hat es hier keine Protestdemonstrationen mehr gegeben . . .« Maynard versuchte seine Notizen auf der ersten Serviette zu entziffern. »Der zweite Zusatzartikel gibt dem Bürger das Recht, Waffen zu besitzen und auch zu tragen. Das bedeutet, daß jeder Bundesstaat das Recht hat, eine Miliz zu unterhalten. Nicht so in Argo City. Nur eine kleine Gruppe von herausragenden, höheren und besonders zuverlässigen Unternehmensangestellten, also die ›Elite‹, darf Waffen besitzen und tut das auch. Nach Zusatzartikel 3 kann kein Soldat ohne das Einverständnis des Eigentümers in einem privaten Haus einquartiert werden. Hier wurde vor fünf Jahren eine Regelung getroffen, die es der Polizei erlaubt, sich, falls notwendig, unter jedermanns Dach einzunisten. Durch den vierten Zusatzartikel sollen die Menschen gegen ungerechtfertigte Durchsuchungen geschützt werden. Eine Verordnung von Argo City läßt es jedoch ausdrücklich zu, daß der Sheriff mit seinen Leuten jedes Haus ohne besondere Vollmacht betreten darf. Der Artikel 5 garantiert selbst dem Angeklagten eines Kapitalverbrechens das ihm zustehende Verfahren vor dem Schwurgericht. Nur ein Großes Schwurgericht kann übrigens in einem solchen Fall einen Zivilisten anklagen. Außerdem besagt der Artikel 5, daß niemand als Zeuge gegen sich selbst aufzutreten braucht. In Argo City gibt es kein Schwurgericht. Ein Richter entscheidet einfach allein darüber, ob auf Grund des vorliegenden Beweismaterials ein Schwurgerichtsverfahren überhaupt notwendig ist. Die Richter werden natürlich von dem Unternehmen berufen. Nach dem sechsten Zusatzartikel werden dem Angeklagten ein rasches Verfahren und unparteiische Geschworene garantiert. Außerdem hat er nach diesem Artikel das Recht, Belastungszeugen gegenübergestellt zu werden und seinen eigenen Rechtsbeistand zu wählen. In Argo City können Sie unbegrenzt in Ihrer Zelle schmachten, bevor Ihre Sache verhandelt wird. Hier gibt es keine Geschworenen. Ein einziger Richter sitzt sowohl als Richter wie auch als Geschworener über den Angeklagten zu Gericht, ohne daß dagegen etwas unternommen werden kann. Belastungszeugen gegen den Beklagten brauchen vor Gericht nicht persönlich zu erscheinen. Der Rechtsbeistand wird vom Unternehmen gestellt.« Maynard seufzte. »Wie Stanislaw Lec schon sagte: ›Die Ausübung der Ungerechtigkeit liegt immer in den richtigen Händen.‹«

»Wie wahr!« murmelte Radenbaugh. »Wenn man in meinem Fall auch zu einem ungerechten Urteil kam, so hatte ich doch wenigstens meine zwölf Geschworenen und konnte mir meinen Rechtsbeistand frei wählen.«

Maynard nahm nun seine zweite Serviette zur Hand und las weiter vor. »Jetzt kommt der siebte Artikel. Der garantiert das Recht auf eine Verhandlung vor Geschworenen, das heißt bei Verfahren allgemeinen Rechts. Das wird in Argo City vollkommen ignoriert! Durch den achten Artikel soll der Bürger gegen überhöhte Kautionen und Geldstrafen sowie vor grausamen und ungewöhnlichen Strafen geschützt werden. Hier wird selbst bei geringen Verstößen die Kaution so hoch angesetzt, daß der Angeklagte durch das Gefängnis längst zermürbt ist, bevor es überhaupt zum Prozeß kommt. Es war mir leider nicht möglich zu erfahren, wie hoch die festgesetzten Geldstrafen sind. Aber allem Anschein nach sind grausame und ungewöhnliche Strafen hier die Regel. Die schuldigen Personen verlieren zum Beispiel ihre Wohnungen. Wer protestiert oder Widerstand leistet, was als Untreue ausgelegt wird, wird in ein Internierungslager hinter Stacheldraht in der Wüste gebracht. Gott allein weiß, was sonst noch alles passiert. Der neunte Zusatzartikel gewährleistet Rechte, die in der Verfassung nicht besonders aufgezählt sind. Ich habe auch nicht viel gefunden, was daruntergefallen wäre, mit der Ausnahme natürlich, daß allem Anschein nach die Bürger von Argo City keine eindeutigen Rechte haben, außer – unter gewissen Bedingungen – zu essen und zu schlafen. Der zehnte Artikel behält alle Machtbefugnisse, soweit sie nicht durch die Verfassung der Bundesregierung übertragen sind, den Staaten und dem Volke vor. Hier dagegen werden ganz offensichtlich alle Machtbefugnisse, die dem Bund, den Bundesstaaten oder dem Volke vorbehalten sind, ganz und gar von dem Unternehmen wahrgenommen.«

»Oder von Vernon T. Tynan«, ergänzte Collins.

»Ja. Oder von Tynan«, pflichtete Maynard bei. Er steckte die beiden Servietten wieder in die Tasche.

»Wie, zum Teufel, meine Herren, konnte so etwas geschehen? Mir ist klar, daß die Bundesregierung keine Ahnung hat, was hier vorgeht. Aber der Bundesstaat Arizona – man müßte doch annehmen können, daß es da bekannt wäre und man von dort aus etwas dagegen unternähme!«

»Nein, ich kann mir schon vorstellen, wie es dazu gekommen ist«, warf Radenbaugh ein. »Ich wette zehn zu eins, daß die Arizona Corporation Commission, die die Unternehmen zu kontrollieren hat, eben selbst kontrolliert wird – von der Argo Smelting & Refining Company. Und Tynan hatte etwas, womit er die Company unter Druck setzen konnte. So konnte er sich hier mit seinem großangelegten Experiment breitmachen.«

Maynard war aufs höchste erregt. »Das ist absolut die entsetzlichste Geschichte, die mir jemals begegnet ist.«

Collins versuchte eine Entscheidung anzubahnen. »Wir können nicht weiter zusehen und nichts tun. Als Bundesgeneralanwalt muß ich handeln. Ich kann hier ermitteln lassen . . .«

Maynard hob die Hand. »Nein, das ist nicht das Dringendste. Es geht hier nicht um Argo City und seine 14 000 Einwohner. Sie sind nur ein Teil der ganzen Problematik, die hier zur Debatte steht. Haben Sie nicht selbst gesagt, Mr. Collins, es stünde mehr auf dem Spiel, weitaus mehr?«

»Sie meinen den Zusatzartikel 35?«

»Wir wissen jetzt, daß Argo City, die Stadt ohne Verbrechen, Direktor Tynan dazu inspiriert hat, den Artikel 35 zu entwickeln. Wir wissen auch, daß der FBI-Direktor verschiedene Gesichtspunkte getestet und dann verfeinert hat, indem er Argo City als Modell für die Unterdrückung in den letzten vier Jahren benutzt hat. Und wir wissen, daß wir hier und heute eine Art Vorgeschmack der Verhältnisse kennengelernt haben, wie sie in den ganzen Vereinigten Staaten herrschen werden, wenn Kalifornien den Artikel 35 ratifiziert und damit zum Bestandteil unserer Verfassung macht.«

Der Bundesrichter stand auf und wanderte ziellos durch den Raum, tief versunken in einen inneren Widerstreit. Als er sich schließlich wieder Collins und Radenbaugh zuwandte, konnten die beiden seinem Gesicht trotz der vielen kleinen Fältchen deutlich anmerken, daß die schwere Spannung von ihm gewichen war. Er hatte seinen Entschluß gefaßt.

»Meine Herren«, hob er an. »Ich habe meine Entscheidung getroffen. Soweit es an mir liegt, kann und wird Kalifornien den Artikel 35 nicht beschließen.«

Collins konnte seine Begeisterung kaum zurückhalten.

»Werden Sie – was werden Sie tun, Mr. Maynard?«

»Was ich Ihnen versprochen habe, wenn Sie mir Beweise vorlegen, daß unsere Demokratie in Gefahr ist«, sagte Maynard. »Sie haben mir einen Teil der Geheimakte R vorgeführt, wahrscheinlich Direktor Tynans Meisterstück. Ich habe erlebt, wie die Leute den Faschismus als Preis für ihre Sicherheit hingenommen haben. Nun weiß ich, daß der Faschismus ganz normal unter dem Schirm des Gesetzes der ganzen Nation beschert werden soll. Ich kann und will nicht zulassen, daß dies geschieht.« Er ließ seinen Blick eine Weile auf Collins ruhen. »Ich werde zuerst mit dem Präsidenten sprechen und versuchen, ihn dazu zu bewegen, seine Haltung zu ändern. Wenn mir das nicht gelingt, werde ich an die Öffentlichkeit treten und mir Gehör verschaffen. Und wenn mein Einfluß wirklich so weit reicht, wie Sie, Mr. Collins, das annehmen, wird es keinen Artikel 35 geben, ebensowenig wie es weiterhin Argo Citys in Amerika geben wird. Unser schwerer Kampf ist damit ausgestanden.«

Collins ergriff Maynards Hand und drückte sie. Auch Radenbaugh freute sich mit ihm über Maynards Entschluß.

»Wir sollten uns nun aber wirklich davonmachen!« warnte Maynard energisch. »Ich hole meine Sachen aus meinem Zimmer und treffe Sie in zwei Minuten unten in der Halle.« Und damit war er schon zur Tür hinaus.

Voller Begeisterung über ihren Erfolg nahmen auch Collins und Radenbaugh ihre Taschen, um das Zimmer zu verlassen. An der Tür hielt Collins Radenbaugh kurz zurück. »Wohin fahren Sie von Phoenix aus, Donald?«

»Zurück nach Philadelphia, denke ich.«

»Kommen Sie doch nach Washington. Ich kann Sie natürlich nicht auf die Gehaltsliste der Bundesverwaltung setzen, aber auf meine private. Ich brauche Sie. Unsere Arbeit ist noch nicht abgeschlossen. Wenn Maynard den Artikel 35 zum Scheitern bringt, werden wir ein neues und anständiges Programm an seine Stelle setzen müssen, das die Verbrechensrate senken hilft, ohne dabei unsere Menschenrechte aufs Spiel zu setzen.«

»Sie können mich wirklich brauchen? Ich würde gern . . .«

»Los, kommen Sie, wir wollen keine Zeit vergeuden!«

Im Korridor sahen sie Maynard gerade aus seinem Zimmer kommen. Im Aufzug fuhren sie zusammen nach unten. Collins meldete alle drei am Empfang ab. Dann gingen sie quer durch die Hotelhalle hinaus in den herrlich warmen Nachmittag.

Auf dem Weg zum Parkplatz war Maynard kurz zurückgeblieben, um sich die letzte Ausgabe der *Argo City Bugle* bei dem bärtigen blinden Verkäufer zu holen, der auf einer Kiste neben dem Hoteleingang saß. Als der Blinde die Münzen klingen hörte, formten seine Lippen ein Wort des Dankes, doch seine Augen hinter der Sonnenbrille blieben leer und starr.

Maynard beeilte sich, seine Begleiter wieder einzuholen. Ein paar Minuten später steuerte Radenbaugh den Ford quer durch Argo City nach Phoenix in die Freiheit.

Vor dem Constellation Hotel steckte der blinde Zeitungsverkäufer das Geld in die Tasche, stand auf und legte die restlichen Zeitungen auf die Kiste. Mit seinem weißen Stock tastete er sich vorwärts, humpelte am Hotel vorbei weiter zum Parkplatz und bog zur Tankstelle an der Ecke ab. Zielstrebig folgte er dem tastenden Stock zur nächsten der zwei Telefonzellen.

Er schloß die Glastür hinter sich und stellte den weißen Stock in die Ecke. Noch einmal schaute er sich vorsichtig um, dann legte er schließlich die dunkle Brille ab, steckte sie in die Tasche, nahm den Hörer ab, warf eine Münze ein und betrachtete wie geistesabwesend die Ziffern auf der Drehscheibe, während er wartete. Die Vermittlung meldete sich, und er nannte ihr die Nummer. Dann warf er ein paar Münzen ein und wartete, bis sich am anderen Ende der Leitung eine Stimme meldete.

Er schirmte das Mundstück des Hörers ab. »Verbinden Sie mich bitte mit Direktor Vernon T. Tynan.« Er machte es dringend. »Sagen Sie ihm, hier ist Spezialagent Kiley mit einem Bericht von der Außenstelle R.«

Er wartete weiter, aber nur ein paar Sekunden lang. Tynans Stimme war klar und laut zu hören, und man merkte ihr an, wie wichtig er diesen Anruf nahm. »Was gibt es?«

»Direktor Tynan, hier spricht Kiley vom Posten R. Drei von ihnen waren hier. Zwei habe ich erkannt. Einer war Bundesgeneralanwalt Collins, der andere Bundesrichter Maynard . . . Nein, kein Zweifel . . . ganz eindeutig. Collins und Maynard . . .«

7

Es war bereits am späten Morgen des nächsten Tages, und Präsident Wadsworth hatte schon zweimal innerhalb der letzten fünfzehn Minuten angerufen. Wohl zum ersten Male in seiner Amtszeit hatte es der Direktor vermieden, einen Anruf vom Präsidenten der Vereinigten Staaten anzunehmen. Zusammen mit Harry Adcock war Vernon T. Tynan voll und ganz damit beschäftigt, ein Tonband abzuhören, das Adcock gerade hereingebracht hatte. Die Aufnahme war eine Stunde zuvor von einem privaten Telefongespräch zwischen Bundesrichter Maynard und Präsident Wadsworth gemacht worden. Der Anruf kam vom Bundesrichter, und die Unterhaltung hatte nicht länger als fünf Minuten gedauert.

Der erste Anruf vom Präsidenten war gekommen, als Adcock gerade mit dem Tonband hereinkam. »Sagen Sie ihm, daß ich noch nicht in meinem Büro bin«, hatte Tynan seine Sekretärin instruiert. »Und daß Sie versuchen werden, mich ausfindig zu machen.« Der zweite Anruf kam, als Tynan noch das Band abhörte. »Sagen Sie ihm, ich bin noch nicht da«, wies er seine Sekretärin an, »und daß Sie mich jeden Moment erwarten.«

Dann hatte er sich erst einmal das Band bis zum Ende angehört. Adcock schaltete das Gerät ab. »Oder wollen Sie es noch einmal hören, Chef?«

»Nein. Einmal reicht.« Tynan lehnte sich in seinem Drehsessel zurück. »Ich muß sagen, ich bin nicht überrascht. Nachdem Kiley seinen Bericht gestern abend von Argo City hereingegeben hat, habe ich damit gerechnet. Jetzt ist es also passiert. Wir wollen nun lieber den Präsidenten zurückrufen und uns seine Fassung vorspielen lassen.« Tynan wurde sofort mit dem Ovalen Zimmer im Weißen Haus verbunden. »Es tut mir leid, daß Sie mich nicht erreichen konnten«, sagte Tynan. Er atmete schnell und tief, als ob er außer Atem wäre. »Bin gerade hereingekommen. War zu zwei Terminen außerhalb und hatte wohl vergessen, Beth Bescheid zu sagen. Gibt es etwas Dringendes, Mr. President?«

»Jetzt geht es uns an den Kragen, Vernon. Der 35er ist so gut wie tot.« Tynan spielte den Überraschten. »Was sagen Sie da?«

»Gerade bevor ich Sie anrief, hatte ich ein Telefongespräch mit Bundesrichter Maynard.«

»Oh?«

»Er wollte von mir wissen, ob ich jemals etwas von einem Ort Argo City in Arizona gehört hätte. Da klingelte es bei mir sofort. Es handelt sich doch dabei um den Ort, über den wir uns gestern unterhielten, als Sie mir über die neuesten Aktivitäten Ihres Bureaus berichteten. Ich sagte Maynard, ja, ich wüßte davon, und es handele sich um eine Ortschaft, in der das Bureau seit mehreren Jahren ermittele. Ich sagte ihm auch, daß Sie wegen der dort bundesweit zu verfolgenden Verbrechen persönlich die Ermittlungen geleitet hätten. Die Ergebnisse Ihrer Untersuchungen würden Sie in Kürze dem Bundesgeneralanwalt Collins vorlegen.«

»Stimmt.«

»Na, ja, Maynard ist aber über Ihre Aktivitäten in Argo City ganz anderer Meinung.«

Tynan gab sich ganz bestürzt.

»Ich verstehe nicht recht. Welche andere Meinung könnte er denn haben?«

»Er war der Auffassung, daß Sie Argo City als Versuchsstation für den Artikel 35 benutzt haben. Und über die Ergebnisse Ihres Experiments, die Ihnen vielleicht gefallen haben, war er entsetzt.«

»Aber das ist doch absurd!«

»Das sagte ich ihm auch. Aber der alte Tölpel ließ sich nicht umstimmen.«

»Der ist wohl nicht ganz normal?«

»Was auch immer er sein mag, jedenfalls ist er gegen uns. Er erklärte, er habe niemals daran gedacht, sich öffentlich und ausdrücklich gegen den Artikel 35 auszusprechen, aber jetzt sei er fest dazu entschlossen. Er versuchte, mich regelrecht unter Druck zu setzen.«

»Sie unter Druck zu setzen? Sie, Mr. President? Wie denn?«

»Nun, er sagte, wenn ich öffentlich meine Unterstützung für den Artikel 35 zurückzöge, könne er weiter stillhalten, was ihm am liebsten wäre. Wenn ich das aber ablehnte, wenn ich also meine Haltung nicht ändern wollte, dann würde er sich an die Öffentlichkeit wenden.«

»Für wen hält er sich denn? Dem Präsidenten zu drohen!« Volle Entrüstung klang aus Tynans Stimme. »Und was haben Sie ihm geantwortet?«

»Ich sagte ihm, daß ich bislang konsequent hinter dem Artikel

35 gestanden habe und daß ich auch weiterhin dahinterstehen werde. Ich versicherte ihm, daß ich an diesen Artikel glaube und ihn daher als Teil unserer Verfassung ratifiziert sehen möchte.«

»Wie nahm er das auf?« fragte Tynan voller Besorgnis in seiner Stimme.

»Er sagte klipp und klar: ›Dann zwingen Sie mich zu handeln. Ich trete von meinem Amt zurück und steige hinab in die politische Arena, damit ich meine Stimme erheben kann, solange es noch Zeit ist.‹ Gleich am Nachmittag wird er nach Los Angeles fliegen. Morgen wird er den ganzen Tag in seinem Haus in Palm Springs verbringen. Am Tag darauf fährt er nach Los Angeles zurück. Und dann sagte er: ›Ich halte eine Pressekonferenz im Ambassador-Hotel ab, auf der ich meinen Rücktritt vom Obersten Gericht bekanntgebe und meine Bereitschaft erkläre, als Zeuge vor dem Rechtsausschuß des Kalifornischen Abgeordnetenhauses und des Senats zu erscheinen, um gegen die Annahme des Artikels 35 aufzutreten.‹«

»Und dazu ist er wirklich bereit?«

»Ohne Frage, Vernon. Ich habe alles versucht, um ihn zur Vernunft zu bringen, aber ohne Erfolg. In ein paar Stunden sitzt er im Flugzeug nach Kalifornien, und wir sitzen hier in der Tinte. Sobald er gegen den 35er auftritt, sind wir erledigt. Er wird die ganze Gesetzgebung umkrempeln. Wer hätte gedacht, daß alles so kommt? All unsere Anstrengungen, all unsere Hoffnungen werden durch das Eingreifen eines einzigen Mannes zunichte gemacht! Was können wir tun, Vernon?«

»Ihn bekämpfen.«

»Und wie?«

»Ich weiß noch nicht. Ich werde mir etwas einfallen lassen.«

»Tun Sie das! Lassen Sie sich etwas einfallen, alles, was nur möglich ist! Sie werden schon das Richtige finden, Vernon.«

»Mach' ich, Mr. President.«

Tynan legte auf und grinste das Telefon an. Er hob seinen Kopf, sah Adcock an und lächelte. »Wir werden uns etwas einfallen lassen, nicht wahr, Harry?« Und blinzelte ihm dabei zu.

Chris Collins war an diesem Abend bester Laune. Zum ersten Mal war der Druck der letzten Wochen von ihm gewichen. Endlich konnte er ausspannen.

Er war gerade nach Hause gekommen, da meldete sich wie versprochen Bundesrichter Maynard am Telefon. Maynard war wie beabsichtigt kurz zuvor auf dem Los Angeles International Airport gelandet, und ehe er mit seiner Frau in den Wagen stieg, um nach Palm Springs zu fahren, wollte er Collins noch mitteilen, was sich am Morgen ergeben hatte.

Er hatte also mit dem Präsidenten am Telefon gesprochen und ihn gebeten, seine Haltung zum Artikel 35 zu revidieren, was der Präsident abgelehnt hatte. Darauf hatte ihm Maynard angekündigt, daß er nach Los Angeles fliege, wo er seinen Rücktritt vom Obersten Gerichtshof erklären und seinen Entschluß bekanntgeben wollte, sich in Sacramento gegen die Annahme des Artikels 35 auszusprechen. In seinem Arbeitszimmer in Palm Springs würde er einen Tag darauf verwenden, seine Rücktrittsrede und seine in starken Worten gehaltene Stellungnahme für die Rechtsausschüsse des Parlaments und des Senats von Kalifornien abzufassen. »Ich hoffe, das wird seine Wirkung tun«, meinte er abschließend.

»Das wird es, mit Sicherheit!« pflichtete ihm Collins bei, der sich vor Aufregung kaum bremsen konnte. »Ich danke Ihnen, Mr. Maynard.«

»Ich habe *Ihnen* zu danken, Mr. Collins.«

Die ganze Zeit war Karen in der Nähe geblieben und hatte sich wohl gefragt, was das alles bedeuten sollte. Kaum hatte Collins eingehängt, sprang er auf und nahm sie fest in seine Arme. Am liebsten hätte er sie hochgehoben und herumgewirbelt. Aber noch rechtzeitig erinnerte er sich daran, daß sie ein Kind erwartete. So umarmte und küßte er sie herzlich.

Dann hatte er ihr kurz und in großen Zügen – ohne in die Einzelheiten zu gehen und Argo City zu erwähnen – die Entscheidung erklärt, die der Bundesrichter getroffen hatte, um jetzt öffentlich gegen den Artikel 35 auftreten zu können. Karen war sehr beeindruckt und freute sich mit ihm. »Wie wunderbar, mein Schatz! Endlich gute Nachrichten!«

»Laß uns heute feiern«, schlug er vor. Er fühlte sich leicht und beschwingt und von einer schweren Last befreit. »Laß uns in die Stadt fahren, und du sagst, wohin!«

»In den Jockey-Club«, rief Karen ausgelassen, »zu Tournedos Rossini!«

»Mach dich schick. Ich laß inzwischen einen Tisch reservieren. Nur für uns beide! Und kein Wort vom Dienst, sondern nur zu unserem Vergnügen, das verspreche ich dir!«

Eine halbe Stunde später, frisch geduscht und fast fertig angezogen, waren sie wieder im Schlafzimmer. Collins zog sich gerade die Hose seines besten marineblauen Anzugs an und steckte die Hemdzipfel hinein, da läutete das Telefon.

»Nimm du bitte das Gespräch an«, rief Karen vom Toilettentisch, »mein Nagellack ist noch nicht trocken.«

Collins ging zum Telefon und betete im stillen: »Hoffentlich ist es niemand aus dem Ministerium!« Seine Privatnummer war nur wenigen Leuten bekannt. Neben ein paar engen Freunden eigentlich nur seinen wichtigsten Mitarbeitern im Ministerium.

Er nahm den Hörer ab. »Hallo?«

»Mr. Collins?«

»Ja, bitte?«

»Hier spricht Ishmael Young. Ich weiß nicht, ob Sie sich an mich noch erinnern . . .?«

Collins lächelte. Als ob man so einen Namen jemals vergessen könnte! »Natürlich erinnere ich mich. Sie sind doch der Geist von Direktor Tynan!«

Doch Ishmael Young blieb ernst. »Ich hoffe, Sie erinnern sich nicht nur deswegen an mich. Aber es stimmt schon. Ich arbeite an Tynans Autobiografie, und Sie waren letzten Monat so freundlich, mich zu empfangen.« Young zögerte. Collins merkte, wie er nach den richtigen Worten suchte. Und dann platzte er mit einer Direktheit heraus, die für Collins ganz neu an Young war.

»Ich weiß, wie sehr Sie beschäftigt sind. Aber wenn es menschenmöglich ist, muß ich Sie heute abend sprechen. Es wird nicht lange dauern . . .«

Collins blickte zu seiner Frau hinüber und unterbrach den Redefluß. »Es tut mir leid. Heute abend habe ich etwas vor, Mr. Young. Vielleicht können Sie mich am Montag in meinem Büro anrufen, und wir vereinbaren dann einen Termin . . .«

»Glauben Sie mir, Mr. Collins, ich würde Sie nicht behelligen, wenn es nicht wirklich wichtig wäre – für Sie wie auch für mich.«

»Nun, hm, ich weiß nicht recht . . .«

»Bitte, Mr. Collins!«

Der neue Klang in Youngs Stimme ließ Collins kapitulieren. »Also gut. Meine Frau und ich wollten heute abend im Jockey-Club zu Abend essen.«

»Es tut mir leid, aber . . .«

»Nein, nein, schon gut. Wir werden um acht Uhr dreißig dort sein. Kommen Sie doch dazu.«

Erst als er aufgelegt hatte, merkte er, daß Karen zugehört hatte, und ihn nun fragend ansah.

Collins zuckte die Achseln. »Er schreibt eine Autobiografie für Vernon Tynan und muß mich dringend heute abend sprechen. Ich möchte schon gerne wissen, weshalb. Er ist ein netter Kerl. Ich hoffe, du hast nichts dagegen, Liebling.«

»Schade, aber es hätte mich auch gewundert, wenn es heute abend bei uns beiden geblieben wäre.« Sie zeigte auf den Telefonapparat. »Ruf lieber gleich beim Jockey-Club an und reserviere jetzt einen Tisch für drei Personen. Und außerdem, ich bin – ehrlich gesagt – genauso neugierig wie du.«

Im Jockey-Club an der Massachusetts Avenue gegenüber dem Fairfax-Hotel war an diesem Abend um acht Uhr jeder Platz besetzt. Dennoch hatte man den besten Tisch im Restaurant für Chris Collins und seine Gäste freigehalten.

»Wie du siehst«, flüsterte Collins seiner Frau zu, »Bundesgeneralanwalt zu sein, hat auch seine guten Seiten!«

»Vielleicht auch nur deswegen, weil man dich für einen spendablen Gast hält«, neckte ihn Karen.

Ishmael Young hatte sie draußen vor dem Club an der Ecke erwartet. Er schien äußerst besorgt und voller Unruhe zu sein. Immer wieder hatte er sich wegen seines Telefonanrufs entschuldigt. Und noch jetzt, als ihre Drinks kamen, spielte er wie geistesabwesend an seinem Jack Daniels mit Soda herum und bat noch einmal um Verzeihung. »Ich hasse es, mich Ihnen an einem solch privaten Abend aufzudrängen.«

»Aber nicht doch! Wir freuen uns, daß Sie bei uns sind!« hieß ihn Collins nochmals willkommen. Es klang ein wenig überschwenglich, aber er fühlte sich heute abend großartig, und er hob sein Glas zu einem ironischen Trinkspruch: »Es lebe die Niederlage des Artikels 35!« Er wartete, bis Karen ihren Wodka-Tonic und auch der Schriftsteller sein Glas erhoben hatten, und trank dann aus. Er setzte das Glas ab und wandte sich an Young: »Nicht wahr, Sie hatten keine Ahnung, daß ich den Artikel 35 nicht mehr unterstütze?«

»Natürlich weiß ich es.«

Collins konnte seine Überraschung nicht verbergen. »Woher? Es war doch eine rein persönliche Entscheidung. Ich habe darüber nichts verlauten lassen. Und solange ich Mitglied der Regierung bin, werde ich das auch nicht tun.« Erwartungsvoll schaute er Young an. »Wie haben sie es herausbekommen?«

»Sie vergessen wahrscheinlich, daß ich mit Direktor Tynan zusammenarbeite«, antwortete Young. »Der Direktor weiß alles, und ich bin sein Geist.«

Collins' gute Laune war verflogen. »Daher also! Demnach weiß er es schon?«

»Ja!«

»Hätte ich mir auch denken können.« Er nahm einen großen Schluck. »Ich bin halt immer geneigt, ihn zu unterschätzen. Ich sollte stets daran denken, wie gefährlich diese Schwäche werden kann.«

Eine Weile war es still am Tisch. Ishmael Young spielte nervös mit seinem Drink. Offenbar fiel es ihm schwer, die richtigen Worte zu finden. Erst nach einer kleinen Pause raffte er sich auf. »Ich mußte Sie heute abend sprechen, aus – aus zwei Gründen. Der eine betrifft Sie und der andere hat mit mir zu tun. Zuerst zu Ihnen.«

Doch er sprach nicht sofort weiter. Erst als Collins ihn fragte: »Und was ist es?« fuhr er fort: »Es geht um Tynan. Er kann Sie nicht leiden.«

»Das überrascht mich nicht«, sagte Collins. »Wie haben Sie das erfahren?«

»Ich bin doch jede Woche bei ihm. In der letzten Zeit scheint er das allerdings kaum noch zu bemerken. Er redet und redet, führt lange Telefongespräche, läßt Zettel und Aktennotizen herumliegen. Meistens scheint er gar nicht zu merken, daß ich überhaupt noch da bin, so als ob ich kein Mensch wäre. Und vielleicht hat er recht, ich bin ja auch nur so eine Art Tagebuch, in das man seine Eintragungen macht.«

»Also, er kann mich nicht leiden«, stellte Collins fest, »und was weiter?«

»Wenn er gegen Sie ist, dann sollte ich für Sie sein, habe ich mir überlegt. Denn wogegen auch immer Tynan ist, davon bin ich überzeugt, das muß gut sein. Tynan ist – wie Sie aus unserem ersten Gespräch wissen – nicht mein Typ. Und der Ihre ist er auch nicht, das habe ich deutlich gespürt. Ganz gleich, ob Sie das zugeben oder nicht, mir ist jetzt klar, daß wir beide auf der gleichen Seite stehen. Und das ist auch der Grund, weshalb ich Sie sofort sprechen wollte, nämlich um Sie vor Tynan zu warnen.« Karen sah besorgt ihren Mann an, doch Collins blieb ungerührt.

»Weiter.«

»All right.« Young sprach jetzt leiser. »Tynan und das FBI stellen über Sie Ermittlungen an.«

»Oh, Chris, wie schrecklich«, entfuhr es Karen.

Collins winkte ihr zu, still zu sein. Er konzentrierte sich ganz auf den Schriftsteller. »Sonst gibt es nichts Neues? Wenn das alles ist . . .«

»Aber ich dachte . . .«

»Natürlich hat mich der FBI überprüft. Dazu ist er ja da. Sie mußten mich sofort überprüfen, nachdem ich vom Präsidenten zum Bundesgeneralanwalt ernannt worden war. Das ist doch reine Routinesache.«

»Nein, Sie verstehen mich falsch, Mr. Collins. Mir ist natürlich bekannt, daß Sie vor einigen Wochen überprüft worden sind. Das war Routine, das weiß ich. Ich versuche, Ihnen klarzumachen, daß Tynan vor ein paar Tagen eine neue und ganz geheime Untersuchung gegen Sie in Gang gesetzt hat, und die läuft im Augenblick.«

Collins sah Young überrascht an. Das mußte er erst einmal verarbeiten. Es dauerte eine ganze Weile, bis er voll begriff, was Young gesagt hatte. Er holte tief Luft und sagte: »Nun, also . . .«, brach ab und setzte neu an: »Sind Sie sicher?«

»Absolut sicher. Es ist übrigens nicht das erste Mal, daß Tynan Sie überprüfen läßt. Letzten Monat schon hörte ich ihn am Telefon über Baxter und die Hl.-Dreifaltigkeits-Kirche sprechen und dabei ›die Collins-Sache‹ erwähnen.«

»Das ist mir bekannt«, unterbrach ihn Collins. »Aber das hier ist jetzt wichtiger. Sagen Sie, sind Sie wirklich sicher? Haben Sie wirklich gehört, daß Tynan erneut gegen mich ermittelt?«

»Ganz sicher. Ich war gestern lange mit ihm zusammen. Da bekam er einen Anruf. Wenn ich sonst da bin, läßt er sich für gewöhnlich nur Anrufe vom Präsidenten oder Adcock hereingeben. Dieser Anruf kam jedoch nicht vom Präsidenten. Während er am Telefon sprach, ging ich zum Waschraum. Dabei ließ ich die Tür einen Spalt offen, so daß ich seine Worte hören konnte. Ihr Name ist dabei nicht gefallen. Aber es gab da eine Andeutung – ich weiß jetzt nicht mehr genau welche –, aus der hervorging, daß über Sie gesprochen wurde. Es handelte sich um eine Untersuchung, die gerade durchgeführt wird. Schließlich sagte Tynan zu Adcock: ›Also, machen Sie weiter, unternehmen Sie alles mögliche. Und vergessen Sie dabei nicht die anderen!‹«

Karen stieß sich an den letzten Worten. »Die anderen? Was meint er denn damit?«

»Keine Ahnung«, antwortete Ishmael Young und wandte sich wieder Collins zu. »Es stand jedenfalls außer Frage, daß die beiden sich über Sie unterhielten. Ergibt das einen Sinn? Sollte es wirklich einen Grund geben, weshalb er Sie gerade jetzt unter die Lupe nimmt?«

»Möglich. Ja, das könnte schon sein«, sagte Collins nachdenklich.

»Ich wollte Sie jedenfalls so schnell wie möglich warnen«, erklärte Young, »damit Sie darauf gefaßt sind.«

»Ich weiß das zu schätzen«, sagte Collins freimütig. »Vielen Dank, Ishmael.«

Zerstreut schaute er sich um, bis er schließlich ihren Ober entdeckte und ihn heranwinkte. »Ich glaube, darauf sollten wir eine neue Runde nehmen.«

Als der Ober wieder gegangen war, rückte Karen näher an ihren Mann heran. Sie versuchte, ihre Aufregung zu verbergen. »Was hat das alles zu bedeuten, Chris?«

»Ich weiß es nicht, wahrscheinlich überhaupt nichts.« Er gab sich alle Mühe, sie zu beruhigen. »Nicht alle Nachprüfungen müssen Schlimmes bedeuten. Manchmal werden sie nur durchgeführt, um jemand, mit dem ich in Verbindung stehe, zu überprüfen, also gewissermaßen zu meinem eigenen Schutz.«

»Ja, das kann sein.« Auch Young bemühte sich, Karens Sorgen zu zerstreuen.

»Aber dann sollte er dir das wenigstens sagen und so etwas nicht hinter deinem Rücken tun«, wandte Karen ein. »Schließlich bist doch du sein Chef! Das ist wirklich ein schrecklicher Mensch.«

Die zweite Runde Drinks stand auf dem Tisch, und diesmal hob Ishmael Young sein Glas: »Darauf möchte ich trinken, Mrs. Collins.«

Unruhig schweiften seine Augen umher, ob ihnen vielleicht jemand zuhören könnte. »Er – Sie wissen schon, wen ich meine – ist der widerlichste Kerl – verzeihen Sie mir diesen Ausdruck –, der charakterloseste Egoist und der durchtriebenste, gewissenloseste und unmoralischste Schuft, der mir je begegnet ist.«

Sie tranken. Bevor sie ihre Unterhaltung wieder aufnehmen konnten, war der Maître d'Hotel gekommen, um die Bestellungen anzunehmen. Sie einigten sich auf überbackene Zwiebelsuppe als Vorspeise. Für Karen bestellte Collins Tournedos Rossini. Er wartete bis Young die Speisekarte eingehend studiert und für sich Boeuf Stroganoff ausgewählt hatte. Er selbst entschied sich für einen Coq au Vin.

Ishmael nahm einen großen Schluck von seinem Jack Daniels.

»Um noch einmal auf Tynan zurückzukommen«, wandte sich Young an Karen, »ich habe noch nie jemand gefunden, der ihn wirklich gemocht hat, ausgenommen – und das kann ich nur annehmen – seine Mutter und Adcock. Jedermann sonst respektiert, fürchtet oder haßt ihn.«

Collins begann das zu interessieren. »Außer seiner Mutter und Adcock, sagten Sie. War das ein Witz, oder entspricht das der Wahrheit? Hat er wirklich seine Mutter noch bei sich?«

»Kann man gar nicht glauben, nicht wahr? Daß ein Mann wie Vernon T. Tynan auch eine Mutter haben kann! Nun ja, er hat sie, und ganz in der Nähe. Rose Tynan, vierundachtzig Jahre alt, im Altenheim »Goldene Jahre« in Alexandria. Niemand weiß davon außer Adcock und mir. Tynan besucht sie jeden Samstag. Ja, das Scheusal hat eine regelrecht amtlich beurkundete Mutter.«

»Haben Sie sie mal gesehen?«, fragte Collins.

»Oh, nein! ›Verboten‹! Als ich ihn einmal über seine Jugend befragte, konnte er sich an etwas nicht mehr erinnern. Aber seine Mutter würde sich sicherlich dessen noch entsinnen, meinte er, und er wolle sie danach fragen. Ich sagte ihm, daß ich gar nicht gewußt hätte, daß seine Mutter noch lebte. Er meinte dazu nur ›Ah, ja. Aber ich spreche nicht darüber – aus Sicherheitsgründen.‹ Auf keinen Fall sollte ich in seinem Buch erwähnen, daß sie noch am Leben sei. Aber sonst, so sagte er, könnte ich durchaus über sie schreiben. Ja, er bestand sogar darauf, daß ich einiges Nette über sie aufnahm. Und zu diesem Zweck erzählte er mir auch manches aus ihrem Leben. Daher weiß ich das.«

»Interessant«, meinte Collins.

»Ich kann mir gar nicht vorstellen, daß Tynan eine Mutter hat«, warf Karen ein. »Das läßt ihn fast wie einen Menschen erscheinen.«

»Lassen Sie sich nicht täuschen«, warnte sie Young. »Auch Caligula hatte eine Mutter und natürlich auch Jack the Ripper.«

Collins amüsierte sich über Ishmael Young, aber Karen nahm es ernst. Sie wollte mehr über Tynan erfahren. »Mr. Young, wenn Sie Tynan nicht mögen . . .«

»Ich habe niemals gesagt, daß ich ihn nicht mag, ich hasse ihn!«

». . . nun gut, wenn Sie ihn also hassen, weshalb arbeiten Sie dann an seiner Autobiografie?«

»Warum? Das werde ich Ihnen gleich erzählen . . .«

Aber zunächst wartete er eine Weile, denn der Kellner hatte gerade auf einem Wagen die Zwiebelsuppe herangeschoben und begonnen, sie in die Schalen zu füllen und zu servieren.

Kaum war die Suppe serviert und der Kellner gegangen, als Young fortfuhr.

»Als ich mit Ihrem Mann sprach, sagte ich ihm, daß man mich unter Druck gesetzt hatte, damit ich dieses Buch schreibe. Wenn es Ihnen recht ist, dann möchte ich das jetzt näher erklären.« Er wandte sich Collins zu. »Das ist nämlich der andere Grund, weshalb ich Sie heute abend sprechen wollte. Ich sagte Ihnen doch, der erste Grund hätte mit Ihnen und der zweite mit mir selbst zu tun. Ich hoffe, Sie haben nichts dagegen, wenn ich Sie nun mit meinem Problem behellige. Es handelt sich um Tynan und das Buch, das ich für ihn schreibe und das ganz gut auch den Titel ›Mein Kampf‹ bekommen könnte.«

»Bitte, erzählen Sie nur«, bat ihn Collins.

»Man hat mich nämlich regelrecht und mit allen nur möglichen Methoden bearbeitet, damit ich diesen verdammten Auftrag übernehme«, begann Young seinen Bericht. »Ich habe einige Zeit in Paris gelebt, um Material für ein Buch zu sammeln, das ich selbst, also nicht als Ghostwriter für einen anderen, schreiben wollte. Es ging um ein Buch über die Pariser Kommune. Unter den Leuten, mit denen ich darüber sprach, befanden sich auch ein Professor und seine Frau im Exil. Professor Henderson war ein Experte für alle Fragen der Pariser Kommune. Aus den Vereinigten Staaten war er schon vor einiger Zeit ausgewiesen worden, weil er in anarchistische Aktivitäten verwikkelt war. Die Hendersons hatten eine Tochter, Emmy, in die ich mich Hals über Kopf verliebt habe, das erste und einzige Mal übrigens in meinem Leben. Und sie verliebte sich auch in mich. Wir waren uns einig und wollten heiraten. Es gab nur einen Hinderungsgrund, nämlich, daß ich schon verheiratet war. Ich lebte zwar sei einiger Zeit getrennt, aber ich war eben verheiratet. Daher wollte ich nach New York zurück und meine Scheidung betreiben. Emmy sollte nachkommen, und wir wollten dann heiraten. Nun dauerte es etwas, bis ich geschieden war . . .«

»Das kenne ich«, sagte Collins und nahm Karens Hand in die seine.

»Endlich hatte auch ich einmal Glück. Eines meiner Bücher verkaufte sich beinahe so gut wie ein Bestseller. Es war eine politische Biografie. Ich war so in der Lage, alle meine Einkünfte aus diesem Buch meiner Frau zu überschreiben, und erhielt dafür ihre Einwilligung zur Scheidung. Nun wollte ich Emmy nachkommen lassen. Mittlerweile war aber Vernon T. Tynan auf mich aufmerksam geworden und hatte entschieden, daß ich für ihn der einzige sei, der seine Biografie schreiben könnte, was ich jedoch ablehnte. Aber einen Tynan wird man nicht so schnell los. Er stellte Nachforschungen über mich an und stieß dabei auf Emmy und ihre Eltern, die man alle drei für Anarchisten hielt. Im Unterschied zu ihren Eltern war Emmy eher passiv und nur intellektuell interessiert. Sie ist eine zarte und süße Person, eine politische Theoretikerin, nicht mehr. Na ja. Tynan hatte sein Material! Er hielt mir das vor und stellte mich vor die Wahl. Wenn ich mich weiter weigere, mit ihm bei seinem Buch zusammenzuarbeiten, würde man Emmy nicht in die Vereinigten Staaten einreisen lassen, einfach mit der Begründung, daß sie eine unerwünschte Ausländerin sei. Wenn ich aber mit ihm zusammen das Buch schreibe, werde er alles vergessen und Emmy dürfe in die Vereinigten Staaten einreisen, sobald das Buch fertiggestellt sei. Das war der Köder, den er mir vorhielt. Was sollte ich machen? Ich mußte in den sauren Apfel beißen. Deshalb habe ich mich bereit erklärt, dieses Buch zu schreiben.«

»Schrecklich!« sagte Karen voller Mitgefühl. »Sie so dazu zu zwingen!«

»Was ist nun Ihr Problem?« wollte Collins wissen.

»Daß mich Tynan hintergangen hat! Das ist mein Problem. Vor zwei Wochen bekam ich ein ganzes Bündel neues Material für das Buch, Papiere, Tonbänder und was sonst noch alles. Tynan gab es mir zum Kopieren mit. Ein Teil stammte aus den Akten des verstorbenen Bundesgeneralanwalts, aber vieles war auch neues Material von Tynan selbst. Ich habe alles in Auszügen kopiert, damit ich die Originale Tynan wieder zurückgeben kann. Gestern ging ich nochmals einige dieser Papiere durch und stieß dabei auf die Durchschrift einer Aktennotiz von Tynan an Baxter. Anscheinend hatte er übersehen, sie herauszunehmen, oder vergessen, daß er sie abgeschickt hatte. Er teilte darin Baxter mit, daß Emmy Henderson – zusammen mit anderen – von der Wiedereinreise in die Vereinigten Staaten ausgeschlossen werden müsse, weil sie eine unerwünschte Ausländerin sei. Diese Notiz war geschrieben worden, nachdem er mir versprochen hatte, daß Emmy einreisen dürfe, wenn das Buch fertig wäre. Also will er mich noch immer dafür bestrafen, daß ich zunächst sein Buch nicht schreiben wollte. Sie können sich vorstellen, wie mir zumute war. Ich wollte ihm zuerst diesen Betrug vorhalten. Aber dann bekam ich es mit der Angst zu tun. Ich wußte wirklich nicht, was ich machen sollte. Schließlich fiel mir ein, daß wahrscheinlich eine Kopie davon bei den Akten des Einwanderungs- und Einbürgerungsamtes vorliegen müßte und daß dieses Amt Ihrer Aufsicht untersteht. Das ist also der zweite Grund, weshalb ich Sie heute abend sprechen wollte. Ich wollte Sie bitten, mir in dieser Angelegenheit zu helfen.«

Collins zögerte nicht. »Ja, das Einwanderungsbüro gehört zu meinem Amt. Ich kann über die Zulassung von Ausländern entscheiden und werde mir die Akte Ihrer Emmy kommen lassen. Sie Ihrerseits sollten mir alle Papiere schicken, die noch in Ihrem Besitz sind und Emmys Einwanderungsantrag betreffen. Ich werde den Fall prüfen. Wenn es sich so verhält, wie Sie es mir erklärt haben, dann . . .«

»Ich garantiere Ihnen, daß nichts gegen sie vorliegt!«

». . . dann werde ich Tynans Empfehlung außer Kraft setzen und dafür sorgen, daß man Ihre Verlobte einreisen läßt.«

»Mr. Collins, ich kann Ihnen kaum sagen, wie glücklich Sie mich machen! Sie ahnen nicht, was das für mich bedeutet und wie dankbar ich bin! Sie können nicht ermessen, was ich Ihnen schulde.«

Collins lächelte. »Ich weiß sehr wohl, was ich Ihnen schuldig bin. Doch das steht jetzt nicht zur Debatte. Das ist nur eine Frage der Gerechtigkeit.«

Karen war die einzige am Tisch, die ihre Ruhe noch nicht wiedergefunden hatte. »Ich möchte auch, daß du das tust, Chris. Aber ich mache mir Sorgen wegen Tynan. Ihm wird das nicht recht sein. Gehässig wie er ist, kann er dir das nachtragen.«

»Mach dir bitte keine Sorgen«, beruhigte sie Collins. »Ich weiß schon, wie ich das mache.« Er wandte sich Young zu. »Und Sie arbeiten weiter für ihn an seinem Buch, so als ob nichts geschehen wäre. Ich werde das in aller Stille erledigen, und er wird niemals davon erfahren.«

Karen schien erleichtert. Doch was Tynan anging, war sie immer noch in Sorge. »Macht er öfter so etwas? Tynan, meine ich. Daß er sich so in das Leben anderer Leute einmischt? Und auf solche Weise? Es ist einfach nicht zu glauben!«

»Es gibt keinen, der das so gut kann wie er«, erklärte Young, bevor er sich wieder seinem Essen widmete. »Mit seinem riesigen Ermittlungsapparat ist er der Wirklichkeit gewordene ›große Bruder‹, der alles sieht, hört und überwacht. Ich möchte wetten, daß es nichts in Ihrem Leben, Mrs. Collins, oder in Ihrem Leben, Mr. Collins, oder in meinem eigenen Leben gibt, über das Vernon T. Tynan nicht Bescheid weiß. Meiner Überzeugung nach ist er der mächtigste Mann in unserem Lande. Und wenn er es noch nicht ist, dann wird er es ganz bestimmt sein, wenn erst einmal der Zusatzartikel 35 angenommen ist.«

»Er wird abgelehnt«, meinte Collins ganz ruhig. »Übermorgen ist er tot, und wir können wieder alle ohne Furcht leben. Machen Sie sich um Tynan keine Sorgen. Langen Sie lieber zu, trinken Sie aus und lassen Sie uns fröhlich sein. Heute wird gefeiert!«

Als Karen Collins in ihrem dünnen hellblauen Nachthemd ins Schlafzimmer kam, waren alle Lampen bis auf ihre Nachttischleuchte schon gelöscht. Der Elektrowecker neben ihrem Bett zeigte zehn Minuten vor eins. Auf der anderen Seite des Bettes, unter der weichen Decke mit dem Rücken zu ihr, lag ihr Mann. Sein Kopf war tief im Kissen vergraben.

Sie hob die Decke auf und schlüpfte auf ihre Seite in das übergroße Bett. Dann richtete sie sich auf und beugte sich über ihn.

»Ich danke dir für den zauberhaften Abend, Liebling«, flüsterte sie ihm zu.

»Uhm, hm«, murmelte er matt.

Sie senkte ihren Kopf und hauchte mit ihren Lippen einen Kuß auf seine Wange. »Gute Nacht, mein Liebster. Du bist ja so müde. Schlaf gut!«

Und sie glaubte, zu hören, daß er ihr gute Nacht wünschte. Sie sah noch einmal zu ihm hinüber, drehte sich um, rutschte wieder auf ihre Seite und legte sich auf den Rücken. Die Lampe brannte noch. Nachdenklich schaute sie an die Decke und ließ noch einmal den Abend im Jockey-Club mit dem dicklichen Schriftsteller mit dem lustigen Namen Ishmael Young vor sich abrollen.

Was hatte er zu Anfang des Abends gesagt? Der Direktor weiß

alles? Und später hatte er erklärt: ›Ich möchte wetten, es gibt nichts in Ihrem Leben, Mrs. Collins, oder in Ihrem, Mr. Collins, oder in meinem eigenen Leben, über das Vernon T. Tynan nicht Bescheid weiß.‹

Daran mußte sie jetzt unwillkürlich denken, als sie die Decke betrachtete. Sie dachte an ihre Zeit in Fort Worth in Texas. Ihre Aufregung wuchs, und plötzlich bekam sie Angst. Sie schaute zu ihm hinüber, sah seinen Hinterkopf auf dem Kissen. Noch war Zeit, darüber zu sprechen. Sicherlich war dies kein Thema für ein Bettgespräch. Gewiß war das auch nicht der richtige Zeitpunkt, da er doch so müde war. Doch es war an der Zeit zu reden.

»Chris,«, rief sie. »Chris, Liebling, ich muß dir etwas sagen, wovon ich bisher noch nicht gesprochen habe. Aber ich muß es dir jetzt sagen. Ich hätte schon früher davon sprechen sollen. Es ist etwas, was du unbedingt wissen mußt, aus der Zeit, bevor wir uns kennenlernten. Hör mir bitte zu, Liebling! Bitte, laß es mich dir sagen. Bitte!«

Sie wartete auf Antwort, aber er schnarchte leise. Zu spät!

Allein mit ihren Sorgen, seufzte sie tief, drehte sich um, schaltete das Licht aus und ließ sich in der Dunkelheit mit offenen Augen tiefer in das Kissen sinken. Zittern überkam sie, als sie an die Vergangenheit dachte und die Sorgen, die sich in der Zukunft daraus ergeben könnten. Sie schloß die Augen. Alle möglichen Gedanken gingen ihr durch den Kopf. Vielleicht, dachte sie schon im Halbschlaf – und der Gedanke tröstete sie –, bin ich kindisch und albern. Ich fürchte mich vor der Nacht. Draußen gibt es keine Monster mehr, nur Menschen wie du und ich. Gute Nacht Chris! Zusammen sind wir doch sicher, nicht wahr?

Und halb beruhigt sank sie in tiefen Schlaf.

Im J. Edgar Hoover-Building hatte Harry Adcock nach seinem kleinen Lunch das Büro im siebten Stock verlassen und war nun auf dem Weg zum Fahrstuhl. Sein Ziel an diesem Sonntagnachmittag war – wie an jedem Tag, seit ihm der Chef den Auftrag mit höchster Dringlichkeitsstufe erteilt hatte – der FBI-Computersaal am Ende des ersten Stockwerks. Im Fahrstuhl erinnerte sich Adcock noch einmal genau der Worte, mit denen ihm Tynan den Auftrag erteilt hatte.

»Fangen Sie mit unserem Bundesgeneralanwalt Collins an. Ich wünsche, daß das Bureau ihn ganz unauffällig überprüft . . .

Ich wünsche, daß Collins zehnmal gründlicher als das erste Mal überprüft wird . . . Lassen Sie niemand aus, der jemals zu irgendeiner Zeit seines Lebens mit ihm in Verbindung stand.«

Sofort hatte Adcock zwei erstklassige Einsatzgruppen zusammengestellt. Die größere Gruppe, sorgfältig ausgewählt aus über 10 000 Spezialagenten im Außendienst, sollte die Außenarbeit übernehmen. Diese Agenten waren nicht nur nach ihrer Erfahrung und ihrer Geschicklichkeit, sondern auch nach ihrer Loyalität gegenüber ihrem Chef ausgewählt worden. Die kleinere Gruppe setzte sich aus besonders vertrauenswürdigen und verschwiegenen Kräften aus der FBI-Zentrale zusammen. Sie sollte sich auf die Büroarbeit und die Auswertung konzentrieren. Die beiden Gruppen hatten sich unverzüglich an die Arbeit gemacht. In aller Stille und so unauffällig wie nur irgend möglich führten sie die Ermittlungen in Sachen Collins. Seitdem waren jeden Tag Unmengen an Material zusammengetragen worden. Collins' ganzes Leben war von vorne bis hinten durchgewühlt worden, unter Einbeziehung aller möglichen Unterlagen über Verwandte, Freunde und Bekannte. Bis jetzt, zumindest aber bis gestern abend, waren die Ergebnisse miserabel und für Adcock enttäuschend gewesen. Alles, was man über Collins und die ihm Nahestehenden herausgefunden hatte, bot keine Angriffsfläche. Er war gesetzestreu, aufrichtig, ehrlich und anständig. Das bestätigte nur die ursprünglichen Ermittlungsergebnisse des Bureaus. Jeden Wandschrank hatte man durchstöbert und nirgendwo ein Skelett gefunden. Das war geradezu krankhaft unnatürlich für Adcock, und er konnte es einfach nicht fassen. Zu lange schon war er dabei und hatte zuviel vom Schlimmsten der Menschen zu sehen bekommen, um noch an absolute Unbescholtenheit glauben zu können. Wenn man nur tief, lange und gut genug grub, würde man schon fündig werden und irgend etwas Schmutziges finden – früher oder später.

Natürlich hatte er Tynan allgemein über den Fortgang der Ermittlungen auf dem laufenden gehalten. Aber Tynan war niemals an Einzelheiten, sondern nur an endgültigen Ergebnissen interessiert. Deswegen hatte Adcock ihm auch nicht von den Fehlanzeigen berichtet, die Tag für Tag eingingen. Bisher gab es nichts, was praktisch zu verwerten gewesen wäre. So hatte er Tynan nur gesagt, daß man bei der Arbeit sei und daß man überall, von Albany bis Oakland Hinweisen und Anhaltspunkten nachging. Dennoch hatte er die Hoffnung nicht aufgegeben.

Vielleicht ging es heute besser als an den vergangenen Tagen, vielleicht würde sich heute etwas Brauchbares und auch Befriedigendes ergeben, was er dem Chef dann melden könnte.

Im ersten Stock stieg er aus und ging am Zierbrunnen vorbei in den riesigen Computersaal.

Drinnen fiel ihm gleich an der Wand das große Schild FBI – NATIONALE INFORMATIONSZENTRALE FÜR VERBRECHENSBEKÄMPFUNG ins Auge. Sofort fühlte er sich besser. Seine Augen wanderten durch den Riesensaal über die geheimnisvollen elektronischen Apparate, den Schreiber, die Steuerungszentrale, die Magnetbandmagazine, die Drucker, die 1100 Zeilen in der Minute ausdrucken konnten. Langsam gewann er seine Fassung wieder. Kein menschlicher Fehler konnte diesen Maschinen verborgen bleiben, ebenso wie kein menschlicher Fehltritt den hartnäckigen Bluthunden draußen entgehen konnte. Auf seiner Wanderung durch den Computersaal hielt Adcock nach Mary Lampert Ausschau. Sie war die Nachrichtenleiterin und somit seine wichtigste Verbindungsstelle hier unten. Er konnte sie nicht entdecken und fragte daher eine Operatorin nach ihr. »Sie ist gerade hinausgegangen«, gab sie ihm zur Antwort, »und wird wohl gleich wieder zurück sein.«

So suchte sich Adcock einen Stuhl, setzte sich und wartete. Er blickte über die ganze Computermaschinerie, dachte an die Identifizierungsabteilung oben und die Außenbeamten. Es war nur eine Frage der Zeit, sagte er sich. Und er vertraute darauf, daß er früher oder später doch eine gute Nachricht für den Chef haben würde.

Adcocks Gedanken folgten den unbarmherzigen Bahnen der Statistik. Und als er jetzt die Medien der Statistik an sich vorüberziehen ließ, gab ihm dies ein neues Gefühl der Sicherheit.

Da war die Computerzentrale. Von 40 000 Stellen im Bund, in den Bundesstaaten und in den Gemeinden der fünfzig Staaten kamen die Daten herein und wurden von diesem Computersystem verarbeitet. Daten gab es nicht nur von Leuten, die im Gefängnis gesessen oder einmal festgenommen worden waren, also nicht nur von Verbrechern, sondern auch von potentiellen Straftätern und Unruhestiftern und von allen, die anderer Meinung waren, Abweichlern oder Dissidenten, von den Mitgliedern des Kongresses, der Regierung und von Beamten sowie natürlich von allen Kritikern der Vereinigten Staaten, praktisch also bald von jedem, der älter als zehn Jahre alt war. Nahm man allein die Verhaftungsprotokolle, dann machten, bestimmte Verkehrsvergehen eingerechnet, ungefähr 49 Prozent allein einmal in ihrem Leben mit der Gefängniszelle Bekanntschaft. Im Laufe ihres ganzen Lebens waren es bei der schwarzen Stadtbevölkerung sogar 90 Prozent und bei den Weißen immerhin 60 Prozent. Jede Festnahme wurde in der FBI-Datenbank gespeichert. Bei der jetzigen Verbrechensrate würden – wenn man die Verkehrsvergehen einmal außer Betracht ließ – allein in diesem Jahr über neun Millionen verhaftet werden. Ungefähr die Hälfte von ihnen würde zwar nicht weiter verfolgt, wegen Geringfügigkeit oder Freispruch, aber alle von ihnen würden in der Datenbank landen. Und außer den Daten aus 275 Millionen Polizeiakten wurden auch solche aus 350 Millionen Krankengeschichten, 290 Millionen psychiatrischen Berichten und 125 Geschäftskreditakten in der FBI-Datenbank gespeichert.

In der Identifizierungsabteilung kamen Tag für Tag 34 000 neue Fingerabdrücke zu FBI von Ämtern und Verwaltungsstellen, Banken und Versicherungen sowie von allen Behörden, die Genehmigungen, Lizenzen und Konzessionen erteilten, und vielen anderen Stellen. Und das jeden Tag! Das mußte man sich einmal vorstellen! 1975 hatte das FBI 200 Millionen Abdrücke archiviert, heute waren es vielleicht schon 250 Millionen, ein Drittel davon bei den Kriminalabteilungen, zwei Drittel in den allgemeinen Abteilungen.

Und dann gab es noch die FBI-Außenbeamten, über 10 000 von ihnen, darin eingeschlossen die Sondergruppe, die an der Collins-Untersuchung arbeitete. Diese Einsatzgruppe hatte Verwandte, Freunde, Bekannte und Kollegen befragt, hatte Schulen, Klubs, Geschäftsinhaber, Ärzte, Anwälte und Banken aufgesucht. Sie waren überall draußen unterwegs, zapften Telefone an, installierten elektronische Abhörwanzen, beschatteten und verfolgten in diesem Zusammenhang Personen, setzten Spitzel ein und machten Fotos. Sie waren draußen in leerstehenden Wohnungen und Häusern, sie prüften den Müll in den Abfalltonnen, öffneten und lasen heimlich Briefe.

Geradezu sagenhaft war das alles. Wer konnte jemals Tynans Armee entkommen? Wenn es irgendwo einen dunklen Punkt gab, er konnte nicht unentdeckt bleiben, niemals.

Harry Adcock tat es wohl, sich das im Zusammenhang zu vergegenwärtigen, und sein Selbstvertrauen wuchs. Seine Träumereien wurden jedoch jäh von einem weiblichen Gesicht unterbrochen, das sich zu ihm niederbeugte. Er kannte das Parfüm und hörte eine weibliche Stimme flüstern: »Hallo, Harry.«

Er hob den Kopf. Mary Lampert war zurück.

»Habe ich Sie lange warten lassen?« fragte sie.

»Nein, nein. Gibt's was Neues?«

»Kommen Sie mit ins Büro.«

In ihrem schmucklosen, kleinen Büro setzte er sich ihr gegenüber an den Schreibtisch. Seine Augen folgten ihr gierig, als sie zu dem feuersicheren Tresor ging und ihn aufschloß. Er sah sie gerne an. Wieder einmal mußte er den Geschmack seines Chefs bewundern. Sie sah überhaupt nicht wie eine Nachrichtenleiterin aus. Aber das brauchte sie auch gar nicht, denn das war nur eine ihrer Aufgaben, wie sich Adcock erinnerte. Er beobachtete sie, wie sie die Schublade aus dem Schrank zog. Mary Lambert war zweiunddreißig Jahre alt und einssiebzig groß. Ihr leicht gewelltes Haar fiel locker auf ihre Schultern. Sie hatte kalte, grüne Augen, eine kurze Nase mit breitem Rücken und feuchte, volle und sinnliche Lippen. Ihr Kleid stellte ihre hohen und festen Brüste heraus und spannte sich über ihren wohlgeformten Schenkeln, so daß die Linien ihres Höschens zu sehen waren.

Adcocks Pickelgesicht hellte sich auf. Er genoß den Anblick. Sie kam auf ihn zu. »Hier ist es«, sagte sie und übergab ihm den braunen Hefter. »Die neuesten Daten der letzten vierundzwanzig Stunden . . .«

Er öffnete den Hefter und blätterte darin. Am Ende war der freudige Ausdruck aus seinem Gesicht verschwunden. Er konnte seinen Verdruß nicht verbergen. »Verdammt noch mal, schon wieder nichts.«

Mary nickte. »Das dachte ich auch. Sieht aus wie ein Überwachungsbericht von Pfadfindern.«

»Wir müssen weitermachen, Mary. Der Chef erwartet . . .«

Das Telefon läutete. Mary nahm den Hörer ab. »Was? Wirklich?« hörte er sie überrascht sagen. »Ich bin gleich oben.«

Adcock sah sie fragend an.

»Die Identifizierungsabteilung«, sagte sie. »Warten Sie hier. Ich bin gleich zurück. Es hat mit Ihrem Fall zu tun. Ich weiß aber noch nicht wie im einzelnen.«

Sie ging zur Tür, und Adcock schaute ihr nach, noch immer fasziniert von den Linien ihres Höschens, die sich unter ihrem Kleid quer über den Po abzeichneten. Er mußte sie daran erinnern, dieses Kleid das nächste Mal zu tragen, wenn sie zum Chef gerufen würde. Das ließ ihn wieder an Vernon T. Tynan denken, an seine Ergebenheit zu ihm und wie er stets alles mögliche tat, um Tynan zufriedenzustellen und ihn bei guter Laune zu halten. Konnte er ihn jetzt im Stich lassen, da es um die Verfolgung des Verräters Collins ging? Niemals zuvor hatte er Tynan enttäuschen müssen, und diesmal sollte es nicht anders sein, ganz besonders nicht in diesen Tagen, da so viel auf dem Spiel stand. Tynan hatte sich stets um ihn gekümmert. Zum Teufel, er würde sein Leben für Tynan geben, falls es von ihm gefordert würde! Ihm war bekannt, wie die Leute in dieser Miststadt über ihre Beziehungen zueinander sprachen. Solches Gerede hatte er immer befürchtet. Als sie einmal eine hochgestochene Washingtoner Party, Leute vom Kongreß, und von den Ministerien und so, mit Abhörwanzen bedacht hatten, war nachher auf dem Band im Hintergrund eine Gruppe auszumachen, die sich angeregt unterhielt und lachte. Sie hatten sich über Vernon T. Tynan und Harry Adcock, die beiden ältlichen Homosexuellen, lustig gemacht. Er hatte es immer geahnt, daß man so über sie redete, aber hier wurde es einmal richtig ausgesprochen: Tynan und er als Schwule. Er hatte vor Wut gekocht.

Eigentlich war das alles nicht so wichtig, doch es war so zynisch und ironisch, so falsch und ungerecht.

Natürlich verehrte er Tynan. Aber er tat das wie einer, der einen Mann lieben kann, ohne gleich homosexuell zu sein. Ja, er liebte und verehrte ihn. Auch Adcock hatte einmal eine Frau gehabt. Es war viel zu lange her, als daß er sich noch an ihr Gesicht erinnern könnte. Sie war gestorben, bevor er sie heiraten konnte. Für sie war Tynan kein Ersatz, sondern eher für seinen Vater, den er – der seine ganze Jugend im Waisenhaus verbringen mußte – niemals gekannt hatte. Natürlich hatte es auch in seinen ersten FBI-Jahren einige Frauen gegeben, aber das waren mehr nur Betthäschen gewesen. Als er dann im FBI aufgestiegen war, und vor allem nachdem Tynan das FBI übernommen hatte, gab es keine mehr. Von da an hatte er sich ganz dem Bureau – Tynan und dem Bureau – gewidmet und niemand mehr sonst.

Was Vernon T. Tynan anging, mein Gott, die Klugschwätzer da oben wußten gar nicht, daß Tynan ganz normal war und nur Rücksicht auf seine besondere Position zu nehmen, also besonders vorsichtig und diskret zu sein hatte. Einmal in der Woche, solange Adcock sich erinnern konnte, wurde Tynan von einer jungen Frau besucht, die ihm eine dankbare Madame aus Baltimore schickte. Tynan lehnte zu enge Beziehungen ab. Er war in dieser Hinsicht sehr vorsichtig, und so hielt er solche Frauen immer auf Abstand. Sie durften ihn zärtlich behandeln, mehr gestand er nicht zu.

Dann, vor drei Jahren, war die Madame gestorben oder hatte sich vom Geschäft zurückgezogen. Tynan hatte darauf nach einem neuen Ventil für seine sexuellen Bedürfnisse gesucht und war dabei auf eine glänzende Lösung verfallen. Er mußte natürlich vorsichtig sein, hatte es dafür aber erheblich leichter. Das FBI stellte nämlich mehr und mehr weibliches Personal ein, und zwar nicht nur Sekretärinnen und Kontoristinnen, sondern auch Spezialagentinnen und Computeroperatorinnen. Als die Stelle der Nachrichtenleiterin im Computersaal frei wurde, hatte Tynan seinem alten Kumpan Adcock den Vorschlag gemacht, sich die Bewerberinnen persönlich vorzunehmen und die besten von ihnen sowohl auf ihre Berufserfahrung als auch auf ihre sexuelle Willfähigkeit zu prüfen und dann die mit dem größten Talent einzustellen.

So war Mary Lampert zu ihrer Stellung gekommen. Ihre Arbeit bestand für gewöhnlich aus fünf Tagen in der FBI-Zentrale und einer Nacht pro Woche in Vernon T. Tynans Privathaus. Jeden siebten Abend, also immer Freitagnacht, fuhr Mary Lampert, mit einigen Akten unter dem Arm als Tarnung, hinaus zu Tynans schwer gesichertem Haus in der Nähe von Rock Kreek Park. Sie nahmen zusammen drei oder vier Drinks. Dann zog sie ihn aus und darauf sich selbst. Darauf spielten sie miteinander im Bett herum, bis sie schließlich mit ihrem Kopf zwischen seine Beine fuhr. Wie ein Uhrwerk lief das ab, einmal in der Woche, jede Woche seit drei Jahren. Wer von den Klugschwätzern da oben hatte da ein Recht, zu behaupten, Vernon T. Tynan sei nicht normal?

Du meine Güte, dachte sich Adcock, diese Besserwisser in der Hauptstadt würden sich umschauen, wenn sie wüßten, wie normal der Direktor und sein Assistent waren, wahrscheinlich waren sie – außer dem Präsidenten natürlich – die einzigen normalen menschlichen Lebewesen in dieser verdorbenen Stadt. Und für ihn, überlegte Adcock, war es genauso normal, alles für Tynan zu tun, ihm ein treuer und ergebener Diener zu sein, ihm, dem größten Mann der Vereinigten Staaten von Amerika. Schon deswegen konnte er Tynan jetzt nicht in einer so außerordentlich wichtigen Angelegenheit wie dieser Untersuchung über Collins im Stich lassen. Und doch – trotz allergrößter Konzentration auf diese Aufgabe und trotz riesiger Anstrengungen zu ihrer Lösung – war bisher noch kein Durchbruch erzielt worden. Wieder fühlte er sich enttäuscht und entmutigt. Er merkte auch nicht, daß Mary Lampert, die Nachrichtenleiterin, vor ihm stand und auf ihn herablächelte. Er schreckte auf. »Was gibt es?«

»Gute Nachrichten, Harry«, sagte sie und warf ihm mit gekonntem Schwung eine Karteikarte mit Fingerabdrücken und einen Stoß zusammengeklammerter Papiere auf den Schoß

Er nahm das Bündel und prüfte kurz die Karte. Noch immer verblüfft blätterte er die Papiere durch, eines nach dem anderen. Mit einem Schlag hellte sich sein Gesicht auf, aller Mißmut war wie weggeblasen, und ein flüchtiges Lächeln spielte um seinen Mund.

»Phantastisch«, rief er aus und strahlte über das ganze Gesicht.

Um zehn vor acht morgens stand Collins vor dem Spiegel im Badezimmer und war gerade mit dem Rasieren fertig. Erneut seifte er sein Gesicht ein, beugte sich dann tief über das Becken, nahm zwei Handvoll warmes Wasser und wusch sich den Schaum ab.

Er streckte und dehnte sich und summte eine Melodie, während er sich im Spiegel betrachtete. In der letzten Zeit hatte ihm sein Spiegelbild meist ein langes, schmales Gesicht gezeigt, das sehr hager wirkte und ihn älter erscheinen ließ. Aber an diesem Morgen war es – oder schien ihm das nur so? – so gesund und faltenlos wie das eines jungen Sportlers.

Vielleicht hing das mit seiner besonders guten Stimmung zusammen. Seit dem Anruf von Bundesrichter Maynard, in dem er ihm vor zwei Tagen anvertraut hatte, daß er vom Richteramt zurücktreten und sich darauf vorbereiten werde, gegen den Artikel 35 aufzutreten, war Collins ständig ungetrübter Laune gewesen. Nicht einmal die wenig erfreuliche Nachricht, die ihn vorgestern beim Abendessen erreicht hatte, nämlich die Warnung von Ishmael Young, daß er insgeheim vom FBI überprüft würde, hatte ihm seine gute Stimmung verderben können. Zwar hatte er gestern verschiedentlich über Tynans Verhalten nachgedacht, ja er hatte sogar überlegt, ob er dem Direktor vorhalten sollte, was er über ihn wußte. Tynan hätte das gewiß in arge Verlegenheit gebracht, und der Überprüfung hätte das vermutlich ein schnelles Ende bereitet. Schließlich hatte sich aber Collins dafür entschieden, überhaupt nicht mehr daran zu denken. Sollte Tynan sein nutzloses Spiel ruhig weitertreiben. Erstens würde er dabei doch nichts Neues erfahren, denn Collins hatte in seiner Vergangenheit wie auch in seiner gegenwärtigen Tätigkeit nichts zu verbergen. Zweitens war die Auseinandersetzung mit ihm sowieso bald vorbei. Collins war sich bewußt, welch großen Trumpf er in der Hand hatte. John G. Maynard dazu zu bringen, seine Stimme gegen den Artikel 35 zu erheben, war sein Meisterstück, bedeutete den endgültigen Sieg. Damit wurde die Taktik der Gegenseite durchkreuzt. Tynans Traum von Ruhm und diktatorischer Macht war in dem Augenblick zu Ende, in dem Bundesrichter Maynard in Sacramento sich gegen den Artikel 35 aussprach. Sogar Tynans Geheimwaffe, die Geheimakte R, was immer das auch sein mochte, war jetzt stumpf. Durch Maynards heutige Erklärung würden dem Dokument alle Giftzähne gezogen, so daß kein Schaden mehr zu befürchten war.

Er trocknete sein Gesicht ab, nahm ein frisches Hemd vom Bügel und zog es an. Beim Zuknöpfen versuchte er, den genauen Augenblick des Sieges der Demokratie in den Vereinigten Staaten zu berechnen. Er schaute auf die Uhr auf der Ablage unter dem Spiegel. Es war jetzt acht Uhr in Washington D. C., also genau fünf Uhr in Kalifornien. Ungefähr um diese Zeit würde Maynard aufstehen und sich auf seine zwei Stunden lange Fahrt von Palm Springs nach Los Angeles vorbereiten. Um neun Uhr würde er auf seiner Pressekonferenz, während Collins Mittagspause machte, mit der Bekanntgabe seines Rücktritts vom Amt des Bundesrichters die ganze Nation und durch seine Ankündigung, vor den gesetzgebenden Organen in Sacramento eindeutig gegen den Artikel 35 Stellung zu nehmen, ganz Kalifornien aufrütteln. Um drei Uhr nachmittags, also zur gleichen Zeit, da Collins um sechs Uhr Ortszeit in Washington sein Büro verließ, um nach Hause zum Essen zu fahren, würde Maynard seine leidenschaftlich gehaltene Erklärung verlesen, zuerst vor dem Rechtsausschuß der Abgeordnetenversammlung, dann vor dem Rechtsausschuß des Senats.

Nur ein paar Stunden noch und das Abgeordnetenhaus von Kalifornien würde über den Zusatzartikel 35 abstimmen, der Senat wenig später. Zur Abstimmung im Senat würde es wahrscheinlich gar nicht mehr kommen, denn schon im ersten Wahlgang im Abgeordnetenhaus würde der Artikel endgültig scheitern. Maynards Urteil: Sein Einfluß und sein Prestige würden

den Kampf schon vorher entschieden haben. Erst jetzt fiel Collins auf, daß er das Lied »Glory, Glory, hallelujah« pfiff. Das erschien ihm reichlich abgeschmackt, und er hörte sofort auf. Nun hatte er seine Krawatte umgebunden und festgezogen. Karen wartete schon mit dem Frühstück auf ihn. Guten Mutes sah er dem neuen Tag und seiner Arbeit im Büro entgegen.

Da klopfte es an der Badezimmertür.

»Chris?«

»Ja?«

»Ein Herr wünscht dich zu sprechen, ein Mr. Dorian Schiller. Er sagt, er sei ein Freund von dir.«

Collins öffnete die Tür. »Dorian Schiller?«

»Ja. Ich kenne den Namen nicht. Deshalb habe ich ihn nicht hereingelassen. Ich schicke ihn . . .«

Collins konnte Karen gerade noch an der Schulter festhalten, die schon auf dem Weg zur Haustür war. »Warte Karen, das ist Donald Radenbaugh. Ich habe seinen Namen ändern lassen.«

»Wer?«

»Ist jetzt nicht so wichtig. Ich erkläre dir das später. Er *ist* mein Freund. Laß ihn herein! Ich bin gleich da!«

Während seine Frau zur Haustür ging, um Radenbaugh hereinzulassen, schlüpfte Collins in seine Anzugsjacke. Was wohl Radenbaugh zu dieser Zeit hier wollte? Seit ihrer Rückkehr von Argo City hatte er Radenbaugh nur einmal getroffen, aber fast jeden Tag mit ihm telefoniert. Radenbaugh wohnte jetzt in einem 2-Zimmer-Apartment im Madison-Hotel an der Ecke 15. und M-Straße. Collins hatte ihn mit allen verfügbaren Unterlagen wie Forschungsmaterial und Aktennotizen über einen Alternativplan zur bundesweiten Bekämpfung von Verbrechen und Unruhen versorgt. Es handelte sich dabei um eine Alternative zum Artikel 35, die Collins auf der ersten Kabinettssitzung nach dem Scheitern des Artikels 35 vorlegen wollte.

Daß Radenbaugh hier am frühen Morgen erschien, war überraschend. Collins hatte ihm klargemacht, daß es für ihn das beste sei, wenn er sich nicht zu weit von seinem Hotel fortwage und am besten überhaupt auf seinem Zimmer bleibe. Schließlich war Radenbaugh in Washington gut bekannt gewesen. Auch wenn seine persönliche Erscheinung verändert worden war, könne ihn doch jemand, der ihn gut gekannt hatte, möglicherweise wiedererkennen. Das gebe nicht nur Ärger. Wenn man wisse, wer er wirklich sei, stehe sein Leben auf dem Spiel. Überdies wollte ihn Collins nur so lange in Washington behalten, wie er ihn brauchte, um die neu skizzierte Vorlage in die richtige Form zu bringen. In dieser Zeit wollte er sich darum bemühen, für ihn einen einigermaßen vernünftigen Job in einer kleinen Gemeinde in einem entlegenen Teil des Landes zu finden. Collins hatte keine gute Vorahnung, als er den Ankleideraum verließ und durch Bade- und Schlafzimmer über den Korridor das Wohnzimmer betrat.

Radenbaugh ging dort erregt auf und ab. Karen deckte gerade den Frühstückstisch.

»Donald«, begrüßte ihn Collins, »ich habe Sie hier nicht erwartet. Sie kennen meine Frau?«

Radenbaugh blieb stehen, antwortete aber nicht. Es war, als habe er nichts gehört. Karen bemerkte, daß sie sich schon miteinander bekannt gemacht hätten. »Ich habe euch Saft, Kaffee und Toast gebracht. Jetzt laß ich euch allein.« Damit verschwand sie.

Radenbaugh starrte Collins wortlos an. Sein Gesicht war von Qual und Trauer gezeichnet.

»Schlechte Nachrichten«, brachte er endlich heraus, »sehr schlechte Nachrichten, Chris.« Bevor Collins auch nur den Mund aufmachen konnte, sprach er schon weiter. »Seit sechs Uhr heute morgen berichtet das Fernsehen darüber. Ich stell es immer an, wenn ich aufstehe. Ich habe versucht, Sie sofort anzurufen, aber ich habe Ihre Geheimummer verlegt. Deshalb kam ich selbst hierher.«

Collins war ohne Bewegung geblieben. Dunkle Vorahnungen bedrängten ihn. »Was ist denn, Donald? Sie sehen ja ganz elend aus!«

»Die schlechteste Nachricht, die überhaupt möglich ist«. Er atmete keuchend wie ein Asthmatiker. »Chris, ich weiß wirklich nicht, wie ich Ihnen das beibringen soll.«

»Verdammt noch mal, was ist los?«

»Der Bundesrichter und seine Frau – sie wurden heute nacht in ihrem Bett ermordet, von einem gemeinen Einbrecher umgebracht.«

Collins wurden die Knie weich. »Maynard? Ermordet? Ich – ich – das ist nicht zu glauben!«

»In Palm Springs, in Kalifornien, etwa um zwei Uhr dreißig heute nacht. Maynard und seine Frau Abigail lagen in tiefem Schlaf. Soweit das schon rekonstruiert werden konnte, kam jemand durch den Dienstboteneingang und drang in ihr Schlafzimmer ein. Dadurch ist anscheinend Maynard aufgewacht. Offenbar hat er versucht aufzustehen oder hat sonst eine Bewegung gemacht, jedenfalls schoß der Mörder sofort mit einer Walter 9 mm P38 und traf ihn in Brust und Kopf. Er war sofort tot. Von den Schüssen wachte Mrs. Maynard auf, und der Mörder schoß noch dreimal auf sie . . .«

»Oh Gott, das ist entsetzlich!«

»Ich war ganz fertig, als ich das hörte, ich wußte nicht, wie ich Ihnen das sagen sollte.«

Voller Verzweiflung wanderte Collins im Zimmer umher und hieb sich mit der Faust in die Handfläche. »Welch eine Tragödie! Wer hätte das auch nur geahnt? Ich meine nicht nur diese sinnlose Ermordung eines der größten – wirklich eines der größten – Männer unserer Nation, sondern die Vernichtung unserer allerletzten Hoffnung, die drohende totale Diktatur schon im Keime zu ersticken. Verdammt noch mal! Was ist bloß mit unserem Land los?«

»Sie wollen sagen: Wohin es treibt?« sagte Radenbaugh. »Wo stht Ihr Fernsehgerät?«

»Da drüben«, sagte Collins und ging hinaus auf den Korridor. Radenbaugh folgte ihm. »Ich nehme an, sie übertragen noch immer direkt aus Palm Springs. Schauen wir, wie der neueste Stand ist.«

Im getäfelten Arbeitszimmer mit den großen Bücherregalen setzte sich Radenbaugh auf die Couch, während Collins den Apparat einschaltete, ein wenig wartete und dann Bild und Ton schärfer einstellte. Collins zog seinen Kapitänsstuhl an der Lehne heran und setzte sich vor den Bildschirm. Noch immer benommen, folgte er dem Bericht. Die Kamera zeigte die Vorderseite des nunmehr verwaisten Hauses, wo sich die Tragödie ereignet hatte. Ein Polizeikordon sperrte den Zugang ab. Kriminalbeamte in Zivil kamen und gingen durch die Vordertür. Auf der anderen Seite standen fassungslos Dutzende von Nachbarn, manche noch in ihren Schlafanzügen. Tief betroffen von der Untat, verfolgten sie die Untersuchungen am Tatort.

Jetzt schwenkte die Kamera auf den Fernsehreporter, der nun groß ins Bild kam.

»Hier in diesem Haus ereignete sich die Tragödie vor noch nicht ganz drei Stunden«, erklärte der Reporter. »Hier in dieser ruhigen, ja so friedlichen Seitenstraße in Kaliforniens bekanntestem Kurort, der jetzt in der Sommerhitze fast ausgestorben ist, starben der Oberste Bundesrichter der Vereinigten Staaten, John G. Maynard, und seine Frau Abigail Maynard, beide tödlich getroffen von den Schüssen des noch immer unbekannten Mörders.« Der Reporter setzte das Mikrofon ab und deutete zu dem Haus hinüber, das im grellen Licht der Polizeischeinwerfer und Fernsehleuchten lag. »Die Leichen wurden etwa vor einer Stunde weggebracht, und zwar nicht nur die Leichen des Bundesrichters und seiner Frau, sondern auch die Leiche des bisher noch nicht identifizierten Mörders, der von den Schüssen der Polizei tödlich getroffen wurde, bevor er eine Chance hatte zu entkommen.« Der Reporter hielt jetzt sein Mikrofon etwas höher und blickte nun geradewegs in die Kamera. »Lassen Sie mich noch einmal kurz zusammenfassen, was bisher über dieses schreckliche Ereignis hier in Palm Springs bekannt geworden ist . . .«

Wie hypnotisiert saß Collins vor dem Fernsehapparat und lauschte den Worten des Reporters.

»Anscheinend war der Eindringling mit den Verhältnissen im Maynardschen Haus gut vertraut gewesen. Durch den Hintereingang war er ins Haus eingedrungen und schließlich ins Schlafzimmer gekommen, wahrscheinlich um dort Schmuck und andere Wertsachen zu stehlen. Als er ins Schlafzimmer kam, war Bundesrichter Maynard aufgewacht, hatte bemerkt, was vorging, sich erhoben und einen geheimen Alarmknopf an der Wand an seinem Bett gedrückt. Diese Alarmanlage war von der örtlichen Polizei vor etwa sechs Jahren installiert worden, um den prominenten Mitbürger der Stadt besser schützen zu können. Der Alarmknopf war direkt mit dem Polizeipräsidium verbunden und löste sofort Alarm aus.«

»Der Mörder hat, als er Maynard sich bewegen sah, sofort auf ihn geschossen. Als Mrs. Maynard, nunmehr hellwach, aufsprang, schoß er sie ebenfalls nieder. In Sekunden waren beide tot. Anstatt zu fliehen, war der Mörder noch im Schlafzimmer geblieben, um Schmuck und Wertsachen zusammenzuraffen. Offenbar hatte er nicht gemerkt, daß von seinem Opfer noch Alarm ausgelöst worden war. So durchwühlte er das ganze Schlafzimmer nach Schmuck und Geld. Erst als er Mrs. Maynards Schmuck sowie die Brieftasche des Bundesrichters eingesteckt hatte, verließ er das Haus auf die gleiche Weise, wie er gekommen war. Auf dem Weg zu seinem Plymouth, den er vorher in Los Angeles gemietet und zwei Blocks weiter abgestellt hatte, wurde er von den Scheinwerfern des heranrasenden Überfallkommandos eingefangen. Er rannte zunächst weg, hielt dann aber an, drehte sich um und schoß auf die Polizisten, die aus dem Wagen sprangen. Die Beamten schossen sofort zurück, und durch mehrere Schüsse getroffen brach der Räuber noch auf dem Gehsteig zusammen. Außer den geraubten Wertsachen hatte er nichts bei sich; er konnte daher bis jetzt noch nicht identifiziert werden.«

Damit schloß der Reporter die Zusammenfassung der bisherigen Ereignisse ab. »Das ist der neueste Stand hier am Tatort. Ich gebe zurück ins Studio in Los Angeles, wo wir vielleicht etwas über die letzten Entwicklungen in der Mordsache von Bundesrichter und Mrs. Maynard erfahren können.«

Vollkommen niedergeschlagen saß Collins in seinem Kapitänsstuhl, zu keiner Reaktion fähig. »Was soll man dazu sagen?« war alles, was er hervorbringen konnte.

»Hier, nehmen Sie eine Zigarette.« Radenbaugh hielt ihm seine angebrochene Schachtel hin.

Collins nahm eine Zigarette heraus und legte sie auf den Tisch. »Vielleicht sollte ich lieber vorher eine Tasse Kaffee trinken.« Mühsam erhob er sich aus seinem Stuhl, ging ins Wohnzimmer und kam mit dem Frühstückstablett zurück. Er goß sich und Radenbaugh lauwarmen Kaffee ein, trank einen Schluck und ließ sich wieder in seinen Kapitänsstuhl nieder, um sich ganz auf den Bildschirm zu konzentrieren. Dem Nachrichtensprecher an dem halbmondförmigen Pult wurde gerade ein Blatt Papier auf den Tisch gelegt. »Und hier haben wir wieder eine neue Nachricht im Mordfall Maynard«, gab er bekannt. »Bundesrichter John G. Maynard war vorgestern in Los Angeles eingetroffen, wie wir erst jetzt erfahren. Seine Ankunft kam vollkommen unerwartet. Weder seine Mitarbeiter in Washington noch seine Kollegen haben eine Erklärung für seine plötzliche Abreise, mit der er seinen ganzen Terminkalender über den Haufen warf. Vielleicht trägt eine andere Nachricht zur Klärung bei: Unmittelbar nach seiner Ankunft in Los Angeles fuhren er und seine Frau nach Palm Springs weiter. Am nächsten Morgen setzte sich Bundesrichter Maynard mit seinem alten Freund James Guffey, dem Sprecher des Abgeordnetenhauses in Sacramento, in Verbindung und erklärte ihm, daß er am nächsten Tag – das wäre also heute nachmittag gewesen – in die Hauptstadt fliegen wolle, um vor dem

Rechtsausschuß der Versammlung noch vor der Abstimmung mit den Mitgliedern über den Artikel 35 zu sprechen. Guffey hatte das sehr begrüßt und dem Bundesrichter mitgeteilt, daß er als letzter und wichtigster Zeuge vor den Ausschuß gerufen werden solle. Guffey erklärte dazu heute morgen, daß er nicht die geringste Ahnung habe, wie sich Maynard zu dem Zusatzartikel äußern werde, und daß auch Maynard nichts erwähnt habe, was darauf schließen lasse, daß er dafür oder dagegen war. Guffey sagte weiter, daß er im Laufe des Telefongesprächs Maynard noch damit aufgezogen habe, daß er so ganz außerhalb der Saison nach Palm Springs komme. ›Was wollen Sie denn jetzt dort machen?‹ habe Guffey ihn gefragt, und Maynard habe geantwortet, ›Ich brauche einen Ort, wo ich in Ruhe nachdenken kann. Eigentlich wollte ich hier meine Erklärung niederschreiben. Aber nun habe ich mich entschlossen, mir das alles den ganzen Tag durch den Kopf gehen zu lassen und gründlich zu überlegen, um dann morgen vor Ihrem Ausschuß vollkommen frei zu sprechen. Ich glaube, ich weiß, was ich zu sagen habe!«

»Nun hat der Tod die Stimme des Bundesrichters zum Schweigen gebracht, und wir werden niemals erfahren, was er zu der uns alle so bewegenden und umstrittenen Frage des Artikels 35 vor der endgültig entscheidenden Abstimmung in Kalifornien zu sagen vorhatte. Wir haben auch erfahren, daß der Bundesrichter eine Pressekonferenz im Ambassador-Hotel in Los Angeles plante, noch bevor er sich nach Sacramento begeben wollte. Wäre er noch am Leben, würde die Konferenz in ein paar Stunden stattfinden. Wie wir eben hören, wird der Pressechef des Präsidenten der Vereinigten Staaten eine Erklärung von Präsident Wadsworth zu dem unerwarteten Ableben des Bundesrichters verlesen. Wir übergeben daher jetzt an unseren Korrespondenten im Weißen Haus in Washington D. C. . . .«

Collins wandte sich vom Fernseher ab und sah Radenbaugh an. »Ich glaube, das ist auch unser Begräbnis, Donald.«

Radenbaugh lächelte müde.

Collins seufzte tief. Der erste Schock war vorbei, und er spürte jetzt um so stärker die große Enttäuschung, die ihn zutiefst bedrückte. »Wissen Sie, ich kann mich nicht entsinnen, daß mir jemals in meinem Leben Schlimmeres widerfahren ist.«

Er wies auf den Bildschirm: »Nun gehört denen da unser Land.«

Der Pressechef des Weißen Hauses kam allmählich zum

Schluß der Würdigung des Bundesrichters durch Präsident Wadsworth. Die letzten Sätze bestanden aus mitfühlenden Worten zum Tode von John C. Maynard. Collins nahm sie nur noch uninteressiert zur Kenntnis.

Die Würdigung des Präsidenten enthielt die gewohnten hochtrabenden, aber eher banalen und mitunter sogar unaufrichtigen Bemerkungen: Wenn ein großer Mensch stirbt, dann geht ein Teil der Menschheit mit ihm dahin. Und im Falle John G. Maynards gibt es keinen Zweifel an der Größe dieses Mannes. Er tritt nun ein in die Ehrenhalle der Unsterblichen, die alles dafür gaben, uns und unserem Land das volle Maß der Gerechtigkeit zu gewähren. Nun steht er im Kreis seiner Vorgänger Marshall, Braneis, Holmes, Warren, ihnen an Größe und Bedeutung ebenbürtig: John G. Maynard. Jetzt gehört er wahrhaftig zu den Unsterblichen, zum Erbe unserer Nation.

Und zusammen mit Maynard wird die Demokratie ebenfalls in die Ewigkeit eingehen und ruhmvoll beerdigt werden, dachte Collins zynisch. Tot wird sie sein, ein Überbleibsel der Vergangenheit. Ohne Maynard war der Zusatzartikel auf dem besten Weg, Wirklichkeit zu werden und damit Vernon T. Tynan an die Macht zu bringen, damit dieser die Nation nach seinem Bilde formen könne. Kaum hatte er an Tynan gedacht, als auch schon sein Name fiel, ausgesprochen von dem Korrespondenten des Fernsehsenders im Weißen Haus.

». . . Vernon T. Tynan. Wir schalten nun um in das Büro des Direktors des Bundeskriminalamtes.«

Sofort erschien Tynans vertrauter Kopf auf den breiten Schultern auf der Bildfläche. Ein Schein von Kummer und Trauer lag auf seinem abstoßenden Gesicht, als er von einem Blatt Papier in seiner Hand abzulesen begann:

»Dieses brutale und sinnlose Verbrechen wurde an einem der hervorragendsten Menschen unserer Nation verübt. Der Verlust läßt sich in Worten nicht ausdrücken. Bundesrichter Maynard war der Freund unserer Nation, er war mein persönlicher Freund, ein Freund von Wahrheit und Freiheit. Sein Verlust hat Amerika Wunden geschlagen, aber ihm ist es auch zuzuschreiben, daß Amerika stark genug ist, alle Verbrechen, alle Gesetzlosigkeit, alle Gewalttaten zu überleben. Ich bin überzeugt, wäre Bundesrichter Maynard noch am Leben, er würde uns dazu ermahnen, diese Tragödie in einem größeren Zusammenhang zu sehen. Es muß endlich Schluß gemacht werden mit dieser systematischen Dezimierung unserer Führer und Bürger, damit wir Amerikaner wieder ohne Sorge und Angst durch unsere Straßen gehen und in unseren Häusern schlafen können, in dem vollen Bewußtsein, daß wir frei und sicher sind.«

Tynan sah direkt in die Kamera, und sein Blick schien sich mit dem von Collins zu treffen, der voll ohnmächtiger Wut auf den Fernsehapparat starrte.

Tynan räusperte sich und sprach weiter:

»Glücklicherweise ist der verruchte Mörder nicht entkommen. Ihn traf sein wohlverdientes Ende. Ich erfahre soeben, daß man ihn identifizieren konnte. Sein Name wird in Kürze vom Bundeskriminalamt bekanntgegeben werden. Im Augenblick möge es genügen, zu erklären, daß der Mörder ein früherer Sträfling war, ein Mann mit einer langen Liste von Gefängnisstrafen, der jedoch angesichts der doppeldeutigen und allzu lokkeren Bestimmungen unserer Menschenrechte vollkommen frei durch unsere Städte streifen konnte. Wären die Menschenrechte schon vor einem Monat durch einen Zusatzartikel ergänzt worden, hätte man diesen schrecklichen Mord vielleicht abwenden können. Der Artikel 35 soll nur in Fällen von Komplott und Aufstand als gesetzliche Grundlage herangezogen werden. Doch wird er bereits nach seiner Annahme eine positive Atmosphäre verbreiten, in der Morde wie dieser hier der Vergangenheit angehören. Meine Damen und Herren, heute, an diesem Tag schweren Leids, haben wir eine Lektion gelernt. Lassen Sie uns zusammenstehen, Hand in Hand zusammenarbeiten, um Amerika sicher zu machen und Amerikas Stärke zu bewahren.«

Damit verschwand Tynans Gesicht vom Bildschirm, und an seine Stelle trat wieder der Fernsehreporter.

Collins vergaß alles um sich. Voller Wut stieß er seinen Stuhl auf Radenbaugh zu. »Dieser Tynan, dieser Schuft! Wie kann er sich so etwas erlauben? Haben Sie das gehört? Jetzt schlägt er noch Kapital aus diesem Mord für den Artikel 35 heraus – noch bevor Maynards Leiche kalt ist.«

»Und verdreht es so, daß es klingt, als hätte Maynard in Wahrheit diesen Artikel gutgeheißen«, sagte Radenbaugh. Er deutete auf den Bildschirm. »Sehen Sie nur, ich glaube, sie zeigen den Mörder.«

»Was hilft das jetzt noch?« sagte Collins. Dennoch wandte er sich wieder dem Fernsehapparat zu.

»Ja, hier haben wir seinen Namen, den Namen des Mannes,

der Bundesrichter Maynard ermordet hat. Gerade eben wurde er freigegeben und bestätigt. Der Mörder ist also endgültig identifiziert als Ramon Escobar, zweiunddreißig Jahre alt, amerikanischer Bürger kubanischer Abstammung, wohnhaft in Miami, Florida. Hier sind zwei Fotos von ihm aus den Archiven des FBI . . .«

Und auf der Mattscheibe erschienen zwei Bilder, von denen das eine Kopf und Brust von Ramon Escobar direkt von vorne, das andere sein Gesicht im Profil zeigte. Auf den Bildern war deutlich ein dunkler, häßlicher junger Mann mit krausem, schwarzem Haar, langen Koteletten und eingefallenen Wangen zu erkennen, der eine kräftige Narbe an einem Backenknochen hatte.

»Nein! Das darf doch nicht wahr sein!« schrie Radenbaugh auf. »Nein!«

Erschrocken drehte sich Collins um. Radenbaughs Augen waren weit aufgerissen, sein Gesicht war kreidebleich. Immer wieder deutete er auf den Bildschirm und stammelte dazu unverständliche Worte. Collins sprang auf, um ihn zu beruhigen. Aus dem Finger, mit dem Radenbaugh auf die Mattscheibe gedeutet hatte, war jetzt eine Faust geworden, die Radenbaugh nun in wilder Drohung gegen den Bildschirm schwang. Zitternd und stammelnd brachte er endlich heraus: »Das ist er, Chris«, schrie er. »Das ist er! Das ist der Mann!«

Collins schüttelte Radenbaugh. »Donald, fassen Sie sich doch! Was ist denn los?«

»Sehen Sie sich ihn an, den Mann, der Maynard umgebracht hat! Es ist der Mann, den ich gesehen habe. Haben Sie seinen Namen gehört? Ramon Escobar. Ich habe ihn gehört, damals auf Fisher's Island an dem Abend vor Miami. Das Gesicht! Dasselbe Gesicht! Ich weiß es genau, das ist der Mann von Fisher's Island, dem ich auf Wunsch von Tynan 750 000 Dollar übergeben habe. Er war es, der das Geld von mir übernommen hat. Um Himmels willen, Chris, wissen Sie, was das zu bedeuten hat?«

Ramon Escobars Gesicht war nun vom Bildschirm verschwunden. Collins schaltete schnell den Apparat ab. Auch er war erschrocken, denn er erinnerte sich noch gut an Radenbaughs Geschichte von der Freilassung in Lewisburg, der Bergung der Million Dollar im Küstensumpf von Miami, dem Transport des Geldes im Motorboot auf die Insel und die Übergabe an die beiden Männer, die Tynan dazu bestimmt hatte.

Jetzt hatte sich herausgestellt, daß einer von diesen beiden Maynards Mörder war!

»Glauben Sie mir, Chris, das ist derselbe Mann«, beteuerte Radenbaugh noch einmal. »Das kann doch nur bedeuten, daß Tynan mein Geld brauchte, um Maynard loszuwerden, daß er mich aus dem Gefängnis herausholte, nur um genügend Geld in die Hand zu bekommen, mit dem er einen Berufskiller bezahlen konnte. Das mußte natürlich Geld sein, dessen Herkunft nicht ausfindig zu machen war. Das ist glasklar! Tynan hat den Mord inszeniert. Er war bereit, alles auf eine Karte zu setzen, um Maynard daran zu hindern, den Artikel 35 zu Fall zu bringen, selbst wenn er dazu Maynard umbringen lassen müßte.«

»Hören Sie auf«, schnitt ihm Collins das Wort ab. »Sie können es doch nicht beweisen.«

»Mein Gott, Mann, was ist denn noch nötig als Beweis? Tynan hat mir das Angebot gemacht. Er holte mich aus dem Gefängnis heraus, gab mir einen neuen Namen und neue Papiere, schickte mich nach Miami und Fisher's Island, ließ mich die dreiviertel Million übergeben – und an wen? An den gleichen Mann, der Bundesrichter Maynard gestern nacht erschossen hat. Wozu noch mehr Beweise?«

Collins überlegte. »Mehr Beweise sind nicht nötig, Donald«, sagte er schließlich. »Ich glaube Ihnen. Doch werden das auch die anderen tun?

»Ich kann doch zur Polizei gehen und ihnen erzählen, was passiert ist. Ich kann ihr sagen, daß ich das Geld auf Wunsch von Tynan dem Mörder übergeben habe.«

Collins schüttelte den Kopf.

»Das reicht nicht aus.«

»Weshalb nicht? Harry Adcock kennt die Wahrheit. Gefängnisdirektor Jenkins kennt die Wahrheit . . .«

»Aber sie werden nicht reden.«

Radenbaugh faßte Collins am Revers seiner Jacke. »Chris, hören Sie auf mich! Die Polizei wird mir glauben. Ich bin doch noch ich! Ich war wirklich auf der Insel. Damit können wir Tynan loswerden! Ich kann die Wahrheit sagen.«

Collins nahm Radenbaughs Hände von seiner Jacke. »Nein«, sagte er. »Donald Radenbaugh könnte die Wahrheit sagen. Aber Donald Radenbaugh existiert nicht – der Zeuge existiert also gar nicht . . .«

»Bedaure. Dorian Schiller ist hier. Donald Radenbaugh ist tot. Und es gibt nicht eine Spur eines Beweises dafür, daß er am Leben ist. Er existiert einfach nicht.«

Schlagartig sackte Radenbaugh zusammen. Endlich hatte er begriffen und sah Collins hilflos an. »Ja, ich glaube, Sie haben recht.«

»Aber *ich, ich* existiere noch!« rief Collins. Plötzlich war er wie verwandelt und von frischer Kraft beseelt. »Ich gehe zum Präsidenten. Hörensagen oder nicht, das ist nicht so wichtig. Ich glaube Ihnen alles, was Sie mir erzählt haben. Und dann ist da noch, was ich selbst erlebt und gehört habe. Das werde ich dem Präsidenten vortragen. Das ist einfach zuviel, als daß er es leichthin ignorieren könnte. Er muß die Tatsachen erfahren, er muß wissen, daß die wahren Verbrechen in unserem Land von Tynan begangen werden, daß Vernon T. Tynan gegen das Gesetz verstößt. Der Präsident muß der Wahrheit ins Auge sehen. Wenn er die erst einmal kennt, wird er tun, was Bundesrichter Maynard vorhatte, nämlich vor die Öffentlichkeit treten, Tynan entlarven, den Artikel 35 verurteilen und dafür sorgen, daß er niedergestimmt wird. Und unser böser Traum hat ein Ende.«

8

Im Ovalen Zimmer des Weißen Hauses saß der Präsident der Vereinigten Staaten aufrecht in dem schwarzen Ledersessel hinter seinem Buchanan-Schreibtisch.

»Aus dem Amt entfernen?« wiederholte er mit leicht erhobener Stimme. »Sie wollen, daß ich den Direktor des FBI entlasse?«

Zwanzig Minuten hatten sie miteinander gesprochen, der Präsident in seinem Sessel hinter dem Schreibtisch, Chris Collins auf dem schwarzen Besucherstuhl davor. Eigentlich war es kaum ein Gespräch gewesen, vielmehr hatte Collins die ganze Zeit geredet, und der Präsident hatte zugehört.

Als Collins heute morgen um diese Unterredung nachgesucht hatte, war der Terminkalender des Präsidenten für diesen Tag schon voll gewesen. Doch Collins hatte eine dringende Angelegenheit als Grund angegeben, und der Präsident war daraufhin bereit gewesen, ihm eine halbe Stunde nach dem Lunch, also um zwei Uhr, zu gewähren.

Collins hatte sich, als er in das Ovale Zimmer gekommen war, aller höflichen Floskeln enthalten, sich direkt gegenüber dem Präsidenten hingesetzt und war sofort zur Sache gekommen. »Ich glaube, Sie sollten über gewisse Dinge informiert sein, die hinter Ihrem Rücken vorgehen, Mr. President, denn es handelt sich um schreckliche Dinge. Da offenbar niemand mit Ihnen darüber sprechen will, bin ich selbst gekommen. Das ist nicht leicht für mich, aber die Zeit drängt.«

Und dann hatte Collins monologartig all die Vorgänge und Ereignisse vorgetragen, alles was ihm selbst widerfahren war, angefangen von der Warnung Colonel Baxters vor der Geheimakte R bis zu Donald Radenbaughs Identifizierung des Mörders von Bundesrichter Maynard.

All das hatte Collins mit leidenschaftlicher Überzeugung und ohne eine Pause einzulegen in allen Einzelheiten und mit der Brillanz und Schlüssigkeit eines Plädoyers vorgebracht. Zum Schluß faßte Collins nochmals zusammen. »Für einen solchen Verstoß gegen das Gesetz gibt es keine Rechtfertigung, und schon gar nicht die, daß man so etwas tun müsse, um das Gesetz und das Recht zu wahren. Der Direktor ist der Drahtzieher hinter all diesen Machenschaften. Auf Grund des von mir vorgetragenen Materials, Mr. President, wird Ihnen nichts anderes übrigbleiben, als Tynan von seinem Amt entbinden.«

»Von seinem Amt zu entbinden?« wiederholte der Präsident. »Sie wollen also, daß ich den Direktor des FBI entlasse?«

»Ja, Mr. President. Sie müssen sich von Vernon T. Tynan trennen, und das nicht nur, um ihn für seine verbrecherischen Handlungen zu bestrafen, sondern um auch selbst Ihre Führungskompetenz zurückzugewinnen und das demokratische Verfahren wieder zu gewährleisten. Das wird Sie zwar den Zusatzartikel 35 kosten, aber dafür wird unsere Verfassung weiterhin erhalten bleiben. Und wir können ein besseres Programm ausarbeiten, um Recht und Ordnung in unserem Lande zu wahren, ein Programm, das nicht auf Unterdrückung und politischer Diktatur beruht, sondern auf die Verbesserung der sozialen und wirtschaftlichen Struktur unserer Gesellschaft abgestellt ist. Das wird es jedoch erst geben können, wenn Tynan gegangen ist.«

Der Präsident war während des ganzen Vortrags von Collins gelassen geblieben. Ruhig und ohne ein Zeichen von Erregung hatte er zugehört. Nur gelegentlich hatte er sein graumeliertes Haar glattgestrichen, die Hand an sein Kinn gelegt und sich die Adlernase gerieben. Auch jetzt blieben seine Gesichtszüge gelassen. Völlig ruhig nahm er einen reich verzierten Brieföffner auf, wog ihn wie geistesabwesend in seiner Hand und legte ihn wieder zurück.

»Sie sind also wirklich der Auffassung, daß es Direktor Tynan verdient, entlassen zu werden?«

Collins war sich nicht sicher, ob der Präsident jetzt auf seine Seite überwechseln oder sich zunächst noch durch Rückfragen eingehender unterrichten lassen wollte. Also bedufte es noch eines Versuchs, eines letzten treffenden, überzeugenden Arguments.

»Gründe für die Entlassung gibt es viele. So sollte Tynan entfernt werden wegen seines gesetzwidrigen Komplotts und Amtsmißbrauchs zur Durchsetzung einer Gesetzesvorlage, die ihn mit diktatorischer Macht ausgestattet hätte. Er sollte wegen Erpressung und wegen seiner Eingriffe in das ordentliche Gesetzgebungsverfahren entlassen werden. Das einzige, dessen ich ihn nicht anklage, ist Mord, denn den kann ich nicht beweisen. Alles andere aber liegt auf der Hand. Mit seiner Entlassung – welchen Grund Sie auch immer dafür zum Anlaß nehmen, für den Ihnen mein Amt das verfügbare Material morgen vorlegen kann – wird der Artikel 35 ganz von allein scheitern. Damit können Sie all den Schaden, den Tynan bislang angerichtet hat, wiedergutmachen, indem Sie das tun, was Bundesrichter Maynard selbst zu tun vorhatte, nämlich gegen den Artikel 35 Stellung zu beziehen und somit dazu beizutragen, daß Kalifornien diesen Zusatzartikel niederstimmt. Ich glaube nicht einmal, daß das noch notwendig sein wird, wenn Sie sich erst von Tynan getrennt haben werden, aber es wäre klug und würde Ihnen nur noch mehr Achtung im Lande einbringen.«

Der Präsident saß kurze Zeit schweigend da. Es sah so aus, als ob er alles, was er gehört hatte, sorgfältig überdenke. Völlig unerwartet erhob er sich dann aus seinem Ledersessel und drehte dem Bundesgeneralanwalt seinen Rücken zu. Collins sah die schlanke, aufrechte Gestalt sich langsam auf das linke Fenster mit den grünen Vorhängen zu bewegen. Dort stand der Präsident eine ganze Weile und blickte auf den Park und den Rosengarten des Weißen Hauses. Collins wartete gespannt. Im Geiste drückte er sich selbst die Daumen. Die Geschworenen hatten sich jetzt also zur Beratung zurückgezogen. Bald würden sie mit ihrem Urteil zurückkehren. Und ihr richtiges Urteil würde alles lösen. Collins schöpfte Hoffnung.

Nach einer Pause, die Collins fast unendlich erschienen war, kam der Präsident vom Fenster zurück, blieb hinter dem Sessel stehen, stützte seine Arme auf die Rückenlehne, faltete seine Hände und ließ seinen Blick auf Collins ruhen.

»Nun, also . . .«, begann er zögernd. »Ich habe alles, was Sie mir vorgetragen haben, sorgfältig bedacht. Ich habe es genau geprüft. Lassen Sie mich zunächst sagen, wie sehr mir das Sorge bereitet. Und lassen Sie mich genauso offen zu Ihnen sein, wie Sie es zu mir gewesen sind.«

Collins nickte kurz und wartete darauf, daß der Präsident weitersprach.

»Zunächst einmal zu Ihren Gründen für die Entlassung von Direktor Tynan. Gehen wir diesen so objektiv wie nur möglich nach. Sie kennen die Gesetze besser als jeder andere. Sie sind der erste Anwalt unseres Landes und wissen sehr genau, daß eine Person so lange als unschuldig zu gelten hat, bis ihre Schuld bewiesen ist. Theorien, Gerüchte, vage Andeutungen, Verdachtsmomente und Folgerungen daraus sind keine unwiderlegbaren Beweisstücke. Was Sie als Beweis vorgetragen haben, ist ein Gewebe von Worten, sind aber keine Tatsachen.«

Collins richtete sich in seinem Stuhl auf, um den Präsidenten zu unterbrechen. Doch der hob abwehrend seine Hände.

»Warten Sie bitte, Chris«, sagte er. »Lassen Sie mich fortfahren und Ihnen erklären, was ich sagen will. Was sind nun die direkten Anschuldigungen, die Sie gegen Direktor Tynan vorbringen? Wir wollen Sie uns einmal genauer ansehen. Sie glauben, Tynan hat die kalifornische Kriminalstatistik manipuliert. Können Sie das beweisen, wirklich beweisen? Sie glauben, daß er das Land mit Internierungslagern überzieht. Wo ist der Beweis dafür? Können Sie mir das Unternehmen nennen, das diese Lager baut? Können Sie mir Belege beibringen, daß diese Gebäude wirklich für Dissidenten gedacht sind? Sie behaupten, er habe einen Handel mit Radenbaugh abgeschlossen, ihn aus dem Gefängnis geholt und mit einer neuen Identität versehen. Können Sie das beweisen? Haben Sie Zeugen, daß dieser Handel tatsächlich mit Tynan abgeschlossen wurde? Wie wollen Sie beweisen, daß Radenbaugh nicht tot ist, wie vom Gefängnis bekanntgegeben? Sie behaupten, Tynan habe erschwindeltes Geld an Maynards Mörder aushändigen lassen. Können Sie dafür einen hieb- und stichfesten Beweis antreten? Wie Sie vorhin selbst zugegeben haben, sind Sie dazu nicht in der Lage, nicht wahr? Sie behaupten, Tynan habe die Bürger einer gewissen Unternehmensstadt in Arizona als Versuchskaninchen für den Zusatzartikel 35 benutzt. Wo ist der Beleg dafür? Wir wissen, daß Tynan diese Stadt untersuchen ließ, aber können Sie ihm nachweisen, daß er statt dessen diesen Ort für verbrecherische Zwecke mißbrauchte? Und der Gipfel ist Ihre Behauptung, Tynan sei so eine Art Professor Moriarty in einem düsteren Komplott, das Sie Geheimakte R nennen. Können Sie das beweisen? Können Sie erklären, wie Sie das persönlich von Colonel Baxter erfahren haben wollen? Wo ist der Beweis für die Existenz der Akte? Und wenn sie überhaupt existiert, ist sie wirklich gefährlich? Ja, können Sie mir überhaupt sagen, was es eigentlich sein soll?«

Präsident Wadsworth holte tief Atem und fuhr fort. »Was haben Sie sich da bloß zusammengedichtet, Chris? Ein fadenscheiniges Gewebe aus phantastischen Spekulationen und Mutmaßungen! Und auf diese Beschuldigungen hin, ohne eindeutige Beweise, wollen Sie, daß ich den Direktor des FBI, einen der tüchtigsten und beliebtesten Männer unseres Landes, entlasse? Chris, haben Sie den Verstand verloren? Tynan entlassen? Warum denn? Ihr Ansinnen ist unmöglich, hören Sie, Chris, ganz unmöglich!«

Während der letzten Worte des Präsidenten war Collins in sich zusammengesunken. Er war niedergeschlagen und fühlte, daß er verloren hatte. Auf einige Rückfragen, ja auf einige Zweifel des Präsidenten war er gefaßt gewesen, aber keinesfalls auf eine so scharfe Ablehnung seines Antrags. Verzweifelt machte er einen letzten Versuch. »Mr. President, Beweise gibt es in vielerlei Form und Gestalt. Mit zufriedenstellenden Beweisen könnte ich aufwarten, wenn ich genügend Zeit hätte. Aber dazu ist es zu spät. Entfernen Sie Tynan zunächst aus dem Amt. Er ist gefährlich. Die Anschuldigungen gegen ihn können wir später immer noch belegen. Nach allem, was ich gesehen und gehört habe, wird Tynan alles, aber auch nur alles mögliche unternehmen, um die Menschenrechte außer Kraft zu setzen, den Artikel 35 zum Gesetz zu machen und damit unsere Demokratie zu zerstören.«

Das Gesicht des Präsidenten war zu Stein erstarrt. »Auch ich will, daß der Artikel 35 angenommen wird. Bedeutet das in Ihren Augen etwa, daß ich unsere Demokratie zerstören will?«

»Nein, natürlich nicht, Mr. President«, gestand Collins schnell zu. »Ich will nicht behaupten, daß jeder, der für den Artikel 35 ist, gegen eine demokratische Regierung stimmt. Ich selbst habe diesen Artikel eine Zeitlang unterstützt und mich auch öffentlich in diesem Sinne geäußert. Und was das Volk angeht, unterstütze ich ihn immer noch. Ich habe mich niemals öffentlich dagegen ausgesprochen und habe auch nicht die Absicht, das zu tun, solange ich Mitglied dieser Regierung bin.«

Nun gab sich der Präsident etwas freundlicher. »Ich freue mich, Chris, daß Sie wenigstens Sinn für Loyalität haben.«

»Ich bestimmt«, versicherte Collins, »nur, ist Tynan genauso loyal? Das führt zu einem grundlegenden Punkt. Das führt zu der Frage, welche Bedeutung die Demokratie schlechthin hat. Sie und ich, wir wissen das genau. Aber Tynan? In unseren Händen würde der Artikel niemals mißbraucht. Aber in den seinen . . ?«

»Es gibt doch nicht den geringsten Anhaltspunkt dafür, daß er das Gesetz anders auslegt als Sie und ich.«

»Können Sie das wirklich so sagen, nach allem, was ich Ihnen berichtet habe? Auch wenn ich nichts beweisen kann, müssen Sie doch sicherlich zugeben . . .«

»Es hat keinen Zweck«, unterbrach ihn der Präsident. Er nahm wieder in seinem Ledersessel Platz. Für ihn schien nun alles endgültig geklärt. »Chris, es tut mir leid, Tatsachen respektiere ich. Tatsachen höre ich mir an. Was Sie mir aber erzählt haben, waren für mich keine Tatsachen, die Ihren Standpunkt unterstützen. Also sehe ich auch keinen ausreichenden Grund, Tynan zu entlassen. Machen Sie sich doch bitte einmal die Mühe, die Angelegenheit von meiner Warte aus zu sehen. Tynans Ruf als Patriot ist einwandfrei. Ihn auf Grund so windigen Materials zu entlassen, wäre etwa dasselbe, wie George Washington wegen Befehlsverweigerung festzunehmen oder Barbara Frietchie wegen eines Umsturzversuchs zu verhaften. Ihn zu entlassen, hieße dem Land einen schlechten Dienst erweisen, und für mich wäre das so gut wie politischer Selbstmord. Die Öffentlichkeit hat Vertrauen zu Tynan. Die Leute glauben an ihn . . .«

»Und *Sie*«, fragte Collins, »glauben *Sie* an ihn?«

»Warum sollte ich nicht?« gab der Präsident zurück. »Ich kann mich jederzeit auf seine gute Zusammenarbeit verlassen. Er ist einer unserer besten Beamten. Gelegentlich schießt er über das Ziel hinaus, zugegeben. Hat man die Sache aber durchgesprochen und wird sie durchgeführt . . .«

»Also wollen Sie auf ihn und seinen Artikel 35 nicht verzichten«, unterbrach ihn Collins. »Nichts, was ich Ihnen berichtet habe, bringt Sie davon ab. Sie sind fest entschlossen, ihn nicht fallenzulassen?«

»Ja«, sagte der Präsident tonlos. »Für mich gibt es keine andere Wahl.«

»Dann gibt es auch für mich keine andere Wahl mehr, Mr. President«, erklärte Collins und stand langsam auf. »Wenn Tynan bleibt, werde ich gehen. Mir bleibt nichts anderes übrig, als vom Amt des Bundesgeneralanwalts zurückzutreten. Ich gehe jetzt zurück in mein Büro und schreibe dort mein formelles Rücktrittsgesuch. Und jede der mir noch verbleibenden vierundzwanzig Stunden vor der endgültigen Abstimmung über den Artikel 35 werde ich darauf verwenden, mit allen meinen Kräften gegen diesen Artikel zu kämpfen. Sollte ich im kalifornischen Abgeordnetenhaus scheitern, werde ich jede Stunde, die mir noch verbleibt, auch im Senat gegen diesen Artikel auftreten, vorausgesetzt, es kommt überhaupt noch zu einer Abstimmung in diesem Gremium.«

Mit einer knappen Verbeugung verabschiedete er sich vom Präsidenten und ging zur Tür. Da hörte er seinen Namen rufen. Er blieb an der Tür stehen und drehte sich um.

Präsident Wadsworth war offenbar tief betroffen. Er sah Collins besorgt an. »Chris«, sagte er, »bevor Sie irgend etwas tun, was Sie später vielleicht bereuen, überlegen Sie sich alles noch einmal.« Verlegen rutschte er in seinem Sessel hin und her. »Das ist für uns alle eine sehr kritische Zeit, für uns und unser Land. Da bringt man ein Boot nicht zum Kentern.«

»Aus dem Boot steige ich aus, Mr. President. Entweder gehe ich unter oder ich kann schwimmen, dann aber meinen eigenen Kurs. Guten Tag!«

Damit verließ er das Ovale Zimmer.

Lange noch, nachdem Collins gegangen war, starrte Präsident Wadsworth auf die Tür. Erst dann griff er zum Telefon und rief seine persönliche Sekretärin.

»Miß Ledger? Rufen Sie doch bitte Direktor Tynan beim FBI an. Sagen Sie ihm, ich möchte ihn sprechen, allein und so bald wie möglich.«

Wieder in seinem Büro, rief Collins zuerst seine Frau an. Bis zu diesem Tag hatte er Karen nicht mehr über alle Ereignisse auf dem laufenden gehalten, die in den letzten Wochen auf ihn eingestürmt waren. Und seit dem Abend, an dem zum ersten Mal von der Geheimakte R die Rede gewesen war, hatte er sie nur hin und wieder in das eine oder andere eingeweiht. Aber heute morgen, nach den Fernsehnachrichten über den Mord an Maynard und nachdem Donald Radenbaugh wieder in sein Hotel zurückgefahren war, hatte er sich zu Karen in die Küche gesetzt und ihr die ganze Geschichte in allen Einzelheiten erzählt.

Karen war entsetzt. »Und was willst du nun machen, Chris?«

»Sobald ich kann, werde ich mit dem Präsidenten sprechen. Ich werde ihm alles vortragen und ihn auffordern, Tynan zu entlassen.«

Karen verbarg ihre Sorge nicht. »Glaubst du nicht, daß das gefährlich ist?«

»Nicht, wenn der Präsident meiner Meinung ist.«

Und noch als er Karen verließ, um ins Büro zu fahren, hatte er fest darauf vertraut, daß der Präsident seiner Meinung sein werde. Jetzt, vier Stunden später, war ihm klar, daß er sich in seinem Urteil niemals mehr geirrt hatte.

Karen meldete sich am Telefon. Er merkte ihrer Stimme sofort an, wie nervös sie war. »Was ist geschehen, Chris?«

»Der Präsident war nicht meiner Meinung.«

Er hörte sie ungläubig aufstöhnen. »Wie ist das nur möglich?«

»Er sagte nur, daß ich keine Beweise für irgendwelche Verstöße gegen das Gesetz habe. Wie einen Schuljungen ließ er mich abblitzen. Und er stand zu Tynan, was immer ich vorbrachte.«

»Das ist schrecklich! Und was machst du nun?«

»Ich trete zurück. Das habe ich ihm auch gesagt. Ich dachte, ich sollte dir das gleich mitteilen.«

»Gott sei Dank!« Niemals hatte er ihrer Stimme mehr angemerkt, wie erleichtert sie war.

»Ich erledige noch die Tagespost, schreibe mein Rücktrittsgesuch und schicke es hinüber. Dann räume ich meinen Schreibtisch aus. Ich werde also erst spät zum Essen zu Hause sein.«

»Bist du nicht froh, Chris?«

»Nein. Tynan kommt jetzt ungeschoren davon. Der Artikel 35 wird Gesetz. Schließlich bleibt da noch die Geheimakte R, deren Geheimnis noch nicht aufgeklärt ist. Und ich, ich bin machtlos und ohne Stellung.«

»Darüber wirst du schon hinwegkommen, Chris«, versuchte sie ihn zu trösten. »Es gibt auch anderswo viel zu tun. Das Haus verkaufen wir. Wir ziehen wieder nach Kalifornien – vielleicht schon im nächsten Monat . . .«

»Heute abend, Karen. Wir fliegen bereits heute abend nach Kalifornien zurück. Wir nehmen das letzte Flugzeug. Ich möchte bereits am Morgen in Sacramento sein, um ein paar Gespräche zu führen. Am Nachmittag kommt der Artikel 35 vor das Plenum des Abgeordnetenhauses. Sollte ich scheitern, will ich wenigstens kämpfend untergehen.«

»Ganz wie du meinst, mein Schatz.«

»Bis später also, auf Wiedersehen. Ich habe noch eine Menge zu erledigen.«

Collins hängte ein. Auf seinem Schreibtisch wartete Arbeit. Zuvor aber mußte er noch einiges andere in Ordnung bringen. Er rief seine Sekretärin.

»Marion, nehmen Sie meinen Terminkalender und sagen Sie jeden Termin ab, der für heute und für den Rest der Woche vorgesehen ist – auch für die Wochen danach . . .«

Er sah sie erstaunt die Augenbrauen hochziehen.

»Ich werde es Ihnen später erklären, noch bevor wir beide heute abend das Büro verlassen. Sagen Sie jedem, der nach mir fragt, daß ich verreist bin und daß wir uns wieder mit ihm in Verbindung setzen werden. Und noch etwas, Marion. Reservieren Sie für mich und meine Frau zwei Flugkarten für die letzte Maschine nach Kalifornien. Um das Hotel kümmere ich mich selbst.«

»Aber Mr. Collins, Sie wollten doch heute abend nach Chicago!«

»Chicago?« wiederholte er verblüfft.

»Haben Sie denn das vergessen? Sie sollen doch vor den ehemaligen FBI-Spezialagenten sprechen. Sie sind der Hauptredner auf deren Kongreß. Und danach haben Sie noch eine Verabredung mit Tony Pierce vereinbart.«

Das hatte er tatsächlich vollkommen vergessen. Schon in seiner ersten Dienstwoche im Amt hatte er sich bereit erklärt, vor der Mitgliederversammlung der Gesellschaft ehemaliger FBI-Agenten zu sprechen. Später dann, als er sich entschieden hatte, gegen den Artikel 35 Stellung zu beziehen, hatte er sich entschlossen, bei dieser Gelegenheit mit Pierce, seinem früheren Gegner im Fernsehen und Führer der Verteidiger der Menschenrechte, zusammenzutreffen. Durch seinen Sohn Josh hatte er Pierce darauf ansprechen lassen, und der hatte sich bereit erklärt, mit Collins bei dieser Jahrestagung zu einem Gespräch zusammenzukommen.

»Ich fürchte, ich werde mein Erscheinen in Chicago ebenfalls absagen müssen, Marion. Ich muß dringend nach Sacramento.«

»Darüber wird man dort nicht sehr erfreut sein, Mr. Collins. Bei einer so kurzfristigen Absage besteht ja kaum die Möglichkeit, einen Ersatzredner zu finden.«

»Ach, da gibt es immer welche«, meinte er kurz angebunden. »Vielleicht ist es aber besser, ich spreche mit den Leuten selbst. Ich werde in Chicago anrufen, sobald ich hier einiges vom Tisch habe. Und was Tony Pierce angeht, können Sie das bitte für mich erledigen. Rufen Sie seine VDM-Zentrale in Sacramento an, machen Sie ihn dort ausfindig und geben Sie ihm Bescheid, daß ich in Chicago absagen muß. Und bitten Sie ihn, in Sacramento aktionsbereit zu bleiben. Sagen Sie ihm auch, daß ich ihn dort morgen vormittag sprechen möchte. Ich werde ihn gleich morgens anrufen, um einen Termin zu vereinbaren. Haben Sie alles?« Sie nickte. »Ich erledige das mit Tony Pierce.« Sie zögerte. »Und alle anderen Termine soll ich wirklich absagen?«

»Alle ohne Ausnahme. Und nun bitte keine weiteren Fragen

mehr. Ich habe furchtbar viel zu tun.«

Als Marion gegangen war, machte sich Collins daran, die auf seinem Schreibtisch bereitgelegten Sachen zu erledigen, Berichte zu lesen und Papiere zu unterzeichnen. Eine der Mitteilungen, über die er sich besonders freute, war an das Amt für Einwanderung und Einbürgerung gerichtet, es war seine persönliche Genehmigung für Ishmael Youngs Braut Emmy zur Einreise aus Frankreich in die Vereinigten Staaten. Er unterschrieb sie und brachte sie selbst zu Marion mit der Bitte, das Schreiben sofort aufzugeben und eine Kopie an Ishmael Young zu schicken.

Wieder in seinem Büro zurück, blieb er eine Weile am Kamin stehen und überlegte, was er noch an seinem letzten Nachmittag als Bundesgeneralanwalt der Vereinigten Staaten zu tun hatte. Zunächst mußte er sein Rücktrittsgesuch schreiben. Danach wollte er seine persönlichen Dinge aus dem Schreibtisch ausräumen nebst den Kleinigkeiten aus seinem Ruhezimmer. Schließlich mußte er noch in Chicago anrufen und die für morgen angesetzte Rede absagen.

Zuerst also das Rücktrittsschreiben.

Er ging zu dem Beistelltisch neben seinem Schreibtisch und goß sich ein Glas Wasser aus der Silberkaraffe ein. Nachdenklich betrachtete er die vielen Bände mit Gesetzessammlungen und Rechtsliteratur in den mit Glastüren versehenen Bücherschränken an der gegenüberliegenden Wand. Kreuz und quer wanderte er durch sein riesiges Büro und entwarf dabei seinen Brief. Sachlich und nüchtern? Oder lieber mit weit ausholenden Erklärungen? Am besten weder – noch. Scharf formulieren oder es zwischen den Zeilen sagen? Weder – noch! Schließlich fand er den richtigen Ton. Er würde seinen Rücktritt von seinem Amt als Bundesgeneralanwalt aus zwingenden Gewissensgründen einreichen. Nach langer und gründlicher Gewissenserforschung sei er zu der Erkenntnis gekommen, daß er der Haltung der Regierung zum Artikel 35 weiterhin nicht beipflichten könne. Seinem Gewissen und seinem Land könne er besser dienen, indem er zurücktrete, um somit ungehindert all seine Kräfte dafür einzusetzen, daß der Zusatzartikel 35 nicht in die Verfassung aufgenommen werde. Ja, das war die richtige Linie!

Er eilte zu seinem Schreibtisch, nahm ein Blatt mit dem Briefkopf des Ministers und brachte schnell zu Papier, was er sich gerade überlegt hatte.

Das Schreiben würde er lieber nicht als handgeschriebenen Brief abfassen, sondern besser schreiben lassen und lediglich unterzeichnen, denn solche maschinengeschriebenen Unterlagen waren leichter zu kopieren und von der Presse und vom Fernsehen zu verbreiten.

Er las sein Rücktrittsgesuch noch einmal durch und stand auf. Könnte er es noch irgendwie verbessern? Er überlegte. Wieder wanderte er in seinem Büro herum und ging schließlich nach nebenan in den großen Konferenzsaal. Seine Schritte über den gemusterten roten Teppich führten ihn zu dem Gemälde von Alphonso Taft, dem Bundesgeneralanwalt unter Präsident Ulysses S. Grant. Als er davorstand, fragte er sich, weshalb dieses Bild noch immer hier hing. Morgen würde er es entfernen lassen. Und dann fiel ihm ein, daß er morgen selbst nicht mehr hier sein würde. Weiter ging er durch den Saal an dem langen Konferenztisch mit den sechzehn roten Stühlen entlang zur gegenüberliegenden Wand und bliebt dort vor der weißen Marmorbüste von Oliver Wendell Holmes stehen.

Und hier, vor der Marmorbüste, holte ihn seine Sekretärin Marion ein.

»Mr. Collins«, sagte sie ganz außer Atem, »Direktor Tynan ist hier und möchte Sie gerne sprechen.«

»Tynan?« fragte er. »Hier?«

»Er ist gerade im Empfangszimmer.«

Collins war verblüfft. Das kam ganz und gar unerwartet. Nicht ein einziges Mal in seiner – allerdings sehr kurzen – Amtszeit hatte ihm Tynan im Justizministerium einen persönlichen Besuch abgestattet. »Gut, lassen Sie ihn hereinkommen.«

Weswegen mochte Tynan wohl gekommen sein? Eines war gewiß: Tynan war der allerletzte, den er heute hier erwartet hatte, und es würde ihn große Überwindung kosten, die Anwesenheit von Tynan zu ertragen.

Vernon T. Tynans große Gestalt tauchte im Türrahmen auf. Er ging geradewegs auf Collins zu. Wie immer wirkte der Direktor äußerst muskulös in seinem knapp geschnittenen marineblauen Zweireiher. Den griesgrämigen Gesichtszügen und seinem düsteren Blick war nicht anzumerken, was ihn hierherführte.

Bei Collins angelangt, sagte er: »Tut mir leid, so bei Ihnen hereinzuplatzen. Ist außerordentlich wichtig«, und klopfte dabei auf die Mappe unter seinem Arm. »Etwas, was ich sofort mit Ihnen besprechen muß.«

»All right«, meinte Collins, »gehen wir in mein Büro.«

Aber Tynan machte keine Anstalten, mitzukommen. »Das wäre nicht gut«, sagte er ruhig. Er schaute sich im Konferenzsaal um. »Vielleicht besser hier«, und fügte hinzu: »Ich möchte nämlich nicht gern, daß jemand hört, was wir miteinander besprechen. Sicherlich wäre es Ihnen auch nicht recht.«

Collins verstand. »Vernon, mein Büro ist nicht mit Abhöranlagen ausgestattet. Ich halte nichts davon, ein Tonband mitlaufen zu lassen.«

Tynan brummte bloß: »Dann entgeht Ihnen eine ganze Menge.«

Er warf seine Aktentasche auf den Konferenztisch, direkt vor den Stuhl neben dem Kopfende. »Setzen wir uns hier. Was ich zu sagen habe, wird nicht lange dauern.«

Verärgert nahm Collins in dem roten Lederstuhl Platz, der am Kopf des Tisches stand. Dort saß er etwa einen Meter von dem FBI-Direktor entfernt. Er zog eine Packung Zigaretten aus der Tasche, bot Tynan eine an, was der ablehnte, nahm selber eine und steckte sie sich an und sagte: »Welcher Angelegenheit verdanke ich die Ehre dieses Besuchs?«

Tynan legte seine Hände flach auf den Tisch. »Kommen wir gleich zur Sache«, begann er. »Ich erfuhr eben vom Präsidenten, daß Sie bei ihm gewesen sind und die Absicht haben, vom Amt zurückzutreten. Gleichzeitig hat er mich über die Gründe informiert.«

»Da Sie die Gründe bereits kennen, brauchen wir darüber nicht noch einmal zu sprechen«, entgegnete Collins gefaßt.

Tynan lehnte sich in seinem Stuhl zurück, musterte Collins mit scharfem Blick von oben bis unten und schüttelte den Kopf.

»Das war sehr dumm von Ihnen«, meinte er – ein böses Lächeln umspielte seinen Mund –, »Tynan ausbooten zu wollen, sehr, sehr dumm. Ich habe Sie für wesentlich klüger gehalten.«

Collins versuchte, sich zu beherrschen. »Ich habe nur meine Pflicht getan.«

»Ach? So steht es also? Nun, ich auch.«

Und betont langsam machte er seine Aktentasche auf. »Ich auch«, äffte er Collins nach. »Nachdem Sie sich in meine Angelegenheiten eingemischt haben – und das haben Sie doch?«

»Allerdings.«

». . . hielt ich es nur für fair, mir auch einmal die Zeit zu nehmen, mich mit Ihren Angelegenheiten zu befassen.«

»Ihre letzten Maßnahmen sind mir durchaus bekannt«, sagte Collins. »Ich weiß, daß Sie mich erneut überprüfen lassen.«

Tynan schaute ihn an. »Ist das wahr? Also wirklich kein Spaß? Das war Ihnen bekannt, und Sie haben nichts unternommen?«

»Es gab keinen Grund dazu. Ich habe nichts zu verbergen.«

»Sind Sie so sicher?« Tynan war unterdes seine Unterlagen durchgegangen und nahm nun einen braunen Aktenhefter heraus. »Ich meinte jedenfalls, Sie würden es zu schätzen wissen, zu erfahren, daß wir Sie mit größter und aller nur erdenklicher Sorgfalt rücksichts- und liebevoll durchleuchtet haben.«

»Ich weiß Ihr Interesse zu schätzen«, spottete Collins. »Nun, ich bin gespannt auf Ihre Überraschung.«

Tynans Gesicht verfinsterte sich. »Keine Angst, Sie sollen wissen, was ich herausgefunden habe. Ich entdeckte etwas, was man bisher vorsätzlich der Öffentlichkeit vorenthalten hat – und möglicherweise sogar Ihnen selbst.« Er öffnete den Aktenhefter, blätterte ihn noch einmal kurz durch und sah Collins direkt in die Augen. »Sie sind darauf aus, den Teil der Verfassung auszuschalten, der unser Land vor dem Ruin bewahren kann. Sie haben sich in das Leben einer Menge Leute eingemischt, genauso wie in mein eigenes. Aber Sie haben vergessen, sich zu vergewissern, ob Ihr eigenes Haus in Ordnung ist. Bevor Sie sich der Öffentlichkeit als Mr. Saubermann präsentieren, sollten Sie überlegen, ob Ihr Lebensweg und der Ihrer engsten Mitmenschen auch wirklich so unbescholten und lauter ist, wie Sie dies allem Anschein nach annehmen.«

»Was soll das heißen?«

»Das heißt, daß Sie mit einer Frau verheiratet sind, die eine mehr als zweifelhafte Vergangenheit hat. Ich glaube, es ist an der Zeit, darüber zu sprechen.«

Ärger stieg in Collins hoch über diesen Mann, der es unternommen hatte, in den persönlichen Dingen anderer Menschen herumzustöbern. Sein Ärger war größer als die Neugier, was Tynan da gegen ihn im Schilde führen mochte. »Vernon«, sagte er in scharfem Ton, »ich weiß nicht, was Sie damit sagen wollen. Aber ich erkläre Ihnen gleich klipp und klar, daß ich nicht daran denke, mit Ihnen über meine Frau oder irgendeinen anderen Angehörigen meiner Familie zu sprechen. Der Senat hat mich überprüfen lassen. Es gibt nichts über mich, was nicht auch öffentlich bekannt wäre. Der Senat hat mich in meinem Amt bestätigt. Es gibt also nichts mehr zu besprechen.«

Tynan ließ sich nicht abweisen. »So leicht geht das nicht. Es gibt da etwas, was Sie interessieren wird, eine kleine Sache, die bei Ihrer ersten Überprüfung übersehen worden ist.«

»Ich möchte nicht, daß meine Frau in diese Auseinandersetzung hineingezogen wird.«

Tynan zog die Schultern hoch. »Das liegt bei Ihnen, Chris. Entweder hören Sie mir zu und sagen mir, was ich tun soll, oder Ihre Frau wird noch einmal aussagen müssen, vor einem Schwurgericht.« Er machte eine Pause. »Wollen Sie mehr hören?«

Collins verschlug es die Sprache. Nur mühsam konnte er sich beherrschen. Tynan blickte kurz in seine Unterlagen und sprach weiter: »Ihre Frau war Witwe, als Sie sie kennenlernten. Das war vor einem Jahr. Ihr Name war Karen Grant, und der Name ihres Gatten Thomas Grant. Ist das richtig?«

»Ja, aber das wissen Sie doch längst. Weshalb fragen . . .«

»Weil es nicht stimmt. Ihr Mädchenname war Karen Grant. Der Name ihres Mannes lautete Thomas Rowley. Also hieß sie Karen Rowley.«

Das war neu für Collins. Aber er wußte, was er dazu zu sagen hatte. »Na, und? Das ist doch nichts Ungewöhnliches, daß eine Witwe wieder ihren Mädchennamen annimmt?«

»Vielleicht nicht«, meinte Tynan, »vielleicht aber doch. Sehen wir doch einmal nach. Sie lernten sie in Los Angeles kennen. Sie arbeitete dort als Mannequin. Davor war sie mit ihrem Gatten in . . . in . . .«

»Madison, Wisconsin . . .«

»Ah, so, Madison hat sie zu Ihnen gesagt? Das war falsch. Sie lebte mit ihrem Gatten in Fort Worth, Texas. Und dort ist ihr Gatte auch gestorben.«

Collins schob seinen Stuhl zurück und wollte aufstehen, um dieses Verhör zu beenden. »Vernon, das alles kümmert mich überhaupt nicht.«

»Sollte es aber«, entgegnete Tynan kalt. »Wissen Sie denn, wie Ihre Frau Witwe wurde?«

»Herrgott noch mal, ihr Gatte starb nach einem Unfall.«

»Ach wirklich? Durch einen Unfall? Was hatte er denn für einen Unfall?«

»Ich habe sie niemals darüber ausgefragt. Solche Themen eignen sich nicht besonders dazu, wieder aufgewärmt zu werden«, und setzte ärgerlich hinzu: »Ich glaube, er wurde von einem

Auto angefahren. Nun, zufrieden, Vernon?«

»Ganz und gar nicht. Nach den Unterlagen des FBI aus Fort Worth wurde er nämlich nicht von einem Wagen angefahren, sondern von einem Schuß getroffen – aus nächster Nähe. Ermordet.«

Collins war auf einiges gefaßt gewesen, doch das traf ihn wie ein Blitz. Zutiefst erschüttert sank er in seinen Stuhl zurück. Ohne Erbarmen fuhr Tynan fort: »Alle äußeren Umstände ließen darauf schließen, daß Ihre Frau die Mörderin war. Sie wurde auch verhaftet, unter Anklage gestellt und kam vor das Schwurgericht. Nach vier Tagen eingehender Beratung waren die Geschworenen noch immer uneins. Möglicherweise war das dem Einfluß ihres Vaters zuzuschreiben, der da unten ein hohes Tier in der Politik war – inzwischen ist er verstorben –, daß sich die Behörden nicht zu einem zweiten Verfahren entschlossen. So wurde sie freigelassen.«

»Das glaube ich nicht«, protestierte Collins energisch. Tynan und der ganze Konferenzsaal verschwammen vor seinen Augen. Mühsam gewann er seine Fassung zurück.

»Wenn Sie Zweifel haben«, erklärte Tynan kühl, »dann wird dieses Material sie sicherlich ausräumen.« Damit nahm er einige Papiere aus dem braunen Aktenhefter heraus und legte sie fein säuberlich vor Collins hin. »Das ist eine Zusammenfassung des ganzen Falles aus den Gerichtsakten, nach Aktenzeichen zusammengestellt. Dazu Fotokopien von drei Zeitungsausschnitten. Sicher werden sie Karen Rowley ohne Mühe wiedererkennen. Und nun zum eigentlichen Problem.«

Collins sah über die vor ihm liegenden Papiere hinweg und behielt lieber seinen Gegner und das eigentliche Problem im Auge.

Tynan fuhr fort: »Die Geschworenen hielten Ihre Frau nicht für schuldig, aber auch nicht für unschuldig. Sie sprachen sie also nicht frei. Während der viertägigen Beratungszeit konnten sie zu keiner Einigung kommen. Die Auffassungen gingen zu weit auseinander, so daß sie sich wohl oder übel als unentschieden erklären mußten. Sie wissen sicher besser als ich, daß so etwas den Fall nach wie vor offenläßt und ein Schatten des Zweifels zurückbleibt. Das war für mich der Teil des Problems, der mich am meisten interessierte. Ich wies daher unsere Agenten an, in dieser Richtung Nachforschungen aufzunehmen, was sie dann auch taten. Sie rekonstruierten den Mord, befragten noch einmal die Zeugen und stießen im Laufe ihrer Untersuchungen auf neue Anhaltspunkte, die sich als recht wertvoll erwiesen. Wie das die lokalen Behörden übersehen konnten, ist mir ein Rätsel. Nun, sie schludern eben einmal. Das FBI nie.«

Collins blieb stumm. Er hörte nur noch zu.

»Wir haben nun eine neue Zeugin gefunden, die man vorher übersehen hatte. Und die gibt an, Karen Rowley – oder Karen Grant oder Karen Collins –, ganz wie es Ihnen beliebt, gesehen und gehört zu haben, wie sie mit ihrem Mann stritt, eine Zeugin, die gehört haben will, wie Karen zu Rowley gesagt hat, daß sie ihn am liebsten umbringen würde. Als die Zeugin daraufhin Rowleys Haus verließ, habe sie einen kurzen Moment Karen sehen können, die mit der Mordwaffe in der Hand über der Leiche ihres Mannes stand.« Tynan machte eine Pause. »Das ist noch nicht alles«, fuhr er mit gesenkter Stimme fort, »ich bringe das nur ungern zur Sprache. Aber es würde ohnehin herauskommen, wenn die Zeugin vor Gericht aussagen müßte. Ziemlich schmutzige Wäsche . . .«

Collins fühlte, wie der Druck in seiner Brust immer stärker wurde. Trotzdem blieb er still.

Tynan sprach weiter. Er wählte seine Worte mit Sorgfalt und Bedacht.

»An zahlreichen Wochenenden fuhr Ihre Frau ihren Vater besuchen, oder besser gesagt, sie tat so. Rowley, ihr Gatte, wurde allmählich argwöhnisch und ließ sie beobachten. Er erfuhr schließlich – wie soll ich das bloß ausdrücken? –, daß Karen aktives Mitglied eines Sex-Clubs in Houston war. Da trifft man sich, zieht sich aus und schwelgt in Sexorgien. Und sie war auch dabei, manchmal mit ausgesuchten Männern, manchmal mit Frauen, Sex, wie er im Buche steht, und Perversionen – ich möchte nicht in Einzelheiten gehen, aber . . .«

»Das ist eine schmutzige Lüge, und Sie wissen das genau!« schrie Collins den Direktor an und sprang aus seinem Stuhl auf.

Tynan blieb ungerührt sitzen. »Ich wünschte, es wäre so, leider ist es das nicht. Unsere Zeugin hörte, wie Rowley das Karen auf den Kopf zusagte.« Er streckte seine Hand nach dem Aktenhefter aus. »Wollen Sie die Aussage sehen, die die Zeugin uns vertraulich gemacht hat?«

»Nein, danke. Mir reicht's.«

»Auf jeden Fall hörte die Zeugin nach dieser Szene den Pistolenschuß und sah Karen darauf an der Leiche ihres Mannes stehen.« Tynan blickte Collins kurz prüfend an und sprach dann weiter: »Diese Zeugin wird nicht von sich aus aussagen. Sie will nicht in eine so schmutzige Affäre verwickelt werden. Wenn es jedoch erforderlich würde, unter Eid auszusagen, wird sie das tun. Das könnte ein zweites Verfahren bedeuten. Immerhin – und das wird Sie sicher freuen zu hören – habe ich meinen Leuten nicht die Erlaubnis erteilt, das neugewonnene Untersuchungsmaterial dem zuständigen Staatsanwalt in Fort Worth zu übergeben. Ich hielt das nicht für angebracht, ohne Sie vorher gefragt zu haben. Darüber hinaus habe ich trotz ihrer Schwächen eine gewisse Sympathie für Mrs. Collins. Auf seine Art war ihr Mann ein noch viel mieserer Charakter. Wahrscheinlich hat er sie wegen ihrer Sexorgien erpreßt, um Geld zu bekommen. Manche mögen sogar der Auffassung sein, daß sie zu ihrer Tat mehr als nur provoziert worden ist. Natürlich gibt es auch andere Überlegungen, die mich davon abhielten, das neue Material weiterzuleiten. Schließlich – und das ist vielleicht das Wichtigste – möchte ich nicht ein Mitglied der Regierung und einen Mitarbeiter des Präsidenten in Verlegenheit bringen, und das schon gar nicht in einer so schweren Zeit, wie wir sie jetzt durchmachen. Ich glaube auch, daß jeder, der mit diesem Fall in Verbindung gebracht wurde, schon genug gelitten hat und daß auch keine Notwendigkeit besteht, diese Angelegenheit noch einmal an das Licht der Öffentlichkeit zu zerren. Unter entsprechenden Umständen könnte das also leicht vergessen werden.«

Collins ekelte sich, und daran war nicht nur Tynans Information über Karen und seine Drohung gegen sie, sondern vor allem die unverhüllte Erpressung des FBI-Direktors schuld. Wie er diesen Mann verabscheute! Bis jetzt hatte er niemals auch nur daran gedacht, daß er einen Menschen umbringen könnte. Doch nun – in diesem Augenblick spürte er das Verlangen, seine Hände um Tynans Hals zu legen und kräftig zuzudrücken. Aber er mußte vernünftig bleiben.

So blieb er ruhig sitzen, wenn er auch im Innern zitterte und kochte vor Wut.

Erst nach einer Weile konnte er wieder sprechen. »Sie sind also willens, alles zu vergessen – unter entsprechenden Umständen?«

»So ist es.«

»Und worin bestehen die entsprechenden Umstände? Was verlangen Sie von mir?«

»Nur Ihre Zusammenarbeit, Chris«, erklärte Tynan sanft und einschmeichelnd. »Also wirklich nicht viel. Lassen Sie mich es anders sagen; nicht mehr als Ihre Zusage, daß Sie in der Regierung bleiben, mit dem Präsidenten und mit mir weiter zusammenarbeiten und bis zuletzt für den Artikel 35 eintreten. Und daß Sie kein Durcheinander mehr anrichten, wie eben durch Ihren angedrohten Rücktritt oder gar durch eine öffentliche Verurteilung des Artikels 35. Das ist der Preis. Und der ist doch ziemlich vernünftig, oder?«

»Also das!« Collins sah, wie Tynan den Aktenhefter zuklappte und in die Tasche steckte. »Wollen Sie mich nicht noch den Rest des Materials sehen lassen?«

»Das behalte ich besser bei mir. Da ist es sicher. Sie wissen genug, um sich ein Urteil bilden zu können. Außerdem haben Sie ja noch Ihre Frau. Die wird Sie sicher über alles unterrichten, was Sie noch nicht erfahren haben.«

»Darum geht es nicht. Ich meine den Namen der neuen Zeugin, die Sie da aufgetrieben haben. Wenigstens den würde ich gerne haben.« Tynan lächelte. »Das geht natürlich nicht, Chris. Wenn Sie die Zeugin kennenlernen wollen, dann nur im Gerichtssaal.«

Damit schloß er seine Aktenmappe. »Nun, ich denke, ich habe Ihnen alles gesagt, was zu sagen war. Ich nehme an, das genügt für Ihre Entscheidung. Wie es weitergeht, ist Ihre Sache.«

»Vernon, Sie sind der widerlichste Schuft, der je gelebt hat.«

Tynan lächelte immer noch. »Ich glaube nicht, daß meine Eltern da mit Ihnen einer Meinung wären.« Aber dann wurde er ernst. »Wenn ich einen Fehler habe, so den, daß ich mein Land zu sehr liebe. Und wenn Sie einen Fehler haben, so nur den, daß Sie unser Land nicht in demselben Maße lieben. Und nur unserem Land zuliebe muß ich jetzt und hier darauf bestehen, daß Sie sich entscheiden.«

Angewidert starrte ihn Collins an. Schließlich gab er auf und sank in seinen Stuhl zurück.

»Okay«, kam es resigniert. »Sie haben gewonnen. Wiederholen Sie ausführlich, was ich tun soll.«

Zum ersten Mal, seit er verheiratet war, kehrte er nicht gerne zu seiner Frau nach Hause zurück.

Nachdem Tynan gegangen war, hatte er sich nicht mehr zu irgendwelcher Arbeit aufraffen können. Dennoch war er mit voller Absicht länger im Ministerium geblieben, um allein zu sein und nachzudenken. Widerstreitende Gefühle rissen ihn hin und her. Was er über Karen erfahren hatte, war ein Schock für ihn gewesen. Er war enttäuscht von ihr, weil sie ihm die Ereignisse ihrer dramatischen Vergangenheit verschwiegen hatte. War sie schuld, war sie nicht schuld? – Immerhin hatten die Geschworenen vier Tage lang beraten und waren zu keiner Entscheidung gekommen. Und dann war da noch die Sorge, was ihr bevorstünde, wenn Tynan sich dazu entschloß, den Fall wiederaufzurollen.

Aber noch viel beunruhigender war das Bild von Karens geheimnisvollem Sexleben, das Tynan da angedeutet hatte, diese Orgien, dieser Gruppensex und diese Perversitäten. Collins glaubte natürlich kein Wort davon. Sosehr er sich darum bemühte, es wollte ihm nicht aus dem Kopf. Er wußte nicht, was er von ihr halten, wie er sich zu ihr stellen und wie er sie behandeln sollte. All das blieb in seinem Büro ungelöst und war es auch noch, als er den Schlüssel ins Schloß der vorderen Eingangstür steckte, aufschloß und das Haus betrat.

Am liebsten hätte er die Begegnung hinausgeschoben oder wäre ihr ausgewichen, aber er wußte, das war unmöglich.

Anscheinend hatte sie ihn hereinkommen hören. »Chris?« rief sie aus dem Eßzimmer.

»Ich bin hier«, rief er zurück und ging durch den Gang ins Schlafzimmer.

Er hatte seine Jacke abgelegt und seine Krawatte ausgezogen, als sie hereinkam.

»Seit du angerufen hast, habe ich den ganzen Tag wie auf heißen Kohlen gesessen«, sagte sie, »nur um zu erfahren, was weiter geschehen ist. Ich habe schon angefangen zu packen. Wir fahren doch nach Kalifornien, oder?«

»Nein«, sagte er niedergeschlagen.

Sie war auf ihn zugegangen, um ihm einen Kuß zu geben. Jetzt aber blieb sie stehen. »Nein?« Sie runzelte die Stirn und suchte in seinem Gesicht nach einer Erklärung. »Du bist doch zurückgetreten, nicht wahr?«

»Nein.«

»Das – das verstehe ich nicht, Chris.«

»Das Rücktrittsgesuch war schon geschrieben; ich habe es nach einem Gespräch mit Tynan zerrissen. Als er weg war, zerriß ich es. Ich konnte nicht anders.«

»Du konntest nicht anders?« wiederholte sie tief erschrocken. »Du hast es wegen . . . wegen mir zerrissen?«

Überrascht sah er auf. »Woher weißt du das?«

»Weil ich geahnt habe, daß es so kommen würde. Ich wußte, daß er alles unternehmen würde, um dich an einer oppositionellen Haltung ihm gegenüber zu hindern. Neulich abends, als dieser Schriftsteller, dieser Ishmael Young, sagte, daß Tynan jeden in deiner Nähe überprüfen läßt, daß er alles über die weiß, mit denen eine hochstehende Person wie du irgendwann einmal in Verbindung stand, da wußte ich schon, daß er hinter dir hersein – und dabei mich entdecken würde. Ich bekam große Angst, Chris. Als wir in dieser Nacht schlafen gingen, habe ich mich wohl zum hundertsten Male entschlossen, dir alles zu erzählen, wirklich, ich fing sogar schon an, aber du warst bereits eingeschlafen. Am Morgen ist dann so viel passiert, daß ich nicht mehr dazu kam. Ich hätte dir alles sagen sollen. Oh, Gott, was war ich für ein Narr! Solch ein armseliges Geheimnis; du hättest es schon längst von mir erfahren müssen!«

»Es wäre gut gewesen, allein, um dich besser schützen zu können.«

»Ja, du hast recht. Aber nicht mich, dich mußt du besser schützen können! Nun, ich weiß nicht, was dir Tynan erzählt hat! Hör mich an. Du sollst alles von mir erfahren!«

»Nicht jetzt, Karen. Ich muß nach Chicago, um einen Vortrag zu halten. Wenn ich zurück bin . . .«

»Nein, hör mir zu.« Sie trat nahe an ihn heran. »Was hat dir Tynan erzählt? Was? Daß mein Mann mit einem Schuß im Rükken in Fort Worth in unserem Schlafzimmer gestorben ist? Daß man mich mehr als nur einmal sagen hörte, ich sei froh, daß er tot sei? Es ist wahr, wir hatten Streit, einen fürchterlichen Streit, einer unter vielen. Ich lief schließlich fort und zog zu meinem Vater. Dann entschloß ich mich, nach Hause zurückzukehren, es noch einmal, ein letztes Mal, zu versuchen. Da lag Tom auf dem Boden – tot. Ich hatte keine Ahnung, wer ihn getötet haben könnte. Ich weiß es heute noch nicht. Viele Leute hatten uns oft streiten gehört, und sicherlich haben sie mich sagen hören, ich wünschte, er wäre tot. Das ist alles wahr. Ich habe es mehrere Male gesagt. Natürlich wurde ich angeklagt, aber das Anklagematerial war ziemlich dürftig, nur Indizien. Doch gab es dort einen neuen, ehrgeizigen Staatsanwalt, der sich mit dem Fall einen Namen machen wollte. So wurde ich also angeklagt und kam vor Gericht. Das war die schlimmste Tortur, die ich je durchgemacht habe. Also das hat dir Tynan erzählt? Das alles hat er dir erzählt?«

»Das meiste davon, ja. Aber vor allem hat er gesagt, daß sich die Geschworenen nicht entscheiden konnten, daß sie unentschieden waren.«

»Ach, diese unentschiedenen Geschworenen! Elf von ihnen waren vom ersten Augenblick an für Freispruch. Nur einer, der zwölfte, bestand auf seinem ›Schuldig‹, vier Tage lang, bis die Geschworenen aufgaben. Dabei hielt er mich gar nicht für schuldig, sondern hatte es auf meinen Vater abgesehen, der ihn – wie ich erst später erfahren habe – früher einmal entlassen hat. Die Staatsanwaltschaft wollte mich nicht ein zweites Mal vor Gericht stellen, eben weil die Indizien und auch die Geschworenen so überwältigend für mich gesprochen hatten. Sie waren überzeugt, daß es nutzlos sei, noch einmal damit anzufangen. Ich wurde freigelassen, und man stellte das Verfahren ein. Um nun allem üblen Gerede zu entgehen, nahm ich meinen Mädchennamen wieder an und ging ein Jahr später nach Los Angeles, wo ich dich kennenlernte. Das ist alles, Chris. Ich habe dir niemals davon erzählt, weil ich selbst froh war, daß das endlich hinter mir lag. Und ich wußte, ich war unschuldig. Nachdem ich mich in dich verliebt hatte, wollte ich nicht, daß dadurch irgendein Schatten auf unsere Verbindung fiel oder du anfingst, an mir zu zweifeln. Die Affäre sollte nicht das beschmutzen, was so neu und wunderbar zwischen uns war. Ich wollte einen neuen Anfang. Ich hätte dir alles erzählen sollen. Hätte ich es doch nur getan! Aber ich habe es nicht, und das war mein großer Fehler.«

Sie atmete auf. »Ich bin froh, daß es heraus ist. Jetzt weißt du alles.«

»Nicht alles – nach dem, was Tynan mir erzählt hat, gibt es eine neue Zeugin, eine Frau, die erklärt, sie habe dich mit einer Pistole in der Hand an Rowleys Leiche stehen sehen. Sie sagt aus, sie habe den Mord beobachtet oder einen Schuß gehört.«

»Das ist gelogen! Ich habe es nicht getan! Das ist eine ausgemachte Lüge! Ich kam ins Haus und fand Tom tot auf dem Boden liegen. Tom war bereits tot.«

Er hatte sie während des Zuhörens genau beobachtet, hatte versucht, die Wahrheit herauszuhören und an ihren Augen abzulesen. Und er glaubte, sie gefunden zu haben. Aber da war noch das andere: Karen völlig nackt in einem Raum mit ebenso nackten fremden Leuten, Karen mit Männern und Frauen in perversen Situationen.

»Da ist noch etwas, Karen«, hörte er sich sagen. Eigentlich hatte er von den Orgien gar nicht sprechen wollen. Tynan hatte ihn nicht davon überzeugt. Doch er fühlte, daß es aus ihm heraus mußte.

»Ich glaube kein Wort davon, aber ich muß es dir erzählen. Die Zeugin hat Tynan auch erklärt . . .«

Und dann hatte er ihr alles berichtet. Noch während er sprach, konnte er an ihrem Gesicht ablesen, wie ihr Entsetzen wuchs. Als er geendet hatte, war sie einem Zusammenbruch nahe. »Oh, nein«, kam es tränenerstickt. »Nein, solche widerlichen Lügen. Jedes Wort ist erlogen, ist unwahr. Schmutzige Phantasie! Ich sollte mich so benehmen? Ich? Du kennst mich, Chris, du weißt, wie ich im Bett bin. Ich bin schüchtern, ich . . . Ach, Chris, ich kann es einfach nicht glauben . . .«

»Ich auch nicht.«

»Ich schwöre bei dem Leben des Kindes, das wir haben werden . . .«

»Ich weiß, daß es nicht wahr ist, mein Liebling. Aber es gibt eine Zeugin, die bereit ist, zu beschwören, daß das wahr ist, das und der Mord . . .«

Sie raffte sich zusammen. »Wer ist diese Zeugin?«

»Ich weiß es nicht. Tynan wollte es mir nicht sagen. Aber das ist es, was er gegen uns in der Hand hat. Er drohte damit, den Fall wieder aufrollen zu lassen, wenn ich nicht mit ihm zusammenarbeite. Also habe ich mich entschieden, dabeizubleiben.«

»Ach, Chris, nein!« Sie flog in seine Arme und preßte ihn wild an sich. »Was habe ich dir nur angetan!«

Er versuchte, sie zu beruhigen. »Das ist nicht so wichtig, Karen, mein Liebling. Was wirklich wichtig ist, bist du. Ich glaube dir, und wir werden nie wieder davon sprechen. Laß uns Tynan vergessen . . .«

»Nein, Chris, wir müssen gegen ihn kämpfen. Du kannst nicht zulassen, was er vorhat. Es gibt nichts, wovor wir uns fürchten müßten. Ich bin unschuldig. Soll er doch das Verfahren wiederaufnehmen. Letzten Endes wird er uns nicht schaden können. Und vor allem kannst du dich nicht durch Erpressung zum Stillschweigen zwingen lassen. Du mußt zurückschlagen, schon meinetwegen.«

Er machte sich frei. »Ich schlage eben nicht zurück, gerade

deinetwegen. Du sollst nicht noch einmal einer solchen Tortur ausgesetzt sein. Wir werden alles vergessen und weiterleben wie bisher.«

Er wandte sich zum Gehen. Doch sie folgte ihm durch das ganze Schlafzimmer. »Es wird niemals wieder wie vorher sein, Chris. Wenn du Angst hast, deswegen mit Tynan zu kämpfen, dann glaubst du seine Geschichte und nicht meine . . .«

»Das ist nicht wahr! Ich möchte nicht, daß du noch einmal so leiden mußt!«

»Du gibst also nach und schweigst. Und die kalifornische Staatsversammlung nimmt den Zusatzartikel 35 morgen an, und der Senat stimmt drei Tage später ebenfalls zu? Oh, Chris, bitte laß das nicht zu!«

Collins hielt ihr seine Armbanduhr hin. »Bitte, Karen, ich habe noch genau zwanzig Minuten, um mich umzuziehen, etwas zu essen, zu packen und Tony Pierce in Sacramento anzurufen, bevor der Fahrer kommt, um mich zum Flughafen zu bringen. Ich spreche morgen vor einer Versammlung ehemaliger FBI-Agenten. Ich muß mich also beeilen.«

Er nahm sie in seine Arme und küßte sie. »Ich liebe dich. Und wenn es noch mehr zu besprechen gibt, dann tun wir das morgen abend.«

»Ja, sagte sie leise und fast nur wie zu sich selbst: »Wenn es noch ein morgen abend geben wird.«

9

Auf dem Rednerpult vor den sechshundert versammelten Gästen in der in zarten Goldtönen gehaltenen Guild-Hall des Ambassador East Hotel in Chicago nahm Chris Collins erleichtert die letzte Seite seiner Rede in die Hand. Er hatte ohne große Rhetorik vom Blatt abgelesen und erhielt nur mäßigen Beifall. Collins war darüber nicht enttäuscht. Zuviel war in den letzten Stunden auf ihn eingestürmt, als daß er noch Sinn für eine wirkungsvolle Rede gehabt hätte. Durch die Ereignisse entmutigt und voller Sorge, hatte er Mühe gehabt, sich zu konzentrieren. Ständig schweiften seine Gedanken ab, in den Konferenzssal im Justizministerium, wo Vernon T. Tynan ihn reingelegt und so schmählich erpreßt hatte, über alles zu schweigen, was er wirklich dachte. Immer wieder gingen seine Gedanken zurück an das Gespräch mit Karen, in dem er mit ihr die Enthüllungen über den Mord an ihrem ersten Mann und den anschließenden Prozeß regelrecht noch einmal durchlitten hatte. Auch konnte er sich nicht von dem Gedanken lösen, daß jetzt in Sacramento in weniger als einer Stunde das Abgeordnetenhaus zusammentreten würde, um als erste der beiden Kammern über den Artikel 35 abzustimmen. Gestern abend, auf seinem Flug nach Chicago, und noch heute morgen, ja sogar während des Essens mit seinen Gastgebern, war er sich seiner tiefen Niedergeschlagenheit, seines Schmerzes über seine Niederlage voll bewußt geworden. Und seiner ganzen Rede hatte man deutlich anmerken können, wie bitter enttäuscht er war. Jegliche Hoffnung auf ein Scheitern des Artikels 35 in Kalifornien, ob im Abgeordnetenhaus oder im Senat, war dahin. Mit dem Mord an Bundesrichter Maynard hatte man ihm den entscheidenden Schlag versetzt. Maynard allein wäre in der Lage gewesen, das Blatt zu wenden, und nun war er so brutal aus dem Wege geräumt worden! Die glatte Weigerung des Präsidenten, Tynan zu entlassen, wodurch Tynans Verbrechen der Öffentlichkeit bekannt geworden und der Zusatzartikel zu Fall gekommen wären, hatte seine zweite große Hoffnung zerstört. Und schließlich war sein eigener Entschluß, den Zusatzartikel selbst im letzten Augenblick zu bekämpfen, was ihn noch einmal so optimistisch gestimmt hatte, von Tynan sehr schnell und äußerst wirkungsvoll im Keim erstickt worden. Blieb nur noch die Geheimakte R, aber die Auflösung dieses Geheimnisses schien unmöglicher als je zuvor.

Überdies war er sich klar – und auch das gereichte seiner Rede nicht zum Vorteil –, daß er noch immer von Vorsicht – oder eher von Furcht? – geleitet wurde. Die Mitglieder der Gesellschaft ehemaliger Spezialagenten des FBI, zu denen er heute sprach, standen überwiegend auf Tynans Seite. Unter J. Edgar Hoover hatte diese Gesellschaft der alten Herren des FBI über 10 000 Mitglieder. Viele von ihnen hatten, nachdem sie den FBI verließen, mit großem Erfolg in Industrie oder Handel nicht zuletzt dank der Protektion Hoovers Karriere gemacht. Heute gehörten der Gesellschaft über 14 000 ehemalige Agenten an. Für die meisten von ihnen hatte die eingeimpfte FBI-Disziplin nichts an Wert oder Wirkung verloren. Auch waren sie Tynan für seine Zeichen der Anerkennung dankbar, die ihnen bei ihrem weiteren Weg nach oben viele Türen geöffnet hatten. So gesehen war es ein für Collins feindliches Publikum, wenn es sich dessen auch nicht bewußt war und nicht merkte, wie stark er sich von ihnen unterschied. Er wußte nur zu gut, daß das bereits ausreichte, um ihn zu irritieren. Die Rede, die er mit Radenbaugh zusammen entworfen hatte, war sorgfältig auf diese Zuhörerschaft abgestimmt. Da er den Artikel 35 nicht mehr angreifen durfte, hatte er sich entschlossen, überhaupt keine Meinung dazu zu äußern. Er ging einfach von der Annahme aus, daß der Artikel Gesetz werde, und konzentrierte sich stärker darauf, festzustellen, daß noch weit mehr erforderlich sei, um Verbrechen und Gesetzlosigkeit in Amerika in Grenzen zu halten. Im weiteren Verlauf war er dann in großen Zügen auf Reformen eingegangen, die er in diesem Land für notwendig hielt. Er sprach über das Verbrechen und seine Ursachen und hob besonders den sozialen Aspekt als Wurzel des Verbrechens hervor.

Dabei war ihm klar gewesen, daß er damit eine für Tynan eingenommene Zuhörerschaft nicht von den Stühlen reißen konnte. Diese Exagenten hätten lieber ein leidenschaftliches Bekenntnis zu Tynans Artikel 35 gehört. Am liebsten wäre ihnen ein rhetorisches Feuerwerk gewesen, in dem er das Ende der alle Ordnung hemmenden Menschenrechte verkündet hätte, und natürlich hätten sie die Geburt des neuen Ausschusses für Nationale Sicherheit unter dem Vorsitz ihres Direktors stürmisch bejubelt. Statt dessen war er ihnen mit trockenen Worten zu sozialen Reformen gekommen. Enttäuschung und Langeweile spiegelten sich in ihren Gesichtern. Collins war klar, daß die Zuhörerschaft mit Tynans Spionen und Spitzeln durchsetzt war, die alle nur darauf warteten, ihrem Herrn und Meister jegliche Abweichung von dem vom Direktor genehmigten Text zu melden. Nach seiner gestrigen Auseinandersetzung und dem mit Tynan abgeschlossenen Handel hatte er nichts anderes erwartet. Was er hier als Text vorlas, war nicht mehr die ursprüngliche Rede, sondern eine überarbeitete und entschärfte Fassung, die keine Angriffsfläche mehr bot. Jede Abweichung von Tynans Linie, dessen war sich Collins sicher, müßte für Karen verhängnisvoll sein.

Ihm war natürlich bekannt, daß es unter den Zuhörern auch einen kleinen Kreis gab, der gegen Tynan und den Artikel 35 eingestellt war. Er kannte niemand davon, aber er wußte, daß sich diese Männer um Tony Pierce geschart hatten. Aus Vorsicht hatte Collins davon abgesehen, gestern abend oder heute vormittag Verbindung mit Pierce aufzunehmen. Hätte Tynan erfahren, daß er Pierce eine Nachricht zukommen ließ und sich nach seiner Rede mit ihm privat treffen wollte, hätte das für Karen große Gefahr bedeutet. Deshalb hatte Collins Pierce von einer abgelegenen Telefonzelle außerhalb des Hotels angerufen und ihm vorgeschlagen, mit ihm in einem Einzelzimmer im Ambassador Hotel, das unter einem anderen Namen reserviert worden war, nach seiner Rede zusammenzukommen. In diesem Zimmer wollten sie sich auch gemeinsam die Direktübertragung der Sitzung des kalifornischen Abgeordnetenhauses ansehen. Wenn es sich ergeben sollte, würde Collins sogar das Risiko eingehen und Pierce eingestehen, daß er in der Frage des Artikels 35 nicht mehr auf der Seite der Regierung stand und bereit war, den Gegnern des Artikels bei jeder Strategie zu helfen, die den Artikel in der Sitzung des Senats drei Tage später zu Fall bringen könnte.

Das alles war Collins durch den Kopf gegangen, während er sich bemühte, das Beste aus seinem entschärften Text zu machen. Er war am Schlußabsatz seiner Rede angelangt und wollte wenigstens diesen eindrucksvoll vortragen.

»Und so, meine lieben Freunde, stehen wir an einem Wendepunkt, vor einem dramatischen Wechsel in der Geschichte unserer Verfassung, was die Wahrung von Recht und Gesetz angeht. Zur Aufrechterhaltung einer Gesellschaft in Frieden und Freiheit gehört jedoch mehr, viel, viel mehr. Ich habe einige dieser Notwendigkeiten heute hier dargelegt. Erlauben Sie mir, diese

Punkte mit den Worten eines früheren Bundesgeneralanwaltes der Vereinigten Staaten zusammenzufassen.«

Collins blickte auf die Menge der Gesichter vor ihm und begann zu zitieren: »Er forderte uns nachdrücklich auf, folgendes immer zu beherzigen: ›Wenn wir uns wirklich mit Aussicht auf Erfolg mit dem Verbrechen auseinandersetzen wollen, dürfen wir nie die entmenschlichende Wirkung aus den Augen verlieren, die sich aus sozialen Fehlentwicklungen ergibt. Hierzu gehören z. B. häßliche Slums mit baufälligen Häusern, wo die Menschen in einer Enge leben müssen, die Angst, Haß und Hoffnungslosigkeit entstehen lassen; wo immer mehr dem Alkohol und der Drogensucht verfallen, wo aus Armut und Arbeitslosigkeit Gewalt und Rassismus entstehen, wo der letzte Anständige noch korrumpiert wird und die Unwissenden nicht in der Lage sind, ihre Rechte wahrzunehmen, wo seit Generationen andauernde Unterernährung Krankheit und Erbschäden zur Folge hat, wo schon die Neugeborenen zu einem Leben in Hoffnungslosigkeit und Ungerechtigkeit verdammt sind. Das sind die wahren Quellen des Verbrechens; wir haben die Macht, sie zu beherrschen.‹ Es ist an der Zeit, zu handeln. Ich danke Ihnen für die freundliche Aufmerksamkeit.«

Er hatte nicht gesagt, nach wem er zitiert hatte. So wußten die meisten nicht, daß diese Worte von Ramsey Clark stammten. Der Beifall war schwach. Aber nun war endlich alles vorbei. Erleichtert kehrte er zu seinem Platz zurück, schüttelte ein paar Hände und richtete sich darauf ein, die restlichen Redner anzuhören und auch die formelle Prozedur der Mitgliederversammlung über sich ergehen zu lassen.

Eine halbe Stunde später war er frei. Er verließ die Guild-Hall und ließ sich von seinem Sicherheitsbeamten in den siebzehnten Stock zu seinem Eckapartment Nr. 1700–01 bringen. An der Tür sagte er Hogan, daß er den ganzen Nachmittag in seinem Apartment bleiben werde, und deutete an, daß dies für Hogan doch eine gute Gelegenheit wäre, in Ruhe eine Kleinigkeit in der Greenery, der Cafeteria des Hotels, zu essen. Das ließ sich Hogan nicht zweimal sagen.

Collins wartete einen Moment, öffnete dann die Tür und schaute in den Korridor. Niemand war zu sehen. Schnell verließ er das Zimmer, ging zur Treppe und stieg zum fünfzehnten Stock hinunter. Dort hatte er keine Mühe, das Zimmer mit der Nummer 1531, das man unter einem anderen Namen für ihn reserviert hatte, zu finden. Er vergewisserte sich, daß ihm niemand gefolgt war, ging hinein und ließ die Tür leicht angelehnt. Er orientierte sich kurz über die Ausstattung des Zimmers. Doppelbett, ein Sessel, zwei gerade Stühle, eine Kommode mit dem Fernsehgerät darauf, ziemlich bescheiden für ein Mitglied des Kabinetts, aber ausreichend für seinen Zweck. Zunächst dachte er daran, Karen in Washington anzurufen, und sei es auch nur, um ihr noch einmal zu versichern, daß er ihr glaube. Er überlegte, ob es klug wäre, das Telefon zu benutzen. Bevor er sich darüber klarwerden konnte, hörte er ein kurzes Klopfen an der Tür. Er drehte sich um, um Tony Pierce zu begrüßen. Zu seiner Überraschung war Tony Pierce nicht allein gekommen. Zwei Herren begleiteten ihn. Seit der Fernsehdiskussion in der Sendung *»Auf der Suche nach der Wahrheit«* waren sie sich nicht mehr begegnet. Collins zuckte noch immer zusammen, wenn er sich daran erinnerte, welche Rolle er in dieser Diskussion übernommen hatte und wie er damals auftreten mußte. Er fragte sich, was Pierce in diesem Augenblick von ihm dachte.

Aber Pierce war von Mißmut oder gar Widerwillen nichts anzumerken. Sein offenes Gesicht voller Sommersprossen unter dem strohblonden Haar strahlte vor guter Laune und Begeisterung wie eh und je. »Freut mich, Sie wiederzusehen«, sagte er und schüttelte Collins die Hand.

»Ich bin froh, daß Sie kommen konnten«, begrüßte ihn Collins. »Ich war mir nicht so sicher, ob Sie kommen würden.«

»Ich bin gerne gekommen«, versicherte Pierce. »Ich möchte Sie mit zwei meiner Kollegen bekannt machen. Mr. van Allen, Mr. Ingstrup. Wir waren alle drei beim FBI und sind alle innerhalb eines einzigen Jahres ausgeschieden.«

Collins reichte den beiden anderen die Hand. Van Allen war blond, hatte ein vorspringendes Kinn, und seine Augen wanderten unruhig hin und her. Ingstrup hatte eine kastanienbraune Tolle, und sein wettergebräuntes Gesicht zierte ein brauner Schnurrbart.

»Setzen Sie sich doch«, bat Collins. Während die anderen auf dem Bett und den beiden Stühlen Platz nahmen, blieb Collins selbst stehen. »Sicher fragen Sie sich, weshalb ich Sie zu diesem Treffen gebeten habe. In Ihren Augen bin ich der Vorgesetzte von FBI-Direktor Tynan und ein Mitglied des Kabinetts der Regierung Wadsworth, also einer Clique, die sich für den Artikel 35 einsetzt. In meinen Augen sind Sie der harte Kern der Gegner dieses Artikels. Finden Sie es nicht überraschend, daß ich den Wunsch geäußert habe, mit Ihnen zu sprechen?«

»Ganz und gar nicht«, meinte Pierce, der unterdes nach seiner Pfeife gesucht und sie nun gefunden hatte. »Wir haben ein Auge auf Sie gehabt, sogar gestern nachmittag, als Sie noch den Plan hatten, als Experte gegen den Artikel 35 aufzutreten. Wir wissen, wo Sie heute stehen.«

Collins war überrascht. »Woher konnten Sie das wissen?«

»Da wir Ihnen jetzt vertrauen, bin ich bereit, es zu erklären«, sagte Pierce fröhlich und genoß seinen kleinen Triumph. Er stopfte seine Pfeife, zündete sie an und fuhr fort: »Nachdem wir drei das FBI verlassen hatten, ging jeder erst seine eigenen Wege. Ich gründete eine Rechtsanwaltspraxis. Van Allen betreibt hier ein privates Detektivbüro. Und Ingstrup ist Schriftsteller. Zwei dicke Exposés über den FBI hat er schon fertiggestellt. Wir alle waren uns jedoch in einem einig, nämlich, daß Vernon T. Tynan, für den wir so lange gearbeitet hatten, ein gefährlicher Mann ist, eine große Gefahr für unser Land. Und wir sahen, wie er von Jahr zu Jahr gefährlicher wurde. Wir trafen andere ehemalige FBI-Agenten in den ganzen Vereinigten Staaten, die ebenfalls unserer Meinung waren. Wir hatten unser Handwerk noch nicht verlernt, wußten, was Disziplin bedeutet, und hatten das nötige Know-how. Warum sollten wir unsere Fähigkeiten verkümmern lassen? Warum sollten wir uns nicht gegenseitig vor dem FBI schützen, das FBI vor diesem Größenwahnsinnigen retten und damit die Demokratie verteidigen? So gründeten wir eine lockere, vor der Öffentlichkeit geheimgehaltene Gemeinschaft von Ex-FBI-Agenten, die gegen den ›großen Bruder‹ ermittelte, der uns auf Schritt und Tritt beobachtete. Wir haben keinen offiziellen Namen. Aber wir nennen uns ganz gerne IFBI, ›the Investigators of the Federal Bureau of Investigation‹, d. h., die Ermittler der Ermittler. Wir haben überall sympathisierende Mitarbeiter, sechs allein im Justizministerium, davon zwei in Tynans J. Edgar Hoover-Building. Wir erfuhren nun nach und nach, daß Sie auf unsere Seite wechselten. Gestern hörten wir noch, daß Sie den Plan hatten, nach Sacramento zu fliegen. Nach unseren früheren Unterlagen kamen wir zu dem Schluß, daß hinter dieser Reise nur die Absicht stehen kann, mit dem Präsidenten und Tynan zu brechen und den Artikel 35 öffentlich zu verurteilen.«

»Stimmt.«

»Und doch sind Sie nicht in Sacramento«, sagte Pierce, »sondern hier. Ich war sehr überrascht, als ich gestern abend Ihre Nachricht vorfand. Ich befürchtete, daß die Änderung Ihrer Reisepläne möglicherweise auch eine Änderung Ihrer politischen Pläne bedeuten könnte. Dann wurde mir klar, daß dies nicht der Fall sein konnte, sonst hätten Sie nicht den Wunsch gehabt, mit mir zu sprechen.«

»Auch das ist richtig«, bestätigte Collins. »Meine politische Haltung ist noch immer die gleiche. Ich bin aus innerster Überzeugung gegen den Artikel 35. Ich wollte nach Sacramento, um gegen den Artikel auszusagen. Aber in allerletzter Minute, völlig unerwartet, tauchte da etwas auf . . .«

»Tynan«, warf Pierce knapp ein.

Verblüfft runzelte Collins die Stirn. »Woher wissen Sie das?«

»Ich habe das nicht gewußt«, erklärte Pierce, »ich habe es geahnt.«

Nun schaltete van Allen sich ins Gespräch ein: »Tynan ist überall. Man darf ihn nicht unterschätzen. Er ist allwissend und sehr nachtragend. Er fing genau dort an, wo J. Edgar Hoover aufgehört hatte. Erinnern Sie sich noch an Hoovers AV-Archiv? ›Amtlich und Vertraulich‹? Hoover ließ zum Beispiel das Sexleben von Dr. Martin Luther King auskundschaften. Er bekam für sich persönlich Informationen über Muhammad Ali, Jane Fonda, über mindestens siebzehn hohe Regierungsbeamte, ferner über Mitglieder der Kongresses und über kritische Journalisten. Aber das war ein Kinderspiel verglichen mit dem, was Tynan daraus gemacht hat. Er hat Hoovers AV-Archiv verdreifacht. Und er hat es immer wieder für Erpressungen benutzt. Zum Wohle des Landes, wie er immer so schön zu sagen pflegt . . .«

»Patriotismus«, unterbrach Ingstrup, »ist die letzte Zuflucht des Schurken, um Dr. Samuel Johnson zu zitieren.«

»Absolut richtig«, fuhr van Allen fort. »Als Tynan mir den Auftrag gab, persönliche Dinge im privaten Leben der Fraktionsführer im Senat und im Kongreß zu untersuchen – und das war vor der Vorlage des Artikels 35 vor dem Kongreß – ich glaube, er wollte wohl sichergehen, daß der Kongreß auch zustimmte –, ging ich zu ihm und lehnte ab. Ich sagte ihm, ich würde eine andere Aufgabe vorziehen. ›Ich freue mich, Ihnen den Gefallen tun zu können, van Allen‹, war seine Antwort. Und ehe ich mich versah, bekam ich auch meine neue Aufgabe – aber weit weg von Washington. Ich wurde zur FBI-Außenstelle in Butte, Montana, versetzt! Das ist Tynans Sibirien, müssen Sie wissen. Da hatte ich begriffen – und bat um meine Entlassung.«

»Ja, so ist es«, sagte Pierce. »Als ich davon sprach, daß wir drei alle von uns aus dem FBI den Rücken gekehrt haben, wollte ich damit nicht sagen, daß dies etwa auf freundliche Art geschehen ist. Van Allen sollte in die Wüste geschickt werden, er kündigte. Ingstrup hielt die Festrede bei der Abschlußfeier der Abgangsklasse seiner Tochter. Er sprach über die Rolle des FBI in unserer Demokratie und machte einen oder zwei bescheidene Vorschläge zu Reformen des Bureaus. Tynan wußte das bereits am nächsten Tag. Sofort wurde Ingstrup degradiert, sein Ressort verkleinert. Er schied aus. Aber Tynan war noch immer nicht zufrieden. Als Ingstrup versuchte, eine andere Stelle im Polizeidienst zu erhalten, bekam er Tynans langen Arm zu spüren. Der FBI-Direktor informierte jeden, der es wissen wollte, darüber, daß Ingstrup unehrenhaft aus dem FBI ausgeschieden sei. Als Ingstrup dann zu schreiben begann, war sein erstes Buch eine kritische Betrachtung des FBI. Tynan unternahm alles mögliche, um die Veröffentlichung des Manuskriptes zu verhindern. Und er hatte dabei so viel Erfolg, daß Ingstrup Schwierigkeiten hatte, einen Verleger zu finden. Glücklicherweise wagte es einer, und das Buch wurde ein Bestseller.«

»Und wie war das bei Ihnen?«, fragte Collins.

»Ich?« sagte Pierce. »Ich protestierte gegen Ingstrups Degradierung und nahm ihn in Schutz. Tynans einzige Antwort war eine kurze Mitteilung, daß ich nach Cincinnati, Tynans zweitem Sibirien, versetzt würde. Da wußte ich genau, daß es für mich keine Zukunft mehr beim FBI geben würde, und stieg aus. Nein, Chris, wenn ich Sie so nennen darf, niemand kann sich mit Tynan anlegen und dabei gewinnen.«

»Aber Sie haben sich doch mit Tynan angelegt wegen des Artikels 35?«

». . . erwarte aber nicht, daß ich gewinne«, meinte Pierce. »Ich bemühe mich, das ist Ehrensache – wie auf dem College. Als Sie sagten, Sie hätten vorgehabt, gegen Tynan anzutreten, aber es wäre etwas aufgetaucht, was Ihre Pläne durchkreuzt hätte, da wußte ich schon, daß dieses Etwas nur Tynan gewesen sein konnte. Ich nehme an, Sie können nicht offen auf unserer Seite auftreten.«

»Leider nicht«, gab Collins kleinlaut zu.

Er sah sich die drei Männer im Zimmer genauer an, diese Exagenten, die es gewagt hatten, sich gegen Tynan und seinen Apparat aufzulehnen, und auf einmal fühlte er sich ihnen sehr verbunden. Sie hatten sein Vertrauen gewonnen. So entschloß er sich, ihnen zu erzählen, wie Tynan es fertiggebracht hatte, ihn in allerletzter Minute auszuschalten.

»All right, ich glaube, ich brauche vor Ihnen nichts zu verbergen. Ich will Ihnen erklären, weshalb ich nicht öffentlich auf Ihrer Seite auftreten kann.«

Pierce lächelte ihm ermutigend zu. »Sie können uns vertrauen, Chris.«

Collins überlegte noch kurz, wieviel er ihnen erzählen und wo er eigentlich anfangen sollte. »Gestern ging ich zu Präsident Wadsworth. Ich berichtete ihm, daß ich darüber unterrichtet sei, daß Tynan der Verantwortliche für den Mord an Bundesrichter Maynard sei . . .«

»Donnerwetter!« platzte Pierce heraus. »Das haben wir nicht gewußt. Läßt sich das nachweisen?«

»Für mich ist es Tatsache. Ich weiß es von einer Person, die darin verwickelt war. Aber ich kann es nicht beweisen. Ich konnte es auch nicht dem Präsidenten beweisen, wie eine ganze Reihe anderer Dinge. Nichtsdestoweniger habe ich immerhin die Vorwürfe in wohlabgewogener Form dem Präsidenten vorgetragen. Ich verlangte Tynans Entlassung. Er lehnte ab. Ich erklärte ihm, daß ich daraufhin keine andere Wahl hätte, als selbst zurückzutreten und nach Kalifornien zu gehen, um dort öffentlich gegen den Artikel 35 Stellung zu beziehen. Und das hatte ich auch wirklich vor, wie Sie wissen.«

»Aber dann kam Tynan«, vermutete Pierce.

»Genau. Unmittelbar danach tauchte Tynan höchstpersönlich in meinem Büro auf.«

»Um Sie durch Erpressung zum Schweigen zu zwingen«, setzte Ingstrup hinzu.

»Ja, er war darauf aus, mich zu erpressen«, bestätigte Collins.

Pierce stopfte sich erneut seine Pfeife und zündete sie an. »Sagen Sie uns noch, was weiter passiert ist.«

Nach und nach, mit kleinen Pausen, berichtete Collins über alle Einzelheiten des Materials, das der FBI-Direktor gegen seine Frau zusammengetragen hatte, und erwähnte auch die neue Augenzeugin, die Tynan bereithielt.

»Er ging ganz brutal zu Werke«, schloß Collins seinen Bericht. »Er nannte mir die Bedingungen für meine Kapitulation. Ich durfte nicht zurücktreten. Ich durfte nicht nach Kalifornien fliegen, und ich durfte mich nicht öffentlich gegen den Artikel 35 aussprechen. Nahm ich diese Bedingungen an, so war Karen in Sicherheit. Ihr Prozeß in Fort Worth würde nicht wiederaufgenommen werden. Widersetzte ich mich, würde er nicht zögern, den Fall wieder aufzurollen. Mir blieb nichts anderes übrig, als zu seinen Bedingungen zu kapitulieren.«

»Aber Ihre Frau hat Ihnen doch versichert, daß sie unschuldig ist«, warf van Allen ein.

»Natürlich! Sie *ist* auch unschuldig, und ich glaube ihr. Dennoch, sollte ich es zulassen, daß sie noch einmal auf die Anklagebank kommt? Ich hatte keine andere Wahl.« Er hob seine Hände. »Ich stehe vor Ihnen wie ein Samson mit abgeschnittenem Haar.«

Er sah, wie Pierce erst zu van Allen, dann zu Ingstrup blickte, die beide fast unmerklich nickten. Schließlich blieb Pierce' Blick auf Collins ruhen. »Vielleicht können wir Ihnen helfen, Chris«, sagte er.

»Wie?«

»Indem wir uns der Sache annehmen, mit unserer kleinen Gegenorganisation. Wir haben einen unserer besten Leute in Texas, einen Rancher, Jim Shack. Er war zehn Jahre Spezialagent beim FBI, hatte es dann aber satt, als Tynan Direktor geworden war. Wir haben noch zwei andere dort unten, immer noch beim FBI, die Tynan nicht ausstehen können. Sie könnten eine ganze Menge für Sie tun und möglicherweise dem Samson seine Haare wiedergeben.«

»Ich weiß nicht, was sie für mich tun könnten.«

»Nun, zum einen könnten sie den alten Fall Ihrer Frau überprüfen und herausfinden, was wirklich vorgefallen ist. Zum anderen könnten sie sich da unten weiter umsehen und versuchen, festzustellen, ob Tynan wirklich eine neue Zeugin aufgetrieben hat, wie er das vorgibt, oder ob er nur so tut, als ob . . . also vielleicht eine Erpressung auf Material aufbaut, daß es überhaupt nicht gibt.«

»Daran hatte ich nicht gedacht.«

»Sollte man aber. So etwas ist durchaus möglich.«

Collins hatte noch Zweifel. »Ich weiß nicht recht. Ich möchte nicht gern ein Risiko eingehen. Wenn Tynan dahinterkommt . . .«

»Jim Shack und unsere Leute da unten sind sehr verschwiegen

und absolut vertrauenswürdig, weit besser als die besten Leute, die Tynan heute hat.«

Collins war noch immer in Sorge. »Lassen Sie mich überlegen.«

»Es bleibt nicht viel Zeit zum Überlegen«, erinnerte ihn Pierce. »Das kalifornische Abgeordnetenhaus stimmt heute ab . . .«

»Holla!«, rief van Allen und sprang auf. »Beinahe hätten wir das vergessen.«

Er ging zum Fernseher, der auf der Kommode stand, und schaltete ihn ein.

»Richtig«, sagte Pierce, »mal sehen, ob unsere Gespräche gewirkt haben. Wenn sie heute dagegenstimmen, ist Tynan endgültig abgeschlagen und unsere Arbeit ist getan. Wenn sie aber dafür sind . . .«

»Wie steht es?« fragte Collins und nahm im Sessel Platz.

»Zuletzt war die Versammlung dafür, den Artikel anzunehmen. Beim Senat weiß man das nie so genau. Schauen wir es uns an.«

Der Apparat zeigte jetzt die ersten Bilder, und alle vier folgten gespannt der Direktübertragung.

Die goldenen Lettern über dem Bildnis von Abraham Lincoln, das hinter der erhöhten Plattform des Sprechers an der Wand hing, erschienen fast in voller Größe auf dem Bildschirm. Die Worte lauteten: LEGISLATORUM EST JUSTAS LEGES CONDERE!

»Was bedeutet das?«, fragte van Allen.

»Es heißt, ›Es ist die Pflicht der Gesetzgeber, gerechte Gesetze zu machen‹«, erklärte Collins.

»Aha«, meinte Pierce.

Nun ging die Kamera langsam zurück und zeigte die Tische unterhalb der Plattform des Sprechers, wo die Anträge und Beschlüsse der Versammlung bearbeitet wurden. Dann kamen die achtzig Mitglieder des Abgeordnetenhauses an ihren Pulten sitzend oder an den Mikrofonen in den fünf großen Gängen stehend ins Bild. Im Augenblick fand gerade die dritte und letzte Lesung der Resolution zum Artikel 35 statt.

»§ 1, Absatz 1: Kein von der Verfassung garantiertes Recht darf als Freibrief für die Gefährdung der nationalen Sicherheit ausgelegt werden. Absatz 2: Im Falle drohender Gefahr . . .«

Sie hörten den Sprecher die ihnen inzwischen so geläufig gewordenen Sätze verlesen. Doch wie anders klangen sie jetzt für

Collins, wie düster und bedrohlich. Der Sprecher war beim letzten Absatz angekommen. »Absatz 4: Vorsitzender des Ausschusses ist der Direktor des FBI.«

»Tynan. Das ist die Tynan-Klausel«, sagte Pierce mehr für sich selbst. Der Sprecher verlas die restlichen Absätze.

»Absatz 5: Diese Regelung bleibt solange in Kraft, wie auch der Notstand besteht und als solcher erklärt ist. Sie wird automatisch durch amtliche Erklärung aufgehoben, sobald der Notstand beseitigt ist.

§ 2, Absatz 1: Für die Dauer der Aussetzung obengenannter Rechte bleiben die übrigen verfassungsmäßigen Rechte unverletzlich bestehen.

Absatz 2: Alle Beschlüsse müssen vom Ausschuß einstimmig gefaßt werden.«

Jetzt war die gedämpfte Stimme des Fernseh-Kommentators zu hören. »Nun beginnt die entscheidende Abstimmung. Jedes Mitglied der Staatsversammlung gibt seine Stimme ab, indem es den Schalter an seinem Pult betätigt. Stimmt er mit JA, leuchtet neben seinem Namen auf der Abstimmungstafel an der Stirnwand des Saales ein grünes Licht auf. Stellt er dagegen seinen Schalter auf NEIN, dann geht ein rotes Licht neben seinem Namen auf der Tafel an. Am besten achten Sie jetzt auf das elektrische Zählwerk, wo die abgegebenen Stimmen automatisch addiert werden. Für die Annahme des Zusatzartikels genügt die einfache Mehrheit. Mit einundvierzig JA-Stimmen ist der Artikel in dieser Kammer angenommen, mit einundvierzig NEIN-Stimmen dagegen abgelehnt. Wenn der Artikel 35 hier abgelehnt wird, dann ist das das Ende dieses so heiß diskutierten und umstrittenen Artikels 35. Wird der Artikel aber im Abgeordnetenhaus angenommen, obliegt die letzte Entscheidung über Annahme oder Ablehnung den vierzig Senatoren im kalifornischen Senat, die in drei Tagen abstimmen.« Er machte eine kleine Pause. »Und nun beginnt die Abstimmung.«

Gespannt saß Collins in seinem Sessel und verfolgte die Stimmabgabe.

Die Minuten vergingen, und immer mehr grüne Lampen leuchteten auf. Collins sah auf die Abstimmungstafel, die die jeweils addierten Zahlen anzeigte. Die JA-Stimmen waren eindeutig in der Mehrzahl. Die Zahl stieg an auf sechsunddreißig, achtunddreißig, neununddreißig, vierzig, einundvierzig – auf der Besuchertribüne gab es Freudenausbrüche; wenige Rufe des Bedauerns wurden laut. Sie wurden von der Stimme des Reporters unterbrochen: »Das kalifornische Abgeordnetenhaus hat entschieden. Der Zusatzartikel 35 hat die erforderliche Mehrheit von einundvierzig der achtzig Stimmen erreicht. Damit ist er von der ersten der beiden Kammern angenommen. Die letzte Hürde ist nun der kalifornische Landessenat, der in weniger als zweiundsiebzig Stunden seine Entscheidung treffen wird.«

Pierce erhob sich vom Bettrand und stellte den Apparat ab. »Das habe ich kommen sehen.« Er sah die anderen an. »Jetzt ist wohl klar, was wir zu tun haben.« Er ging zu Collins, der noch wie erstarrt in seinem Sessel saß. »Chris, wir brauchen jetzt jede Unterstützung, die wir von Ihnen bekommen können. Wenn wir Ihnen helfen, können Sie uns helfen.«

»Sie meinen Karen?«

»Richtig, Ihre Frau, Tynans Erpressung. Sind Sie damit einverstanden, daß Jim Shack und die anderen beiden sich nach Fort Worth aufmachen?«

Der enttäuschende Ausgang der live übertragenen Abstimmung hatte Collins seinen Entschluß erleichtert. »Okay«, sagte er, »legen Sie los! Ich kann Ihre Hilfe brauchen.« Er war sich darüber klar, daß seine letzte Hoffnung bei diesen drei Männern lag. »Aber da gibt es noch etwas anderes, wobei Sie mir helfen könnten, wenn Sie wollen. Wenn wir das herausfänden, wäre der Artikel 35 noch in allerletzter Minute im Senat erledigt.«

»Ich unterstütze alles, was dazu beitragen könnte«, sagte Pierce und ließ sich wieder auf dem Bett nieder.

Collins war inzwischen aufgestanden. »Hat jemand von Ihnen schon einmal von einem Papier oder Plan gehört, der sich die ›Geheimakte R‹ nennt?«

»Geheimakte R?« wiederholte Pierce ungläubig und schüttelte den Kopf. »Nein, nie gehört.«

Van Allen und Ingstrup waren ebenfalls erstaunt.

»Dann will ich Ihnen kurz etwas dazu sagen. Das alles nahm seinen Anfang in der Nacht, als Colonel Baxter starb. Ich erfuhr davon allerdings erst ein paar Tage später . : .«

In einem ausführlichen Bericht ließ er die Ereignisse der letzten Wochen vor seinen erstaunten Zuhörern noch einmal abrollen. Die anderen hörten gespannt zu. Eine Stunde lang sprach Collins – über Colonel Baxter, die Witwe des Colonels, die Geheimakte R – »Gefahr – gefährlich – muß bekanntgemacht werden – habe gesehen – Trick – Sehen Sie nach« –, über das von Josh entdeckte Internierungslager, wozu Pierce bestätigend nickte, über die kalifornischen Abgeordneten Keefe, Tobias und Yurkovich, die manipulierte Verbrechensstatistik, den Gefängnisdirektor Jenkins und das Zuchthaus von Lewisburg, über Susie Radenbaugh und ihren Vater, über Radenbaugh und Fisher's Island, Bundesrichter Maynard und Argo City, über Radenbaugh und Escobar.

Das alles breitete er vor ihnen aus. Nur das Wichtigste fehlte noch, nämlich die Geheimakte R, deren Geheimnis noch immer ungelöst war.

Am Ende seines Berichts angekommen, versuchte er, aus ihren Gesichtern eine Reaktion abzulesen. Er hatte Erstaunen und Unglauben erwartet. Statt dessen schaute jeder ernst vor sich hin und schien in Gedanken versunken.

»Sie sind nicht schockiert?« fragte Collins.

»Nein«, antwortete Pierce. »Wir haben schon zu viel gesehen und gehört, und wir wissen auch schon zu viel von Tynan.«

»Sie glauben mir also?«

»Jedes Wort«, versicherte Pierce und stand auf. »Wir wissen, daß Tynan zu allem fähig ist, wenn es um die Durchsetzung seiner Ziele geht, und wir wissen, daß er über die notwendigen Mittel verfügt. Er ist grausam und kennt kein Erbarmen. Und er wird gewinnen, wenn wir nicht von unseren Möglichkeiten Gebrauch machen. Wenn wir Ihre volle Unterstützung haben, können wir innerhalb von Stunden unsere ganze Gegengruppe von Exagenten und Vertrauensleuten in Bewegung setzen. Ich möchte, daß Sie heute abend hier bleiben, Chris. Sie können morgen nach Washington zurückfliegen. Van Allen wird uns etwas zu essen und zu trinken bringen. Wir schließen uns hier ein und arbeiten einen Schlachtplan aus. Dann geht jeder auf sein Zimmer, und wir drei schnappen uns das Telefon und rufen unsere Leute an. Bis morgen früh sollten alle auf ihrem Posten sein und loslegen können. Was halten Sie davon?«

»Einverstanden«, sagte Collins.

»Großartig. Die wichtigsten Sachen nehmen wir uns selbst vor. Was Sie aufgedeckt haben, muß so schnell wie möglich noch einmal überprüft werden. Es steht zwar außer Frage, daß Sie alles richtig gemacht haben, aber exakte Nachforschungen sind nun einmal unsere Spezialität. Wir können dabei auch auf Informationen stoßen, die für Sie nicht erreichbar waren. Und

Leute, mit denen Sie bereits gesprochen haben, könnten sich bei einem zweiten Gespräch an die eine oder andere Einzelheit erinnern, die beim ersten Mal übersehen worden ist. Ich nehme mir Radenbaugh noch einmal vor. Van Allen fährt nach Argo City, und Ingstrup wird sich mit Pater Dubinski zusammensetzen. Ihre Aufgabe wäre, noch einmal Hannah Baxter aufzusuchen. Ich glaube, Chris, das können Sie besser als jeder andere von uns. Okay?«

»Okay«, versprach Collins. »Und was halten Sie von Ishmael Young?«

Pierce hatte bereits daran gedacht. Er schüttelte den Kopf. »Nein, ich bin zwar sicher, daß er auf unserer Seite steht, aber er ist viel zu nahe bei Tynan. Wenn da was durchsickert, rollen unsere Köpfe.« Er machte eine Pause. »Haben wir etwas vergessen?«

Collins fiel noch etwas ein. »Ishmael Young erwähnte bei seinem letzten Gespräch mit mir, daß Tynans Mutter noch lebt. Sie wohnt in der Nähe von Washington. Tynan besucht sie jede Woche.«

»Ist das kein Witz? Tynan hat eine Mutter. Wer hätte das gedacht!«

»Es stimmt tatsächlich!«

»Nun, ausfragen können wir sie natürlich nicht. Aber immerhin, wer weiß? Ich will das mal überschlafen. Sonst noch ein Vorschlag, Chris?«

»Nein.«

»Das reicht aus, um uns in den verbleibenden siebzig Stunden auf Trab zu halten. Also, Ärmel hochgekrempelt und an die Arbeit. Van Allen holt uns noch ein paar Drinks, und dann geht es an die genaue Planung.«

»Was muß denn noch geplant werden?« fragte Collins.

»Unsere Außenstellen, Sie erinnern sich doch? Ich rufe Jim Shack an. Er geht nach Fort Worth und nimmt sich den Fall Ihrer Frau vor. Aber wir haben noch mehr als fünfzig andere Leute, die ebensogut sind wie Shack. Sie werden alles durchkämmen, was mit Tynan zu tun hat. Nichts bleibt ungeprüft.«

»Glauben Sie wirklich, daß wir eine Chance haben?«

»Mit etwas Glück, ja.«

»Und wenn Tynan etwas merkt?«

»Das ist unser Risiko«, sagte Pierce.

Um neun Uhr achtzehn war Collins wieder zurück in Washington. Sein Dienstwagen wartete vor dem Airport auf ihn. Collins ließ sich von Pagano direkt nach Hause fahren. Vorsichtig schloß er die Türe auf und trat leise ein. Karen schlief sicher noch. Er ging den Korridor entlang zum Schlafzimmer. Er wollte sich umziehen und so schnell wie möglich ins Amt fahren. Seltsam, die Betten waren gemacht. Wo Karen wohl stecken mochte? Er ging durchs Haus, rief ihren Namen und dachte, sie werde wohl in der Küche sein. Dort war sie auch nicht. Collins ging ins Schlafzimmer zurück. Im Haus war es unnatürlich still. Dann entdeckte er im Badezimmer den Zettel, der mit Klebeband am Spiegel befestigt war. Er riß ihn ab. Es war Karens Handschrift. Dem Datum nach war der Zettel bereits am Abend zuvor geschrieben worden. Von Unruhe erfüllt, begann er zu lesen.

Mein Schatz,

mach Dir bitte keine Sorgen um mich. Ich tue alles nur unseretwegen. Ich fliege mit der Nachtmaschine nach Texas. Ich bin untröstlich über das, was ich Dir angetan habe. Niemals hätte ich Dir irgend etwas verschweigen dürfen. Ich hätte wissen müssen, daß Du, der Du im öffentlichen Leben stehst, so leicht verwundbar bist. Und ich hätte auch wissen müssen, daß Tynan meine Vergangenheit aufspüren und damit Mißbrauch treiben würde. Aber ich schwöre Dir: Ich bin unschuldig!

Dennoch konnte ich Dich nicht überzeugen. Du willst meine Vergangenheit nicht ans Licht der Öffentlichkeit kommen lassen und fürchtest – meinetwegen, das weiß ich – eine zweite Verhandlung. Aber das zeigt mir nur allzu deutlich, daß Du nicht davon überzeugt bist, wie dieses Verfahren ausgehen wird. Ich habe keine Angst davor, aber Du. Ich weiß genau, daß Du mir zuliebe nicht gegen Tynan auftreten willst. Deshalb habe ich mich entschlossen, nach Texas zu fliegen, um diese sogenannte Zeugin ausfindig zu machen und die Wahrheit aus ihr herauszubringen. Ich wollte damit nicht warten, bis Du nach Hause kommst. Ich wollte Dir keine Chance lassen, mir das auszureden. Ich will Dir meine volle Unschuld beweisen, Dir, Tynan und allen anderen, ganz gleich, wie lange das dauert, und ich glaube, nur ich allein kann das tun.

Versuche nicht, mich ausfindig zu machen. Ich bin bei Freunden in Fort Worth. Und ich werde mich nicht eher mit Dir wieder in Verbindung setzen, bevor ich nicht mein Problem gelöst habe. Mach Dir also keine Sorgen und laß mich das auf meine Weise erledigen. Das wichtigste ist: Ich liebe Dich. Und ich möchte, daß auch Du mich liebst und mir vertraust.

Karen

Collins ließ den Zettel fallen und lehnte sich wie betäubt an die Wand. Das war das letzte, was er von ihr erwartet hätte. Er sollte sich keine Sorgen machen! Als ob das so einfach ginge. Er war tief betroffen. Seine schwangere Frau da unten in Texas, irgendwo in Fort Worth, weit weg und in Schwierigkeiten zu wissen, war mehr, als er ertragen konnte. Am liebsten hätte er die nächste Maschine nach Fort Worth genommen und sich auf die Suche nach ihr gemacht. Aber das war so aussichtslos wie die Suche nach der berühmten Nadel im Heuhaufen. Und doch – er mußte handeln. Bevor er sich darüber klarwerden konnte, läutete das Telefon im Schlafzimmer. Im stillen hoffte er, daß es Karen sei, und hob ab. Es war Tony Pierce.

»Guten Morgen, Chris. Ich bin mit der American gerade nach Ihnen angekommen. Ich bin jetzt hier in Washington . . .«

»Oh, hallo . . .«, fast hätte er Pierce mit Vornamen angeredet. Er fing sich aber noch rechtzeitig und erinnerte sich der Vorsichtsmaßnahmen, die sie gestern in Chicago vereinbart hatten.

»Nur kurz eine Nachricht«, sagte Pierce. »Wir erhielten heute morgen die Meldung, daß Tynan morgen abend dienstlich nach New York fliegt und dann weiter nach Sacramento. Es ist vorgesehen, daß er am Freitag persönlich vor dem Rechtsausschuß des kalifornischen Senats auftritt. Er wird also den 35er noch auf Hochglanz bringen, bevor abgestimmt wird. Er ist der letzte Experte, der vor der Abstimmung gehört wird.«

Collins war viel zu verstört, um darauf zu reagieren oder sich auch nur die Auswirkungen zu überlegen. »Es tut mir leid«, brachte er nur heraus, »ich bin etwas verstört im Moment. Ich bin nämlich gerade nach Hause gekommen und fand eine Nachricht von meiner Frau vor. Sie ist . . .«

»Halt!« unterbrach ihn Pierce. »Ich kann mir schon denken, was sie getan hat. Sprechen Sie darüber nicht an Ihrem Telefon. Gibt es bei Ihnen in der Nähe öffentliche Telefonzellen?«

»Eine ganze Reihe. Die nächste . . .«

»Sagen Sie es nicht mir. Gehen Sie hin und rufen Sie mich an. Ich habe Ihnen gestern meine Nummer gegeben. Haben Sie sie noch?«

»Ja. Ich rufe sofort zurück.«

Collins holte rasch Karens Zettel aus dem Badezimmer und eilte aus dem Haus. Sein Dienstwagen stand noch vor dem Haus. Er winkte dem Fahrer zu, noch zu warten. »Ich bin gleich wieder zurück!«

Er ging zwei Häuserblocks weiter zur nächsten Telefonzelle, kramte ein paar Münzen aus seiner Jackentasche und wählte Pierces Nummer.

Pierce meldete sich sofort. »Jetzt können Sie sprechen«, sagte er. »Ist Ihnen Ihre Frau weggelaufen?«

»Nach Texas geflogen. Sie will sich selbst rechtfertigen.«

»Das überrascht mich nicht.«

»Aber mich. Ich verstehe, daß sie es meinetwegen tut, aber das bedeutet doch nur, daß sie sich mit Tynan anlegt. Solch ein Leichtsinn! Dabei müßte ihr doch klar sein, daß Tynan sich so etwas niemals gefallen lassen wird. Und den Versuch zu machen, direkt unter seinen Augen einen Zeugen wegzuschnappen und auszuquetschen! Karen scheint sich gar nicht bewußt zu sein, in welcher Gefahr sie schwebt.«

»Sie sagten, sie hätte eine Notiz hinterlassen«, fragte Pierce. »Würde es Ihnen etwas ausmachen, sie mir am Telefon vorzulesen?«

Collins zog den Zettel aus der Tasche und las ihn Pierce vor. Als er fertig war, meinte er: »Ich habe große Lust, heute nach Fort Worth zu fliegen und sie dort zu suchen.«

»Nein«, sagte Pierce mit Nachdruck, »Sie bleiben, wo Sie sind. Wir werden sie ausfindig machen. Ich informiere unseren Mann in Texas – Jim Shack, Sie erinnern sich? – darüber. Er wird sich darum kümmern. Allerdings würde es uns einige Zeit sparen, wenn wir ein paar Anhaltspunkte hätten. Aus ihrer Notiz geht hervor, daß sie bei Freunden in Fort Worth wohnen wird. Haben Sie irgendwelche Adressen, ein Adreßbuch von ihr oder etwas Ähnliches?«

»Wir führen ein gemeinsames Adressenverzeichnis. Aber ich glaube, ein altes von ihr ist noch irgendwo im Haus.«

»Gut. Suchen Sie danach, sobald Sie wieder zu Hause sind, vorausgesetzt, sie hat es überhaupt dagelassen. Dann – nein, das ist schlecht – benutzen Sie bitte ein anderes öffentliches Telefon auf Ihrem Weg ins Büro – und lesen Sir mir bitte alle Namen und Anschriften im Gebiet von Fort Worth und Dallas vor. Ich gebe sie an Jim Shack weiter.«

»Okay.«

»Ich werde Jim Shack auf Tynans Zeugin ansetzen. Ihre Frau wird sich wahrscheinlich viel zu sehr von ihren Gefühlen leiten lassen, um mit ihr fertig zu werden. Shack kann das besser erledigen.«

»Danke, Tony. Aber wie wollen Sie Tynans Zeugin finden? Er ließ mich nicht einmal in seine Akten sehen.«

»Das ist kein Problem. Ich sagte Ihnen doch, daß wir zwei Vertrauensleute im FBI-Gebäude haben. Einer davon ist der richtige Mann für so etwas. Er wird die Möglichkeit finden, die Akten über Karen durchzusehen, wenn Tynan und Adcock nach Hause gegangen sind. Den Namen gibt er mir durch, und ich leite ihn weiter an Shack. Überlassen Sie das nur uns. Ihre Frau – und ihr Fall – sind bei uns in besten Händen.«

»Wie soll ich Ihnen nur danken, Tony?«

»Reden wir nicht davon«, meinte Pierce, »wir sitzen alle in einem Boot. Ich möchte Sie gerne rechtzeitig in Kalifornien wissen, um Tynans Aussage vor dem Senatsausschuß zu widerlegen. Wenn er der einzige Expertenzeuge der Regierung bei dieser Sitzung ist, wird er die Senatoren so in Panik versetzen, daß sie dem Artikel 35 zustimmen. Dann hoffe ich, daß wir bis morgen die Geheimakte R gefunden haben. Wir werden hierzu mit Pater Dubinski und Radenbaugh in wenigen Stunden zu Gesprächen zusammenkommen. Wie steht es bei Ihnen? Suchen Sie heute Hannah Baxter auf?«

»Heute paßt es ihr leider nicht. Ich rief sie heute morgen vom Flughafen aus an und holte sie aus dem Schlaf. Sie war freundlich wie immer und wird mich morgen früh um zehn Uhr in ihrem Haus empfangen.«

»Okay. Wenn es etwas Neues gibt, rufe ich Sie in Ihrem Büro an. Ist Ihr Apparat auch bei hereinkommenden Gesprächen abhörsicher?«

»Das wird er sein. Ich lasse jeden Morgen die abends eingebauten Abhörwanzen wieder herausnehmen.«

»Gut. Wir bleiben in Verbindung.«

Zum erstenmal seit vielen Jahren war Vernon T. Tynan an einem anderen Tag als Samstag auf dem Weg zu seiner Mutter. Es war Mittwoch, und er hatte sich auch nicht die Mühe gemacht, AV-Akten über berühmte Leute für seine Mutter herauszusuchen und mitzunehmen. Außerdem kam er diesmal nicht zum Mittagessen; es war bereits drei Uhr fünfzehn.

Was konnte ihn dazu bewogen haben, alle seine Gewohnheiten über den Haufen zu werfen? Ein Telefongespräch, das er vor zehn Minuten mit seiner Mutter geführt hatte. Sie rief nicht regelmäßig an, nur gelegentlich. So auch diesmal.

»Störe ich dich bei der Arbeit, Vernon?« hatte sie gefragt.

»Aber nein, Mutterchen. Keineswegs. Wie geht es dir? Alles in Ordnung?«

»Ging mir selten so gut. Ich wollte mich nur bei dir bedanken.«

»Bedanken? Wofür?«

»Daß du als Sohn so sehr um mich besorgt bist. Der Fernseher funktioniert großartig.«

Er hatte keine Ahnung, wovon sie sprach.

»Was sagst du da?« hatte er nachgefragt.

»Ich wollte mich bedanken, daß du das Fernsehgerät hast reparieren lassen. Der Fernsehtechniker kam heute am späten Vormittag. Er sagte, du habest ihn geschickt. Das war wirklich nett von dir, Vern, so an deine Mutter und ihre kleinen Probleme zu denken, wo du doch so viel zu tun hast.«

Er hatte nichts dazu gesagt und war viel zu sehr damit beschäftigt gewesen, seine Gedanken zu ordnen.

»Vern, bist du noch dran? Vern?«

»Ja, Muttchen. Hm, hm, ich habe sowieso etwas in der Nähe zu erledigen und komme kurz vorbei, okay.«

»Das ist aber eine Überraschung! Nochmals vielen Dank.«

Als er aufgelegt hatte, lehnte er sich in seinem Sessel zurück und versuchte, hinter das Geheimnis dieses mysteriösen Vorfalls zu kommen. Vielleicht ein Mißverständnis, falsche Adresse. Es konnte jedoch auch etwas anderes bedeuten. Eins war sicher: Er hatte keinen Fernsehtechniker geschickt. Sofort hatte er seinen Fahrer rufen lassen und war so schnell wie möglich nach Alexandria hinausgefahren.

Und jetzt, vor dem Appartement seiner Mutter in der Altensiedlung »Goldene Jahre« angekommen, verließ er den Wagen und betrat das Gebäude. Wie immer, überprüfte er auch diesmal die Alarmanlage, die wieder nicht eingeschaltet war. Er fluchte leise vor sich hin, schloß auf und trat ein.

Rose Tynan saß in ihrem bequemen Fernsehsessel vor dem Apparat und sah sich die Nachmittagsshow an. Tynan gab ihr zerstreut einen Kuß auf die Wange.

»Ach, da bist du ja. Schön, daß du kommen konntest. Soll ich dir etwas zu essen machen?«

»Aber nein, Muttchen. Ich wollte nur vorbeischauen.« Er deutete auf den Fernsehapparat. »Funktioniert er wieder? Ich kann mich eigentlich nicht entsinnen: Was war denn kaputt?«

»Was?« fragte sie laut. Durch den laut eingestellten Ton hatte sie ihn nicht verstanden. Schnaufend beugte sie sich vor und stellte den Apparat leiser.

»Ich wollte nur wissen, was an dem Apparat kaputt war.«

»Manchmal lief das Bild durch.«

»Der Techniker kam heute morgen? Wann?«

»So um elf oder auch ein wenig später.«

»Trug er Arbeitskleidung mit einem Abzeichen oder so?«

»O ja, natürlich.«

»Kannst du dich noch daran erinnern, wie er aussah, Muttchen?«

»Dumme Frage!« meinte Rose Tynan, »wie eben so jemand aussieht. Weshalb fragst du?«

»Ach, ich wollte nur sicher sein, daß sie auch ihren besten Mann geschickt haben. Wie lange war er da?«

»Eine halbe Stunde oder so.«

Gerne hätte er sie noch mehr gefragt, aber er wollte sie nicht beunruhigen.

»Übrigens, Muttchen, hast du ihm zugesehen, ich meine, bei der Arbeit? Warst du die ganze Zeit im Zimmer, als er da war?«

»Ein paar Minuten haben wir uns unterhalten. Aber er hatte es ziemlich eilig. Dann bin ich hinausgegangen, um Geschirr zu spülen.«

»Okay.« Tynan schaute auf das schwarze Telefon, das auf dem kleinen Tischchen neben dem Sofa stand. »Muttchen, hast du mal einen Schraubenzieher?«

Mit Mühe erhob sie sich aus ihrem Fernsehsessel. »Ich bring dir einen. Was willst du denn mit einem Schraubenzieher?«

»Ich wollte nur das Telefon überprüfen, da ich schon mal hier bin. Ich habe dich nämlich kaum verstanden, als du mich angerufen hast. Vielleicht kann ich es besser einstellen.«

Mit dem Schraubenzieher löste er die Grundplatte des Apparates, nahm das Gehäuse ab und begann, den nun offenliegenden Mechanismus genau zu prüfen. Es dauerte nicht lange, und er pfiff leise durch die Zähne. Er hatte die Abhörwanze gefunden, diesen kleinen Sender, kleiner als ein Fingerhut und in Kunstharz gegossen. Es war eine von der Sorte, mit der man beide Seiten eines Gesprächs über einen Frequenzmodulationsempfänger abhören konnte. Der Empfänger dazu befand sich irgendwo in der Stadt, und dort konnte man dann das Telefongespräch auf Tonband aufzeichnen. Der hier eingebaute Sender glich dem beim FBI verwendeten aufs Haar. Tynan nahm ihn heraus, steckte ihn ein und schraubte Gehäuse, Grundplatte und Apparat wieder zusammen.

»War etwas nicht in Ordnung, Vern?« fragte Rose Tynan.

»Ja, Muttchen. Aber jetzt ist es wieder okay.« Wichtig für ihn war jetzt, zu wissen, was sie – wer immer das auch sein mochte – heute morgen über das Telefon abgehört haben konnten. Er versuchte, sich zu erinnern, ob er an den letzten Samstagen bei seinen Besuchen irgend etwas von Bedeutung erzählt hatte, was sie vielleicht heute einer Freundin hätte weitergeben können.

»Hast du heute morgen das Telefon benutzt, Muttchen? Nicht heute früh, sondern erst so nach elf Uhr?«

»Laß mich nachdenken.«

»Bitte, tu das. Hat dich jemand angerufen? Oder hast du jemand angerufen?«

»Mrs. Großman rief an.«

»Worüber habt ihr gesprochen?«

»Nur ganz kurz, daß sie ein neues Rezept entdeckt habe, das sie mir weitergeben wollte. Und dann habe ich natürlich mit dir telefoniert.«

»War das alles?«

»Das war alles. Ach nein, warte mal, war das heute? Ach ja, ich hatte ein langes Gespräch mit Hannah Baxter.«

»Kannst du dich noch erinnern, worüber ihr gesprochen habt?«

Rose Tynan begann, alles zu erzählen, worüber sie sich mit Hannah Baxter unterhalten hatte, lauter unwichtige Dinge und ohne jeden Zusammenhang. »Weißt du, sie will einfach ein wenig beschäftigt sein«, schloß Rose Tynan. »Sie vermißt ihren Mann so sehr. Sie hat zwar ihren Enkel Rick im Hause; aber das ist nicht das gleiche wie jemand, der einem besonders nahesteht, vor allem, wenn er Bundesgeneralanwalt war. Ach, ja, natürlich, sie bekommt übrigens morgen Besuch vom Bundesgeneralanwalt . . .«

Tynan hatte eigentlich nur noch halb zugehört, aber jetzt war er hellwach. »Was meinst du damit, morgen und Besuch vom Bundesgeneralanwalt? Vielleicht bringst du das alles durcheinander. Noah ist doch tot.«

»Ach was, sie meinte den neuen Bundesgeneralanwalt, wie war doch sein Name?«

»Christopher Collins?«

»Ja, genau. Er will sie morgen vormittag besuchen.«

»Warum? – Ich meine, hat sie gesagt, weshalb er kommt?«

»Ich weiß nicht, nein, hat sie mir nicht gesagt.«

»Collins besucht also Mrs. Baxter«, sagte Tynan, mehr zu sich selbst als zu seiner Mutter. »Warum nicht. Um welche Zeit hast du mit Hannah Baxter telefoniert?«

»Telefoniert? Ich habe ja nicht gesagt, daß ich mit Hannah am Telefon gesprochen habe. Sie war selbst hier. Ich habe mit ihr persönlich gesprochen. Sie besuchte mich heute morgen, und wir tranken zusammen Kaffee.«

»Persönlich, also«, entfuhr es Tynan. Er war erleichtert. »Das ist gut! Nun, ich muß wieder weg, Muttchen. Vor meinem Abflug nach Kalifornien habe ich noch viel zu tun. Nur noch eins: Laß keine Handwerker mehr ein, ohne daß du vorher bei mir zurückgefragt hast. Ruf mich ruhig vorher an.«

»Wie der Herr Direktor es wünscht!«

»Ja, ich wünsche es.« Er küßte seine Mutter auf die Stirn. »Und vielen Dank für die Nachricht!«

»Welche Nachricht?« fragte sie erstaunt.

»Das werde ich dir später erklären!« Und damit war er auf und davon.

Am nächsten Morgen regnete es. Der Himmel war grau und verhangen, als Collins vom Justizministerium zum Haus der Baxters in Georgetown fuhr.

Seine Laune paßte zum Wetter. Selten war ihm so elend zumute gewesen wie an diesem Tag. Seit gestern hatte er keine Nachrichten mehr von Tony Pierce, van Allen oder Ingstrup erhalten. Anscheinend hatten ihre Befragungen und Nachforschungen in der Hauptstadt und auch die ihrer Kollegen im Lande keine neuen Hinweise und Anhaltspunkte ergeben, die zur Entdeckung der Geheimakte R führen könnten. Und noch schlimmer: Es gab keine Nachricht von Jim Shack in Fort Worth über Karen. Und morgen nachmittag stand auf der anderen Seite des Landes im Kapitol des Staates Kalifornien der Zusatzartikel 35 zur endgültig entscheidenden Abstimmung an. Für die Ratifizierung reichte die einfache Mehrheit, also das Ja von einundzwanzig Senatoren. Nach einem Exklusivbericht der *Washington Post* von heute morgen, der sich auf informierte Kreise aus dem engsten Mitarbeiterstab von Präsident Wadsworth bezog, hieß es, daß der für den Präsidenten tätige Meinungsforscher Ronald Steedman dem Präsidenten die letzten und abschließenden Ergebnisse vertraulicher Erhebungen bei den kalifornischen Senatoren mitgeteilt habe. Danach wollten dreißig von ihnen den Artikel 35 ratifizieren. Somit würde schon morgen abend der Artikel 35 Teil der Verfassung der Vereinigten Staaten sein. Noch nie hatte die Zukunft für Collins so düster ausgesehen.

Inzwischen war sein Dienstwagen vor dem alten, weißen Ziegelsteingebäude in Georgetown vorgefahren. Es war zehn Uhr. Er hatte sich für diese Zeit bei Hannah Baxter angesagt. Spezialagent Hogan öffnete ihm die Wagentür. Collins instruierte noch kurz Pagano, seinen Fahrer: »Sie können hier warten.« Er stieg aus dem Wagen und wandte sich an Hogan: »Es wird nicht lange dauern. Bleiben Sie bitte in der Nähe.«

Als er die Treppe mit dem eisernen Geländer hochstieg, fühlte er sich entmutigt. Er glaubte nicht daran, daß dieser Besuch noch etwas nützen würde. Hannah Baxter hatte er zuletzt gesehen, als seine Jagd auf die Geheimakte R begann, und bis jetzt hatte sie ihm dabei nur wenig helfen können. Gewiß, sie hatte ihm den Tip mit Donald Radenbaugh gegeben. Das war schon etwas, hatte aber nicht gereicht! Er war im Zweifel, ob er heute mehr von ihr erwarten könnte. Sein zweiter Besuch war mehr eine Pflichtübung, davon war er überzeugt. Wenn er es Tony Pierce nicht versprochen hätte, wäre er nicht noch einmal hierhergekommen.

Auf sein Läuten hatte ihm diesmal Hannah selbst die Tür geöffnet. Sie wirkte freundlich wie immer und hieß ihn willkommen: »Ach, Christopher, schön, dich wiederzusehen! Laß dich anschauen. Gut siehst du aus. Na ja, vielleicht ein bißchen abgespannt. Du mußt nicht so viel arbeiten, Christopher. Das habe ich Noah auch immer gesagt. Aber er hat ja nicht auf mich gehört.«

»Du siehst besser aus als das letzte Mal, Hannah. Wie kommst du jetzt zurecht?«

»Es geht so, Christopher, gerade so. Gott sei Dank habe ich den kleinen Rick bei mir im Hause. Wenn er aber nachmittags in der Schule ist, komme ich mir absolut verloren vor. Seine Eltern kommen nächste Woche aus Afrika zurück. Es wäre schön, wenn sie noch hier bei mir bleiben könnten, bis das Schuljahr um ist, vielleicht sogar den ganzen Sommer über. Wie geht es Karen?«

Collins hätte ihr gerne berichtet. Doch das war alles viel zu kompliziert. Und dann hätte er auch Tynan erwähnen müssen.

Deshalb verzichtete er lieber darauf. »Oh, es geht ihr gut, so gut wie noch nie. Sie läßt dich grüßen.«

Mittlerweile waren sie ins Wohnzimmer gekommen. Hannah deutete auf die Glasschiebetüren, die allerdings nur teilweise hinter den halb zugezogenen schweren kastanienbraunen Vorhängen zu sehen waren. »Schau dir nur den Regen an. Schade, daß ich nicht für besseres Wetter sorgen konnte. Bei Sonne hätten wir draußen im Patio sitzen können. Na, so machen wir es uns eben hier im Zimmer gemütlich.«

Collins wartete höflich, bis Hannah es sich auf dem Sofa bequem gemacht hatte, und nahm dann in einem Sessel mit hoher Lehne ihr gegenüber unmittelbar vor den Vorhängen Platz.

»Kann ich dir etwas anbieten, Christopher?« fragte sie. »Kaffee oder Tee?«

»Nein, danke, Hannah. Ich wollte ein wenig über dienstliche Angelegenheiten mit dir reden. Das wird nicht lange dauern.«

»Dann fang bitte gleich an.«

»Ich komme aus dem gleichen Anlaß, der mich das letzte Mal zur dir geführt hatte, kurz nach Noahs Tod. Erinnerst du dich?«

Auf ihrer Stirn erschienen einige Falten. »Nicht genau. Seitdem ist so viel geschehen . . . Ich glaube, es ging um einige Papiere von Noah, die du gesucht hast, nicht wahr?«

»Ja. Darf ich noch ein bißchen nachhelfen? Es ging um ein verlorengegangenes Papier, das ich hier zu finden hoffte. Es stand mit dem Zusatzartikel 35 in Zusammenhang, war also so eine Art Ergänzungspapier. Noah hatte mich aufgefordert, es ausfindig zu machen und es kritisch zu prüfen. Er sagte noch, es hätte den Titel ›Geheimakte R‹. Ich habe es bisher nicht finden können. Und doch muß ich es unbedingt auftreiben. Das letzte Mal fragte ich dich, ob du vielleicht einmal Noah davon hast sprechen hören. Und du sagtest, daß er so etwas niemals erwähnt hätte. Ich hoffte nun, wenn wir es noch einmal zusammen versuchten, könntest du dich möglicherweise an eine Gelegenheit erinnern, zu der er . . .«

»Nein, Christopher. Wenn er je zu mir davon gesprochen hätte, würde ich mich gewiß erinnern. Aber ich habe niemals irgend etwas von einer ›Geheimakte R‹ gehört. Überdies hat sich Noah auch nur ganz selten mit mir über dienstliche Dinge unterhalten.«

Collins beschritt nun einen anderen Weg. »Hast du vielleicht Noah mal den Ort Argo City erwähnen hören? Das ist eine Stadt in Arizona, an der das Justizministerium interessiert ist.« Er wiederholte ganz langsam den Namen »Argo City«.

»Nein, niemals.«

Enttäuscht kehrte er zu seinen früheren Fragen zurück. »Als ich das letzte Mal hier war, fragte ich dich, ob Noah unter seinen alten Freunden und Kollegen jemand gehabt hat, der sein besonderes Vertrauen genoß, jemand, der mir helfen könnte, die ›Geheimakte R‹ zu finden. Du schlugst mir vor, darüber mit Donald Radenbaugh im Gefängnis von Lewisburg zu sprechen, wofür ich dir damals sehr dankbar war.«

»Hast du denn Donald Radenbaugh noch getroffen?«

»Nein. Ich habe es versucht, aber er ist drei Tage vorher gestorben.«

»Armer Mann. Das ist ja eine Tragödie. Und wie ging es mit Vernon Tynan? Hast du ihn über die ›Geheimakte R‹ befragt?«

»Ja, gleich nachdem ich mit dir gesprochen hatte. Aber es hat auch nichts genutzt.«

Hannah Baxter zuckte die Schultern. »Dann, fürchte ich, hast du Pech mit deiner Geheimakte, Christopher. Wenn Vernon Tynan dir dazu nichts zu sagen hat, dann – da bin ich sicher – wird es kaum jemand geben, der dir weiterhelfen könnte. Wie du weißt, standen Vernon und Noah einander sehr nahe, das heißt, sie arbeiteten zur Vorbereitung des Artikels 35 sehr eng zusammen. Sogar noch an Noahs letztem Abend vor seinem Schlaganfall waren Vernon und Harry Adcock hier, in diesem Zimmer, und sprachen mit Noah. Sie waren noch bei der Arbeit, als ihn der Schlag traf, mitten in ihrer Besprechung an diesem Abend. Noah hatte plötzlich einen Anfall, beugte sich vor und fiel auf den Boden. Es war schrecklich.«

Das war neu für Collins. »Das heißt also, Tynan und Adcock waren mit Noah zusammen, als er den Schlaganfall hatte? Das habe ich bisher nicht gewußt. Ist das ganz sicher?«

»So etwas vergesse ich nicht so leicht«, sagte Hannah. Mit der Erinnerung kehrte auch ihre Betrübnis zurück. »Es war ein ungewöhnliches Treffen. Noah hatte sich nämlich vorgenommen – hauptsächlich mir zuliebe, glaube ich –, nur noch ausnahmsweise am Abend zu arbeiten. Oh, ja, er arbeitete schon mitunter am Abend, doch dann nur allein, nicht mit anderen zusammen. Aber Vernon hatte an diesem Abend darauf bestanden, und so kam er direkt nach dem Abendessen zu uns heraus.«

»Und Harry Adcock kam mit ihm?«

Sie zögerte ein wenig. »Ich bin mir fast sicher. Vernon war da, auf jeden Fall. Aber nachher war alles so durcheinander an diesem Abend – ich könnte mich irren. Willst du unbedingt wissen, ob Harry ebenfalls da war?«

»Nun, wahrscheinlich ist es nicht so wichtig . . .«

»Oh, es macht mir nichts aus, das für dich nachzuprüfen«, sagte sie und stand auf. »Noahs Terminbuch kann uns darüber Auskunft geben. Es ist noch irgendwo in seinem Arbeitszimmer. Ich werde es schon finden.«

Sie verließ das Zimmer. Collins lehnte sich in seinem Sessel zurück. Jetzt war klar, daß er von Hannah Baxter kaum etwas erfahren würde, was sich praktisch verwenden ließe. Entmutigt lehnte er sich im Sessel zurück. Das also war die letzte Chance gewesen. Verdammt. Gab es denn niemand mehr, der etwas über die Geheimakte R wußte? Auf einmal glaubte er, neben seinem Sessel – oder eher dahinter oder darunter? – einen seltsamen Laut zu hören. Es klang wie ein Scharren oder Schleifen. Er wandte den Kopf nach links und bekam gerade noch mit, wie sich der braune Vorhang bewegte. Er schaute hinunter. Der untere Rand des Vorhangs hatte sich jetzt gehoben, und hervor kroch ein kleiner Junge. Es war Rick Baxter, Hannahs Enkel, der auf seinen Knien auf Collins zurutschte und sein allgegenwärtiges Bandgerät in der linken Hand hielt.

»Hallo, Rick«, rief ihm Collins zu. »Was machst du denn hinter dem Vorhang? Belauschst du uns etwa?«

»Das ist das schönste Versteck im ganzen Haus«, sagte Rick. Er grinste über das ganze Gesicht.

»Dein Bandgerät funktioniert wieder?« fragte Collins.

Der Junge stand auf, schüttelte sich die Locken aus der Stirn und klopfte auf das Lederetui mit dem Aufnahmegerät. »Funktioniert prima, seit Sie es repariert haben. Wollen Sie mal hören, Mr. Collins?« Ohne seine Antwort abzuwarten, drückte Rick den Rücklaufknopf. Wie hypnotisiert verfolgte er das zurückschnurrende Band, stoppte dann die Spule und schaltete auf Wiedergabe. Er hielt das Gerät näher an Collins' Ohr. »Hier, hören Sie mal! Gerade habe ich Sie und Oma aufgenommen.«

Collins schüttelte den Kopf, beugte sich aber dann doch vor und lauschte. Aus dem Apparat kam unmißverständlich Hannahs Stimme. Die Wiedergabe war, obgleich Rick das Gespräch durch den dicken Vorhang hindurch aufgenommen hatte, klar und deutlich.

»Und wie ging es mit Vernon Tynan? Hast du ihn über die Geheimakte R befragt?«

Es folgte seine eigene Stimme. »Ja, gleich nachdem ich mit dir gesprochen hatte. Aber es hat auch nichts genutzt.«

Und nun wieder Hannahs Stimme: »Dann, fürchte ich, hast du Pech mit deiner Geheimakte, Christopher. Wenn Tynan dir dazu nichts zu sagen hat, dann – da bin ich sicher – wird es kaum jemand geben, der dir weiterhelfen könnte. Wie du weißt, standen Vernon und Noah einander nahe, das heißt, sie arbeiteten zur Vorbereitung des Artikels 35 sehr eng zusammen. Sogar noch an Noahs letztem Abend vor seinem Schlaganfall waren Vernon und Harry Adcock hier, in diesem Zimmer, und sprachen mit Noah. Sie waren noch bei der Arbeit, als ihn der Schlag traf, mitten in ihrer Besprechung an diesem Abend . . .«

»Hervorragend, Rick«, unterbrach Collins. »Nun habe ich aber genug gehört. Wenn ich das nächste Mal komme, muß ich mich besser in acht nehmen.«

Der Junge stoppte das Band.

»Okay, Mr. Collins. Ich bin ja nicht im Regierungsdienst. Ist doch nur mein Hobby.«

Collins tat noch immer sehr beeindruckt. »Das hast du schon ganz gut gemacht. Du könntest bereits einen Job beim FBI übernehmen.«

»Nein, dazu bin ich noch nicht alt genug. Aber es macht Spaß, FBI zu spielen. Hinter diesem Vorhang habe ich bestimmt schon über hundert Bandaufnahmen gemacht, ohne daß jemand wußte, daß ich hier hinter dem Vorhang bin. Mit einer Ausnahme nur, nämlich Opa, der mich einmal dabei erwischt hat.«

»Dein Opa hat dich dabei erwischt?« fragte Collins.

»Ja, er sah meinen Schuh unter dem Vorhang hervorstehen.«

»Hatte er was gegen deine Aufnahmen?«

»Oh, je! Der war böse! Er sagte mir, ich sollte ihm nie wieder mit so etwas, mit so einem Trick kommen.«

Collins war wie elektrisiert. Er sah den Jungen an. »Entschuldige, Rick, ich habe nicht richtig mitbekommen, was du da gerade gesagt hast. Was hat dein Opa gesagt, als er dich hinter dem Vorhang erwischte?«

»Das niemals wieder zu machen. Und daß er, wenn ich wieder so einen Trick machte, mich streng bestrafen würde.«

»Oh, ja. Ich verstehe.«

Aber Collins hatte nichts begriffen, noch nichts. Eine dunkle

Ahnung stieg in ihm auf. Konnte das möglich sein? Plötzlich begriff er alles. Bewegungslos saß er in seinem Sessel; Noahs letzte Worte vor seinem Tod kamen ihm ins Gedächtnis:

»Die Geheimakte R – es ist . . . ich sah . . . Trick . . . nachsehen . . .« Und jetzt Ricks Worte, eben ausgesprochen: *»Und daß er, wenn er mich wieder bei solch einem Trick erwischte, mich streng bestrafen würde.«*

Hatte der Colonel mit seinen letzten, fast nur noch gehauchten Worten Collins auf Rick aufmerksam machen wollen? Auf Rick? Oder auf Ricks Trick? . . . Auf seine Lauschereien hinter dem Vorhang? *»Ich sah . . . Trick . . . nachsehen . . .«* Hatte der Colonel etwa während seiner letzten Besprechung mit Tynan, also Minuten oder Sekunden vor seinem Schlaganfall, sich den Vorhang bewegen oder den Fuß des Jungen unter dem Vorhang hervorstehen sehen, hatte er also gewußt, daß der Junge ihr Geheimnis auf Band aufgenommen hatte? Und sich daran noch erinnert, als er aus dem Koma wieder aufgewacht war? War mit *Ich sah . . . Trick . . . Rick* gemeint? Oder: *Ich sah . . . Ricks Trick . . . sehen?* Sehen Sie nach? Was sehen? Ob Rick diese letzte vertrauliche Unterredung auf Band aufgenommen hatte? Gab es darauf einen Hinweis auf die Geheimakte? Mein Gott, sollte das die Lösung sein?

Er blinzelte Rick zu, der immer noch mit gekreuzten Beinen neben dem Sessel auf dem Fußboden saß. Collins räusperte sich und gab sich alle Mühe, seine Stimme ganz natürlich klingen zu lassen.

»He, Rick, ich wollte dich noch fragen . . .« Er zögerte ein wenig.

Der Junge hatte aufgeschaut.

»Ja, Mr. Collins?«

»Ganz unter uns natürlich. Trotz dieser Warnung von deinem Großvater, niemals wieder einen solchen Trick zu machen, also dich hinter dem Vorhang zu verstecken, um dann jemand auf Band aufzunehmen, hast du nicht vielleicht . . . nun, hast du es vielleicht doch wieder einmal getan?«

»Aber ja! Natürlich habe ich weitergemacht! Viele Male.«

»Hattest du keine Angst, dein Großvater würde dich erwischen?«

»Ach was«, sagte Rick unbekümmert. »Ich war doch besonders vorsichtig. Und außerdem, mit etwas Risiko macht es mehr Spaß.«

»Dann bist du ein ziemlich tapferer Junge«, lobte ihn Collins. »Hast du auch Aufnahmen von deinem Großvater gemacht?«

»Natürlich! Von ihm die allermeisten. Er war ja derjenige, der hier immer sprach. Sie sollten sich einmal die Bandaufnahmen anhören, die ich von ihm gemacht habe.«

Collins starrte Rick ungläubig an. Vorsichtig! sagte ihm seine innere Stimme, allergrößte Vorsicht! Jetzt darfst du ihn nicht bange machen. »Also hast du auch von deinem Großvater Aufnahmen gemacht, vielleicht sogar in der Nacht, als er hier mit Direktor Tynan zusammensaß und ihn der Schlaganfall traf?«

Collins hielt den Atem an.

»Ja«, sagte der Junge. »Es war damals zwar sehr schlimm, sich so hinter dem Vorhang zu verstecken, wo doch jeder in dem Zimmer aufgeregt hin und hier lief.«

»Du meinst, nachdem dein Großvater den Schlaganfall erlitten hatte?«

»Ja!« Er hielt sein Gerät hoch. »Aber vorher, da habe ich jedes Wort aufgenommen.«

»Du machst doch nur Spaß, Rick. Soll ich das glauben? Du hast also wirklich Noah, äh, deinen Großvater, bei seiner letzten Besprechung mit Direktor Tynan aufgenommen und alles vollständig auf deinem Tonband?«

»Das war doch leicht! Genau wie bei Ihnen vor ein paar Minuten. Direktor Tynan saß da, wo Sie jetzt sitzen. Und Opa saß dort, wo gerade Oma gesessen hat. Mr. Adcock saß auf dem Stuhl da drüben. Sie sprachen über die Geheimakte R gerade so, wie Sie eben mit Oma.«

Collins richtete sich langsam auf. Ihn überlief es eiskalt. Noahs letzte Worte und seine eigene Ahnung hatten endlich doch zum Ziel geführt! Er zwang sich, jetzt ganz ruhig zu sprechen. »Sagtest du eben, Direktor Tynan und dein Großvater sprachen über die Geheimakte R? Du hast sie wirklich darüber sprechen hören? Da ist kein Irrtum möglich?«

»Opa hat nicht darüber gesprochen. Nur Direktor Tynan.«

»Und wann war das?«

»Bevor sie Opa ins Krankenhaus brachten. Das letzte Mal, als Direktor Tynan hier war. Er sprach gerade zu ihm, als es Opa schlecht wurde.«

»Und du hast jedes Wort gehört, das Direktor Tynan gesagt hat?«

»Gewiß doch«, sagte Rick. »Ich war ja hinter dem Vorhang

dort, wie eben auch! Und ich hatte mein Gerät eingeschaltet, genau wie eben.«

»Und ist die Aufnahme gut geworden? Ich meine, kann man ihre Stimmen gut verstehen?«

»Sie haben doch eben gehört. Mein Gerät funktioniert prima«, sagte Rick ganz stolz. »Am nächsten Morgen, als Oma im Krankenhaus war, habe ich das Band noch einmal abgespielt. Da ist alles darauf. Nichts fehlt.«

Collins schnalzte anerkennend mit der Zunge. »Das ist vielleicht ein tolles Gerät, das du da hast. So eins muß ich mir auch einmal zulegen.« Er machte eine Pause. »Und was ist mit diesem Band? Hast du es wieder gelöscht? Oder hast du es immer noch hier?«

Sein Herz stand fast still, als er auf die Antwort des Jungen wartete.

»Nein, ich lösche die Bänder nie«, antwortete Rick.

»Dann hast du es also noch hier?«

»Nicht mehr. Jedenfalls keins mehr, auf dem Opas Stimme zu hören ist. Als Opa krank wurde, nahm ich das letzte Band, schrieb BGA-O darauf – das bedeutet Bundesgeneralanwalt Opa – und wann ich es aufgenommen hatte, also ›Januar‹, und legte es ebenso wie die übrigen in die offene Schublade von Opas Aktenschrank zu den anderen Bändern, die er selbst besprochen hatte. So sind nun alle Bänder in Sicherheit.«

»Und Opas Aktenschrank wurde von hier weggebracht.«

»Ja, schon vor einiger Zeit.«

»Rick, kannst du dich genau erinnern, was auf diesem Band war, das du von Opa und Direktor Tynan aufgenommen hast? Erinnerst du dich vor allem, was dabei über die Geheimakte R gesagt worden ist?« Collins wartete gespannt.

Der Junge gab sich Mühe. Das war seinem Gesicht deutlich anzusehen.

»Ich habe nicht so genau hingehört. Ich wollte doch nur die Aufnahme machen. Und am nächsten Morgen spielte ich es noch einmal ab, um zu prüfen, ob alles gut aufgenommen worden war.«

»Aber du mußt dich doch an das eine oder andere erinnern. Du sagtest doch, daß du gehört hast, wie Direktor Tynan von der Geheimakte R gesprochen hat.«

»Ja, das habe ich«, beharrte Rick. »Er hat auch darüber gesprochen. An mehr erinnere ich mich aber nicht. Direktor Tynan redete die ganze Zeit. Dann wurde es Opa plötzlich schlecht. Alle rannten aufgeregt herum. Oma weinte, und ich hatte Angst, schaltete das Gerät ab und blieb hinter dem Vorhang, bis der Krankenwagen kam. Als dann alle an der Tür standen, kroch ich hinter dem Vorhang hervor und lief rasch die Treppe hinauf in mein Zimmer.«

»Ist das alles, woran du dich erinnern kannst?«

»Es tut mir leid, Mr. Collins, aber . . .«

Collins klopfte dem Jungen auf die Schulter. »Ist doch schon gut«, sagte er dankbar.

Hannah kam aus dem Arbeitszimmer zurück. »Eine rechte Plage, dieser Junge! Hat er dich wieder nicht in Ruhe gelassen mit seinem Tonband, Christopher?«

»Aber nein. Wir haben uns großartig unterhalten. Es war sehr interessant für mich.«

»Was Harry Adcock angeht«, sagte Hannah, »so habe ich gerade in Noahs Terminkalender nachgesehen. Es stimmt, er war zusammen mit Vernon zu diesem Gespräch am Abend vorgemerkt . . .«

»Habe ich mir doch gedacht«, sagte Collins. Er winkte Rick zu und stand auf. »Ich muß gehen, leider. Vielen Dank, Hannah. Und auch dir, Rick, vielen Dank. Wenn du mal einen Job im Justizministerium haben willst, dann ruf mich an.«

Als er zur Tür heraustrat, war Collins fest überzeugt, daß es nicht mehr regnete und am Himmel keine grauen Wolken mehr wären. Aber es regnete nach wie vor, und die grauen Wolken standen noch immer am Himmel. Die Sonne schien nur in Collins Herz und Kopf. Nur einen dunklen Punkt gab es noch: Der Schrank mit Noahs privaten Akten, in dem sich auch Ricks verräterisches Tonband befand, stand im Büro des FBI-Direktors im J. Edgar Hoover-Building.

»Pagano«, wies Collins seinen Fahrer an, als er in seinen Dienstwagen einstieg, »lassen Sie mich an der nächsten Telefonzelle, an der wir vorbeikommen, heraus.«

Es war drei Uhr nachmittags, als Collins vor dem reichverzierten Gebäude der Staatsbibliothek aus seinem Dienstwagen stieg.

»Parken Sie irgendwo zwischen der G- und H-Straße«, wies Collins Pagano an. »In einer halben Stunde können Sie wieder nach mir Ausschau halten.«

Vorbei an einer Gruppe junger Farbiger, die nahe am Eingang standen und sich lebhaft unterhielten, ging er in das Gebäude. Er machte sich nicht erst die Mühe, den Zeitschriftensaal zu betreten. Er sah nur auf seine Armbanduhr und ging dann langsam den Weg zurück, den er gekommen war. Auf dem Bürgersteig vor dem Gebäude schaute er sich vorsichtig um, ob ihm jemand gefolgt war. Er konnte nichts Verdächtiges entdecken. Er war sich auch ziemlich sicher, daß Tynan sich nicht noch herablassen würde, ihn weiterhin beschatten zu lassen, nachdem er ihm erst vor kurzem seine Allmacht gezeigt und ihn zur Kapitulation gezwungen hatte. Trotzdem hatte er Pierce' Kollegen van Allen den Reserveschlüssel zu seinem Haus gegeben, damit der die Räume nach elektronischen Abhörgeräten durchkämmen konnte. Sie wollten nämlich feststellen, ob man von dort abhörfrei Telefongespräche führen konnte.

Zufrieden machte sich Collins nunmehr zu Fuß auf den Weg. Er ging zuerst in Richtung städtisches Postamt, bog an der Ecke E-Straße links ab und ging weiter zum Hauptbahnhof. Der Regen hatte aufgehört, und die Luft war klar und frisch. Collins atmete tief ein und machte große Schritte. Er fühlte sich angenehm erregt und voll spannender Erwartung. Es würde nicht einfach sein, ja es könnte sogar recht schwierig werden, aber immerhin, es gab jetzt eine echte Chance.

Inzwischen war er am Hauptbahnhof angelangt, einem Gebäude im neuklassizistischen Stil. Er ging an dem Brunnen und den Statuen auf dem Bahnhofsplatz vorbei, wich mehreren Taxis aus, die mit Fahrgästen voll besetzt waren, kümmerte sich nicht um die Schlange der gerade Angekommenen, die auf ihr Gepäck warteten, und betrat das Stationsgebäude.

Die große Halle im Hauptbahnhof – sie war, wie er gelesen hatte, dem Hauptraum der Bäder des Diokletian nachgebildet – war fast leer. Er schlenderte zum Zeitungskiosk nach links und kaufte sich eine Ausgabe des *Washington Star* und ging in den

Wartesaal, den sie als Treffpunkt ausgewählt hatten, weil sie ihn für verhältnismäßig sicher hielten. Die FBI-Agenten fuhren nicht mit der Eisenbahn, wenn sie von Washington aus auf Dienstreise gingen, noch nicht einmal bei so kurzen Fahrten wie nach Philadelphia. In Tynans Amtszeit war man beim FBI auf Flugzeug und Hubschrauber umgestiegen. Also war hier kaum mit einem FBI-Agenten zu rechnen. Und wenn einer zufällig auftauchen sollte, konnte man ihm rechtzeitig ausweichen.

Collins setzte sich auf einen freien Stuhl, von dem aus er den Eingang des Bahnhofs im Auge behalten konnte. Er nahm seine Zeitung, breitete sie weit aus und tat so, als sei er ins Lesen vertieft. In Wirklichkeit beobachtete er unablässig über den oberen Blattrand hinweg die Eingangstür. Schon nach ein paar Minuten kam ein Mann mittleren Alters mit sandfarbenem Haar in jugendlichem Schritt durch die Tür. Er schaute kurz zu Collins, nickte ihm fast unmerklich zu und ging weiter zum Zeitungsstand. Dort warf er kurz einen Blick auf die Ständer und Regale, kaufte ein Taschenbuch und kam dann langsam quer durch die Halle auf Collins zugeschlendert und setzte sich wie zufällig auf einen Stuhl neben ihn.

»Ich kann es noch nicht fassen«, sagte Pierce fast tonlos. »Geradezu phantastisch! Dieser Junge, Rick, hat also alles auf seinem Mickymaus-Gerät aufgenommen?«

»Das hat er jedenfalls gesagt. Muß doch ein gutes Gerät sein. Rick ließ auch keinen Zweifel daran, daß die Aufnahme vollkommen gelungen war.«

»Und er hörte Tynan über die Geheimakte R sprechen?«

»Ganz sicher.«

»Woran ist dieses Band zu erkennen?«

»Es ist eine Memorex-Kassette mit der Aufschrift ›BGA-O‹ und dem Datum ›Januar‹, beides in Ricks Handschrift. Es muß leicht unter den übrigen Tonbändern herauszufinden sein, denn Noah verwandte für seine Diktate zu Hause nur kleine 15-Minuten-Bänder, Norelco 5,5 x 3,5.«

»Sie waren wirklich fleißig«, lobte ihn Pierce. »Die Schwierigkeit ist nicht, das richtige Tonband herauszufinden, sondern überhaupt an die Bänder heranzukommen. Ich habe Ihnen ja gesagt, daß diese in der obersten Schublade von Noahs Schrank liegen, der jetzt in Tynans Büro steht . . .«

»Ich war auch nicht untätig«, sagte Pierce. »Tynan wird heute bis acht Uhr fünfundvierzig in seinem Büro bleiben. Dann fährt er vom FBI direkt zum Flugplatz, fliegt nach New York und von dort aus weiter mit der 23-Uhr-Maschine nach San Francisco. Von da aus wird er mit dem Wagen nach Sacramento fahren.«

»Das paßt in unsere Pläne.«

»Ja. Sein Büro wird also leer sein. Wir halten uns auf Abruf bereit. Sobald die Luft rein ist, werden Sie und ich das Hoover-Building durch den Eingang in der 10. Straße betreten. Wie bereits erwähnt, haben wir zwei Vertrauensleute im FBI. Einer von ihnen hat heute Nachtdienst. Er wird uns hineinlassen. Und auch dafür sorgen, daß die Tür zu Tynans Büro nicht abgeschlossen ist.«

»Aber Noahs Schrank wird verschlossen sein.«

»Das ist ein ziemlich altmodischer Victor-Firemaster mit einem Kombinationsschloß. Kein Problem für uns.«

»Großartig!« Collins war voller Bewunderung.

»Nun noch kurz, was Ihre Frau angeht . . .«

»Ja?«

»Nur um Sie zu beruhigen. Shack weiß bereits, wo sie in Fort Worth ist. Es geht ihr gut.«

»Wo ist sie denn?«

»Das hat uns Shack nicht gesagt. Aber das macht nichts. Wichtiger ist, daß wir heute Tynans Akte über den Fall Mrs. Collins einsehen konnten. Wir haben den Namen und auch die Anschrift der Zeugin, die Tynan noch immer geheimhält. Eine Adele Zurek. Sie lebt jetzt in Dallas. Fällt Ihnen bei diesem Namen etwas ein?«

»Karen hat diesen Namen niemals erwähnt.«

»Das habe ich mir gedacht. Mrs. Zurek war auch nur Aushilfshaushälterin. Wenn die Haushälterin einmal einen Tag frei hatte, sprang Mrs. Zurek ein. Jim wird sie heute nachmittag aufsuchen. Wenn er was zu berichten hat, ruft er Sie heute abend an.«

»Aber wir sind doch nicht da!«

»Das weiß er. Er ruft erst nach zehn Uhr an und versucht es dann immer wieder, bis er Sie antrifft.«

»Vielen Dank, Tony.«

»Also bis heute abend an der E-Straße, Ecke 12. Straße. Von dort aus sind es nur noch zwei Blocks bis zum FBI. Gleich an der Ecke ist eine Imbißstube mit einer Neonreklame ›Cafeteria‹. Wir treffen uns acht Uhr dreißig dort.«

»Ich werde dasein«, versicherte Collins. »Hoffentlich geht alles glatt.«

»Machen Sie sich darüber keine Sorgen«, munterte ihn Pierce auf. »Hoffen Sie lieber, daß das, was auf dem Band ist, auch unsere Anstrengungen lohnt.«

»Noah brachte die Geheimakte mit dem Artikel 35 in Verbindung. Er hat auch darauf hingewiesen, daß sie gefährlich ist, und mich gebeten, den Inhalt an die Öffentlichkeit zu bringen. Wir müssen ihm einfach vertrauen.«

»Besser wäre allerdings ein sicherer, unumstößlicher Beweis«, beharrte Pierce. »Denn vor morgen ist das unsere letzte Aktion. Es ist unser letzter Trumpf.« Er steckte sein Buch in die Tasche und schaute sich um. »Okay, ich gehe zuerst. Bis heute abend.«

»Bis heute abend.«

Collins war voller Spannung, als er um acht Uhr dreißig an der Ecke E- und 12. Straße aus dem Taxi stieg. Drei Häuser weiter leuchtete die rot-weiße Neonreklame »Cafeteria«. Die Theke war voll besetzt, aber an den Tischen saßen nur wenige Gäste. Und am letzten Tisch in der Ecke sah er Tony Pierce.

Collins zwängte sich zu seinem Tisch durch und setzte sich zu ihm. Pierce war dabei, in aller Ruhe sein letztes Hamburger-Sandwich zu verzehren. »Pünktlich wie die Uhr«, murmelte er zwischen zwei Bissen.

»Ich bin furchtbar aufgeregt«, gestand Collins.

»Aber, aber, weshalb denn so nervös?« fragte Pierce. Er wischte sich mit der Serviette den Mund ab. »Sie statten doch nur dem Büro des FBI-Direktors einen Besuch ab. Und da sind Sie doch schon öfter gewesen.«

»Aber nie, wenn er nicht da war.«

Pierce lachte. »Da haben Sie wieder recht. Aber jetzt etwas anderes. Was wollen Sie mit den Sachen machen, wenn wir sie heute finden?«

»Nun, Ricks Tonband wird uns vielleicht nur sagen können, wo die Geheimakte R zu finden ist.«

»Wenn Sie das Band haben, was werden Sie dann tun?«

»Wenn es so stark, so vernichtend ist, wie Noah das angedeutet hat, rufe ich sofort in Sacramento an. Ich werde den stellvertretenden Gouverneur ausfindig machen. Der ist nämlich der Präsident des kalifornischen Senats. Ich erkläre ihm dann, daß ich schwerwiegendes Material vorliegen habe, das für die Entscheidung über den Artikel 35 von wesentlicher Bedeutung ist. Ich stelle dazu den Antrag, daß ich vor dem Rechtsausschuß des

Senates noch am Vormittag, also unmittelbar nachdem Tynan ausgesagt hat, vor dem Ausschuß sprechen darf. Und ich hoffe, daß ich damit die Wende bringen kann.«

»Großartig!« meinte Pierce. »Morgen abend um diese Zeit sollten wir unbedingt in einem besseren Restaurant feiern.«

»Bis morgen abend ist noch eine lange Zeit«, entgegnete Collins, der mit seiner Unsicherheit zu kämpfen hatte.

»Vielleicht. Trinken wir noch eine Tasse Kaffee. Wir haben noch ein paar Minuten Zeit.«

Der Kaffee kam, und sie nahmen den ersten Schluck. Pierce deutete an Collins vorbei auf die Tür. »Da kommt er.«

Zwischen der Tischreihe und der Theke kam van Allen auf sie zu, beugte sich zu Pierce herab und flüsterte: »Die Luft ist rein. Vor zehn Minuten ist Tynan zum Flughafen abgefahren.«

Pierce setzte seine Tasse ab, legte ein paar Münzen auf den Tisch, rückte seinen Stuhl zurück und stand mit den Worten auf: »Dann wollen wir mal.«

In schnellem Schritt bogen sie in die E-Straße ein. Sie sprachen kein Wort, als sie die zwei Blocks weit gingen, bis vor ihnen an der Ecke E- und 10. Straße das massive braune Hochhaus des FBI aufragte.

»Ich trenne mich nun hier von Ihnen«, sagte van Allen. »Ich beziehe gegenüber der Auffahrt Posten für den Fall, daß etwas schiefgeht und Tynan vielleicht zufällig zurückkommt. Wenn das passiert, bin ich auf jeden Fall vor ihm bei Ihnen. Also dann, viel Glück.«

Sie schauten ihm nach. Pierce nahm Collins' Arm. »Wir müssen uns jetzt beeilen.«

Sie überquerten die Straße und gingen am J. Edgar Hoover-Building entlang. Pierce nahm auf der Treppe zwei Stufen auf einmal, und Collins versuchte, mit ihm Schritt zu halten. An der verschlossenen Glastür war niemand zu sehen. Auf einmal aber tauchte aus dem Dunkel im Innern eine Gestalt auf. Sie hörten den Schlüssel im Schloß. Dann ging die Tür halb auf.

Pierce schob Collins vor sich in die Wandelhalle und glitt hinter ihm hinein. Den Agenten, von dem sie eingelassen worden waren, hatte Collins nur ganz kurz zu Gesicht bekommen. Es war ein junger Mann in dunklem Anzug mit schmalem Gesicht. Er flüsterte Pierce etwas zu, der nickte, verabschiedete sich kurz von ihm und holte Collins rasch wieder ein.

»Ich hoffe, Sie sind in guter Form«, flüsterte Pierce. »Den

Fahrstuhl nehmen wir lieber nicht. Die Rolltreppen sind nicht in Betrieb. Also steigen wir die Feuertreppe in den siebten Stock hinauf.« An der Treppe angekommen, hasteten sie nach oben. Collins blieb, so gut er konnte, Pierce dicht auf den Fersen. Auf dem dritten Treppenabsatz hielt Pierce kurz an, um Collins eine kleine Verschnaufpause zu gönnen. Dann ging es weiter bis in den siebten Stock. Sie gingen um den großen Innenschacht des Gebäudes herum. Überall herrschte Grabesstille. Nur ihre eigenen Schritte waren zu hören.

Inzwischen waren sie vor Tynans Büro angelangt. DIREKTOR DES BUNDESKRIMINALAMTES stand auf dem Schild an der Tür. Aber Pierce zog Collins weiter zu einer zweiten Tür ohne Schild. Er drückte die Türklinke runter. Sie gab nach, und die Tür ging auf. Pierce trat ein, Collins folgte.

Sie befanden sich jetzt in Tynans persönlichem Büro, das nur ganz schwach von einer kleinen Lampe am Sofa beleuchtet war. Collins blickte sich unsicher um. Tynans Schreibtisch stand auf der linken Seite vor den Fenstern, die auf die 9. Straße hinausgingen, also in Richtung auf die Zentrale von Collins' Justizministerium. Rechts stand eine Sitzgarnitur, eine Couch, ein niedriger Couchtisch und zwei Sessel.

Von einem Aktenschrank war nichts zu sehen.

»Der Schrank steht im Umkleidezimmer«, flüsterte Pierce und deutete über den Couchtisch hinweg auf eine offenstehende Tür. Zwischen Tisch und Sesseln hindurch gingen sie in den schmalen Ankleideraum. Pierce hatte gleich den Lichtschalter entdeckt und machte Licht. Sie standen jetzt vor Colonel Noah Baxters grünem »Victor-Firemaster«.

Das Kombinationsschloß war am dritten Schubfach. Pierce zog an den Schubladen. Verschlossen! Pierce rieb sich die Finger seiner rechten Hand. »Okay«, flüsterte er, »ich mache mich jetzt daran. Müßte eigentlich ganz leicht sein.« Flink und geschickt wie ein erfahrener Safeknacker drehte Pierce den Kopf des Kombinationsschlosses hin und her. Collins sah zu und fühlte deutlich, wie die Zeit verrann. Nur drei Minuten waren vergangen, aber ihm waren sie wie Stunden vorgekommen. Die Spannung war unerträglich. Endlich hörte er Pierce aufatmen und an der dritten Schublade ziehen – sie ging auf. Pierce richtete sich auf und zog die oberste Schublade heraus. Er trat zurück. »Jetzt sind Sie dran, Chris.«

Collins trat an den Schrank. Sein Herz klopfte, als wollte es zerspringen. Er blickte in die oberste Schublade, in der fein säuberlich geordnet Norelco-Minikassetten in kleinen Plastikschachteln lagen. Daneben befand sich ein halbes Dutzend größerer Kassetten von dem gleichen Typ, wie sie Rick benutzte. Gerade hob er die Hand, um in die Schublade zu greifen, als plötzlich ein heller Lichtstrahl in den Umkleideraum fiel und er hinter sich eine krächzende Stimme hörte, die ihn auf einen Schlag erstarren ließ.

»Guten Abend, Mr. Collins«, begrüßte ihn die Stimme. »Bitte lassen Sie sich nicht stören.«

Collins drehte sich wie Pierce mit einem Ruck herum. Die Tür zum Waschraum stand jetzt weit offen, und in ihrem Rahmen war die Gestalt von Harry Adcock zu sehen. Ein häßliches Lächeln verzerrte sein Gesicht.

Er streckte Collins seine Hand entgegen. Darauf lag eine Memorex-Kassette. Die Plastikschachtel war aufgebrochen.

»Ist es das hier, was Sie suchen, meine Herren?« fragte er. »Die Geheimakte R? Hier ist sie. Sehen Sie sich es nur genau an!« Er nahm die Kassette mit seinen Fingern an den beiden Seiten und zog sie auseinander. Unverwandt blieb sein Blick auf die beiden nächtlichen Besucher gerichtet, während er langsam einen Finger unter das Band legte, es lockerte und allmählich abwickelte. Die Plastikschachtel ließ er auf den Teppich fallen. Das dünne braune Band pendelte in seiner Hand hin und her.

Collins sah, wie Pierce' Hand in die Jackentasche fuhr. Aber Harry Adcocks Hand war schneller an seinem Schulterhalfter gewesen. Er hielt nun einen schwarzen 9-mm-Magnum-Revolver mit kurzem Lauf auf sie gerichtet.

»Keine Dummheiten, Pierce«, sagte er. »Hier, Mr. Collins, halten Sie doch einen Moment dieses Band.«

Er ließ das Band in Collins' starre Hand fallen, ging auf Pierce zu, durchsuchte ihn kurz und fand Pierce' 38er. Er lächelte die beiden höhnisch an.

»Ein Schußwechsel zwischen dem stellvertretenden Direktor des FBI und einem inoffiziellen Assistenten des Bundesgeneralanwalts, das wird sich doch nicht gut in der Presse ausnehmen, nicht wahr?«

Dann griff er wieder nach dem verwickelten Band in Collins' Hand.

»Näher, Mr. Collins, werden Sie nicht mehr an die Geheimakte R herankommen.«

Mit dem Band in der einen und den Revolver in der anderen Hand auf die beiden gerichtet, zog er sich langsam in den Waschraum zurück. »Schauen Sie sich das noch einmal genau an«, spottete er. »Es gab nämlich niemals eine Geheimakte R, müssen Sie wissen. Zumindest nicht auf dem Papier. Es sollte auch niemals auf Band aufgenommen werden. Die wichtigsten Dinge pflegen nun einmal in den Köpfen der Leute zu sein und nirgendwo sonst.«

Immer noch rückwärts gehend, war Adcock jetzt mit seinem Fuß gegen die Toilettenschüssel gestoßen. Siegessicher ließ er das verwickelte Band darüber hin und her pendeln.

»Warten Sie doch einen Augenblick«, flehte ihn Collins an. »Hören Sie mich erst einmal an . . .«

»Hören Sie sich zuerst einmal das an!« unterbrach ihn Adcock. Und damit ließ er das Band in die Toilettenschüssel fallen, lehnte sich triumphierend zurück und setzte die Spülung in Gang. Das Geräusch des erst stürmischen und dann langsam nachlassenden Wasserstrahls schien ihn sichtlich zu amüsieren. »Weggespült, wie alle Ihre Hoffnungen, Mr. Collins«, höhnte er. Grinsend tauchte er wieder aus dem Waschraum auf. »Nun, Mr. Collins, was wollten Sie noch sagen?«

Collins biß sich auf die Lippen und schwieg.

»Schön, meine Herren, ich bringe Sie jetzt hinaus.« Mit seinem Revolver deutete er auf Tynans Büro. Adcock blieb dicht hinter ihnen, bis sie die Mitte des Büros erreicht hatten. Dann bewegte er sich rückwärts zum Schreibtisch des Direktors, wo er mit seiner freien Hand Tynans großes silbernes Tonbandgerät einschaltete.

Adcock wandte sich an Collins. »Ich weiß nicht, wie gut Sie als Bundesgeneralanwalt sind, Mr. Collins, aber ich bin voll und ganz überzeugt, daß Sie nicht einmal einen halbwegs einsatzfähigen FBI-Agenten abgeben würden. Ein guter Agent darf nämlich nicht einmal die kleinste Kleinigkeit übersehen. Sie und Ihre Burschen haben die meisten Abhörwanzen in der Stadt hier ausgekämmt, damit nur ja vorher nichts von Ihrem geheimen Besuch hier und heute abend bekannt würde. Aber es gab noch eine Stelle, die Sie dabei ausgelassen haben.« Und damit drückte er auf den Wiedergabeknopf an Tynans Bandgerät. Ganz laut, klar und deutlich erkennbar kamen die Stimmen aus dem Lautsprecher.

Ricks Stimme: »Als Opa krank wurde, nahm ich das letzte

Band, schrieb BGA-O darauf – das bedeutet Bundesgeneralanwalt Opa – und wann ich es aufgenommen hatte, also ›Januar‹, und legte es ebenso wie die übrigen Bänder in die offene Schublade von Opas Aktenschrank zu den anderen, die er selbst besprochen hatte. So sind nun alle Bänder in Sicherheit.«

Collins' Stimme: »Und Opas Aktenschrank wurde dann abtransportiert, nicht wahr?«

Ricks Stimme: »Ja, schon vor einiger Zeit.«

Adcock hatte seinen großen Spaß gehabt. Er schaltete das Gerät ab. »Das einzige, was Sie übersehen haben, war Tynans Mutter. Sie erfuhr nämlich, daß Sie Hannah Baxter einen Besuch abstatten würden, und sie erzählte es weiter. Sie können vielleicht den FBI unterschätzen, Mr. Collins, aber man sollte niemals die Liebe einer Mutter unterschätzen und schon gar nicht ihre Vorliebe zu Plaudereien mit ihrem Sohn und ihren Freundinnen.«

Er winkte ihnen mit seinem Revolver zu. »Sie können dieses Büro auf dem gleichen Weg verlassen, den Sie gekommen sind. Draußen in der Halle warten zwei Agenten, die Sie hinunterbegleiten werden. Gute Nacht, meine Herren. Auf dem Rückweg können Sie auch den Hauptausgang benutzen.«

Nie war Collins die Fahrt zu seinem Haus in McLean, Virginia, länger vorgekommen. Verstört und verzweifelt hatte er sich vorne neben Pierce in den Sitz des Wagens fallen lassen. Auch Pierce, der den Mietwagen steuerte, war niedergeschlagen. Und hinten auf dem Rücksitz saß ebenso enttäuscht van Allen. Kaum ein Wort sprachen sie, bis sie vor Collins' Haus vorfuhren. Erst als der Wagen hielt, meinte Pierce: »Man kann nicht alles gewinnen, aber das hätten wir nicht zu verlieren brauchen.«

»Das bedeutet wohl das Ende unserer Arbeit«, sagte Collins resigniert. »Und morgen gehört unser Land den anderen.«

»Das fürchte ich auch.«

»Wir waren so nahe daran«, stöhnte Collins. »Ich hatte die Geheimakte R schon in der Hand. Ich hatte das verdammte Ding in dieser meiner Hand hier.«

Auch Pierce konnte es noch nicht verwinden. »Dieser Schuft, dieser dreckige Sadist! Reingelegt haben sie uns. Ich weiß nicht wie, aber ich möchte es für mein Leben gern wissen. Was sollte eigentlich das Gefasel von Tynans Mutter?«

»Sie muß es herausbekommen haben. Ich nehme an von Hannah Baxter, daß sie Besuch von mir bekommen wird. Mrs. Tynan muß es dann Vernon gesagt haben, und daraufhin haben sie Baxters Haus abgehört. Sie haben alles darangesetzt, damit ihnen ja nichts entgeht. Ach was!« Collins tat so, als ob jetzt alles nicht mehr so wichtig wäre. Er schloß das Eingangstor auf. »Meine Herren, um mit den Worten Harry Adcocks zu reden, meine Herren, ich fühle mich so elend, daß ich nichts dagegen habe, mir einen guten Schluck zu genehmigen. Wollen Sie auch einen?«

»Warum nicht«, meinte Pierce und schaltete die Zündung aus. Sie gingen zusammen zur Tür. Collins schloß auf und ließ sie ein. Sie waren kaum im Wohnzimmer, als das Telefon läutete. »Ich nehme ab.« Collins sah zu Pierce hinüber. »Es ist doch jetzt sicher? Ich meine, ich kann doch jetzt Telefongespräche annehmen?«

»Das ganze Haus ist durchgekämmt worden«, versicherte Pierce.

»Okay. Der Whisky ist in der Bar. Eis ist in der Küche.« Damit ging er zum Telefon. »Für mich bitte einen Hemlock mit Eis«, rief er noch zurück.

Er griff zum Hörer. Beinahe hätte er ihn fallen lassen, so durchgedreht war er immer noch. Aber dann brachte er ihn doch an sein Ohr.

»Hallo?«

»Mr. Collins?«

»Ja?«

»Ich habe versucht, Sie zu erreichen. Hier spricht Jim Shack in Fort Worth. Ich habe gute Nachrichten für Sie. Ich will jetzt keine Einzelheiten berichten. Aber ich habe den ganzen Nachmittag in Dallas bei Mrs. Adele Zurek verbracht, also bei der Zeugin, von der Tynan behauptet, daß sie Ihre Frau beim Mord beobachtet habe. Das ist eine Lüge, eine ausgemachte Lüge. Das gleiche gilt für die angebliche Sexgeschichte. Reinste Erfindung.«

Collins atmete erleichtert auf. »Gott sei Dank.«

»Ich habe Mrs. Zurek stundenlang befragt. Als ich ihr versprach, daß Sie sie unter Ihren persönlichen Schutz nähmen, gestand sie alles. Sie bekannte, daß Tynan sie erpreßt hat. Es gibt da eine Geschichte in ihrer Vergangenheit, die sie für solche Erpressungen verwundbar macht. Tynan hat das herausgefunden und davon natürlich Gebrauch gemacht. Er würde das übersehen, versprach er ihr, wenn sie mitmachte. Sie war zu erschrokken, um sich zu einem Nein aufraffen zu können. Als ich ihr jedoch versicherte, Sie würden dafür sorgen, daß sie nichts zu befürchten habe, gestand sie die ganze Wahrheit. Sie hatte die Rowleys streiten gehört, was keineswegs ungewöhnlich war; so blieb sie da, beendete ihre Arbeit und ging dann nach Hause – nachdem Ihre Frau bereits das Haus verlassen hatte. Sie hatte gerade die Straße überquert und war vom Haus aus nicht mehr zu sehen, als sie einen Wagen vorfahren sah. Ein Mann stieg aus – sie konnte ihn nicht gut erkennen –, ging zur Vordertür, machte sich an dem Schloß zu schaffen, bis die Tür aufging, und eilte ins Haus. Sie wunderte sich darüber und fragte sich, wer das wohl sein mochte. Sie war sich nicht im klaren, was sie tun sollte, als sie im Hause einen Schuß fallen hörte. Erschrocken lief sie davon. Am nächsten Tag erfuhr sie aus der Zeitung, daß Rowley tot war, aber sie hatte Angst, zur Polizei zu gehen – wegen ihrer eigenen Vergangenheit. Sie wollte damit nichts zu tun haben. Doch Tynan zwang sie dazu. Was den Mann angeht, der Rowley wahrscheinlich umgebracht hat, so gibt es einige Hinweise. Danach hatte Rowley eine Liebschaft mit der Frau dieses Mannes, dem das nicht verborgen blieb. Wir können dieser Sache weiter nachgehen, wenn Sie das wollen . . .«

»Im Augenblick ist das nicht so wichtig«, sagte Collins. »Wichtig ist jetzt, daß Sie der Sache auf den Grund gegangen sind. Dafür bin ich Ihnen sehr dankbar. Solange es Karen gutgeht . . .«

»Es geht ihr prächtig, Mr. Collins. Sie sitzt hier neben mir und möchte gerne mit Ihnen sprechen.«

»Geben Sie sie mir.«

Er wartete, dann hörte er ihre Stimme und fühlte, daß er sie mehr als je zuvor liebte.

Sie weinte vor Freude. Mit tränenerstickter Stimme begann sie noch einmal zu erzählen, was sich alles ereignet hatte. Er unterbrach sie. »Aber Liebling, jetzt ist ja alles wieder in Ordnung.«

»Oh, Chris«, hörte er sie sagen, »es war wie ein böser Traum.«

»Aber jetzt ist es vorbei, Liebling. Laß es uns vergessen.«

»Vor allem – und das ist das Wichtigste –«, stammelte sie überglücklich, »brauchst du dir nun wegen Tynan keine Sorgen mehr zu machen. Du kannst zurücktreten, nach Kalifornien gehen und vor den Senat treten, solange noch Zeit ist. Das wirst du doch, nicht wahr?«

Seine gute Stimmung war wie weggeblasen. Durch ihre Frage wurde er sich wieder seiner Situation bewußt. »Es ist zu spät, Liebling«, gestand er ihr niedergeschlagen. »Es gibt jetzt nichts mehr von Belang, was ich vorbringen könnte. Tynan hat gewonnen. In jeder Hinsicht.«

»Was soll das heißen?«

»Das ist zuviel, um es am Telefon zu besprechen. Ich werde dir alles erzählen, wenn du wieder zu Hause bist.«

»Ich will es aber jetzt hören. Was ist passiert?«

Trotz aller Müdigkeit und Erschöpfung berichtete er ihr daraufhin, was an diesem langen Tag alles passiert war, erst die große Hoffnung, dann der endgültige Tiefschlag. Er erzählte, wie er am Vormittag durch Zufall erfuhr, daß Rick Baxter den Inhalt der Geheimakte R auf Tonband aufgenommen hatte. Er erklärte ihr den Plan, wie er zu dem Band kommen wollte, das der Junge in Colonel Baxters Aktenschrank gelegt hatte. Er schilderte ihr den nächtlichen Einbruch in Tynans Büro im FBI, wie Tynan ihn schon vorher abhören ließ und auf diese Weise ihren heimlichen Besuch bereits erwartet hatte. Und er erzählte mit besonderer Bitterkeit in der Stimme, wie nahe er an dem Tonband gewesen sei, daß Adcock sie damit erwartet und das Band dann vor ihren Augen vernichtet hatte.

»Das ist alles, Karen«, schloß er seinen Bericht. »Jetzt ist er für immer vernichtet, der einzige Beweis, der uns alle gerettet hätte.«

Am anderen Ende der Leitung blieb es still, kein Wort des Bedauerns, kein Wort des Trostes.

»Karen?« fragte er. »Karen, hörst du mich noch?«

Und plötzlich war ihre Stimme wieder da, voller Aufregung sprudelten die Worte hervor. »Chris, Ricks Tonband war doch nicht das einzige Beweisstück! Hörst du mich? Bitte, hör mir zu! Es muß noch eine Kopie des Bandes geben . . .«

»Eine Kopie? Wovon redest du?«

»Sicher. Hör doch zu. Erinnerst du dich noch an diesen Abend im Jockey-Club, an dem wir zusammen mit – wie hieß er denn noch? Tynans Ghostwriter? Dem du doch diesen Gefallen getan hast . . .?«

»Ishmael Young?«

»Ja. An dem Abend, als wir im Jockey-Club zusammensaßen . . . Erinnerst du dich? Er war so verärgert, weil Tynan ihn betrogen hatte. Tynan hatte Ishmael versprochen, er würde seine Freundin Emmy in die Vereinigten Staaten einreisen lassen, wenn Ishmael seine Biografie schriebe. Dann hatte Ishmael einiges Material von Tynan zum Kopieren erhalten, und dabei war auch Tynans Betrug herausgekommen, daß er eben gar nicht daran dachte, Ishmaels Freundin einreisen zu lassen, sondern alles unternahm, damit sie als unerwünschte Ausländerin behandelt wurde. Chris, verstehst du, was ich sagen will?«

»Ich bin mir nicht so sicher.« Er versuchte, daraus einen Sinn zu machen. »Ich glaube, ich bin noch zu sehr durcheinander.«

»Ishmael Young sagte uns doch an diesem Abend – ich erinnere mich fast genau seiner Worte –, also er sagte uns: ›Ich bekam ein ganzes Paket neues Material als Unterlagen für das Buch, Papiere und Tonbänder, die mir Tynan zum Kopieren gab, darunter viele Unterlagen vom verstorbenen Bundesgeneralanwalt. Ich habe das Material kopiert und Tynan die Originale wieder zurückgegeben.‹ Begreifst du endlich, Chris? Er hat uns erklärt, daß er von vielen Unterlagen aus Colonel Baxters privatem Aktenschrank auf Tynans Wunsch Kopien gemacht hat, um diese für Tynans Biografie zu verwenden. Und das geschah, bevor Tynan überhaupt wußte, daß darunter auch das Band war, das Rick aufgenommen hatte. Wenn Ishmael nun dieses Band kopiert hat, wie wahrscheinlich alles andere auch, dann existiert das Tonband von der Geheimakte R noch immer, und Ishmael Young hat es. Ich weiß natürlich nicht, ob er es kopiert hat, aber wenn er es getan hat . . .«

»Das muß er getan haben!« unterbrach Collins. »Du bist ein Genie, Karen! Ich liebe dich! Aber jetzt muß ich mich auf die Beine machen. Auf Wiedersehen in unserem Haus!«

Ishmael Young war an diesem Abend nicht daheim.

Collins hatte die neu entdeckte Möglichkeit, doch noch zum Ziele zu kommen, gleich seinen Freunden mitgeteilt. Dann wollte er sofort die Telefonnummer von Ishmael Young in seinem Adreßbuch heraussuchen. Er konnte sie aber nicht finden, und schließlich fiel ihm ein, daß er sie sich nicht notiert hatte. Hoffentlich stand Ishmael Young im Telefonbuch! Ein Anruf bei der Auskunft genügte, um Nummer und Adresse zu erfahren.

Er hatte ihn angerufen und nervös darauf gewartet, Youngs Stimme zu hören. Die meldete sich auch – aber nur auf einem Anruf-Beantworter. »Hallo, hier spricht Ishmael Young. Ich werde heute abend nicht vor ein Uhr zurück sein. Bitte hinterlassen Sie Ihren Namen und Ihre Telefonnummer. Sprechen Sie bitte erst, wenn Sie das Zeichen hören.«

Darauf hatte sich Collins nicht mehr die Mühe gemacht, seinen Namen oder irgendeine Botschaft zu hinterlassen, sondern gleich eingehängt. Er wollte lieber in Fredericksburg zur Stelle sein, sobald Ishmael Young nach Hause kam.

Noch eine Weile saßen sie in Collins' Wohnzimmer zusammen und stellten darüber Vermutungen an, ob Young wirklich eine Kopie von Ricks Tonband wie auch von dem anderen Material aus Baxters Aktenschrank gemacht haben könnte. Sie sahen auf die Uhr, diskutierten wieder, standen auf, gingen nervös durch

Geduld vorbei. »Es steht zu viel auf dem Spiel«, sagte er, »als daß wir hier noch herumsitzen und nichts unternehmen können. Am besten fahren wir jetzt gleich nach Fredericksburg hinaus und warten dort. Er könnte doch auch früher nach Hause kommen.«

Pierce und van Allen waren einverstanden.

Sie stiegen in Pierce' Mietwagen und fuhren von Washington nach Fredericksburg. Eine Stunde später kamen sie vor dem Bungalow von Ishmael Young an. Collins stieg aus, ging zur Tür und läutete mehrmals, ohne daß sich etwas regte. Dann schaute er vorne durch ein Fenster, dessen Rolladen nicht ganz heruntergelassen war, und ging zum Wagen zurück. »Er scheint noch nicht wieder zu Hause zu sein. Nur eine Lampe brennt drinnen, sonst ist alles dunkel. Wir müssen also noch fünfzig Minuten warten.«

Fünf Minuten vor eins tauchten weit unten auf der Straße Scheinwerfer auf. Ein roter Sportwagen kam näher und näher und bog, als er das Haus erreicht hatte, in die Einfahrt ein. Die Tür des Sportwagens öffnete sich, und heraus wälzte sich eine kleine, untersetzte Gestalt, ging um den Wagen herum, blieb auf dem Rasen stehen, schaute neugierig zu dem Wagen hinüber und rannte dann zur Vordertür.

Collins, der schon halb ausgestiegen war, lief ihm nach. »Ishmael!« rief er. »Ich bin's, Chris Collins!« Young war gerade im Begriff, ins Haus zu verschwinden. Er drehte sich um, als Collins und hinter ihm die beiden anderen herankamen.

»Du lieber Himmel!« schnaufte Ishmael Young. Der Schreck war ihm offenbar gehörig in die Glieder gefahren.

»Das sah ganz schön verdächtig aus. Ich dachte schon, es wäre ein Überfall oder etwas Ähnliches.« Er schaute Pierce und van Allen nun genauer an. »Also, was soll das alles um diese Zeit, mitten in der Nacht?«

»Ich werde es Ihnen sofort erklären«, beruhigte ihn Collins. Eilig stellte er seine Freunde vor. »Wir sind hierhergekommen, weil Sie uns möglicherweise helfen können. Ich kann Ihnen gar nicht sagen, wie wichtig das für uns ist.«

»Kommen Sie herein.«

»Danke«, sagte Collins, »es geht wirklich um Minuten.«

Im Wohnzimmer legte Young seine Cordjacke ab und sah sie fragend an: »Das klingt ja alles sehr dringend. Nur weiß ich nicht, was ich für Sie tun kann.«

»Eine Menge«, crklärte ihm Collins. »Sie wollen doch auch, daß der Zusatzartikel 35 nicht durchkommt?»

»Wollen? Ich würde alles tun, um ihn zum Scheitern zu bringen. Aber jetzt gibt es keine Möglichkeit mehr, Mr. Collins. Wenn heute nachmittag der Senat in Kalifornien abstimmt . . .«

»Es gibt noch eine Chance. Und die liegt in Ihrer Hand. Wo verwahren Sie das Material für Tynans Buch?«

»Nebenan, im Eßzimmer. Das ist jetzt so eine Art Arbeitszimmer von mir. Wollen Sie es sehen?«

Immer noch etwas ratlos, führte er sie nach nebenan in ein kleines Zimmer, das behelfsmäßig als Büro eingerichtet war. Neben den Fenstern, die zur Einfahrt hinausgingen, stand ein alter, mit Papieren übersäter Sekretär mit einem Rollverschluß. Daneben, auf einem festen Ständer, war eine elektrische IBM-Schreibmaschine aufgestellt. Der Eßtisch an der Wand gegenüber war ebenfalls mit Papieren, Heftern und anderen Unterlagen bedeckt. Auf der einen Seite war ein großes Tonbandgerät zu sehen. Zwei weitere Geräte, ein 19-cm Norelco und ein tragbares Sony, hatten ihren Platz auf einem Stuhl neben dem Tisch gefunden. An der dritten Wand hatte Young zwei Aktenschränke mit Aktenordnern aufgestellt. »Alles reichlich durcheinander«, entschuldigte sich Young. »Aber ich arbeite nun einmal so. Sagen Sie, Mr. Collins, ich hoffe, Sie haben meinen Brief bekommen, mit dem ich mich bei Ihnen bedankt habe. Es war großzügig von Ihnen, die Einwanderungsgenehmigung zu erteilen. Ich kann Ihnen kaum mit Worten sagen, wie dankbar Emmy und ich Ihnen sind.«

»Sie brauchen mir nicht zu danken. Aber Sie können mir und allen helfen, jetzt und sofort. Das ist Ihr Material? Okay. In diesem Material steckt eine Information, die ich unbedingt haben sollte.«

Nervös strich sich Young seine Haarsträhnen über seiner

Glatze glatt. »Natürlich will ich Ihnen helfen, in jeder nur möglichen Weise. Aber das Material ist zum größten Teil vertraulich, Sie wissen . . . Ich habe Tynan mein Ehrenwort gegeben, daß es kein anderer zu sehen bekommt . . . Wenn er nun herausbekäme, daß ich Ihnen etwas davon gezeigt hätte . . .« Er brach ab. »Ach, zum Teufel mit ihm! Sie haben Ihren Kopf für mich hingehalten, und ich zögere. Also, was wollen Sie haben?«

»Sie erinnern sich doch an unser Abendessen im Jockey-Club? Dabei erwähnten Sie so nebenbei, daß Tynan Ihnen einen Teil oder sogar alles Material aus Colonel Baxters privatem Aktenschrank ausgeliehen hatte, damit Sie von den Briefen und Bändern Kopien machen könnten, um sie für das Buch verwenden zu können. Haben Sie tatsächlich das ganze Material in Baxters Schrank kopiert?«

Ishmael Young nickte. »Praktisch alles, was sich auf Tynan bezog. Mit Ausnahme der Bänder . . .«

Collins' Herz drohte auszusetzen.

». . . ist alles fertig«, fuhr Young fort. »Ich habe von den Bändern Kopien gemacht. Deswegen stehen die beiden Geräte dort drüben. Ich mußte sogar noch eines anmieten. Aber mit dem Abschreiben der Bänder bin ich noch nicht fertig. Das ist eine ziemlich zeitraubende Arbeit. Und ich muß das alles selber machen, weil Tynan nicht will, daß ich mir dabei von einer Sekretärin oder sonst jemand helfen lasse. Gerade vor drei Tagen habe ich angefangen, die Bänder abzuschreiben.«

Collins hatte sich wieder gefaßt. »Aber Sie haben doch alles Bandmaterial aus Baxters Schrank kopiert?«

»Das, was mir Tynan gab, und ich glaube, er hat mir alles gegeben.«

»Wie haben Sie die Bänder kopiert?« fragte Collins weiter.

»Von den Bändern gab es zwei Größen, daher mußte ich zwei verschiedene Geräte benutzen, um die Bänder auf mein Tonband zu überspielen . . .«

»Stimmt«, sagte Collins. »Haben Sie sie abgehört, als Sie die Bänder überspielt haben?«

»Um Gottes willen, nein! Das hätte mich zu viel Zeit gekostet.«

»Wo sind die größeren Memorex-Kassetten?«

»Die habe ich vor einigen Tagen Tynan zurückgegeben. Das waren die Originale. Ich habe vielleicht sechs solcher Kassetten auf größere Spulen überspielt.«

»Und wissen Sie, was auf den Spulen drauf ist?«

»Erst, wenn ich sie abschreibe. Aber jede Kassette, ob groß oder klein, trug ein Kennzeichen oder Datum, und ich habe mir danach so eine Art Index eingerichtet.« Von seinem Schreibtisch holte er ein paar zusammengeheftete Blätter. »Sehen Sie hier.«

»Ich bin auf der Suche nach einer ganz besonderen Memorex-Kassette mit dem Zeichen BGA-O und dem Datum ›Januar‹. Können Sie damit etwas anfangen?«

Ishmael blätterte die Seiten durch.

Fast wie im Fieber sah Collins zu.

»Ah, ja. Da ist es«, stellte Ishmael Young zufrieden fest. »Diese Aufnahme ist die erste auf der zweiten Spule.«

»Sie haben es? Ganz sicher?«

»Absolut sicher.«

»Sie sind großartig!« rief Collins vor Freude aus und umarmte den Schriftsteller. »Ishmael, Sie wissen gar nicht, was Sie getan haben!« Ishmael Young stand ganz verlegen da. »Was habe ich denn getan?«

»Sie haben die Geheimakte R gefunden!«

»Die was?«

»Nicht so wichtig!« entgegnete Collins aufgeregt. »Spielen Sie uns lieber das Band vor. Suchen Sie die verdammte Spule, auf der sie aufgezeichnet ist, und spielen Sie sie ab!« Young legte das Band ein, schaltete das Gerät ein, hob den Kopf und sah die drei an. »Ich weiß zwar nicht, was das alles bedeuten soll, aber von mir aus können wir anfangen.«

»Okay«, sagte Collins. Und dann lehnte er sich vor und drückte selbst die Wiedergabetaste.

Die Spulen begannen sich zu drehen, und einen Augenblick später war laut und deutlich Vernon T. Tynans Stimme zu hören.

11

Voller Unruhe saß Chris Collins auf dem Rücksitz der Cadillac-Limousine, die ihn von San Francisco nach Sacramento bringen sollte und jetzt gerade die ersten Vororte erreicht hatte. Collins lehnte sich vor und fragte den Fahrer: »Können Sie wirklich nicht ein bißchen schneller fahren?«

»Ich tue mein Bestes bei diesem Verkehr«, antwortete der Chauffeur. Nur mit äußerster Mühe konnte Collins seine Nervosität unterdrücken. Er lehnte sich in seinen Sitz zurück, zündete sich am Stummel seiner alten eine neue Zigarette an, schaute aus dem Fenster und sah, wie die noch entfernt liegende Stadt langsam näher und näher kam. Sie mußten jetzt in den westlichen Vororten von Sacramento sein, stellte er fest. Jedenfalls gab es hier schon mehrere Abfahrten. Der Fahrer war inzwischen auf die Bundesstraße 275 abgebogen, auf der sie nun bald zur Capitol Mall, der Prachtstraße von Sacramento, kommen würden.

Es war bereits Mittag, und vielleicht schon zu spät. Welch bittere Ironie, dachte Collins, wenn der Erfolg all seiner Bemühungen auf dem Höhepunkt noch durch ein Komplott der Natur zunichte gemacht würde!

Der Nebel hob sich jetzt, das war deutlich zu erkennen, doch Sacramentos Flughafen war wahrscheinlich noch immer ganz schön eingedeckt.

Ursprünglich hätte er nämlich mit dem Flugzeug um zwölf Uhr fünfundzwanzig kalifornischer Zeit in Sacramento ankommen sollen. Mit dem Abgeordneten Olin Keefe hatte er sich um ein Uhr im Derby-Club in Posey's Cottage verabredet. Das war das Restaurant, wo sich die Mitglieder des Abgeordnetenhauses und des Senats und Lobbyisten täglich zum Mittagessen trafen. Wäre nun alles wie vorgesehen abgelaufen, hätte Keefe den stellvertretenden Gouverneur Edward Duffield, den Präsidenten des kalifornischen Senats, und Abe Glass, seinen Stellvertreter, bei sich gehabt, und Collins hätte noch genügend Zeit gefunden, um die Senatsführer über die Geheimakte R zu unterrichten, bevor der Senat um zwei Uhr zur Abstimmung zusammentrat.

Die Abstimmung, so hatte man ihm gesagt, würde ein paar Minuten nach zwei stattfinden. Zum dritten und letzten Male würde dann die gemeinsame Resolution in der Kammer verlesen werden. Danach war eine weitere Diskussion, wie man den Vorschriften des Gesetzes entnehmen konnte, nicht mehr möglich. Waren die Senatoren erst einmal zur Stimmabgabe aufgerufen, konnte niemand mehr eingreifen. Das Ergebnis der Stimmenauszählung konnte nicht mehr rückgängig gemacht oder durch eine neue Abstimmung ersetzt werden. Diese Möglichkeit hatte früher bestanden, zum Beispiel im Falle des 27. Amendments, als dieser Zusatzartikel über »Gleiche Rechte für alle« im Jahre 1972 den Bundesstaaten zur Ratifizierung zugeleitet worden war. Zwei Bundesstaaten, Vermont und Connecticut, hatten zunächst dagegengestimmt, sich jedoch später anders entschieden. Aber in den meisten Bundesstaaten war dies, wie auch in Kalifornien, nicht mehr erlaubt. Die Abstimmung, die nach zwei Uhr begann, würde somit endgültig sein. Der Zusatzartikel 35 würde Gesetz, Tynan hätte gesiegt und das Volk verloren. Er sah auf seine Armbanduhr. Es war neunzehn Minuten vor zwei. Er zog tief an seiner Zigarette und durchlebte noch einmal die Ereignisse der letzten Nacht, des Morgens und des Vormittags. Nicht so sehr voll überschäumender Begeisterung, sondern eher wie in hohem Fieber, waren sie mit Ishmaels entscheidendem Tonband aus Fredericksburg abgefahren. Auf der Fahrt zum Justizministerium gegen zwei Uhr morgens versuchten sie, sich über ihre weitere Vorgehensweise klarzuwerden. In der Zeit, die ihnen noch verblieb, mußte noch viel erledigt werden.

In Chris Collins' Büro hatten sie dann einen Plan entworfen. Collins würde die Telefonanrufe übernehmen. Mit der Autorität seiner Amtsstellung würde er am ehesten überall rasch Gehör finden. Pierce' Aufgabe war es, ein Gutachten als Beweis für die Echtheit der Stimme auf dem Tonband zu beschaffen. Sie selbst zweifelten nicht daran, doch andere könnten einen absoluten Beweis dafür verlangen. Van Allen bereitete die Fahrt Collins' nach Kalifornien vor. Sie hatten kurz erwogen, ob sie nicht eine Militärmaschine anfordern sollten. Aber Collins war dagegen, weil er befürchtete, daß dann seine Mission gerade den falschen Stellen am schnellsten bekannt werden könnte. Ein normaler Passagierflug war – auch wenn er länger dauerte – auf jeden Fall sicherer. Van Allen sollte außerdem ein tragbares Tonbandgerät besorgen. Sobald das Gutachten erstellt war, würde er den Teil mit dem Text der Geheimakte R von Youngs voluminöser Spule für Collins' Reise auf eine kleine Kassette überspielen.

Alle Aufgaben waren reibungslos erledigt worden – außer denen, die Collins selbst übernommen hatte. Sein erster Anruf war kein Problem. Er weckte den Leiter einer großen Rundfunkgesellschaft in New York, berief sich auf seine Amtsstellung und auf einen dringenden Ausnahmefall und überredete ihn damit, dafür zu sorgen, daß der Leiter der Sendestation in Washington D. C. mit ihm zusammenarbeitete. Danach holte Pierce Dr. Lenhart von der Georgetown-Universität aus dem Bett. Beide waren alte Freunde, und so hatte sich der berühmte Kriminologe, wenn auch mürrisch, bereit erklärt, die gesprochenen Laute auf dem Tonband in seinem Labor zu begutachten. Pierce hatte sich zu diesem Zweck bei der örtlichen Sendestation als Vergleichsobjekt einen Filmstreifen eines Fernsehinterviews entliehen, das Vernon T. Tynan vor kurzem gegeben hatte, und dazu noch ein Videogerät, auf dem man diesen Streifen vorführen konnte. Das alles hatte Pierce zusammen mit Ishmael Youngs Tonband zu Dr. Lenharts Labor in der Georgetown-Universität gebracht. Dort hatte sich der bekannte Gutachter sofort an die Arbeit gemacht, seinen Tonspektrographen zur Stimmidentifizierung auf eine Reihe ausgewählter Worte angewandt, die Tynan in seinem Interview gesprochen hatte, und schließlich diese Worte mit den gleichen Worten verglichen, die er auf Ishmael Youngs Tonband vorfand. Über 400mal hatte das Prüfgerät alle achtzig Sekunden das Tonband überprüft und dabei eine Serie von Wellenlinien aufgezeichnet, die die Tonhöhe wie auch die Stärke von Tynans Stimme wiedergaben. Als Dr. Lenhart seine Arbeit abgeschlossen hatte, war eindeutig klar, daß die Stimme auf dem Tonband mit dem Text der Geheimakte R unmißverständlich Tynans Stimme war. Dr. Lenhart bestätigte in seinem Gutachten die Echtheit dieser Stimme und schickte Pierce mit dem nunmehr absolut sicheren Beweismaterial wieder zurück.

Unterdessen hatte van Allen das tragbare Tonbandgerät besorgt, das Collins nach Kalifornien mitnehmen sollte. Auch die Reservierung des Fluges war gesichert. Die erste Maschine ging vom Washington National Airport um acht Uhr morgens. Damit würde Collins um neun Uhr acht in Chicago sein. Eine Stunde später, um zehn Uhr zehn, würde Collins dann von Chicagos O'Hare Airport abfliegen und fünfundzwanzig Minuten nach zwölf in Sacramento eintreffen. Sein Flugplan war also perfekt und Collins sehr zufrieden. Nur bei Collins klappte es nicht. Er hatte sich dafür entschieden, den Präsidenten des Senats und dessen Stellvertreter von seiner bevorstehenden Ankunft zu unterrichten. Er wollte mit ihnen eine Verabredung treffen, um sie vorab zu informieren, bevor der gemeinsame Beschluß von Senat und Abgeordnetenhaus über den Artikel 35 zur Abstimmung kam. Er wollte ihnen erklären, daß er Beweismaterial von vernichtender Wirkung vorliegen habe, das für die Abstimmung des Senats über den Zusatzartikel 35 von entscheidender Bedeutung sein werde. Das wollte er ihnen sagen – nicht mehr. Es war nutzlos, das wußte er, den Beweis, den er in der Hand hatte, noch am Telefon erklären zu wollen. Man mußte den Beweis hören, dann mußte man ihm glauben. Wenn man ihn am Telefon zu hören bekam, gab es immer noch die Gefahr, daß jemand mithörte. Und damit hätte es schnell zu Tynan durchdringen können, der bereits in Sacramento war und natürlich alles mögliche unternehmen würde, um den Beweis zu vernichten. Nein, er wollte ihnen nur so viel erzählen, daß er unmittelbar nach seiner Ankunft zu einer Anhörung zugelassen würde.

Er rief zuerst beim stellvertretenden Gouverneur Edward Duffield an und ließ das Telefon läuten und läuten, ohne daß jemand abnahm. Er versuchte es noch ein paarmal, nichts rührte sich. Wahrscheinlich hatte Duffield sein Telefon abgestellt, um nachts nicht gestört zu werden, dachte sich Collins und gab es auf.

Als nächstes versuchte er es bei Senator Abe Glass, dem derzeitigen Präsidenten des Senats. Auch hier bekam er auf seine beiden ersten Anrufe keine Antwort. Beim dritten Mal meldete sich nur die schläfrige Stimme einer Frau, offensichtlich Mrs. Glass. Sie sagte ihm, ihr Gatte sei verreist und nicht vor dem späten Vormittag des nächsten Tages zu erreichen. Er sei dann in seinem Büro, um sich auf die Abstimmung vorzubereiten.

Verzweifelt überlegte Collins, an wen er sich noch wenden könnte. Einen Augenblick dachte er daran, das Weiße Haus anzurufen, mit Präsident Wadsworth zu sprechen und ihm die ganze Angelegenheit zu überlassen. Gewiß hätte der Präsident der Vereinigten Staaten keine Schwierigkeit, die Botschaft nach Sacramento zu schicken. Aber eins störte Collins an diesem Gedanken. Der Präsident, so überlegte Collins, könnte vielleicht gar nicht daran interessiert sein, daß seine Botschaft nach Sacramento durchkam. Er könnte – trotz der Geheimakte R – doch daran festhalten, daß der Zusatzartikel angenommen werden sollte, vielleicht in dem Glauben, daß sich später alles übrige auf seine Weise regeln ließe.

Nein, Präsident Wadsworth war ein Risiko, das er nicht eingehen wollte, ebenso wie der Gouverneur von Kalifornien, der des Präsidenten politischer Freund war. Besser also jemand in Sacramento! Und dann erinnerte er sich des Abgeordneten Olin Keefe. Collins rief ihn an, und Keefe meldete sich sofort.

»Ich werde heute mittag um ein Uhr in Sacramento sein«, erklärte er Keefe. »Ich habe gewichtige Beweise gegen den Artikel 35, die auf jeden Fall vor der Abstimmung gehört werden sollten. Können Sie den stellvertretenden Gouverneur Duffield und Senator Glass in meinem Namen um ein Treffen bitten? Ich habe die ganze Nacht versucht, sie zu erreichen, hatte aber kein Glück. Ich muß sie unbedingt sprechen.«

»Sie werden um diese Zeit im Derby-Club zu Mittag essen. Das ist ein vornehmer Speiseraum in Posey's Cottage. Bis etwa Viertel vor zwei werden sie sicher dort sein. Ich werde ihnen sagen, daß sie auf Sie warten sollen, oder, besser noch, ich werde zusammen mit ihnen auf Sie warten.«

»Sagen Sie ihnen, daß es wirklich äußerst dringend ist«, schärfte ihm Collins nochmals ein.

»Ich tu, was ich kann. Seien Sie bitte pünktlich. Wenn die beiden erst einmal auf dem Weg zur Sitzung sind und die Abstimmung beginnt, ist nichts mehr zu machen.«

»Ich werde dasein«, versprach Collins.

Das war geschafft. Collins sank erleichtert in seinen Sessel zurück. Jetzt blieben ihm noch zwei Stunden. Er hatte sich auf der Couch in seinem Büro ausgestreckt und ein wenig, wenn auch sehr unruhig, geschlafen, bis Pierce und van Allen ihn weckten, weil es Zeit war, zum National Airport zu fahren. Auch alles Weitere verlief nach Plan – bis zu einem gewissen Punkt. Er flog pünktlich in Washington ab und kam pünktlich in Chicago an, wo seine Maschine fahrplanmäßig startete. Und so erwartete er auch, daß sie fahrplanmäßig in Sacramento landen würden. Aber eine Stunde vor der Ankunftszeit teilte der Flugkapitän der Boeing 727 mit, daß der Flughafen von Sacramento in dichtem Nebel liege und deswegen der Flug nach San Francisco umgeleitet werde. Man möge diese Änderung bitte entschuldigen. Sie würden bereits um zwölf Uhr dreißig in San Francisco sein, und dort stehe ein Sonderbus bereit, um sie nach Sacramento zu bringen.

Zum ersten Mal begann sich Collins auf dieser Reise Sorgen zu machen. Er war oft genug von San Francisco nach Sacramento gefahren, um zu wissen, daß man dafür noch gut anderthalb

Stunden brauchte. Selbst wenn er einen Wagen mietete und den Fahrer dazu bringen könnte, schneller als erlaubt zu fahren, könnte er bestenfalls Posey's Cottage erreichen, kurz bevor Duffield und Glass aufbrechen würden. Auf dem Flughafen von San Francisco schickte er einen Gepäckträger nach einem Wagen los. Er versuchte noch, Olin Keefe telefonisch zu erreichen, aber der war weder in seinem Büro noch beim Mittagessen. Danach wollte er keine weitere Zeit damit verlieren, ihn oder auch Duffield und Glass ausfindig zu machen. Er verließ die Telefonzelle und eilte zu dem Gepäckträger, der schon am Wagen stand und ihm zuwinkte.

All das hatte er auf seiner Fahrt noch einmal in Gedanken durchlebt, als sein Wagen endlich das Zentrum Sacramentos erreichte und die große goldene Kuppel des Capitols in Sicht kam.

»Wo ist das noch einmal genau, Sir?« fragte der Fahrer.

»Es ist ein Restaurant, Posey's Cottage oder Posey's Restaurant, und liegt an der Ecke 11. und O-Straße.

»Wir werden gleich dasein, Sir.«

Auf der linken Seite konnte Collins schon den sich weit hinziehenden Capitol Park erkennen, eine Anlage von vierzig Morgen, in der mindestens tausend verschiedene Arten von Bäumen, Sträuchern und Blumen wuchsen. Und dann erblickte er auf einer leicht ansteigenden Terrasse das Capitol mit seinen vier Geschossen hinter den korinthischen Säulen mit der golden glänzenden Kuppel darüber. Durch den dichten Verkehr auf der N-Straße kamen sie nur langsam voran. An der 11. Straße bogen sie ab und hielten kurz darauf an der Ecke 11. und O-Straße.

»Wir sind da«, sagte der Fahrer und deutete auf Posey's Cottage.

»Parken Sie den Wagen in der Nähe«, rief Collins ihm noch rasch zu. »Ich bleibe nicht lange. Warten Sie bitte direkt vor dem Restaurant auf mich.«

Er nahm seinen Aktenkoffer mit dem tragbaren Tonbandgerät darin, öffnete die Tür und sprang hinaus. Er sah noch einmal auf die Uhr. Es war neun Minuten vor zwei. Also kam er einundfünfzig Minuten zu spät.

Ob Keefe es fertiggebracht hatte, Duffield und Glass hier im Restaurant so lange zurückzuhalten?

Collins eilte ins Restaurant, fragte nach dem Derby-Club und wurde weiter nach hinten verwiesen. Als er in den Clubraum kam, war er bestürzt. Der Raum war leer – bis auf eine einsame

Gestalt an der Bar. Als ihn Keefe von der Bar aus zu sehen bekam, rutschte der Abgeordnete von seinem Barhocker. In seinem pausbäckigen und sonst so freundlichen Gesicht spiegelten sich Sorge und Enttäuschung.

»Ich hatte Sie schon aufgegeben«, sagte er vorwurfsvoll. »Was ist denn passiert?«

»Nebel. Wir mußten in San Francisco landen. Anderthalb Stunden habe ich dann noch mit dem Wagen bis hierher gebraucht.« Er sah sich noch einmal im Clubraum um. »Duffield und Glass . . .?«

»Sie waren hier bei mir. Leider konnte ich sie nicht mehr länger aufhalten. Sie mußten zurück zum Senat, um sich auf die Abstimmung vorzubereiten. Es sind noch sieben Minuten bis zur endgültigen letzten Lesung und zur Abstimmung. Ich weiß nicht, ob es gelingt, aber wir können versuchen, sie aus der Kammer zu holen.«

»Wir müssen es versuchen«, beharrte Collins fast schon verzweifelt auf seinem Vorhaben.

Sie verließen das Restaurant, und halb im Laufschritt, oft nur knapp den Fußgängern ausweichend, eilten sie auf der 11. Straße nach Süden auf das Capitol zu. »Die Senatskammer ist auf der Südseite im zweiten Stock. Wir werden es kaum noch schaffen, bevor sie die Türen schließen.«

Am Capitol hasteten sie die wenigen Stufen der breiten Steintreppen hinauf und über das farbige Bodenmosaik mit dem großen Amtssiegel von Kalifornien hinweg zum Eingang. »Die Treppe dort drüben«, rief Keefe Collins zu. Und während sie noch die Stufen hinaufliefen, fragte er Collins: »Sie wissen, daß heute morgen Direktor Tynan hier war?«

»Ja. Ist mir bekannt. Wie war er?«

»Leider nur zu gut. Der Ausschuß hat mit überwältigender Mehrheit für die Ratifizierung des 35ers gestimmt. So wird es auch im Senat gehen – oder Sie sind besser als Tynan.«

»Ich werde besser sein – wenn ich die Chance dazu habe.« Er hielt seinen Aktenkoffer hoch. »Ich habe hier den einzigen Zeugen, der Tynan vernichten kann.«

»Wer ist das?«

»Tynan selbst«, sagte Collins mit einem rätselhaften Unterton in der Stimme.

Inzwischen waren sie am Eingang des Senatssaals angekommen. Die meisten Senatoren hatten schon auf ihren massiven

Drehstühlen Platz genommen, nur einige unterhielten sich noch in den Gängen zwischen den Pulten. Der stellvertretende Gouverneur Duffield stand in einem eleganten blauen Nadelstreifenanzug an seinem Platz hinter dem Mikrofon auf dem erhöhten Podium und musterte durch seine Brille die Mitglieder des Hauses.

»Verdammt, die Saaldiener fangen schon an, die Türen zu schließen«, sagte Keefe.

»Können Sie denn nicht zu Duffield durchkommen?«

»Ich versuche es«, sagte Keefe.

Er eilte in den Saal, sprach mit einem Saaldiener, der ihn zurückhalten wollte, setzte dann seinen Weg nach vorne fort, schlug einen Bogen zu den mit Läufern belegten Stufen und rief von unten den Präsidenten auf dem Podium an. Aufgeregt verfolgte Collins Keefes Bemühungen. Duffield hatte sich jetzt zur Seite herabgebeugt, um besser hören zu können, was Keefe sagte. Dann machte er mit seinen Händen eine abwehrende Geste und deutete auf den vollbesetzten Saal. Aber Keefe redete weiter und weiter auf ihn ein. Duffield schüttelte den Kopf, stieg aber schließlich doch zu Keefe herunter. Keefe redete und redete und deutete zwischendurch immer wieder auf Collins, der an der Saaltür stehengeblieben war. Eine ganze Weile schien Duffield unentschieden. Doch dann folgte er dem Abgeordneten zu Collins. Kurz vor dem Eingang trafen sie sich, und Keefe stellte Collins dem Senatspräsidenten vor.

Duffields Gesicht blieb verschlossen. Verdrießlich schaute er Collins an. »Aus Achtung und aus Höflichkeit Ihnen gegenüber, Herr Minister, habe ich eingewilligt, das Podium zu verlassen. Abgeordneter Keefe hat mir erklärt, daß Sie neues Material haben, das mit unserer heutigen Abstimmung über den Zusatzartikel 35 in Zusammenhang steht . . . .«

»Material, das Sie wegen seiner entscheidenden Bedeutung ebenso wie die Mitglieder des Senats unbedingt anhören müssen.«

»Das ist unmöglich, Herr Minister, Es ist einfach zu spät. Alle Gutachter und Zeugen wurden geladen und angehört, alles Material wurde in den letzten vier Tagen dem Rechtsausschuß vorgelegt. Heute morgen gingen die Anhörungen mit dem Vortrag von Direktor Tynan zu Ende. Es gibt auch keine Debatte mehr. Das heißt, Sie können Ihr Material nicht mehr im Rahmen einer solchen Debatte vortragen. Wir gehen jetzt zur Tagesordnung über, hören die letzte Lesung des Artikels 35 und stellen ihn dann zur Abstimmung. Ich sehe keine Möglichkeit, dieses Verfahren zu unterbrechen.«

»Aber es gibt durchaus eine Möglichkeit«, antwortete Collins. »Hören Sie sich mein Material außerhalb der Kammer an. Verschieben Sie die Sitzung.«

»Das wäre höchst ungewöhnlich. So etwas hat es bisher noch nicht gegeben.«

»Was ich Ihnen und den Mitgliedern des Senats vorzutragen habe, ist ebenfalls etwas, was es bisher noch nicht gegeben hat, und es ist mehr als ungewöhnlich. Ich versichere Ihnen, hätte ich dieses Material früher gehabt, hätte ich mich auch früher zu Wort gemeldet. Aber ich konnte es mir erst in der vergangenen Nacht beschaffen und bin darauf sofort nach Kalifornien geflogen. Dieses Material ist von allergrößter Wichtigkeit für den Senat, für das Volk von Kalifornien, ja für die ganzen Vereinigten Staaten. Sie dürfen nicht zur Abstimmung schreiten, ohne sich anzuhören, was ich hier in meinem Aktenkoffer habe.«

Collins' eindringliche Worte begannen langsam zu wirken; dennoch meinte Duffield: »Selbst wenn das Material von solch großer Bedeutung ist, weiß ich nicht, wie ich die Abstimmung aufhalten könnte.«

»Sie können doch nicht abstimmen, wenn der Senat beschlußunfähig ist?«

»Sie verlangen also, daß die Mehrheit der Senatsmitglieder der Sitzung fernbleibt? So geht es nicht. Das brächte mir einen Antrag zur Geschäftsordnung ein, nämlich noch einmal im Hause zur Sitzung aufrufen zu lassen. Die Saaldiener müßten daraufhin die Senatoren auffordern, wieder in den Sitzungssaal zu gehen . . .«

»Aber bis dahin wäre ich längst fertig!«

Duffield zögerte immer noch. »Ich weiß nicht recht. Wieviel Zeit werden Sie benötigen?«

»Zehn Minuten, nicht mehr. Nur die Zeit, die Sie brauchen, sich das anzuhören, was ich vorzubringen habe.«

»Und wie sollen die Senatoren das Material kennenlernen?«

»Sie fordern sie inoffiziell auf, am besten in zwei Gruppen von je zwanzig, sich das anzuhören, was Sie bereits kennen. Und wenn Sie es erst einmal gehört haben, werden Sie es sogar von ihnen *verlangen*. Wenn es alle gehört haben, können Sie abstimmen lassen.«

Duffield war noch nicht ganz überzeugt. »Was Sie da verlangen, ist ganz außergewöhnlich, Herr Minister.«

»Der Beweis ist ebenfalls außergewöhnlich«, beharrte Collins. Als Mitglied des Kabinetts hätte er noch viel nachdrücklicher auf seinem Wunsch bestehen können, das wußte er. Aber er war sich darüber im klaren, wie entschlossen Politiker der Bundesstaaten Rechte und Freiheiten ihrer Länder zu verteidigen pflegten. Er durfte nicht zu forsch auftreten. In verbindlichem Ton, aber so eindringlich wie möglich, wandte er sich erneut an Duffield. »Sie dürfen mich nicht abweisen. Es muß eine Möglichkeit geben. Kann Sie denn nichts dazu bringen, die Abstimmung zu verschieben?«

»Nun, gewiß, es gäbe da einige Umstände, zum Beispiel, wenn aus dem Material hervorginge, daß die Resolution des Abgeordnetenhauses und des Senats, die heute zur Abstimmung ansteht, in betrügerischer Absicht zustande gekommen ist oder Teil eines Komplotts ist – nun, wenn Sie so etwas beweisen könnten . . .«

»Das kann ich! Ich habe hier den Beweis eines bundesweiten Komplotts. Leben und Tod unserer Republik hängen davon ab, daß Sie sich dieses Material anhören und daß Sie es alle kennen und beherzigen, wenn Sie abstimmen. Wenn Sie es ablehnen, sich dieses Beweismaterial anzuhören, werden Sie diese Unterlassung bis an Ihr Lebensende bitter bereuen. Bitte, glauben Sie mir!«

Das hatte gewirkt. Mit ernster Miene sah Duffield Collins lange und prüfend an. »Also gut«, sagte er plötzlich. »Ich werde mit Senator Glass sprechen. Wir sorgen dafür, daß der Senat in den nächsten zehn Minuten beschlußunfähig ist. Gehen Sie bitte voraus in das erste Sitzungszimmer im vierten Stock. Das ist frei. Abgeordneter Keefe wird Ihnen den Weg zeigen. Senator Glass und ich kommen gleich nach.« Er machte eine Pause. »Herr Minister, ich hoffe, es ist wirklich etwas von Bedeutung, was Sie in Ihrem Aktenkoffer haben.«

»Das kann man wohl sagen«, versicherte Collins nicht ohne Grimm.

Sie saßen in dem modernen Sitzungszimmer im vierten Stock zu viert um den hellen Holztisch, der in der Mitte des Raumes stand. Collins erklärte Duffield und Glass die Umstände, unter denen er von der Geheimakte R, also dem geheimen Anhang zu dem Zusatzartikel 35, erfahren hatte und wie Colonel Baxter ihn noch auf seinem Sterbebett gebeten hatte, dieses Dokument unbedingt an die Öffentlichkeit zu bringen.

»Ich will Sie nicht mit Einzelheiten meiner langen Suche nach der Geheimakte R langweilen«, sagte Collins. »Es mag genügen, wenn ich sage, daß ich sie erst heute morgen ausfindig machen konnte. Sie erwies sich schließlich nicht als ein Dokument, sondern als eine mündliche Absprache, die nur durch Zufall von Colonel Baxters zwölfjährigem Sohn auf Band festgehalten wurde. Bei dem Gespräch waren drei Personen anwesend, nämlich der FBI-Direktor Vernon T. Tynan, sein Mitarbeiter Harry Adcock und Bundesgeneralanwalt Colonel Noah Baxter. Auf dem Band, das der Junge aufgenommen hat, weil ihm so etwas Spaß macht, werden Sie nur die Stimmen von Tynan und Baxter hören. Natürlich war sich der Junge der Bedeutung dieses Gesprächs nicht bewußt. Um sicherzugehen, daß es sich wirklich um Direktor Tynans Stimme handelt, haben wir ein Gutachten erstellen lassen.«

Collins beugte sich zur Seite und zog aus seinem Aktenkoffer das Gutachten von Dr. Lenhart und übergab es Duffield. Der stellvertretende Gouverneur prüfte es mit ernstem Blick.

»Sind Sie nun bereit, sich das Band anzuhören?« Beide Senatsführer nickten.

Collins beugte sich zur Seite und nahm sein tragbares Tonbandgerät aus dem Aktenkoffer, stellte den Ton auf volle Lautstärke und schob das Gerät mitten auf den Tisch.

»Sie werden erst Tynans und danach Baxters Stimme hören. Hören Sie bitte genau zu. Das ist die Geheimakte R.«

Collins drückte auf Wiedergabe, stützte die Ellenbogen auf den Tisch und legte das Kinn in seine Hände und blickte erwartungsvoll den beiden Politikern ins Gesicht.

Das Band lief. Nach kurzem Vorlauf setzte das Gespräch ein. Tynans Stimme: »Wir sind doch hier allein, Noah?«

Baxters Stimme: »Sie wollten mich privat sprechen, Vernon. Nun, ich glaube, mein Wohnzimmer ist genauso sicher wie jedes Haus in dieser Stadt.«

»Das sollte es auch, nachdem wir Tausende von Dollars ausgegeben haben, um Ihr Haus abhörsicher zu machen, sicher genug für das, was wir heute zu besprechen haben.«

Baxters Stimme: »Was haben wir zu besprechen, Vernon? Was haben Sie vor?«

Tynans Stimme: »Es handelt sich um den Artikel 35. Ich habe jetzt den letzten Teil der Geheimakte R entworfen. Harry und ich sind davon überzeugt, daß die Sache idiotensicher ist. Nur eins, Noah, fangen Sie nicht in letzter Minute an, sentimental zu werden. Wir waren uns doch einig, daß wir bereit sein müssen, alles – und ich möchte hinzufügen, auch jeden – zu opfern, wenn wir die Nation retten wollen. Soweit sind Sie mit uns mitmarschiert, Noah. Sie waren mit uns einer Meinung, daß der Zusatzartikel die bisher beste Idee gewesen ist, unsere einzige wirkliche Hoffnung, ungeachtet aller Hindernisse, die noch zu überwinden sind, um ihn durchzusetzen. Es bleibt noch ein Letztes zu tun. Sie haben bisher alles mitgemacht und stecken zu tief drin, um da noch herauszukommen; ja, Sie könnten nicht einmal heraus, selbst wenn Sie wollten.«

Baxters Stimme: »Heraus aus was? Wovon reden Sie überhaupt, Vernon?«

Tynans Stimme: »Wir müssen etwas für das Volk tun, was es nicht für sich selbst tun kann, nämlich die innere Sicherheit gewährleisten. In dem Augenblick, in dem der Zusatzartikel 35 Teil der Verfassung wird, setzen wir die Geheimakte R in Kraft, den Plan zur Reorganisation des Landes. Wir setzen die in der Verfassung garantierten Bürgerrechte nach dem 35er . . .«

Baxters Stimme: »Aber das können Sie nicht, Vernon. Sie können sich nicht auf den Artikel 35 berufen. Das geht nur im Fall eines inneren Notstandes. Nach Artikel 35 muß es eine wirkliche Krise, einen Notstand, ein Komplott geben, bevor wir überhaupt etwas unternehmen können. Und wenn das nicht zutrifft, können Sie doch nicht . . .«

Tynans Stimme: »Natürlich können wir, Noah. Weil wir nämlich unseren Notstand, unsere Krise *haben werden*. Dafür ist gesorgt. Darum habe ich mich selbst gekümmert. Oft muß man eine Person opfern, um das Überleben der übrigen zu retten. Einer von uns – Sie oder ich – wird in einer Fernsehansprache den nationalen Notstand ausrufen. Am besten Sie. Das ist der wichtigste Punkt unseres Plans. Die Grundzüge der Ansprache habe ich bereits ausgearbeitet. Sie wird etwa so lauten: Liebe Bürger, ich spreche zu Ihnen in dieser Stunde tiefer Trauer. Wir alle sind tief betroffen und entsetzt über das Attentat auf den von uns allen verehrten Präsidenten Wadsworth. Sein schrecklicher Tod durch Mörderhand – eine Hand, die von einem Komplott geführt wurde, das die Regierung stürzen will – hat uns gestern unseren großen Führer genommen. Auch wenn uns dieser Verlust schmerzlich trifft, so dürfen wir uns nicht der Verzweiflung hingeben. Dieses Opfer darf nicht umsonst gewesen sein. Wir alle müssen in dieser schweren Stunde zusammenstehen. Wir müssen Sorge tragen, daß sich solche Gewalttaten niemals wieder innerhalb der Grenzen unseres Landes ereignen können. Die innere Sicherheit unseres Landes ist gefährdeter als je zuvor.

Auf Anordnung des neuen Präsidenten und in Übereinstimmung mit den politischen Führern unseres Landes gebe ich folgende Maßnahmen der Regierung zur Wiederherstellung der inneren Sicherheit bekannt:

1. Ab sofort tritt der Zusatzartikel 35 unserer Verfassung in Kraft. Die Bürgerrechte werden bis auf weiteres ausgesetzt.

2. Der Ausschuß für nationale Sicherheit . . .«

Baxters Stimme: »Mein Gott, Vernon! Habe ich richtig gehört? Präsident Wadsworth ermordet? Auf *Ihren* Befehl?«

Tynans Stimme: »Nun werden Sie nicht sentimental, Noah. Dazu haben wir jetzt keine Zeit. Wir opfern eine Niete von Präsidenten, um eine ganze Nation zu retten. Verstehen Sie das denn nicht, Noah? Wir retten . . .«

Baxters Stimme: »Oh, Gott, mein Gott, Gott, ooohhh . . .«

Tynans Stimme: »Noah, wir . . . Noah! . . . Noahhh! Was haben Sie denn? Was hat er nur, Harry? Ist das ein Schlaganfall . . . oder? Halten Sie ihn doch hoch! Ich rufe Hannah . . .«

Das Band war zu Ende.

Collins sah Duffield, Glass und Keefe an und konnte in ihren Gesichtern Entsetzen und Empörung ablesen.

»Nun, meine Herren«, fragte Collins, »wird die Gerechtigkeit ihren Lauf nehmen?«

Duffield stand langsam auf.

»Dessen können Sie sicher sein«, sagte er ruhig. »Ich gehe jetzt und rufe die Senatoren.«

Es war schon Nacht in Washington D. C., als die Boeing zur Landung auf dem National Airport ansetzte. Chris Collins saß am Fenster und sah hinaus. Die Landelichter tanzten ihm entgegen, um dann rasch hochzugehen, als die Maschine den Boden berührte. Erst jetzt wurde ihm richtig bewußt, daß er wieder nach Hause kam. Er folgte der Gruppe der Passagiere aus dem Flugzeug zum Flughafengebäude. Hogan erblickte ihn zuerst unter den Wartenden, und sein Sicherheitsbeamter strahlte gegen seine Gewohnheit über das ganze Gesicht. »Herzlichen Glückwunsch, Herr Minister«, begrüßte er Collins und übernahm seinen Aktenkoffer. »Ich war ganz schön aufgeregt, als Sie mir entwischten. Aber das war die Sache wert!«

»Mehr als das«, entgegnete Collins. »Ich habe kein Gepäck sonst.«

»Chris . . . «, auch Pierce war zur Stelle, um Collins zu begrüßen. Er lachte und drückte Collins mehrfach die Hand, als sie beide zur Rolltreppe gingen. Dann zog er eine Zeitung aus der Tasche und schlug sie auf. Die Schlagzeile in großen schwarzen Lettern lautete:

Komplott gegen Präsident und die Nation vereitelt
Tynan darin verwickelt
Zusatzartikel 35 abgelehnt

»Chris, Sie haben es geschafft!« jubelte Pierce. »Waren Sie dabei? Die Abstimmung im kalifornischen Senat wurde im Fernsehen übertragen. Vierzig zu null! Der Artikel wurde einstimmig abgewiesen.«

»Ich weiß, ich saß auf der Galerie.«

»Und dann die Pressekonferenz. Alle großen Sender unterbrachen ihr Programm, um sie zu übertragen. Duffield und Glass hielten eine gemeinsame Pressekonferenz, berichteten, wie der Erdrutsch im Senat zustande kam, berichteten über Ihren Anteil daran und über den Inhalt der Geheimakte R.«

»Das habe ich nicht mehr miterlebt«, sagte Collins. »Der Nebel hatte sich gehoben, und so nahm ich die erste Maschine nach Washington.«

»Mein Gott, Chris, Sie haben es wirklich geschafft.«

Collins schüttelte den Kopf. »Nein, Tony, nicht ich, wir alle – Colonel Baxter, Pater Dubinski, mein Sohn Josh, Olin Keefe, Donald Radenbaugh, John Maynard, Rick Baxter, Ishmael Young und natürlich Sie selbst. Jeder hat das Seine getan.«

Inzwischen waren sie zu dem wartenden Wagen gekommen. Aber es war nicht sein Dienstwagen, sondern die Präsidentenlimousine. Der Fahrer des Präsidenten hielt Collins die Tür auf und grüßte ihn stolz mit zackigem Gruß.

Collins sah Pierce fragend an.

»Der Präsident wünscht Sie zu sehen. Er wollte Sie sprechen, sobald Sie hier angekommen sind.«

»Schön.«

Collins wollte einsteigen, als Pierce ihn an der Schulter zurückhielt. »Chris . . .«

»Ja?«

»Wissen Sie schon, daß Tynan tot ist?«

»Nein.«

»Vor zwei Stunden. Selbstmord. Schoß sich in den Mund.«

Collins nickte. »Wie Hitler.«

Sie stiegen ein, und Pierce wandte sich an den Fahrer: »Zum Weißen Haus.«

An der südlichen Säulenhalle des Weißen Hauses wurden sie von McKnight, dem Chefadjutanten des Präsidenten, erwartet und herzlich begrüßt. Er begleitete Collins und Pierce durch den Empfangssaal zum Fahrstuhl im Erdgeschoß. Sie fuhren in den zweiten Stock und folgten McKnight in den Gelben Salon.

Dort war zu Collins' großer Überraschung eine Party in vollem Gange. Er erkannte Vizepräsident Loomis, Senator Hilliard mit seiner Frau, Miß Ledger, die Sekretärin des Präsidenten, und den Protokollchef Nichols. Neben den Louis-seize-Stühlen am Kamin sah er Karen im Gespräch mit Präsident Wadsworth. Und im gleichen Augenblick hatte ihn auch Karen erblickt. Sie ließ den Präsidenten stehen, lief ihm quer durch den Saal entgegen, fiel ihm in die Arme, und er küßte ihr die Tränen vom Gesicht.

»Ich liebe dich, ich liebe dich«, rief sie immer wieder. »Oh, Chris.«

Über ihre Schulter hinweg sah er nun auch den Präsidenten auf sich zukommen. Er löste sich von Karen und ging ihm entgegen. Das Gesicht des Präsidenten war aschfahl. So könnte Lazarus nach seiner Erweckung ausgesehen haben, dachte sich Collins im stillen.

»Chris«, sagte der Präsident feierlich und drückte Collins fest die Hand. »Ich finde kaum Worte, um Ihnen für das zu danken, was Sie getan haben. Sie haben mein Leben, Sie haben die Nation gerettet.« Und mit einem Kopfschütteln setzte er hinzu:

»Ich war ein großer Dummkopf. Jetzt kann ich es ja zugeben. Haben Sie Nachsicht mit mir. Ich hatte die Richtung verloren. Wenn man glaubt, vor einer Schlacht wie bei Waterloo zu stehen, ist man bereit, zu jedem Mittel zu greifen, und hat eigentlich schon verloren.« Er lächelte. »Gott sei Dank wurde es kein

Waterloo. Dank Ihnen.« Er sah Collins ernst an: »Sie haben von Tynans Tod gehört?«

»Ja. Bedauerlich, daß er auf diese Weise enden mußte.«

»Er muß in den letzten Monaten jeden Halt verloren haben, um so etwas auszubrüten. Gott sei Dank haben Sie sich nicht abschrecken lassen. Ich werde immer in Ihrer Schuld stehen. Wenn es etwas geben sollte, was ich für Sie tun kann . . .«

»Es gibt zwei Dinge, die Sie für mich tun können.« Collins packte die Gelegenheit beim Schopf.

»Die wären?«

»Es gibt einen Mann, der – wie Sie selbst – ins Leben zurückgerufen werden muß. Er trug wesentlich zu Ihrer Rettung bei. Ich möchte gern, daß Sie ihm helfen. Ich möchte, daß Sie ihm Ihre Gnade erweisen und seinen Ruf wiederherstellen.«

»Bereiten Sie den Gnadenerlaß vor. Ich werde ihn unterzeichnen. Und das zweite?«

»Das Schlimmste ist jetzt vorüber«, sagte Collins. »Aber wir stehen immer noch vor dem Problem, das den eigentlichen Anlaß zu diesem wahnsinnigen Komplott gegeben hat. Dieses Problem ist das Verbrechen. Unterdrückung ist keine Lösung. Ein weiser Mann prägte einmal das Wort: Scheiterhaufen bringen kein Licht in die Dunkelheit. Es muß eine bessere Lösung gefunden werden . . .«

»Das soll geschehen«, unterbrach ihn der Präsident. »Diesmal werden wir das Problem von der richtigen Seite aus angehen. Anstatt mit den Menschenrechten, dem höchsten Gut unserer Verfassung, leichtfertig umzugehen, gilt es, die anstehenden Probleme gerade mit ihrer Hilfe zu lösen. Bereits morgen früh werde ich eine Sonderkommission einberufen – Sie und Pierce werden ihr angehören –, die die Aufgabe hat, die Arbeitsweise des FBI gründlich zu untersuchen, es vom Einfluß Tynans zu säubern und eine Empfehlung zur Reorganisation auszuarbeiten.

Als nächstes habe ich vor, mit Ihnen zusammen, Chris, ein neues Programm von Wirtschafts- und Sozialgesetzen zu entwerfen, das der Gesetzlosigkeit und dem Verbrechen in unseren Städten ein Ende setzen soll. Wir waren in einer gefährlichen Lage. Wir dürfen unsere Demokratie nicht noch einmal aufs Spiel setzen.«

Collins nickte. »Danke, Mr. President.« Er zögerte. »Die ganze Zeit auf dem Flug hierher mußte ich daran denken, was ein

Freund von mir einmal äußerte: ›Wenn der Faschismus in den Vereinigten Staaten seinen Einzug halten sollte, dann nur deshalb, weil ihn die Leute selbst gewählt haben.‹ Beinahe wäre es soweit gewesen. Wir alle wissen, und vor allem auch das Volk, wie nahe wir einer Diktatur waren. Wir dürfen diese Gefahr nie aus dem Auge verlieren und sollten für unser zukünftiges Handeln daraus lernen.«

»Das werden wir. Sie haben mein Wort.« Er nahm Collins am Arm und winkte Karen heran. »Aber nicht heute abend. Heute abend sollten wir lieber auf die Zukunft trinken und uns von den aufregenden Ereignissen der letzten Tage erholen. Wir haben es mehr als verdient, bevor wir darangehen, die vor uns liegenden Aufgaben anzupacken.«

AUSZUG AUS DER VERFASSUNG DER VEREINIGTEN STAATEN VON AMERIKA

Präambel

Wir, das Volk der Vereinigten Staaten, von der Absicht geleitet, unseren Bund zu vervollkommnen, die Gerechtigkeit zu verwirklichen, die Ruhe im Innern zu sichern, für die Landesverteidigung zu sorgen, das allgemeine Wohl zu fördern und das Glück der Freiheit uns selbst und unseren Nachkommen zu bewahren, setzen und begründen diese Verfassung für die Vereinigten Staaten von Amerika.

Die Grundrechte

Zusatzartikel I

Der Kongreß darf kein Gesetz erlassen, das die Einführung einer Staatsreligion zum Gegenstand hat, die freie Religionsausübung verbietet, die Rede- oder Pressefreiheit oder das Recht des Volkes einschränkt, sich friedlich zu versammeln und die Regierung durch Petition um Abstellung von Mißständen zu ersuchen.

Zusatzartikel II

Da eine gut ausgebildete Miliz für die Sicherheit eines freien Staates erforderlich ist, darf das Recht des Volkes, Waffen zu besitzen und zu tragen, nicht beeinträchtigt werden.

Zusatzartikel III

Kein Soldat darf in Friedenszeiten ohne Zustimmung des Eigentümers in einem Hause einquartiert werden und in Kriegszeiten nur in der gesetzlich vorgeschriebenen Weise.

Zusatzartikel IV

Das Recht des Volkes auf Sicherheit der Person und der Wohnung, der Urkunden und des Eigentums, vor willkürlicher Durchsuchung, Verhaftung und Beschlagnahme darf nicht verletzt werden, und Haussuchungs- und Haftbefehle dürfen nur bei Vorliegen eines eidlich oder eidesstattlich erhärteten Rechtsgrundes ausgestellt werden und müssen die zu durchsuchende Örtlichkeit und die in Gewahrsam zu nehmenden Personen oder Gegenstände genau bezeichnen.

Zusatzartikel V

Niemand darf wegen eines Kapitalverbrechens oder eines sonstigen schimpflichen Verbrechens zur Verantwortung gezogen werden, es sei denn auf Grund eines Antrages oder einer Anklage durch ein Großes Geschworenengericht. Hiervon ausgenommen sind Fälle, die sich bei den Land- oder Seestreitkräften oder bei der Miliz ereignen, wenn diese in Kriegszeit oder bei öffentlichem Notstand im aktiven Dienst stehen. Niemand darf wegen derselben Straftat zweimal durch ein Verfahren in Gefahr des Leibes und des Lebens gebracht werden. Niemand darf in einem Strafverfahren zur Aussage gegen sich selbst gezwungen noch des Lebens, der Freiheit oder des Eigentums ohne vorheriges ordentliches Gerichtsverfahren nach Recht und Gesetz beraubt werden. Privateigentum darf nicht ohne angemessene Entschädigung für öffentliche Zwecke eingezogen werden.

Zusatzartikel VI

In allen Strafverfahren hat der Angeklagte Anspruch auf einen unverzüglichen und öffentlichen Prozeß vor einem unparteiischen Geschworenengericht desjenigen Staates und Bezirks, in welchem die Straftat begangen wurde, wobei der zuständige Bezirk vorher auf gesetzlichem Wege zu ermitteln ist. Er hat weiterhin Anspruch darauf, über die Art und Gründe der Anklage unterrichtet und den Belastungszeugen gegenübergestellt zu werden, sowie auf Zwangsvorladung von Entlastungszeugen und einen Rechtsbeistand zu seiner Verteidigung.

Zusatzartikel VII

In Zivilprozessen, in denen der Streitwert zwanzig Dollar übersteigt, besteht ein Anrecht auf ein Verfahren vor einem Geschworenengericht, und keine Tatsache, über die von einem derartigen Gericht befunden wurde, darf von einem Gerichtshof der Vereinigten Staaten nach anderen Regeln als denen des gemeinen Rechts erneut einer Prüfung unterzogen werden.

Zusatzartikel VIII

Übermäßige Bürgschaften dürfen nicht gefordert, übermäßige Geldstrafen nicht auferlegt und grausame oder ungewöhnliche Strafen nicht verhängt werden.

Zusatzartikel IX

Die Aufzählung bestimmter Rechte in der Verfassung darf nicht dahingehend ausgelegt werden, daß durch sie andere dem Volke vorbehaltene Rechte versagt oder eingeschränkt werden.

Zusatzartikel X

Die Machtbefugnisse, die von der Verfassung weder den Vereinigten Staaten übertragen noch den Einzelstaaten entzogen werden, bleiben den Einzelstaaten oder dem Volke vorbehalten.

BASTEI-LÜBBE
SONDERBAND

In dieser Taschenbuchreihe erscheint als nächster Band unter der Bestellnummer 10 101:

Marie de Jourlet

DAS VERMÄCHTNIS VON WINDHAVEN

Roman

Windhaven, von Lucien Bouchard im Stil seines französischen Stammschlosses erbaut, wird noch in den letzten Tagen des Sezessionskriegs ein Raub der Flammen. Luke Bouchard, der Enkel des Gründers, sieht in dem Vermächtnis von Windhaven den Zusammenhalt der Familie und das Verständnis für seine Mitmenschen. In der neuen Heimat Texas widmen er und sein Sohn sich der Viehzucht. Doch ein friedliches Leben wird der Bouchard-Familie nicht zuteil. Noch schwelt der Haß zwischen den Nord- und Südstaaten. Die Soldaten sehen in den Indianern nichts als wilde Tiere, die man niedermetzeln kann. Und jenseits der nahen mexikanischen Grenze tobt der Krieg zwischen Kaiser Maximilian und Benito Juarez. Aber die Liebe der tapferen Bouchard-Frauen bewährt sich auch in diesen Zeiten der Not und Gefahr.

BASTEI LÜBBE